主编　凌翔

当代作家精品·小说卷

古墓迷案

老榆木　著

天津出版传媒集团

天津人民出版社

图书在版编目（CIP）数据

古墓迷案 / 老榆木著 . -- 天津：天津人民出版社，
2023.8
（当代作家精品 / 凌翔主编 . 小说卷）
ISBN 978-7-201-19643-5

Ⅰ.①古… Ⅱ.①老… Ⅲ.①长篇小说—中国—当代
Ⅳ.① I247.5

中国国家版本馆 CIP 数据核字（2023）第 147017 号

古墓迷案
GUMU MIAN

出　　版　天津人民出版社
出版人　　刘　庆
地　　址　天津市和平区西康路 35 号康岳大厦
邮政编码　300051
邮购电话　（022）23332469
电子信箱　reader@tjrmcbs.com

责任编辑　岳　勇
封面设计　邓小林
主编邮箱　jfjb-lx2007@163.com

印　　刷　三河市金元印装有限公司
经　　销　新华书店
开　　本　710 毫米 ×1000 毫米　1/16
印　　张　35.5
字　　数　560 千字
版次印次　2023 年 8 月第 1 版　2023 年 8 月第 1 次印刷
定　　价　98.00 元

目 录

太行山中段，群峰环翠，风光如画，景色怡人。

刘陵县公安局肖刚局长昨夜研究一起抢劫杀人案，直到凌晨三点多才睡觉。刚迷糊着还不到两个小时，一阵急促而高亢的铃声骤然响起，二十多年的职业习惯驱使他一跃而起。

"喂，我是肖刚。"

"肖局，我是皇侯岭派出所，黎侯古墓地发生特大凶杀案……"

"好，保护好现场，我们马上去。"

一阵刺耳的警笛声响起，十多辆警车风驰电掣般向皇侯岭方向驶去。

第一章 古墓魅影

山西刈陵县东北十八里处，皇侯岭。

皇侯岭上有座名曰东阳的雄关，虽年久失修，却巍然屹立。

关内，陡峭的悬崖下方有一大片参天密林，松翠柳绿，花奇草异，环境十分优美。密林间，一片荒草丛生的古墓高低起伏，形似鹅卵，其中有一座坟墓特别大，大如小山丘，高约五米，方圆百余米，十分醒目，古墓前通道两侧整齐有序地排列着数十尊石人、石羊、石马。从碑文记载可以看出，这座大墓中埋葬的这个人物身份确实不低，其乃夏商时期古黎国最后一位国君黎恭。传说，黎恭死后随葬有一大批珍贵物品，也正因为这些价值连城的珍贵文物，方引起许许多多盗墓贼的特别关注。

为了保护黎侯古墓，四十几年来古墓附近一直有专人看守，现在的守墓人叫黎苏元，今年刚过完六十五岁大寿。

黎苏元夫妇就住在黎侯古墓东百余米处的一座小院子里，人称"护陵小院"，小院子面积不太大，大概一百六十平方米的样子。小院的正北、正南各有砖瓦房三间，北屋为居室，一间主卧，两间客厅；南房一间贮藏室，一间柴房，一间小厨房。大门开在正东面，说是大门其实不大，一个简易的小门楼，两片掉了漆的门扇，一把锈迹斑斑的铁锁，无不显示出岁月的沧桑。

"秀芳，看会儿电视早点睡吧。"黎苏元坐在一张破旧的小圆桌旁，喝完最后一口茶，将烟蒂掐灭扔进烟缸里。

"你还出去？白天已经在墓地巡查一天了，就别去了好不？你有腿疼的毛病，夜间墓地凉。喝点酒吧，我给你煨一壶去。"

"有点儿不舒服，不喝了。"

"毕竟年纪大了，身子骨不比当年，昨天下午恐怕是在墓地淋了雨，感冒了吧？那就别出去了，我给你熬点葱花姜汤，盖严实了出上一身汗，好好睡一觉，明早就轻快多了。"

"咱没那么娇嫩，我不放心咱那老祖宗，再去转转，姜汤回来喝。"

"我和你一块去吧，天这么黑，你一个人出去我不放心。"

"没事。哟，我这眼睛是怎么了？不是左眼跳就是右眼跳的，咱那老祖宗墓地不会有事吧？"

"不会吧？"黎秀芳望着丈夫发红的双眼，有些心疼地说："主要是你太疑心了，这几天你不分白天黑夜在古墓地巡查，这么大年纪了，怎能顶得住？"

"秀芳啊，我总感觉这些天不对劲。听说最近全国各地到处发生盗掘古墓案件，我担心有不法分子盯上咱老祖宗的古墓了，咱这几天得多操点心才对。"

"这倒是。可是你必须有个好身体，才能保护好古墓啊。"

是的，妻子除了安慰丈夫，她一个上了年纪的弱女子还能做什么？黎秀芳瞪着一双秀目望着丈夫："老黎，要不，我陪你去吧。"

黎苏元心疼地拍了拍妻子的肩膀说："你就别去了，我一个人行，你别忘了，我可是会武功的人噢。"

"好汉不提当年勇，你都六十五岁的人了，身体不是太好，况且这些年来你很少练功。"

"唉，秀芳啊，'文革'初我为了救你，得罪了老赖曾建考，双腿落下残疾，从那时开始我就不能练功了。"

"老黎，咱不提当年那些伤心事了。"黎秀芳给丈夫披上衣服，拿一把手电筒塞在他手里。

"你把门关好早点儿睡吧。"黎苏元望了望满天的星光，扭亮电灯走了出去。

"早点儿回来啊。"黎秀芳追出门外，向黎苏元的背影喊道。

一弯玄月悬挂在空旷的中天，朦胧的月光下，映衬出一张布满愁容的脸。

星星在天上眨眼，起风了，古墓群没人高的荒草被风吹得簌簌作响，树影摇曳，似无数鬼魅在跳舞。从吃过晚饭到现在两个多钟头了，他已经完成了夜间巡视古墓的全部工作任务，但仍不愿离去。

他还在继续巡查，影影绰绰的古墓群给人以阴森森的感觉。

他没有害怕，感觉很正常，从一九八一年开始接替守墓到现在二十年来，他几乎夜夜如此，已经习惯了这样的工作和生活，习惯了阴气特别浓重的古墓群。望着夜幕下的黎侯古墓，黎苏元有些心神不宁，近来他老感觉会有什么事情将要发生，但一时又说不清楚，心里只是一片模糊。他似乎感觉到古墓有被盗或破坏的可能性，于是决定上书政府，请求尽快对古墓进行有效保护。两小时前，他刚刚写完报告的最后一页，报告是用毛笔写的，他习惯了使用毛笔，小楷笔写出的小字俊秀而规整，很见功力。

黎苏元莫名其妙地产生出一股惊恐的感觉，这种感觉是二十几年来从未有过的，心脏跳动加剧，额头上微微有汗水渗出。

"老黎，你真尽职啊。"蓦然，一个冰冷而沙哑的声音在他的身后响起，黎苏元吓了一大跳，有些惊恐地回过头来。

"你是谁？"

夜幕下多了一尊僵尸般的黑影。

黑暗中，黎苏元见这人和他高低差不多，瘦高，手里拿着根木棍，嘿嘿冷笑着，没等黎苏元反应过来，便猛地向黎苏元的脑袋上狠狠一击。黎苏元只觉得脑袋一阵剧痛，眼前金花乱飞，血液滔滔流了下来，瞬间模糊了双眼。

黎苏元慢慢地倒在地上，昏过去了。

凶手可能觉得打得还不够，又抡起木棍在他的身上补了几棍，方才冷笑了一声，转身隐入黑暗中。

就在黎苏元被打的次日上午。

刈陵县城西某菜市场。

这几年菜市场的生意特别火，每天送菜的车进进出出，买菜的人来来往往，好不热闹。菜市场西北角电话厅里，一个人正在打电话，打电话本属正常，没有什么稀奇可言，然而这个打电话的人很特别，颇引人注目：破衣烂衫，脚上穿着一双破球鞋，脚指头都在外面露着；头发蓬乱，纠结成一团，头发上满是尘土，还夹带着一些纸屑、废布条等杂物；满脸浓密的络腮胡子，下巴上那片胡子足有三寸长，脸上又脏又黑，双眼被一副大镜片墨镜罩得严严实实。双手皮肤粗糙而黝黑，腋下夹着一根打狗棒，手里还拿着一只破饭碗。

这分明是个乞丐嘛。

乞丐打什么电话？难道这现世还真有丐帮不成？所以，乞丐打电话，人们就觉得有些奇怪了。算是猜对了，这乞丐还真的在打电话，而且用的还是插卡电话。

"喂？"

"你好，你是哪位？"

"天子。"

"噢？是毕下。我是孙阁老。"

"孙阁老，今晚准备行动。"

"墓地不是有人看守吗？"

"看守个屁，黎某人现在都躺在医院里了，我估计是野兽们做的，他们一定会趁墓地没人看守，来个先下手为强。听着，据贾老太监报告，老虎已离岗，动物园里的几只野兽要采取行动，估计在明天晚上会去劫持玉皇大帝。他螳螂捕蝉，咱来个麻雀在后，你赶快安排一下，由你亲自出马，带上几个具有一流以上武功的殿前四品带刀护卫，要赶在皇宫大门口设伏，等他们把玉帝劫走后，你们以迅雷不及掩耳之势把玉帝给夺回来，同时把那几个畜生送回老家。记住，手脚要干净利落。"

"咱们用几指？"

"最少六指，到时看情况安排。事毕速到七窝，那里有人伺候。"

"知道了，毕下，放心吧，我都老大不小了，会自己照顾好自己的，再见。"

这乞丐放下电话，捶着胸脯咳嗽了一阵，吐出几口黄痰，拾起一角脏乎乎的衣襟擦了擦嘴，这才躬着腰一瘸一拐地走了。

离电话厅最近的卖菜胖大嫂侧耳听了半天也没听懂他究竟说了些什么："嘻嘻，什么天子、玉皇大帝、孙阁老、四品护卫、贾太监的，说些什么呀。这人不但是个乞丐，还是个疯子。"

凌晨一点左右。

黎侯古墓东南角百米外的一个破窑洞里，不知何时突然多了六个鬼魅似的黑影，这几个黑影悄无声息地静坐在破窑洞里一动不动，活像几尊泥菩萨。

"咕，咕咕；咕，咕咕咕。"

忽从远处传来一阵令人脑皮发炸的鸟叫声。其中一个黑衣蒙面人躬起身来，用右手向前面的五个黑衣蒙面人一点，竖起五个手指头，然后左手向前一挥，低声说了一声："野兽们快要来了，走。"

六个黑衣人十分迅捷地飘忽到黎侯古墓东面，隐伏在一片没人高的深草丛中。

第二章　猝不及防

夜幕墨染下高大的黎侯古墓群。

几把微型手电发出微弱的灯光，像鬼火，特别瘆人。古墓群东侧距主墓不远处，有三个人正在蹶着屁股打洞。

这三个人并非善类，这个时候只凌晨两点多，正是人们酣睡的时候，正常的人是不会在这个时间，尤其是这种地方打洞的。很显然，这三个人是盗贼，而且是专门盗掘古墓珍宝的盗墓贼，从他们的操作情况看，这个地方是早已经选好点的。

三个盗墓贼一个个身手矫健，挥起铁锹来既快又麻利，三个人轮流作业，不大一会儿，他们就在墓底东侧挖开一个长长的斜洞，挖着挖着，就听见嘎的一声，铁锹铲到一个硬物上，盗墓贼低头一看，是一块巴掌大的碎陶片。

"彪哥，挖到了。"一个盗贼轻声喊道。

"好，狼，你把洞底往大扩一扩，把里面的浮土清理一下。记住，洞顶挖成拱形。"

被喊作彪哥的那个人探头向洞穴里望了一眼，又迅速扭过头来，侧耳听了听四周动静，这人的警觉性还是蛮高的。少顷，在洞穴里作业的狼又轻声喊道："彪哥，有几件陶器，已经破碎，其他未见。"

"好。狼，你出来。"扭头对在旁边休息的另一个人说："豺，你进去，把那些陶片拿出来我看一下。"

"好的。"

不大一会儿工夫，豺就将那些陶器碎片打包好拎了出来。同时，豺还找到一个铜镰模样的东西，彪用鼻子嗅了几下，双目一睁惊呼道："豺，快扔掉！"

豺打了个寒战，不解地问："彪哥，怎么了？"

"这铜镰上有毒。"

"有毒？"豺像被开水烫着一般，赶快将手中的铜镰扔掉。

"对，有毒。虽然我不知道是什么毒，能不能毒死人，但我们还是小心为好。"

狼嘻嘻笑了一声说："彪哥，你怎知道这上面有毒，有点神经质吧？即使有，都两千多年了，还有毒效？"

"我说有就有，是我领导你，还是你领导我？再多一句，我一掌拍死你！"彪眼睛一瞪说。

这个彪哥中等个子，微胖、驴脸、浓须、斗鸡小眼、大背头。别看他其貌不扬，但那驴脸一拉还当真有几分威严，可以看出，彪哥在这个盗墓组织里当是个骨干分子，有一定的地位。

"好，好，有毒还不行吗？你是领导，你说了算。"狼皱了皱眉，悻悻地说。

彪扭头对两个手下说："豺，你和我下去。狼，你在外边看着点，一有情况，狼叫为号。"

下到洞底，彪拿手电晃了晃狼挖开的墓穴，眉头一皱说："咦？"

"怎么了？"豺问。

"这里面怎么只有大量的石灰、木炭而不见棺材朽木，不会是个假墓穴吧？"

"应该不会，彪哥，这里虽然不到大墓但也接近大墓，我用仪器测量过好几次了，里面应该有金属物。"

"也许是我们挖得深度不够，时间有限，管不了那么多了，咱们先挖挖看。"说罢，彪便用小铁锹轻轻地挖起来。

盗墓贼躬着腰，身影透过微弱的灯光映射在墓穴的墙壁上，一起一伏的，活像两个狰狞的恶鬼。两个人汗流浃背地挖了一个多钟头，除了一些破的无法复原没有多少价值的破碎陶器外，并未挖到他们想要的文物，这使得彪和豺有点失望。

"彪哥，这里面恐怕啥也没有，咱们……"

"不，我觉得，这毕竟是一国之侯的陵墓，即使不是主墓，肯定也会有不少的随葬物品，别泄气，继续。"

"行，那我们就再挖挖看。"

这俩盗墓贼汗流浃背，狂挖不止。他们的力气没有白费，一个多钟头后，居然挖出一个小小的老虎形状的玉器。

彪眼前一亮，大喜，将虎形玉器装进蛇皮袋里对豺说："快些干，里面应该有货。"

这伙盗墓贼的运气还算不错。

大约两个多小时过去之后，这伙盗贼还当真从古墓中挖出数十件文物来，有铜戈、铜戟、铜箭头、铜镜、铜鼎、铜盘、玉手镯以及鬲、罐、碗等陶器。彪想，这些物件年代久远，值价绝对小不了，心里十分高兴。

估计墓里还有东西，但时间已经来不及了。况且，这么大一片的古墓群，每个墓穴的构造又极其复杂，挖到主墓非常不易，要想在一夜之间把古墓群中的珍宝盗尽，那只能是天方夜谭。

这些，盗墓贼们比一般人懂得多多。

三个人爬出墓穴后，狼向东方望了一眼，说："彪哥，天快亮了，咱们赶快撤吧。"

"好。"彪哥低头看了一眼手表，时间接近四点，于是把手一挥沉声说道："咱们走。"

"走？嘿嘿，你们以为能走得了吗？"

彪他们几个盗墓贼收拾好宝物刚想走但还没来得及拔步，突闻古墓背后的草丛里传出一阵阴恻恻的笑声。

彪大惊，回头厉声喝道："什么人？给老子滚出来！"

只听嚓嚓几声轻响，从草丛中、大树后射出几个穿夜行衣黑纱蒙面的人来，个个身强体壮，身手矫健，以迅雷不及掩耳之势，一晃便到了三个盗墓贼身边，三柄明晃晃的匕首迅疾地插入三个盗贼的胸膛，三股血箭喷涌而出……

这几个黑衣蒙面人在死者的衣服上把匕首上的血迹擦净之后，拿起那数十件古董文物呼啸一声，瞬间便没了踪影。

连带头大哥彪都被人家一刀毙命，在村口站岗防哨的狮、虎和守在车里负责接应的豹的情况如何便可想而知了。

这伙盗墓贼到死也想不明白，他们的盗墓行动设计得可说是天衣无缝，如何会出现这么一种意外情况？

在实施盗墓之前，彪这伙盗墓贼人已经在古墓周围暗暗地侦察了十几天，每天上午和下午分别派出一人悄悄潜入墓地进行实地察看。尽管这伙盗墓贼准备的充分，心思十分的缜密，采取的防范措施也很严密，本以为百无一失，然而他们错了，而且大错特错。

错就错在他们竟然忽视了东南方向距墓地一百多米处的那座破窑洞。

其实，这座破窑洞彪也曾派人在白天的时候去侦察过，但他们以为那是牧羊人临时圈羊的地方，里面的羊粪蛋足有半尺厚，脏得没法立脚，所以他们也就没有特别在意。

万万没有想到，虽然事情做得足够百密，但却坏在了这一疏之上。

一着错棋，造成了满盘皆输的严重后果。

当肖刚局长和刑侦大队大队长葛俊中他们到达皇侯岭下古墓地的时候，皇侯岭派出所所长姜步安已经带领派出所的干警们先一步赶到黎侯古墓地，把案发现场严密地保护起来了。

凶杀案现场一共有三处。

一处在黎家庄村的村东口，出村向东行走不到一公里便是 309 国道。被杀者三十来岁，面目较瘦，身高约一米六八左右，白面无须，脖子上有一条一厘米深的勒痕，看样子是被人用零点五厘米的钢丝一类的软器械勒断颈部动脉造成大量出血而死，死亡时间在凌晨两点半左右。

另一处在村西头，死者是一个大约二十四五岁的年轻人，身高约一点七米，四方脸、厚嘴唇、眉毛较浓，被人用匕首一类的利器刺入前胸，伤痕在心脏左侧，深度达十厘米，几乎穿透心脏，死亡时间相同。

黎侯古墓地是第三处凶杀现场。

三具尸体倒毙在乱草丛中。一具尸体头向北、面朝上。一具头向东，侧卧，一条腿作弯曲状。另一具则头冲着古墓，面向下背朝上。三人都是被匕首一类的利器刺伤而死。行凶者看来都是专业杀手，心狠手辣，一刀致命，刀刀都刺在要害处，两刀在前胸，一刀在后背。

谁都不用怀疑，这三人绝对活不了，因为两刀从前胸进后背出来，一刀从后背进去前胸出来，有这么三个透明窟窿，恐怕连大罗神仙都无可奈何，何况肉体凡胎呢？

"肖局，葛队，你们快来看。"

听到刑侦大队副大队长马如斌的高声喊叫，肖刚和葛俊中知道一定是发现了新的情况，快速走了过来。

"怎么了？小马，有什么发现？"肖刚问。

"肖局，这里有一个字。"

"字？什么字？"

肖刚和葛俊中蹲下来，随着小马的手指望去，果然看到在被称作彪的那个带头大哥右手指的前方，有一个圆圈儿圈着的"豹"字，圆圈下方还拖出一个箭步，箭头方向指向皇侯岭东阳关。

第三章　案情初析

葛俊中站起身来望了望皇侯岭东阳关，又低头看了看这个豹字对肖刚局长说："这是什么意思？"

肖刚沉思了一会说："是啊，什么意思？值得研究，先拍下来，继续勘察，一定要仔细点。"

在肖刚局长的指挥下，刑警们对三处凶杀案现场进行了认真仔细的勘查，拍照的拍照，取证的取证，干练利落，有条不紊。

现场勘查任务完成后，肖刚局长向大家一挥手说："葛队长，封锁现场，等候处理，除警戒干警外，其他的人马上回局里开会。"

"是。"

"收队。"

干警们把五具尸体抬上专用车，迅速撤回局里。

县委副书记兼县政法委书记梁剑雄和县政府联系政法工作的副县长段克非早已在局长办公室里等候。

见肖刚回来，段克非副县长像弹簧一样从沙发上跳起来，急声问道："老肖，情况怎么样？"

"段县长你快坐下，先喝点茶水，抽支烟。"

肖刚把段克非摁在沙发上，葛俊中给梁书记和段副县长倒上茶水，又递给每人一支烟点上。

肖刚局长向两位县领导简要汇报了案情之后，又召集相关科室负责人一起在会议室分析研究案情，安排部署"5.12"特大凶杀案侦破工作相关事宜。

"各位领导，在分析案情之前，有必要将黎侯古墓情况做个简单的介绍。请各位领导先看一个资料片。"

投影仪开启，屏幕上出现皇侯岭画面，葛俊中浑厚的男中音再度响起：

皇侯岭坐落在商周古黎侯国都城吾尔峪东南一公里处。

皇侯岭山势巍峨，挺拔俊秀，松柏苍翠，飞瀑流泉，老藤紫荆，灌木丛生，风景十分优美。岭上有一处著名关隘叫东阳关，位于晋冀两省交界处，地势险要，居高临下，易守难攻，具有一夫当关，万夫莫入之势，是山西通往河北大平原的一处重要关隘，战略意义十分重要，历来是兵家必争之地。

刈陵古称黎国，又称耆国，是晋东地区一个山区小县，人口只有十六万。刈陵县虽小，但猫洞山古人类遗址和靳家街古文化遗址表明，刈陵具有一万多年的人类居住史和五千多年的农耕文明史，文化积淀十分深厚。这里曾是第四代炎帝姜黎分封的黎国。公元前三〇四二年，炎帝姜承执政期间，因觉得愧对弟弟，故将刈陵一带分封给姜黎，并按姜黎的黎取名建立了黎国，这是中国历史上第一个分封国，距今已有五千多年，直到周武王建立周朝，始有商王族子姓后裔分封到黎侯国，这便是古老黎国与商周黎侯国在历史上的分界线。

画面推出肃穆庄严的黎侯古墓群：

历史上著名的西伯戡黎事件就发生在刈陵县，周文王姬昌为了扫清兴周灭商征途上黎国这个绊脚石，集中优势兵力对黎国发动攻击，黎国国君黎恭亲率十万将士奋起抵抗，但终因力量悬殊而惨败，黎恭战死后，黎民百姓冒死将他的尸体偷出，埋葬在风光秀美的皇侯岭下。

看完资料片，肖刚对葛俊中说："葛队，说一下案情吧，尽量详细点。"

"好的。"

清了清嗓子，葛俊中开始向在座领导汇报现场勘察情况：

"各位领导，案发时间是二〇〇四年五月十二日凌晨两点半到四点之间，报案时间早上五点左右，报案者是黎家庄村一个七旬老人，叫九爷。据老人讲，他习惯起早到地里干活儿。这天早晨五点左右，老人早早吃过饭下地干活，刚走到村口，就发现有一具尸体横在那里。老人大惊失色，深一脚浅一脚地跑回村里报告给村支部书记黎小原。据查，案发现场在黎家庄村和黎侯古墓地，共有五个人分别在三个地方被杀，均为男性。其中，在黎家庄村村东路口有一具尸体，三十来岁，被人用钢丝一类的器械勒断颈部动脉，造成大量出血而死。死者脖子上悬挂一个刻有狮字字样的仿佛项链一样的装饰物；另一处是在村西头路口，是一具年龄在二十五岁左右的尸体，被人用匕首一类的利器刺死，伤口在左心脏，深度达十多厘米，这具尸体上有一条虎字项链。第三处杀人现场在黎侯古墓地，共有三具尸体，都是用尖刀一类的利器刺死，下手的人十分凶狠，伤口很深都是刺穿心脏。这三具尸体的脖子上，分别挂有彪、豺、狼字样的项链。很显然，这胸前挂有彪、狮、虎、豺、狼的五个人应该是一伙的。"

"慢，等等，葛队长，你先停一下。你是说，在这些尸体的脖子上都挂有一种项链一样的牌子，上面刻着不同的野兽名字？"肖刚仿佛想到了什么，打断了葛俊中的汇报。

"是啊，好像是一种人物标志，或者说是身份的象征。"

肖刚歪着脑袋思索了一会，突然双手一拍，说："有了。葛队，我知道那个豹字是什么意思了。"

葛俊中的眼睛也一亮："你是说。"

"对。按你的推理，如果说那五具尸体分别是彪、狮、虎、豺、狼的话，那么这个彪在临死前写下一个豹字，意思是说豹是他们这个盗墓团伙的成员之一，而那个圆圈箭头指向皇侯岭方向，意思可能是说豹向皇侯岭方向逃跑了。"

"对，有道理。可是，这个豹为什么向皇侯岭方向跑了？其他五个盗墓贼都被杀死了，豹怎么能够一个人逃脱？"

葛俊中对这个"豹"只身逃脱有点疑问。

"葛队长，这个问题以后咱们再研究，继续汇报。"

"是。"葛俊中接着说："在彪、豺、狼三具尸体上，携带有短镐、短锹、铁钎和铁锤一类的作案工具，手上脚上和身上都沾有泥土和断草圪节。过去的数年间，刘陵境内多处古墓被盗掘，关键问题是，什么人杀了这五个盗贼？"

"稍等一下葛队长，"段克非副县长插话说，"你说得没错，据说有一个名叫野兽派的专门以盗窃古墓倒卖文物为职业的犯罪团伙，经常在山西、河北交界一带活动，从这次黎侯古墓地被杀的五人来看，被杀的五个人均以野兽为号，那么这次古墓被盗应该与这个盗墓团伙有关。去年黎侯古墓群连续发生的两起盗墓案件，很可能也是这个团伙所为。我专门查阅了河北省东昌县公安局前年发生的一个盗墓案例，案例显示，该县那次古墓大规模被盗，出自一个名叫野兽派的组织，这个盗墓组织十分隐秘，可能是为了成员自身安全，这个叫野兽派的盗墓团伙成员一般不直呼对方真名，每人都起有一个外号，而且每个外号都以野兽为名。这个盗墓团伙不仅组织性很强，而且盗墓技术也十分精湛。好，小葛，继续吧。"

"段县长分析的有道理。这应该是一起黑吃黑的两伙盗墓贼之间的火拼凶杀案件，杀人夺宝后逃走的，应该是另一个盗墓团伙，且这个盗墓团伙比野兽派更阴险更毒辣更残忍，组织更庞大更严密。"

"对的，"肖刚接过话头，"从墓地和墓穴里留下的脚印来看，这伙人应该就是盗墓者。被杀的盗墓者应该是得了手的，如果他们没有挖到东西，另一伙盗贼也不会杀害他们，至于说他们从古墓中挖出些什么文物，数量有多少，这还是个谜。"

葛俊中深深吸了一口气，然后继续他的汇报："参加这次盗窃黎侯古墓行动的盗墓者至少有六个人，分别是彪、豹、狮、虎、豺、狼。如同段县长所言，这六个人在河北省东昌县公安局都有备案，对他们的情况比较了解。这些盗墓者这次在实施黎侯古墓盗掘作业时，分工更加明确：狮守在村口通往墓地的必经之路上，职责是监视村里的动静；虎守在进村路口，职责是监视村外方向的情况；彪、豺、狼三人为作业组，具体负责盗墓。他们每人配备一个手机，一个对讲机，目的是确保联络畅通无阻。在村口站岗放哨的人并非一般人，据说他们个个身怀绝技，本领高超，脑子灵，会武功，是盗墓团伙里的精英分子。站岗放哨的人不仅只是放哨，更重要的是担负外围护卫的职能，确保目的地盗墓人员的安全。"

第四章　再探现场

"各位领导。"

葛俊中望了肖刚一眼接着说：

"这六个盗墓者可能是在猝不及防的情况下突遭袭击的，因为现场没有打斗的痕迹，这五个盗墓者看样子都是一招致死，尸体上没有其他伤痕，说明他们连反抗的机会都没有，六个盗墓者中有五个被杀，只有豹一人侥幸逃脱。从现场勘察情况来看，距古墓五十余米处有一条小土路，土路上有清晰的车轮印痕，从车轮的印痕上看，应该是一辆面包车。这个盗贼可能驾车停在邻近墓地的道路上，主要职责是等候接应。估计这个豹是察觉出了情况不对，或者亦遭到了袭击，但由于他在驾驶室里，有比较好的抵御袭击和伺机逃跑的条件，所以能够只身逃脱。"

"这里有一个疑点。"接着葛俊中的话尾，肖刚提出一个疑问。

副县长段克非眼睛里有一丝亮光闪过，问道："疑点？什么疑点？"

"你们想，既然这伙杀手们收拾那五个盗墓贼那么干净利落，怎么能轻易放走豹？这不符合逻辑。"

大家一致点头称是。

"葛队长，"肖刚对葛俊中说，"早上我们只是粗略勘察了一下现场，为了把情况吃透，你们需要再到案发地进一步了解一下，看能否找到更多的线索。另外，我们尽快到河北省东昌县公安局一趟，具体了解一下这个野兽派的组织情况。梁书记，段县长，我们把'5.12'黎侯古墓特大凶杀案命名为'古墓血案'怎么样？既明确，又好记。"

梁剑雄点了点头说："古墓血案，我看行，段县长你说呢？"

段克非也笑着点了点头说："可以，我赞成梁书记和肖局长的意见，就定为古墓血案。"

黎家庄村这边，黎氏家族的情绪有点失控。

在黎侯古墓地外围聚集了数百村民，他们个个脸色铁青，拳头紧握，义愤填膺，久久不愿离开。

"罪孽呀罪孽，这些龟孙王八蛋！"村民们特别是黎氏后裔无比愤怒，破口大骂。

"抓住这些龟孙王八，老子把狗日的千刀万剐！"

"对，拿刀子在狗日们的身上戳上万把个透明窟窿。"

整整一天，黎氏后裔们围坐在黎侯古墓的周围，他们竟因此忘记了上地干活，忘记了吃饭，足见他们对黎氏老祖宗具有比山高比海深的血脉情感。是啊，黎侯古墓被盗，对黎氏后裔来说，有如天塌一般的严重。

天逐渐地暗了下来，但村民们仍围坐在古墓周围，丝毫没有离开的意思。

"乡亲们啊，你们听我说。"

见此情景，黎家庄村党支部书记黎小原觉得这样下去也不成回事，事情已经发生了，骂几声解解恨也就可以了，眼瞅天都黑了，大家总得回去吃饭睡觉啊。于是就对大伙儿说："乡亲们呀，时候不早了，都回去吧，回去吧。"

"不，我们不回去，我们回家了，咱这老祖宗的陵墓咋办？"

"对，咱不回家，咱要留下来守墓。把咱把老祖宗的陵墓守好了，不能让那些畜生再来糟蹋。"

"黎小原，你身为一村之主，发生了这么大的事情，你可得为乡亲们作主啊。"

分外激动的乡亲们，没有一个人愿意离开古墓。

"我说乡亲们呀，大家听我说，咱们老祖宗的陵墓被盗，首先说责任在我，是我放松了警惕性，没能保护好古墓。不过，我向大家保证，我一定会想尽办法配合公安局做好工作，尽快把盗墓贼一个个揪出来，给乡亲们一个满意的交代，给咱们的老祖宗一个满意的交代。我估摸，发生了这么大的凶杀案，犯罪分子一定有所收敛，眼下一段时间古墓不会再有什么事情。况且，还有咱们公安同志帮忙守护，古墓一定安然无恙的，就请乡亲们放心吧。"

支书黎小原眼里含着泪花，心里十分难受。

是啊，他也是黎氏后裔，此时此刻，他的心情和乡亲们一样的沉痛。可是，作为支书，在这个非常时期，他要为黎侯古墓着想，更要为乡亲们着想啊。他心里明白，黎侯古墓在乡亲们心里的分量太重了，重到宁可牺牲自己的性命也不能让黎侯古墓受到任何伤害的地步。不过，话又说回来，如此确实也无济于事，这么大的凶杀案件，犯罪分子在现场留下的有价值的证物又很少，案件几乎没有头绪，侦破难度很大，不是一朝一夕所能解决问题的。而且数百村民聚集在一起，你一言我一语，怒火越窜越高，这样很容易出问题，不管怎么说，还是稳定重要啊。他知道，在这个时候，乡亲们脑袋发热，情绪激昂，什么事情都可能做出来。所以得赶快想一个完全之策，把乡亲们劝回家才是道理。

思谋良久，黎小原做出了一个安排，他把民保主任和民兵营长叫过来商议了一阵，最后决定由一个副支书带队，组织了一个二十人的护墓队，三班倒，每班八个小时，先守上一个星期。这样，大伙儿才算被说服了，心情逐渐平静下来之后，陆陆续续回家去了。

案发第二天，有好事者立即在网上传了一篇短讯和数十张照片，对古墓血案大加渲染，在网民中引起了极大的轰动效应。古墓血案在网上披露之后，在全省乃至全国都引起了极大反响，情况更严重的是，全国乃至海外的一些知名黎氏后裔纷纷来电来函，以及在网上发帖，要求尽快侦破此案，将主凶绳之以法，还天下所有黎氏后裔一个公道。

古墓血案之所以造成如此大的轰动效应，不只是构成五人一次性被杀的特大刑事案件，关键还在于刈陵县的著名地标之一的黎侯古墓屡次被盗，不但黎氏老祖宗的陵墓屡遭破坏，也极大地影响了黎氏寻根祭祖旅游项目的顺利进行。所以县委田丰记对此案高度重视，当夜组织召开常委会，对"古墓血案侦破工作"进行了专题研究。

次日，刑侦大队大队长葛俊中亲自带领几个公安刑警进入黎侯古墓地，对古墓被盗现场再次进行勘察。

黎侯古墓群确实很大。

整个墓地占地面积约五千平方米，其中主墓面积足有三百余平方米，这么大的古墓，盗墓贼在几个小时之内是绝对挖不透的，他们挖开的，只是东南角上的一小部分。就只一小部分，而且还是在一座假墓穴里盗墓贼就盗走多件古董文物，可想而知，在整个古墓群到底随葬有多少文物，又有多少被盗，有谁能说得清楚？

盗墓贼挖开的这个小洞不大不小正好能容一个人爬进去，葛俊中用手电筒往里照了照，见此洞直通墓底。

"小王，"葛俊中向一个身材匀称脸庞俊秀的年轻干警说，"把手电给我，我先下去看看，老赵跟在我后头，小王你负责拍照。"

小王叫王晨，二十三岁，刑警兼司机。老赵叫赵文杰，是个五十多岁具有三十年警龄的老刑警，八十年代中期在某大学进修两年，专门学习和研究古文物鉴定，多次参与文物被盗案件侦破工作，积累了丰富的文物鉴定知识和文物保护经验，在刘陵县也算是有点名气的文物鉴定高手，被誉为"文物倒卖案件侦破专家"。

这条盗洞直通墓底，由于是斜洞，葛俊中等毫不费力地就下到了墓穴中。

墓穴里虽不是十分宽敞，但足可以放得下三五个后生，墓穴里有许多破碎的古陶瓷片。

"葛队，看样子，这里是处假墓。"

"何以见得？"

"你看，"赵文杰指着墓穴说，"墓穴中心摆放着两口棺木，因年代久远，棺木已经腐烂散成一堆，与泥土混在一起，棺木里面没有尸骨，全是木炭一类的填充物，可想这个墓穴是个假墓穴。虽然这只是个假墓穴，但陪葬的却是真文物。"

赵文杰拿着一个破成两瓣似手镯又不是手镯的玉器给葛俊中看。

就在葛俊中察看棺木的时候，赵文杰用小铲小心翼翼地扒开浮土，发现了这个已经破成两瓣的圆形玉器，这东西像个玉手镯但肯定不是玉手镯，因为这件形似手镯的玉器边宽里口小且呈方形，这种玉器绝不是在胳膊上带的东西。

"这玉器是作什么用的？老赵。"葛俊中反复审视着这个叫不上名堂的玉器。

赵文杰说："这么精致的玉器我还是第一次看到，可想古墓里的每一件文物，都是价值连城，这种玉器可能是女人身上佩戴的一种饰品。"

他们又勘察了一个多小时，没有再发现有价值的东西。赵文杰把这件玉器小心地用塑料袋装起来对葛俊中说："这个假墓穴里可能还有文物，但我们没有挖掘文物的权力，只能等候文物部门正式发掘了。"

　　"小王，你那边取证怎么样了？"

　　"没问题，差不多了。该拍照的拍了，脚印、手印也拓下来了，有关证件证物也都收拾了。看上去，已经没有我们需要的证据了。"

　　"那好，我们出去吧。"

第五章　重点排查

回到局里，葛俊中及时将探查古墓被盗情况向肖刚以及县委、县政府领导作了汇报。

梁剑雄认真地听着葛俊中的汇报，不时地点头。

段克非副县长在此前曾担任过三年多的宣传部部长职务，多次陪同专家对刈陵县的古墓、古寺庙以及古建筑等进行考察，通过和考古专家们的长时间接触，段副县长不但对考古工作产生了浓厚兴趣，而且也掌握了不少文物知识，对古董文物颇有研究。

听到葛俊中说被挖开的古墓是座假墓时，眼睛里射出一束奇异的目光。

这束奇异的目光如果我们把它读出来的话，也就是说段副县长不相信黎侯古墓里还暗设有假墓穴。因为他和考古专家们曾对刈陵县境内六座古墓先后进行过系统的挖掘，还没有见到过哪座坟墓有另设假墓穴的情况，虽然黎侯古墓埋葬的是商周时期黎侯国的国君，但相对来说古黎国毕竟算不上一个大国，犯不着这么排场吧？

所以段克非觉得这个黎侯古墓有些奇怪。

段克非喝了一口茶，吐掉嘴里的茶沫，掏出手绢擦了擦嘴说："这古墓里还有假墓？照此讲，这座古墓的构造一定很特殊，像这样的假墓穴可能还有。那么古墓里面还有什么情况？"

"古墓里面的情况就是这样，段县长，没有多少新发现。"葛俊中回答说。

"没有多少新发现等于没有发现，这不行，需要继续对现场进行认真细致的勘察。古代人多以假墓迷惑人，意在避免对坟墓的盗掘，这很正常。我的意思是说，虽然是座假墓，但应该与主墓有某种意义上的联系。也就是说，这座假墓里面是否还有通往主墓的暗道？"

葛俊中心里一惊：姜还是老的辣，我怎么就没注意这个？

他向段克非笑了笑说："还是段县长心细，我到没有注意这个问题。不过，我们还要去古墓地再作一次勘察，因为我总觉得，案发现场一定还有许多我们没有注意到的其他证据，需要求证的问题还很多。"

"好。"段克非满意地点点头说："我和梁书记等候你们的好消息。"

肖刚接过话头说："小王，把你取证的情况说一下。"

"好的。"王晨翻开他的取证笔记，边看边说："实物老赵已经拿去鉴定了。现场除了一个空香烟盒、二十几个烟头以及几个空的矿泉水瓶之外，其他倒没有发现什么有价值的东西。不过，在现场发现一件类似玩具但肯定不是玩具的东西。"

段克非心里一动，急问道："什么东西？"

"一种形状像蛇一样的微型小剑，只有六厘米长，一厘米宽。"王晨用手比划着说："看样子，这种蛇形小剑可能是盗墓组织中的一种联络信物。"

"噢？"段克非眼睛一亮，他似乎对这个情况很感兴趣，下巴一翘说："有道理，有道理。小王，继续往下说。"

"从脚印上看，五名死者穿的都是黑色胶鞋。但是有一些脚印却是人工做的布鞋，没有任何花纹。这些没有花纹的脚印，有可能是杀害那五个盗墓贼的凶手留下的。"

肖刚若有所思，似乎想起一件大家都没有注意到的事："小王，从那些没有花纹的脚印中，能判断出有多少人吗？"

"脚印比较零乱，我们仔细辨认过，有六七个人，脚印一直到了地头的小路上，然后就消失不见了。"

葛俊中接过话头说："我认为，除非这伙盗贼是本地人，如果是外地人作案的话，一定还有其他的交通工具，只是我们目前还没有找到有效证据加以证明。"

段克非心里一惊：本地人？

肖刚望着葛俊中点了点头，笑了笑说："葛队长，吃过中午饭后，咱们再去安案发现场一趟，勘察范围再扩大一百米，看能不能找到一些其他线索。对了，重点注意一下哪个窑洞，提取全部的脚印。"

听了肖、葛两人的案情分析，段克非隐隐感觉到，肖刚和葛俊中这两个人不简单，眼光独特确实厉害，侦破高手啊。

晚上，刈陵县委办公室。

这是三间全封闭的小型多功能接待室，既是接待上级领导的重要场所，也是接受上级电视、电话会议的小会议室。在这个小会议室里，安装有一套专门接通上级主要领导办公室的视频设备，不是绝密要事，县委领导可以直接通过视频和上级领导交流情况。

在这么一个重要地方召开古墓血案侦破进展情况汇报会，足见县委、县政府对这起特大凶杀案的重视程度。

吃过晚饭后，梁剑雄、段克非等领导同志继续听取肖刚局长古墓血案侦破进展情况汇报。

"根据古墓血案领导组的安排以及县委书记田丰的指示，我们这几天主要是在黎家庄村及周边村走访，看看能不能找到一些侦破线索。为了便于领导们对黎侯古墓有一个全面的了解，我想有必要把案发地点黎家庄村的情况给各位领导具体介绍一下。"

肖刚局长说到这里，笑着望了段克非一眼说："当然，段副县长的家乡在道西村，距黎家庄村只有一点五里，距黎侯古墓不足三里，对黎家庄村你比我了解得更详细，我有说不到或说错了的地方，请段县长更正。"

段克非笑了笑，点了点头算作回答。

"在我们刈陵县东北十公里处有个叫皇侯岭的地方，梁书记对那一带也很熟悉，因为皇侯岭是咱们刈陵县的一张地标。皇侯岭原叫帝辛岭，是春秋时期黎侯国黎庄夫人葬身之所，后改名为皇侯岭，黎庄夫人墓在黎侯古墓群的西面，距黎侯古墓约三百米。"

"皇侯岭下有座村庄叫黎家庄。"

"几天来，葛俊中大队长和马如斌副大队长带领古墓血案专案组成员，分别在黎家庄等古墓周围的十几个村庄展开缜密排查，特别对案发地点也即古墓群所在地的黎家庄村所有可疑人物进行了重点排查。"

肖刚局长的汇报仍在继续，但段克非似乎无心再听下去，渐渐地，肖刚的汇报离他的耳朵越来越远，越来越远，以至完全沉没在他自己杂乱的思绪中……

肖刚看段克非思考得如此深沉，微微一笑说："段县长，你是古墓周边的人，想必对黎家庄村和古墓比较熟悉，你可否将黎家庄村和黎侯古墓情况给大家详细地介绍一下？"

"噢，噢，呵呵，是的，我生长在古墓周边，确实对黎家庄村和黎侯古墓比较了解。"

段克非副县长正沉浸在浓浓的乡思之中，肖刚冷不丁地和他攀谈了一句，一时竟没有反应过来，忙呷了一小口茶以掩饰窘态，然后说道：

"我的老家叫道西村，道西村和黎家庄村同属黎侯古墓周边村，唯一的区别是黎侯古墓在人家黎家庄村地界内，黎家庄村是黎侯古墓真正的所在地。特别是我段克非的老家道西村与黎家庄村同在一马平川上，共饮一河水，同耕一川地，两村世代友好，结亲者甚多，可以说'两村本是同根生，打断骨头连着筋'。黎侯古墓群屡遭盗掘，尤其是这一次，竟然有五个人被杀，太令人震惊了。道西村和黎家庄村都是黎侯古国的封国之地，五百米之外的地方就是古黎侯国国都吾尔峪，以商周古黎侯国城墙为界，两个村一个在城墙北，一个在城墙南。黎侯古墓里埋葬的是全球黎姓人的老祖宗，这里是全世界黎姓的发祥地。我段克非虽说不姓黎，但我的姥姥家就是黎家庄村的，从小一直住在姥姥家，几乎是在姥姥家长大的。因此，我段克非可以说是半个黎氏后裔，这样说开来，黎侯古墓的主人黎侯国君，既是黎姓族人的老祖宗，也是我段克非的老祖宗。"

"据说黎家庄村出人才，不知此话真假。"葛俊中问道。

"小葛，的确是这样。黎家庄确实是一块风水宝地，具有'人才庄''好汉庄'之美称，自汉代以来从黎家庄走出来的举人以上各类人才少说也有百十名之多，其中有文的、有武的，也有文武全才。黎家庄村的人常引以自豪，他们的祖上世代风流，不乏能人贤士，清以后村运逐渐衰落，人才凋零，出的人才远不及古代多，就这目前在外边当干部的人中，光副处级以上者就有二十多位，不管人才率还是人才质量，在刈陵县都是名列前茅的。"

"黎侯古墓发生了这么大一起凶杀案件，如果不能尽快破案，我这个公安局长如何向十六万刈陵人民交代？如何向县委、县政府交代？是吧，段县长。"

"对，说得对老肖，破不了案，我们就对不起刈陵人民。我们是人民的公仆，做官不为民作主，不如回家卖红薯。"

会议结束后，肖刚对葛俊中说："葛队，明天，我们去医院看望一下黎苏元。"

"好的。"

葛俊中明白，黎苏元这边，是打开古墓血案侦破工作的一个十分重要的缺口。

第六章　黎氏后裔

黎家庄村旁有条小河，小河弯弯曲曲经黎家庄绕过道西村一直流向东南，经刘陵县的东关入浊漳河。据村志记载，黎家庄村在新中国成立初期是黎姓独居村庄，后来不断有外村人迁入定居，加上从山东、河南、河北逃荒来此落户，才有了黎家庄今天的三十多个杂姓。就这，黎家庄黎姓人家仍占到全村人口的百分之八十五，在黎家庄仍旧是旺族。

黎家庄村在皇侯岭镇乃一大村，有八百六十余户，二千九百来口人。

这是一座古老而美丽的村庄，地处黎家川边缘，地理位置、地理条件和地理环境十分优越。这里中间地势平坦，土地肥沃；周边三面环山，山川秀美。西面沿一条宽阔山谷直达刘陵县，东面一马平川通向东阳关，是刘陵县境内一块著名的小盆地、米粮川。

由于黎家庄建村年代久远，具有三千年的发展历史，因此地上地下文物古迹众多。自汉明帝亲敕建造起大通寺之后，武德三年（六二〇）开国元勋尉迟敬德亲自监工重修了大通寺，此后历代朝廷都相中了这块风水宝地，陆续在黎家庄修建起十多座寺庙，较为著名的有：大通寺、天齐庙、封神宫、黎家宗祠、五龙山五龙庙、霸王寨、塔洼杨戬庙、无影山罗汉寺、神斗洼明月庵、玉清山天坛庵、村南观音堂等。黎家庄村历史文化积淀深厚，文物古迹众多，在方圆三平方公里之内，能集中连片拥有十多座寺庙，这在刘陵县境内极为罕见。

五月十五日上午，也就是黎苏元被重击受伤的第三天，肖刚在县人民医院见到了黎苏元和他的妻子黎秀芳。这次肖刚特访黎苏元，除葛俊中大队长、马如斌副大队长外，随行的还有县公安局副局长贾文喜、交警大队大队长李连江。

黎秀芳当年是黎家庄村有名的大美人，居十大美人之首。

黎家庄美女出名地美，只要是黎家庄的闺女就有三分姿色，丑的很少，即使长得稍微丑点，也仍然看着顺眼儿。黎秀芳虽已近六十岁，但从她那十分姣好的面目上，仍然可以捕捉到三十年前黎家庄村头号大美人的迷人风采。

黎苏元被重击绝非偶然，必定与犯罪嫌疑分子盗窃古墓大有关联。肖刚清楚，盗墓者如不先除掉黎苏元这根钉子，他们首先就过不了黎苏元这一关，要知道他年轻时可是有一身好武功的，现在虽然年岁偏大、有腿疾，平时不怎么练功了，力气明显不如当年，但撂倒三五个壮汉还是不在话下。肖刚觉得，要想尽快拓开古墓血案侦破工作局面，必须首先搞清楚黎苏元为什么被打、为谁所伤，这一点不可忽视。

黎苏元被击成重伤后，在医院一直昏迷了一天一夜才勉强脱离了危险。这两天虽然情况有所好转，但由于伤势过重，头上被击出一个直径五厘米的血洞，右脸颊在倒地时被石块擦掉一大块皮，左肋骨断了三根，左大腿膝盖骨粉碎性骨折，这两处重伤，应该是凶手在老黎昏迷后补打的。由于重伤后身体极度虚弱，黎苏元说不上几句话便上气不接下气。

所以医生只允许肖刚和黎苏元谈话十分钟。

"老黎，你能不能想得起来，那天夜里是如何被打的？"

黎苏元脸色发白，嘴唇干裂，喘息着对肖刚说："肖局长，咱老了，不中用了，要是放在二十年前，唉，枉我还是有点功夫的人呢！那天夜里，因为事情来的突然，我根本没来得及防备就被击倒在地，当时只觉得脑袋伤口处火辣辣地疼痛，本来夜就暗，加上鲜血又流了一脸，眼睛一片迷糊更加视物不清。在我倒地后，那人又接连在我的头上、腰上、膝盖上重击了十几棍，很快我就不省人事了。"

"老苏，那也不能说你功夫退化了，主要是你没有任何防备，又是在黑夜，才中了那人的招儿。你觉得，那个人你认识吗？"

黎苏元深思了一下说："夜色太浓了，人的模样看不清，个头大概和我差不多比我低点，较瘦。我在迷迷糊糊之中，感觉这个人还弯下腰伸手摸了摸我的鼻息，说了声'好，可以回去交差了'。"

"对了，"黎苏元又补充说："那人在打我之前，好像叫了我一声老黎，声音沙哑，气息不怎么壮，岁数应该不小了。他既然叫我老黎，可能认识我，听声音好像是，是张烁奎，不一定，只是觉得像。"

"张烁奎，哪个村的？"

"道西村，和我岁数差不多，大概比我小一两岁吧。"

肖刚又问黎秀芳："听说是你报的案？"

黎秀芳抹了把眼泪回答说："是，是我报的案。"

"你是怎样发现老黎被打了？"

"老黎出门时我就觉得不大对劲、不放心，回到家里后，我左思右想不对头，于是就拿了把手电追了出来，几乎是一溜小跑追赶他。果然不出所料，追到离黎侯王陵不远处，就看到老黎倒在血泊中。当时我被吓傻了，使劲地哭喊救命，幸亏子貌当时正好路过，听到我的呼喊，停下车跑进古墓地，帮我把老黎送到县人民医院。"

交警大队大队长李连江接话说："不错，是这么回事。经查，这位司机姓孙，叫孙子貌，某单位副职，黎家庄村人。"

肖刚还想问一些其他情况，护士轻轻推门进来说："肖局长，时间到了，病人需要休息，可否另找时间再谈？"

"好的，老黎，就不影响你休息了，愿你早日康复。"

"谢谢肖局长。秀芳，送一下肖局长他们。"

走出病房，肖刚放低声音对葛俊中说："葛队，通知马队和张华，重点排查六十到七十岁瘦高个的男人，特别是那个叫张烁奎的，要重点排查。我想，凶手夜入古墓地将黎苏元击成重伤，目的很清楚，意在移除绊脚石，为盗窃古墓扫清障碍。李队，你们交警的重点，是尽快布防设卡，凡过往黎侯古墓方向的车辆都要检查，发现可疑人物尤其是携带文物的立即拿下。还有那个叫孙子貌的，这个人有疑点，黎苏元刚被打，他就正好路过，这么巧合？要查一查，尽快查清楚。"

肖刚对这次医院之行还是比较满意的，虽说黎苏元提供的线索比较模糊，但毕竟有了一条新线索，只要能找到打伤黎苏元的人，就能顺藤摸瓜找到幕后指使者。

在医院大门口，肖刚又和黎秀芳攀谈了一会儿："黎婶，应该说你对黎侯古墓和黎家庄村的基本情况比较熟悉了，老黎是如何当上守墓人的？"

黎秀芳协助黎苏元护陵数十年，不但跟着黎苏元学文化，还学了许多考古知识，对黎侯古墓颇有研究，对古墓的来龙去脉了如指掌。

黎秀芳笑了笑说："可以这么说。皇侯岭一带姓黎的人很多，特别是黎家庄村。据《刈陵县志》记载，刈陵县乃是世界上黎姓的发源地，古黎国的国君是全世界黎姓族人的先祖。然而在二十世纪三十年代以前，刈陵县没有一个姓黎的人，皇侯岭下的十几个村庄百分之八十以上的人姓李，而黎姓一族仅在二十世纪四十年代才在刈陵县出现。为何古黎国所在地却没有一个姓黎的，所有的人都有这样一个疑问：岂非怪事？"

黎秀芳顿了顿，继续说道："说怪其实不怪。据传说，自发生西伯戡黎事件之后，周文王灭掉了黎国，黎氏后裔为避株连九族之祸，纷纷隐姓埋名，有的姓了张，有的姓了王，也有的姓了杨，还有的姓了田，但姓了李的黎氏后裔尤其多，因为李与黎两字谐音，喊一声老李和喊一声老黎听起来差不多，这就是为什么皇侯岭下的黎家庄、大李、吾尔峪一带李姓人家特别多。"

肖刚微笑了一下说："黎家庄也不敢再叫黎家庄了，改称李家庄了。"

"一点不错肖局长。"黎秀芳回头望了一下病房，然后接着说："经过三千多年的生息繁衍，这几个村的李姓家族更加庞大，可在这么庞大的李姓人家中，到底哪些才是真正的黎氏后裔？因年代太过久远，早已无法分辨了。好在一九四四年六月，黎家庄有一个三十七八岁的落魄书生勇敢地站了出来，自称是黎氏后裔，带头废李复姓黎。这个人叫李广太，复姓黎后，叫黎广太。之后，按照家谱链条所循，黎家庄村陆续恢复黎姓的人家竟有六百五十余户，二千五百二十六口人，占到全村人口的百分之九十以上，成为黎家庄村的绝对大族。自然，李家庄又被正名为黎家庄。附近的几个村庄的李姓人家，十有八九都恢复了姓黎。"

"黎广太就是那个时候被黎姓族人推举为黎姓家族首任族长的吧？"

"对。因为经常有不法分子滥盗古墓，所以一九四五年四月黎广太在距黎侯古墓一百多米的地方搭建了一座茅草屋，义无反顾地当起了古墓守护人。黎广太老人忠厚老实，心地善良，在此一守就是近三十多年。黎广太认为，他们这些黎姓子孙，有责任看护好老祖宗的坟茔，他甘愿在此终老一生。一九八一年秋黎广太老人死后，老人的一个本家侄子，四十一岁的黎苏元接替了黎广元老人的守墓人职责。"

"噢，黎苏元是黎广太老人的亲侄子？"

"是的，亲侄子。一九八八年皇侯岭旅游管理局成立后，老黎和我一同被转为旅游局正式职工，被正式任命为刈陵县重点文物保护单位——黎侯古墓看护员。"

肖刚低头看了一下表说："谢谢你黎婶，你说的这些很重要，这样我们就对黎侯古墓有了基本的了解。为了早日将盗墓犯罪分子绳之以法，还请你和老黎多帮忙。"

黎秀芳神色黯然地说："那是的，也不知道老黎还能不能挑起这副护陵重担？唉，作孽啊。"

和黎秀芳了解了一些情况后，肖刚等人离开医院，返回局里。

第七章　突遭毒手

日头虽然偏西开始发红，但离落山起码还要一个多小时。

这是一片斜坡地，倾斜度还相当不小，每块地都有一座高堰，平均高度在一点五米，最高的地堰有近三米，可以在上面打窑洞，形成一坡梯田。梯田层层叠叠，一直延伸到北极山脚下。由于地堰较高，一般在堰上干活的人，很难看到堰下的人。

张烁奎的这块地的地堰就很高，足有两米，地里种的是玉茭。前几天地里刚浇过一次水，玉茭几近疯长，一天拨一节，绿油油，旺滋滋，谁见了都竖起大拇指夸赞说："烁奎好把式，种出的庄稼就是不一样。"

每每受到别人夸奖时，张烁奎心里总是乐滋滋的："咱是谁？八级老农，政府都承认咱是种田能手。嘿嘿。"

"准备走哇老哥。"一个中年人肩扛锄头，从坡上下来，招呼张烁奎说。

"不迟，你先走哇，我再稍等一会儿。"张烁奎回答说。

张烁奎走到地堰边一棵巨大的老核桃树下，先是将锄头在一块大石头上磕了磕，将上面沾着的土抖掉，靠在大核桃树上，然后脱下鞋找了根小木棍抠了抠鞋上的泥巴又穿上。看了看天色，张烁奎将草帽垫在石头上坐下来，掏出烟袋装满了烟丝，吧嗒吧嗒抽起来。他想，天还早，先歇歇，抽完这袋烟再回家。

起风了，玉茭叶子发出啪啪啪啪的响声，哧溜一声，一只惊兔窜出玉茭地跳向下堰。

"老哥，给咱装一袋，让咱也过过瘾。"

冷不丁背后有人说话，把毫无防备的张烁奎吓了一大跳。

张烁奎扭转头一看，不知什么时候，两个人像鬼魂一样毫无声息地站在他的身后，看样子，这俩人年龄都在三十一二。一个高约一点七米，肤色微黑，光头，长得又粗又胖，很陌生；另一个较矮，也就一点六五米的样子，面色发黄，留一小平头，张烁奎好像在那里见过这个人，有印象，可就是一时想不起来。

张烁奎有些纳闷，心想都这个时候了，这俩人来这里干啥呢。于是就问："看你俩面生，你俩这是。"

"你就是张烁奎？"光头问，脸上没有一丝笑容，两只眼睛狡黠地眨了两眨。

"是啊。你们，有事？"张烁奎有些发蒙，咱又不认识这俩人，他们怎认得咱？奇怪。

"找你，"小平头笑了笑说，"跟我们走吧。"

"去哪？我不认识你俩，叫我干吗？"

"那就对了，你要认得我俩不就坏事了？"

张烁奎听这俩人的话音有些不对头，似乎对他不怀好意，莫非……想到这里，后背突然一阵发凉，脑皮发诈，浑身立马起了一层鸡皮疙瘩，说话也有些结巴："你，你们，这是，是。"

"熊哥，别跟他说废话了，动手。"

两人上前一步，一人一只手，迅速把张烁奎抓了起来。

张烁奎没想到这个光头说干就干，没等张烁奎反应过来，俩人便将他抓了个结实。而且这俩小子还挺有劲，张烁奎使劲甩了两下也没能挣脱，惊呼一声道："熊？熊哥？原来是你们，为什么抓我？"

"为什么抓你，难道你不清楚吗？"光头嘿嘿冷笑一声说："好，反正你也活不成了，就让你做个明白鬼吧。办事不力，留下黎苏元这个活口，你知道会给咱们造成多大麻烦吗？"

小平头有些不耐烦了："熊哥，跟他废话有屁用？"

见张烁奎还想挣扎，被称作熊哥的光头在他的屁股上狠狠踢了一脚，厉声喝道："老东西，想活就老实点！"

张烁奎不再挣扎了，他知道，挣扎是徒劳的，非但无功，反而会激怒这俩小子，事情会变得更糟糕。

小平头交给光头抓牢了，腾出手从裤口袋里掏出一条麻绳，三下五除二将张烁奎的手反绑起来。突然，张烁奎想起来了，眼前这个小平头是邻村王秃孩家的二小子。他像抓到一根救命稻草一样，立刻大叫道："我认识你，你是皇后岭村秃孩家老二。侄儿，咱爷们。"

呼！小平头没等张烁奎把话说完，一拳就照张烁奎的太阳穴猛击过去，张烁奎脑袋一歪，晕死过去。

光头大惊："你干啥？堵上嘴不让他出声就行了，打晕了，怎么往回弄？"

"没事，我背上走。这老家伙认出我来了。"

"到哪下手？"

小平头想了想说："有了，我知道一个好地方，用车拉到三尧头乡马家垸，十几里不到二十里路，不远，那里很偏僻，比较隐秘。"

小平头将张烁奎扛在肩上，边往外走，边嘱咐光头："熊哥，把张烁奎所有的东西拿上，不能留下一件。"

真是人生无常，张烁奎做梦也不会想到，抽了一袋烟的工夫，就把条老命丢了。

一轮红日好似一个巨大的血圆盘悬挂在西面的天边，即将沉没的夕阳把它那金色的阳光毫无保留地抛洒在笔直而宽阔的大道上。奔流不息的车辆呼啸而过，带起一片细细的尘雾。火红的晚霞催归着繁忙了一天的上班族，人人脸上刻满了疲惫的印痕。人行道上，有两个人正由东向西缓缓行走，斜阳把两道人影拉得很长很长。这两个人一个是刈陵县协管政法工作的副县长段克非，另一个是威震刈陵赫赫有名的县公安局局长肖刚。

肖刚约段克非副县长出来走走，主要基于段副县长是黎侯古墓邻村人，对古墓以及古墓所在地黎家庄村的情况比较熟悉，他想听听段副县长对"古墓血案"侦破工作的意见和建议。

一群乌鸦从天上飞过，数量很多，天仿佛一下子暗了下来。

段克非抬头望了望结队飞行的乌鸦，轻笑了一声说："肖局长啊，你看这飞禽走兽怪不怪？一聚聚这么多。人以群居，物以类分，说得真是不错啊。"

"是啊，"肖刚接答道，"团结起来力量大这个道理看来并非人类的专利，动物们也懂。"

"唉，真是不利索。"

肖刚有些不明白，偏过脸来问道："段县长的意思是。"

段克非副县长一怔，又轻笑了一声说："我是说，这段时间咱们的案件侦破工作不大利索，一周过去了，仍没有半点线索。"

"是啊，这个案件是有点复杂，几乎无从下手，不过我相信，不管案件有多么复杂，我们总会找到作案人把柄的。"

"我相信，"段克非微微一笑说，"我相信肖局长的能力，不过要快，要尽快把杀人凶手揪出来正法，绝不能手软。"

"请县委、县政府领导放心，只要有我肖刚一口气在，就绝不会让任何一个犯罪分子逍遥法外。不过，我们还要请段县长多多指点，你不但工作经验丰富，而且是当地人，对古墓以及周边的情况比较熟悉。有你的大力支持，我相信这桩血案一定能早已破获。"

"好，好的。"

肖刚斜睨了段克非一眼，似乎觉得段克非心事重重，因为他分明看到，一抹忧愁写在段克非的脸上。

是的，段克非不能不忧虑，他的家乡发生了这么重大的一件凶杀案，黎侯古墓被盗掘，他作为联系协管政法工作的副县长，如果不焦虑、不在意、不发愁那才真叫怪呢。

古墓、杀人现场、愤怒的黎家后裔、黎苏元、野兽派等像幻灯片一样，反反复复地在他的脑海里出现。他感觉到，在古墓血案的背后，隐藏着说不清的可怕玄机，在刈陵县的上空，笼罩着一股令人不寒而栗的浓重杀气。这股令人可怖的浓重杀气会不会危及到他段克非？因为他不但是联系分管政法工作的副县长，而且还是对黎侯古墓情况了如指掌的人。了解黎侯古墓情况的人中，黎苏元已经惨遭毒手差点要了老命，下一个被犯罪分子袭击的目标又该是谁呢？所以这些天来，他的思绪老是走神，心里乱的像一团麻。

不觉夕阳西下，夜幕降临。

段克非副县长抬头看了看将要沉没了的太阳，拍了拍肚子说："老肖，走吧，我这肚子提意见了。"

"好，咱们往回返吧。"

肖刚边走边接着说："段县长啊，不瞒你说，我从警二十几年来，大案要案不知破获了多少个，包括一些相当有难度的复杂大要案。但是这一次的古墓血案有些特别。我感觉到，不光是县委、县政府领导在看着我，十六万刈陵人民在看着我，古黎国国君黎恭和他的三万将士在看着我，黎家庄村二千九百多名村民在看着我，就连黎侯古墓地那五个死者也死不瞑目，在死死地盯着我。"

一只夜出觅食的猫头鹰在树上突然凄厉地叫了一声，陷入深思中的段克非激灵灵地打了个寒噤。

正说话间，肖刚的电话响了："肖局，我是马如斌。有群众报案称，在三尧头乡马家垅村小通天河桥的涵洞里发现一具男尸。"

"知道了，我马上回去。"

"怎么了肖局长？"段克非问。

肖刚眼盯着段克非的双眼说："黎家庄村的张烁奎被人杀了。"

段克非一惊，脸色骤变："又死了一个，肖局长，你们怎么搞的？那你快去吧。"

第八章　桥下男尸

肖刚和葛俊中、马如斌带人火速赶到案发现场。

三尧头乡马家垸村东的小通天河石桥下，一具男尸蜷缩在狭小的涵洞里。

"妈呀，真惨，是谁干的？太残忍了。"

"看这个人至少有六十多岁了，这么大岁数了不至于和人打架吧？"

"打架？嘿，咱瞧着不像。一般打架还能动刀子？以我看事情没有那么简单。怕是，仇杀吧，没有极端仇恨，哪能惹上杀身之祸？"

围观群众你一言我一语地在议论着。

这是一具男尸，年龄在六十岁上下，瘦高个，一米七六左右，长方脸、大眼睛、高颧骨。上身穿白背心，外罩一件灰色秋衣。下身穿一条青色西裤，裤脚上沾满了泥巴。脚上没有穿袜子，赤脚穿着一双黄秋鞋，鞋子上也沾满了泥巴。尸体的上身有三处致命刀伤，其中有一刀直插心脏。从伤口的腐烂程度上推测，死者的死亡时间应该超过了四十八个小时。

"哇，哇哇！妈呀。"

将近六月天了气温较高，腐烂的伤口处有许多的蛆在涌动，刺鼻的尸腐臭味令人作呕。刚参加工作两年多的年轻女刑警单如燕，第一次看到腐尸，嗅到腐尸发出的阵阵恶臭，忍不住大口大口地呕吐，吐得翻江倒海，难受得脸色发白、腿发软。

勘察结果显示，死者与黎苏元口述的那个袭击他的张烁奎，年龄和身高相吻合。

为什么警方正在调查此人，此人就遭到暗杀？被谁所杀？

肖刚敏锐地认识到，在袭击黎苏元事件背后，一定还有深层次的幕后操纵者，这个幕后操纵者不但可恶而且可怕。幕后操纵者之所以要杀掉张烁奎，可能是因为死者没有完成指定的任务，只将黎苏元打成重伤而未致他死命，给警方留下一个活口，能不威胁到幕后操纵者的安全吗？既然影响到了幕后操纵者的安全，当然就得将其灭口了。

"天马上就要黑了，收起尸体吧。"肖刚对马如斌副大队长说。

马如斌抓紧拍完最后一组照片后，协同几个刑警把张烁奎的尸体从涵洞里拖了出来，迅速装进密封良好的尸袋里。

肖刚向大家一摆手说："咱们再走走，看能否发现新的线索？"

肖刚带着葛俊中、马如斌和另外几个刑警，沿着小石桥附近地区的乡间道路、田地渠埂认真察看，希望能找到一些有分量的证据。

这里距马鞍山有三里多远。从马鞍山到 207 国道大约有七里地，慢坡顺势而下，坡度最多也就三十来度的样子，比较平缓。这里虽然有大片大片的土地，但由于地处山区，缺少水源，都是些旱薄地，庄稼长得像狼吓着似的，看上去又矮又细可怜巴巴。

据村民们介绍，马家垅这地方以前不叫马家垅，叫五道坡。五道坡前边的那座山叫三皇脑，三皇脑因其顶峰有一座供俸三位远古圣人女娲、伏羲、神农氏的庙宇而得名。

十几年前，县委、县政府组织机关干部突击了三个春秋，在这片旱薄田里栽下三百多亩苹果树，成立了马鞍山农场交给县林业局管理。可惜的是，当时没有选上好一些的果树品种，加上经营不善，果树挂果不到五年便出了问题，苹果卖不出大量积压，果树也因腐烂病大量死亡。县里看这农场是没法经营下去了，便下令把果树全部刨光还林于农，把这三百亩土地划为移民区，供生存条件十分恶劣的边远山区农民移民使用。

近几年来，在县委、县政府的安排下，已陆续有二十几户山民入住移民区。

"葛队，对这起案件，你怎么看？"肖刚问道。

葛俊中深思了一小会儿才回答道："肖局，道西村离此地有十几里路，张烁奎尸体怎会出现在这里？我觉得这里不是第一现场。"

肖刚十分欣赏葛俊中的回答方式，就是要深思熟虑。

"不错。"肖刚说："这里不是第一案发现场，尸体是从别的地方转移过来的。"

"那，张烁奎被杀，会不会与黎苏元被打有关？"

"应该是的。葛队长，说一下，你是怎么看出这里不是第一案发现场的？"

葛俊中指了指死者的裤脚和鞋子说："死者的裤脚和鞋子上沾满了泥吧，说明张烁奎死前曾在田地里劳动过。可我刚才已经初步了解了一下，这里是干旱地区，没有一块水浇地，而近几天来也没有下过雨，地里都是干的，死者的裤脚和鞋子上哪来的泥巴？况且，这里的人没有一个人认识张烁奎，张烁奎来马家垅帮忙种地的假设不成立。最重要的是现场既没有打斗痕迹，也没有喷射状的血迹，所以说这里绝不是第一案发现场，尸体应该是从另一个地方转移过来塞进桥洞里的。"

肖刚赞同地点了点头。心想，是了，这小子进步了，成熟的多了，看来我老肖没有走眼。

肖刚突然想到一件事，马上对马如斌说："小马，你们把尸体带回去解剖。葛队长，你回去后把张烁奎的相片尽快洗出几张来。"

"好。"葛俊中对几位刑警说："把尸体带上，咱们走。"

回到局里，天已经完全黑了下来。

肖刚他们简单吃了点晚饭后，继续讨论张烁奎被杀这个案子。

小通天河石桥涵洞里的尸体经调查核实，死者确系张烁奎无疑。张烁奎，男，六十二岁，道西村农民。

上次从医院走访黎苏元回局后，肖刚就立即将案件初探情况报告给了县委常委、政法委书记梁剑雄和联系政法工作的副县长段克非。段克非副县长颇为吃惊："会是他？这个人我认识，一个村里的，一块从小长大，虽然他比我大几岁，但我们还是能合得来，经常在一块玩。我参加工作后和他见面的机会少了，但每当我回到老家，还是要去他家坐一会，简单炸一碟花生米，随便炒个土豆丝，老哥儿俩喝点小酒叙叙旧。这个人性格比较内向，平时不多话，给人的印象是老实巴交。这样的人会是盗墓贼？我有点不相信啊。"

梁剑雄瞅了段克非一眼说："段县长说的不是没有道理，但人不可貌相，知人知面不知心，性格内向之人往往深藏不露。如果袭击黎苏元的凶手果真是张烁奎的话，那么这个人目前对我们来说很关键，我建议对这个人进行调查。"

按照梁剑雄的指示，肖刚立即安排对张烁奎进行调查，没想到，当警方刚开始对张烁奎进行外围调查，尚未和他正面接触，张烁奎便被暗杀了。

张烁奎的死，似乎使得刚有点眉目的案件调查又走入死胡同。

"张华，你说过，你连续到过张烁奎家三次，但一次也没有见过张烁奎，是吧。"肖刚问。

"是的。"

张华将水杯放在桌子上，边抽出一张餐巾纸擦拭滴在桌子上的水点儿，边回答说："第一次去的时间是上午九点多，他老婆说到柏官庄村他闺女家了。第二次去的时间是傍晚十九点四十分左右，还不在，他老婆说在老西垯地里干活还没回来，随后我到老西垯他家承包地里看过，没见人。第三次……"

"行啦。第三次，打工走了，问他老婆，只说在太原，具体地点不知道，如果欲作进一步查究的话，需到省城一趟，但我们还没来得及到省城，这个张烁奎便被杀了。这是你在给我念汇报上写的内容。小张，张锁奎的老婆为什么一会儿说张锁奎去了柏官庄，一会儿又在省城？是张烁奎在撒谎，还是他老婆在搞鬼？这里有几点疑问你考虑过没有？"

"这个，"张华的心里咯噔一下，"这个我倒没认真去想。肖局，你的意思是说，我在暗查张烁奎的过程中，有什么纰漏？"

"那倒不是，我觉得有几个环节应该做进一步的研究分析。"

肖刚掏出一支香烟，但一时找不见打火机，正好葛俊中又在把玩他的铜打火机。

"来，肖局，给你点上。"

看着打火机喷出的淡黄色火苗，肖刚笑了："葛队，及时雨啊。哈哈。"

深深吸了一大口，肖刚靠在椅背上，微微仰起头，缓缓地将烟雾喷出。这也是肖刚的一个习惯动作，表示他在作深刻的思考。连吸了三口后，突然坐直身来，眼睛盯着张华说："小张，不对，第一次你去的时候，这时候张烁奎肯定在家，但故意避而不见。第二、三次是真不在家。"

"肖局，你怎么知道的？"张华表现出一迷茫。

"我怎么会不知道，不知道我还当什么公安局长？"

正在这时，一位刑警推门进来说："肖局，死者的相片洗好了。"

肖刚把一沓照片往公文包里一塞，对葛俊中说："走，到县人民医院。"

"你是说……。"

"找黎苏元验证一下。"

黎苏元看了照片，肯定地说："不错，这个人就是道西村的张烁奎，难道，那晚袭击我的真的是他？"

肖刚脸色十分严肃："我们该早一步对张烁奎采取行动的。不过，幸好我们还有一条途径，小张，具体查一下孙子貌的情况。"

"好的局长。"张华挺了挺胸脯，回答说。

第九章　不速之客

翌日早晨，鼓楼街弯脖巷。

弯脖巷虽叫巷，实际上是一条街，只不过是条明清老街，稍显窄了点而已，一街两行的仿古建筑古色古香，钟灵毓秀，气合天地。

天刚蒙蒙亮，弯脖巷便来了一位不速之客。

这人东张西望，一副贼头贼脑的样子。只见他鬼鬼祟祟、缩头缩脑，走一步一回头，当来到一个砖包门楼前时，驻足抬头看了看门牌号点了点头，自言自语地说："对了，就是这家，上次倒是来过一回，没记牢。啧啧。"

扭头向后望了望，见四下没人，一闪身进了门洞，先从门缝向里瞧了瞧，才轻轻敲起门来。

"谁呀？"

从北屋传出一个老年妇女的问话声，从其苍老的嗓音上可以听出，这个老年妇女有七八十岁。

"大妈，我是子貌的朋友小鹏，刘小鹏，子貌在家吗？"

"噢，在，来了。"子貌妈边走边用围裙擦拭着手上的水球，过来拉开一扇门。

"哟？你叫什么，刘啥鹏？我好像不认识你呀。"

"刘小鹏，大妈，你忘了？半个月前，我和县土地局的李小君副局长一块来的，就是子貌生日那天，我们和你儿子是好朋友。李小君你该认得，城建局退休老局长李亦昌的儿子。"

怕子貌妈还弄不清楚，干脆把脸凑近了，指着额头上最显眼的标志，一道紫红色伤疤说："大妈，你仔细瞧瞧，我这张脸，好好想想。"

子貌妈仔细看了一回，特别是看到那道像一条巨大毛毛虫般的紫色疤痕，终于想起来了，一拍脑门轻笑道："噢，对对，看我这记性。我想起来了，那天我家子貌过生日，来的朋友不少，我年纪大了记不住。对你有些印象，那天你喝多了，吐了很多都吐出血来了，晚上没走住在我家，我还给你熬了碗白萝卜汤醒酒。对，就是你，没错，进来吧。"

自称刘小鹏的人躬了躬腰说："谢谢大妈。"说着就去关大门。

子貌妈赶紧说不用关门了，这都快六点了，叫它开着吧。

"哎，不敢大妈，你没听说？"刘小鹏压低嗓音，神秘兮兮地说："这些天咱县来一伙坏人，入室偷抢东西不说，还杀人。"

"真的？"子貌妈吓得脸都白了："娘哎，那，那赶快把门儿关上，快把门儿给咱关上。"

刘小鹏扭转身来，边关门边窃笑。

刘小鹏说得这个李小君局长是哪路神仙？说他可能知道的人不多，可要提起他老爸李亦昌，那可是在刈陵县大有名头的，曾长期在县城建局工作，十年前从局长的位置上退下来。李小君是李亦昌李局长的公子、独苗，刚三十八岁，在县土地局任副局长。虽是副局长，但由于正局长上个月因群众举报有贪污国家整理土地专款和收受贿赂嫌疑，被县纪委双规，李小君受命暂时主持土地局工作，有传言说，李小君有可能接任县土地局长一职。而李小君也觉得，无论凭年龄、学历，还是凭靠山和经济实力，别人无法和他竞争，这个局长宝座非他莫属。

子貌妈把刘小鹏让进院里在小石桌边坐下，给他倒了一杯水，就去喊子貌起床。

孙子貌听说有人来找他，急忙爬起来拉开窗帘一角，一看来人，连衣服都没赶上穿便跳下床和来人打招呼："呦，是你小子啊。"

"孙哥，你先坐下，有好消息报告，附耳过来。"

孙子貌急忙把脑袋紧靠刘小鹏的脑袋。

"大前天傍晚，道西村的张烁奎被人干掉了。"

"啊？怎么回事，杀他干吗？一个老实巴交的农民。"

"错，孙哥。"刘小鹏压低声音说："他是野兽派的人。"

"真的还是假的？"

"当然是真的了，我还会骗你？只不过这个张烁奎没什么名声，在野兽派也就是个普通成员而已。"

"你怎么知道他是野兽派的人？"

刘小鹏嘴一撇："你不要忘了，我可是人称百事通的啊，下到普通百姓上到中央首长，没有我刘小鹏不知道的。"

"对，你小子是百事通，我信。那，野兽派为啥要杀自己人？"

"他该死。这个，"刘小鹏感觉有点失言，急忙叉开话题，"哥，这张烁奎一死，你也就高枕无忧了。"

孙子貌还是有些不太明白："你什么意思？"

"什么意思你心里明白得很，因为他是你孙府的常客，你手里的货，"刘小鹏猛然觉得自己的话多了，马上转移开话题，"孙哥，我今天来是想问你，你最近手头有没有货？我有买家。"

看了刘小鹏一眼，孙子貌微微笑了一下说："有什么货？就俩破瓷盘。"

"不对吧？我怎么听说哥你最近淘到不少宝贝，能否拿出来让小弟开开眼？"

"哪有的事？闲扯淡。"

刘小鹏挤了挤眼，搓了搓手背，一时不知道话该怎么接。僵了一小会，刘小鹏无奈地摊了摊手说："孙哥，你这是不放心小弟。"

时间如梭，日出日落，一天很快过去了。

夕阳西下，满天红霞。

夕阳下，整座城隍庙沐在一片金色的阳光之中，美极了。

段克非副县长吃罢晚饭，闲来无事，就一个人出来走走，漫步到城隍庙三角楼前，不知不觉地被眼前这美妙的景色所陶醉。

"怎么，是不是咱们的段县长从没见到过这么精美的古建筑？看得这么入神。"

不知什么时候，梁剑雄站在了段克非副县长的背后。

"哎哟，梁书记呀，你走路脚步声不能大一点吗？像个老猫似的，吓我一大跳。把我的魂吓掉了，你赔呀。"

"哈哈哈哈。"梁剑雄大笑着说："我赔，吓掉你魂我管赔。吓掉你一个赔你两个，一个阳魂，一个阴魂。"

"哈，哈哈，梁书记你真会开玩笑。我的直觉告诉我，你找我肯定有什么事。"

"哟？没事就不能找你？哈哈，你猜错了，今晚我可没找你，我是出来散步的，见你望着三角楼如痴如醉，觉得好奇，就走了过来。段县长，你如果没有其他事，咱们就随便走走？"

"好，好哇。俗话说饭后百步走，能活九十九，这是养生之道。"

"哇，哇——"

几只归巢乌鸦落在城隍大殿的琉璃屋脊上，或而低下头用嘴梳理羽毛，或而抬起头欢叫几声。

他俩沿街走向东河大桥，在大桥上看了一会日落。之后，又折下大桥，慢步走进黎侯公园。盛夏的黎侯公园熙熙攘攘，人来人往，到处都是纳凉消夏的人群。百余个妇女（夹杂有少数男人）围着一台音箱在欢快地跳着舞，使整个公园热闹非凡。

"段县长，很显然，黎苏元被张烁奎所伤，而张烁奎很快就被杀掉，这两者之间，绝不会孤立存在，一定有密切的关联。你说，这个张烁奎会不会是被自家人杀死的？"

"有这个可能，"段克非答道，"盗墓组织为了消除阻力，扫清障碍，为他们盗挖古墓创造便利条件，他们第一个要下手的，应该是古墓的看守员黎苏元了，他们知道黎苏元这个人不好斗，所以便采取了偷袭这样卑鄙的手段。"

"这个黎苏元怎么不好斗？"

"这个人可不是一般的人物，三十多年前，他在咱刈陵县可是有名的武林高手。"

"噢？这个黎苏元精通武功？"

"那是当年的事，现在不行了，他早就成了残废无法练功了，'文革'时被曾建考打断了腿。我们是邻村，我和黎苏元小时候经常在一块儿玩，我比他小八九岁。黎苏元从小就拜在性空山尘空道长门下学艺，黎苏元武功虽好，但比李亦昌要差一点了。"

"李亦昌？他和黎苏元什么关系？"

"就是咱刈陵县城建局原局长李亦昌，我怀疑，打伤黎苏元的，很有可能与这个李亦昌有关。"

"如果打伤黎苏元的是李亦昌指使的话，他为什么要这样做？"

"这里有些乱，咱们往前走走，边走边说如何？"

梁剑雄呵呵一笑说："悉听尊便。"

"他俩从小就是死对头，见面几乎不说话，当时，曾建考是村革委副主任，而兼黎家庄村革委会主任的，正是李亦昌。我怀疑，这个李亦昌，有可能是盗墓组织的头目。"

"噢？有意思，说来听听。"梁剑雄似乎对李亦昌这个人有了兴趣。

"我刚才说得县城建局老局长李亦昌你该熟悉吧？他儿子是土地局的常务副局长。"

"他不是十几年前就从领导岗位上退下来了吗？此老身体特棒，七十几岁的人了，看上去还不到六十岁，现任县关工委副主任，对吧？他儿子叫李小君，嗯，有点印象，但不太深。"

"要说他俩为啥结怨？事情还得追溯到七十多年前。"

第十章　因穷受戏

那是一九三五年早春的一天。

今天在世的老人们都还清楚地记得，那天上午，黎家庄十几个村民在村口一向阳处晒太阳，大家你说东他道西，你说狗他讲鸡，你一言我一语地聊得正欢，就见一个蓬头垢面、破衣烂衫的壮年人，挑着一副破竹筐向黎家庄走来。走近了大家才看清楚，这人一头挑着一个褪了颜色的破皮箱，一头挑着两三个破包袱，还有三升旧小米，半袋烂粗糠。后面跟着一个面黄肌瘦，满脸病态的中年女人。女人拉着一个三岁左右的男孩子，长发蓬乱，骨瘦如柴。

骨瘦如柴的男孩子就是李亦昌，那个破衣烂衫的壮年人是李亦昌的爹，面黄肌瘦的女人是李亦昌的母亲。

李亦昌的爹是个大丈夫，倔强耿直，宁折不弯，从不为五斗米而折腰。但此刻他人流浪在外，居无定所，犹如大海中的一片浮萍，大丈夫能伸能屈，为了妻子、儿子，不得不委屈一下这两条高贵的腿。再说，下个跪也赔不了什么，最多两只膝盖上沾些灰土而已，但只要能在这个村里暂时落下脚，免得四处流浪客死异乡，就谢天谢地了。

因此，他跪下了。

他生平第一次给人下跪，他和他的妻子双双跪在村口晒太阳的十几个人面前。

他分明感觉到，他的面部在燃烧。尽管这里面有一多半人比他岁数小的多，可他知道，落汤凤凰不如鸡，在落难的时候，只要是个人，哪怕是个三岁顽童，也都是他的大爷。

"大爷。"

他果然叫大爷了。不过，大家心里清楚，能当得起他称大爷的，在这十几个晒太阳的人中，唯有几个上了年纪的老人而已。

所以几位老人异口同声地说："嗨，嗨嗨。千万不要这样，有话好说。"赶紧把李亦昌他爹拉了起来。

"大爷，"李亦昌他爹对其中一位老人说，"俺姓李，叫李全有，俺们一家三口是从河北大名县逃难来的。俺家本来就穷得不能过，不想又遭了大旱灾，颗粒无收，不逃难俺们这一家非饿死不可，这才一路来到你们这里。求求你们了，大爷们，能不能给俺们找一个能遮风挡雨的地方？你们的大恩大德，俺李全有几辈子都忘不了。"

其中一位慈眉善目的老人似乎颇有同感，眼眶一红，落下几滴老泪来，弯腰把李亦昌他爹他娘搀扶起来说："孩儿啊，你们够可怜。不过不用担心，我给你们找个地方去。孩儿来，咱走哇。"

在这位好心老人的引领下，李亦昌一家住进村西头一所五十多年前因断子绝孙被遗弃没人住没人管的破院子里暂且栖身。

要说这院子破啊那也真是破得名符其实：一座破门楼顶部仅剩几片破瓦，两扇破门腐烂的似乎手指一戳就会垮掉；院子很小，最多只能放下五头大黄牛；东房早已坍塌，只留下尺数高的一段根基；西房还算有点样子，但也缺了一角，后墙咧开一道缝，眼瞅不收拾收拾是没法住人的。就数正北房比较好一点，虽然屋顶有几个窟窿，但不大要紧，抹上两把泥，扣上几片瓦也就可以勉强住了。这房屋虽破些，但毕竟还是个房屋，尚可遮风避雨；这院子虽小些，但关上破门也还能挡一挡鸡儿狗儿，抑或小偷什么的。

在这座小破院里暂且栖身，起码不用再受那风吹雨淋，蚊叮虫咬之苦。

穷，穷得难以启齿。李家的确穷，穷得出门老两口伙穿一条裤子，晚上三人共盖一条铺盖。一天三顿稀饭，顿顿清汤寡水。搬来黎家庄村的一年多时间里，李亦昌家一年四季全凭野菜充饥，粗糠果腹，日子过得那个心酸啊，别人看了都忍不住落泪。

因为家里穷，加上又是外地移民，幼小的李亦昌老是受到同龄孩子的欺辱。他走在大街上，人们总是对他指指点点，特别是小孩子们，总是拿他开涮寻开心。他清楚地记得，一天下午放学后，有四五个上下年龄差不多的小孩子把他拦下，其中一个比他稍大一点的孩子问他："昌子，咱给你破个门你猜猜。"

破个门是一句当地土话，意思是猜个谜语。李亦昌想，小子们啊，不要看你比我穿着光鲜，脑子比咱差远了，一个谜语能难倒咱？没门。于是就应道："行，你破哇。"意思是说你们出谜语吧。

那小孩子歪着头看了小亦昌一眼说："你听好了。那（土话：咱）家有个乖乖，白来（白天）走喽黑来（黑夜）来。你猜是个甚？"

虽然小亦昌比较聪明，但毕竟不是本地人，还当真没听过这样的谜语，想了半天也没猜出来，隔了一会儿，才不好意思地问："哥，猜不出来。你说，是个啥？"

"尿壶。"说完，几个小孩子哈哈大笑着跑掉了。

"尿壶？"小亦昌小脸一红，忙把脸捂上。

原来，这几个小孩子是拿他取笑。因为小亦昌的小名叫个"尿壶"。过去生活水平低下，医疗技术落后，许多穷人家的孩子早早地就夭折了。所以在当地有个风俗，为了希望孩子好成活，小名起的越难听越好，比如"蛋系列"：毛蛋、臭蛋、屎蛋等；"狗系列"：黑狗、白狗、臭狗等；"粪系列"：捣罐、圊梢、捣圊骨朵，等等。小亦昌的爹李全有入乡随俗，按黎家庄习俗给他取了个小名叫"尿壶"。

更有甚者，有些小孩子竟当面用儿歌羞辱他。因为在同龄的小孩子中，小亦昌长得又瘦又高，大家就给他起了个外号叫"小豆芽"。

他记得有个叫联苏的小女孩曾对着他唱了首儿歌："小豆芽，水漂漂，我跟你妈一般高。"把小亦昌当场逗哭了。

还有一次，一个小他许多的小男孩对着数十个男女孩子们的面，指着他的鼻子念道："这个孩，屁打来，你妈烧火你割柴。"引逗的孩子们哄堂大笑，羞得小亦昌满脸通红，真想马上找个地圪缝钻进去。这个曾羞辱过他的小男孩，就是后来考上大学曾被错划成"右派"的黎侯古墓守墓人黎苏元。

打那时起，李亦昌就和黎苏元结下了不解之怨。

时间长了，小亦昌对孩子们的嘲笑讥讽早已习以为常，每每受到侮辱时，他一言不发，只是捏紧小拳头，眼里放射出仇恨的光芒，他在心里暗暗骂道：日你祖宗，这个仇先记下，等老子长大了，一并和你们算账，哼！李亦昌曾问过自己一百多个为什么，为什么他家这么穷，为什么他常被小伙伴们羞辱，为什么他在外边受骂挨打后，爹总是唉声叹气却从来没有出面给他争过气？不过，当他懂事的时候，爹和娘经常给他忆苦思甜，讲过去怎么怎么穷，尝尽了人间难，吃遍了人间苦，一家人是怎么怎么才熬过来的。讲到艰难处，爹和娘总是哽咽难语，涕泪俱下。

李亦昌不太懂，爹娘给他讲这些时，他总会表现出一脸的茫然。

李亦昌长到十来岁时，已经知道一些世事了。有一次他问母亲："娘，咱家为啥那样苦？是爹不会种地，不会挣钱？"

"不是，什么都不是。"

"那是因为啥？"

"因为……唉，孩子，你就别问那么多了。"

之后，他又问过爹，爹先是露出惊讶之色，而后就沉默不语了。留给李亦昌的，是一脸又一脸的迷茫。好在小亦昌是个懂世事的孩子，大人既然不想告诉他为什么那么穷，自有不便告诉他的原因，打那以后，他就再也没有开口问过。

人常说风水轮流转，地脉三十年一周转，事实证明这话说得自有三分道理。当年李亦昌一家刚搬到黎家庄村那会儿家里穷得叮当响，吃糠咽菜饥一顿饱一顿的硬是挨了十多年。也许是那座破院子过了三十年地脉轮转过来了，抑或是李亦昌的爹时来运转，要不就是李亦昌命好给家里带来好运，反正到了一九四五年抗战结束后，八路军收复了上党地区，黎家庄村解放了。新中国成立后穷人翻身闹革命，打倒了地主老财，贫下中农翻身当了主人，作为贫农中的特号贫农，李亦昌家分到三间房子、六亩土地、一头骡子，从此李家开始过上了好日子。

好日子是过上了，但在李亦昌脑海里，永远不会忘记大人们说起他家过去贫苦艰难时候眼里那晶莹的泪花，忘不了小时候吃糠咽菜破衣烂衫的寒酸模样，忘不了因家里穷备受同龄小孩子歧视的困境。所以他发誓：一定要发奋努力出人头地，一定要干出一番事业，闯出一片天地，多多挣钱，成为一方乃至全刈陵县最富有的人。我要让小时候欺负过我的人看看，到底谁是英雄，谁是狗熊。

在对天发誓的时候，李亦昌紧握着双拳，眼里迸射出骇人的目光，如同两柄泛着犀利寒光的匕首让人不寒而栗……

第十一章 落叶归根

黎家庄村黎氏族人要针对黎侯古墓被盗问题召开家族会议。

这一消息不胫而走。侦察员张华得知消息后，及时给葛俊中大队长打电话报告情况。

"葛队，我是刑侦队张华。"张华的声音听起来有点焦急："黎家庄村黎氏族人明天上午要在黎氏祠堂聚会，主持会议的是族里元老黎之元，听说他们是要商讨保护古墓的事，我担心他们的举动会影响到我们的案件侦破工作，该怎么办？请明示。"

葛俊中在第一时间将这一情况报告给局长肖刚。

肖刚考虑了一分多钟才回答说："葛队啊，就目前情况看，黎侯古墓被盗以后黎氏族人情绪很激动，神经十分敏感，如果处置不当就会惹来大麻烦。你告诉张华，让他和黎之元老人沟通一下，请求让刑侦大队的同志们参加他们的会议，那位黎老是位资深科学家，他应该深明大义，知法懂法，按理说是不会出格的，我尽快把这个情况告知梁书记和段县长。你告诉张华，只需注意观察他们的动向就行了，不要随便发言，更不要轻举妄动，一旦出现异常情况及时报告。"

"好的肖局，明白。"

肖刚是了解张华的，这个年轻人毕业于三晋警察学院，脑袋聪明，反应灵敏，有勇有谋，虽然参加工作不足三年，却协助葛俊中破获了十多起大要案，是葛俊中大队长的得力助手，大家都叫他机灵鬼。小伙子在校时曾连续三届夺得全校散打冠军，南拳北腿样样精通，擒拿格斗在局里除肖刚、葛俊中和马如斌外没有敌手，有这样一位侦察员带队驻黎家庄村蹲点搞调查，肖刚十分放心。

这不？前些天肖刚还给县委副书记、县政法委书记梁剑雄推荐，把张华作为未来刑警大队长苗子来培养，说这小伙子很有培养前途。

下午四点半左右，张华在村支书黎小原的陪同下来到黎之元老人的住所。此时，老人正拖着一根长长的红色塑料水管，给大门左侧的一片毛竹浇水。虽然生长在高寒的北方，因得地气，这片毛竹长得特别旺盛，娇姿英挺，青翠欲滴。

"哟，小张来了？快请。"

黎之元老人热情地把张华他们请到院子里。

老人的院子不太大但却精致，三间北房宽敞明亮。小院非常干净，连一片纸屑都没有。小院东北方向有一个高约两米的葡萄架，浓绿的葡萄树下垂吊着几十束绿色的嫩葡萄，活像一颗颗绿色的玛瑙，看一眼便想流口水。葡萄架下安放着一个小石桌，石桌上深深地刻着一个象棋棋盘，四面放着四个精致的石墩，坐上去非常舒服。院子中央还开辟了一块五六平方米的小菜园，种植了豆荚、黄瓜、西红柿、茄子等蔬菜。小菜园的四周用砖块砌成一米高的"花眼格"围墙，围墙上面摆满了各种各样的小花盆，鲜花怒放，姹紫嫣红。

从小院的布局可以看出，黎之元老人的生活极有情趣。

他们在葡萄架下的石墩上落座，黎之元的老伴为他们送上茶水和香烟，并放了一盘五香爪子。

正如肖刚所说，黎之元老人十分通情达理，他爽快地答应了让张华他们参会，并对张华说："有你们参与更好，你们给咱族里那些愣头青讲讲法，我最担心的，就是怕他们脑子一热，做出什么过分的事情来。"

"是啊，"张华对老人说，"古墓被盗事件在黎家庄村黎氏后裔中激起巨大震动，他们对那些可恶的盗墓贼无比愤恨，盗墓贼的所作所为，已经到了无法容忍的地步。特别是一些年轻人，头脑一时不够冷静也是正常的，黎老德高望重，希望黎老能够多劝说他们几句。"

"那倒是，"黎老轻轻呷了一口茶，叹了一口气，"不过出了这等事，也确实令人愤慨。你们放心，我不会让他们蛮干的。"

"对，请乡亲们要相信县委、县政府，相信我们公安部门，我们会竭尽全力去侦破这起特大杀人盗墓案件，给黎家庄村父老乡亲一个交代。黎老，我们就不打扰您了，咱们明天见。"

"好，就这样吧。"

张华对黎之元老人颇有好感。

黎之元老人年逾古稀，是个退休高级知识分子，此老"才高三斗，学富五车"，退休前在山东某市地质勘探队任高级工程师。本来黎之元老人是回来黎家庄村探亲的，没想到他那唯一的亲叔伯弟弟黎苏元被不法分子打成重伤住了院，让老人惊心的是，黎氏后裔的老祖宗黎侯古墓遭到严重盗掘，丢失了一批珍贵文物。

这还了得？这对每一个黎氏后裔来说，可是件天塌大事。

他恨哪些盗掘老祖宗古墓的盗墓贼，更恨哪个残忍地把叔伯弟弟黎苏元打成重伤的可恶凶手。

曾有多少回，黎之元老人梦回老家，泪湿衣衫，他多么希望能有机会回老家看看，到老祖宗的古墓地看看。但是一来离老家较远，二来工作繁忙，一直未能如愿。现在黎老退休了，思念家乡希望回老家一看的心情更加迫切，老家就像一块吸铁石，浓浓乡情犹如一杯醇香，家乡人是多么的温暖，家乡的风景是多么的醉人。

所以黎之元老人一回来就不想走了。

于是就和孩子们商议说："孩子，我们不管走到哪里，也不能忘记咱们是黎氏的后代，不能忘记埋葬着黎氏先祖的黎侯古墓，更不能忘记生养我们的黎家庄村，从此以后，只要我健在一天，我就要在黎家庄住一天。一来，协助公安部门缉拿盗墓贼和伤害你们苏元叔父的凶手；二来，利用我这点有限之年，为保护黎侯古墓多做点贡献，什么时候生活不能自理了，我和你妈再回山东。"

孩子们知道老爸的脾性，主意一定，任凭你说什么也不会使老人回心转意。无奈之下，孩子们只得把老子院重新翻盖了一下，给两位老人置备了必需的生活用品，把两位老人安置妥当。

黎之元老人的儿女们临走之前，紧紧握住支书黎小原的手对他说："哥，我爹妈虽然身体还算强健，但毕竟年事已高，麻烦你们多费些心，替我们照顾好两位老人，以后如果村里有什么需要我们的，我们一定大力相帮，因为我们都是黎氏后裔，为祖籍增光添彩，为家乡繁荣富强，是我们每一个黎氏后裔义不容辞的职责和义务。"

"放心吧兄弟，我和黎家庄村的父老乡亲，都会照料好两位老前辈的，这也是我们做后辈应尽的义务。"

因为黎之元老人在黎家庄村族人中有威信，声望较高，加上他长期在外工作，见多识广，社会经验丰富，说话算数，族人有事一般都会找黎老帮忙出主意，久而久之，黎老逐渐成为黎家庄村黎姓族人的核心人物。

能在有生之年再为村里办点事，黎之元老人感到很高兴。

就在黎家庄村众乡亲商讨着召开黎氏宗族大会的时候，一伙人也在同步做着另一件工作：想方设法阻止或者破坏掉这次大会，因为这次黎氏声讨大会，将对他们的发财梦造成重大影响。

凌晨一点半，黎家庄村沉没在漆黑的夜幕之中。

一阵狂风骤起，高压线呜呜直响，碗口粗的大柳树被大风刮得频频点头弯腰，柳条不时地摔打在屋瓦上，发出啪啦啪啦的响声。

"喵呜。"一只夜猫跳上墙头，转瞬即逝。

黎家庄村西头。

这是一座老四合院，巨石根基，重檐高屋脊，青砖碧瓦，古朴典雅，典型的明清古建筑。

"啪，啪啪。"轻轻的敲门声惊动了四合院的主人。

"谁？深更半夜的，敲什么呀敲。"伴随着一阵踏踏的脚步声，一个猥头琐脑的中年男人拿手电从门缝向外晃了晃。

"晃你娘什么呀，是我。"

"噢，是你？都这么晚了，你怎么……"

"老鼠，你少啰唆，进去再说。"

被喊作老鼠的这个人极不情愿地拉开大门，门外那人一闪而进，轻如狸猫。

"老猫，有啥事？"

"如果没事，我真还懒得见你这只讨厌的老鼠。"

"老猫，听说明天上午要在黎氏祠堂召开……"

老猫打断他的话："别说了，我就是为此事而来的。掌柜的让你这只老鼠出洞……"

老猫把嘴巴凑在老鼠的耳朵上，不知说了些什么。

第十二章　声讨盗贼

黎家庄村黎氏声讨大会如期举行。

黎家庄村黎氏祠堂，六棵直径达半米粗的参天柏树直耸云天，突然，一阵嘈杂的喊叫声和凄厉高亢的口哨声惊飞树冠上的一群宿鸟。

上午九时许，黎家庄村大街小巷人流如织，热闹得像赶庙会一样，人们纷纷簇拥着向黎氏祠堂走去。黎姓村民们自发地组织起来，将在黎氏祠堂举行家族大会，会议的主题是"声讨盗贼，保护古墓"。

不大一会儿，祠堂院里便地坐满了黎氏后裔，有男有女，有老有少，有高有低，有胖有瘦。他们个个义愤填膺，怒不可遏，牢骚不断，诅咒之声不绝于耳。

"各位父老，我们老祖宗的陵墓多次遭受丧心病狂的盗墓贼践踏，他们盗走了我们老祖宗的随葬物品，惊动了老祖宗在天之灵，严重玷污了我们老祖宗的尊严，我们绝不能容忍这种情况再继续下去，绝不能容忍那些禽兽再来骚扰我们的老祖宗，我们每一个黎氏后裔，都应该勇敢地站出来，去和那些禽兽作殊死的斗争。"

"对，我赞成，不能让那些禽兽一再胡作非为，如果胆敢有人来盗挖咱老祖宗的古墓，我们就打死狗日的。"

"黎老，我们听你的，你说怎么干咱就怎么干。"

"我们听你的，你老就领导着我们干吧，出了事我们替你老顶着。"

有几个血气方刚的年轻人商议说："哥儿们，咱们把那些盗墓贼抓回来砍掉脑袋，放在咱老祖宗古墓前祭奠，以安慰咱老祖宗在天之灵。"

"对，绝不能便宜了这些狗日的！"

不少年轻人积极附和，大家你一言我一语，纷纷表示了各自的意见。

在黎氏祠堂一角，站着一个三十二岁左右，身高一米七八的青年男子，年轻人长得虎背熊腰，五大三粗，壮实魁伟，尽管选择了墙角站着，但仍显得鹤立鸡群，十分显眼。

张华觉得这个年轻人的表现有点可疑。

因为这个青年男子从入场起，表情上经历了三次变化：他先是特别惊讶，没想到黎侯古墓被盗能如此牵动黎家庄黎氏后裔的神经，场面好似捅了马蜂窝一样激荡不已，像涨潮的大海波涛汹涌。他感觉到，如果这个时候立即将盗墓者揪进场里的话，情绪异常激动的人们非把他生吞活剥了不可；继而神情肃穆，原本微黑的脸上颜色更加凝重，面对庄严肃穆的黎家祠堂，魁伟青年男子的嘴唇微噏，低声呢喃着，像是在说什么话，但又没出声；最后，魁伟青年男子仰面向天，泪水沿着脸颊缓缓流了下来。

魁伟青年人的表情变化引起张华的注意，表面上看，魁伟青年男子的神情一切符合一个黎氏后裔此时此刻的激动心情，但警察具有的第六感觉、特有的观察能力告诉他，这个魁伟年轻人的表情有些反常。他私下向身边的群众打听了一些这个人的情况，有人告诉他，说这个年轻人叫黎涛。

张华马上将情况电告给肖刚，肖刚说："注意观察此人行踪，听我指令。"

三个多小时悄然流逝，黎氏祠堂照例人声鼎沸，大会仍在继续。

会上，有位村民提议说："咱村里应该组织一支精干队伍，分成两拨，一拨人马负责严守古墓，另一拨人马则分头外出寻找盗贼踪迹，就是踏遍全国一山一水，一草一木，也要把盗墓贼捉拿归案，把老祖宗古墓中丢失的珍贵文物全部追缴回来。"

黎之元老人觉得言之有理，默默点了点头表示认可。张华心里一惊，心想年轻人偏激，易冲动，得赶快把这个情况报告给局里，不能让黎家庄村的人私自外出抓人影响到县局的古墓血案侦破工作大局。

"好，乡亲们，我代表全球黎氏宗亲谢谢大家，你们都是黎氏家族的优秀儿女。刚才我和几位族里长辈商量了一下，决定……"

"着火了，着火了，快救火啊！"

正当黎之元老人就要发表最后决定时，一声凄厉的呼叫声刺进了在场每一个人的耳膜里。

黎之元老人噌地站了起来，只见西南方火光冲天，浓烟滚滚。立即招呼大家："快，快去救火。"

人群立马骚动起来，大家大声嚷嚷着："救火，快救火！"争先恐后地冲出黎家祠堂，向着火的方向奔去。

一场尚未开完的家族会议，就这样被突如其来的一把大火给搅黄了。

黎家庄村黎氏声讨大会结束后。张华立即赶回公安局向肖刚和葛俊中当面作了汇报，并请求下一步工作。

"小张啊，关于黎家庄村着火一事，我已经派人立案侦察，你的警务室配合调查，这不是简单的纵火案，应该是一起有预谋的破坏行动，意在干扰黎家庄村黎氏声讨大会。"

葛俊中点点头表示赞同。张华却有点不太理解："肖局，他们这样做，能起到什么样的作用呢？"

"是的，你这样想也没有什么不对，表面看起来，他们是想把黎氏声讨大会破坏掉，但我们可以想一想，仅仅干扰一下黎氏声讨大会，又能有多少实际意义？那不是在故意暴露行迹吗？他们没有那么傻。其实，他们的真正目的，意在利用黎家庄黎氏声讨大会以乱添乱，转移我们侦破古墓血案的视线，或者说干扰我们的行动计划，这种做法也不怎么精明，而且还显得幼稚，公安部门是他们一把火就能乱了阵脚的吗？就是烧上十把火我们照查不误。至于你说得那个叫黎涛的青年男子的反常表情，倒是值得研究。葛队长，你说说。"

"说得对，肖局，"葛俊中似有成熟考虑，"张华说得这个叫黎涛的人，是否与古墓血案有关？也说不定，或者他就是盗墓杀人的犯罪嫌疑人之一，最起码也是知情者。我觉得，这个黎涛可能是受他们组织的委托，在现场监视大会动向的，便于他们采取相应的应对措施，流泪或许是他故意装出来的，意在用眼泪掩饰他的行迹。"

张华说："是的，葛队，我也这么想过，难以理解的是，他只默默地流泪而不像其他人那样情绪激动，作为黎氏后裔他不该表现的那么平静，这不合情理。"

"你们说得对。不错，这个黎涛确有很大可能就是盗窃古墓分子之一。小张，你秘密调查一下这个黎涛，我认为他落泪有两种可能，一是葛队说得在做样子给大家看，二是真的在流泪。如果他是在真流泪的话，说明这个人有自悔表现，他可能在为他做出有损家族利益的坏事而深深自责、内疚，如果是这样的话，这个人有争取过来的可能。一旦这个人被争取过来为我们所用，对我们侦破古墓血案十分有利。"

张华听肖局做出这番分析，觉得确实有道理，立即向肖刚做保证："肖局，我一定会不折不扣完成这项任务，如果他确像肖局所说，我一定想办法让他改邪归正。"

"好，葛队，你再给张华加派人手，具体怎么行动，你俩下去再研究个方案。张华，有条件的话，你最好能把这个黎涛请到我办公室来。"

黎家庄村召开黎氏宗族大会的消息很快传遍了整个刈陵县。

县委书记田丰感到事态有些不妙，在第一时间内迅速召开临时常委会，专题研究了古墓血案侦破工作推进会，会上决定，由段克非副县长专赴黎家庄村对黎氏族人进行抚慰。

散会后，田丰书记专门把段克非留下，告诉他："段县长，派你去黎家庄村做村民们的思想工作，主要是你对黎家庄村比较熟悉，许多人你都认识。请告诉乡亲们，我们正在加紧侦破古墓血案，告诉他们，一定要从稳定全县安定团结的大局出发，要考虑县公安局的统一行动，不要感情冲动、义气行事，让他们相信党，相信人民政府，相信作风优良、反应快速、富有能力的公安干警队伍。"

段克非拍着胸脯向田书记表态："请田书记放心，我一定圆满完成任务。"

刈龙公路从 309 国道东阳关入口处向北一拐，就是水平如镜的帝辛川。公路在黎家庄村这一段不长，大约一公里多点，但是很直很平，几乎就是一条直线。直线的尽头，就是古墓血案的案发地黎侯古墓群。公路像一条玉带沿黎侯古墓东侧绕了一个九十度的大弯后，直通往五公里外的龙王庙出境，与和山西接壤的河北省涉县索堡镇的龙娲公路相衔。

此刻，在通往黎家庄村公路上，一辆黑色小轿车飞速行驶，原先还只是一个小黑点，转瞬间，小轿车便到了村边。

小轿车径直开到黎家庄村村委会大门前，秘书从副驾驶座位上快速跳下车，拉开轿车左后门，手搭凉棚，从轿车里搀扶出一个人来。待这位领导同志下车后把太阳镜一摘，村支书黎小原才看清楚，原来是段克非副县长大驾光临。

跟在段克非身后的，是皇侯岭镇党委书记乔纲和镇长宋天祥等。

第十三章　悬案探踪

"哎哟，是段县长啊，快请。"见是段克非副县长来了，黎小原急忙屈前一步说："接到你要来的电话，我就已经给你们备好了货真价实的龙井茶。乔书记、宋镇长，请。"

段克非笑着对黎小原说："哟，大支书，你也太客气了吧？这样说吧，你今天要不叫我三声老哥，我就坚决不喝你的龙井茶。"

"好，好，我服你了还不行？我的老哥哥。"

"不行。"段县长故意板起脸来说："还差两声哥，叫啊，快叫。"

"哥。哥，老哥，老哥哥。够了吧？呵呵。走吧，进我的办公室品尝龙井，来到老家就不用客气了吧？"

段克非又笑了，用手指点着黎小原的鼻尖说："我不喝龙井。"

"什么？你，你不是最爱喝龙井吗？几十年了，你可没变过啊。"

"哎，对，可这回变了，我要喝……"

"喝酒？"

"喝你个头，我喝，"段克非先是卖了个关子，然后才哈哈大笑着说，"这回我偏偏要喝茉莉花。哎，你千万不要说没有。"

"老哥哥呀，不瞒你说，还真没有，你老人家就受点屈，喝一杯龙井吧。"

"不，要么喝茉莉花，要么喝白开水。呵呵，小原啊，开个玩笑。龙井茶呢，我就赶不上喝了，走，陪我到黎之元老人那里一趟。"

"黎老不在家。"

"去哪了？"段克非心里一惊，他怕得就是此老外出。

自从古墓血案发生后，段克非似乎对黎家庄村十分敏感，对这里的一草一木，对人们的一言一行都十分在意。

"古墓那里，替黎苏元守墓呢。"黎小原并没有理会段克非脸上的微妙变化。

"吓我一跳，我还以为外出了，他要带头外出可了不得。那好，咱们就去古墓地。对了，你准备一下，下午召开两个会，一个是全体党员会议，另一个是村民小组长会议，先做通他们的工作，然后再由他们去做身边人和小组内部的工作，这样效果要好得多。"

通过段克非副县长、皇侯岭镇党委、政府和黎家庄村党支部、村委会反反复复地做黎姓村民的思想工作，整整做了三天，总算缓和了黎家庄村的局势。

第三天下午，段克非决定打道回府向田丰书记汇报情况。

看了看即将落山的太阳，段克非副县长长出了一口气。

"老弟，陪我到古墓地走一走吧。"段克非感觉到前所未有的轻松。

"好哇，"黎小原将村委办公室门锁好了，说，"去见见黎之元老人？"

"对，总得道个别吧？小原，把古墓地值勤的民兵撤了吧，有咱们公安局的同志足够了。"

"现在还不是时候，再坚持一段时间吧。"

段克非点点头说："嗯，也好，是得严密看守，松懈不得，非常时期嘛。最近肖刚局长来过没有？"

"来过，"黎小原回答说，"昨天还来过一次。"

段克非默默看了黎小原一眼说："这个老肖，不愧'上党一探'称号，蛮厉害的噢。"

黎小原不解其意，只是茫然地点了点头。

段克非走后，黎小原正准备返回村委大院，走出百余米，忽见从墙角处转出一个人来，身材高大，一表人才。黎小原笑着问道："小涛，近来生意怎样？"

"还行吧，叔。"

被黎小原喊作小涛的人正是黎涛。黎涛向段克非去的方向看了一眼说："叔，他来干吗？我怎么感觉他的背影很像一个人。"

"你说什么？"

黎涛自觉失口，赶忙说："没啥，叔，我是说，看背影像我的一个朋友。"

"你要有这么一个朋友就好了。"黎小原笑着说。

黎涛也笑着说："咱一个老农民，怎会有那样的一个朋友？人家是副县长，咱高攀不上，叔你说笑了，呵呵。"

"怎么今天没出车？"黎小原问道。

黎涛说："叔，我来找你，就是想托你帮我办件事。"

"什么事小涛，你说吧，只要是叔能办到的。"

"我想见一下张华警官。"

黎小原一怔，问道："你找他干吗？"

黎涛左右看了看没人，才低声说："我想给他说件事。"

黎小原马上明白了，点点头说："行，为了不引起人们注意，我们去城里吧，去我儿子家里。"

两个小时后，张华电话告诉肖刚："我已经和黎涛见过面，并获得许多重要信息。据黎涛说，他所在的那个组织叫'紫微帮'。"

肖刚告诉张华："请告诉黎小原书记，这件事要绝对保密。今晚，你把这个人带到我家里。"

紫微帮？在刈陵地界，竟然有两个盗墓团伙存在？居然还形成了帮派组织，太不可思议了。那么，这个紫微帮的帮主会是谁？放下电话，肖刚在他那个绝密笔记本上写下三个人名字：李亦昌、曾建考、孙子貌，并在后面划了个大大的问号。

肖刚急忙把葛俊中叫来，告诉他说："葛队，好消息，张华告诉我，据查，在刈陵县境内存在一个叫紫微帮的盗墓组织，帮主是一个十分神秘的人，一般不出面，即使出面，总是身穿黑衣、黑巾蒙面，直到现在，谁也没见过帮主的真面目。"

"真的？太好了，这样看来，在古墓地诛杀野兽派五人，一定是这个紫微帮所为。"

"葛队长，我跟你讲一件事，想听听你对这件事的看法。"

肖刚掏出一支烟，葛俊中急忙从腰里掏出一铜壳打火机，给肖刚把烟点着，葛俊中说："你是吸烟没火。"

肖刚呵呵笑了笑说："你是有火不吸烟。"

葛俊中问道："这叫什么？"

"互补。"肖刚回答说："别互补了，你干脆把那火机送给我，我不就变成有烟有火了？"

"不行。"葛俊中赶紧把铜壳火机藏好了，生怕肖刚抢去："这个不能给你，这可是我和老婆当初的定情之物。"

"啥？她怎么会给你买个打火机做定情物？哈哈，够新鲜了啊。"

"你有所不知肖局，在和我老婆结婚之前，我抽烟抽得可凶了，一天两包，所以，老婆就给买了这个东西。不过。"

"不过什么？"肖刚笑眯眯地望着他。

"结婚后，在她的强大压力下，我把烟给彻底戒掉了。"

"哈哈哈哈，"肖刚大笑着说，"瞧咱葛大队长，又一个怕老婆的。"

葛俊中也笑了："不是怕，是尊重。难道，肖局不怕嫂子？"

"狡辩。你有话，那叫尊重，呵呵。"

"肖局，好了，咱们言归正传。"

肖刚斜靠在椅背上一连吸了好几口。葛俊中对局长的这个动作是再熟悉不过了，肖刚平时很少吸烟，只有在他沉思一件事的时候，往往要点上一支香烟，这个动作已成习惯。肖刚望着自己手中那支忽明忽暗，冒着袅袅青烟的香烟，左手托了托下颌说："你知道李亦昌这个人吧？"

"李亦昌七十多岁，从城建局局长岗位上退休有十多年了，他有个儿子叫李小君，在县土地局任副局长。李亦昌人倒不错，但他的儿子名声不太好，据说吃、喝、嫖、赌什么都干。"

"听段副县长讲，直到现在，还与李亦昌关联着一桩长达四十多年的悬案。"

"是的，在'文革'中，李亦昌的父亲被人莫明其妙地一枪打死，至今还不知道凶手是谁。"

肖刚磕了磕烟灰，似乎有些意外："你知道这起案件？这可是尘封了四十多年而早就无人问津的悬案啊。"

葛俊中笑了笑，笑出两个深深的笑靥："肖局你别忘了，我可是本地人噢。"

"我来刈陵县也快三年了，怎么就没听说过。"

"肖局，这也是正常的，像这样的无头悬案，在刈陵县少说也有二十多起，只是年代太久了几乎被人们遗忘，要不是这次古墓血案发生，恐怕这些悬案仍然尘封在县档案馆里不为人知。"

肖刚点点头："对，你说得有道理。好，你就给我讲一讲李亦昌父亲被杀这件悬案吧。或许，我们能从中发现一点线索。"

"好的。"

这件悬案从葛俊中口中娓娓道来，仿佛是他亲身经历过一般："五年前因为调查一宗与'文革'有关的悬案，我有幸接触到大量'文革'期间的真实资料，看了之后，真是触目惊心。"

"怎么个触目惊心？说来听听。"肖刚点点头。

葛俊中用眼角瞟了肖刚一眼，知道肖局对这件事颇感兴趣，故而讲得越发来劲："肖局，那一仗打得好惨烈啊。"

你瞧这两个人，一个讲得生动，一个听得入迷，浑然不知早过了下班的时间。不过，作为警察这个行业，通常是没有上下班之分的，这是由警察行业特点所决定。

"肖局，你想知道李亦昌的父亲是怎么被打死的吗？"葛俊中狡黠地笑了笑说。

"想啊，怎么不想？"

"好，你请客我才说。"

"好小子，敢跟我老肖贫嘴，该打。"肖刚拖过一本杂志卷成一根纸筒，照葛俊中的屁股蛋就打过去。

葛俊中一边左右躲闪，一边哈哈大笑着说："请肖局看看自己的表，几点了？"

肖刚抬腕一看手表："哟，都快七点半了。哈哈，走，咱们先吃晚饭，吃饱了你给咱继续讲黎家庄传奇。"

在餐桌上，他俩边吃边谈。

"讲到李亦昌，就不能不提黎苏元，黎苏元这个人，在'文革'中也是颇有名号的。"葛俊中夹了一大筷的辣椒放在碗里。

"就是黎侯古墓守墓员老黎吧。"对黎苏元，肖刚似乎更有兴趣。

"对的，这两人可以说是一对生死冤家。肖局，我还是先说李亦昌，饭后再谈黎苏元。"

"好，我听你指挥。呵呵。"

第十四章　"文革"秘闻

吃罢晚饭，他俩回到肖刚的办公室，继续他们的话题。

"肖局，要想讲清楚李亦昌和黎苏元的情况，必须先从'文革'谈起，虽然'文革'的话题比较敏感，但出于案件需要不能不提。"

"对呀，不提'文革'那段历史，我们怎么能摸到案件的脉络？"

"好，那我就说了，三十几年前……"

自从"文化大革命"的浪潮波及黎家庄村后，一直风平浪静的古村落，突然骚动不安起来。

第十五章　惨遭迫害

一九六八年盛夏。

清晨，火红的太阳从天边一跃而起。

灿烂的阳光照射在黎侯古墓周围茂密的松柏林丛中，一道道金色的阳光从丛林间隙中照射出来，洒向绿油油的玉米大田。

"嘿——哈——嘿嘿——，哈——"

黎侯古墓丛林中，一个三十岁多的年轻人正在一小块平草地上练武术。这小伙子身高在一米七八以上，五官端正，面目清秀，体态魁伟。只见他展、转、腾、挪，脚下虎虎生风，出拳刚劲有力，看上去已有相当火候，功夫达到了较高的水平。

正在练武功的这个年轻人叫黎苏元。

黎家庄的人只知道黎苏元会武功，功夫着实不浅，到底他师承何门，却鲜有人知。千百年来，出于保护黎侯王陵的需要，黎家庄人包括周边村庄，世世代代修习武功，特别是黎家庄村习武者更多，不分男女老幼，只要是个人，都会三两下拳脚，所以黎苏元的武功没多少人注意，倒是他酷爱字画的习性，就好比那窗户吹喇叭，名声在外，人人皆知。

说起这个黎苏元，当年也是个颇有来头的人。

他是大学的高才生，主攻考古学。一九六四年大学毕业后，黎苏元分配到省文物研究所工作。在那一代人里，黎家庄村就数黎苏元有出息，学问高。然而，天有不测风云，人有旦夕祸福，正当他的事业如日中天的时候，厄运突然降临。

黎苏元除醉心考古外，还有个收藏字画的爱好，他经常到书画作品市场溜达，还利用到山区考古机会，深入乡村淘宝收集古代书画作品。

记得在一九六七年春天，他到某县考察一处元代古建筑，在一户农家无意中发现户主珍藏有一幅乾隆皇帝的书法，经他初步观察，应该是乾隆真迹了，后经专家鉴定属实。

只是这幅乾隆书法真迹由于户主保管不善，破损严重。

"真是件无价之宝啊！"

见到这幅乾隆书法真迹，黎苏元的两条腿如灌铅重一步也迈不开了，他倾尽身上所有，费了好大力气才把这幅作品买到手里。获此至宝，他高兴极了，兴奋得不得了，对珍宝的痴迷，几乎到了发疯的地步，竟有欣赏珍宝而一天二十四小时没吃一顿饭的记录，拿着这幅乾隆书法真迹观赏了一个白天外加一个通宵未曾合眼。

之后，黎苏元把破损了的地方精心修补好，又亲手制作了一个精美的包装盒子，用麻纸把这个珍贵文物包装好，放在头枕边。

一有空闲，黎苏元就拿出来把玩一番，真可说是爱不释手。

只可惜，他所处的那个年代非常特殊，是绝对不允许"四旧"物品存在的，一经发现一律销毁。因此，黎苏元知道这件宝物迟早会给自己带来灭顶之灾，他把这件珍宝用塑料纸包好，藏匿在一个隐秘的地方。

他没有想到是，事情来的远比他预料要快得多。

红卫兵小将们的嗅觉还真灵，不知从哪里得知黎苏元保存有一幅乾隆皇帝书法真迹，就像在战场上突然发现了敌人，或者说像猎手突然找到了猎物一样的兴奋，火速调集部队跑步前进，蜂拥而至，破门而入，把黎苏元团团包围起来。

"姓黎的，说，把乾隆狗皇帝的黑字画藏到哪里去了？赶快交出来。不然的话，哼！"

黎苏元哪里见过这样的阵势？尽管他身怀绝技，也不免心里直打鼓："你们，要干什么？"

"交出黑字画，凡是封、资、修的肮脏东西，一律没收销毁。"

"那不是黑字画，那是乾隆皇帝的书法真迹，是我们国家的稀世珍宝，你，你们不能随便把它毁掉！"

黎苏元气往上冲，他只觉得这股怒气逐渐化为一股真气在体内狂奔，经过三百六十周天的运行直达指尖，这个时候只要他稍微一吐真气，跟前的几个红卫兵小将无疑会人仰马翻。但他不能，他是个有理智的人，不是一介莽夫，他有头脑，他的定力修炼十分到位，不会鲁莽行事的。

所以他必须克制，不能冲动。

"嘿，嘿嘿。这小子还给咱们要心眼儿，活得不耐烦了。"见黎苏元抗拒不交出狗皇帝的黑字画，带头的一脚踢在黎苏元的肚子上，吼叫道："再踏上一只脚，叫他永世不得翻身！"

"再踏上一只脚，叫他永世不得翻身！"

一阵响亮的口号呼喊过后，小将们把黎苏元捆起来押到院子里的大树上，然后开始翻箱倒柜的大搜查。于是，黎苏元的屋子里尘灰飞扬，桌翻椅倒，纸飞书散。小将们好一顿折腾，搜查了老半天，狗皇帝的黑字画虽没找到，却把黎苏元几年来辛辛苦苦收集来的数十件古董文物烧的烧，砸的砸，毁了个一干二净。

"罪过啊，罪过！"

黎苏元气血上涌，顿觉天旋地转，眼前发黑。

这还没完。红卫兵小将们把黎苏元拉出去狠狠批斗、游街，折腾了几回后，给他戴了一顶"右派反革命"的帽子，遣回刈陵县黎家庄村老家接受贫下中农再教育。

那年，黎苏元刚满三十岁。

"文革"那时，右派接受贫下中农再教育实际上和劳动改造差不了多少。黎苏元曾想过，回到老家黎家庄村，因为都是乡里乡亲的，自己可能要少受些罪。然而他想错了。

黎苏元被遣送回黎家庄大队接受贫下中农再教育期间，以曾建考为代表的红卫兵造反派们只要大脑一发热，就把黎苏元揪出来批斗一番。谁心里不大耐烦，都可以朝黎苏元脸上扇几个耳光解解恨，消消气。

黎苏元，成了曾建考他们的出气筒。

黎家庄村一些社会沉渣随波泛起，一些个社会败类浑水摸鱼钻了政治运动的空子，摇身一变成为革命闯将，气焰嚣张，无恶不作，为所欲为，横行乡里。

曾建考等一伙就是这些人渣中的代表。

第十六章　曾家小院

黎家庄村西小巷。

这是一个只有三间正房，两间西房，一个破门楼的独家小院，这座小院里住着一个光棍汉，叫曾建考。

曾建考祖籍河南林州，二十世纪三十年代河南发洪水，曾建考的老家被洪水淹没，曾建考的父母亲用一头小毛驴驮着刚满周岁的曾建考逃荒到了黎家庄，在黎家庄村外的老西沟打了两孔土窑暂且住下。

曾建考的爹叫曾老五，没文化，还是个愣头青，满口粗话脏话，一口一个"抽娘鸡"，日子久了，村人就送给他一个外号叫"抽娘鸡"。虽说曾老五是外地搬迁来的，却比坐地户还厉害，谁惹了他他就和谁拼命，死缠活搅，不把你整服软了绝不罢休，所以村里人一般见了曾老五尽量躲着走。曾老五有多厉害？这样说吧，谁家的孩子半夜三更哭得不让家人睡觉，家人就吓唬他说："别哭，再哭就把曾老五引来了。"孩子一听曾老五这三字，立马就吓得不敢再哭了。土改那年，曾老五和另外几个河南移民表现得尤为积极，斗争富农黎文山时，别人下不了手，曾老五一挽袖子说："我来。"这人长得不是太高，也不怎么壮实，面目虽然丑陋胆量却奇大，只见他三下五除二把黎文山捆结实了，一脚把他踢趴下，一声"打"，拿了把镢头，一镢头砸在黎文山的脑袋上，眼见得黎文山的脑袋开了花，三镢头下来，黎文山便没气了。

因镇压富农有功，土改后，曾老五分了黎文山的一座小院，这座小院当初是住长工的，很简陋，只有三间正房和两间马棚。

曾建考继承了他爹的血统，其无赖程度比他爹有过之而无不及，人送外号"老赖"。

一般情况下是没有人光顾老赖曾建考这个小院的，更没人走进他住的那座北房。为什么呢？太脏了。小院不知道有多少年没打扫过，遍地都是垃圾，至少有一寸厚，踩上去虚乎乎的。主人居住的北房比院里还脏，人还没有探进头，臭味就先飘了出来，屋子里乱七八糟地摆着又黑又脏的破家具，脏衣服满地乱扔，尿壶已经满满的了还在炕头放着。你再看他盖的那床被子，脏乎乎、油光光、破花花、一团漆黑，根本认不出原来是什么颜色。

不是谁都不愿光顾他这小破院，此刻，就有一位神秘人物风风火火地直奔曾建考家。

启明星还在天上眨眼。这位神秘人物头戴一顶发了黄的破草帽，眼罩一副黑墨镜，戴一个大口罩，来到曾建考的门前，轻轻敲了几下。

"老赖，快起床。"这位神秘人物边敲门，边轻声地呼叫。虽然呼叫的声音很低，但却有一股凛然不可侵犯的霸气。

曾建考赖得名符其实，被村人誉为黎家庄村"十大赖汉"之第一条赖汉。这个人上无老下无小，左无兄弟右无姐妹，孤身一个，一人吃饱全家不饿。因为太懒了，又没个帮衬，加上他爷儿俩名声不好，谁家的闺女敢嫁给他？所以曾建考快三十了，还是光棍一条。

虽然三十岁了曾建考尚未娶上老婆，却没有少讨女人便宜，没少沾女人腥味。人说光棍后半夜清，一到后半夜，老赖曾建考就去趴寡妇家墙头，不管老少俊丑全纳。和他有一腿子的老少寡妇，在黎家庄不下四个。

曾建考的编外老婆虽然不少，但主要和一个外号叫"小母猪"的女人打得火热。这个外号小母猪的寡妇年龄不大，只有二十七八岁，却有四年多的寡龄了。第一个丈夫结婚不到半年，就得急病死了，那年她只有十九岁。第二个丈夫还可以，勉勉强强过了两年多，在河里捞老鳖时就又给淹死了。

打那以后，就再没人敢娶小母猪这个女人了，都说她是白虎精转世，专克男人。

克不克男人暂且不说。单说小母猪这人，啧，一个字：美。既然是个美人儿，她怎能看上老赖这号人？道理很简单：钱。

不过，曾建考能趴上小母猪的肚皮，却也费了相当大的力气，为了她，老赖几乎献出了家里所有的积蓄。就这，小母猪对他还有三条特别规定：一是一个月只能有一次，二是交费不能少于两位数，三是登门之前，用香皂把身子洗得干干净净，不能让老娘嗅到一点臭味。

这曾建考生得倒像点模样，如果把脸洗干净，穿着光鲜一点，小伙倒也说得过去。可这个人偏偏满身毛病，肮脏不用说，还是个二百五半调子，流氓带无赖，凡认识曾建考的人，都知道这个人惹不得，谁若不小心得罪了他，那你这辈子就不用想活得痛快了，只要见了面，他就和你拼出命来折腾。要想摆平这件事只有两条路：第一，趴下给他磕三个响头，叫他三声爹；第二，给他一笔私了费，数量由他定，交了私了费就完事。要不，就一直跟你闹个你死我活、鱼死网破。

你想啊，俗话说得好，寡妇门前是非多，光棍实汉不好惹，这是前人经过几千年总结出来的人生经验。

老赖这个外号可不是谁也能叫，只有比他更无赖更流氓更厉害更不讲理的人才有权力这样称呼。

"你娘的，早早的就死敲，你家死人了？"

这可不是曾建考在骂人，这是他的口头禅。刚才说了，一般人轻易是不上曾建考家门的，除非有特殊情况，这个特殊情况就是家里真的死人了。曾建考懒惰，胆量却大得出奇，没人敢做得事情他都敢做。不管这个人是老死还是凶死，不管这具尸体是完整的，还是缺胳膊少腿没了脑袋，他都敢去收尸，给尸体洗澡、穿衣、剃头以及整夜整夜地看守尸体，他都一揽包办。完了，给他一笔酬劳即可了事。

所以早早的就有人来敲门，他还以为谁家死人了找他干活，只穿着一条裤衩就出来了。

拉开门一看来人，曾建考笑着问道："你家死人了？"

"你家才死人了。闲话少说，快穿上衣服跟我走。"

"哟，是大哥你啊。干啥？"

"别问那么多好不好！"

"好，好，我不问了还不行？"

两个人如同两个幽灵，一出门就向着东南方向飞奔，不大一会便消失在黎明前的黑暗中。

能使曾建考俯首帖耳听命于他的这个神秘人物，绝非简单。

一口气奔出六七里远，神秘人物放慢了脚步。

"大哥，你这是带我去哪？"

"多嘴！"

神秘人物双眼突然放射出骇人的目光。曾建考吓得一哆嗦，不敢吱声了。这世上还有能镇得住曾建考的，真可谓一物降一物。

"记住，你不认识我，我也不认识你，咱只是生意上的合作伙伴，懂吗？"被称作大哥的这位看了曾建考一眼，暗骂了一声：你娘的，要不是贪图你那个无赖劲，打死老子，老子也不会找上你这号人。

"我懂，我懂，大哥尽管吩咐。"

"想发财吗？"神秘人物突然问道。

"想，做梦都想。"曾建考一时没反应过来，疑惑地问："发，发财？发什么财？"

神秘人物四下里一望，悄悄对曾建考说："我要你加入黎家庄的红字号，要尽力表现，这年头，有胆就是王。"

"大哥在你们村是啥号？"

"你甭管我是啥号，管好你就行了。"神秘人物停顿了一下才又说："混到一定地位后，你就暗地里搅和，把黎家庄村的局势搅和得越乱越好。听大哥的话，到时你一定能得到很大很大的好处，嘻嘻，还能娶上老婆。"

一辈子没讨过媳妇的曾建考一听说还能娶上老婆，口水都流下来了："好，只要能讨上媳妇让我干啥都行。只是我能行吗？"

"行，"神秘人物拍拍曾建考的肩膀说，"你是块好料，大哥不会走眼。我会暗中支持你，以后咱俩最好少见面。"

"那，我需要你时，怎么找你？"曾建考有点迷茫。

"找你们村的孙子貌，这小屁孩有意思，他是我的联络员，将来也是你的得力手下。记住了，你的任务是把黎家庄村的水搅浑，其他的由我来做。"

曾建考说："行，大哥，搅屎我是行家。"

"好了，今天的谈话到此为此，回去后你先和孙子貌碰一下头，然后就去参加李全有的红字号。"

"记住了，大哥。"

神秘人物说完便走，头也没回。

第十七章　兽性大发

皇侯岭山脚下的这条小河叫申王河，申王河像一条银色的丝带，弯弯曲曲绕过黎家庄村向东流去。河水乃源于北极山上的一处泉眼儿，故而清澈见底，十分纯净。

申王河的一个小小支流流进黎家庄村东边一个大水池后，又从导流口溢出，重归申王河。

水池边，洗衣女人们边干活边拉家常，说到好笑之处，银铃般的笑声便齐声响起。人人都说三个妇女顶台戏，看来此话不假。

一个二十多岁的姑娘刚洗完衣物正准备回家，就见大名孙子貌外号叫小屁孩儿的少年轻站在不远处，长条驴脸往下一耷拉，扯着破锣嗓子高声喊她："小芳，小芳，曾主任让我给你捎个话儿，要你明天起早到东港五十亩地里锄玉茭。"

"好啦，知道啦。"

小屁孩儿孙子貌说得这个曾主任是哪位高人？说来你可能不相信，他就是大名鼎鼎的曾建考。

那么这个洗衣服的小芳姑娘又是谁？

这个叫小芳的闺女在黎家庄村更有名，她就是黎家庄村十大美女之首的第一大美女黎秀芳。

士别三日当刮目相看。在神秘人物大哥的指导和引领下，仅仅过了两个月时间，曾建考就发了，现在的曾建考和两个月前的曾建考已不能同日而语了。两个月前的那天早上和大哥碰过头，曾建考回村后就加入了造反派，由于曾建考天生无赖，干活不但卖力还卖命，所以很快就成了一个得力干将。

前不久，曾建考带领一帮弟兄，一夜之间夺了村党支部的权，摇身一变，成为黎家庄大队革委会的副主任。

曾建考当人了，巴结奉承他的人也逐渐多起来。一伙曾建考崇拜者根本不用曾大主任说话就知道该干什么，不约而同，蜂拥而至，男的扫院，女的洗衣，小的上房，老的和泥，没几天，曾建考的房子、门楼修葺一新，院子打扫得干干净净，屋子收拾得整整齐齐，土炕换成了木头床，褥子、被子直棱棱、新暂暂，曾建考的污冽小院顿时蓬荜生辉。曾建考出门也光鲜了许多，头戴黄军帽，帽檐上方红星闪闪，上身穿黄军装，左口袋上方别着一枚像章，下身着海蓝裤，脚登新暂暂的黄秋鞋。你瞧这人，那里还有黎家庄村十大赖汉中第一赖的踪影？

曾建考就是曾建考，虽然当上了黎家庄大队革委会副主任，但其本质并没有变，不要看他白天人模狗样的，一到晚上，就又成了过去的老赖，等到下半夜，又开始趴寡妇家墙头。趴墙头是趴墙头，现在的曾建考可不像以前，赖皮狗一样是个母的就往上趴，人家当副主任了，大小也是个官儿，丑一点的寡妇看不上眼了，只趴小母猪的墙头。

现在的小母猪乖多了，很是识时务，再不敢和人家曾主任提什么三个条件，只要人家来了，主动上炕把衣服一脱，撒娇道："曾哥，来呀。"

还别说，曾建考理想可大着呢，竟扬言说，非本村那个最美的闺女不娶。这不是癞蛤蟆想吃天鹅肉吗？不少村民这样认为。不过，曾建考这只癞蛤蟆还真想尝尝天鹅肉，只是像他这种条件能吃得到天鹅肉吗？他自己感觉能行，非常自信，因为他是黎家庄村的革委会副主任。

这些天，曾建考连小母猪家的墙头都赶不上趴了。

虽然小母猪仍然是那么千娇百媚，床上功夫仍然那么棒，但曾建考曾大主任现在出息了，眼界高了，感觉小母猪的肉体滋味远没有以前好了，大脑里一心只想着黎家庄村那个头号大美人。

这小子想美女简直想疯了。

一天到晚，曾建考满脑子里都是大美女黎秀芳的影子，打自得了单相思病，不时弄出一些笑话来：做饭切菜，因想小美人黎秀芳切掉半截手指头；下河里挑水，因想小美人竟失足掉进河里差点喂了王八。曾建考心想，咱堂堂一个黎家庄村革委会副主任，还配不上你个平民百姓？所以几次托人上门求亲，人家黎秀芳紧闭香口就是不答应，急得曾建考像头驴一样光转圈儿没招。可是，这块豆腐越烫手，他还越想把这块热豆腐一口吞进肚里。曾建考苦思冥想了好几天，终于想出一条毒计。

"文革"时期，黎秀芳一介弱女子，怎敢违抗曾大主任的命令？

没办法，去就去吧。

天刚蒙蒙亮，黎秀芳扛起锄头下了东港五十亩地里。可到了地头一看，连个人影儿也没有。黎秀芳想，也许是来得早了，先坐下歇歇再说，于是就到地沿边找了一个比较干净的地方坐下，掏出手绢擦起香汗来。就在这个时候，忽听身后玉荽地里咔嚓咔嚓一阵乱响，黎秀芳惊慌地扭转头一看，就见从玉荽地里钻出一个人来。谁？曾氏进考大主任。

"哈哈，芳妹，你早啊？"

黎秀芳心里一惊：妈呀，怎是这个畜生？这畜生现在当人了，成了脱产干部，一般不下地干活儿，这回。不好，这畜生肯定没怀好意，什么坏事他都能做得出来，不行，我还是赶快离开这畜生才对。

"哎，我说芳妹，你这是要去哪？"

黎秀芳打小就见不得老赖这个人，一见就反胃："你管姑奶奶去哪不去哪？"

说完起身就走，曾建考用左臂一档，嬉皮笑脸地说："芳妹，别走啊，咱俩得好好谈谈。"

"谈什么？没什么好谈的。"

"谈婚事啊。你说，我曾建考要小伙有小伙，要权力有权力，哪里配不上你黎秀芳？"

"呸，老赖，姑奶奶要勤劳，你有吗？姑奶奶要德行，你有吗？姑奶奶要学问，你有吗？姑奶奶要良心，你有吗？你也不尿泡尿瞧瞧你是个甚东西。走开，姑奶奶要回家了。"

"哟，想造反不成？这回咱老曾可由不得你了。"

说着，这小子便慢慢地向黎秀芳靠近，那双色眯眯的眠缝眼里，顿时泛起两道可怖的寒光，绿油油的像匹饿急了的恶狼。黎秀芳虽嘴上强硬但毕竟是个姑娘家，一看曾建考这副可怕的嘴脸心里直发毛，两条腿不由自主地打起哆嗦来，高耸的胸部一起一伏直喘粗气。曾建考淫心大发，两眼直勾勾地望着面前的这位朝思暮想的小美人：那有如过水桃花般的粉脸儿，那突如山峰的双乳，那细嫩如葱的白臂，那细如杨柳的小蛮腰，那浑圆丰盈的臀部。这畜生越看越流口水，越看浑身越燥热，顿感血脉偾张，双眼血红，像头公牛一样喘着粗气，世界已从他的眼前全部消失了，天地间只有他和眼前的美人，他发疯似的一把拖起黎秀芳，一头钻进玉米地里，把她死死地摁在地下，饿狼般地压了下去……

就在这千钧一发之际，忽听有人大喝一声："老赖你个龟孙王八蛋，给老子住手！"

这一声大吼差点把曾建考的魂儿给吓掉了。

他打了个寒战，噌地从黎秀芳的身上爬起来，定睛一看，不禁怒火中烧："你妈的，老子还以为是谁？原来是黎苏元你个'右派反革命'，这不关你的事，给老子滚得远远的，要不老子一石头砸死你。"

趁曾建考松开她的当儿，黎秀芳急忙从地上爬起来，用颤抖的右手扣上已被这畜生给解开了的上衣扣子。

流氓无赖就是流氓无赖。曾建考说罢，根本就没有理会旁边还有黎苏元存在，转身就又向惊魂未定的黎秀芳扑去。

"你找死！"

黎苏元被彻底激怒了，眼睛血红似要滴出血来，脸色铁青，白白的一张俊脸扭曲得可怕，几年来所忍受的歧视和屈辱，几年来所忍受的折磨和打击，像原子弹一样嘭的一声爆发了。口呼一声："老子不活了，你奶奶。"一个箭步窜了上去，照着曾建考的脑瓜猛地一拳捣了上去，曾建考惨叫一声，只觉脑袋像被一柄二十磅大铁锤砸过一般剧烈地疼痛，眼前金星直冒。没等曾建考缓过劲儿来，黎苏元就像老鹰抓小鸡一样，一把抓起曾建考猛地举在半空中，一用力，就把这小子摔在了一丈开外。

这一下摔的不轻，曾建考躺在地上光哼哼就是站不起来。黎苏元扑过去还想继续再打，黎秀芳赶快拽住他的胳膊："苏元哥，快放手，不能再打了，真的不能再打了。"

因为她知道，本来黎苏元还不当人，这回打了黎家庄村的革委会副主任，恐怕要凶多吉少了。

"走，趁还没有人来，咱赶快跑。"

第十八章 寻衅闹事

一座精致的小四合院。

小院二十多平方米，青方砖铺地，从斑斑印痕之中，可见证这座小院的沧桑岁月。因今年天太旱，一蓬小绿竹叶子多半都发了黄。小院里挂晒着一条破被子，一位头发花白的老大娘，在用手指轻轻地弹着破被子上的灰尘。

这位老大娘就是黎苏元的妈。

"喂，我说苏元他妈。"在正房炕上躺着休息的苏元他爸高声向院子里喊道："都快半晌午了，这孩子去哪了也不回来吃早饭。"

苏元他爸这几天拉肚子拉得不轻，给单委小组长告了两天假在家养病，这不？刚上了一趟茅房才躺下。

"谁知道？这孩子好练功，或许是练功去了。"

"不对，"他爸说，"练功能有这么长时间？误了下地干活那还了得，又少不了一顿批，咱挨批挨怕了。"

"是啊，咱得好好说说苏元。"

老两口正说着，就听门外乱嚷嚷的，人还不少，好像是直奔他家来的。

"老头啊，坏了，不是苏元出啥事了吧？"

"怎么了？"

"有不少人奔咱家来了。"

苏元他爸一听，顾不上难受了，一骨碌从炕上爬起来，提上鞋就往院子里跑，还没跑出屋门，就听轰隆一声，大门就给人一脚踢开，进来的不是别人，正是那个谁见了都头疼的曾建考，头上、手上缠着绷带，脸上还贴着一块胶布。在他后面，跟着十来个戴红卫兵袖章的年轻后生，其中有一个就是帮曾建考到神王河边给黎秀芳传话那个小屁孩儿孙子貌。

"大爹？"

这声大爹好像是从曾建考的牙缝里蹦出来的。

"哟，大侄子，你，你这是怎么了？"

曾建考把脸一黑："叫我曾主任！"

苏元妈的心里咯噔一下就狂跳起来。她知道，这个大无赖去了谁家，就该谁家倒霉。

"对不起大侄，不，曾主任，对不起啊，你这是。"

她望着曾建考头上、手上和脸上的伤，一时不知道该说什么。但她有个预感：这恐怕和咱家苏元有关系。

"怎么了？你那宝贝儿子打的。"

"妈呀。"苏元妈在心里暗叫了一声，脑袋嗡的一声就大了，浑身哆嗦起来，那个苦啊，那个怕呀，真是无法形容。她在心里苦苦地喊道："苏元，我的祖宗，谁不能惹了非招惹这个畜类不行？你这下可给家里闯下大祸啦，天呀！"

原来，曾建考被黎苏元揍了一顿后，半天没能爬起来。等到下地干活的群众看到他之后，才急忙把他搀扶到村卫生所，上了些跌打损伤的药，处理了一下伤口，在卫生所里躺着休息了一会，这才摇摇晃晃地站起来，派人叫来孙子貌等十几个红卫兵小将，气势汹汹地找上门和黎苏元算账来了。

苏元他爸见势不妙，赶紧从屋里拿出一盒金钟香烟，躬着身子，赔着笑脸先给曾副主任发了一支，又赶紧招呼那十几个红卫兵小将："来，大伙儿吸烟。"

"呸，谁抽反革命家庭的臭烟？不要用资产阶级腐朽生活方式手段拉拢腐蚀革命小将，你这是糖衣炮弹。"

小屁孩儿孙子貌边说，边用手指狠狠地把那支香烟揉成了一堆碎末。

曾建考倒是没客气，接过纸烟往嘴里一叼，孙子貌立即跑过来，嚓的一声划着火柴，给他点上了。曾建考深深吸了一口，长长地吐出一口浓烟，点点头说："这烟不错，好吸。"说着，用手指了指苏元他爸手里的那盒香烟，右手二拇指向后勾了勾。

"拿来吧。"

小屁孩儿孙子貌立即心领神会，从苏元他爸手里夺过那包金钟牌子的香烟，双手捧着递给曾大主任。

"大爹？"曾建考又从牙缝里蹦出一句。

苏元他爸一听到这声"大爹"，浑身就起鸡皮疙瘩。

"你给我说句实话，苏元兄弟不在家？"

"不在，"苏元他爸苦笑了一声，"这不？早饭还在锅里给他留着，还等着他回来吃饭呢。"

曾建考把眼眯成一条缝，然后突然又把两只眼睛瞪得圆溜溜："真的不在？"

苏元爸又赶紧给人家赔了一个笑脸，说："真，真的不在家。"

张口就骂，见人就打，那是没有水平的流氓无赖。人家曾建考一不和你骂，二不和你打，就是和你胡搅蛮缠，缠不死你就算有鬼，这才是超级流氓高级无赖所达到的最高境界。

"曾主任啊，我都这么一把年纪了，还能跟你说假话？"

曾建考下巴朝屋子方向一努，又从牙缝里蹦出一个字来："搜。"

小屁孩儿孙子貌便带着那十几个红卫兵小将分头闯进正房、东西房等地方，挨个儿搜了个遍，没有找到黎苏元的人影。

孙子貌把嘴凑在曾建考的耳朵上低声说："曾主任，没有。"

曾建考点点头说："好。大爹？"

苏元爸打了一个寒战："曾主任。"

曾建考抬头望了望天空，皮笑肉不笑地说："哟，快晌午了。小屁，帮大爹做饭，咱有的是时间，消停等。"

小屁孩儿孙子貌不愧是曾建考的一个跟屁虫，把那张驴脸一镇，喝道："听到了没？老东西，快去做饭吧，加十三个人的饭，标准嘛，有十个菜，五瓶高粱白也就差不多了。"

苏元爹妈一听，腿一软，差点瘫了下去。

曾建考把二郎腿一搭，阴恻恻地一笑，说："黎苏元，小子，你跑得了和尚，还能跑得了庙不成？"

那么黎苏元没有回家，他能到哪里去了呢？

黎苏元把曾建考这狗日的打倒在地之后，还想扑上去再踩上几脚，黎秀芳怕把事情闹大，赶紧拉着黎苏元就跑。他俩一口气跑回秀芳家，黎苏元一屁股坐在院子里石墩上，哼哧哼哧直喘粗气。黎秀芳脸色苍白，衣衫不整，头发上沾满了鬼圪针，心跳得和擂鼓一样，就像刚做了一场噩梦。

"闺女，你这是怎么啦？"

秀芳妈见秀芳和苏元这个样子给吓了一跳，赶紧从水缸里舀了一盆清水，湿了两条毛巾递给她们。

"妈。"黎秀芳一头扑在她妈的怀里，放声大哭。

圪蹴在饭棚吃早饭的秀芳她爸听闺女哭成个泪人儿，估计发生了不小的事情，饭也吃不下去了，放下碗快步走到北屋，摇摇闺女的头，问她："秀芳，出了甚事啦？"

秀芳只是一个劲地哭："我，我……"

"秀芳她，被老赖那个狗日的欺负了。"

黎苏元紧握双拳，那股怒火还在熊熊燃烧。

"什么？闺女，她，被那畜生欺负了。"

秀芳他爸一听闺女被老赖欺负了，还以为这畜生把秀芳给强奸了，怒火一下子蹿了上来，冲入饭棚掂了把切面刀就往外扑："老赖你这个禽兽不如的东西，老子把这个禽兽一刀劈了。"

秀芳她妈一看吓得面无人色，扑上去死死拖住他："你个二百五，你不要命啦？给我回来。"

"你不要拦我！"秀芳她爸脸色铁青，面部肌肉因愤怒扭曲得可怕，鼻孔里呼呼喘着粗气。

"你要非去，先把我砍了。"

"你！"秀芳她爸一时气噎语塞，不知说什么好。

秀芳他爸名叫黎怀北，长得五大三粗好后生，身高在一米七六，英俊魁伟，体壮力强，浓眉大眼，半脸黑须，脾气暴躁，食量惊人，村人送其外号赛张飞。据说年轻时，黎怀北一顿能吃四个半斤大的白面馍馍，一口气能吃下五个大玉茭面谷峦（玉茭面做得一种食物），人吃得多，所以力气不弱，抗起两百斤重的大麻袋脸不红心不跳气不喘，用粗钢棍当扁担，一头一个能挑起两个合起来三百多斤重的大碾碌。和人打架，三五个年轻小伙近不了身。

第十九章　空惹祸端

黎怀北这个人虽然脾气暴躁点，但却是个大好人。

黎怀北性格耿直，心地善良，爱打抱不平，乐于帮助弱者，只要软弱的人受了欺负，不管认识不认识，他都会挺身而出，而且只要把他给惹急了，他绝对不会跟你轻易罢休，非跟你拼了老命不可，就算你逃到天之涯海之角，他也会穷追不懈，不把你打得跪地求饶绝不放过。

黎家庄村的流氓无赖轻易不会去招惹他。

即使曾建考这样的超级老赖，要不是当上了大队革委会的副主任，就是借给他一百个胆，他也不敢得罪黎怀北。然而就黎怀北这样一个天不怕地不怕的"赛张飞"，在"文化大革命"的滚滚洪流面前，也不过像一片浮叶一块泥土，一不小心，照样会被"文革"巨浪拍得粉身碎骨。也正因为面对的是这样一种特殊形势，黎怀北才硬生生压住他那个暴脾气，轻易不再和人一争长短，而曾建考这样的超级老赖，才敢有如此天大的色胆，去捅黎怀北这个马蜂窝，这就叫世事无常啊。

小人得志，英雄气短，年代特殊，有何奈何？

"叔，你先消消气，那个王八蛋现在有权有势不好惹，咱先合计合计。再说，他也没讨了秀芳多大便宜。"

等到冷静下来之后，黎苏元才意识到问题的严重性。他毕竟是名牌大学毕业的高才生，有脑子，智商高，有勇有谋，不像黎怀北那样鲁莽。他清楚惹了曾建考这个王八蛋结局会怎样，自己恐怕要狠狠受一番折磨了，但事情已经做下了，能逃避得了吗？该受就受吧，没有什么好办法，大不了批斗死老子算了，见秀芳她爸黎怀北四十好几岁的人了比年轻人还冲动，自己反倒冷静了许多。

黎秀芳擦了擦眼泪也跟着说："是啊爸，多亏苏元哥来的及时，才没有被那禽兽作害。"

"叔，他没能把秀芳怎样，才解开秀芳三个扣子，便被我碰上了。这个畜生，以后再让我碰上他干坏事，非把他的脑袋拧下来不可。"

于是，黎苏元就把早上发生的事情原原本本地给秀芳她爸讲了一遍，然后说："叔，这畜生目前正在道儿上，好汉难得人手多，虽然咱俩后生都不小，也会点武功，但暂时还不能明着跟他干，俗话说君子报仇十年不晚，想治这小子，咱还得想个万全之策，这样蛮干不行，要吃亏的。"

听苏元说这禽兽没把秀芳怎么样，黎怀北这才稍微平静了些。但他觉得，就算这个禽兽没把秀芳怎样，但毕竟欺负了咱，这口闷气一时咽不下，憋得难受。

黎秀芳泪流满面，哽咽着说："苏哥，都，都是我不好，是，是我连累了你。"

"秀芳，这与你无关。即使换成其他人让我碰见了，一样出手相救。曾建考这个畜生，着实可恨。"

"我估计，这畜兽肯定不会放过你，你计划怎办？"

黎苏元把头深深地埋了下去，好大一阵，才抬起头来说："事到如今，我也没有什么好办法。他想干甚就干甚哇，大不了把老子杀了。把老子逼急了，我就先废了这个龟孙王八蛋。"

黎秀花鼻子一酸，眼泪又止不住流下来。

十年"文革"中，黎家庄大队全村划分为五十八个"段"，一段一个革命积极分子主管。

这天中午，黎家庄村革命群众一街两行都端着饭碗，有的坐在石头上，有的圪蹴着靠在土墙上，光端着碗就是没有一个人敢动筷。为什么呢？还未举行开饭仪式。那时候，吃饭前首先要背一段语录，唱一首歌，然后再喊上两句革命口号才能开吃。

街东头这段，开饭仪式由曾建考得力干将小屁孩儿孙子貌主持。

小屁孩儿孙子貌从背后瞧，马马虎虎还像个人形，可要看前面谁见了都想吐几口，特别是那张脸比驴脸还长，大嘴一咧差不多扯到耳朵下面，烂鼻头又大又圆又红，本来就是塌鼻梁，去年从拖拉机上摔下来撞断了鼻梁骨，尽管跑到京城某医院做了一次整形手术，从腰间取下一根肋骨安在鼻梁上，但并未获得理想的美容效果，反而显得那个鼻梁更滑稽，加上一双斗鸡眼，那张脸是要多难看有多难看，一般人们和他说话尽量不看他的脸，一看就忍不住想笑。

孙子貌放下碗，站起身来，塌鼻梁一耸，斗鸡眼儿一瞪，开始领着大伙喊口号。大家也跟着纷纷站立起来，眼睛一齐看向两侧，因为大伙最怕看到他那张既难看又滑稽的丑恶面孔，看见就想笑声，一笑就倒霉。

开饭仪式开始了，孙子貌先领着大家背语录、喊口号。

大家在地里干活儿累了一上午，早就饿得前心贴后背，那还有力气背语录？声音有气无力，语调参差不齐。孙子貌斗鸡眼一瞪："严肃点，背不下语录别想吃饭。……"

仪式完了，大家有的原地圪蹴，有的坐在石头上，开始吃饭。

大家刚端起碗开始吃饭，就听到村西头高场上响起了敲锣声。一听这熟悉的声音，不用出门，大家都知道黎苏元又要挨批斗游街示众了。

锣声刚停，广播谷筒又响了起来："广大革命群众注意啦，广大革命群众注意啦，吃罢饭，赶快到南堂大槐树下开批斗会，谁都不能不去，要是不去……绝没有好下场。"

"广大革命群众注意啦。"

"广大革命群众注意啦。"

人们顾不上吃饭了，有的赶快把饭碗送回家，有的干脆拿着碗，大街小巷人流如潮，一齐拥向南堂大槐树下参加曾副主任主持的批斗大会。

曾建考先是宣读了黎苏元殴打革命干部的罪状，又举着拳头喊了一通口号，然后一声令下："打，给我狠狠地打，只要打不死就行！"

孙子貌等人一拥而上，对黎苏元大打出手。

批斗会整整开了两个钟头才告结束，这回真把黎苏元给整惨了。

看着黎苏元那极其痛苦的表情，魔鬼一般的曾建考获得了胜利的快感，得意地笑了。

一个炸雷响过，紧跟着就是一场瓢泼大雨。

大雨中，黎秀芳父女俩背起身受重伤的黎苏元，一步一滑地向皇侯岭卫生院艰难地走去……

第二十章　张华走访

古墓血案已经过去十多天了，侦破工作几乎没有明显进展，这让肖刚稍微有些着急，刚上班，他立即把葛俊中叫来。

"孙子貌调查的怎么样了？"肖刚问。

"据听说孙子貌这个人身上毛病很多，凡认识他的人，对他的印象都不怎么样。"

葛俊中不吸烟，却喜欢在手里玩打火机，打着，吹熄，吹熄，再打着，然后，看着燃烧的火苗出神。其实，公安局的人都知道他这个小爱好、小特性，在他思考问题时，总会有这个大家非常熟悉的小动作。他把打火机突然上窜的火苗一口吹灭后，接着说："据调查，孙子貌人品极差，名声很坏，在刘陵县首屈一指，特别是他在参军前，曾有强奸妇女嫌疑。"

"既然有强奸妇女嫌疑，那他参军时政审怎么过关的？"

"听说，他在县里有关系，暗地里走通的。"

"葛队，我想知道这个人与古墓血案究竟有没有关系，让张华继续调查，如果沾点边的话，咱们就从他身上打缺口。"

"是，肖局。"葛俊中话音刚落，人已到了门外。

"回来。"

葛俊中一怔："肖局，还有什么指示？"

"在调查孙子貌的同时，别忘了调查一下那个曾建考，你不觉得曾建考的失踪，有点莫名其妙吗？这里面大有文章啊。"

"好的，我去了。"

葛俊中离开后，肖刚点了一支烟，后背往椅子上一靠，双目微闭，陷入沉思：这个孙子貌？这到底是个什么样的人？

少顷，肖刚坐直身子，拿过那份有关孙子貌的档案资料一字一句看，孙子貌原本模糊的影像逐渐变得清晰起来：

孙子貌，男，农历一九四八年四月四日出生，现年五十六岁，刘陵县皇侯岭镇黎家庄村人，现住县城鼓楼街弯脖巷十九号。孙某一九六九年三月参军，在部队先后当过侦察兵、汽车驾驶员、连队司务长。一九七二年一月转为义务兵后，长期担任"连部财务会计"等职。一九八〇年转业后，经其老丈人帮忙活动，安排在其老丈人的单位当司机。从一九八二年二月开始，这个孙子貌就莫名其妙地开始蜕变，由职工身份变为招聘干部，一九九六年五月由招聘干部摇身一变成为行政干部，二〇〇一年七月又如神龙脱皮一般出人意料地进入单位领导班子，担任了县科委的副主任。人们被他这种魔鬼般的火箭式升迁搞得一头雾水。资料显示，孙某在参军入伍前的一九六九年，曾有强奸妇女嫌疑，但只是拘留了几天便放了出来，并未受过任何法律责任追究。人们猜测，可能是有后台保护了他。

在葛俊中提供的这份档案里，清楚地记录着村民×××所反映的孙子貌强奸妇女一事的详细情况……

黎家庄村不仅出人才，更出美女。

老闷家闺女叫黎娇娇，是黎家庄村十大美女之一。

尽管在十大美女中黎娇娇只位列第三，但比起前二位美女实际差不了多少，差就差在娇娇刚满十七岁，关键部位发育还没到位，比如胸部还不是太饱满，臀部肌肉尚欠发达等，不过再过一二年，这闺女准能名列十大美女之首。就目前情况而言，黎家庄村十大美女中有三个超过二十一岁，五个超过二十岁，两个十九岁。大闺女一旦结婚生子，形象必然会发生本质上的变化，而黎娇娇"二八佳人"正值花季，嫩呵呵，水灵灵，这就足够了，因为她有年龄优势啊。黎娇娇这女孩性格外向，爱说话，一天叽叽喳喳嘴儿不闲，经常和男孩子吵架，得理不让人挺厉害的那种。特别是这闺女的胆儿特别大，天不怕地不怕，敢在狗熊头上搔痒，从老虎嘴里拔牙，火气一来抡起拳头就和男孩子打架。

所以她爹叫她"疯丫头"。

老闷家闺女黎娇娇，既年轻又漂亮，像一根切一下就能流出水来的嫩黄瓜，其绝色程度足以让一个意志坚强的男人精神崩溃。所以在娇娇姑娘身上打主意的男人包括老男人，位数还相当的不少。

孙子貌就是其中的一个。

在专案组进住黎家庄村实地调查的第二天，孙子貌这个人就很快进入了专案组的视线。

孙子貌与古墓血案有无关联目前暂且还不能做出定义，但从村民对这个人的评价上看，发生在他身上的种种可疑不能不引起警方注意，此人可以说身上劣迹斑斑，污点太多太多。听人说，孙子貌是他爹从南京市孤儿院收养的，身上原本就没有黎家庄血统，黎家庄村绝大多数人对孙子貌极其反感，有人说像孙子貌这般没心没肺没人性的畜生，一出生就该掐死狗日的。

孙子貌也算是黎家庄村的一个名人，其恶劣之程度在刈陵县十六万人中首屈一指，名号十分响亮。在刈陵县只要一提起孙子貌三个字，无人不知，无人不晓。

为了验证大家的说法，中午时分，张华端着饭碗来到街上，蹲在几个吃饭人中间。张华瞅了一眼，其中还能认得一两个，于是扭头问一个正在吃饭的老乡："你叫国才吧？听说你文化水平不错，肚子里有些墨水，说起唐诗宋词一套一套的，人们都说你是乡土诗人。"

"别听他们瞎嚼舌头，没那事，张警官啊，有什么事吗？"贾国才等咽下嘴里的饭菜后才回答说。

"我是想了解一下孙子貌这个人，希望你们能提供点情况。"

"咳，你说他呀，这龟孙，"贾国才原本有说有笑，一听张华打听孙子貌，脸色一变说，"孙子貌这个王八蛋在黎家庄村最坏，在皇侯岭镇最坏，甚至可以说除他之外在刈陵县再也找不到第二个最坏的，口蜜腹剑，阴险毒辣，狼心狗肺，坏事做绝，在黎家庄村人皆恨之，其坏、其赖、其流氓之程度，比起他的师傅曾建考可谓有过之而无不及。此人狡诈圆滑，见甚人说甚话，对权贵像条狗一样奉承舔屁股，竭尽巴结之能事。"

"是啊，张警官，"程老四似乎对孙子貌更反感，还没等贾国才说完便接过了话头，"国才说得不错，孙子貌他爹真是闲着没事做，还嫌黎家庄出的混蛋少，硬是从孤儿院领养了孙子貌这样一个孬种。像孙子貌这种东西，一破鞋拍死狗儿的最好，省得这畜生活在世上作害人。此人贪心十足，见利忘义，只要能抓到钱，抓起来吃狗屎，跪下叫爷爷都行。孙这个人道德品质极差，喜好巴结人，也乐意别人巴结他，一旦小权在手，就要使用的淋漓尽致，谁不巴结送礼，就憋着法儿害作你，把你害作的哭笑不得。最要命的是你巴结了九次，一次走不到位，这个王八蛋便立马给你来个一百八十度大转弯，以前那九次巴结他的全作废，你就成为他一生的死敌。这人就是个畜生，知恩不思图报，你即使对他有天大的恩情，只要你一次不能满足他的不合理要求，他马上给你来个一百八十度大转弯，反过来和你死对着干，像条疯狗一样拼命咬你。是吧，九叔？"

一个七十多岁的儒雅老者点点头说："没错，孙子貌是黎家庄坏人中的坏人，令黎家庄人蒙羞。说他是条狗实在是抬举了他，比起那些好狗相差甚远，充其量就是条人人喊打的疯狗癞皮狗。如果能够把这小子开除出地球的话，敢保准说黎家庄村的人绝没有一个人说不。"

贾国才抢着说："张警官，九叔的话你应该相信。孙子貌这人，怎么说呢？首先说吧，他这人好色，流里流气的，如果让我给他打分的话，我给零分。不，给负分。"

程老四放下手里的空碗，挤进来插话说："孙子貌这个人确实坏，偷鸡摸狗，手不干净，去谁家串门儿，得空就下手偷人家钱。好下馆子、好喝酒，喝醉了就打架闹事。吸毒、赌博、嫖娼什么事不坏他不干什么。这个人啊，张警官，真的提不起来，一提就心烦。"

九叔忽然问道："张警官，孙子貌是不是有啥问题？会不会和古墓被盗有啥牵连？"

"目前还不好说，我们只是想了解一下。谢谢大家了，谢谢。我去盛碗饭，回来咱继续聊。"

这次走访收获不小，张华对孙子貌这个人有了更加全面的了解。

第二十一章　月下黑魔

孙子貌尤其好色。

善于猎色，下流无耻，是孙子貌身上最肮脏的污渍斑点之一。

由于黎家庄名声在外，所以在方圆几十里之内，黎家庄光棍汉最少，除痴、傻、呆、疯、懒等类型的人以外，是个比较正常的男人好歹都能讨到媳妇。

前面已经说过，这孙子貌长得要多难看有多难看：浑身皮肤那个粗糙劲癞蛤蟆见了他都打凉疙磣；那五官长得更滑稽，老鼠胡子三角眼，酒糟鼻子梢板脸，那模样实在不敢让人恭维。这人好像隔个三天五日才吃一顿饭，营养严重缺失，瘦得除了骨头就是皮，远远望去，活像一具干骷髅，走夜路谁要是碰上这个人，保管你三魂出窍，七魄离体。而且这个人要家门没家门，要人才没人才。论家门，他家穷的在黎家庄不是倒数第一也是倒数第二；论人才，不说了，实在难以启齿。

就这，孙子貌自我感觉良好，觉得在黎家庄他孙子貌还算个"帅小伙"，用他的话说，起码咱孙子貌腿没瘸、眼没斜、嘴没歪吧？

俗话说小伙到了二十三，口袋摆起杂货摊。

孙子貌天生情种，在离十六岁还差两个半月，连成年人的资格都没有的时候，竟然也和二十三岁年龄段的小伙子一样，小圆镜、小木梳、小手绢儿等物品便时常带在身上。一有空，这小子就拿出小镜子左瞧瞧右看看，看看脸上有没有影响尊容的东西。头发乱了，赶紧拿出小木梳梳一梳；脸上沾了一星点灰黑，急忙吐上几口唾沫拿手绢擦一擦。他那目的只有一个，就是想在姑娘们眼中树立一个良好形象。你说就他那模样儿，再怎么打扮，也无法掩饰其丑陋的面目，越打扮，反而越让人觉得恶心。别看孙子貌其貌不扬，但据说其人经过名师点拨过，他除了会打扮自己以外，还专门找师傅学了一套猎色技巧。不过你还甭说，这小子果真还学了一手，能魔术般地把闺女们（未出阁的大姑娘）

甚至还很有几分姿色的闺女们玩得团团转，说多奇怪有多奇怪。

村人百思不得其解。

其实，孙子貌不仅是个早熟品种，而且还是个多情种，早在十三四岁小鸡鸡上面的含羞草才刚露头的时候，这小子就开始脸上擦粉，头上摸油，注意打扮自己了。到了十六七岁，黑来（晚上）他爹就关不上门了。他爹有些纳闷儿，心想这孩子是发什么神经了？整天深更半夜的不回家，他决定找个合适机会，暗察一下儿子的行踪。一天晚上，趁没月亮好盯梢，孙子貌头脚走，他爹二脚就悄悄跟在后头，就见这孙子貌东一拐西一绕，最后走到村南头一棵大柳树下。

这棵大柳树下有一盘大石碾。

不大一会儿，见一个人也向大柳树下走来。

子貌他爹只顾眼盯他那宝贝儿子，竟没有察觉到在不远处的一颗大柳树下，鬼魅般直挺挺立着一个黑影。

"孙子貌，约我出来干啥？"后边来的人低声叫了一声。

子貌他爹心里一惊：哟，是个闺女。听口音是老闷家闺女娇娇。这下连他爹也弄迷糊了，人家娇娇美若天仙，你小子能高攀得上？最好死了这条心吧，孩儿来。

"娇娇啊，我专门给你买了一包糖果让你尝尝。"

"呸，狗嘴吐不出象牙，谁知道你秃二癞想要甚鬼心眼儿？"

"没事的，娇娇，你就再借我一百个胆，咱也不敢在你面前耍心眼儿。来，尝尝哇，要不哥生气了噢。来，尝一块儿。可甜了。"

孙子貌他爹老脸一红，老猫似的悄悄沿着墙角溜走了。

这时他爹才明白过来。原来，没等媒婆上门提亲，这小子便自己对上象了。嗨！他在心里暗骂道：你比老子当年踢寡妇门儿还厉害。

"呸！狗吃的东西人也能吃？不吃，我还怕脏了嘴。秃二癞，你要没什么事，我就走了。"娇娇嘴上说得强硬，其实心里也开始害怕，她隐隐觉得，这秃二癞没安好心眼儿。

想走？油门。孙子貌心里这么想着，嘴上却说："娇妹，你可不能走。心肝儿，想死我了。"

说着，趁娇娇没注意，孙子貌一把将她搂进怀里。

"你妈，滚！"啪，孙子貌脸上重重挨了一巴掌。

"娇娇，你为啥打我？"

"你该打，臭流氓！"

"死闺女，你是敬酒不吃吃罚酒，就不能怪哥无情了。"

孙子貌从口袋里掏出一个小型注射器，快速刺进娇娇的臀部，娇娇手一松，便昏过去不省人事了。这是一种十分厉害的麻醉剂，能使人在几秒钟时间内便可昏睡，这就是孙子貌那个秘密师傅传给他若干绝招中的一招，叫"一针夺魂"。

"快，师傅你快来啊。"孙子貌向大柳树下低声呼叫道。

一眨眼工夫，孙子貌就不见了。

只觉一丝凉风闪过，那个直挺挺站在柳树下的黑影便飘到了碾盘跟前，望着睡在碾盘上的美人儿，气息明显加重，黑爪般的魔掌在少女高耸的胸部慢慢游走，一直走，一直往下走，直到少女的隐私处，这鬼魔一样的畜生嘿嘿狞笑着，轻轻解开姑娘的裤带，一把扯下姑娘的裤子……

这时，除了听见呼呼的风声之外，就只能听见那个鬼魅似的黑影急促的喘气声。

"厉害，确实厉害。"在调查过程中，一位老乡对刑警张华说。

"三个月后，女孩娇娇的生理状况发生了变化：一是连续三个月没来'身子'了。二是其他地方没有动静，只有肚子微微胖起来。三是无缘无故地就想吐，老想吃酸枣、山楂等一类的酸东西。"

"过来人都知道，娇娇这是有身孕了。"

刑警小张心里一惊：未婚先孕，那还了得？

在那个年代，未婚先孕确是件惊世骇俗的大事件。

世上没有不透风的墙。所以整个黎家庄骚动起来了。街头巷尾，几乎都是清一色的话题。

这天晌午，南头小池边三个人正坐在那里边吃饭边聊天，其中有一位七旬老者，两位中年人：一个面净无须、略显年轻些的那位名叫贾国才，另一位下巴长着一撮山羊胡子的叫程老四。

只见山羊胡子老四压低声音神秘兮兮地说："国才，听说来没有？西头老闷家闺女肚子被人搞大了。"

　　"听说这事儿是老孙家的子貌干的。"面净无须贾国才抬头看了看正在往嘴里拨拉米饭的七旬老者，这才答道："这个子貌还真是个畜生，净干些见不得人的事情。"

　　"老闷家闺女也不要脸，屁大一丁点儿，怎就这么骚？"

　　"你知道个球，你家闺女才骚呢！老闷家闺女是被孙子貌那个畜生强奸的。"七旬老者眼睛一瞪，厉声喝道。

　　山羊胡子老四被吓了一跳，手一抖，差点把饭碗掉在地下："呦？我说九叔，你，你亲眼见来？"

　　"你小子也不动动脑筋想想，他孙子貌是个甚东西？不要说娇娇还小啥也不懂，就是再大几年，她也不会看上子貌这个没人性的丑八怪。"

　　"对呀。"面净无须贾国才觉得九叔说得有理："就那熊样儿，人家娇娇能看上它？要不是这小子硬来……"

　　"嘘——别说了，索命鬼来了。"山羊胡子程老四悄声告诉大家。

第二十二章　辣手摧花

山羊胡子程老四口中所说的索命鬼是谁？就是大名鼎鼎的李亦昌，皇侯岭公社革委会副主任兼黎家庄大队革委会主任。

"国才啊，好长时间不见，还这么年轻。老四？吃的哈饭？噢，浆水抿尖啊。哟？九叔啊，你怎么晌午还是粗面疙瘩？好面接不上了？下午叫我家那口子给您老送半袋面去，你老都这么大岁数了，吃不好顶不住活儿。"

李亦昌不愧是一村之主，见了人不仅热情打招呼，还特别关心革命群众。

"不用啦李主任，家里头可还有呢。李主任啊，我这几天有些伤风感冒，怕传给你，我就先走了噢，你消停吃哇李主任。"说罢，九叔慢慢站起身来，拧了一把鼻涕，抓起衣襟擦了擦，一只手端着碗，一只手捶着背，干咳了两声，躬着腰回家去了。

"唉，这人一到岁数，小毛病就多了。"李亦昌望着渐渐远去的七旬老者，叹息了一声。

山羊胡子程老四趁李亦昌抬头看九叔背影的当儿，故意把左脚往池水里一戳，惊叫一声："妈呀，这弄成个球啦？回家不叫老婆扣咱俩耳光算有鬼。"

说着也站起来，放下碗拧了一把裤脚上的水，向李亦昌尴尬一笑说："李主任，你瞧我这个没出息劲儿？你们慢慢吃哇，我回家换换裤，舀碗饭再出来。嗨呀，瞧这事情弄得。嗨，哈哈。"

"瞧你扮那样儿？快回换换哇，可不能叫人们笑话咱。"面净无须贾国才笑着说。

"国才，刚才好像听你们说，老闷家闺女……"

李亦昌正想跟贾国才说上几句话，还没等他把话说完，贾国才猛一下站起来向程老四高声喊道："哎呀，老四，我倒忘啦，我还得去你家找根镢把了，等等咱。李主任，你消停吃哇。"

贾国才把个大碗往胳肢窝一夹，起来就去撵老四。

李亦昌瞧九叔他们三个人先后借故走开了，连句话也赶不上说，心里头感觉老不大舒服，脸一寒，骂开了："这叫甚球事，这是怎么啦？咱身上有喽刺啦？瞧你们这个心烦劲儿？"

真的很可惜，黎娇娇，还只是一个刚满十七岁的小姑娘，一朵正在含苞怒放的鲜花啊。李亦昌决定，吃罢饭后到黎娇娇家一趟，看望一下老闷哥，捎带安慰一下这个可怜的小姑娘。

黎娇娇家里。

这几天气氛特别沉闷，一家人沉浸在痛苦中无法自拔。

"老天爷你在哪，你没长眼啊！"娇娇爹妈仰天长叹。

好事不出门上，坏事传千里，说得一点没错。大肚子事件很快就把黎家庄村搞得沸沸扬扬，成为人们饭前茶后闲聊的一个新鲜话题。当然，十个人里头有九人知道是孙子貌强奸了人家娇娇，恨不得剥其皮，啖其肉。一些有血性易冲动的年轻人，觉得仅仅暴打狗儿一顿尚不足以平民愤，只有将孙子貌这狗日的或者阉了，或者杀了，方才解恨。可也有一些不明真相的人认为，这是娇娇自愿的，俗话说男人想女人隔座山，女人想男人一层衫，如果女人不愿意，男人哪能容容易易就爬到女人的肚皮上？

那么作为受害人的黎娇娇，心里是怎么想的呢？

关于她怀孕的消息如同暴风骤雨般在全村疯传，有说是被孙子貌强暴的，也有说是娇娇自愿的，不管人们怎么说，但娇娇始终没有站出来为自己辩解。虽然别人不理解，但她自己心里比镜还明：不是她不去辩解，而是无法辩解啊。她有胆量站出来为自己辩解吗？她有颜面站在众人面前吗？不要说她还只是个十七岁的小姑娘，就是一个已为人妇的成年女性，也没有那份勇气。她很聪明，她知道无论如何去辩解都是没用的，在如海浪般的人言中，自己就如同一只随时都会被风浪掀翻的小船，任何表白都显得是那么苍白无力，刻意去描只能越描越黑不如不描。况且，她小小一个黄花大闺女，即使有胆量站出来去辩解，该怎么说？又该给谁说？即使说了又有谁相信她，有多少人能理解她？有多少人能够体谅到她心里那份屈辱，那份伤痛，那份迷茫？

所以她选择了沉默。

"闺女啊，先把胎堕了再说。"她爹老闷劝她说。

"不，不行。"沉默了一会，娇娇突然杨起满是泪痕的脸，红肿的眼睛里倏忽射出两束奇异的光芒。

老闷不解地问："那，你计划怎么办？越大可就越不好弄啦。"

"我，我要把这个孩子生下来。"娇娇坚定地回答道。

"什么？你疯了？把这个孽子生下来？闺女，你是气糊涂了？"

"没有，爹，女儿心里有数。"

"不行，你，你还嫌丢人没丢到家？"老闷以不可商量的口气，斩钉截铁地说："你绝对不能把这个孽种生下来。绝对不能。"

"要是我非把这个孩子生下来呢？"

"你敢！"老闷猛地将右手高高举起，却迟迟没有落下，最后，终于无奈地缓缓将手放下："娇儿，咱给你说明白，在你面前摆着的，只有两条路。要么去把孩子堕了，要么——"

老闷一时语塞，头一低，长叹一声，两行老泪滔滔而下。

"大，我知道你说得另一条路是什么。我意已决，也有两条路可走，一是把这个孩子生下来，二是让我去死。"

"你！"老闷闻言顿时气得眼前发黑，话不成语："你，你，你这个冤家，我，我老闷上辈造了什么孽啊，唉！"

眼看劝解是无效了，老闷重重垂下头去，双手狠狠地挠着自己的头发，指甲都扣到肉里去了。挠了一会，老闷向自己脑袋上猛拍了一掌，流着泪对娇娇说了一句："我态度摆明了，你瞧着办哇。"起身一摇一晃地走了出去。

这些天来，娇娇姑娘吃饭不香，睡觉不稳，每天夜里做噩梦。

她想起了那个恐怖的夜晚，在那个冰凉的石碾盘上面，她就只觉得屁股上疼了一下，还没弄清楚怎么回事，便迷迷糊糊地睡着了。等她醒来之后，感觉头依偎在孙子貌那泛着酸臭味的臂弯里，孙子貌正在用他那鸡爪一样的手抚摸着她的秀发，用狗一样的鼻子狂嗅着她身上散发出来的阵阵异香。她怒不可遏地一口气在孙子貌的脸上重重扇了十几个耳光，一把推开这个臭流氓，摇晃着离开了大石碾。在回家的路上，她觉得下身有一种她从未有过的怪怪的感觉，那是一种有点麻麻的空空的感觉，也有点酸酸痛痛的感觉。但她不知道为什么会有这样的感觉，也没有想到会有什么可怕的事情发生。

现在，她什么都知道了。

她知道了那天夜里她的下身为什么会有那么一种怪怪的感觉，知道了她的生理上为什么会发生如此大的变化，知道她肚子里有个什么东西把她的肚子撑得越来越大……

知道了以后才幡然猛醒，这个孙子貌简直就不是个人，是个畜生，是个恶魔。

她恨不得一刀宰了他。

可是她知道，一个手无缚鸡之力的弱女子，是不会把他怎么样的。人家惯于见风使舵，巴结领导，无论在过去的大队革委副主任曾建考手下，还是在新任大队革委会主任李亦昌面前，人家一样红得发紫，没人敢惹。她恨他，更恨自己，恨自己瞎了眼，恨自己没有人生经验，对孙子貌这样的坏人一点防范之心也没有。可转念一想，不对啊，就算他孙子貌再坏，他也不可能有那份胆量。特别是，他为什么见人就极力表白："不是我，我没有干那事，没有。"

况且，咱也没有亲眼见他做坏。难道，难道还有另外一个人？

突然，黎娇娇的脸色一下变得没有了一点血色，脑袋一声鸣响，心跳加速。想到这里她害怕了，不是一般的害怕，而是极度恐惧。

"我要把这个孽种生下来，我要看看他到底像谁的模样，但愿这个孽种是个男孩儿。"

黎娇娇年龄不大，但绝顶聪明，她比同龄的女孩，心理上至少要早成熟四五年。

这也是她不堕胎，决意生下这个孩子的缘由。

然而更可怕的是，随着她的肚子一天比一天长大，人们的闲言碎语也一天比一天加多，甚至有人在她家的大门前故意高声漫骂，也有人对着她家的大门唾口水，甚至还有人往她家门口撒驴粪蛋。

人言可畏，唾沫多了也能淹死人。

黎娇娇清楚，她爹、她爷爷以至到她老爷爷上数三代，都是忠厚老实的本分之人，如今发生了这等丑事，她觉得出门没脸见人，更无颜面对她的爹娘和祖宗。从此，黎娇娇闭门不出，苦思冥想：肚子里这个小孽种该怎么处理？打掉？还是生下来？打掉，她后半辈也许还能苟且偷生，如果生下来，那她将在人们的鄙视中度过可怕的一辈子。

第二十三章　夜访古庵

打掉不是，生下来也不合适，这闺女实在是左右为难啊。

流泪，不停地流泪，她整天以泪洗面，眼哭肿了，嗓子哭哑了，人哭瘦了。渐渐地，黎娇娇整个人变了样子，神情惶惑，自言自语，精神几乎到了崩溃的边缘。

"不能打掉，也不能生下来。"

"不能生下来，也不能打掉。我该怎么办？"

她每天就只重复说着这两句话。再后来，变得只有一句话了：死了算了。

那些天，黎娇娇她娘也在不停地流泪，她不再骂闺女了，因为骂也骂够了；她爹不停地在叹息，他不再打闺女了，因为打也打够了。

此刻的黎娇娇已经没有了眼泪，因为眼泪早日哭干了，或者说是被怒火烧干了。她已经连续四五天不吃不喝，人明显瘦了一圈儿，那双漂亮的大眼睛早日暗淡无光，那张迷人的脸颊变得一片苍白，毫无血色。

她仍然在一遍又一遍地重复着那一句话："死了算了"。

老闷紧紧抓着他那根使用了几十年的旱烟袋，一锅又一锅地抽着闷烟，眉头那个结越结越大。

"死了算了。"

"死了算了。"

她这句话仿佛是说给爹听的。老闷心头猛地一跳，嘴唇剧烈地颤抖起来，接着老泪纵横，泣不成声。

许久，许久。也就是抽了三袋烟的工夫，老闷就像过了一年那么久。突然，老闷擦了一把老泪，扔掉手中的旱烟袋站起身来，拿起一条麻绳走到闺女的屋子里，眼泪婆娑地望着闺女，颤抖着把麻绳扔到闺女的脚下，然后转过身来喃喃地说："死了吧，死了也好，一了百了。"

娇娇她娘只觉眼前一黑，仰天凄笑一声，随即昏倒在地。

"阿弥陀佛。"

就在这生死攸关之际，忽听门外传来一声佛号，一位手持拂尘的中年尼姑毫无声息，轻飘飘地跨了进来……

七个月后，黎娇娇在杨岐山菩萨庵产下一个男孩，小模样特别俊秀，然而却无法从婴儿的小脸蛋上看出像谁。

黎娇娇有点失望，长叹一声道："儿啊，只盼你快快长大。"

肖刚急着要上一趟杨岐山。

有人反映，山上菩萨庵有个貌似警方正在寻找的重要证人。

肖刚认为，揭开这个人身上隐藏的那些秘密，或许有可能找到与古墓血案有关的重要线索。

傍晚，残阳如血，晚霞红透西天，像谁在天边放了一把火。杨岐山是刈陵县境内的第四大高山，山势雄伟，巍峨壮观，在晚霞的映衬下，杨岐山更加美丽，美不胜收。

警车沿着九曲十八弯盘山公路向山上驶去，因路况较差，行驶的速度较慢。行驶了三分之二路程的时候，倏然间，一直立陡坡映入眼帘，这是景区道路最危险难行的路段，由于地理条件所限，这段山路不能转弯，只能直上，故而坡度超陡，倾斜度超过四十五度，车子趴在上面有种翻过来的感觉，一般情况下，胆小的驾驶技术较差的司机，一到这道陡坡面前，都会把车停下来交给把式好的人来开。具有二十六年驾龄的肖刚让刑警王晨停下车，自己主动坐到驾驶位置上，招呼一声："大家坐稳，身子向前倾，尽量把重量压向车头，走了。"

杨岐山位于距刈陵县正北五十公里处的清漳镇，最高处海拔一千七百六十五米，毗邻河北涉县。景区总面积约三十平方公里，与黄崖洞、麻田八路军总部、涉县娲皇宫遥相互应，区位优势十分优越。

来杨岐山旅游主要有两个看点：一是观山景赏秀色。杨岐山山势雄奇，主峰高耸入云，巍峨壮观。站在主峰向远眺望，只见茂密森林如沧海茫茫，崇山峻岭如波涛汹涌，峰峦叠嶂，雄伟壮观，奇峰异壑，多姿多彩，林木葱茏，山花烂漫，蝉鸣鸟叫，清脆悦耳。细心品味你会发现，这里具有泰山的雄壮，华山的险峻、峨嵋的清奇、五台的灵秀，真是说不完的优美，道不尽的风光；二是观赏古寺庙，品味佛教文化。杨岐山是佛教五家七宗之一的杨岐宗派的发祥地，佛教文化源远流长，典故传说美丽动听，加上秀美的自然风光，构成了杨岐山独特的旅游风情。杨岐山峰秀地灵，佛教文化始于北宋中叶，至今已传千年，禅宗和金顶正宗毗卢派先后居山开辟道场，造就了杨岐方会、圆悟、静公等一代又一代的名僧，山上有圣水寺、圣水庵、菩萨庵、天坛寺等。其中杨岐方会、圆悟、修奇三位大师在历史和社会上的影响最大。

杨岐山虽美，但肖刚他们无心欣赏其秀色，他们必须在日落后赶到菩萨庵。

摩天岭陡坡也不过二华里的路程，但因异常难行，肖刚开着车以每小时十公里的速度慢慢向上爬，等爬上坡头时，太阳已经离下山不远了。这段路不再有陡坡，好多了，肖刚又将车子交给了王晨。

夕阳映衬下的杨岐山真美。到菩萨庵要经过南岭，车刚到岭上，肖刚他们就被眼前迷人的风光所吸引，任肖刚有老僧般的定力，不免也在这迷人景色的诱惑下破戒，成为杨岐山美景下的俘虏。

"小王，停一下，我们下车待十分钟，就十分钟，忙里偷闲，观赏一下南岭风光。"

于是，肖刚他们下得车来，收腹屏气，瞪大眼睛，站在南岭上贪婪地向四周眺望。入目处，尽是高低起伏的崇山峻岭，苍翠欲滴的茂密森林，远山如黛，云雾茫茫，佛光普照，古寺生辉。以前，南岭住有几户人家，由于交通不便，生存较为困难，都搬下山去了，如今人去屋空，只剩下十几座石屋，南岭昔日的岁月沧桑尽写在这些饱受风雨侵蚀的石壁之上。而恰好，正是这十几座纯石墙石屋顶建筑的古老石屋，加上几棵松柏翠柳点缀，构成了南岭高山人家的迷人景色。

肖刚不由脱口赞叹道："好一处人间仙境，好一派旖旎风光，好一处佛门圣地呀。"

十分钟后，他们继续赶路，向菩萨庵行进。在落日前，准时来到菩萨庵的山门前。

菩萨庵位于杨岐山的山腰岩谷中，此处较为平坦，海拔一千二百米左右，背靠青山，面向漳水，苍松翠柏，古木参天。菩萨庵供奉的主要是观音菩萨。

现有楼殿七间，东西转角楼配殿各五间，雕梁画栋，庄严肃穆。北面主殿下面有圣水阁，圣水阁里有天然泉水，正常出水时，可供四百余人饮用。菩萨庵连火工杂役计算在内共有二十三人，除了十六个尼姑外，其余都是带发修行者或信女。

主持是年过八旬的慧能师太。

肖刚他们来到菩萨庵的时候，正是师傅们做晚课的时间。肖刚他们车子还未到菩萨庵，就先见袅袅青烟从庵中飘然而起，木鱼声声，梵音阵阵。如果不是警务人员，肖刚他们恐怕还真抵抗不住这种强力感染。

一阵钟声悠扬响起，尼姑们已经用罢晚膳，随着钟声的召唤一起聚集到菩萨正殿做晚课。一位五十岁左右的中年尼姑盘膝而坐，一手敲着木鱼，一手捻着胸前的佛珠，眼帘低垂，表情严肃，口里念念有词。这位中年尼姑不是别人，正是二十世纪六十年代末被孙子貌奸污了的黎家庄村十大美女之一的黎娇娇。

这就是黎娇娇吗？这就是当年那个美貌无比，柳叶眉，大眼睛，五官端方，肤白如脂，樱桃小口鲜红欲滴，身材修长匀称，凹凸分明，美得让人一看就不想移开眼睛甚至生出非分之想的一代尤物吗？这就是当年那个世间少有，天上难求，走在街上路人回头率百分之百、具有极强诱惑力的小美人儿吗？

是的，黎娇娇，就是她，没错，只是红唇浅淡，脸色苍白，一袭宽大僧衣，掩饰了当年的天生丽质。

肖刚注视着眼前面目清癯，表情凝重，双眼微闭，心如止镜的黎娇娇，在这个阳刚男子汉的心里，突然产生出一丝酸楚的感觉。他忍不住轻叹了一声："唉！本该尽享人间福，谁知竟堕尼姑庵。"

尽管肖刚发出这声轻叹很轻，但还是惊动了这位冤女。

"施主，贫尼正在做晚课，请勿打扰，如上香，请到菩萨前。阿弥陀佛。"说着，双手合十向肖刚浅施一礼，施礼时双眼微睁即闭，连眼睫毛都没动一下，可见她此刻的心境多么平静，平静的像一潭清水。

肖刚也以黎娇娇的模样，双手合十回了一礼，轻声问道："请问师太，您可是黎家庄村的黎娇娇吗？"

"阿弥陀佛。施主，这里没有黎娇娇，只有玄静。"

第二十四章　惊异线索

　　见娇娇脸色平静，仍然是微闭双目，仍然是手捻佛珠，嘴里念念有词，似乎眼前的这个黎娇娇并非三十几年前那个黎家庄村的黎娇娇。肖刚略微停顿了大约半分钟，在这半分钟里，肖刚的大脑在高速运转：这个苦命的女人，看她目前的表现，似乎三十多年前那个月黑风高的晚上，那个冷冰石碾盘上上演的那幕惨剧，根本就不是发生在她黎娇娇身上。难道，佛家真有这种能耐，让一个惨遭蹂躏后痛不欲生几乎自尽的伤心人，能够化解怨恨，抛却烦恼，做到六根清静吗？如果真是这样的话，那么佛家的感化手段的确不可思议。但是肖刚不能不问，因为搞清楚隐藏在她心里的秘密，对侦破古墓血案至关重要。他要搞清楚，当年到底怎么回事，孙子貌为什么犯下强奸罪但却没有受到法律的制裁，是强奸罪的证据不足？还是在孙子貌的背后另有隐情？如果是有人暗中保护了他，那么他背后的保护伞会是谁？这条黑线是否与古墓血案有关呢？

　　于是，肖刚干脆挨着玄静跪下来，双手合十，恭恭敬敬向观音菩萨叩了一个首。

　　肖刚是个无神论者，他是不信封建迷信的，不管中国的玉皇大帝，还是印度的释迦摩尼，抑或是西方的上帝，他认为都是一种文化现象，是古代文人笔下的产物。所以他进庙一不烧香，二不拜佛，就只参观。这次下跪拜观音，主要是想征得黎娇娇主动配合，意图探寻到隐藏在她心里长达三十几年的秘密。

　　肖刚一样的双手合十，一样的微闭双眼，一样的心平气和。他用十分柔和的声音对黎娇娇说："我不知道该叫你娇娇，还是该称你玄静，但我想给你说明白的是，我想和你打听一些情况，这是侦破古墓血案的需要，也是给你洗涮冤案的需要，你应该配合我们，把你知道的情况讲给我们，特别是你生下的那个孩子，是男还是女，现在那里？当初你坚持要把这个孩子生下来，是否另有隐情？我希望能听到你的回答，更希望能听到你的真话。"

说完问话，肖刚用眼角瞟了一下黎娇娇。

"施主，你什么都别问了，我是什么都不会说的，往事如烟，似水流过，已经过去了的事情，就不必再寻烦恼。阿弥陀佛。"

黎娇娇回答时仍旧未睁眼，仍旧手捻着她胸前的那串佛珠，但细心的肖刚还是看出了她的一点异常，她那双眼睛上黑而密的漂亮睫毛，轻轻地颤动了几下。这说明，肖刚的话在她那表面看似平静的心里，溅起微微的一层涟漪，肖刚马上意识到：她的心有所松动。

肖刚还想再问下去，只听身后一声佛号，一位年近八旬的老尼姑走了过来，向肖刚他们行了一礼，款款地说道："我已知施主的来意，不用问玄静，她的事我最清楚。施主，请随老尼到禅房用茶如何？"

来者正是玄静的师傅慧能师太。

肖刚忙回了一礼，回答道："不好意思，打扰师太清修了。"偏过脸看了娇娇一眼，对葛俊中、张华他们说："听师太的话，咱们走。如此，有劳师太了，您先请。"

"你们不就想知道当年糟蹋玄静的恶魔是谁吗？说实话，这个恶魔贫尼也不知，但是玄静所生的儿子，却很像一个人。"

"谁？"肖刚眼睛一亮，急问道。

慧能师太瞟了肖刚一眼，叹了一口气说："时机未到，天机不可泄露，否则，这孩子必死无疑。"

肖刚十分惊讶："有那么严重？"

"甚至比我想象的更严重。"慧能师太顿了一下才又说道："贫尼这样说吧，糟蹋玄静的恶魔如果是他的话，你也拿他没办法。"

肖刚又是一惊："听师太所言，这个人一定很厉害了？"

"不错，不是一般的厉害。"

"那，这个孩子呢，他又是谁？现在在哪里？我想，我们能够保护得了他。"

"未必，"慧能师太摇摇头，"对不起肖施主，贫尼倒不是怀疑你们公安部门的能力，只是老尼有所顾虑。我只能给你说，我将这个孩子送给一个姓杜的光棍人家。"

看师太也不会多说什么了，肖刚只好起身告辞。

走出庵门，慧能师太塞在肖刚手里一个小纸条："肖施主，你只要注意一下这个人，就可以找到你想要的东西。"

从杨岐山下来回到县城，已是深夜十一点了。

"肖局，我们直接回局里？"

"等一下。"肖刚掏出小纸条看了一下，上面写着一句话：秀芳婚前有一子，这个孩子叫义芳。肖刚心里一动：黎秀芳有婚外子？这倒是个新闻，慧能师太为何闭口不谈黎娇娇，却给我们提供了黎秀芳的一个隐私，难道这两个事件还有某种潜在的关联？师太让我们注意一下这件事，是否想让我们从中领悟点什么？

事情有点复杂，不过，既然慧能师太暗示，这里一定有玄机。略一沉思说："到人民医院。"

精明的葛俊中立刻明白了肖局的意思。

为什么肖刚这么急着去人民医院？因为从慧能师太给他的纸条上肖刚推断：当年位列黎家庄村十大美女之首的绝色美女黎秀芳，虽然没有被老赖曾建考糟蹋，但却在婚前也产下一子，这个孩子不是黎苏元的，那么他会是谁的孩子？也就是说，在曾建考之后，应该还有一个更神秘更厉害的人瞄上她，并且黎秀芳还被迫失身于那个神秘的厉害人。强奸黎秀芳和黎娇娇的会是同一个人吗，还是互不关联的两个人所为？为什么几十年来，从没有人提起过这事？看来这件事做得非常隐秘，只有当事人知道。但如此隐秘的事，慧能师太又是怎么知晓的呢？师太真称得上神通广大，法力无边啊。

那么那个神秘人物到底是谁？慧能师太没有明确交代，肖刚曾试图从师太口里打探一二，但师太始终未开金口，只是说："时辰未到，天机不可泄漏，否则不但对你们侦破古墓血案无益，而且还会伤及无辜。"

肖刚理解，他不会强人所难，既然师太不愿说，自有不愿说的理由。话说回来，既然有这么一段隐情，那么黎苏元是否知道其中原委呢？肖刚必须弄清楚。他敏锐地感觉到，隐藏在暗处的这个神秘的人物，远比在明处作恶的曾建考、孙子貌更可怕。或许，这个神秘人物才是我们案件侦破的关键所在。他想立刻到医院看看，先试探一下黎苏元，不行的话，再直接询问黎秀芳，看能否从她或他的嘴里掏出一些情况。

路上，肖刚闭上眼睛靠在座背上，翻来覆去回忆着这一段时间的案件侦破工作情况。

以前肖刚没太在意黎秀芳，更多的是同情她在"文革"中的不幸遭遇，自从在杨岐山获知黎秀芳的一些情况后，肖刚忽然感觉到，在与黎秀芳数次的接触过程中，发现她确实表现出过一些不同寻常的神情。

肖刚清楚地记得，第二次他和葛俊中陪同县政法委梁书记梁剑雄以及段克非副县长到县人民医院看望黎苏元的时候，他看到黎秀芳面对两位县领导面色苍白，谈了十几分钟的话，她始终没有抬起过一次头，而且说话时声音略显颤抖，说话也没有平常那么利索，有些磕磕绊绊。当梁剑雄和段克非副县长起身告别和她握手时，肖刚分明又看到黎秀芳的手和腿有些颤抖。当初，肖刚仅觉得那是黎秀芳有些许激动而已，现在看来，事情并没有那么简单，凭他几十年的刑侦经验，黎秀芳脸色发白和身体颤抖绝对是一种恐惧的表现。那么，在两位县领导面前，黎秀芳为什么那样恐惧呢？在恐惧的背后到底隐藏了些什么？黎秀芳到底是一个什么样的女人？

他隐约地感到，在黎秀芳身上，与受害人黎娇娇一样，有着太多的秘密。

四十多分钟后，警车停在了县人民医院的大门前。

"肖局，到了。"

"等一下。"肖刚见葛俊中打开车门准备下车，急忙用低沉但却具备几分威严的语气说："葛队，不进了。掉头，回局里。"

"好的。"王晨调转车头，一脚踩下油门，警车很快把人民医院甩在后面，迅速向县公安局驶去。

"肖局，怎么不进去了？"葛俊中被搞得一头雾水，一时没反应过来。

肖刚微微一欠身，停顿了大约几秒钟才回答说："现在还不能见黎秀芳，我们需要再作深入调查，在没有查清事件真相前，最好不要惊动黎苏元夫妇。葛队，你通知张华，让他调查一下黎家庄村有没有一个叫黎义芳的。另外，再调查一下在黎家庄村及周边村，有没有姓杜的人家，特别是在姓杜的人家，有没有一个三十岁左右的男孩子。"

"好的。"

第二十五章　意外收获

肖刚正准备到县政法委参加一个会议，刚走下楼，马如斌打来电话："肖局，我是马如斌，发现了新的线索，刚才有人举报说，孙子貌家里可能藏匿有不少文物，要不要上门搜查一下？"

"真的吗？那太好了。小马，你可以先侦察一下，但要注意方式，尽可能秘密侦察，不要打草惊蛇。"

"好的，马如斌清楚。"

如果说张华是葛俊中大队长右臂的话，那么马如斌则是葛大队长葛的左膀。

在古墓血案专案组中，马如斌具体负责黎家庄村也即黎侯古墓外围侦破工作。小伙子刚满二十七岁，身高一米八三，长得人高马大，五官端正，肤色白皙。在参加公安工作以前，曾被一家模特儿公司看中，做了两年多的专业模特儿，后来小伙子觉得模特儿这职业是吃青春饭的，一旦年龄过大，日子就不大好混了。七年前，县公安局招收警员，马如斌一试即中，先是安排在缉毒大队，因小伙子勤学苦练，侦破业务进步很快，加上脑子好，办事作风严谨，被刑侦大队长葛俊中看中，前年九月葛俊中跟肖局好说歹说，又请缉毒大队长下饭店撮了一顿，费了九牛二虎之力，硬把他从缉毒大队争取到刑侦大队，并被任命为副大队长。

昨天深夜，马如斌洗漱完毕正准备上床睡觉，忽然手机响了。

"喂，我是马如斌，你哪位？"

"我是一个普通的公民，我有情况需要告诉你，孙子貌平时喜欢到乡下淘宝收集古董文物，整天东家出来逛西家，逛罢南家逛北家，谁家若有带点古味道的物件，他肯定会上门看个仔细，估计有点价值的就买下来去倒卖。我怀疑，这个人与黎侯古墓盗窃案有点关系。这样一个对古董文物十分钟情的人，难保不会对黎侯古墓中的文物发生兴趣。最起码，他既然手里有货，总得出手变成现钱吧？所以说，他与文物市场一定很熟。如果说这个设想成立的话，这是一条颇有价值的线索，对侦破古墓血案是会有很大帮助的。"

"好，太好了，如果你不介意的话，明天我们见个面好吗？"

"好的，我会好好配合你们。"

"谢谢你，谢谢你啊。"

第二天，马如斌与女刑警单如燕找到给他打电话的那个人，详细询问了情况并进行了笔录。根据知情人提供的线索，又在县城周围接连走访了五六个喜欢古董收藏的人。下午，他俩又驱车赶往黎家庄村，配合张华走访了黎家庄及周边农村数十个村民。通过走访调查，证实孙子貌确实有倒卖文物的嫌疑，不过这个人在倒卖的文物中，有没有从黎侯古墓里盗窃的文物，无人知晓。

肖刚将具有文物鉴定经验的刑警赵文杰叫来，吩咐他说："老赵，给你个侦察任务，你务必要完成。"

"什么任务？"赵文杰眼睛一亮，马上有了精神。

"据马队调查，怀疑孙子貌家里藏匿有国家文物，你想办法进入孙家先摸一摸他的底细。"

"肖局，这个没问题，保证完成任务。"

傍晚七时许。

鼓楼街弯脖巷十九号院又来了一位不速之客。

只见这人头戴一顶破草帽，上身着一件灰色长袖衬衣，下身穿青色长裤，脚下登一双塑料凉鞋。表面看上去人很普通，但细看他的脸，微胖，白净，上唇鼻子下方一簇浓密的黑胡须，特酷。这人来到孙子貌家的门前停下脚步，前后左右瞧了瞧确信没人，一闪身垮上门洞，先是从门缝往院子里看了看，门是虚掩着的，见有一位年近八旬的老妪坐在树阴下的石桌旁，上身一弯一弯的，好像在洗衣服。迟疑了一下，来人终于抬起手轻轻拍了拍门。

"谁呀？"

随着话音，老妪缓缓站起身来，拾起一角衣襟擦了擦手上的水，蹒蹒跚跚地走了过来，拉开一扇门问道："看你面生，找谁？"

来人向后望了一眼，把右手食指揦在嘴唇上："嘘，老大娘，你说话小声点，我谁也不找。我是收银元、古董的，请问你家有吗？"

老妪左右瞧了瞧，见前后没人，悄悄问道："古董是啥？"

来人脸上掠过一丝不易察觉的笑意，装作有点惊喜的样子："大娘，就是保存了很长时间的东西，比如说花瓶、瓷碗等瓷器，还就是佛爷啊、酒壶啊、铜鼎啊之类的。"

老妪一听十分高兴，脸上的皱纹都乐开了花："好，好，倒是有几件，不知是不是你说得古董，那你随我来吧。"

"好，谢谢大娘了。"

来人进得门后，随手把门关上。老妪混浊的眼睛里显示出少许惊骇，声音有些变味："你，你拴上门干啥？你想做啥？"

"没事，没事的老人家，你有所不知，咱俩的交易，是不能让人看到的，要不就坏事了。"

老妪听来人这么说，才放下心来："那好，拴上，拴上吧。"

"老人家，你的古董呢？"

"在。"老妪突然双眼光芒大炽，飞快地眨了两眨，问道："先生，你贵姓？"

"不敢。免贵姓赵。"

来人和老妪的眼睛一碰，立刻感到有些吃惊，心想刚才这老妪的双眼还混浊而无神，怎么突然间便放射出如此凌厉的目光？我得提防着点。

"赵先生，跟我来。"老妪眼里的精芒一敛，向来人招招手，把这个自称姓赵的先生引进一间小屋。

这间小屋里满是尘灰，挂满了蜘蛛网，堆放着乱七八糟的东西，有粗细不一的木材，有破缸破罐，有箩筐、扁担、麻绳，有铁锹、镢头、大铁锯，还有一架破旧纺车，等等。就见老女人吃力地挪开一捆剥了叶子的苇秆，后面放着一个缺了两耳已经变成秃蛋的大青花瓷瓶，揭开瓷瓶口上的一道密封，挽起袖将瘦骨棱棱的胳膊伸了进去，小心翼翼地取出一个用黄布包着的包裹。拆开后，里面还有一层红布，拆开红布，里面竟还有一层牛皮纸质包装，打开包装后，一件锈色斑斑的老古董出现在赵先生的眼前。赵先生的眼睛顿觉一亮，面泛喜色，情不自禁地惊呼一声："青铜壶？"

老妪微感诧异："赵先生，识货？"

"赵先生"自知失态，忙挥挥手连声说："不太精，略懂，要不怎做这种生意？"

"我说也是，咱这宝贝，不识货还真不知道它的价值。赵先生，你说，这宝贝值多少？"

老妪眼神又变，目光狡黠而犀利，犹如两柄寒冷的尖刀。

赵先生心里一惊，暗道一声厉害，此老妇绝非一般女人，还是小心应付为好。

"不好说，不好说。起码得这个数。"赵先生伸出右手，用五指中的大拇指、食指和中指一捏。

"不，你说少了。"老妪竖起右手食指比划了一下："不行，至少也得这个数。"

"一万？"赵先生瞪大了眼睛，吃惊地望着老女人。

老妪摇摇头，又比划了一次。老赵有点吃惊："十万？"

老妪又摇了摇头，再比划了一次。老赵更吃惊："什么，一百万？"

"怎么，不值？那就算了。我另找人吧。我给你说，这宝贝来头可不小，周代的，你不会相信，是吧？"说着，老妪麻利地将古董放进牛皮纸里，又分别用红布、黄布包好，放进秃耳根瓷瓶里。

赵先生倒吸了一口凉气，他敏锐地发现，这老妪的动作，跟她的实际年龄不大相符。他迟疑了一下，赶忙赔了个笑脸说："大妈，成，一言为定。不过，你这宝贝确实有点价钱，我今天没带那么多钱，你一定给我留着，我这就回去拿钱。"

"行。只要有钱，甚时候来咱都等你。"

老妪将赵先生送出大门口。在将要跨出门槛的一刹那，赵先生回头向西屋玻璃窗上望了一眼，就见西屋玻璃窗上有个人影闪动了一下。他暗自一笑，向老妪道了个别，破草帽往头上一扣，出门走了。

赵先生头脚刚走，孙子貌二脚就从北屋里走出来："妈，那人是谁？"

"不认识，一个收古董的。"

"那宝贝，你，让他看了？"

"看了啊，怎么了？"

"坏啦，出大事啦！"孙子貌顿时吓得脸色发黄，气急败坏地说："妈！你好糊涂，一个不认识的人，你也敢把宝物拿出来让他看？亏你当年还是个女英雄，现在不是新中国成立前，老公安厉害着呢，说不定这个姓赵的就是公安局的人。哎呀，啧啧，哎呀，你真是！不行，妈，得把那些个宝贝赶快转移走。快，快快。"

孙子貌说完，扭身直奔杂物间。

看儿子吓成这等模样，老妪顿时愣在那里。不过，毕竟是"当年女英雄"，也就是不足一分钟的时间，老女人立马反应过来："妈呀，我该死，真老不中用了。子貌，我给你说。"

老女人扭动着干瘦的屁股，急急追子貌去了。

第二十六章　秘密追踪

晚上八点整。

在局长办公室里，肖刚召集葛俊中、马如斌、张华、赵文杰等古墓血案专案小组主要成员，召开紧急会议。

"同志们，告诉大家一个好消息，古墓血案侦破终于发现了重要线索。经查，孙子貌很可能有盗窃古墓嫌疑。召集大家来的目的，就是研究研究下步的行动。具体情况让马队和老赵给大家讲一讲。马队，你先说。"

马如斌把白天秘密调查孙子貌倒卖文物的情况详细做了个交代。

"肖局，同志们，情况就是这样。据调查，在孙子貌手里应该藏匿有不少古董文物，我感觉，像他这种嗜好古董如生命的人，又是黎家庄本村人，对黎侯古墓了如指掌，如果他不打古墓的主意，那才叫怪。特别是老赵又做了进一步的查证。所以，我的结论是：孙子貌有盗窃古墓嫌疑。"

肖刚点点头说："有道理。老赵，说说你的。"

赵文杰轻咳一声，算是清了清嗓子。老赵是河北人，操一口带有河北口音的普通话，他首先把如何化装到孙子貌家进行初步探查，发现孙子貌家里藏匿有青铜壶的过程简述了一遍，最后说："同志们，由于子貌妈没有留给我足够的观察时间，没来得及去验证那只青铜壶是不是周代的，但有一点是肯定的，凭我的专业直觉，那只青铜壶是真的古文物，绝非赝品。就是这样，肖局。"

"好，老赵提供的这个情况很重要，各位，大家说说，我们下一步该怎么行动。"

葛俊中先谈了自己的看法：

"肖局，看来这个孙子貌确有重大嫌疑，我意见，是否再去做一次详细侦察，以确定那只青铜壶是不是黎侯古墓失窃的文物。如果这只青铜壶确属周代文物，那么就是黎侯古墓失窃的珍贵文物。如果是古墓文物的话，那么在他家里藏匿的古董文物不只一个青铜壶，必定还有更多，应该派人对孙子貌进行秘密监控，不急于抓捕，看他都与些什么人来往，放长线钓大鱼，顺着这条线索，查出整个犯罪链条及幕后真凶。"

马如斌接着也讲了他的看法："葛队说得对，如果能把这些情况进一步搞清楚的话，不但说明黎侯古墓里的文物已经被盗，而且说明孙子貌很有可能就是盗墓者之一，我们就可以抓住这条线索顺藤摸瓜查下去。"

"我同意葛队和马队的意见。是不是还让老赵前去？"张华欠了欠身，继续说："除了老赵，咱刑警队没有谁能完成这个任务，因为大家对古董文物大都是一知半解。"

肖刚点点头表示认可。但是他的看法及推理，却使在场的几位刑警大吃一惊。

"同志们，大家各自谈了自己的看法和意见，很好。不过，我认为，这次要去孙子貌家的话，不再是去侦察，而是直接去搜查，开上警车，明里去，多去几个人。孙子貌这个人非常狡猾，老赵尽管化了装，但这个人曾经当过侦察兵，具有极强的反侦察能力，警惕性很高，他老妈在一个陌生人面前暴露出他藏匿古董文物的秘密，一定会引起他的怀疑。"

说到这里，他仿佛想到了什么，暂时中断讲话。少顷，肖刚猛然站起身来，急促地说道："坏了同志们，如果我猜得不错的话，怕是我们的行动已经迟了。葛队，来不及了，快，你亲自带队，火速赶到鼓楼街弯脖巷十九号，对孙子貌实施抓捕，并对孙宅进行全面搜查。行动。"

"是。马队，集合人马。"

一阵刺耳的警笛声响起，明亮的车灯将夜空切割开一条宽阔的通道，路人车辆纷纷避让，三辆警车驶向桥南路，飞速扑向古楼街弯脖巷。

这时，指针指向晚上二十一点十分。

"开门，快开门。"

子貌妈哆嗦着把门打开，见一下来了这么多的警察，她那见过这种阵仗，吓得心跳如擂鼓，腿肚直抽筋，脸发灰，唇发黑，上下牙齿直打架，愣在那里不知如何是好。

"你，你们，做甚？"子貌妈吓得语不成声，结结巴巴地问道。

"你是孙子貌的妈，是吧？"葛俊中问道。

"是，是。"

"孙子貌呢？"

"不，不在家。"

"哪去了？"

"走，走亲戚去，去了。"

"你撒谎。小张，你带几个人守护在外面，任何人都不能接近这座院子。马队，你带几个人抓捕孙子貌。老赵，你带路，我们去杂物存放间。"葛俊中一口气下达完行动命令。

"我的妈呀。"子貌妈腿一软，瘫坐在地上。

见葛俊中他们直奔杂物间，老婆子咬咬牙硬站起身来，一摇三晃地尾随在后面："哎，哎，你们干吗？"

然而如同肖刚所料，晚了，狡猾的孙子貌早已不见踪影。这小子不但潜逃，并且还把所有值钱的古董文物全部带走，特别是那只老赵亲眼目睹过的青铜壶。剩下的，虽然数量很多，足有百余件，但经老赵粗略鉴定，只是些没有多大收藏价值的一般古董，和黎侯古墓文物沾不上一点边。

"孙子貌，你这个王八蛋！"

一向不爱讲粗话的葛俊中，这回真给气得不轻，他承认，他这个身经百战的刑警大队长，第一次输得这么惨。

"叫什么名字？"葛俊中问老女人。

"王巧妹。"

"王巧妹，你们藏在杂物间的文物那里去了？"

"啥，啥文物？啥是文物？我不懂你说什么。"

"装，你就装吧。王巧妹，还认识我吗？"赵文杰用手电照向自己，指着自己的脸说："你好好看看。"

"我，我不，不认识你呀。"

"不到一天的时间，就不认识老赵了？"老赵从口袋里掏出一笤小胡子，往自己的嘴唇上方一贴："现在认得了吧？"

"你，你是姓赵那个，收古董的？"

"对，姓赵不差，但我不是收古董的商人，真实身份是刈陵县公安局刑警大队侦察员赵文杰。"

"妈呀。"王巧妹腿一软，再一次瘫坐下去。

"马队，带上王巧妹，收队。"

那么，这个孙子貌是潜藏，还是已经逃出城外？肖刚斜靠在车座背上，眼睛微闭，思考了好几种可能。

午夜时分。

城东新村居民小区，一幢二层小楼的小独院。小院墙头不高，也就两米多点，但在上面铺满了碎玻璃以防盗贼。

此时，几乎所有的人都已进入梦乡，天阴阴沉沉，路灯全部熄灭，整个小区好似被严严实实地倒扣在一个巨大的铁锅里。

一条黑影悄无声息地贴在小区一家大门前，侧耳细听了一阵动静，确信院子里没有任何声息后，这条黑影绕过门楼，又察看了左右，见没什么异常，从裤口袋里掏出一根细棉绳，用一头拴住黑包包，将另一头轻轻地扔进院墙里面。做完这些后，又用戴着帆布手套的双手扒住墙头，脚一踩一蹬，一跃便跳上墙头，把黑包包拽了上来，又轻轻地放到里面墙脚下，尽管这些动作很轻很轻，轻得几乎没有响声，但毕竟是在人籁俱寂的深夜，人听不到，但瞒不了狗耳朵。

黑影正要往下跳时，不想惊动了院子里的大黄狗。

"汪，汪汪。"

"谁？"狗叫声惊醒了梦中人。

嗓音尽管有点低沉，但娇滴滴的十分动听。从声音上辨别，这屋里睡着的是个女人。

黑影一翻身跳下墙头，一闪身窜到女主人的窗户前，压低嗓音急促地应答道："雀儿，是我，子貌，快叫你那该死的大黄闭嘴。"

"孙哥，怎么会是你？大白天干啥去了这么晚才来？嘻嘻。"

问话的这家女主人就是黎家庄村有名的风流寡妇小麻雀，大名叫宋倩兰。小麻雀宋倩兰虽然已是四十五六岁的人了，但因驻颜有术，典型的一个老熟女，身材苗条仍呈"S"形，且年龄越大越性感，该凹的凹，该凸的凸。面目仍然娇好，标准的瓜子脸上一点皱纹也没有，粉嘟嘟，白生生的，说她不到三十五岁，绝对没有人持反对意见。这样一个大美人儿，数十年来不知勾去多少老少色鬼的魂魄。

美貌，成为她维持生计最大的，取之不尽用之不竭的活资源。

第二十七章　午夜魅影

这套小院落据说是某位大款给宋倩兰买下的，至于那位大款是干什么的，人们不清楚，只知道他快六十岁了，很有钱。

一听孙子貌的语气很不对头，小麻雀宋倩兰心里一惊，不敢再开玩笑了，赶忙从被窝里爬起来，为来人打开屋门。

孙子貌一闪而进，前胸着着实实地撞在宋倩兰的胸脯上。

"呸，看把你猴急的，嘻嘻。"

孙子貌随手关上门，小声说道："妹子，没空跟你开玩笑，我有急事。"

"我的哥，再急也不急这一时呀，求佛不如撞运，既然来了就是缘分，来吧。"

宋倩兰一把将孙子貌拖到床上，好家伙，都年过四十了还这么浪。

孙子貌也赶不上事急了，三两下就脱光了衣服。

好事过后，来人躺在床上直喘粗气。女人随手拿过条毛巾，轻轻地擦拭着来人胸脯上的汗珠。

要说孙子貌是只恶心的苍蝇的话，那么和孙子貌交往如此亲密的宋倩兰无疑也是堆烂肉。不错，这个外号叫小麻雀的宋倩兰确实很是风骚，虽不是专门卖淫的娼妓，且也不会专门外出找男人，但因为她长得漂亮，许多男人都和她有染。孙子貌午夜趴小麻雀家的墙头，不是来寻求性刺激的，而是来和老相好告别的，因为他要离开刈陵县一段时间。他清楚，他这一走，是否能再见到小麻雀还是个未知数，多半是凶多吉少。

所以完事后休息了还不到一个小时，孙子貌马上翻身爬起，穿好衣服说："妹子，你睡吧，我要走了。"

小麻雀宋倩兰对孙子貌的表现感到诧异，便问道："孙哥，还不到四点，怎这么早就起床了？什么事怎么急？"

"不瞒你说，确有急事。兰儿，我必须要走，我走后不管谁问起，你只管说不知道就行了，其他千万不要多说，懂吗？"孙子貌边说，边拉开随身携带的黑色皮包察看一下后，又快速拉上拉链。

"走？为甚要走？"宋倩兰赤裸着上身爬起来，用毛巾被掩住下身，不解地问。

"少问两句行不行？小心老子割掉你的舌头！"

倏然，孙子貌一双斗鸡眼一瞪，蹦射出两道泛着寒意的冷光，宋倩兰激灵灵打了个寒噤，硬生生把后半句话吞了回去。

孙子貌的脸活像六月的天说变就变，刚才还电闪雷鸣，转眼便风和日丽。他在瞬间便将冷如寒刀般的目光藏起，换成一副和蔼可亲的笑脸，一把将宋倩兰紧紧揽在怀里，在她的脸上摸了又摸，亲了又亲，如同生离死别一般，喃喃说道："兰儿，我只是离开一段时间，很快就会回来的，你等着，回来后，我一定敲锣打鼓，把你明媒正娶接到家里。好啦，甚都不说了，我走了，你保重。时候不早了，我得赶紧走。"

在宋倩兰的脸上又亲了几下，孙子貌猛然转过身去快步跨出房门。

"呸，你娘的！"望着消失在夜幕中的孙子貌，宋倩兰气得脸色发白，酥胸一起一伏，杏眼圆睁，咬牙切齿地骂道："玩老娘时候直叫奶奶，下来老娘肚皮就翻脸不认人，什么你妈玩意儿？你以为老娘是三岁顽童啊，你包包里藏着什么，为甚要急着走人，你以为老娘我不知道？哼，你对老娘无义，休怪老娘无情，你个盗墓贼。"

经过这么一顿折腾，宋倩兰睡意全无，干脆穿了件睡衣坐起，斜靠在床头上，思谋着怎么才能治治孙子貌这个龟孙王八蛋，出出老娘胸中这口恶气。这小子实在可恶，要不是稀罕你手里那俩钱，给老娘端尿盆都不够格，呸，也不撒泡尿瞧瞧，你他娘的是什么东西，真恶心。她骂了半天还是觉得没解了恨，手托香腮，前前后后想了许多的报复方案，终于想出一条好计策来，两只小手掌叭地一拍，得意地娇声笑道：

"有了，我何不去找黎涛小老弟把这龟孙的事透露给他，黎涛要知道这个王八蛋手里有货，岂能便宜过他？哼！"

夏天夜短昼长，凌晨四点多天就发亮了。

宋倩兰起床后的第一件事，就是用手机与黎涛约定好在黎侯公园水上凉亭里会面，说要向他报告一件非常重要的情况，嘱咐他一定要准时赴约，不见不散。完了，抓紧梳洗打扮，擦了香粉，画了眉毛，涂了唇膏，吹了头发。然后换上深绿色半袖衫，黑色紧身裤，红色高跟凉鞋，戴了顶凉帽，出门匆匆而去。

刚到小区步行街尽头拐弯处，就见一辆黑色丰田小轿车嘎的一声停在宋倩兰的面前，一个脸上罩着一副大黑墨镜的青年男子打开前车门急呼道："宋姐，快上车。"

宋倩兰虽年届四旬但身子骨极为利索，左腿一抬，屁股一扭，人便坐到了副驾驶座位上。

"涛，咱不是说好了，在黎侯公园水上小凉亭会面？你这是？"

"宋姐，那里有危险，不能去了。"

"危险？"宋倩兰大惑不解："有什么危险？"

"不但小凉亭不能去了，就连你的家也不能回了。"

"什么？"宋倩兰那张粉脸唰地一下变得苍白无色，心脏狂跳不已，惊问道："涛，这，这到底怎么回事？"

"先不要问了，到时我会告诉你。"

丰田小轿车突然加速，风驰电掣般向城外紫萝山庄方向驶去。

漳河边，鹰嘴崖。

黎涛拉着宋倩兰进入鹰嘴崖路段后，减速至每小时二十公里，不疾不徐，缓缓慢行。鹰嘴崖因崖顶岩石向前突出，远远望去，整个高峰好似一个巨型老鹰而得名。

在没有架起漳河大桥之前，鹰嘴崖是通往广志山景区的必经之路。这里山高坡陡弯急，危崖高耸，道路崎岖，险要难行。里面是绝壁千仞，如刀劈斧削的鹰嘴崖，外边百丈悬崖之下则是涛声轰鸣滚滚东流的漳河水。黎涛清楚，这个时候必须集中全部注意力小心驾驶，一点都不能分心，否则就有翻下百米悬崖掉进漳河的危险。

漳河鹰嘴崖景色非常优美，是千里漳河最为美丽壮观的一段，尤其号称"红石滩"的一段河床景观分外奇特，在枯水期和雨季呈现出两种各不相同的景观。若在枯水期，展现在你眼前的是一段奇特地貌，在千万年的河水冲刷之下，河床中间的岩石便成为这等奇特模样，非常好看，任你随便去遐想，想到它是个什么物体它就像个什么物体。在雨季，河水涨起，那时候再来看这段河床，奇特的地貌景观被猛涨的河水所替代、所淹没。因为这里是漳河落差最大的地方，因此滚滚漳河水从这里咆哮而下，势如万马奔腾，堪与著名的黄河壶口瀑布相媲美。

这个景点就是刈陵新八景之一，名曰赤鳞素湍。

黎涛小心翼翼地驾驶着小车，在颠簸不平的砂砾路上急急行走。

鹰嘴崖在刈陵县的西北，与位于县城东北的五龙山背向而行。前面就是红石滩了，近来偶遇百年不遇的漳河枯水期，前来红石滩游玩的客人比较多。黎涛知道这里已经是安全地带了，好在红石滩离目的地只有两华里路，不远了，让宋姐徒步去吧，我还得赶快回到五龙山复命。想到这里，黎涛突然一个急刹车，毫无防备的宋倩兰猛地向前一倾，差点撞在前窗玻璃上，吓得出了一身冷汗："涛，怎了？"

略一沉吟，黎涛蓦然转头对宋倩兰说："对不起，宋姐，请下车，快点。"

还没等宋倩兰反应过来，黎涛便从宋倩兰的背后替她打开车门，一把将她推下车去。

"你，你这是。"黎涛突如其来的怪异举动，把个宋倩兰给搞蒙了，此刻写在她脸上的，尽是恐惧、迷茫和无奈。

"对不起了宋姐，我有不得已的苦衷，现在没时间跟你说了，以后我会给你解释清楚的。你顺着前面这条土路一直往前走，最多二里就是望儿峧，你到村里找一个叫柳仙儿的女人，她是我的表姐，她会收留你的，你就暂时住在她那里，过几天我去接你。记住了，见着她后不要提我的名字，只需递给他这个东西就行了。"

说完，黎涛从脖子上取下一个玉观音项链递到宋倩兰手里，倒回车子，脚下一踩油门，小轿车如离弦之箭，向反方向的五龙山五龙洞飞也似绝尘而去。

望着远去的黎涛，宋倩兰一头雾水，喃喃自语道："这是怎么啦？男人怎就一样的臭毛病？真的不可思议。"

第二十八章　大哥现身

黎涛以最快的速度赶回五龙山，将车子停放在五龙山下一家小餐馆里，然后向五龙山五龙洞走去。

五龙山不是太高，但十分陡峭。五龙山是北极山延伸出来的一个分支，东西走向，一直通到凤凰岭与凤凰岭对峙形成一道深切峡谷。

五龙山的半山腰有个天然大石洞叫龙洞，因内有五龙庙而得名。龙洞里建有一座小巧玲珑的五龙殿，形成一道独特的风景。在龙洞两边高处石壁上，有数十处北魏时期的摩崖石刻：有长着三只眼，后面跟着哮天犬，手拿方天画戟的杨戬；有脚蹬风火轮，斜挽金刚圈，手执银枪的哪吒；有怀里抱着只玉兔，衣袂飘飞，直奔银月的嫦娥；另外，还有端坐莲台，左手托柳枝宝瓶，右手轻拈莲花指，救苦救难，大慈大悲观音菩萨，等等。在龙洞大殿后面，套有一个高三米、宽四米、深约七米的小石洞，小石洞里面石床、石桌、石椅、石凳、石盆、石碗、石枕头等用具一应俱全，而且全是纯天然的。在小石洞的后面，距地面三米高的石壁上还有一个小小石洞，有十级台阶可上，独扇石门常年紧闭。这个小石洞和套着那个小小石洞从来没有对外开放过，小石洞洞口有专人把守，到底小小石洞里是个什么光景，谁也不知道。

此时此刻，龙洞里的气氛极度紧张，有种非常压抑的感觉。

在三排摆放齐整的石椅、石凳上，正襟跌坐着四男一女五个人，每个人的眼里都流露出狐疑的目光。

一个三十多岁，白面无须，尖嘴猴腮的年轻人，把嘴凑近一个妙龄女子的耳边小声问道："妃儿，你可知大哥为什么突然把我们召集到这里来？平常都是单线联系，如此聚集，极为罕见，除非……"

被称作妃儿的妙龄女子秀眉微蹙，杏眼圆睁，轻叱道："闭嘴吧瘦猴，你不想活了是不是？"

瘦猴打了一个寒战，脖子一缩，打住话头没敢再继续说下去。

又过了大约五分多钟，还不见大哥出面，于是几个人开始有点沉不住气了，交头接耳小声嘀咕起来：

"大哥怎还不现身？"

"都这个时候了，老三还磨蹭着来不了，是想让大哥给他松松筋骨？"

"也不知道出了啥大事，真郁闷。"

"嘘——都别说了，小心隔墙有耳，你们又不是不知道帮里的规矩和大哥的手段。"

在龙洞大殿前的宽阔大厅里，有几个西装革履的时髦青年男女来回走动，像是在欣赏石壁上的崖刻，这几个人有点特别，说是游人吧，又不大像，青年男女都是头戴凉帽，眼上戴副黑墨镜，而且在欣赏摩崖石刻的过程中，几个时髦青年男女很规律地不停变换方位，不时有人探出头来，向陡峭的百米台阶下瞭望。

见黎涛接近洞口，在大厅里观赏摩崖刻的几个年轻人其中的一个快步走进小石洞里来，面对着三米石壁上的小小石洞躬身施了一礼，高声禀报道："启禀大哥，老三到。"

一个虎背熊腰、五大三粗，身高一米七八以上，面无表情，面色发黄的中年男子走了进来，也向石壁上的小小石洞施了一礼，高声说道："大哥，三号报到。"

三米石壁上小石洞里没有人应答，一点动静也没有，是大哥人不在，还是故弄玄虚？没人知道。整个小石洞里的人，都屏住呼吸，等待大哥的到来。此时此刻，小小石洞里一片死寂，一声不响，十分安静，静得连一根绣花针掉在地上，都能听到"当啷啷"的响声。这种静是一种可怖的静，如同死神突然光临一般，气氛紧张得令人极度胸闷。

是大哥没到，还是他故弄玄虚，故意营造这种紧张气氛？黎涛有点内虚的感觉，毕竟自己背着大哥做了一件事情，莫非大哥发现了我藏匿小麻雀的事？不可能，我敢肯定，我相信自己的眼睛，我没有受到跟踪。再说了，小麻雀处于危险之中，就算救了她，也不为过呀。

十分钟，也就短短十分钟，人们仿佛过去了一年。要知道，这十分钟，在场所有的人都是掐着指头一秒一秒地计算着熬过来的。十分钟之后，石壁上小小石洞的石门终于缓缓开启。从石门的后面，缓缓走出一个人来，此人浑身黑衣，头带一个只露出两只眼睛的黑色面罩，中等身材，直挺挺地站立在小小石洞门口，鹰一样的眼睛俯视着下面的五个人。

小石洞里的五个人以及黎涛向小石洞上的黑衣蒙面人施了一礼，齐呼道："大哥好。"

黑衣蒙面人平伸出双手向下按了两下，示意大家安静："各位辛苦了。"

黑衣蒙面人居高临下，挨个儿扫视了一下洞里的六个人后，才用低沉而威严的语气说道："今天请大家来，是因为我们的组织内部出了一场大变故，大家知道，老二孙子貌家的地下密室是我们的藏宝仓库，由于他的大意，不但在警方面前暴露了行踪，而且暴露了我们持有黎侯古墓文物的重大秘密。更严重的是，野兽派已经知道我们杀了他们的人，抢走了他们的货，出动了大批人马寻找老二，现在老二携带宝物亡命江湖，成为我们五龙山最大的威胁，他一旦被捕，或者被野兽派抓到，我们紫微帮就全完了。如不出我所料，为了轻身逃亡，老二很可能会将我们辛辛苦苦得来的古墓文物出手抛掉，我们绝不能让他出了手，所以我们必须赶在公安或野兽派找到他之前把他解决掉，夺回那三十余件珍贵古墓文物。这次行动的代号就叫追杀，从现在起，你们都要百倍警惕，小心行事，除执行任务的兄弟外，其他帮众最好蛰伏一段时间，等看看风向再说。如果有谁再马虎大意露出马脚，格杀勿论！老四。"

"在。"一位面色灰黑、猴脸卓腮、个子细长的汉子应答道。这汉子外号瘦猴，是紫微帮军师，阴险毒辣，奸诈狡猾。

"你是这次追杀行动的第一责任人，所有配合你行动的人都听你的指挥，我们就从小麻雀儿宋倩兰身上下手，不愁找不到老二。老五。"

"在。"一个面目丑陋，中等身材，四肢十分发达的年轻人急忙躬身答道。这是个采花淫贼，喜好糟蹋黄花闺女，无恶不作，十分歹毒。

"你协助老四工作，配合他做好前线指挥。"

"属下明白。"

"老四、老五。你们在出发前先执行一项特别任务，把小麻雀那个长舌女人给我解决掉，要干净利索。老三，你负责监视那个仙儿，我怀疑这个联络站已经暴露。"

老三、老四、老五齐声答道："明白。"

"其他人各自做好自己的事，如需动用谁，我自会安排。好，你们去吧。"

"是。"

当大家转身正要离去的时候，黑衣大哥突然又高声喊道："站住，回来！"

在场的各位心里一紧，一种恐惧感油然而生，他们狐疑地望着大哥，不知因何要将他们喊住。

"瘦猴，你可知我是谁？"

老四瘦猴心里一颤，赶紧答道："你是大哥呀。"

"我是说我的真实身份。"

瘦猴摇摇头说："不知道。"

黑衣大哥又以凛冽的目光环视众人一眼，沉声问道："那，你们呢？"

众人同样心里一凛，忙答道："我等不知。"

黑衣大哥满意地点点头："好，你们可以走了。妃儿，你留下，我还有事。"

妃儿明白大哥"留下有事"这句话，知道大哥这是要宠幸她了，赶忙应答一声："是，妃儿明白。"

不言不语，鸦雀无声，一众人马个个低下头，疾速退出小石洞，各奔东西。

第二十九章　仙山布控

孙子貌携宝潜逃。

这个消息很快传到段克非副县长耳朵里，段克非感到事态严重，立即驱车前往公安局面见肖刚，商量一下该采取怎么样的措施来应对这种突发事件。

"这个老肖，乱弹琴！"

车边走，他边想：我不理解啊，老肖，你怎会如此轻率地下达抓捕孙子貌的命令？而且还是大张旗鼓地公开抓捕，大鸣警笛招摇过市，唯恐大家不知道似的，一个具有二十几年侦破工作经验的警界高手，岂能犯如此低级的错误？要是我的话，绝对是秘捕，关在一个隐秘的地方，然后秘密审问，抓住孙子貌这条线索，搞清整个盗窃黎侯古墓犯罪网络和背后黑手，然后一网打尽。老肖这步棋走得不怎么精明，如此做作岂不打草惊蛇？就算抓住孙子貌，其他盗墓嫌疑分子闻风而遁，销声匿迹，集体潜水不出，隐而不动，我们在明处，他们在暗处，必然会给侦破古墓血案工作造成很大困难。他觉得肖刚此举有些莫名其妙。但转念又一想，倒抽了一口气：不对，这个老肖是疏忽大意还是有意为之？要是疏忽大意，当真说不过去；要是有意为之，那这个老肖可真是个极厉害的人物。他觉得，很有必要过问一下，得搞清楚肖刚的意图，他作为古墓血案专案领导组副组长，应该了解事实真相，否则还怎么指导侦破古墓血案？

肖刚接到电话，早早就在办公大楼前厅候着，一见段克非到来，马上招呼说："县长辛苦，走，我们出去兜兜风。"

"老肖，兜风？兜什么风？还有闲空兜风？"段克非摇了摇头，苦笑了一声。

"走吧县长大人，兜风也是工作。哈哈。"

略一沉思，段克非似乎有所领悟，立即点点头："对，兜风，咱们去兜兜风。哈，哈哈。老肖，我不服你不行啊。"

为了谈话方便，肖刚亲自驾车，慢慢驶出县城后，突然加快速度，向牛刨泉方向驶去。牛刨泉景区位于牛刨泉山东麓，距县城五公里，一眨眼工夫就到了。进入景区后，来往车辆和游人多了起来，而景区的道路相对窄一些，刚好能错开车，所以肖刚逐渐放慢了速度，汽车沿着蜿蜒的山路缓缓行进。

"你不是说兜兜风吗？怎么来了景区？"段克非有点迷茫。

"来景区就是为了兜风啊，段县长，先随我上牛刨泉看看，有你意想不到的收获"。

"是吗？那好。"段克非觉得肖刚这个人不可思议，有些捉摸不透。这老肖，葫芦里到底卖的什么药？

肖刚将车停放到景区警务室门口，向值班民警打了个招呼："他们都在山上？"

"是的肖局，都在。"

"段县长，咱们上山，边走边聊。"

"行。听你的，走吧。"段克非笑了笑，走了几步，扭回头看了值班民警一眼，见值班民警的眼睛死死地盯着景区大门口，点了点头自言自语地说："是了，看来这里还真有点文章。"

肖刚听到了，但权作没听见，轻轻一笑说："段县长，你是当地人，给咱讲讲牛刨泉的来历怎样？"

"嗨，我是当地人不差，但我对牛刨泉了解的也不多，只是小时候听老人们讲过故事，记不清了。不过还好，上个月省文物局来了个副处长，县长让我去接待一下，去牛刨泉的时候，听县文化局的魏松林局长介绍过，正好拿来现卖。"

段克非清了清嗓子，继续说："你也从县城那边看过，远远望去，牛刨泉山头上并排长着两棵大松树，不，以前是三棵，后来中间那棵死了，只留下个树桩，所以就只剩下两棵了。"

段克非娓娓道来，将牛刨泉的来历讲给肖刚：

传说，很久以前有一个放牧童子整天在这座山上放着两头大黄牛，原先这座山上没有水源，牛吃饱后，牧童要赶上黄牛去三华里以外的台北村给牛饮水。说也奇怪，有一天，其中的一头老黄年每天在吃饱后就走到一个崖壁下面用蹄子刨几下，日复一日，年复一年，不觉将山崖下那个地方刨开一个大坑。

有一天，这头老黄牛一蹄子刨下去，突然有一股山泉冒了出来，牧童喜出望外，一个箭步跑过去，捧起山泉水喝了一口，清凉甘甜，非常好喝。于是牧童就不再下山了，在山崖下搭了个小茅屋，用石头垒了个牛圈，就在这里长居下来。每天，牧童喂饱牛后，人畜共用一个泉水，饮个痛痛快快。牧童不知道，原来老黄牛刨出的这个泉水不是普通山泉水，而是一种能够长生不老的神水，不知不觉地，牧童和两头老黄牛就都沾上了仙气。终于有一天，牧童赶着两头老黄牛在山顶上放牧时，突然得道成仙，化为一阵清气，牧童和两头老黄牛的肉体随化为三棵高大的松树。这就是牛刨泉的来历。后来，人们为纪念老黄牛刨出泉水，造福一方的无上功德，就在崖下泉水旁边盖了一座庙宇，供奉释、道、儒三圣，还有龙王爷等。

"怎么样，肖局，如果你想成仙的话，也在牛刨泉隐居了，咱不当局长啦，做神仙。哈哈。"

肖刚沉醉在这个优美的故事里，似乎一下子还未醒转，听段克非讲完故事，随口还开了句玩笑，颇有点突然，幸亏肖刚机警，大脑反应快，立马接上了话头："哈哈，段县长说笑了，咱天生就不是做神仙的料，倒是你段县长，文文雅雅的，适合做神仙。"

说话间，他们已经进入青翠墨绿的松林间，林间藤萝缠绕，绿草茸茸，鸟鸣蝶飞，山花烂漫，顿觉空气清新，呼吸畅快，更有山风吹来，松涛呼啸，清爽宜人，十分惬意。山头上那两棵巨松，此刻也缓缓映入眼帘，越来越清晰。

"对啦，听说牛刨泉被确定为刘陵新八景时，你还为景区专门写了一首诗？你给念念，咱欣赏欣赏。"

"嗨，我也是只硬赶上架的鸭子，推托不了，胡诌了一首《金牛哞月》，你要不嫌寒碜，就念给你听：迤逦东山岭，夜来结紫屏。朗月滚玉盘，天牛吼金声。千人悦奇绝，万眸对玲珑。钟灵一方土，造化夺神功。"

"好。段县长真是多才多艺，诗写得相当有水平。"

连言搭语的走路不显路长，不一会他们就趴到了牛刨泉山顶峰巨松之下。站在高高的牛刨泉山顶向县城方向望去，只见一座小城坐落在中间一块盆地上，三面环山，半水半绿半高楼，犹如镶嵌在一块巨大绿毛毯上一颗闪光的珍珠。再看远处的青山，山峦起伏，高峰林立，层层叠叠，如卵攒动。

"对啦老肖，咱光顾看风景，别耽误正事了。你不是说来到牛刨泉，有意外收获？我可还在等收获呢，咱说好了，我是只要收获，不要意外啊。"段克非笑眯眯地望着肖刚说。

"哈哈，我的县长大人，没问题，你就——"肖刚正想说下去，对讲机里突然传来景区警务室主任徐玉龙的呼叫声："肖局，肖局，我是徐玉龙，不好了，子貌妈王巧妹跟丢了。"

肖刚心里一惊，赶忙问道："怎么回事？"

"我们也不知道怎么回事。我们一直跟在王巧妹的身后，王巧妹拜罢三圣转到圣像后，突然就不见了。"

"殿外的警员见她走出大殿没有？那个圆脸中年道士呢？"

"没有，肖局，大殿门口放了三个便衣，个个机灵，我们在里边找，他们在外边看守殿门，始终没见这个老女人走出大殿。那个中年道士也不见了踪影，这俩人应该还在大殿里，就是愣找不见。"

"邪门了，竟会出现这种情况？"肖刚摸着下巴，狐疑地说道："不应该，没道理呀。"

"老肖，怎么了？你可别对我说出了意外。"段克非一头雾水。

肖刚两手一摊说："对不住了段县长，情况有变，还真出了点意外。王巧妹，失踪了。"

段副县长惊讶地瞪大了眼睛："王巧妹不是带回公安局里了吗？怎么会出现在这里？怎么又会失踪了呢？老肖，这到底是怎么一回事？"

不错，不让葛俊中把王巧妹带到公安局询问，是肖刚故意设下的局。跟踪监视王巧妹，也是昨天晚上就安排好了的，他有他自己的打算。只是这个王巧妹来到牛刨泉后，竟然在大殿里玩起了失踪，却是一个难以解开的谜，完全出乎于肖刚意料之外。

难道是我们的监听有误？

第三十章　奇异来电

大前天晚上搜查孙宅无果，就在葛俊中他们带上王巧妹正要收队时，肖刚正好赶到，见状忙喊住葛俊中："慢，葛队，这件事和她老人家无关，不要难为她了。大娘，你受惊了。你要清楚，你的儿子做得是犯法的买卖，希望你能规劝你儿子到案自首，争取宽大处理。否则，让我们抓到可是要加重量刑的，我们一定会把他找到，你应该知道现代侦破手段的先进，该怎么办，你好自为之吧。"

当警车驶出弯脖巷后，肖刚吩咐停下车，把葛大队长叫在自己的车上，边往回走，边交代了葛俊中一个秘密任务："你派几个有经验的刑警，对王巧妹实施监控，对她家的座机实施监听，注意她的反应和动向。"

公安人员撤走后，王巧妹全身无力几乎虚脱，半天才缓过神儿来："我的妈呀，祸闯大了，我该怎么办呢？"

正在为子貌的事情纠结，无法拿定主意的时候，北屋的座机铃声急促地响了起来，她知道，这肯定是子貌打回来的。她摇晃着站起身来，颤颤悠悠地回到屋里抓起电话，还没等对方讲话，便尖声叫了起来："儿啊，你算把事情闹大了，什么事情不能做，非掘人家老坟不可，这可好，闯祸了不是？就是你娘，当年何等的英雄也不敢打古墓的主意，根本就没有产生过盗窃古墓的念头，你这孩子，真是吃了豹子胆了。"

"不要说了！你找死，玉面狐狸。"电话里一声暴喝，打断了王巧妹的话头。

老婆子浑身一抖，颤声问道："你不是子貌，你是谁？你怎说我婆子是玉面狐狸？"

"我是子貌他爹。"

这话让王巧妹更晕，子貌他爹？他，他二十年前就到了天堂佛国，死了。这时候怎冒出个子貌他爹来？难道是老头子死不瞑目又借体返魂了不成？老婆子大张着的嘴巴，老半天没合下来。就听电话里那个声音又说道："玉面狐狸，我不想和你多说废话，当年大名鼎鼎的玉面狐狸，你以为隐伏了五十多年就没有人能认出你来了吗？你还记得六十年前大名鼎鼎的那个华北苍狼吗？"

听到华北苍狼四个字，老婆子头一晕，腿一软，差点栽倒，慌忙用左手扶住桌子。

电话里那声音仍在说："你听着，我就是华北苍狼的孙子。我们需你配合找到你儿子，否则的话，你知道苍狼的手段，也会知道我的手段。要想让你儿子活命的话，明天早上六点到牛刨泉三圣殿跑一趟。在三圣神像后面，有个胖圆脸的中年道士，他让你怎么做你就怎么做，听明白了吗？"

"什么，你，你是华北苍狼的孙子？"

"信不信由你。"

王巧妹这一惊非同小可，身子猛然向后趔趄了一下，赶忙用右手扶住桌子：奇怪啊，华北苍狼不是在河北大名吗？难道，他追杀我竟追杀到太行山上来了？不可能吧。当年，老婆子只是劫了你一次货，何必如此计较抓住不放死磕到底呢？你就是追到我有什么用？那些白花花的银元，我早就救济给冀南平原上那些穷苦百姓了，不然的话，还不知有多少人背井离乡到外边逃荒呢。

她还是有点不信："听，听明白了。那，你贵姓？"

"找死，少问，只管照着我说得去做就行了。"

啪的一声，对方把电话扣下了。王巧妹愣怔了好大一会，才吐出一口长气："吓死我了，吓死我了。子貌，你个小畜生，交的都是些什么朋友啊。"

歇了半晌，方才缓过劲来，老婆子气得手脚齐哆嗦，那束凌厉的目光再次出现在她的双眼里："你个臭小子，竟敢吓唬老娘？什么华北苍狼的孙子，胡说八道，要不是老娘老了，岂能容你在老娘跟前撒野？放到想当年，老娘我小脚一飞，就能踢碎你龟孙的脑袋壳。"

要说刚才被公安吓坏了，那是她假装的，但电话里那个陌生人点破她就是五十年前的玉面狐狸，并说出华北苍狼的名号，王巧妹是真的吓得不轻。不错，她就是二十世纪四十年代中期活跃在晋冀两省交界地带一位叱咤风云的女土匪。她是北极山北极寨主王甫天的女儿，姓王不差，但不叫巧妹，叫王碧蕴。她从十五岁出道，纵横江湖七八年，在江湖上颇有点名声，如今在北极山一带，一提起玉面狐狸这个名号，七十几岁以上的老人们无人不晓，只是这个玉面狐狸早在一九四八冬天就已经金盆洗手，不再过问江湖之事。

王巧妹，不，应该改称她王碧蕴了。

五十多年来，这个王碧蕴确也遵守承诺，不再问鼎江湖，老老实实做人，谁知儿子与盗墓者整天掺和在一起，日子久了，在高额利益的诱惑下，王碧蕴慢慢又暴露出当年女土匪的贪婪本性，对价值连城的古董文物产生了浓厚兴趣，不但没有劝阻儿子，反而帮儿子藏匿文物，甚至销赃。因为她知道，由她出面一般不会引起人们的怀疑，有谁能想到一个走路都不大稳当，年近八旬的老妪，会是一个倒卖文物的犯罪分子？又有多少人能够想到，这个平时看起来和蔼可亲的老婆婆，竟会是打家劫舍杀人不眨眼的玉面狐狸？

现在，儿子处在极端危急时刻，为了儿子的安全，王碧蕴豁出去了。她长叹一声，自语道："罢了，罢了，为了儿子，大不了和你们拼个你死我活，鱼死网破。老娘我活了七十八岁，这条老命早就不值钱了，死不足惜。敢在太岁头上动土，大了胆了你们。哼！我就去牛刨泉走一趟，看看你们到底是哪路的神仙。"

王碧蕴整个接电话和自语过程，都一字不落地传入负责监听孙家座机的110值班民警耳朵里，肖刚获知这个消息后大为震惊，王巧妹竟然是五十前的女土匪玉面狐狸，这在现在的公安档案里是绝对没有记载过的，肖刚心想好家伙，钓出两条大鱼来，一个是玉面狐狸，一个是华北苍狼的孙子。他意识到，抓住王碧蕴这条线索，不但能够顺利找到孙子貌，而且还能找到华北苍狼的孙子。他对这个自称是华北苍狼孙子的人兴趣甚浓，在大脑里一连提出五个问题来：这个人到底是谁？他为什么要急着找到孙子貌？为什么要约王碧蕴到牛刨泉？与她接头的那个圆脸中年道士是个什么样的来路？华北苍狼又是谁？这头解放后就已经失踪的老狼难道还在世上，而且就在我们刘陵？

肖刚立即通知专案组全体成员召开紧急会议，安排部署跟踪监视行动，看王碧蕴到牛刨泉三圣殿究竟要干吗？他要通过跟踪监视，把自己提出来的五点疑问一一解答，这对古墓血案的侦破应该有很大帮助。因为，明摆着这个自称华北苍狼孙子的人有可能是两个盗墓组织中其中一个盗墓组织的头子，找到这个人十分重要。

这就是肖刚给段克非副县长说的意外收获，这个意外收获确实不少，可惜的是，景区警务室徐玉龙他们把人跟丢了。

既然跟踪无果，肖刚只能抱歉地对段克非说："段县长，本来想给你个惊喜，但王碧蕴不见了，没了下文，实在不好意思。"

段克非疑惑地问道："怎么，王碧蕴来了牛刨泉？她来干吗？有什么目的？"

"现在还无法断定。"肖刚平静地对段克非说："段县长，我也在想，这个王碧蕴来到牛刨泉，不是简单地烧香拜佛吧？不过，只要能找到这老妪，就不愁搞清楚她此行的目的。只是，这老妪既然还在大殿里，怎么就找不见呢？难道，这老妪钻了老鼠窝不成？"

是的，还真让肖刚给说对了。

王碧蕴还真的是钻在了地下，但不是老鼠窝，那是一座十分宽敞豪华气派的地下宫殿，有一条暗道相通，暗道就在三圣中太上老君的神像下面，正中位置有个小暗扭即为暗道开关，一摁开关，一道小门自动打开。这座地下宫殿是十分隐秘的，在整座庙宇中，只有一清道长知道。一清道长在此隐居修行了五十多年，从来没有把这个秘密告诉任何人。也就是说，要揭开地下宫殿的秘密，只能从一清道长身上做文章。

然而，一清道长在十年前就已失踪，接替一清道长管理庙宇的，据说是他的一个关门弟子。他因何突然失踪？至今还是个谜。

肖刚一行紧随徐玉龙再次进入三圣大殿。

这时已是上午九点多，正是善男信女前来上香和游客观光的高峰期，整个大殿挤了很多人，有烧香的，有叩头的，有欣赏神像制作工艺的，也有不少人仰起脑袋，认真研究着大殿顶部横梁和墙壁上的古老壁画。徐玉龙他们在人群中穿梭了几个来回，还是没有发现王碧蕴踪影。仔细察看了大殿里所有的神像，也没有发现有什么异常。

肖刚纳闷了："怪，这个王碧蕴和那个中年道士，怎么就从人间突然蒸发？她们是人，还是鬼？"

第三十一章　恐怖地宫

肖刚他们找了几圈不见王碧蕴人影，只好暂时撤出三圣殿。

虽然没找见人，但他坚信，这个王碧蕴和那个中年圆脸老道一定还在三圣大殿。于是，肖刚让徐玉龙把现有警力分成两组，一组守在大殿门口，负责监视三圣大殿所有进出人员，另一组继续在大殿里寻找。同时，让值班民警盯紧景区出口，绝不能让王碧蕴轻易从公安人员的视线里消失。

警方在地面上忙活着，而此刻的王碧蕴，却在地下宫殿里与华北苍狼的孙子会面，进行着一场没有硝烟但却不乏刀光剑影惊心动魄的战斗。

昔日的女土匪王碧蕴，今日的子貌妈王巧妹接到陌生人电话后几乎一夜未眠，反反复复思谋着前往牛刨泉三圣殿赴约的对策。虽然她已是年近八旬的老妪，但由于从小就跟当寨主的父亲练就一身好功夫，近五十年来暗中练习功力不退反进，在人们面前特别是公安人员面前的种种老态龙钟弱不禁风以及恐惧害怕腿软脸白的样子，纯粹是她故意装出来的，这就是老刑警赵文杰化装深入孙家暗查时，为什么发现王碧蕴的眼神突发奇妙变化和包装存放古董文物时的麻利手法，与她实际年龄不相符的原因。特别是她的内家功力更为精深，能够收发自如，光华内敛，所以外表看上去弱不禁风，实际上按照她目前的身体状态，身子骨和反应能力并不比五十多岁的普通人差。

俗话说艺高人胆大，既然这样的事情来了，逃避也不是办法，主动出击也许还能获得一线生机。所以她决定，独自一人闯一闯牛刨泉这个危机重重的龙潭虎穴，她的意图很明确，一是查清华北苍狼孙子的背景，看看他到底是何方神圣，她要看清他们的真面目，要全力阻滞他们的行动，免得给儿子造成麻烦；二是打探清楚这个掌握着她命运的华北苍狼是否还在世，看看他们对儿子能否构成威胁，或者说构成多大威胁，必要的话，想方设法暗地里将这头老狼和他的狼仔一并除去，为携宝隐藏的儿子化解危机。

她很认真地策划了好几套行动方案，包括遇到危害时怎么撤退化险为安。

第二天早上五点多，王碧蕴就化装出发了。只见她老态龙钟，佝偻着腰，举着一根龙头拐杖，两步一哼哼，三步一喘气，慢腾腾地向牛刨泉走去。负责监视王碧蕴行踪的刑警赶忙报告给葛俊中："葛队，目标出现。"

"好，继续跟踪监视。"

"明白。"

肖刚接到葛俊中的报告后，不觉皱了皱眉头：按这老妪假装走不动路的速度，什么时候才能走到牛刨泉？略一沉思，立即对葛俊说："找一个老乡，最好和王碧蕴近邻，越熟悉越好，开车赶上送她一程。"

不大一会儿，一辆银灰色的金杯面包车赶上了前面蹒跚而行的王碧蕴。

超过她后，面包车停了下来，从车上跳下一个二十七八多岁的年轻人向王碧蕴走去，热情地和她打招呼："王奶奶，你这是去哪儿啊。"

王碧蕴抬起头来，用左手在头上搭了个凉棚，瞪着两只昏花老眼看了一阵，才笑着答道："我当是谁？原来是小三儿啊，我上牛刨泉三圣庙烧根香，许个愿，呵呵。"

被王碧蕴喊作小三儿的年轻人笑嘻嘻地说："巧了，我也正要上牛刨泉，来，奶奶，我捎你一程。"

王碧蕴呵呵一笑说："孩儿啦，那敢情好，你跟你爹妈一样是个大好人，将来一定有出息。"

说话间，小三儿已经搀着王碧蕴的胳膊，将她扶上面包车。

不大一会儿，车便到了牛刨泉停车场。

王碧蕴下得车来，先去买了些香烛纸钱、水果、饼干一类的祭祀用品，然后向四周望了望，捶着胸脯咳嗽了一阵，又喘了一阵气，掏出一个黄色的小手绢擦了擦嘴，这才向着大殿方向蹒跚而行。

当她走到庙前大门左侧的时候，就见一个驼背老道，躬着腰像个大虾，拿着把秃毛扫帚，扫一下，扭过头看一眼王碧蕴，这老道少说也有八十好几了，满头白发，身穿青色道袍，脚踏云耳麻鞋。老道的面部十分恐怖，少了一只眼睛成了个黑窟窿不用说，整个脸部除了紫的发黑的累累刀疤，就是又浓又密又长的雪白络腮胡，雪白络腮胡里有无刀疤，王碧蕴一时看不清楚，但有一点是肯定的，那就是老道的双目外露精芒，太阳穴暴起，知道他是个练家子，且有一定的火候。王碧云心里一动：哟，这老道有点特别啊，怎么看也不像个打杂的。王碧蕴轻轻一笑，没有过多理会清扫庙院的刀疤老道，拿着她的供品，一步一摇晃地向三圣大殿里走去。

刀疤老道望着王碧云的背影无声一笑，像是很吃力的样子，缓缓地弯下身子，拣起一块破砖头扔进身旁的垃圾筐里，又在地上漫不经心地拨拉了两下，然后直起腰来，拍拍前襟上的灰尘，扫帚往肩上一扛，躬着腰，慢悠悠地向大殿后面绕了过去。

时间还不到八点，大殿里香客和游人寥无几人。

王碧蕴先在如来佛供桌前放了供品，点了香，三叩九拜之后，作了个揖，然后开始默默祷告。徐玉龙装作香客的模样，跪在她旁边的太上老君前面，边叩头，边用眼角瞥了王碧蕴一眼，只见她嘴里念念有词，虽听不清她说得什么，但徐玉龙可以猜测到，无非是请菩萨保佑，让我儿子消灾免难一类的话。

王碧蕴拜罢如来佛，接着又分别拜了太上老君和至上先师，一样的祷告一番，拜完三圣后老妪起身向三尊圣像后面走去。

当王碧蕴走在太上老君的神像后面时，果然发现站着一个圆脸中年道士，道士见王碧蕴走过来，右手拂尘向身后一搭，左手单施一礼："无量天尊。施主随贫道来。"拂尘把儿就势向后轻轻一碰，一道小门无声地开启，道士身一躬进去了，王碧蕴后脚跟刚进去，小门便迅速自动关闭。

这个过程写来较长，但实际很短，开门、进去、关门，几个动作几乎在一瞬间完成。所以，当徐玉龙跟踪到神像后面时，王碧蕴和道士便好似突然从大殿里蒸发了一般。

进得暗门之后，顺着一道石阶而下，又有一道石门。圆脸中年道士对着石门毕恭毕敬地喊道："师傅，玉面老英雄驾到。"

"好，有请。"

石门里面悠悠传出一个男人的声音，听来也就六十上下的样子。话音刚落，那道石门便徐徐开启，一座富丽堂皇的地下宫殿迎入眼帘，几乎把王碧蕴给惊呆了：我的妈呀，想不到，真没想到，我老婆子活了这么大岁数，竟然不知道看似一座平庸的庙宇下面，还有这样一座地下密宫，真是匪夷所思。地宫虽然美丽壮观，装饰豪华，但空无一人，静得可怕，西面的墙壁上，布满了狰狞可怖的猛禽凶兽头像，大概有二十几个，几只暗红的灯光一闪一灭，很有点阴曹地府的味道。

置身于这样的环境中，就算王碧蕴久走江湖，身手不凡，也不免有些胆寒，因为她分明感觉到，这里处处流露着死亡的气息。

"女老英雄请。"中年道士向王碧蕴施了一礼，躬身而退。

王碧蕴用拐杖一顿纯青石地板，伴着咚的一声巨响，溅起一蓬火星。原来，她的拐杖竟然是精铁制成，看来这根拐杖不仅仅是用来维持老人平衡的，还是一件特殊的兵器。

"老前辈，晚辈在电话里对你无礼了，请恕罪。"在地宫的一座屏风后面，传出一个男人阴恻恻的声音，声音在石制的地宫里悠悠回荡，久久不息。

这倒令王碧蕴有点意外，本来她想一见面可能就是剑拔弩张的局面，没想到竟是这样的开头。停滞了一下，王碧蕴才应答道："休故作高深了，我老婆子如期赴约，请现身吧。"

"现身就不必了，我很丑陋，不愿别人看到我这副人不人鬼不鬼的模样。好了，我只想对你说一句话，请告诉我你儿子的去向。不要害怕，你儿子和我们是好朋友，他现在很危险，公安和另外一个神秘组织紫微帮都在找他，紫微帮已经实施了一个追杀行动，就是专门对付你儿子的，明白吗？"

"那，你们为什么要找他？"王碧蕴心头巨震，他只知道儿子盗墓，没想到还加入了帮派组织。

"他是我们的朋友，我们有责任保护他。"

"既然你们是好朋友，你能不知道他的去处？还说保护，"王碧蕴嘿嘿冷笑一声说，"你们是保护他，还是为了他手里的宝物？不用骗老婆子了，你以为玉面狐狸会那么好骗吗？我跟你说，我儿子如果少了一根毫毛，老婆子就一拐砸碎你的脑壳，相信吗？"

第三十二章　秘密受命

屏风后面的声音停顿了十几秒钟的时间后，声音变得有些冰冷："老英雄，念在你和师祖华北苍狼交情不薄的份上，我们会放你儿子一马，只要他能和我们合作。"

"嘿嘿。"王碧蕴拐杖再次向石地上一顿，发出一声空旷的巨响："你想拿苍狼吓唬我老婆子？错了，恐怕华北苍狼那个老不死的早已不在人间，即便还活着，按他现在的年龄，也应是风烛残年，能拿我老婆子如何？"

"这个你老不用操心，我师祖他老人家在三十几年前就已仙逝。"

"你撒谎。"王碧蕴双目中精芒大炽，腰板一挺，朗声说道："他还健在。"

"噢？"屏风后面的人似乎有些吃惊："你怎么知道他老人家还健在？难道你见过他？"

"不错。"

"在哪里？"

听问话，王碧蕴觉得屏风后面的人有点激动。心想：哼，跟老娘斗，你还嫩点，老娘就再诈你一下："是的，就在这座庙里，那个扫院的满头白发满脸疤痕的老道。"

屏风后面的人不再说话了，沉寂了几分钟的时间，才接答道："你胡说，不可能，他，只是个普通的老道士而已。你认错人啦。"

王碧蕴仰天哈哈大笑说："不用装了，如果我没猜错的话，你根本就不是那天夜里给我打电话的那个人。你，就是刚才在庙院里扫院的那位老道士，华北苍狼。"

屏风后面又陷入沉寂，暗红的灯光突然闪烁得更快。

王碧蕴后背一凉，立刻感觉到空气似乎一瞬间凝固了，地宫里顿时升腾起一种紧张的气氛，手里的拐杖一紧，暗自运起功力以防不测。

"你不要盲动，你在明处，我在暗处，如果动手的话，谁讨便宜谁吃亏，你心里比我清楚。况且，这座地宫里机关重重，根本不用我出手，你顷刻便会粉身碎骨。"

稍一停顿，那个声音又响了起来："我爷爷他老人家真的仙逝了，是被人放黑枪打死的，信不信由你。今天我们的谈话到此为止。最后一句话，告诉我你儿子的隐藏地点。我可以给你一天时间考虑，否则，后果你明白。你不能从正殿出去了，公安已经瞄上了你，你往左边走，墙上有只狼头，按一下它的右眼，墙壁会自动打开一道门，顺密道上去，就是三圣庙的玲珑塔底。该怎么做，你自己考虑。即使你不告诉我们，我们也会找到他的。再见。"

最后一句话由高到低逐渐消失，随即，地宫又复归一片死寂。

王碧蕴确信，屏风后的那人，已经离去了。

王碧蕴经地宫另一条密道上来后，从景区后门出去，沿一条窄窄的小径下了山。而警方，竟没有一个人发觉。

天刚放亮，启明星仍挂在天空，一眨一眨地放射着微弱的光芒。

此刻，在黎家庄村通往皇侯岭火车站的路上，一辆警车在急驰，开车的警察中等个子，面皮白净，眉清目秀，五官端正，浑身上下透射出睿智与机灵。

他就是刘陵县公安局刑侦大队侦察员张华。

古墓血案发生后，刘陵县公安局专门在黎侯古墓旁边黎苏元守墓的小院子里成立了一个"黎侯古墓保护特别警务室"，任命张华为警务室主任，配有两名正式民警、三名辅警，每天二十四小时不间断巡视。同时，县里还通过协商，从武警中队抽调了三名身手好、综合素质高的武警战士协助古墓安保工作。村里也积极配合，组织了一个精干的民兵排，参与黎侯古墓保护。这样，警方就在黎侯古墓四周，布置起一个纵横交错立体交叉式的古墓保护网络。公安警务室主要职责有两个，一个是保护好黎侯古墓，以防盗贼再次盗掘，确保国家文物珍宝安全，以待文物部门安排时间进行保护性发掘；另一个是具体负责黎家庄村及附近村庄的侦察工作，因为黎侯古墓周围各村是侦破古墓血案的重点调查范围。

张华急匆匆地起早赶路，是在追一个人，这个人叫杜泰。

孙子貌携古墓文物潜逃后，在黎家庄村再次掀起一场轩然大波，村民们义愤填膺，怒不可遏，破口大骂说："孙子貌你这个丧尽天良的龟孙王八，原来是你狗日的盗了墓杀了人，老子一定要把你狗日的抓回来碎尸万段。"当即就有几个血性青年准备外出寻找，要把孙子貌连同老祖宗的随葬品追回来，黎之元老人急忙出来劝解，要大家冷静不要冲动，要相信国家和政府，相信公安部门，他们会把这件事处理好的，好说歹说才算把几乎恶化了的事态暂时稳定住。

昨天夜里，四五个黎姓老者齐聚黎老家，连夜商讨如何处理孙子貌携古墓文物潜逃这件事。

其中一个老者说："咱们先把村里的情况告诉给公安局的张华同志吧，以防年轻人冲动做出傻事来，给公安部门破案造成不必要的麻烦。"

"不行，我们黎氏宗族自己的事，自己有权力解决，如果告诉了公安局，肖局长肯定不会同意我们外出缉凶的。"另一老者提出了不同见解。

第三、四个老者基本上同意第二个老人的意见。最后黎之元老人综合了大家的意见，提出了自己的见解："几位老哥，按说有政府，有公安部门出面，我们是不必要插手的，但我们老祖宗的古墓被掘，珍贵文物被盗，如果我们黎氏宗亲冷眼旁观的话，良心上过不去，也无法向全球的黎氏宗亲交代。这样吧，我们秘密派出一个有能力的人，悄然外出追查一下，找不见便罢，如能找到孙子貌的下落，立即报告给公安局，这样我们既对老祖宗有个交代，也算间接帮了政府和公安部门的忙，大家说行不行？但有一条，这件事一定要保密，不能让咱们以外的任何人知道。"

几个黎姓老人一听有道理，频频点头说："行，就按之元说的办，那么让谁去合适呢？"

黎之元老人胸有成竹地说："我早有考虑，让杜泰去怎样？这个年轻人有文化，会武功，脑子灵，人品好，现在在村里当小学代理教师。大家也发表个意见，看谁去合适？"

"可杜泰非黎姓宗族，派他去不大合适吧？"

"他不是黎姓子弟，不一定对古墓被盗特别关心，不像黎氏宗族一样有那份珍惜和亲情，如果不能尽心竭力去办事，咱们的计划岂不泡汤？"

几个黎姓老人不大愿意让杜泰去去执行这次任务，可在黎姓年轻人中，实在找不出比杜泰更强的人，比较了半天，最终还是觉得杜泰最合适。

人选确定下来之后，黎之元老人将杜泰叫来，黎老问他："杜泰，你有兴趣接受这项任务，又有信心去完成这项任务吗？"

杜泰胸脯一挺，爽快地回答道："请几位爷爷放心，我虽不是黎氏家族的子弟，但却是黎家庄的村民，黎侯古墓不仅是黎家的骄傲，更是整个黎家庄村的骄傲。黎侯古墓被挖掘，珍贵文物被盗走，我与黎氏宗族一样地感到心痛感到愤慨，一样地对犯罪分子深恶痛绝，我一定不辜负黎老和黎家庄全体村民对我的信任。我知道孙子貌的武功不比我差，但我不怕，毕竟正义在我们这边，即使粉身碎骨，也要把孙子貌找到逮回来。我相信，最终正义必能战胜邪恶。"

"好，说得好。"几位老人异口同声地称赞道。

之后，几个族里老人又具体研究了行动方案。

去哪里找，怎么找？黎之元老人估计，孙子貌这个人鬼得很，他的臭点异于常人，不会往亲戚家躲藏，那样容易被公安人员找到，况且有许多黑道朋友，曾经去过他那些亲戚家，他心里比谁都清楚，他这样携宝一逃，那些道上的朋友都是些只讲利益不讲情面的冷血动物，公安找他尚属其次，关键是盗墓组织本身绝不会放过他，所以他很可能会选择一个一般人想不到的地方。

"你们好好想想，孙子貌会去哪里？"黎老问大家。

或许大家还没有想出完全之策，一时没人吱声。

想来想去，杜泰突然想到一个人："黎老，我估计孙子貌会去他那里。"

"谁？"黎之元急忙欠身问。

"黎义芳。"

"黎义芳？"大家异口同声地说。

杜泰回答说："对，黎义芳，子貌和义芳关系特好，黎义芳自十年前离开黎家庄去凌云寻找亲生父母后一去不复返。据了解，子貌和义芳一直保持着联系。义芳比我大两岁，我们的脾性也合得来。"

黎之元老人点点头，稍做沉思后问杜泰："那你到凌云后，计划怎么找到黎义芳？"

"我从凌云孤儿院找起，逐步往下查，虽然我不敢说就一定能找到，但我会尽力的。"

"好，我们相信你，孩子。"

原先对杜泰持怀疑态度的几位老人，终被杜泰的豪爽气质和仗义行为所感动所折服。

"那好，去凌云。"黎之元老人最后拍了板。

当张华得到这个消息时，已经是杜泰出发后半小时后了。他一边追赶，一边给葛俊中大队长报告情况："黎家庄村黎姓宗族自己开始采取追缉行动，派出的人叫杜泰，我正在赶往火车站途中。"

葛俊中一听有些恼火："咳，乱弹琴。他们如此贸然行动，必然搅乱公安部门侦破工作整体部署。张华，务必在杜泰上火车前把他截回来。"

"好，张华明白。"

第三十三章　白马古寺

当张华赶到火车站时，火车还没有到站。他放心地吐出一口气："谢天谢地，总算没耽搁。"

然而，事情却出乎张华的意料，竟然没有见到杜泰的踪影，直到南往凌云方向的火车停下上完旅客后又离开，仍未见到杜泰的影子，张华纳闷了：这个杜泰，怎么回事？难道他放弃坐火车改乘长途班车了？

他赶快返回杜泰家里，杜泰媳妇武艳芳说早走了，没回来。张华问她坐的啥车？武艳芳说火车啊。张华又跑到老族长家里，问黎之元老人计划变了？黎老说没有啊，计划没变。

饶是张华聪明绝顶，这回也给搞糊涂了："这个杜泰，唱的是那一出戏？"

这一意想不到的突然变故，把葛俊中这个侦破经验丰富的刑侦大队长也给弄懵了："有这事？我想想。"

思考了几分钟后，葛俊中马上给张华回电话："小张，看情况，杜泰应该还没走。晚上七点二十分还有发往长治方向的长途班车，或许他自作主张，改成晚上这趟班车了。"

"那好，我晚上七点准时赶到皇侯岭站。"

令张华哭笑不得是，杜泰也没有乘坐七点二十分这趟班车。那么这个杜泰到底上那儿去了？

事情就这么产生了戏剧性的变化。

原来，杜虽然没有改变行动计划，却擅自改变了行动时间。

在走之前，杜泰突然想到，临行前，何不先到莽山白马寺找玄清方丈抽支签求上一卜，测测吉凶？如不宜出行的话，改天也可，不急这一时。这就是一个普通社会人士与训练有素的公安人员的不同，要是公安人员的话，说几时走就几时走，分秒不能差。当然，杜泰不是公安人员，他没有受过专业训练，他

136

就是个农民，没有组织纪律性，只是他这种不按常规出牌的做法，将张华、葛俊中陷入迷雾之中，差点出现误判贻误战机。

张华做梦都不会想到，就在他急匆匆赶往火车站这个时间，杜泰出村后却突然改变方向，徒步向十里以外的莽山疾行而去。

白马寺位于刈陵县西北五公里处的蟒山下，这里依山傍水，风景秀丽。依的是莽山，傍的是漳河水。莽山海拔在二千一百米以上，峰插云天，巍峨雄险，草异花奇，林木参天；漳河水水面宽阔，烟波浩渺，汹涌澎湃，水流湍急，是缔造了刈陵盆地的母亲河。

杜泰沿一条弯弯曲曲的山道盘旋而上，穿过一片茂密的松林，行十几米，即到白马寺牌楼前。

白马寺始建于唐武德二年（六一九），至今有一千三百八十六年的历史。唐初，李渊刚平定天下，迫切需要天下太平，遂派人遍寻名山，建立镇国寺，最终经李渊敲定把建寺地址定在刈陵县蟒山下，并任命护国公尉迟敬德为白马寺建寺总监。白马寺在穿越时光隧道的过程中，千余年的风雨反反复复地剥蚀着白岩寺的肌体，无情的战火无数次将白马寺的灵魂焚毁，古老的白马寺最终在无可奈何的苦苦挣扎中寿终正寝，近百余年来，白马寺这个名字伴其肌体消逝几乎从人们的记忆中抹去。目前的这座白马寺，乃是十年前由刈陵籍富商集资重建。重生后的白马寺规模较前更大、更有气派。从莽山脚下过小石桥数十米，一座高大的牌楼威然耸立，牌楼前面上方大书白马胜景，后面上方镶嵌古寺重光，字体古朴遒劲，铁笔金钩，入木三分。进得牌楼后，首先映入眼帘的是白马寺的下寺，由敬德神像、山门、天王殿、大雄宝殿、牡丹池、经堂、禅房等部分组成。

大雄宝殿后面有一后山门，出后山门踏上一座拱形石桥，经一处五曲六折的水榭，跨过一个小型莲花湖，有一座十米高台，高台之上耸立着一尊三十余米高的观音菩萨汉白玉塑像。过观音塑像后沿一条九百级石台阶拾阶而上，白马寺上寺就呈现在眼前。

白马寺上寺乃蟒山悬崖峭壁上的一个天然岩洞，岩洞敞口向南，洞深约三米，洞长约在百米以上。西侧崖壁上开凿有三窟四龛，大小不一。最东侧洞顶崖壁上雕刻有大小两龛，圆尖顶形，造像为一佛二菩萨。中间岩洞最大，最为宽敞，深二点九米、高二点七米、长约五米、穹隆顶，洞内原来有神像九尊，具隋唐遗风，然而很不幸，神像有的被盗，有的损毁严重，现存的神像为后补。后补的塑像体形比原来的大，汉白玉雕刻而成，供奉至上先师、太上老君和弥勒佛等，呈三教合一之格局。

杜泰静静地立于白马寺山门外，呆呆地仰望着高高的山门出神，很小的时候，一次偶然奇遇，杜泰与马寺方丈玄清结下不解之缘，三岁开始便在寺里学武，三十多年来，杜泰一直是玄清方丈禅房里的常客，他身上的武功，百分之九十来自玄清方丈的传授。然而奇怪的是，玄清方丈拒不接受杜泰喊"师傅"，一直以"小友"相称。今天拜见方丈，既是求签，也是与老友的告别，因为他无法预料此行是福是祸，是凶是吉，行前与老友见上一面，总不至于落下后悔。

"阿弥陀佛。"

正当杜泰出神的时候，忽听一声洪亮佛号，玄清方丈不知何时悄无声息地站在杜泰背后："杜泰小友，亏你还是一个习武之人，如此视听蔽塞，贫僧若为凶人，你命休矣。"

杜泰一惊而醒，随即笑道："哈哈，此处乃大师清修之地，何来凶人？如果我来到贵寺仍须设防的话，那我们之间就不是朋友，而是敌人了。"

"小友大不过虚岁三十，口如利刃，老衲无须和你口伐，小友此番前来必有要事。请，随老衲到禅房用茶，有话慢慢说。"

"好，大师先请。"

玄清方丈已高龄九十有二，但仍耳聪目明，思维敏捷，面泛红光，精神矍铄。他练习一种纳气术的养生功已有数十年，年轻时曾云游北少林修炼硬气功和一指禅，功力若已通玄。杜泰经常前来白马寺请教，获得了玄清方丈不少武功秘诀，功夫日渐见长。岂料杜泰是个练武奇才，本来他一开始修炼的是武当太极，后来又和玄清方丈研学开碑掌一类的硬气功，在运用时竟然能随机转换，软硬兼施，刚柔并济，自成体系，连玄清这样的当今武林绝顶高手都惊叹不已。时间久了，尽管年龄相差悬殊，但俩人却成为忘年之交。

杜泰在说"请"字的同时，冷不防突然一拳捣向玄清的心窝，嘴里还念一声："黑虎掏心。"

老方丈轻描淡写地顺势向外一挡："倒推乾坤。"

杜泰又出一招太极绵掌："风摆杨柳。"

老方丈连看都没看，左手向外划了一圈："午引东风。"将杜泰飘忽递进的右手带向一边。

杜泰立马变掌为刀，横切玄清腰眼儿："横斩青蟒。"

老方丈左脚迅疾身后一挫，右掌先是向左上方扬了一下，然后向右猛力劈下："这招你不认识，休想偷去。"

杜泰哈哈大笑说："方丈老兄长，又偷了你三招，第四招叫什么？"

玄清老方丈也笑着说："你鬼点子太多，贫僧老是上当。走，品茶去，中午在小寺吃斋。休问名何招式，你先领悟吧，哈哈。"

老方丈将杜泰迎入禅房，边沏茶，边问杜泰："小友不只是来我这小寺做客吧，有什么事请对老衲说吧。"

"不瞒您说，我是来跟您老道别的，捎带求支签。"

老方丈左手指捻佛珠，右手单施一礼："阿弥陀佛，心诚则灵，捎带求签就免了吧。"在递茶给杜泰时，不觉心里咯噔一跳："小老弟，看你脸色面带煞星，近日恐有劫难。"

杜泰心里一跳，惊异地问道："敢问方丈，此话怎讲？"

"阿弥陀佛，天机不可泄漏，不管怎么说，还是小心为上。"老方丈轻啜一口，将茶杯放下，见杜泰欲言又止，手一摆说道："你什么都不用说，贫僧心里清楚，此番你去的地方是一个魔窟，不过你也不用担心，只要你处处小心，必能逢凶化吉。"

杜泰放下茶杯说："老方丈，走，抽支签去。"

老方丈摆摆手说："不用了，抽签也没用，徒增无聊而已。老衲送你两句话，你务必牢记在心：水淹防湿脚，虚空身且住。"

"老方丈，什么意思？"

"自己领悟吧。你身负重任，老衲就不多留了，趁早赶路吧，如不是来我这小寺面见贫僧，恐怕你就没法去执行你的任务了。"

"好吧方丈，您老多保重，我先走了，去皇侯岭那边等一辆前往长治的班车，到长治后再改乘火车，但愿我们还能再相见。"

杜泰知道玄清的话里充满玄机，但又不便相问。即使问了，方丈也不会告诉他，我慢慢参悟吧，这就叫好朋友之间的默契。杜泰也没有再说什么，起身告退。

"好，去吧，老衲还要去做功课，就不相送了，一路平安。"

"好的方丈，杜泰告辞了。"

等杜泰走远后，玄清方丈摇摇头，方才叹息了一声说："阿弥陀佛，杜泰此番出去必遭凶险，看来，老衲我该出山了，绝不能让他们父子相残的悲剧上演。"

第三十四章　惊蛇出洞

望着杜泰远去的背影，玄清方丈双目微闭叹息道："杜施主此行必有灾难，但愿他吉人天相，能够逢凶化吉，平安无事，阿弥陀佛。"

高僧就是高僧，料事如神。杜泰虽也聪明，但毕竟是一介农夫，他做梦也不会想到，他的一切行踪，全在盗墓集团的掌控之中。他此番出行，可以说是步步危机，处处陷阱，是生是死，就看他的造化了。

杜泰的行为十分诡异，什么时间又是怎么走的？遂成一谜。无奈之下，张华只得驱车直奔县城，面见葛队和肖局。

肖刚在平时爱警如子，对下属关心照顾非常周到，慈父般和蔼可亲。但谁要工作马虎，办案不力，尤其是玩忽职守，对工作造成影响，他绝对饶不了他，轻者严厉批评，重者给你个处分。所以，张华心里忐忑不安，说话时，嘴唇还有些发抖："肖局，我，我失职了。"

"别自责，这不能怨你，做得不错，你没有失职。"见张华很难过，肖刚拍了拍他的肩头安慰他说。

"可是肖局，我，没能拦下杜泰，事情闹大了。"

肖局没有批评反而安慰他，这使张华颇感意外，他因为没能阻止住杜泰的外出，一直深感内疚，已经做好接受一顿严厉批评的思想准备，没想到肖局竟然原谅了他。

"不理解，是吧？"肖刚笑眯眯地说："让他去吧，不会对我们造成任何影响。"

"肖局，你把我，搞糊涂了。"

"小张，你要比我清醒，那我就该退休了，哈哈。"

肖刚突然笑声一敛，神色有些凝重，瞅了瞅葛俊中，又看了看张华说："你们注意到了没有？"

葛俊中和张华互望了一下，有些不解地回答说："没有啊，注意啥？"

"杜泰啊，"肖刚说，"这个杜泰，他不就姓杜吗？"

"肖局是说，"葛俊中望了一眼肖刚："他可能就是……"

肖刚摆了摆手："对，你们多注意一下这个杜泰。张华，你到黎家庄村打听一下杜泰的身世。"

"好的。"张华点了点头。

肖刚摸了一支烟，葛俊中打着他那铜打火机给肖刚点上。肖刚往椅背上一靠，深深吸了一口，缓缓吐出，一丝细细的蓝色烟雾袅袅升起。葛俊中和张华知道，肖局又沉思了。果然，肖刚微闭双眼沉思片刻，突然睁开眼睛对他俩说："葛队、张华，实话告诉你们，孙子貌根本没去凌云，杜泰此行必会扑空。"

"那孙子貌会逃往何处？"葛俊中问。

张华说："有可能已在千里之外。"

"不。"肖刚在烟缸里磕了一下烟灰，双眼倏地泛出两道明亮的光："还在刈陵城。"

"什么？"葛俊中和张华异口同声地惊呼。

"孙子貌不但当过侦察兵，而且还是玉面狐狸的儿子，行事诡秘，异常狡猾，具有较强的反侦察能力，总是反其道而行之，他懂得看上去越危险的地方实际上越安全这个道理。而且据黎涛讲，他不但没出城，而且就隐伏在离我们公安局不远的一个地方。"

张华觉得这个孙子貌的行为简直不可思议："什么？这，这家伙也太厉害了吧？竟敢隐藏在我们的眼皮底下。"

"肖局，那我们该怎么行动？"

"你们见过山鸡吗？"

"见过。"俩人同时答道。

"如果这只山鸡隐伏在密密的草丛中一动不动，你们怎样才能去发现它？"肖刚微笑着问他俩。

葛俊中想了想说："办法到不少，但我会捡一块石头扔进草丛里，山鸡受惊后，自然就飞出来了。"

张华恍然大悟："肖局，葛队，我明白了，你是想用打草惊蛇的方法把孙子貌轰出来，让他暴露在我们的视线以内？问题是，他会出现吗？"

"会的，因为咱们还有黎涛暗中配合，孙子貌一定会走出来。事不宜迟，小张，你去把马队和老赵叫来，咱们商议一下具体行动方案。"

半小时后。

县公安局大院五辆警车同时拉响警笛，随着刺耳的连绵不断的警笛声，五辆警车先后驶出公安局大院，向四个不同的方向开去。五辆警车像玩似的在城里交叉遛弯，一边鸣笛前行，一边向路人喊话："让开，让开，快让开！"十多分钟后，五辆警车汇聚到一家倒闭闲置多年的棉纺厂，不大一会儿，几个全副武装的刑警从棉纺厂的破旧厂房里抓出一个人来，路人只知道被抓的这人是男性，但不知道抓的是谁，因为公安民警将此人从厂房里带出来时，嫌疑人的头上已经被戴上一个黑罩。

另一个警察手里掂着一个看上去沉甸甸的小包裹，当着记者的面打开包裹后，在场的人们惊呼一声："哇，青铜鼎？"

随后，五辆警车又呼啸着离开棉纺厂，返回公安局。

晚上七点半，刘陵电视台在《刘陵新闻》播出一条重要报道：记者从现场获悉，今天上午十点半左右，警方从县麻纺厂的旧厂房里抓到一个盗窃黎侯古墓嫌疑分子，从嫌疑分子身上搜出三个锈迹斑斑的青铜器，据文物专家介绍，这些青铜器属于黎侯古墓被盗的珍贵文物，详情警方正在调查中。另悉，警方已在嫌犯口中，得知另外一名持有黎侯古墓被盗文物的嫌疑分子及其藏匿地点，警方将对这名嫌疑人继续监控并伺机实施抓捕。

晚九点二十五分，刘陵县城纵五横六共十一条主街道数百条不同图案的华灯齐放，霓虹灯、轮廓灯交叉闪烁，魔幻般变换着不同的颜色，将小城装扮的分外靓丽。

在距公安局大院五百多米远的黎都小区一个昏暗的地下室里。

这个地下室较为宽敞，有十多平方米。靠门口不远的地方，放着一堆足有一米五几高几乎贴近屋顶的乱七八糟的废品、杂物，有各种各样的纸箱纸盒、鞋盒，有颜色、形状、大小不一的塑料瓶、酒瓶、易拉罐等。猛一看，地下室满是堆积如山的废品杂物，但细心点的人不难发现，靠里边的墙根放着一个较新的冰箱包装，鹤立鸡群，很是显眼。如果说这些堆积如山的废品杂物像一堵墙的话，那么这个冰箱包装就像一扇门。

一个三十来岁，长得虎背熊腰的青年男子来到地下室，先是用一长两短的节奏敲了敲门，然后打开门走了进来。这个人不是别人，正是将小麻雀宋情兰安顿保护起来的黎涛。黎涛进得门来，径直走到冰箱包装箱跟前，将冰箱包装箱往外一拉，现出一条通道，沿着通道往里跨一大步就是另外一重天：废品杂物厚度最多一米，只占据了地下室的五分之一，杂物后面五分之四的空间里收拾得干干净净，一尘不染。靠里面墙上挺顶棚处开有一扇长条小窗，用一块黑色的遮阳布挡得严严实实。窄窗下面靠墙摆放着一个老式的小型写字台，两把木椅，两个单人沙发中间夹放着一个发旧的小茶几。靠门口有一个简易脸盆架，东南角有一张单人床。此刻，一个人正躺在床上看手机，大概是看信息一类的东西吧？听到敲门声，这人连眼都没眨一下，可想他熟悉这种敲门声，认识敲门的人。

见黎涛进来，床上那位一跃而起，急声问道："老三，白天外面乱糟糟的，警车呜哇呜哇直叫唤，什么情况？"

黎涛面色凝重，忧心忡忡，说话时有点气促，也不知道他是担心还是害怕："二哥，我也是刚刚在电视新闻里看到，说是公安从棉纺厂的破旧厂房里抓到一个盗窃古墓的人，还查获了一些出自古墓的文物，我就为这事来的。是不是老八出事了？"

被黎涛喊作二哥的人脸色突然变得苍白："老三，有可能，这小子一贯粗心大意，我就知道他早晚会出事。要是他出了事，我得赶快离开这里，老八他知道这个秘密联络点，一旦这小子扛不住招供了，我们就全完了。"

"是啊孙兄，我也是这么想的，只是现在全城戒严，到处都是公安，你怎么走，又能去那里？"

"是啊，怎么走，去哪里躲躲？"

从黎涛的口中得知这人原来姓孙。姓孙的擦了一把汗，拍着脑门想了一会儿，突然眼睛一亮："有了。兄弟，你不是精于易容？给咱化装一下，骗骗公安的眼睛。"

"哟，对。"黎涛脸上挂起一丝笑容："要不是孙兄提起，我倒忘了。行，化装成甚？"

"我想想，想想，化成，化成，"姓孙的想了一阵，一拍双掌道，"化成大姑娘。"

"哈。二哥开玩笑，化成大姑娘？有这么丑的大姑娘吗？"

"严肃点，老三。"二哥脸色一寒，双眼里射出两束凌厉的目光："怎那么多废话，要你怎么做就怎么做！"

"是，是，属下多嘴，请二当家宽恕。"

黎涛不敢吭声了，乖乖地找来他的百宝箱，拿出工具和化装材料，给二哥化起装来。膀大腰圆，五大三粗，一米七八的魁伟后生，却在一个精瘦精瘦的人面前点头哈腰，可想这个二哥的来头不小，在组织内部官衔一定高于黎涛。

"好了，孙副帮主，站起来走两步，看行不行？"

不大一会，妆便化好了，再穿上女装，站在黎涛面前的二哥立刻便成一个面目虽丑点，但身材高挑、长发披肩的时髦女郎。

二哥照了照镜子，觉得很满意："行，化装成这个样子，孙二爷我就能大摇大摆地在街上行走了。哈哈。"笑声一敛，脸上寒霜又起："不要问我去哪里，明白吗？谢谢兄弟，等过了风头，我回来再好好请你下饭馆撮一顿。好啦，我走了。"

"二哥，怎不拿行李？"黎涛小声问道。

"这个不用你操心，行李我早就让人带走了。拿上那些东西，不是找死？"姓孙的眼一瞪说："老三，今天你怎么这么多话？还要不要舌头？"

黎涛脖子一缩："副帮主，属下不敢。"

第三十五章　险恶江湖

孙子貌一离开地下室，县公安局局长肖刚这边就接到报告："肖局，我是单如燕，目标出动，是抓，还是跟？"

"告诉小王，把车开到巷口，只跟不抓，看紧点，搞清孙子貌的落脚点。"

"是，如燕明白。"

三分钟后，从黎都居民小区娉娉婷婷走出一个高挑的时髦女郎来，长发披肩，戴着一副大号墨镜，走到巷口转弯处，头一摆长发遮了半边脸，那动作极潇洒，手一招，叫住一辆出租车："师傅，走。"

"去哪里？"

"河北武安。"

少顷，肖刚又接到单如燕报告："肖局，目标已按照我们的计划，坐上了侦察员王晨的车。"

"很好。"

"惊蛇出洞"行动成功，肖刚脸上终于露出了笑容。

此时，肖刚突然想起去了凌云的杜泰，皱皱眉自言自语地说："你南他北，背道而驰。杜泰，你现在怎么样了？"

当太阳从地平线上消失的时候，火车驶入凌云站。

杜泰从火车上下来，光线已经有些发暗。朦胧中，抬头向四面望了望，到处都是高楼大厦，鳞次栉比，高矮错落有致，宽阔的大街上车水马龙，川流不息，杜泰长期在农村，很少出远门的，哪里见过这等繁华的城市？看得时间长了，头都有点晕。

初次来到凌云市，杜泰有点南北不分、东西不辨的感觉。他要到的目的地是凌云市的真吾县，凌云是晋南的一个地级市，他要去的地方，离凌云城约有一百多里，凌云孤儿院就在那里。到车站服务处打听了一下，说是到真吾县的班车今天没了。

杜泰决定，先在凌云住上一宿，明天再作打算。

住哪合适？高级酒店肯定不住，不要说回到村里没法报账，就是自己掏腰包，咱也住不惯。可初来乍到，人生地不熟，去哪找一个简单一些价格便宜一些的地方凑合一晚？

正在杜泰踌躇之际，一位中年妇女走到他跟前问："先生，你住店不？"

杜泰一看有人介绍住宿，心想这下可好了，咱正发愁去哪找住处，这不正好？于是答道："是呀，大嫂。"

中年女人一手帮杜泰拿起行李，一手拉住他的衣襟说："那跟咱走吧，咱那迎春宾馆离这不远，条件好，干净卫生，安全还安静，包你满意。"

"你们的宾馆贵不贵？一晚多少钱？"

"不贵，不贵，一晚一个床位才三十元，全市住宿费最低，晚上还供热水洗澡。"

杜泰感觉这个条件这个价格还能接受，加上这位大姐态度好、热情，也就同意。中年妇女将他叫到一辆面包车上，上面已经坐了三四个人，司机一脸笑容："上车吧这位大哥，等五分钟就走。"

杜泰没有多作考虑，心想别人能去住咱也能去。在车上又等了半个来小时，中年妇女又拉来几个客人，这才告诉司机说开车走吧。面包车一路驶出繁华地带，拐进一条偏僻的街道，杜泰觉得这车子走了好长时间了，这家迎春宾馆究竟在哪儿呢？心里开始有些不太踏实，于是就问中年妇女："大嫂，还有多远？"

"快了，快了，马上就到。"

话是这么说，车子又走了二十几分钟，才来到一家小型宾馆门口。

从其外貌和规模上来看，应该是家街道居委会兴办的小旅馆。几个人猫腰下得车来，跟着中年妇女进了宾馆。这家小宾馆是由一个街道小企业旧址改装的，主房为七间二层小楼、东西厢房各有五间，大门两侧有两耳房，东面耳房看样子是食堂，西面耳房好像是工作人员住的地方。在东南角的一个天井里，安装着一个专门用来烧热水的小锅炉，锅炉房也很简陋，上面用彩钢棚顶，前脸敞口，白色的水雾不断从敞口处飘出，悠悠上升数米后，被风刮散，化成一丝丝白云。

"哎呀先生，不好意思，单间没了，只有大房间了，如果你不嫌挤，住大房间可以吗？大房间便宜，每晚只收十五元钱。"

"行吧。"杜泰想了想，唉，既来之则安之，再走咱也不知该去那里，算了哇，咱就在这个小旅馆将就一晚上好了。

"那好，你先去洗把脸，去食堂吃点饭，行李如果带着不放心，可以放到小件寄存处。"

中年妇女口中所说的大房间，就是在一个三十余平方米的房子里，个挨个摆放了十多张单人床，两床之间的空隙仅能放下两条腿。凡到这间大房间住宿的人，大都是掏不起住宿费的农民工。坐了一天的火车，杜泰感觉有些累了，吃完饭，在接待室看了两个多小时电视，便上床准备睡觉。

杜泰近年来迷恋上了阴阳学，基本上是早晨练武，晚上看书，苦心参修阴阳卜卦，所以他在睡觉前有个习惯，喜欢把灯拉灭了，望着漆黑的天花板思考问题，想到妙处，即翻身而起，伏案疾书，把所感悟的东西及时记录下来。而现在，这个习惯给打乱了，没法躺在床上静思。房间里的空气异常混浊，汗酸味、脚臭味、烟草味以及霉潮味等等异味，一波又一波地往杜泰的鼻孔里钻，这些杜泰都能忍受得了，因为他本身也是一个农民，不同的是他会武功、有学问、思维比较超前，属于素质较高的新潮类现代农民。最扰乱杜泰心神的，是一些人在睡觉时发出的各种杂音，有磨牙的、有说梦话的、有打呼噜的，特别是那呼噜打得很有水平，不仅鼾声如雷，而且还富有音乐感，怪有腔调。更有甚者，不时发出一声声怪异的叫声，想必是噩梦所致，冷不丁来这么一声，着实吓人一大跳。

在这样一种环境里，杜泰一时无法适应，在床上和衣躺了一会，不要说睡觉了，反而大脑越来越清醒。无奈，他只得翻身下床，走出大房间，到院子里找个地方纳凉，等困了再进来睡觉。大房间门口有个水泥台阶，杜泰拿了张报纸往屁股底下一塞，盘膝坐了下来，他很想利用这个时间打坐一会儿，运行真气走上一个小周天，体力恢复得更快些，但又怕真气运至关键时人不能动弹，把装钱的包包给弄丢了。

"这位大哥，怎么还不睡？"从小二楼里走出一个年轻人，操一口标准普通话，坐在杜泰的不远处，主动和杜泰搭讪。

杜泰瞧了瞧年轻人，不大，也就二十四五岁的样子。他没有作正面回答，却反问道："小兄弟你怎么也不睡？"

"咳，咱有个臭毛病，一出门就失眠。"年轻人掏出一支烟递过来："大哥，抽支烟吧。"

"对不起，不好意思，我不会。"杜泰婉言谢绝。

"听口音，你是晋东一带的？"年轻人吐出一口烟雾。

"对，晋东刈陵。"

"巧了。"年轻人一拍膝盖："老乡，老乡，咱没想到，在凌云还能碰上老乡，太好了。老乡贵姓？"

"噢，免贵姓杜。你说，和我是老乡？"

年轻人一改普通话为刈陵方言："杜哥，你怎捏（怎么）还不信？那（我）是刈陵漳河镇的，望儿峧村。听说过没那（没有）。"

杜泰一听，感到很是惊奇，他根本就没想到，在千里之外的凌云，还能碰上一个县的老乡，这世界实在是太小了。遂往年轻人跟前挪了挪说："哟，还真是老乡，望儿峧谁不知道？有名。"

杜泰虽是个农民，出门也不多，但心思还是很缜密的，他觉得出门在外，还是小心些为好，是不是真老乡不能光听他一面之词，我何不出个题目考考他？是真是假，一试便知。于是就说："老乡，望儿峧出名，是因为一个民间故事，咱听说过但不太了解，来，你给咱讲讲怎样？"

杜泰屁股一抬，右手一拉报纸，又往年轻人跟前挪了挪。

"哈，是个望儿峧人就知道这个故事。"

年轻人又掏出一根烟点上，吸了一口，简明扼要把望儿峧的故事讲述了一遍：

传说很久以前，平头乡岚沟村有户姓张的大财主，人称张员外。虽然张员外家财万贯，富甲一方，但无子嗣，膝下只有一个女儿。女儿张小姐年方二八，长得美若天仙，倾城倾国，足以闭花羞月，刈陵很多富家子弟慕名而来，不惜重金聘娶张家小姐，但张家小姐心地善良，性格耿直，德才兼备，重才不重财，对前来求婚的富家子弟嗤之以鼻，置之不理。一日，张小姐到河里洗衣服，忽见从上游漂来一个鲜红鲜红的樱桃，恰好就漂在张小姐的跟前。张小姐见这枚樱桃鲜艳欲滴，十分可爱，就一把捞在手里，细细端详了一阵，越看越喜欢，拿在鼻子上嗅了嗅，酸酸甜甜的味道非常美，张小姐忍不住将樱桃塞进嘴里，谁知还没等张小姐用牙齿去咬，这枚樱桃就吐噜一下滑进张小姐的肚子里。吃下这枚樱桃后，张家小姐有喜了。

年轻人最后说："原来，张小姐误食的那枚樱桃，竟然是东海龙王的精子，吃下去后怀上了龙胎，产下个龙子。"

听罢年轻人讲的这个沼泽爷的故事，杜泰确信，眼前的这个年轻人，是个实实在在的真老乡。

"老乡，你来凌云干啥呢？"年轻人问。

杜泰瞟了年轻人一眼，答道："找人。"

"找人，谁？"

"朋友，一个老乡。"

"哎哟，老乡，我肚子疼，失陪一下，我先上一趟厕所。"

年轻人边说边站起身来，捂着肚子猫着腰，向厕所方向急急奔去。

第三十六章　逃出视线

孙子貌化装连夜逃走。

正行间，孙子貌接收了一条信息，发信息的人署名"贾太监"，大意是：司机是公安，赶快下车，变换方位，向北走。孙子貌知道"太监"是哪位，心里一惊，瞅了司机一眼，没说话。

车进河北涉县，孙子貌马上喊叫司机："停，停停，停车。"

司机感到莫名其妙："你不是到武安吗？这才到了涉县。"

"对不起师傅，我先在这里下车，办件事。给，车费，不用找了，剩下的你买盒烟抽吧。麻烦你了师傅。"

司机没再说什么，只是默默地接过钱，点点头，调转车头，返程去了。

"好快啊，转眼就不见了。"

司机透过倒车镜向后望了一下，发现孙子貌早没影了，于是放慢速度，打开对讲机："葛队，王晨呼叫。"

"我是葛俊中，王晨请讲。"

"目标从涉县下车了，我怕暴露没有跟踪，这小子一转身便没影了，下步怎么行动？"

"孙子貌太狡猾了，你就是找也未必能找到他。这样吧，你先返回来，咱们共同研究一下怎么行动。"

"王晨明白。完毕。"

孙子貌下车后，一扭身钻进一个偏僻阴暗的角落里，十分麻利地摘下假发，脱下女装，扔掉高跟鞋，换上一套精制的青色西装，用五指作梳理了头发，又擦去脸上的油彩口红，然后从上衣口袋里掏出一撮假胡子贴在鼻子底下，把换下来的东西三踢二打塞进包里，整了整衣襟，弹了弹身上的尘灰，胸脯一挺，迈着四方步，不慌不忙地走了出来，俨然一副绅士模样。正好，一辆出租车开了过来，孙子貌一摆手，将车拦下。

"师傅去哪？"司机问。

"晋西北，焦山县，快，有急事。"

司机一听忙摆手："什么？去焦山？这半夜三更的，路途那么远，你有急事，我可没疯，不去。"

"我说师傅。"孙子貌从上衣口供里掏出一沓百元大钞，足有五六百块之多，往司机手里一放，说："先付你车费，到了地方还有小费。"

司机本来不想跑这趟路，但经不住金钱的诱惑，心动了："那，去也行，得有个条件。"

"什么条件？你说。"

"现在已经十一点半了，深更半夜的，我得叫个伙伴，路上好有个照应。"

"这个，"孙子貌有点不大同意，"师傅，最好不要叫人了。"

"不行，"司机把钱又还给他说，"那你就请下车吧，不去了。"

孙子貌心里有点火气，但又不便发作，继而一想，也无所谓，你就叫上个伴我也不怕，即使你起歹心打我口袋的主意，后半夜实施抢劫，在我老孙这个当年的侦察兵面前，恐怕也讨不了多大便宜，我不抢劫你就不错了。于是点头答应了。

就这样，孙子貌先是声东击西，造成他要南下逃往武安方向的假象，接着又来了个金蝉脱壳，轻松摆脱了刑警王晨的监控，最后暗渡陈仓，一反方向，折向北面的焦山县。这家伙，狡猾的很，不能说这孙子貌不是个人才，只是将才能用错了地方。

"这家伙太狡猾了。"肖刚也没料到孙子貌说是去武安，却突然中途在涉县下了车。

"孙子貌是否就隐藏在河北涉县？"葛俊中问。

"不会的，他不会那么傻，他会继续外逃的。"

葛俊中挠了挠头发："咱事先也没和涉县警方联系，中断了跟踪，这回咱心里可没谱了，他会往哪儿跑？"

"难道是有人走漏了风声，泄漏了我们的行动计划？"葛俊中皱着眉头说。

"走漏风声？不可能吧，安排这次行动的只有你、我、马队和贾文喜副局长。"

马如斌心里沉了一下："肖局，不会是咱家老二吧？"

肖刚眉毛一挑，说："咱暂时不考虑这个了。这次老肖失算了，不过咱还有一条获取孙子貌去向和落脚点的途径。"

"你是说。"

"对，让指挥中心二十四小时连续值班，不间断监听孙家的固定电话。"

葛俊中习惯性地玩弄着他那个高级防风打火机，打着吹灭，又打着，又吹灭："肖局，可咱们监听好几天了，除了王碧蕴正常的接打电话外，没发现她和孙子貌有任何通话。"

"葛队，别浪费了你那打火机，来，给咱点上。"

肖刚掏出一支香烟，葛俊中打火帮他点燃。肖刚习惯性地靠在椅子后背上，微闭双眼，深吸了一口。沉思片刻，似乎突然发现了什么，猛地坐直身体："不对，不对，这里有蹊跷。"

"怎么了，肖局？"马如斌知道肖局明白了一个疑点。

"你我都忽视了一个细节，我们的监听其实用处不大。"肖刚又深吸一口，吐出一个大大的烟圈儿，烟圈忽忽悠悠斜着向上漂浮，慢慢在变大，渐渐地由圆变扁，又由扁圈变成一缕细线，从窗纱飘出窗外。肖刚接着说："他们母子俩一个是退伍的侦察兵，一个是当年的玉面狐狸，怎么会想不到咱们要监听？"

葛俊中说："是啊，肖局说得对。这母子俩一个比一个鬼精，一个比一个狡猾，他们睡觉都会睁一只眼，岂能不防范咱们监听？我说这几天怎不见这母子俩通电话，原来如此。"

肖刚点点头表示赞同。

"那，他们之间的联系方式应该是——"马如斌接着说。

肖刚笑着竖起大拇指："聪明，不愧是刑侦大队副大队长，马队，明天一早，你派人盯着王碧蕴，看她会到什么地方打电话，我们就不难发现孙子貌的踪迹了。"

"肖局，我这就和小王、小单去，连夜监视王碧蕴的动向，一有情况，马上向你报告。"

肖刚拍拍马如斌的肩膀说："好，去吧。"

第二天一早，肖刚便接到马如斌的报告："肖局，王碧蕴出门了，向菜市场走去。"

"好，继续监视。"

"明白。"

正如马如斌所说，王碧蕴这老婆子一大早就出了门，还是那副装给人看的模样：老态龙钟，佝偻着腰，举着一根龙头拐杖，两步一哼哼，三步一喘气。不同的是，老妪头上蒙了一块青蓝色布巾，右胳膊上挽了一只小竹篮，不慌不忙，慢腾腾地往东街菜市场方向走去。走了千余米，来到县地税局的大门前，老婆子停下脚步，屁股一扭，坐在门前的台阶上，用手捶着胸脯咳嗽了一阵，又喘了一阵气，掏出一个黄色的小手绢擦了擦嘴，这才又慢慢站起身来，左右看了看后，拐杖轻轻一顿，继续她的蹒跚而行。

老婆子的这副神态，连在暗处跟踪的马如斌、王晨、单如燕三位刑警，都觉得这老婆子很滑稽很好笑，要不是怕这女土匪发现，他俩真想放开喉咙大笑几声。

王碧蕴的确是到菜市场买菜了，只见她这个摊上转一转，又到那个摊上看一看，左挑右拣，翻腾了半天，也没见买一根菜。单如燕紧随其后，装作买菜，死死盯着王碧蕴的一举一动。王碧蕴在偌大个菜市场里至少转了三圈，才在一个摊位上买了一把韭菜、两根黄瓜、三五个土豆。单如燕突然发现，就在这个摊位的旁边，有一个自动电话亭。单如燕幌然大悟，暗道一声："这就对了。"

果然，王碧蕴把她那小菜篮子往胳膊上一挽，朝四下望了望，见没人注意，便径直走到电话亭里打起了电话。老婆子把嗓音压得很低，而单如燕怕暴露不能靠得太近，尽管支棱着耳朵使劲听，也没听清老婆子说了些什么。

这个电话打的时间比较长，至少也有二十分钟。

王碧蕴先是给对方讲了大约五六分钟，接下来没再吭声，主要听对方说话，只见老妪不时地点头，最多应答一个字"是""噢""对""行""好"。

说王碧蕴狡猾真不过分，警惕性还是蛮高的，隔一会，就转头观察一下周围的形势。

第三十七章　焦山寻踪

等王碧蕴打完电话走后，单如燕赶紧给肖刚报告了情况。

肖刚马上吩咐说："小单，你立刻到电信那边查一查，这个电话打往那里，又是谁接的电话。"

经查，王碧蕴的电话是打往山西西北部焦山县的，接电话的是一家小家电门市。

"葛队，这个小家电门市很有可能便是孙子貌的藏身之地，"肖刚马上安排行动，"你们即刻前往焦山查找接电话的人。"

焦山县位于太行山和中条山的交汇处，背后是连绵不断的大山，前面是广阔无垠的晋中平原。

由于交通上的便利，地理上的优越，县城虽然不是太大但却非常发达，商贸繁荣。特别是老城区的三条步行街商贾云集，店铺林立，适逢周末，大街上人头攒动，摩肩接踵，热闹非凡。

葛俊中带着马如斌、单如燕到达焦山后，先奔焦山县公安局了解情况。据焦山警方讲，这家小家电门市部叫海尔家电门市，老板名叫焦爱得，山东人，曾是该县某局副局长兼某公司经理，大约四十岁，身材如缸，长脸如驴，斗鸡眼，满身皮肤颜色疏黄松弛干燥如癞蛤蟆，虽面目极丑，然嘴甜脑瓜灵，善于见风使舵，见什么人说什么话，迎上合下，得心应手，是焦山县有名的滑皮鬼。企业改制后，焦爱得承包了公司五间门面，吸收了几名下岗职工，开办了焦山县第一家民营五金交电店门市，后又改做小家电，主要经营煤气灶、电磁炉、豆浆机、电热水壶等系列产品以及其他几十种小家电产品，在焦山县小有其名。这个焦爱得有长期经商经历，站过柜台跑过采购，由于焦爱得善经营会管理，买卖做得风生水起，生意十分兴隆。

葛俊中决定先不打草惊蛇，化装成购买家电的顾客接触一下这个焦爱得，看能否从他那里获得一点有用信息，必要时对这家个家电门市实施监控。在焦山县公安局刑警大队副大队长张亮的引导下，专案组的几位刑警顺利地找到了家电门市。

"哟，顾客光临，小店蓬荜生辉，几位想看点什么？"

老板焦爱得还真有眼观六路，耳听八方的功力，机灵得很，他本来趴伏在收银台上算进货账的，会讲话的计算器清楚地报出各类商品的数量、单价和金额，见有顾客进来，马上起身相迎，脸上堆满笑容。

葛俊中仔细打量着眼前这位焦老板：狮子鼻，水泡眼，脸部上小下大，模样活像个大黄梨，两撇小胡子呈八字形，嘴阔唇厚，牙齿外龅。

在葛俊中打量焦老板的同时，焦老板也飞快地横扫了三个来人一眼：走在前面的这位三十几岁，个子中等偏上，身高有一点七三米，长方脸，颧骨略高，棱角分明，浓眉大眼，眼光如炬，鼻直口方，鼻悬山梁，一脸正气，不怒自威。走在中间的是一位二十四五岁的年轻女子，身高一点六八米上下，身材苗条，前凸后凹，面目姣好，脸色白皙，五官秀丽，窄窄的柳叶眉，水灵灵的大眼睛，樱口琼鼻，齿白唇红，一个十分妩媚的小美女。走在最后的是一个二十六七岁的年轻人，身高一点八三米，身材魁伟，威风凛凛，五官端正，气质高雅，两道英雄眉眉尖飞挑入鬓，一对铜铃般的大眼睛炯炯有神，一看此人即感气势不凡。

这三人正是葛俊中、单如燕和马如斌。

进得店来，葛俊中直趋柜台前，彬彬有礼地问道："请问，你是焦爱得焦老板？"

"是，我是焦爱得。各位想选购些什么？小店竭诚为你们服务。"焦老板仍然笑容满面。

"对不起。"葛俊中微笑着说："我们不需要什么。只想跟你打听点事情。"

焦爱得焦老板微感诧异，怔了一下，随即迅速恢复常态。就这么一个细微的表情变化也没有逃过葛俊中的眼睛，他感觉到，孙子貌和眼前这个焦爱得一定存在某种关系。

"你和刘陵县的孙子貌是什么关系？"葛俊中眼睛盯着焦老板，直入主题，以不高不低、不疾不徐的声音问他。

一听孙子貌三字，焦老板似乎吃了一惊，但在表面上却没有显露出丝毫惊慌之色，可知这个焦老板的城府极深。稍顿，也就十几秒钟时间，焦老板才回答道："他是我的一个表侄子，我是他的表姑夫。"

　　"表姑夫？"葛俊中微微一笑说，"我看你最多也就四十来岁，孙子貌五十几岁了，你会是他表姑夫？"

　　焦老板一双狐疑的眼睛滴溜溜转了几转："呵呵，我人小辈分大，呵呵，辈分大。"

　　葛俊中明知他在撒谎，但没必要和他计较这些无关痛痒的事情。

　　"你们找他有事？"说话的当儿，焦老板看了葛俊中一眼，正好对上了葛俊中的目光，焦老板心里一颤：好厉害的眼睛。

　　"有点事。我们是刈陵县公安局的，他的事情想必你也知道，请你配合。"

　　"妈呀，莫非这孩子，犯了什么法不成？"焦老板一惊，失声呼道。

　　一听是公安局的，焦老板急忙走出柜台，腰一弯，头一点，笑着说："哟，原来是警察同志，失敬，失敬了，快请坐，先喝口茶有话慢慢说。"

　　葛俊中摆摆手说："不用麻烦了，我们不渴。孙子貌犯没犯法目前尚不能定论，但我们需要了解一些情况。"

　　"什么情况？虽然我们之间有这层亲戚关系，但因相距较远，一般也不怎么来往。"焦老板又拿出一包烟，抽出两支递过去。

　　"对不起，不会抽烟，谢谢。"葛俊中轻轻摆了摆手。

　　面对有些尴尬的焦老板，葛俊中突然又问道："他应该在你这里吧？"

　　焦老板一怔，忙摇手说："哎哟，真不巧，人是来过，可今早上又走了。"

　　"去了那里？"

　　"哎呀，这个我不知道，他没有说，我也没问。不好意思，你看我这个人，就是太粗心。"

　　"这么巧？"

　　"嗯，可不是。"

　　葛俊中知道他继续在撒谎，但又不便当面点破，略一停顿，葛俊中郑重地告诉他说："我们相信焦老板没有撒谎，希望你能和孙子貌联系一下，看他去了哪里？"

"这，哎呀，他新换了号，没法联系啊。"

"焦老板。"葛俊中表情一收，一束凌厉的目光直射在焦爱得的脸上："请你配合！"

焦老板激灵灵打了个寒战，脑门微微见汗："好，好，我问一下我女儿，看她知不知道。"焦老板拿起话机，拨通了他家里的座机："闺女，店里有几个刈陵县的公安同志找你表哥，你知道他去那里了吗？噢，不知道啊，那你知道他新换的手机号吗？不知道啊。你——"

"啪"，葛俊中一按话机，中断了焦老板的通话，对马如斌说："小马，你在这里陪着焦老板，如燕，咱们走。"

"这，这是，你们，你们这是干什么呀。"

"回去，坐下。"

焦老板说着就要起身跟去，马如斌如山般的魁伟身躯一档，将他拦下。焦老板跌坐在那里，掏出手绢使劲地擦着头上冒出的冷汗。

葛俊中、单如燕疾步走出小店，钻进等待在门外的焦山警方的警车里："张队我们走，快，到焦爱得的住宅。别拉警笛，以免打草惊蛇。"

焦爱得的住处在焦山梅园小区。

这是一个规模相当大的居民小区，拥有十多套二十层以上的高层住宅楼。

远远望去，云雾缭绕之中，一座座红黄绿相兼、错落有致的漂亮高楼耸立在焦山县城北面一片宽阔的高地上。车到小区大门口停下，葛俊中吩咐："如燕，你留在车里，我和张队进去。"

"好的。"

正在这时，一辆黑色东风本田轿车以每小时八十公里的速度冲出小区大门向西飞驰而去，坐在车里的单如燕突然拉开车门大声喊道："葛队，快，孙子貌就在刚才出去的那辆车上。"

葛俊中和焦山县公安局的张副大队长一听，急忙上车："快，追上刚才那辆黑色本田车。张队，请通知沿途卡点，凡是路过各卡口的黑色本田轿车，一律扣下检查。"

然而设卡检查没有结果，这只狡猾的小狐狸再次逃出法网。

"张队，你们继续监视焦爱得，并尽可能找到孙子貌。不好意思，给你们

158

添麻烦了。"

张亮副大队长说:"哪里话,应该的,我们一定尽力而为,放心吧葛队,一有情况我马上通知你们。"

他们无功而返,孙子貌这一逃,想找到他就有点难了。

在返回途中,葛俊中说:"马队,告诉张华,让他想办法联系上杜泰,告诉杜泰孙子貌在焦山,让他别在凌云瞎撞了。"

"好的。"

不一会,张华来电说:"没联系上杜泰,关机了。"

"这个杜泰,瞎闹。"葛俊中一脸的不高兴。

第三十八章　算命先生

杜泰还在大房间门前的台阶上纳凉。

这位小老乡在厕所一拉好长时间，杜泰久等未见人出来，心想这人大概是吃坏了肚子。

然，这位小老乡并非真的拉肚子，他钻进厕所后，立即掏出手机拨通了一个号："喂？大哥，我是小九，现在可以确认，杜泰是为老二的事而来，老二会不会到凌云来？"

电话那头传来低沉的男中音："小九，你和十一想办法拖住杜泰，不能让他搅了我们的局，我已经安排老六去凌云配合你们行动，明早就能到达，你们一定要做得天衣无缝，绝对不能引起杜泰怀疑，这人不好对付，实在不行的话，就让老六把他给做了，听清楚了吗？"

"大哥，小九明白。"

"老二一定会去凌云，如果老二到了凌云，他只能去找黎义芳，通知老六和十一做好准备。"

"好的，明白。"

杜泰觉得有些无聊，干脆又起身挪到大门口坐下，望着大街上闪烁变幻的霓虹灯、匆匆忙忙奔走的人群和来往穿梭的滚滚车流出神。

突然，杜泰眼前一亮，立即来了精神，不远处一个灰黄的路灯下，几个人围着一个算命先生听他瞎侃，其中一个年轻人还掏出一张十元面值的人民币塞给那算命先生。杜泰摇摇头，苦笑一声说："这世上当真还有花钱买当上的傻子。"

"老乡，要不，咱也过去算上一卦？"

也许是杜泰太过于关注那个算卦先生了，竟不知这个小老乡何时已经从厕所回来，悄然站到他的背后。杜泰吃了一惊，心想杜泰啊杜泰，亏你还是个练武之人，如果这人对你不利，即使是个有九条命的老猫，这回也给报销了。他对那个算命的瞎侃并没多少兴趣，所以随口答道："算什么卦？想算，还不如听我侃两句。"

年轻人一听似乎有点意外，但仍然有想算一卦的意思："老哥，你说这算卦灵不灵？

"灵不灵因人而异。"杜泰笑了笑回答说："俗话说迷信迷信，不迷不信，迷了就信，信了更迷，你的命运，实际上就操在算命先生的手中，他让你吉你就吉，他让你凶你就凶，就看你愿吃哪一头。"

杜泰痴迷阴阳学不假，但他只相信"道法自然"那种哲理，并不相信命相学那种没有科学依据的推理，因为命相学太玄乎，过于公式化，也就是像公式一样将人往里套，算命先生的话更是模棱两可，说方它就方，说圆它就圆，颠来倒去怎么都能说，确有些欺骗人的因素在里面。如果再碰上个只懂些皮毛专门靠这个骗人混饭吃的低水平的算卦先生，更是害人匪浅。说白了，算命就是周瑜打黄盖——一个愿打，一个愿挨。

他不愿去凑那种热闹，正是基于这种认识。

"按老哥的说法，这算卦是不怎么准了？"年轻人有些失望。

"也可以这么说。"杜泰在黑暗中并没有察觉年轻人的感受："不过心诚则灵。这玩意儿，说它准它就准，不准也准，说它不准它就不准，准也不准。如果你过分迷信它，它就准。哈哈。"

"哥，我怎么越听越迷糊？"年轻人挠挠头发，显得有些茫然。

"小老乡，有烟吗？给咱一支。"

杜泰一般是很少抽烟的，除非心情激动的时候偶尔抽一半支，年轻人问话，正好问到了杜泰的点上，大脑逐渐兴奋起来。俗话说三句不离本行，唱戏的一听锣鼓响嗓就发痒，杜泰的话匣子一打开，一时三刻收拾不了。

"咳，咳咳，哎哟，好家伙。"他接过年轻人递过来的烟点上，猛吸了一口，呛得摸着胸脯咳了老半天，等缓过气来，才又继续说道："严格来讲，看面相还有几分可信度，克八字算卦就没有多少科学道理了。"

杜泰又轻轻吸了一口，细细吐出一丝烟雾，接着说："但作为命相学的理论基础，阴阳学说则是古代道家的一种自然科学，它反映出中华民族五千年的古老文明。远在远古伏羲时代，古人就已经知道去观察自然，感悟天理，研究大自然的发展变化规律。阴阳学说揭示了人与自然的关系，一个人就是一个小宇宙，人体包含的一切都与大自然相吻合。不是吗？你看，天有五行，人有五脏；天有四季，人有四肢；天有北斗七星，人有五官七窍；天有无限星辰，人有无数毛发；天有风雨雷电，人有喜怒哀乐。也就是说，人体是天体的一个组成部分，大自然的变化直接影响到人类生存和社会发展。大地干燥了要下雨滋润，保持水分的平衡，人口渴了要喝水，否则会被渴死；庄稼要上肥料才能生长，人要一日三餐才能维持生命；人病了要治病，治疗人体疾病的药物都来自大自然，自然环境受到了破坏就要赶快修复，否则人就会患病；天黑了是大自然要睡觉，人作为大自然的一个组成部分，不睡觉就很难受的。日升而出，日落而息，这就是人们常说得'道法自然'。因此，人类必须与天体也即大自然始终保持平衡才能和谐共存，相得益彰。为了能够与大自然保持一致，人类始终在不断地观察自然，认识自然，按照自然规律不断去地改造自然，主动适应大自然的变化，优化人类生存条件，绝不能做任何违背自然规律的事，这就是国家一直强调要保持生态平衡，不能破坏生态环境的道理。兄弟，你说是吗？"

杜泰的一番高论，听得年轻人入了迷，又掏出一支烟递了过去。杜泰连忙摆手谢绝说："不能抽了，自然大环境不能污染，咱这身体小环境也不能污染了。哈哈。"

年轻人一拉杜泰的手说："老乡哥，走，过去跟那位算卦先生比拼一下，看你俩谁的本事高？走吧。"

杜泰原本是不想过去的，但转念一想，过去听听这算卦先生瞎侃也好，随便点破他一下，让他知难而退别再骗人，未尝不是一件善事，于是就答应了。

"你俩想问什么，前程，还是婚姻？"见这俩人走过来，算卦先生欠身问道。

不知算卦先生卜技如何，单看他这一副面容，实在让人不敢恭维：四十多岁，身材矮胖，皮肤松弛干燥，狮子鼻，水泡眼，脸部上小下大，模样活像个大黄梨，两撇小胡子呈八字形，嘴阔唇厚，牙齿外龅，要多难看有多难看。

"先生，你给我这位哥算一卦，怎样？"年轻人抢先答道。

杜泰什么也没有说，只有微微一笑。

算卦先生连生辰八字都没问，装模作样地在杜泰的脸上端详了一阵，突然怪叫了一声："哎呀，这位先生，你印堂发黑，眉角带刹，近日恐有血光之灾。不但有血光之灾，而且家宅不宁，怕生变故。"

胡说八道，想糊弄我杜泰？你找错对象了。杜泰心里这么想，但在脸上却没有表露出来，故作惊讶地问道："那么，先生，可有化解之计？"

算卦先生眯缝着眼故作神秘地摇摇头，说："这位大哥，天机不可泄漏。"

"何为天机？先生能进一步说明吗？"杜泰仍是面带微笑。

"这，嗨，说了你也不懂。"算命先生仍是摇了摇头。

"是你不懂，还是我不懂？"杜泰冷笑一声说："老兄，积点德吧，别人挣点钱也不容易。"

说罢，转身走了。算卦的急忙喊道："这位大哥，还没给算卦钱。"

"还想要算卦钱？没挑了你的卦摊就算便宜了。"

杜泰哈哈大笑一声，倒背了手扬长而去。

"小子，你找死。"算命先生面色一寒，双眼里陡地射出两道凶光。

年轻人赶紧向算命先生眨了几下眼，意思是说，老兄，忍忍吧。走了几步，回头一笑，向算命先生竖起两根手指成 V 字形。

年轻人追上杜泰问道："我说大哥，怎么样，他说得可有道理？"

"有个屁。"杜泰脸上略显愠色，歪着头看了年轻人一眼说："一派胡言，鬼才信。"

"是啊。"年轻人随声附和说："我也不信。不过，江湖术士的话，未必全是空穴来风，我们宁可信其有，不可信其无，还是提防着点好。"

"小老乡，你怎么能信他说的？哄人的鬼话而已。"

年轻人点点头，在心里说：好，不信就好，就怕你信。猛然想起，认识都两个多钟头了，还没介绍自己是谁。于是对杜泰说："大哥，我叫吕一蓝。你能告诉我你的名字吗？便于日后联系。"吕一蓝还告诉了杜泰自己的电话号码："这是我的号，你电话是多少？我记一下。"

"噢，对了，不说我倒忘了。我叫杜泰，黎家庄的。回去后到我家玩，我好好招待你。"杜泰说着，将电话号码告诉给对方。

第三十九章　误入魔窟

自称吕一蓝的年轻人脸上浮起一丝不易察觉的笑容："好的。谢杜哥，早点休息吧，明天还要赶路。"

杜泰看了看手表："哟，还真是，快零点了。"

说话的当儿，睡意袭上头来，杜泰连打了几个哈欠："哈，呵，困了，睡吧，明早见。"

尽管大房间气味不佳，咬牙声、呼噜声、梦话声、放屁声、怪叫声还是那么此起彼伏不绝于耳，但坐了一整天的车已是很困乏了的杜泰，倒下没多久便进入了梦乡。

翌日，杜泰不到五点就起了床。他起得早，吕一蓝更早，已经在餐厅坐着喝茶了。

"小老乡早。"看到吕一蓝，杜泰笑着打招呼。

"杜哥早。"吕一蓝站起身来说："来吧哥，你坐在这看着行李，我去买饭。"

杜泰也没再客气，点了点头暗忖道：行，这个小老乡人还不错，可交。

两人边吃边聊。吕一蓝问道："杜哥，你打算怎么去找人？凌云这么大。"

"黎义芳十年前来凌云寻亲一去不返，我记得义芳临走时给我说过，养父是从凌云市的真吾孤儿院抱养的他，老家应该在一个叫什么佛，对，佛崖底村。既然没再回到黎家庄，说明义芳应该还在佛崖底村。"

"行，佛崖底村我熟悉，那里还有我一个朋友，这就好办多了。"吕一蓝点点头，低下头喝了口汤，忽然扬起头来又问："你说的这个黎义芳多大年纪，长得什么模样？"

杜泰一怔，似乎觉得吕一蓝的问话太多了。出门时，黎之元老人再三交代："你出门不多，经验欠缺，江湖险恶，人心隔肚皮，时时刻刻要提高警惕，做事多留个心眼，见人只说三分话，切莫全抛一片心，别着了江湖骗子的道

164

儿。"我和吕一蓝素不相识，才认识不到十个小时，对他的情况一点都不了解，不能不提防着点。但转念一想，就算不了解，可毕竟是一个县的老乡，他能有何居心？也许是自己多心了，再说了，他即使有什么企图，要想计算我老杜，恐怕也不那么容易，就他那干瘦模样，我不用出手，只需用肩膀轻轻一抗，也能把他顶出三米远以外。

这样想开来，杜泰也就觉得没有什么可担心的了。于是答道："比我大五六岁，应该有三十三四岁了。椭圆脸，大眼，双重眼皮，性格外向，言语幽默，身高比我稍矮一点，一米七五左右。但他离家出走十几年了，一定变化不小，见了面能不能认出来就不好说了。"

"那倒是，哈哈，那倒是。"吕一蓝应答了一句，又低下头去喝汤，没再多问。

"那你到凌云做什么？"杜泰问吕一蓝。

"噢，我在凌云市真吾县一家民企里打工，有五年多了，这是一家台商，生产音响制品，我搞装配。回家探亲刚来，这就赶回公司。"

吕一蓝一口气吃掉四根油条，又喝了几口汤，然后拿出小手绢擦了擦嘴，继续说道："所以我对凌云及周边地区比较熟悉。对啦，你说得佛崖底正好是我打工所在县的一个镇，我有一个真吾籍工友，铁哥们，关系相当好，前年辞掉工作回老家农村开办了一家小饭店，我曾经去他家玩，离凌云市大约五十多公里路，不远。嗯，你看这样好不好？我的假期还剩三天，我陪你走一趟，让我那个哥们帮一把，怎么样？"

"真的？如果是这样，那我就省事多了。行，谢兄弟了。"

杜泰在人生地不熟的凌云找人，本来就有点大海捞针的感觉，听说吕一蓝能找人帮忙，觉得还不错，省事多了，就答应下了。

"四海之内皆兄弟，都是老乡，别客气，走吧。"

在转身拿行李的瞬间，吕一蓝的脸上忽地浮起一丝古怪的笑容，一现即逝。

平原的边缘是山区。

约行百余里，车头一扬，客车开始奋力爬坡，马达声较前高亢了许多。杜泰透过车窗向外望去，就见眼前群山起伏，连绵不断，峰峦叠翠，山路弯曲。越往上爬，坡度越高，汽车无法提速，只能像蜗牛一样慢慢爬行。晋南的水土确实比晋东润湿的多，山上的植被特别好，松柏苍劲，灌木茂盛，藤萝网织，置身其间，空气特别新鲜，通体舒泰。

大客车趴过山岭后又开始绕着急弯下坡，一直下到一个面积辽阔的平原上，车身陡地一轻，速度逐渐快了起来。

一路上，杜泰满脑子里净是黎义芳的影子。

义芳原本是个孝子，可惜他的命运乖舛，十三年前义父义母相继病故，次年媳妇也离了婚，女儿判给了女方。从此，他第二次成为没人管没人疼的孤儿，打了几年的光棍。在村里，除了子貌、杜泰等少数人经常和他交往，喝喝酒、聊聊天、打打扑克之外，村人大部分看不起他，久而久之，他觉得在黎家庄村生活已经没有多大意思，于是萌生了回老家寻亲的念头。当然，那些本家们怕他回凌云后既不再姓黎，又独吞了黎家的财产，故而全部持反对态度，极力阻挠，义芳无奈，采取了割腕自残的偏激方式，方才顶住了来自所谓本家们的压力。黎义芳将住宅托付给一个本家照看，取出全部银行存款，只身一人回凌云老家寻亲，一去快十年了音讯全无，人们以为这个人可能早就死在外头了。突然有一天，义芳给杜泰、孙子貌分别捎来一封信，说他在凌云老家找到一个家，认了个义父，义父对他很好，有人关照，还给他娶了媳妇，在凌云过得很好，就暂时不回黎家庄了，让杜泰告诉黎家庄的本家们，说他不管走到那里，永远是黎家庄的后人，总有一天，他会带着老婆孩子，再次回到黎家庄的。杜泰这次临行前，还专门翻找出那封已经发黄了的信纸装在身上。

一路上，吕一蓝一直靠在座背上呼呼大睡，那样子好似昨晚整夜没合眼。杜泰唯恐坐车坐过了头，每隔一会儿就推他一下，喊他一声："喂，兄弟，到了没有？"

"快了，快了。"吕一蓝连眼皮都没睁，有气无力地说："没事老哥，到时我叫你。"

杜泰哑然一笑：你叫我？连走到哪里了你都不理会，你还叫我？

车子又行驶约半个多小时，路过一个较大的村子，好像是个集镇。吕一蓝猛地一睁眼，向车窗外望了望，急忙说道："老哥到了，下车。"

下得车来，杜泰看着这个大村子问："这是啥地方？"

"我工友哥们的老家，我给你说过的。"

杜泰说："我是说这个村子叫什么？"

"佛崖底村啊，你看前边那块牌子上，不是写着佛崖底三个字吗？"

"佛崖底村？"杜泰瞪大了眼睛，"这么说，咱到了？"

"对，到了杜哥。"

杜泰跟着吕一蓝进了村，左拐右拐走了半天，才在一家门前停下，吕一蓝哈哈一笑说："好，到了，可以交差了。"

"你说什么？"杜泰听他这么说话，甚觉别扭。

"没什么，"吕一蓝赶忙解释，"我是说，把你领到了目的地。"

吕一蓝放下手中的行李，上前轻轻敲了敲门，敲门声颇有节奏，三长两短。脸上，倏忽闪过一丝诡异的笑容。

门被徐徐打开。

杜泰无意中扫了一眼大门上的门牌号：前街何家巷六十九号。

一见开门的人，杜泰着实吃了一惊："是你？"

谁？昨晚在凌云街头见过的那个算卦的，这个人脸上的特征十分明显，看一眼就能给人留下很深印象，就是他，没错。只见算命先生阴恻恻地一笑说："兄弟，你来了？请。"

杜泰瞧了一眼吕一蓝，满脸疑惑："小老乡，这位是？"

"哟，忘记介绍一下了，杜哥，这位就是我说得工友，叫何山，这是他家。咱先在何老兄这里休息一会，然后找地方吃点饭，具体商讨一下怎么去找你那个老乡。"

"这位不是昨天晚上那位，那位算命先生？原来，你们认识啊。"杜泰疑心顿起。

何山似乎有点不明白，面部略显尴尬，遂问吕一蓝："兄弟，什么算命先生？这位朋友认错人了吧？"

吕一蓝哈哈一笑说："杜哥，你认错人了，何山就是个开小饭馆的捎带养猪，算命？他会个屁。要说养猪，他倒是一把好手。"

杜泰摸了摸后脑勺说："不对吧？我杜泰虽不敢说过目不忘，可也不至于连个人也记不住吧，这位何兄应该就是昨晚那个算命的。难道是我记错了？"

何山也哈哈大笑说："杜泰兄真风趣，我真的不是算命先生，昨晚我一直在家，也没去什么凌云，老兄真的认错人了。"

　　既然吕一蓝与何山都说是认错人了，或许真的认错了吧？杜泰不好意思地笑了笑说："太像了，你们长得怎就一模一样？"

　　吕一蓝、何山对望了一眼，脸上略显诧异之色。吕一蓝也笑了笑说："天下相似的人太多了，不怪杜哥走眼。来，咱进屋。"

　　说着，帮着杜泰把行李拿了。

　　何山把屋门拉开说："杜兄，请。"

第四十章　后院失火

杜泰这边正在忙活，不想后院竟然失"火"。

放"火"的不是别人，正是杜泰的好朋友张浩石，他是杜泰的高中同学，比杜泰小半岁，与杜泰交往甚密。

这后生长得不是太高，一米七二左右，但身躯很结实，四肢发达，拳头握起来像个大铁锤。脸形颇男人化，大方脸，狮子鼻，浓眉毛，老鹰眼，阔口厚唇，牙齿倒还整齐，但颜色发黄，所以他一般说话不露齿，生怕别人笑话。张浩石也算是个有点学问的人，喜欢研究哲学，他经常和杜泰一起研讨学术问题，交流心得，是杜泰家里的座上常客。此君原来是个小学教师，虽然教学成绩平平，但天生脑子好使，善于溜须拍马见风使舵，加上写得一手好钢笔字，被皇侯岭镇党委书记看中，给县委组织部写了个申请，调他到镇里做了秘书。

见证张浩石放"火"的是杨锦慧。

杨锦慧是杜泰老婆武艳芳的闺蜜，比艳芳小三岁，年方二十有五，俩人情同姐妹，关系密切，来往频繁。这女孩非一般女子，而是一位有德有才的奇女子。

杨锦慧模样相当不错，长得眉清目秀，清纯可人，双眼皮，大眼睛，小俏鼻不大不小正合适，小嘴唇不描口红照样红得诱人，两排贝壳般的素齿光亮耀目。皮肤不是太白稍显点黑，脸形不是一般的好看是特别的好看，美如天仙，真是让人看一眼就永远忘不掉。身材自不必说，极有磁性，高挑修长，肥瘦得当，凹凸分明，一头黑发似瀑，清雅脱俗，十分惹人眼球。这仅是其次，这个女孩子最大的迷人之处是爱好文学创作，尤以诗歌、散文见长，常在报刊、网站上发表作品，在刈陵县文化界小有其名，经常参加县文联、县文化局、县委宣传部、县旅游局等单位举办的文化创作活动，被圈里人称作"从田间走出来的女作家"。只不过，杨锦慧不妖不冶，简衣淡妆，虽打扮简朴，却难以掩饰她那天生丽质，像一块被顽石包裹的璞玉，光华内敛，只有心意相通的知音者，才能透视到她内在的美。

临行前，杜泰交代好友张浩石说："我这一走需要好长时间，家里的事就由兄弟你多费心了。"

"没问题，包在我身上了，你尽管放心。"

张浩石拍着胸脯向天发了毒誓："如果浩石伺候不周嫂子，少半两肉，甘受天打五雷劈。"

杜泰紧紧握住张浩石的手，感激地说："谢谢兄弟了。"

"你别客气，咱兄弟之间，谁跟谁呀？"

之后，杜泰又专程跑到杨锦慧家里，给她交代了任务："锦慧，我走之后，你有空多到我家陪陪艳芳，要不她会寂寞的。"

"没问题姐夫，我会的。"

杜泰相信杨锦慧，因为他相信她的人品，特别是欣赏杨锦慧的才华，在心目中他早就把她当作自己的妹妹，把艳芳托付给她杜泰放心。

说起武艳芳，杜泰感到十分骄傲，逢人便说："上辈子老杜积德了，今生娶了个好媳妇。"

三年前，杜泰从邻村娶回这个漂亮老婆武艳芳。不尽人意的是，三年了，尽管杜泰很努力，但自今没有种下一瓜半枣，不知是地不肥，还是种子有问题。

武艳芳长得美如其名，肤色白净，身材丰满，容貌俊秀，眉目姣好，颇有几分姿色，尤其是男人最为欣赏的高胸圆臀，不知吸引了多少色鬼的目光。这么好的可人儿实在无可挑剔，美中不足的是，她作风上有点问题，多少有那么点轻浮，社会上或多或少有些关于她的风流韵事传闻。杜泰不相信，毕竟是人传，不可信，即使真有其事，也没多大关系，只要和咱好好过日子，以往的一切，绝对不去纠缠。

杜泰，一贯就是这么一个大度能容的真君子。

张浩石早就暗中垂涎武艳芳的美色，每每见到嫂子，总有那么一点点莫名其妙的冲动，总会生出一点非分之想，只是碍于朋友的面子，只敢暗恋，不敢明着下手。他知道，他那拳头虽大，但在杜泰的武功面前根本不堪一击。敢打杜泰老婆的坏主意，无疑找死。然而此君贪念武艳芳美色竟成心病，整日心神恍惚，茶不思，饭不进，坐卧不宁，每天晚上睡前想半天美人，绞尽脑汁思谋着如何才能将美人捞到手，一圆心中之梦。

张浩石乃猎色高手，在镇里数十村庄，少说也有七八个情妇。但时间长了，渐渐没了感觉。他知道武艳芳有杜泰罩着，可以说不可撼动，然而越是难求的东西，张浩石越感兴趣，为了获得绝色美人，他曾经跪倒在一位神秘武功高手脚下，恳求收他为徒，经过神秘武功高手打造，天性聪慧的张浩石进步神速，三年即成，功夫虽不及杜泰，但在刈陵县武术界，也算得上二流高手。他深懂，真正与杜泰引起正面冲突，他远非敌手，必败无疑。所以多年来，他主动接近杜泰，研讨学术是假，伺机讨好美人才是真正的目的，只是他异常狡诈，做得毫无破绽，善良、忠厚、老实的杜泰不但没有任何怀疑，反而把他视为挚友，临行前将竟美妻托付给他，实在是件糟糕透顶的事。

杜泰乃诚实之人，他丝毫都没怀疑过张浩石，这回把武艳芳交给张浩石，岂不是将一块肥肉送到老虎嘴里？

这回好了，杜泰出了远门，眼瞅一时半会回不来，张浩石心花怒放，暗道天助我也，时机来了，我老张要交桃花运了。

张浩石揣摩着，他两三年了没有生下一男半女，不一定是生理上的问题，多半是感情上不怎么和谐，表面上不显不露，实际上，哼，可能连房都没圆过。要不，像现在的年轻人，吃得好，营养高，身体棒，只要是实实在在一个被窝亲热一次，保险怀胎受孕，弹无虚发，百发百中。

这天闲来无事，张浩石心想，何不到杜泰家里走一趟，看看嫂子有无啥事需要帮忙，有就帮帮，没有的话，没有的话，嘻嘻，逗逗嫂子取取乐也好，说不定，还能讨点小小便宜。

"嫂子，我来了。"

推开虚掩着的门，走到当院，张浩石便喊叫起来。

"哟，大兄弟，快进来坐。"武艳芳一掀门帘，露出半张笑脸。

"嫂子，有事需要帮忙没？"

"没有，有的话，一定告诉兄弟，咯咯咯咯。"

武艳芳红唇一启，呼出一口岚气，蹦出一串清脆的笑。

进得屋内，张浩石一怔，见屋里坐着一个人，谁？杨锦慧。张浩石心里一凉，暗道一声：完了，好事休矣。尽管心里不大高兴，但仍强装笑脸，呵呵笑道："哟，锦慧姑娘也在？"

杨锦慧看了他一眼，只是轻轻一笑，别过头去，打量着墙上的大闹钟，没回答他的话。他对这个张浩石一直没有好感，尤其是那双色眯眯的眼睛，看了就让她心烦想呕。姑娘不但心善，脾气也直，见不惯像张浩石这样的浪当公子哥。

姑娘冰雪聪明。三年来，在艳芳家多次碰到过此君，每次见到他，发现他那双色眼，总是在艳芳身上扫描，知道这东西不是个好鸟。姑娘心思缜密，知道他来到艳芳家，绝非单单为帮忙而来，必定心怀鬼胎，有所图谋，她不能不防。姑娘眼珠滴溜溜一转，计上心来，故意高声叫道："芳姐，我今晌午就不走了，做好饭啊，蒜薹炉面，怎样？"

"行，好的，我给你做，一定管你吃个够。"

张浩石脸上微带笑容，但心里恨死杨锦慧了，在肚子里狠狠骂道：你个死闺女，打什么主意，你以为我不知道？真晦气，怎就碰上你这个小妖精儿。我呸！

待了一会儿，知道今日好事不成了，只得起身告辞："嫂子，没什么事我就先走了，镇里还有点公务需要处理一下，有事跟我说一声，我立马就来。"

"行，好的。多谢兄弟了。"

杨锦慧故意说道："你就不用操那么多闲心了，这里有我呢。"

张浩石听了哭笑不得，心里骂道：呸，你个死丫头片子！

武艳芳说："那我送送兄弟。"

走到门外，武艳芳笑着小声说道："兄弟，大后天来帮我收收麦子好吗？"

说着，武艳芳抬起白嫩的小手轻轻拍了拍张浩石的肩头，脸上飞起一丝浅浅的红云。说完，便扭身回去了，莲步移处，带起一片香风。张浩石惊呆了，似乎置身梦中，被艳芳小手拍过的地方，顿觉咝咝地发起麻来。

这一丝麻麻的感觉，从肩头一直向下游走，从肩头，一直游走到脚心，晕乎乎的，仿佛喝下三两小酒。

第四十一章　山城魅影

夜幕下的山城刈陵，各类横向悬挂在大街上的花灯，高竖在楼顶的霓虹灯和上下游走闪烁变幻的轮廓灯早日熄灭，只有一些灰黄的路灯尚在闪射着微弱的光。

路上的行人渐渐稀少，偶尔见一两个东倒西歪、酒气熏天的醉鬼有气无力地号叫着路过。几辆出租车静静地停在十字路口等客，的哥斜靠在座椅上，双脚放在方向盘上打着响亮的呼噜声。

都快午夜了，山城歌舞厅里仍然喧闹不止，疯狂的舞迷们伴着震耳欲聋的 DJ 劲曲，在灯红酒绿中尽情潇洒消磨人生。

舞厅一角。

一个三十多岁，中等个，大方脸，狮子鼻，浓眉毛，老鹰眼，阔口厚唇，牙齿泛黄，身穿蓝色方格 T 恤衫的彪形大汉，一边喝着咖啡，一边用一双色眯眯的眼睛，贪婪地注视着舞台上那位奇装异服、袒胸露背、边唱边扭的漂亮女歌手。似乎，他喝下去的不是什么咖啡，而是一杯足可解馋的秀色。

"张哥好兴致，怎不跳一圈儿？"

一个面色青灰，三角眼，尖下巴，身材瘦长的年轻人悄然坐在他的对面。

"瘦猴，找我有事？"壮汉脸都没扭，注意力仍在那个漂亮歌手身上，似乎他对眼前的这位被称作瘦猴的人不屑一顾。

"大哥有事。"瘦猴向服务员招了招手，叫来一杯咖啡。

壮汉脸色立寒，冷得像一块冰："又有什么事！"

瘦猴凑近壮汉的耳朵，低声说了几句话。壮汉面色大变，吃惊地抬起头来，鼻翼剧烈地张合着，状似特别激动："你说什么？龟孙！"

瘦猴手一抖，洒出一蓬咖啡，神情稍定后，尖声怪气地吼道："你和我发什么火？我只不过是一个传令兵而已，有意见你找大哥啊。"

173

"你少拿大哥压我，我他妈不吃这一套。你可知道，她是我我朋友的老婆。"

壮汉语气虽硬，但当瘦猴抬出大哥时，气势明显比刚才减弱了许多。

瘦猴嘻嘻一笑："哥，朋友的老婆，怕不久的将来，会变成自己的老婆吧？"

"你他妈找死！"壮汉铁锤般的拳头在瘦猴面前一晃："龟孙，再胡说，我一拳打烂你的脑袋信不信？"

"张哥，我怕。"瘦猴又嘻嘻一笑说："看把你急的。大哥说了，控制这个女人，是扰乱杜泰心机的关键一步，不能让杜泰搅和了咱们的好事。当然了，如果你能把她动员过来，为咱服务，她不但能活，还能满足你心里的那个意愿，因为，杜泰不会回来了，说不定，此刻已经成为老六、小九和十一的刀下之鬼。哈哈。"

"慢些，慢些说，瘦猴，这怎么回事？"

"张哥，杜泰在晋南凌云，已经落到我们的手里。这小子不死也成了废人。哈，哈哈。"

瘦猴轻笑了一阵，又把嘴唇凑近壮汉耳朵，咕咕哝哝说了一大堆的话。只见壮汉的脸色由阴转晴，由愠变喜："你说得可是真的？"

瘦猴一屁股坐下来，慢悠悠地说道："张哥，小弟什么时候说过假话？大哥还交代了一项任务。"

"你个龟孙！"壮汉眉毛一拧，怒颜立现："你还有完没完？"

"你看你这个人，跟我吼吼算什么？有本事找大哥去啊。真是的。像我欠了你一百两银子似的，真是的。"

"又干吗？"

"附耳过来。"

瘦猴又咬着壮汉的耳朵说了一摊话，就见壮汉脸色迅疾变得铁青："妈的，老子可只有一条命，你告诉大哥，说我浩石恕难从命。这件事，我干不了。"

"怕不行吧？老五。"瘦猴脸色一变，一改懦弱神态，向后一仰，斜靠在沙发上，呵呵笑道："老兄，你可千万别忘了，黎侯古墓地被杀死的野兽派那五个人中，有一条命可是你的杰作，你的命运操纵在大哥手里。难道你忘了紫薇帮的帮规？大哥是个什么样的人物，想必你比我更清楚。你也不要忘了，我，可是总坛使者。不过你放心，咱俩是铁哥们，你所说的话，我不会向任何人透露只言片语，你大可放心，如果不相信，你可亲自到龙洞总坛一趟。"

"他奶奶的，啥时间办？"

"现在。"

"现，现在？"壮汉吃惊地问。

"对，现在，迟之恐有变故。"

"怎么干？"

瘦猴抬头看了看仍在狂歌乱舞的青年男女，低声说道："这里说话不方便，咱们到城北关帝庙去。"

这个壮汉就是张浩石，没想到，张浩石除了镇秘书之外，还有这么一个秘密身份。

听瘦猴这么说，张浩石立马像只泄了气的皮球，身子一软，跌坐在沙发上。他怎么会不知道大哥的手段？他对大哥实在是太了解了，性格畸形，阴阳怪气，心狠手辣，十分阴毒，和他打交道，得万分小心。在大哥身边，他常有伴君如伴虎的感觉，稍有差错，就会受到无情的处罚，轻者断指，重者丧命。在大哥的手里，迄今为止，至少已有三条命案，公安至今尚未查出凶手。他是绝对不敢违抗大哥指令的，尽管背地里发点牢骚，当面必须俯首帖耳，言听计从，他知道，就他那点本事，远远不够资格与大哥抗衡，轻举妄动，只会自取其辱，自取灭亡。所以即使这项任务具有极大风险，他也必须无条件执行，否则，结局还不如被公安逮捕入狱，落到大哥手里下场更惨。

当然，想摆脱大哥的控制，只有一条路，那就是到公安局投案自首，不过就目前情况而言，住在看守所也未必有生命保障，在公安局内部有一条看不见的黑线，也不怎么安全。

想到这里他害怕了，心跳得厉害。掏出一支烟点着，狂吸几口，吐出一团浓雾，沉默了十几分钟后，张浩石长叹一口气说："唉，兄弟，什么都不用说了，走吧。"

瘦猴站起身来说："我先走。"

"来人，结账。"

张浩石拿出一张百元大钞啪地摔在服务员手里："不用找了。"

漳河岸边，鹰嘴崖，红石滩。

近日刚下过一场大雨，河水陡涨，湍急的河水咆哮而下，巨浪拍岸，震耳欲聋。山上松涛阵阵，如千军万马，声如雷鸣。间或有几声野狼嗥叫，如泣如诉，令人毛骨悚然。山下的望儿岭村里，所有的人家全都熄灯睡去，整个村庄漆黑一团，唯有村东头靠近漳河的一所小院的主人还没有休息，窗户上透出一丝惨白的灯光。

这时，只听一声轻响，两条黑影从墙头上跳进院子里。这两条黑影一个是张浩石，另一个，自然是瘦猴了。

宋倩兰藏身在柳仙儿家里已经四五天了，也没见黎涛来接他回去。她有点害怕，想想当初黎涛的怪异举动，她预料一定是出了什么问题，这个时候她倒担心起黎涛来了：唉，这到底是怎么啦？兄弟，你不会有什么事吧？你千万不敢出什么事，你出了事，让我怎么办？

柳仙儿看出宋倩兰的心思，便安慰她说："姐，你不用担心，黎涛不会有事的，他也许是忙吧，等忙完了，会来接你的，你就安心在我这里住几天。"

然而，天有不测风云。就在此前半小时，柳仙儿忽然接到黎涛的电话："姐，快，带上宋倩兰赶紧走，连夜走，到遥上村西的大槐树下等我。现在就动身，不用带行李，我这边什么都有。"

听黎涛说话，急促中带几分恐慌，柳仙儿觉得事态非常严重，马上招呼宋倩兰："兰姐，走，快走。"

"怎么啦？"宋倩兰惊问道。

"不用问，快走就是了。"

俩人简单收拾了一下，拉熄灯刚走到当院，就见微弱的星光下，站着两尊木头似的黑影，黑影厉声喝道："柳仙儿，你好大胆，想往哪里走？乖乖地回屋里去！"

两人同时抽出匕首，慢慢地逼近宋倩兰和柳仙儿。

"妈呀！"宋倩兰恐惧地大叫一声，吓得差点晕过去。就在这千钧一发之际，一条黑影倏忽一闪，飞快地蹿到张浩石、瘦猴的背后，双手两根短木棍齐扬，猛地击向两人的脑袋。

还没来得及回头，张浩石、瘦猴就觉得脑袋上一疼，眼前一黑，咕咚一声先后栽倒在地，不省人事了。

黑影急促地说："快走，把你俩安顿了，我还得去救武艳芳。"

"涛弟，艳芳出事啦？"宋倩兰惊问道。

宋倩兰怎么也想不通，武艳芳怎么会有危险？

在镇卫生所待了两天，张浩石脑袋上的血洞好了不少，但稍一动弹，还隐隐作疼。

"真倒霉，是谁和老子过不去？真他妈吃了豹子胆了。"张浩石恶狠狠地骂道。

他和瘦猴本来是可以得手的，岂知突然遭人暗算，不但没完成大哥交给的任务，让小麻雀和柳仙儿轻易逃脱，自己还受了轻伤。这时，张浩石突然想起武艳芳让他帮助收麦子的事，喊了一声"坏了"，立即扯掉输液管，披衣下床。

第四十二章　红杏出墙

见张浩石飞快地扯掉输液管，披衣下床，瘦猴不解地问道："你神经什么？伤还没治好。"

"老弟，有急事，差点误了。"

"有这样急吗？"

"有，有的，急，十万火急。"

嘻嘻，我还不知道你狗儿急什么？瘦猴笑了笑，不再说话了。

张浩石先回镇里办公室兼宿舍打扮了一番，头发梳得油光明亮，衣裤熨得棱角分明，身上喷了半瓶香水。待要出门时，才想起摩托车被一个副镇长借走了。无奈，只好推了灶房大师傅那辆破自行车代步，好在镇政府距黎家庄村不过五里之遥，有十几分钟也就能赶到。

三伏天没准说变就变，出门时还晴空万里，太阳高照，天上没有一丝云彩，五里路走了不到一半，突然间狂风大作，浓云蔽日，眼瞅一场大雨就要来临。

张浩石铆足了劲把车子蹬得飞快，心想千万不要被大雨淋着了。可欲速则不达，灶房做饭大师傅的这辆破自行车除了车铃不响那里都响，满身是毛病，根本顶不住张浩石这样用力猛蹬，没几下，只听得咔嚓一声响，前轮轴断成两截，张浩石向前猛一栽，差点把他给摔下来。眼看这破自行车是没法再骑了，正好这段路又是半公里长的陡坡，无奈之下，张浩石两膀一晃，把自行车扛在肩上，边走边嘀咕："他娘的，甚球破玩意儿，反倒成了车骑人，还不如步行利索。"

人倒霉了喝凉水都硌牙，扛着自行车走上坡路本就不容易，老天又像故意给他出难题，雷公爷爷逗他玩儿似的大吼一声，一个炸雷过后，铜钱大的雨点噼哩啪啦落下来，在满是黄土的马路上溅起一蓬蓬尘灰，顷刻洪水漫路而下，土路更加泥泞难行，张浩石一个不小心，脚下一滑，连人带车重重地摔在地上，哧溜溜往坡下滑了十几米远，人被车压在下面，几次努力竟未能翻起身来，浑身滚满泥水像头泥猪。

"你奶奶，气死老子了！"

张浩石大怒，一脚把破自行车踹出好几米远，人才慢慢爬起来，刚一转身，脚跟一轻，又摔了个仰面朝天，张浩石那个气哟，恨不得把老天戳个窟窿。等他一步一滑地扛着破自行车赶到杜泰家时，雨也停了，天也晴了，张浩石又好气是又好笑，不知道该哭，还是该笑。

武艳芳一看张浩石这副狼狈相，禁不住笑出声来："哟，张哥呀，这么大的雨，地里根本就没法进人，你这是扯得哪门子急呀。快，快把衣裤脱下来，我给你洗一把。"

"唉，我真没有杜大哥那点本事，要能事先掐一下诸葛马前课，知道下大雨，咱就提前来了。哈，哈哈。"张浩石自嘲地笑了笑。

"哥，来，进屋来，把衣服脱了吧。哟，头上流血了，伤着了？我看看。"武艳芳扭着丰臀，带着一股香风走进北屋。这甜美的声音像磁石一样具有极强的招魂力，张浩石不由自主地移动脚步，寻着香风跟进屋里。武艳芳从衣柜里找出杜泰一件黄色短袖衫，一条青色短裤放在床上说："先换上，可能大了点，凑合着穿吧。"

"没事嫂子，不小心碰破了，谢谢嫂子，谢谢。"

张浩石也没怎么客气，也没怎么回避，三踢二打脱掉上衣，正要脱裤子时，才感觉不合适，脸上微微一红："嫂子，你先回避一下？"

"噢，好，好好。"

武艳芳正在欣赏张浩石的半裸体，竟因太过专注而未及时答话。张浩石的体魄确是不错，臂膀粗壮结实，胸肌强健，浓黑的胸毛好似长白山的原始森林，充满了阳刚之气。武艳芳盯着张浩石的上身几乎是目不转睛，像磁石一样被深深吸引住了，听张浩石唤她，才猛醒过来，知道他还得脱裤子，羞得粉面升霞，从张浩石手里接过满是泥巴的上衣，慌忙出去。

张浩石可是情场老手，一瞧艳芳那眼神和表情，知道嫂子在欣赏自己的身体，心下不由暗喜：嘿，有门。

179

只是现在他这副狼狈相，使他的吸引力大打折扣，头发蓬乱，满脸污泥，身上的那半瓶香水也被大雨冲刷得一点香味也没了，就目前这副尊容，能否赢得美人芳心？他隔着门斜望院里，就见武艳芳正蹲在院子里洗他的上衣，那动作和姿态十分美妙，随着双手的搓洗，一双丰乳在小背心里乱颤，浑圆的美臀上下起伏，雪白的肌肤在阳光下闪闪发光。不看还好，一看张浩石顿觉浑身燥热，血液狂奔心脏乱跳，眼神迷乱手心发痒，喉头咕噜噜往上翻口水。

他急忙把裤子换过了，悄悄走到武艳芳身后，从上面俯视美人小背心里跳动的"小白兔"直发呆。

痴迷了两三分钟的时间，张浩石怕太过分反而引起美人反感，强抑住心中的狂躁，咽下一口唾沫，把沾满泥巴的裤子轻轻放在艳芳的跟前，低声问道："嫂子，老杜还没回来？"

"他？"一提杜泰，武艳芳俏脸一寒，眼圈立红："哼，这个死杜泰，眼看麦子熟了，放着家里的事情不管，却跑到凌云去管别人的事，我看这个死杜泰八成是疯了。"

"走了好几天了，也没个音讯？"

"他心里只有黎侯古墓，哪里还有家、还有我？"说着，一串眼泪顺着美目流下来。人说女人是水做得，就是泪多。

张浩石心中大悦，嘴上却说："也许是嫂子误解杜哥了，不过这人也真是的，有点不尽人情，人回不来，打个电话过问一下家里的情况也行啊，要是换成我，绝不会这样做，一定会把疼嫂子放在第一重要位置。"

张浩石的这句话使武艳芳大为受用，心里顿时产生了一丝异样的感觉，心想，要是杜泰这个武痴书呆能像浩石这样关心我，我也就心满意足了，可惜。女人啊，天生心软经不起三句好话，鱼儿之所以很容易被人们钓到，又被扔进油锅里成为餐桌上的美味，就是因为贪图鱼钩上那点可怜的鱼饵。

"张哥，实在不好意思，跟上这该死的老天爷，也不能割麦子，让你空跑了一趟不用说，还受了罪。"

"嫂子，你千万别这么说，杜哥不在家，我该为你效力。对啦，等干了地皮能进地了，我马上来给你收麦子。"

"谢你了张哥，你是个好人。"

天哪，女人心是什么材料做成的？读懂一个女人不容易，能读懂一个漂亮女人的心更难，唯有张浩石这样的色狼，透视镜一样的淫邪眼能穿透女人肌肤，直达心灵深处。张浩石心里盘算着，我何不试试美人对咱的反应？要是留咱，就有八分希望。

于是，张浩石用极其柔和的嗓音对武艳芳说："嫂子，这样，我先穿着杜哥的衣服回去了，明天再来换吧。你先忙，我走了。"

说着，装作扭身要走的样子。武艳芳一看张浩石要走，赶忙站起身来，用湿漉漉的素手一拉他的衣襟，口里娇滴滴地说道："张哥你见外了，你为咱淋了这么一场雨，咱还能不报答你？不用走了，我把衣服给你洗净了，一会儿就能晾干，换下来再走不迟。等把衣服洗完了，我给你炒几个菜，妹子陪你喝上两口暖暖身子，驱驱寒气，以免感冒了。"

张浩石一听，心里高兴得真想立即拿根绳子去上吊。毕竟是情场老手，越是这样，他越显得客气："就不用麻烦嫂子了。"

"说哪里话？"武艳芳笑了笑说："要是专门请你，还不一定请得动呢。"

张浩石觉得时机到了，太过客气，反而坏事，于是故作不好意思地说："那，哥就不客气了。"

"对了，这才像个男子汉。去，到床上歇歇去。我晾起衣服，就去做饭。"

俗话说酒不醉人人自醉。三杯过后，张浩石便失去控制，一个小时不到，俩人便干掉一瓶高粱白。

俩人喝多了。

所以都醉了。

酒醉了的人，神志也就不清了，所以张浩石便忘记了"朋友妻不可欺"这句警世名言，竟肆无忌惮地靠近艳芳动起了手脚，一把将武艳芳揽在怀里。武艳芳也醉了，似乎站立不稳，一个趔趄，被张浩石两条强有力的臂膀紧紧抱住。她既惊又怕，芳心狂跳，本想挣脱，怎奈浑身无力，整个身子骨软酥麻，如同瘫了一般。

完全丧失理智的张浩石，猛地抱起武艳芳扔在床上，两只有力的大手一把撕开武艳芳衣衫，一尊玉雕美人的雪白胴体，毫无掩饰地暴露在张浩石的眼前，张浩石顿感血脉奋张，气喘如牛，如山般的躯体凌空压了下来……

"朋"字是什么？用刀从中间劈开，是两具赤裸裸的肉体。

第四十三章　惊显古鼎

事情往往出人意料。

在刈陵城，赫然出现了一只青铜鼎。

这只青铜鼎是专案组在今天傍晚从一个安徽籍出境旅客的行李包中查获的。据此人交代他是花三万多元从一个叫程小羊的人手里买的。葛俊中立即查阅了程小羊的身份档案：程小羊，男，三十七岁，黎侯镇北关村农民，家住桥北路府前街五十六号刈苑小区五号楼三单元五〇一室。身高：一点六六米；血型：B；身份证号：14042619670823×××；职业：无业。

肖刚立即命令刑侦大队：调查程小羊，必要时刑拘。

黑幕降临，星斗满天。

肖刚的办公室灯光明亮，古墓血案专案组成员还在开会研究查获文物相关事宜。肖刚翻来覆去察看了这只青铜鼎，半天也没瞧出个所以然，于是交给赵文杰："老赵，还是你来鉴定一下吧。"

赵文杰苦笑着摇摇头说："肖局，我已经看过了，我道行尚浅，看不出来，与在孙子貌家看过的那个青铜壶好像不是一个年代的。要不，把县文博馆的申馆长请来鉴定一下吧，他是刈陵县第一号文物专家。"

不大一会儿，马如斌请来文博馆的文物专家老申。申馆长一副老学究模样，留大背头，戴近视眼镜，很有学者风度。他对古文字、古钱币、古文物、古建筑以及民族文化、乡土风情颇有研究，书画在刈陵也是一绝，造诣极深，在全省都有较高的名声。

寒暄一番后，小马递给老申一杯茶水。

"申馆长，这么晚了还打扰你，实在不好意思。你看一下这个鼎，是真的还是赝品？"

老馆长先在手里掂了掂重量，然后掏出放大镜，认真仔细地观察了好大一会儿，才惊喜地对肖刚说："肖局长，这只青铜鼎是真的，但可以肯定地说，绝不是黎侯古墓里的文物，要比古墓晚得多，到底是哪个朝代的，尚需作进一步的考证。"

此言一出，满堂皆惊。

如果不是黎侯古墓里的文物，那么这个青铜鼎来自哪里，是外地流进来的，还是从另一个古墓里盗掘的？大家小声地议论着。

突然，申馆长眼睛一亮："肖局长，会不会是石羊坟冯奉世墓里的文物？"

"石羊坟？冯奉世，刘陵籍的西汉名将。"

"是的肖局长。冯奉世，生年不详，卒于公元前三十九年，字子明，原籍上党潞人，也就是咱们刘陵县七里店村，西汉名将。冯奉世出身于将门世家，汉宣帝三年（前七十一年），冯奉世随军出征匈奴，回师后二次调入宫中当卫兵，出使西域平定莎车后，冯奉世被任命为执金吾，职掌北军。上郡（今陕西省北部）一万多原来归降汉朝的胡人发生叛乱，冯奉世持节率兵前往平叛，稳定了边境局势。初元三年，右将军典属国常惠死后，冯奉世调任为右将军典属国，掌管少数民族事务，几年后升为光禄勋。冯奉世病故后，就埋葬在城北五里处的石羊坟。"

"老申，我怎么就没想到呢。对，很有可能。因为青铜器在汉代、三国盛极一时。"

赵文杰感到特别惊喜："如果咱们分析的不错的话，在破获黎侯古墓文物被盗案的同时，还能一举破获冯奉世古墓文物被盗案件。"

肖刚略一深思，对马如斌说："好，谢谢申馆长。小马，用我的车送一下申馆长。"

待申馆长走后，肖刚立即吩咐葛俊中："葛队，拘捕程小羊。"

做贼心虚，程小羊这两天老是心神不定，魂不守舍。

他后悔不该在刘陵境内和那位安徽老客交易古董，他寻思，这两天各个路口要道把守甚严，安徽老客能否过得了公安检查这一关还很难说，如果这人携带文物出境时被查获，我程小羊可就惨了。程小羊是个好吃懒做的二流子，整天游手好闲，嗜赌如命，今年春节前后不到二十天就输掉万把块钱。没钱了，能借就借，借不上就骗，骗不上就偷。时间久了，都知道他是个什么物件，上他当的人就越来越少。有一个叫姬妃妃的东北女子租住在程小羊这个单元的三楼，人极妖艳，穿着打扮珠光宝气，听说是一个什么长所包的小三，他多次见一个坐桑塔纳轿车、年龄五十六七岁左右的汉子来过几次。他估摸，这东北女子家里势必殷实，于是就打起姬妃妃的主意。

十多天前一个月黑风高的晚上，瞅东北女子姬妃妃被这位领导叫去下馆子，程小羊便抓住时机，用特制工具打开东北女子的门潜了进去。可翻腾了半天，只找到几百块钱。

程小羊想不对，不可能就这点钱，一定放在了一个隐秘的地方。

又仔细寻找了一会仍无果，正在焦急时，猛一抬头，见卧室墙上悬挂着一幅精制的布质山水风景画。他眼睛一亮，心里一动：墙上挂门帘，莫非这画后有什么玄虚？

于是，他轻轻从下边往起一掀，哇，程小羊惊喜的差点跳起来，画后果然有一扇暗门。那门锁仅是一般壁柜锁，自然很容易就被打开。拉开壁柜小门一看，只有一个锦缎匣子。打开匣子后，里面除有几万元现金外，竟然还有一个锈迹斑斑的青铜鼎。他知道，别看这东西粗粗糙糙的不太雅观，但却是一件珍贵古董，这种稀罕宝贝应该值不少钱，于是轻笑一声，拿来塞在怀中。

程小羊得手后正想离去，忽听传来开锁声，他没料到东北女子回来得这么早，吓得他魂不附体，急忙钻在床底下。

东北女子和那男人进得卧室，连衣服都顾不上脱，就紧紧抱在一起，吭哧吭哧狂吻起来。狂吻一阵后，俩人宽衣解带，赤条条滚落在床上，两具裸体像交配的蛇一样扭在一起，大行云雨之事，震动得床板上下起伏，咯吱咯吱直响……

好不容易等到俩人事毕，程小羊心想你们累坏了，赶快睡吧，我还得走人啊。可这两人偏偏就不睡，又咬着耳朵说起悄悄话来，听上去一时半会还睡不了。

程小羊暗道一声：苦呀，这苦日子什么时候才能熬到头？

直直说了两个钟头的情话，这对狂蜂浪蝶好不容易才睡下了。等两人睡熟了，鼾声如雷，程小羊才有机会爬出来，轻手轻脚地打开门溜之大吉。

这趟买卖，程小羊收获颇丰。

下午，程小羊在街上碰到个收古董的安徽老客，就赶快把偷来的青铜鼎出手了。

挂在天边的一弯上玄月牙发出微弱的光芒。轻风徐徐，树影摇曳。远处传来几声猫头鹰的凄厉叫声，令人毛骨悚然，浑身起鸡皮疙瘩。晚上九点不到，程小羊就早早地把大门关得严严实实，躺在沙发上看电视，老婆在卫生间洗衣服。

"啪，啪啪。"

突然，有人在敲他家的门。程小羊估计，是谁家搓麻将三缺一了，来摞他的搭。

"妈的，想赌也不看风头？"程小羊憋足嗓门嘶吼道："哥们，明天晚上好不好？我已经睡下了。"

"开门，我们是公安局的，查夜。"

"我的妈呀。老婆，你去开门，说我病了。"

程小羊脸色大变，赶忙招呼老婆去开门，而他自己却像个跳蚤一样，一蹦上了床，哧溜钻进被窝里，蒙上头，身体在被窝里瑟瑟发抖，牙齿咯咯咯咯上下打架。

两位公安人员站在程小羊的床前。一个三十左右，身高约一米七二，大方脸，狮子鼻，浓眉毛，老鹰眼，阔口厚唇，牙齿疏黄。另一位面色青灰，三角眼，尖下巴，身材瘦长。

大方脸警察问道："你就是程小羊？"

程小羊在被窝里声闷气地答道："是，我是程小羊。"

"请起来说话。"身材瘦长的警察厉喝一声。

"警官那，我，我病了，还光着屁股呢。"

"嘿嘿，病了？你就装吧。"大方脸警察冷笑一声。说着，上前一把掀掉盖在程小羊身上的被子："哄鬼吧，你小子根本就没脱衣服，起来！"

第四十四章　局中迷局

程小羊只得起身下床，见老婆在墙脚站着发愣，眼一瞪，喝道："你瞧你这个人，怎一点礼貌都不懂？快给两位警官沏杯茶啊。"

大方脸警察摆摆手说："免了，程小羊，我问你，请老实回答，前天下午你可卖给安徽人一只青铜鼎？你手里有没有黎侯古墓的文物？"

程小羊激灵灵打了个寒战，我的娘唉，那小子还真让公安给逮住了，这个没出息货。转念一想，莫非他们是在诈我不成？想到这里，程小羊故作镇静地说道："没，没有啊。"

身材瘦长的警察脸色铁青，凶狠地瞪着程小羊说："真的没有？野兽派的一只羊，黎侯古墓的常客，你说没有谁能相信？"

一听野兽派三字，程小羊心头巨震，头上开始冒虚汗："真的没有，骗你们我是龟孙王八蛋。"

"那好。"大方脸警察一把抓住程小羊的手，咔嚓上了手铐："跟我们走一趟吧。"

程小羊大骇，脸色骤变："去，哪里？"

"公安局。"

"我的妈呀。"

程小羊两腿一软，瘫坐在地板上，冷汗淋淋而下。

"你们要带他去那里？"程小羊老婆吓得脸都成了白色，手脚齐抖，话不成音。说着就要去拽程小羊的胳膊。

"你找死。"大方脸警察老鹰眼一瞪："滚一边去，干扰公安执法，连你也一块铐起来！"

"我的天哪。"女人一屁股蹲在地板上，号啕大哭起来。

东北女子姬妃妃的青铜鼎是大哥给的。

大哥从来不告诉她姓甚名谁，而东北女子姬妃妃也不怎么关心这个问题，在她的眼里只有钱财和男人的生殖器。和她睡过的男人无数，名字没有记住一个，这样的女人男人喜欢，因为她不会出卖你。今天你在就是朋友，明天你走了就是陌路人，你掏钱，我献身，公买公卖，不赊不欠。至于配合娇声柔情地干号两声，哥们，那只是尽义务而已，干这个，早已麻木了。

　　而东北女子姬妃妃用身子换来的数万大钞和珍贵古董没了，把姬妃妃气了个半死不活。

　　东北女子姬妃妃芳龄二十有八，非常漂亮，漂亮得无可挑剔。一头黑发披散在肩头，一双丹凤秋波荡漾，粉面桃腮，朱唇琼鼻，特别是那身材，凹凸分明，十分匀称，不胖不瘦正合适，多一两显胖，少一两显瘦，这女人美得啊，就连八十老翁瞅一眼都拴不住心猿意马。此女子虽孤身但却不孤单，在被大哥包养之前，每日是门庭若市，上门客你方唱罢我登场，你来我往，几乎是更更灯红酒绿，夜夜春风欢度，小金屋热闹得很哩。

　　但自从被大哥包为二奶后，其他人干急却没办法，最多远观一下，一睹芳容，以饱眼福，却不敢生出丝毫非分之想，因为他们知道，保命比嫖女人重要，如果因为贪图一时欢娱而丢了性命，那才叫傻蛋一个。这充分说明，这位大哥不简单，身份一定很特殊。也正因为被大哥承包了，东北女子才由此失去了自由，与大哥绑在了一棵树上，不但融入了大哥的全部生活，而且参与了大哥的一些神秘工作，成为大哥所在组织中的一员。

　　而程小羊这个不知天高地厚的东西，为了满足私欲，竟置生命于不顾，潜入虎穴挠老虎的痒痒，实在是活得不耐烦了。

　　按照肖局指令，葛俊中与马如斌、单如燕驱车直奔桥北路府前街五十六号刘苑小区抓捕程小羊。肖刚知道，拘捕程一方面为了尽快查清那只青铜鼎的来路，另一方面也是保护程不受侵害，包养东北女子的那位心狠手辣的大哥绝不会轻易放过他，如不将他放到看守所，他一定躲不过大哥的追杀，危在旦夕。

　　"怎么，你们抓了小羊还不算，还要来抓我？我，我犯了啥罪？"当葛俊中敲开程小羊家的门时，程小羊的老婆正一脸怒气，坐在地板上大声哭号并厉声责问。

　　"你说什么？大嫂，你起来说话，我不明白你说的话，谁抓了小羊？"葛俊中听她这样说，感到有点莫名其妙。

单如燕将小羊老婆拉起来，扶她到沙发上坐下。

"怎么还装？你们抓了人还不承认？"

"我们？"葛俊中一头雾水："我们才来，抓什么人？"

"不是你们，是另外两个民警。"

葛俊中望了望马如斌和单如燕："这怎回事？"

"嫂子，你冷静一下，慢慢说，这俩警察长什么样？"

"一个年近三十，中等个，大方脸，长着个狮子鼻，眉毛很浓，眼跟老鹰眼一样，大嘴，厚嘴唇，黄牙齿。另一个面色青灰，长着一双三角眼，下巴尖尖的，身材瘦，长得高高的。"

马如斌扭头对葛俊中说："葛队，我们局里没有这俩人啊。大嫂，小羊被他们带走了？带到哪里？有多长时间了？"

"有六七分钟了。我追出巷口，见他们把小羊弄到一车面包车上，奔东街去了。"程小羊老婆真被搞蒙了："怎么，他们，他们不是你们公安局的人？"

"不是。大嫂，以后再解释。"

葛俊中急忙起身招呼马如斌和单如燕："快走，追。"

葛俊中他们边追，边呼叫110指挥中心："通知东街两头各卡口，注意一辆白色面包车。"

但是，各个卡口报告，没有发现有该车过卡。葛俊中逐一调取各卡口录像看了，在晚上二十一点二十三分到二十二点这个时段，根本没有白色面包车通过卡口。

"那只有一种情况，"葛俊中说，"这辆白色面包车从另一条没有设卡口的路口逃走，这伙不法分子真是狡猾。"

他们只好先返回局里向肖刚汇报情况，另谋对策。

"葛队，这样吧，你安排人手继续检查各个卡口，范围扩大到三十公里。"肖刚照例点燃一支烟，抽了几口后，突然想到一个问题："葛队，快安排刑警到桥北路府前街五十六号刘苑小区，对东北女子姬妃妃实施监控，看她有什么动向，注意都有哪些人进出她的寓所。至于程小羊的女人，最好把她安顿到一个安全的地方，弄不好，这女人怕也有危险。"

葛俊中向马如斌、单如燕一挥手说："好，小马、小单，我们走。"

就在程小羊被俩假警察带走不久，晚上二十一点左右，东北女子姬妃妃接了个电话，差点把她吓个半死。

姬妃妃还是非常聪明的，自丢失了那只青铜鼎之后，知道闯下大祸，因为那只青铜鼎已经落到警方手里，警方不难根据这条线索查出青铜鼎的来历，并顺藤摸瓜找到盗掘古墓者，这必将对大哥造成极大威胁，按大哥翻脸不认人的秉性，她会受到严厉惩罚的，弄不好，还会丢掉小命。越想越害怕，她决定趁大哥还没有对她采取措施之前，赶快逃回东北老家，以免阴险毒辣的大哥对她暗下杀手。

说走就走，她知道一刻也不能耽搁，迟一分钟，就会增加一分危险。她急忙翻箱倒柜，找了几件常用的衣服以及其他常用的物件打并在一个拖箱里，把各种银行卡装好了，简单化了一下妆，就要出门而去。

就在这时，手机响了。

姬妃妃迟疑了，她没有立即去接，而是快速思考一个问题：电话定是大哥或者他的手下打来无疑，是接，还是不接？接吧，该怎么搪塞大哥？这人聪明异常，不会轻易相信我说的话，不接吧，必定会引起大哥的怀疑，那自己逃走的希望就破灭了，跟着而来的，是可怕的惩罚。

她一时拿不定主意，急得香汗直流，娇目含泪，她隐隐感觉到，她的末日就要来临。

几分钟后，她还是用颤抖的素手，接通了对方的电话。

"他妈的，你找死啊，为什么不接电话？"

电话里的声音嘶哑，有点陌生，似乎不是大哥。

她怯生生地问："喂，是哪位？你找谁？"

"你就装吧，还能找谁？我问你，为什么不及时接电话？"

"我，我在厕所，没听见呀哥。"

"哼，你骗谁？你听着，公安已经盯上你了，大哥有令，立即转移到老七那里，五分钟后，老七去接你，什么都不用带，明白吗？"

隔了半分多钟，姬妃妃才回答道："有这个必要吗？

"你有选择的权力吗？"电话里那人厉声说道："快点，别废话。"

听他的话音，除了跟他们走，没有第二条路可走了。姬妃妃跌坐在沙发上，香汗沥沥而下，打湿了她的秀发，头上咝咝冒起热气，脸色苍白，酥胸起伏，娇躯乱颤。他太了解大哥了，尽管他俩年龄悬殊，但这人有权有势，身份特殊，极容易就俘获了东北美人的芳心。他将她视为一块珍宝，每隔三五日便要和她亲近一晚上。为了大哥手中的票子，姬妃妃使出浑身解数，尽最大努力应付，将他伺候得服服帖帖。

　　当然，除了钞票的魅力，还有大哥的权力，他能最大限度地满足她的一切需求。

第四十五章　侥幸逃脱

大哥也有使东北女子姬妃妃臣服于他，甘心情愿地做自己情妇的杀手锏：威严。他心狠手辣，翻脸无情，治人手段极其残忍，这人一旦脾气上来，连亲爹也不认，照样一刀戳个透明窟窿。这种人，谁不害怕？在他面前，谁敢不服？和他站到一条线上的人，谁敢轻易反叛？姬妃妃感到，大哥既是她想要依靠的一棵大树，一个足可避风的港湾，但同时也坐在了一座活火山上，随时都会给她带来灭顶之灾。

正在思忖间，门外响起一阵轻轻的敲门声。她害怕得心都快蹦到嗓眼上了，紧张得连话都说不连贯了："谁，谁呀？"

"我，"来人低声答道，"我是老七，接你来了。"

一阵剧烈的恐惧感袭上东北女子的心头，她知道接你来了这句话的含义。

"我在巷口等着你，动作快点啊，不要磨蹭。"

噔噔噔，下楼梯的脚步声由高到低，逐渐消失。等老七的脚步声消失后，东北女子才长出了口气。

极度恐惧之后，她一下子冷静下来，她毕竟是风月场上的老手，不能说没有几分圆滑。她贝牙一咬，冷笑一声说：呸！姑奶奶没有那么傻。你在巷口等，姑奶奶从巷子后面出去，姑奶奶宁去公安局坐牢，也不会跟你们走，姑奶奶我有的是去处，一棵树上吊不死人，现在看来，只能找咱那位道哥求救了。当然，在不得已情况下，她才会走这条路的，她不想让道哥由此受牵连。可，实在无路可走了呀，她决定先去牛刨泉避几天风，等风平浪静了再走不迟，那里的老道长和她是老交情，在和大哥交往之前，就是由这位老道长罩着。她先给老道长打了个电话，老道长嘱咐她暂时在家里待着，最多十分钟就去接她走。十分钟很短，但对于饱受惊吓煎熬的姬妃妃来说，时间太长了，如果老七返回来该怎么办？不行，得提前走，哪怕到城外等，也不能在家里坐以待毙。

她匆忙化装了一下，换上一身男装，头上戴了一顶破草帽，拉起箱包急急地出了门。

由于心慌意乱，她也没有细看，就在她家楼下的一个黑暗角落里，直立着一个僵尸般的男人，一双三角眼泛着碧绿的光芒，像一只正在伺机捕获猎物的野狼。

"大哥说得对，这女人看来是靠不住了。小乖乖，这是你自找的，就休怪七哥无情了。"

思虑之间，老七脚下加劲，鬼魅般快速移动到东北女子身后，哈哈一声冷笑说："哥们，请留步。"

姬妃妃悚然一惊，急忙后退一步转回身来。

"你，你要干什么？我不认识你。"

"不干什么。"老七再次冷笑一声，那笑声活似阴间的黑白无常："你以为装扮一下就认不出你来吗？哪有瘦小个男人穿这么宽大的衣服？哪有男人扭着屁股走路的？你太幼稚了。走吧，请你老老实实随我见大哥去，他很想念你。"

姬妃妃恐惧地僵在那里，两条腿如灌铅重，一时竟无法迈动脚步。她又有点后悔了，后悔没有听老道长的话，如果此刻待在家里，也不至于落到现在这种被动的地步。她没想到老七这么狡猾，算准了她要逃走的时间和路线。太厉害了，诚可谓强将手下无弱兵，大哥的手下个个凶狠，人人精灵，怪不得野兽派的五个高手，竟在毫无还手机会的情况下，被老七等人干净利索地斩杀。且在那次特别行动中，老七仅仅是普通的参与者之一，功夫比起那个带头的，还有一大截差距，手下的人都如此了得，可想而知大哥的功夫和心机……

可怕，这个大哥太可怕了，她都不敢再往下想了。

恐惧归恐惧，姬妃妃毕竟也算是黑道上的人，多少还是有些胆识和手段的。

她在心里迅速地思谋着对策，她想，绝不能束手就擒，绝不能像一只羔羊一样任受宰割，她要奋起反抗，只有奋起反抗才会有一线生机。老七虽厉害，但此人头脑相对有些简单。冷静些，会找出他一点破绽的，小子，给姑奶奶一点机会，姑奶奶就有逃生的希望，姑奶奶是不能轻易跟你走，如果就这样顺服了，绝对没有姑奶奶好下场的。想到这里，东北女子姬妃妃忽然想起老道士曾经教授给她的几招救命绝招，她一方面恳求老七手下留情，答应要什么她会给什么，金钱、宝物包括她的身子。另一方面，她在伺机寻找下手的机会，她清楚，对待虎狼一般的老七，必须一招制胜，他是绝对不会留给她第二次反击机会的。

"哥，你就高抬贵手，放小妹一马吧，求你了。"

东北女子哭泣着恳求他，就差跪在地上了，俏脸上的泪花在星光下闪闪发光，边说着，娇躯边向老七贴近。

"怎么，要走，也不向大哥打个招呼？乖乖，我的心肝宝贝，你就别打什么鬼主意了，没用的。"

老七说着，噌地掏出一柄匕首抵在姬妃妃的脖子上："乖着点，也许还有你的活路，听我号令，向后转。"

东北女子瞅准了，就是这个距离，这是这个机会，这个距离最短，这个机会最佳。说时迟，那时快，姬妃妃以最快的速度飞起一脚，狠狠地踢向老七的裆部。

"哎哟，妈呀，你敢踢大爷。"

姬妃妃没有武功，这一脚虽然力度不够，但踢的方位准，部位对头。男人身上最柔弱的地方就是蛋蛋，疼得他弯下腰来坐在地上直喊娘。

"狗儿，也让你见识一下姑奶奶的厉害。"

说着，又飞起一脚，正中老七前胸，咕噜噜翻了两三个滚儿，躺在地下起不来了。

瞅这个机会，姬妃妃急忙掏出手机给老道打了求救电话："道哥，快，快救我，有人要杀我！"

"在哪里？"手机里传来一个苍老的声音："你不要害怕，我已经快到你家楼下了。"

"道哥，我不在家，在巷子后口这边，你快来呀，快……"

毕竟是练过武功的人，就在姬妃妃打电话的载短时间里，老七经过迅速调理气息，疼痛感大大降低，轻快了不少。虽然蛋蛋还疼但大不如刚才，见姬妃妃打电话搬救兵，牙一咬，忍痛站起身来，快速扑向姬妃妃，一把夺过她的手机，狠狠摔在地上，一把扯住她的头发，把她摁倒在地，掏出一根细细的绳子将她绑了，又掏出一块酸臭酸臭的手绢塞在姬妃妃嘴里，然后一用力，把她抓牢了往肩上一抗，冷笑着说："你真是敬酒不吃吃罚酒，天生一个贱女人，走吧小乖乖，见大哥去。"

东北女子姬妃妃在老七的肩膀上使劲儿挣扎，使老七不由地淫心荡漾，无法控制。他转念一想，这个美貌女子让大哥给杀了太过可惜，不如找个地方藏起来供自己享受，岂不美事一桩？出了巷口不远就是座半塌的土地庙，何不先让老子舒服舒服？

想到这里，老七脚下一加劲，抗着东北女子直奔土地庙。

这座土地庙虽然行将坍塌，但仍有不少信人光顾烧香，将土地庙打扫得干干净净。老七拖过两三个布墩儿排成一行，将东北女子往上一放，爆发出一阵哈哈大笑，紧紧搂住美人的细腰儿，狗一样的鼻子在美人的粉脸上、脖颈狂嗅狂吻："啧啧，啧啧啧，真香。宝贝儿，可把小弟想死了，要不是今晚来执行大哥的命令，真还没有这次艳福享受呢，天赋良机，我老七真是三生有幸了。"

然后，又一把抽出塞在美人嘴里的臭手绢，一张臭烘烘的大嘴紧贴在姬妃妃的小唇上狂吻起来。

姬妃妃的一颗心猛地提到嗓子眼儿上。她知道，今晚这次受侮是在所难免了。她泪流满面，粉脸变成了白色，加上泪眼婆娑，越发楚楚动人。

这老七也是一个有名的流氓，一点人性都没有。这畜生早就对东北女子姬妃妃垂涎三尺，心怀不轨，只是迫于大哥淫威不敢轻举妄动，现在这女人连大哥都不要了，落到嘴里的一块肥肉，岂能轻易丢掉？为了一亲芳泽，大哥，小弟就对不住你了。

老七喘着粗气，一把扯掉姬妃妃的裤子，猛地扑了下去。

小庙外一株高大柏树上，一只猫头鹰阴森森地发出几声凄厉的令人毛骨悚然的啼叫声……

就在老七解开姬妃妃的裤带准备行其好事时，猛听一声暴喝："你娘的，给老子住手。"

老七大惊，回头一看，就见一个面貌奇特奇丑无比的老道拳头紧握，双睛暴突，浓密的胡须根根直立，喝声刚落，人已到了老七的跟前。跟随的还有一个圆脸中年道士和一个瘦小的年轻道士，并排挡在庙门口。

老七一看：呵，好快的身手。欲想把裤带系好了再迎战，怎奈对方已经出拳，伴着丝丝风响，老道的拳头已到了他的面部。老七只好快速后退一步，避开这一招。老道不容他有还手之力，紧跟一步，一掌从老七的肩头斜劈下来，同时飞起一脚直踢老七中宫。老七不敢轻易迎战。一手提着裤子，一手向上斜斜挡出，将老道的来掌荡开。

老道被老七一招化解，感觉到这人的力道不小，也不敢大意，怒叱一声道："龟孙，还有几下，再接老道一招试试。"

第四十六章　死里逃生

"无量天尊，罪过，罪过。"

在门口守着的两道士见东北女子姬妃妃被老七扒光了下身，玉体横陈，风光尽露，不仅眼睛发直，但师父在场又不敢把哈喇子流出来，喉头咕噜咕噜直响，硬把流出的口水咽回肚子里。趁师父与老七交手的当儿，圆脸中年道士单手合十，口喧一声道号，倒退着移到姬妃妃身边，半闭着眼睛，脱下道袍盖在东北女子姬妃妃身上，帮她解开绳子："施主，快起来，莫让他俩误伤了你。"

等姬妃妃提起裤子系好裤带，圆脸中年道士一把将她扶起来说："女施主，这里太危险，快走。"

说着，把她拉到小庙门外。这时，老道与老七激战正酣。

"龟孙，这招认识吗？"

老道这一招使出，老七大惊，他根本不认识这一怪招，不知如何化解，只好又退一步。老道哈哈大笑说："龟孙，我让你再退。"说话间，虚空一按，先虚后实，左掌一飘，迅疾地印上老七的胸膛。老七一手提着裤子，只用一只手招架，功力大打折扣，一下没躲开，前胸中了一掌，顿觉血气上涌，口中一甜，喷出一股血箭，身形摇摇欲倒。老道得手不让人，斜跨一步，右掌上举，一掌向老七的脑袋狠狠劈下。

老七这下彻底完了，脑袋一歪，瘫软下去。

老七不是不想退而躲避老道那一掌，实在是已经退到墙根，再无路可退了。老道招呼一声在庙门口站着的圆脸中年道士："一尘，将这厮拖出去处理了，用塑料布裹好，不能留下一点痕迹。"

"好的。"

两道士快速把老七的尸体包裹好，扛在肩上快速离开小庙，消失在漆黑的夜幕中。

"快走。"老道拉起姬妃妃，迅速隐入黑暗的夜色中。

就在老道和老七拼斗的时候，副大队长马如斌和刑警单如燕迅速赶到东北女子姬妃妃居住的楼下。

从外边看，姬妃妃客厅里的灯还亮着，马如斌一拽小单说："咱们不急于上去，先隐伏在这里，看看都有些什么人进出她家？"

"好的。你盯着单元门口，我盯着楼上的窗户。"

俩人将身子隐藏在一蔟花丛中，屏住呼吸，像猎人等待猎物一样静候在那里。

过了二十几分钟了，既没见有人进楼，也没有发现姬妃妃的家里有什么异常情况。马如斌轻轻笑了一声问单如燕："小单，为什么不让我监视楼上？"

"我是女孩子嘛。"单如燕也轻轻一笑说："我监视起来方便啊，预防你看到不该看的镜头。嘻嘻。"

马如斌一笑说："鬼丫头，鬼精灵。"

单如燕又看了看姬妃妃居室的窗户，狐疑地说："不对呀马队，怎就一点动静也没有？"

"小单，走，我们上去看看。"

敲了足有一分钟的门没人应答，两人越发觉得事情有些不大对头，马如斌马上呼叫葛俊中："葛队，有情况，姬妃妃好像不在家里，打电话也不接。我们可以打开门进去查看吗？"

"请稍等，我请示一下肖局。"

"好的。完毕。"

很快，马如斌、单如燕接到葛俊中指令："再等待十分钟，每隔三分钟敲一次门，看有无反应，我这就带人到小区附近察看一下有无姬妃妃的消息。"

东北女子姬妃妃居室的窗户有一扇是开着的，马如斌用他在特警培训班接受过的技能攀上三楼窗户，进入姬妃妃居室一看，这个女人的确没有在家。是外出，还是闻风而逃了呢？马如斌赶快把这个情况报告给葛俊忠。

而葛俊中这边也有了重大发现。当葛俊中他们将东北女子小区附近认真巡查一遍后，结果在巷口不远处的小庙里发现了情况，小庙里有明显的打斗痕

197

迹，靠山墙的地上有一滩喷射状的血迹，在土地爷的塑像前，找到了一枚女人用的发卡。葛俊中揣测，这处现场可能与姬妃妃失踪有一定的关系。葛俊中让随行刑警对现场拍了照，地上的血迹取了样。之后，与马如斌、单如燕会合，一起返回公安局向肖刚局长报告情况。

肖刚一直在等候着他们的消息。

在听取了葛俊中和马如斌的情况汇报后，肖刚说："看情况，姬妃妃可能遭遇了不测，生死不明。从案发现场情况看，姬妃妃遇害的可能性大一点。不过，在没有找到尸体前，只能猜测，不能下结论。明天，葛队你派几个人，重点寻找姬妃妃的尸体，要对小庙附近认真勘察，看能否找到更多的线索。"

肖刚正要对葛俊中他们交代明天的具体行动，突然接到110指挥中心的情况报告：城西十多公里处发生了一起交通安全事故，有一白色金杯面包车翻到三米高的斜坡下，交警大队事故中队民警已赶赴事故现场。肖刚眼睛一亮，立即对葛俊中他们说："这符合劫持程小羊那辆面包车的特征，我们到现场去，走。"

肖刚他们到达事故现场后，交警大队事故中队的几个民警正在紧张地勘察现场，照相的照相，取证的取证。

这是一处左边是山崖绝壁，右边是十多米的深沟。幸亏深沟有坡度，呈二十五度倾斜状，斜坡上还间隔长着一些洋槐树、椿树，面包车掉下三米多远的地方，正好被两棵碗口粗的洋槐树拌住。

突然，一位交警大声喊道："快，车里有人，先救人。"

在面包车里蜷缩着一个人，被变形的前后座椅卡在中间，头上有血液流出，脑袋耷拉着趴在前面的座背上。马如斌招呼几个刑警们一起下去和交警救人。他们硬将车门撬开时，却奇怪地发现，面包车里没有司机，只有在第二排中间坐着一个人。而且，这个人的手脚被反绑着固定在座位上，头上可能被撞出血窟窿，血还在流，看样子是在前边的座背上磕了一下，嘴里也有细细血丝从嘴角流出。

马如斌用手电晃了晃，一看这个伤者立即惊呼道："肖局，是程小羊。"试试了程小羊的鼻息，马如斌又喊道；"肖局，人还活着，只是昏迷了。"

肖刚一听大喜，立即吩咐："快，快把他弄出来。"

不大一会儿，程小羊被救出抬到公路上。等交警、刑警拍完照，肖刚对马如斌说："小马，快，送医院抢救。"又对几位交警说："我们先走，你们继续勘察，晚上看不清，你们明天早上天一亮就来现场细细查看，最好能找到一些有价值的线索。"

马如斌他们赶紧把程小羊抬上车，几辆警车一路长鸣警笛，风驰电掣般向县人民医院驶去。车到医院后，几位夜间值班医生、护士快速将程小羊放到担架上，抬到急诊室进行抢救，肖刚他们则在楼道等候消息。

大约过了二十分钟，主治医师走出急诊室。肖刚急忙问道："伤者伤的怎么样？"

主治医师告诉肖刚："病人没什么大碍，只是被震晕过去了，但由于出血时间较长，病人需要输血，据初步诊断，病人头上的伤是被人用钝器击伤的，与车祸无关，嘴里的伤可能是病人在前面的座背上撞的。另外，病人的前胸和两条胳膊以及左膝盖上有车辆向下翻滚时造成的创伤，但不是太重。幸亏病人是被固定在座椅上的，要不后果不堪设想。"

"请问医生，我们现在可以和他讲几句话吗？"

医生笑了笑说："我理解你们，但暂时不行肖局长，病人还比较虚弱，且经过恐吓，心理状态不佳，思维比较混乱，半痴半傻，自醒过来后，没有讲过一句话。我的意见，输完液后先让他好好休息一下，明天让心理医生疏导疏导，看情况再说吧，好吗？"

肖刚觉得这样也好，遂对葛俊中说："葛队，今晚轮流值班守护，不能让程小羊再出任何差错。我们先回去研究一下，等程小羊神志清醒后，真相应该大白。"

"好的，我叫王寿山和吕文过来。"

肖刚他们回到局里后，连夜召开案情分析会。

马如斌说："肖局，刚才我向交警大队事故科的同志了解了一下情况，从他们现场勘察的结果看，有这么三种情况：一是面包车使用的是假车牌，发动机和车架号被人故意用钢锉锉过几乎无法辨认，车管所的同志正在进一步鉴定中。二是现场情况表明，这是一起人为的车祸，是被人事先设计好了的。从留在路边的脚印、车轮印痕分析，制造这起谋杀案的应该就是劫持程小羊的那两名假警察，他们应该是把车开到路边，下车后将面包车推下陡坡，在此之前，程小羊已经被铁扳手一类的钝器击昏不省人事。三是在距车祸现场不远处的一条岔路路口，有两行新的车轮印痕，说明那两名假警察作案后有人接应逃走，车辙是海马轿车留下的。"

"按照这个情况推理，这应该是一起有预谋的故意杀人案。我觉得，他们之所以要杀害程小羊，是因为他的行窃把隐藏在暗处的文物和姬妃妃床上的那位大哥暴露在光天化日之下，尽管不是黎侯古墓里的文物，但他们担心的，是怕我们顺着这条线索查下去，把真正盗掘古墓者牵扯出来。所以除掉程小羊，截断我们的侦破线路，才是他们的真正目的。"

第四十七章　跟踪追查

"肖局说得对。"葛俊中接过话头说："我想，姬妃妃的失踪也是这个原因，谋杀程小羊和造成姬妃妃失踪，应该是同一伙人所为。我们当前的主要工作，是尽快找到失踪的姬妃妃，关键是目前我们还不清楚姬妃妃是死是活，如果她被杀害，案情可就复杂了。"

肖刚望了单如燕一眼，说："小单，发表一下你的意见。"

单如燕腼腆地笑了笑说："肖局，我怕说不好。"

"从现场留下的血迹来看，姬妃妃凶多吉少，活下来的可能性极小。"单如燕谈了她的看法。

"好，分析得不错。"

肖刚满意地点了点头，他对一个年轻刑警敢于亮出自己的观点大为欣赏，说明年轻人在动脑筋，在进步。

肖刚还想说点什么，有人敲门："肖局，我是张华。"

肖刚应答道："小张，进来吧。"

张华把化验鉴定结果递给肖刚说："经 DNA 鉴定对比，小庙里留下的血迹不是姬妃妃的。"

"什么？"肖刚诧异地说，"如此说来，姬妃妃可能没有遇害。这就更复杂了，难道被杀的是另一个人？或者说，小庙的凶杀现场与姬妃妃失踪无关？不对，不会这么巧合，按程小羊遭暗算和姬妃妃失踪的时间来看，小庙现场一定与姬妃妃的失踪有关联。这个问题有些复杂，今晚不早了，大家早点休息，回去后大家再好好想想，明天上班后继续开会。"

葛俊中他们走后，肖刚点着一支烟，在办公室里来回踱起步来。他想，如果姬妃妃没有遇害的话，那被杀的是谁，杀人凶手又是谁？这个姬妃妃哪里去了？这个看似是一个可以想像到的比较明朗的凶案，但这个血迹鉴定结果，使案件顿时变得朴素迷离，异常复杂了。

肖刚觉得，自己的思维好像有点跟不上案件的变化了。

第二天上班后，古墓血案专案组的全体干警集中在小会议室继续开会，重点研究那两个假警察的事，这俩人至关重要，因为程小羊受到伤害与姬妃妃莫名失踪，可能都与这两个人有关，如果能在最短时间内找到这俩人，古墓血案侦破工作将会大大地向前推进一步。

会上，大家对这两人的相貌特征进行了认真仔细的研究，也都发表了不同的看法。突然，刑警张华一拍脑门说："肖局，对了，其中那个身高约一米七，长得大方脸、狮子鼻、浓眉毛、老鹰眼、阔口厚唇、牙齿疏黄模样的人，我在黎家庄村见过他几次，这个人经常到杜泰家，与杜泰有一定的交情。听人们说，他好像是皇侯岭镇镇政府的秘书，叫张浩石。"

"张浩石？"

"对。"张华说："听说此人和杜泰关系不错，几乎天天往杜泰家里跑。特别是最近杜泰不在家的这些天，这个张浩石往杜泰家里跑得更勤了，好像前天我还在黎家庄村见到过此人。"

"不对呀，张华。"

肖刚提出一个疑问。

"怎么啦？肖局。"

"你想想，他和杜泰是好朋友，杜泰外出了，就他老婆一个人在家，他去干什么？难道，是去帮什么忙？"

"说得对肖局。"葛俊中接过话头："这个张浩石的行为令人怀疑，既然张华说这个人长得像那俩假警察中的一个，我们不妨暗中调查一下，如果情况属实的话，先把他给秘密刑拘了，不愁找不到另一个。"

"说得有道理，我同意葛队的意见。"副大队长马如斌对葛俊中的意见表示赞同。

"小单。"肖刚笑眯眯地望着单如燕说："不要光听不说话，也谈谈你的看法，女孩子一向心细。"

"肖局。"单如燕甜甜一笑，脸上绽起两个美丽的小酒窝儿："我一个姑娘家，实在不好意思说。"

"哈哈，小单，还有什么不好意思的，记住，脱下警服你是一个女孩儿，穿起警服你就是一名人民警察，哪能不好意思？说吧。"

看肖局表情严肃，单如燕也不敢再不好意思了："是，肖局。我觉得，他和杜泰的老婆可能有一腿。"

单如燕一语出口，满座皆惊。大家都佩服如燕，这个女孩儿年龄不大，但分析问题的能力极强，女孩儿天生心细如发，特别是在某种特殊背景下，单如燕可以去执行男刑警和一般女刑警无法执行的特殊任务。肖刚知道单如燕所说的张浩石和杜泰的老婆有一腿是啥意思。

"嗯，有道理。"肖刚点点头表示赞许，表扬单如燕，"我就说女孩子心细嘛，小单这个设想不是没有道理。张华，你们警务室要认真调查一下张浩石这个人。葛队，你马上去治安科调出张浩石档案，并将他的照片复印几张带给程小羊的老婆看看。小单，你还配合马队行动。"

"好的。"马如斌回答说。

肖刚对马如斌绝对放心，这个年轻人作风严谨，办事认真，他有一个明显特点，不办则不办，只要去办就必须办个有模有样，踏踏实实。

"同志们，我们没必要耽误时间了，抓紧行动吧，散会。"

很快，马如斌便从程小羊老婆那里得到证实，那个身高约一米七，长得大方脸、狮子鼻、浓眉毛、老鹰眼、阔口厚唇、牙齿疏黄模样的人，就是抓走程小羊那两个"警察"中的一个。

而在稍后的时间里，张华也从黎家庄村群众的口里，了解到这两天杜泰家有些异常，两天了不见杜泰媳妇武艳芳的影子，只有一个叫杨锦慧的年轻女孩出入杜泰家。还听说，这个女孩子和杜泰的交情也很不错。

听到这个消息，肖刚有些不太理解了：如今男女之间的关系，怎么就这么复杂？这是什么跟什么呀？

他立即给张华打电话："小张，你带人到杜泰家里实地了解一下，看是什么情况。"

按照肖刚的指令，张华在村支书黎小原带领下敲开了杜泰家的门。正如人们传言的那样，杜泰媳妇不在，开门的是一个二十五六岁的妙龄女子。黎小原介绍说，这就是武艳芳的好友杨锦慧。

杨锦慧请张华他们坐下，奉上茶水。得知张华他们的来意后，杨锦慧说："警察同志，我也不知道怎么回事，我是昨天下午接到武艳芳的电话，说她有事临时到外边走几天，托我替她照看几天门。"

张华感到事情有点意外，于是问杨锦慧："杨姑娘，武艳芳临走前给你交代过什么没有？"

杨锦慧说："没有，其他的一点也没说。我还纳闷呢，有什么重要的事情不能说啊，我们是从小在一块长大的，情同姐妹，我们之间是无话不谈的，彼此谁都不保密。这回，我也觉得有点反常。"

"你认识张浩石吗？"

杨锦慧一怔说："你们怎么问这个？认识啊。"

"你对这个人了解吗？"

"了解，太了解了，这个人简直就不是个人。"提起张浩石，杨锦慧气就不打一处来。

张浩石与杜泰什么关系，与武艳芳又什么关系，他的为人处事怎么样，等等，杨锦慧简单说了些情况，但又不是那么透彻。

"好的，谢谢，那就不打扰你了。"

张华感觉在她这边也没什么可问的了，站起身来对杨锦慧说："杨姑娘，麻烦你操点心，注意武艳芳的消息，一有情况请及时和我们联系，我近段就一直住在黎家庄村，你可以到村委会找黎书记，也可以到古墓警务所直接找我。谢谢了。"

从杜泰家出来，张华他们又对杜泰的几位邻居进行了走访。

其中一位邻居向张华提供了一条重要情况。这位老乡说，前天晚上两点钟左右，他腹泻上茅房，由于杜泰寝室的后开窗开在他家院子这个方向，后窗离地面较高，也比较小，只有正常窗户四分之一那么大。这一段天气较热，杜泰的后窗拉开半扇窗户通风透凉，所以他们在屋里的讲话声虽低，但在十分寂静的深夜，仍听得清楚。这位老乡听到杜泰卧室里有男人的说话声，觉得很奇怪，杜泰不在家，夜间他家怎么会有男人呢。出于好奇，这位老乡就多在茅房里待了一阵，想听个热闹。听了一会，忽然觉得这个声音好熟啊，再仔细一听，想起来了，是镇里的张秘书，这个人经常到杜泰家里来，老乡对这个人很熟的。这位老乡想，深更半夜的，这张秘书在杜泰老婆的寝室里，能有好事？不过，也许是这位老乡听得晚了，人家好事已经罢了，只是在说悄悄话，其先声音很低，加上这位老乡的耳朵又不太好，说了些什么也没听清，间接听到女人叫哥，男人喊妹一类的绵绵情语。大约半个多钟头后，突然听到武艳芳惊叫了一声，好像是说："你，后背上那是什么？"张秘书小声说道："小声点我的姑奶奶。"然后又听武艳芳问了一句："你，你，原来……"似乎武艳芳的话还没说完就被张秘书捂住了嘴，往后的就听不清了。

老乡提供的情况很重要，张华不敢耽搁，立即电话告知肖刚。肖刚说让他立刻回局里来，与葛俊中等几个人共同分析研究一下。

第四十八章　尼庵问卦

前天夜里两点左右，杜泰家里到底发生了什么？

下班后，杨锦慧在更衣室里一边换衣服，一边苦思冥想，试图从中找到答案。

杨锦慧做梦都不会想到，事情发展得会那么糟糕。

那天张浩石与武艳芳勾搭成奸后，两人的关系火箭上天般地直线升温，一天不见，都觉得无法活下去。所以连续好几天，一到晚上，张浩石就偷偷潜入杜泰家，和武艳芳混战一晚上。两人正值虎狼年华，性欲极其旺盛，一夜之间至少大战三个回合。这些天来俩人只顾欢娱，未顾得上其他，前天晚上两点多，第二回合战斗结束后，武艳芳将灯拉着，想好好欣赏欣赏张浩石结实的肌肉。其实不仅是欣赏，还在于猎奇。这几夜里，武艳芳总是脱得一丝不挂，但却发现张浩石有一个怪现象，从来没脱过背心。她觉得好奇，心想莫非他身上有什么秘密不成？被大雨淋了那天下午，她只是看到张浩石的前胸，并没有看到他的后背，她想看看他的后背到底隐藏着什么样的秘密。当她的眼光移至他的后背时，大大吃了一惊：在张浩石的后背上，赫然刺着一个巨大的遒劲有力的"五"字。

"你，你怎么会刺这种图案？"

这一声叫喊，就是隔壁老乡听到的那一声惊叫声。

"我的姑奶奶，你不能小声点儿啊，都什么时候了？三更半夜的。"武艳芳顿觉失态，立即压低嗓音问他："我问你，你是紫微帮的人吧？"

这一问非同小可，张浩石一惊而起，一把抓住武艳芳的玉臂，双眼突然放射出两道奇寒无比的冷光："你，怎知道这个？"

"你凶什么？不就是紫微帮的一个排行老五的马前卒吗？"

武艳芳的粉脸亦随之一变，刚才的温柔立即抛向九霄云外，哧溜一下将右臂滑出张浩石的左手，左手五根玉指突然变得坚硬如铁，迅疾地扣住张浩石的右肩胛骨，五个涂抹得鲜红如血的指甲几乎扣进张浩石的肌肉里。

张浩石非常震惊，脸色立变。

他根本没想到在这么一个弱女子身上，竟还深藏着如此厉害的武功。张浩石想：这样看来，这个武艳芳必定是个比他还要神秘的人物。我被她看出了破绽，而我却没有发现她丝毫蛛丝马迹，这本身就算输了一招，这对我来说是极其危险的。不行，我必须搞明白她的真实身份。这时候他才明白，为什么大哥要我伺机干掉她，也是我出于怜香惜玉，总舍不得下手。难道，她是……他简直不敢再往下想了，唯一一个念头，就是尽快把她制服了，规劝她不仅不要暴露自己的秘密，而且还要随他加入紫微帮。如劝说无果，也只得舍弃这个心肝宝贝了。

想到这里，张浩石暗暗将真气运至肩头。

武艳芳顿觉五指抓处坚如钢铁，她不得不赶紧松手，否则她那五根纤细葱嫩的手指必有被震断的危险。她暗自抽了口冷气：妈呀，这小子好厉害的内力。

张浩石铁青着脸，眼睛死死盯着武艳芳说："如果我没猜错的话，你嫁给杜泰，压根儿就不是和他过日子的，你有不可告人的目的。"

"有什么目的？"

"黎侯古墓，盗宝。"张浩石阴险地一笑。

"你，放屁。你，胡说！"武艳芳杏眼圆睁，鼻孔喘着粗气。

"怪不得，怪不得大哥要我除掉你。"

"你说什么？"武艳芳惊诧地瞪大了眼睛，"他怎么会知道？"

"亲爱的，你根本不知道我大哥有多大能耐，劝你还是识相点，跟我们一起干吧，野兽派没前途，不用多久就会毁灭的。"

武艳芳惊出一身冷汗，脸色苍白，娇喘了一会，终于软了下来："好，我听你的，只要能和你在一起，怎么都行。"

"这才是我的好乖乖。"

俩人战火熄灭，重新搂抱在一起……

这些天，张浩石与武艳芳的苟且之事，弄得杨锦慧心神不定。

杨锦慧大致了解武艳芳和张浩石之间的苟且之事，但她并没有给刑警张华透露一点口风，她有她不得已的苦衷：害怕影响到好人杜泰的名声。

下午四点多，皇侯岭镇麻纺织厂的门卫老李头准时拉响了下班的铃声。杨锦慧娴熟地将织机关掉，拍拍身上的麻絮，到更衣室换下工装后，随便洗涮了洗涮，换了一套墨绿色小套裙，披肩长发瀑布般散披在后背和左肩上，小坤包一挽，骑上那辆心爱的红色高档变速车出了厂门。

正值妙龄的杨锦慧太迷人了，浑身上下洋溢出成熟女孩那种特殊的美。杨锦非实在漂亮，漂亮的几乎无法形容，身材匀称有如精工细雕一般，娇颜如花一笑两个可爱的小酒窝，皮肤富有弹性似乎一吹就破，肤色微微带黑但相当顺眼。特别是那张标准的瓜子脸上，五官被造物主安排的那才叫一个美：双眼皮，大眼睛，琼鼻樱唇，睫毛细黑长短正合适，双眸清澈如水荡碧波，琼鼻能使西施闭目，樱唇可让貂蝉掩面，说她倾城倾国闭花羞月毫不为过。这女孩长得真是草见草绿，花见花开，人见人爱，就连看门房的干瘪老头，每次在她出大门时，总会死死地盯着她发一阵呆，就差点流出口水了。

杨锦慧天姿聪慧，喜好文学创作，常有诗歌、散文、小说见诸报刊。前年，一次意外相遇，她认识了黎家庄村神斗洼明月庵的圆觉主持，一夜长谈，她竟迷上了禅道，也不过两年时间，先后在报刊上发表了《浅谈心中有佛》《禅的机理》《空的内涵》《黄绢青灯到何时》等文章，在社会上和佛教界引起不小轰动。这些天，跟上杜泰和武艳芳的事，杨锦慧心下颇觉烦恼，看天气尚早，心想我何不去明月庵找圆觉师太交交心，替杜泰抽支签，预测一下吉凶？说也奇怪，她虽然研究佛学禅机，但也仅仅就是研究而已，她只把佛学作为一种外来文化现象对待，从没有相信过善恶报应、地狱轮回一类的说法，她只相信科学。但真正心里有事了，却又想起求只签来。她自己问自己：是现实改变了我的看法，还是佛学净化了我的心灵？难道人真的有前世和今生吗？难道杜泰前世造了什么孽，今生就应该遭受如此报应？难道真的好人没有好报这一说吗？她感觉到，佛家的轮回说越来越让她迷茫，她决定找圆觉师太好好理论理论。

明月庵与黎家庄村东的大通寺在两百年前一样的香火旺盛，十九世纪末因战火而焚毁，好端端的一座寺庙，顷刻化为一蓬乌有，只剩下一堆残砖破瓦和令人心酸的断垣残壁，几尊被人偷去头颅的无头石佛爷孤零零地伫立在断垣残壁之内。

尽管如此，似乎佛地自有灵气在，两百多年来仍然香火旺盛，前来烧香拜佛的善男信女络绎不绝。

三十八年前，五台山圆觉师太游方到此地，发现此处瑞气氤氲，佛光再显，惊呼一声："阿弥陀佛，善哉，善哉！"圆觉师太决定留在这里重建寺庙，重振明月庵昔日雄风。她带着两个徒弟四处奔波，化缘布施，善男信女积极响应，大家踊跃参与，有钱的出钱，有粮的出粮，有力的出力，更有几个农民企业家鼎力相助，历时两年，终于在原址上重新修复了明月庵，使古庙重生，再放异彩。

寺庙建成后，圆觉师太做了主持，又招来师妹圆悟，新收了妙静、妙智、妙空三个徒弟，七个人便在这明月庵里安居下来。

串树林，走小径，随溪而上，跨过一座青石小桥，红墙碧瓦的明月庵便呈现在眼前。当杨锦慧推开庵门时，尼姑们正在诵经做课。

诵经声悠扬，木鱼声清脆，使人顿觉心明如镜，六根清净，无我无念，心胸开朗。

杨锦慧调皮，婉约一笑，接着经声道："我若向红尘，红尘自清洁；我若向虎豹，虎豹自伏尊，佛经当真有效，我一天念她一千遍经，哈哈。"

圆觉师太早已知晓杨锦慧到来，只是诵经正酣，无暇顾及，见这姑娘胡乱接口，口宣一声："阿弥陀佛，善哉，善哉。女施主，在佛祖面前休得乱言，你也不怕我佛迁怒？"

杨锦慧笑道："师太，恕锦慧冒昧打扰清修，我确是有事求师太指点迷津。"

圆觉笑道："老尼就知道小施主有事求我，你极好与人施善，看来真的与我佛有缘。走，禅房用茶。"

俩人禅房坐下，有小尼妙空奉上香茗。圆觉轻啜一口，说道："小施主，说你什么好呢？说你与我佛有缘吧，你写的那些文章似乎在指点我教之不是，略显对我佛不敬。说你与我佛无缘吧，你这人不但心地善良，好施善举，佛法道理参悟得也很透彻，你探究的佛理问题十分深奥，不要说圆觉我佛行浅薄，就是如来再世，也无法准确解答你提出的问题。"

"师太莫怪锦慧胡言乱语，我见识浅薄，让师太你见笑了。"

杨锦慧望着手捻佛珠的圆觉，一收笑脸，正容说道："师太，我想请教你两个问题，以释我心中之疑。"

圆觉微微一笑说；"你请讲，只是怕老尼道行尚浅，无法给出使你满意的答案。"

"请问师太。"杨锦慧放下手里的茶杯说道："其一，出家修行之人自称脱离红尘，跳出五行，一经剃去三千根烦恼丝，就该自由超脱才对。但据锦慧观察，修行之人比在红尘时还要清苦许多，每日清汤寡欲，一席青衫，两袖清风，黄绢青灯，无休止地苦诵佛经，加上极为严格的清规戒律，岂不更加烦恼？我觉得你们不比世俗之人活得轻松多少。其二，佛家言善有善报，恶有恶报，但在现实中却不尽然，总是恶人腰缠万贯，住别墅，开名车，花天酒地，醉生梦死。而善人大多是穷困潦倒，食不裹腹，有的甚至糠菜充饥，四处流浪乞讨，善者不见善报，恶者不见惩罚，这让世人怎么信服呢？"

圆觉师太脸色凝重，半天未见作答，只是用狐疑的眼光看着她。

第四十九章　死于非命

　　大约一分钟后，圆觉才轻笑了一声说："小施主，我只能这样回答你，善有善报，恶有恶报，不是不报，时辰未到。善恶自有天知，那些坏事做绝的大恶人，迟早会被打入十八层地狱，去受那刀劈斧剁、火焚油煎之苦。"

　　杨锦慧一笑又说："禅机高深莫测，我等肉身凡人，确实不能理解。但愿能像师太说得那样，我只是希望对恶人的恶报能早些到来，不然善者就真的绝望了。"

　　杨锦慧狡黠地向圆觉师太笑了一笑。

　　圆觉师太双眉一轩，目放精光："小施主，你这次来不只是和我探讨佛理的吧？我们是朋友，就不必绕弯子了，有什么需要老尼帮忙，你但说无妨。"

　　"毕竟是高人啊。大师，这次我来，就是想为我的一个朋友求个签，看看他在外边有没有凶险。"

　　"你个小施主啊，"圆觉师太呵呵一笑说，"能骗得了老尼这双火眼金睛吗？你说得可是杜泰？"

　　杨锦慧一怔："大师，你怎知道？"

　　圆觉笑道："你忘了，我能掐会算啊。"

　　杨锦慧正想对圆觉说出心理所担心之事，忽听庙院里有人声传来。杨锦慧侧耳倾听，不仅吓出一身冷汗。她不能不惊，因为庙院里的人说的话与杜泰有关。

　　只听一老年女人说道："她大婶儿，你听说来没那（没有）？杜泰家那口子与镇里的张秘书私奔了。"

　　"听说来。她大娘，这还是小事，听那家（我家）老三说，杜泰在凌云让人给暗算了，是生是死，现在也没音讯儿。"

　　"真的？你克（可）不能瞎疙着（随便瞎说），小心被那些刨坟的听见了。"

211

"倒也是，瞧我这张乌鸦嘴。"

再往下，俩老婆子没话声了，就只听见木鱼声声敲得甚急，鞭炮声随即噼哩啪啦地响了起来。

杨锦慧两眼噗簌簌泪如雨下，站起身来就向外扑。

圆觉大惊："小施主，你要做甚么？"

"我要去救杜泰。""泰"字落口，人已不见踪影。

"阿弥陀佛。小施主，你不要命了？"

说着，人一飘，已追到庵门外。

清晨。

四点多一点，东方天际霞光一片。

起初，还只是出现了几缕红云，不一会儿，红云越聚越多，逐渐成为红彤彤的一片，随后一颗巨大的太阳慢慢露出笑脸，很快整个身躯腾空而起。初升的太阳个子虽大但热量却很弱，随着时间的推移，太阳越来越小，但热量却越来越高，炽热感逐渐增强。

肖刚和葛俊中慢慢地走在新建的广北大道上。

看样子他们是在慢悠悠地散步而非晨练。当然，他们用不着专门散步健身，他们固定时间在健身房里进行重量级体能训练是每日的必修课，如此散步主要是为了谈工作方便。昨晚，他们几乎一夜未睡，一直在肖刚的办公室里候着，医生说了，要等到早上八点钟上班后，安排个适当时间让他们和程小羊谈话。现在他俩出来散步的目的，主要是商量一下怎样保护程小羊。在空旷无人的大道上，他们谈话方便。

"葛队，你要多费点心，一定要将程小羊保护好了，如果我预料的不差的话，他每时每刻都处在极度危险之中。"

葛俊中平伸了几下胳膊，又踢了踢腿，边活动边回答说："对的肖局，程小羊对古墓血案的侦破颇有价值，随着这条线索查下去，我们必定会有新的收获。"

"葛队，"闪过一个晨练的跑步者后，肖刚接着说，"关键，他掌握着一个非常重要的秘密，你注意到了吗？"

"你是说，和姬妃妃相好的那位？"

"对。这可是条大鱼啊。"

"是的，如果能从程小羊口中得知这位神秘人物身份的话……"

葛俊中刚说到这里，肖刚的电话铃声响了。

"我是肖刚，请讲。"

"肖局，"电话里的声音显得很惊慌，说话的声音都有些颤抖，"我是小马，不好了，出，出事了。"

"怎么啦？"

"程小羊被，被杀了。"

肖刚大惊，急忙追问了一句："你说什么？重复一遍。"

"程小羊被杀。"

肖刚将电话一扣，拉起葛俊中就往回跑。葛俊中注意到，在肖刚的脸上，出现了少有的惊慌，他预计可能有什么大事发生了，于是小声问道："肖局，什么情况？"

肖刚放开葛俊中胳膊，说一声："快，我们跑步到医院，程小羊被杀了。真是糟糕，怕来的终究还是没挡住。"

马如斌一夜未敢合眼，死死紧守在病房外面，直到被吕文和王寿山在三点多替换下来。马如斌也确实困了，一头栽倒在医院大厅的椅子上，不到一分钟便沉沉睡去。睡梦正酣，突然，一位前来查看病人情况的女护士一声尖厉的呼叫声，将沉睡中的马如斌惊醒。

"怎么了？"

"马队，你，你看。"

女护士牙齿上下咯咯碰撞，竟然说不出话来，只是用颤抖的手指着病房。

"我的妈呀，坏大事了，我真该死。"

马如斌随着她的手指望去，不仅倒吸了一口凉气，脑袋像被敲了一闷棍似的一阵鸣响，他一个箭步窜到程小羊的病床前仔细一看，立刻被眼前的景况惊呆了。

就见病床上的程小羊脑袋歪斜着，右手耷拉在床边，眼睛惊恐地大睁着，胸前有一处致命刀伤，鲜血从刀口处滔滔不绝地往下流淌。马如斌摸了一下程小羊的体温，还温热，看样子死后不到三十分钟。

"吕文呢？吕文。老王，老王？"

没有听到吕文和王寿山的回话。马如斌这一惊更非小可：坏了，莫非吕文和老王也遭了暗算？他折返身跑出病房一看，就见吕文倒在离病房门一米远的一张长条椅上，后脑似乎受了重伤，有丝丝鲜血在不断地渗出，人处于昏迷状态。

而王寿山却不见了。

"快，护士，喊医生，立即抢救。"

在护士急奔值班室去找医生的空档，马如斌火速将情况报告给肖刚局长。

当肖刚和葛俊中来到医院时，程小羊的病房已被马如斌召集来的几个刑警全面封锁警戒并现场取证。刑警吕文脑伤不是太重，已经醒了过来，但头晕且疼得厉害。

"小吕，你能回答我的话吗？"

肖刚用手在吕文的前额上试了试，感觉他还是有些高烧。一边问小吕话，一边吩咐护士说："请给小吕降温处理，他的体温还是比较高的。"

吕文见肖局长问话，咬了咬牙，挣扎着要往起坐。肖刚立即将他按住："你头上有伤，正在高烧，不用起来，如果觉得能回答的话，可以回答，不能回答的话，你先休息，一会再说。"

"肖局，没事，我能行，能说话，我如果连这点疼痛都顶不住，还是你手下的兵吗？"

肖刚满意地点点头说："好样的。那我问你，你是怎么受的伤，还能记起来吗？"

略一停顿。吕文皱了一下眉毛，但又很快舒展开来："肖局，记得。当时我和老王聚精会神地监视着病房的门，突然，我好像听到病房的窗户有轻微的响动声，就起来到病房门上往里观察，正在这时，我后脑勺剧痛，倒在地上便失去了知觉。"

"你确信你是在病房门前受的伤？"

"肖局，我确信。"

肖刚望了望葛俊中，葛俊中会意地点了点头。

肖刚给吕文拉了拉被子，柔声地说："好，你先好好休息。"

吕文又挣扎着想往起坐："肖局，我没事，让我去执行任务吧。"

肖刚又轻轻把他按在床上："不行，你现在是伤员，你的任务就是休息，请执行命令。"

走出吕文的病房，葛俊中小声对肖刚说道："肖局，我看这个王寿山有问题，你看这个。"

肖刚接过葛俊中递给他的一张纸条，纸条上写着一句话：程小羊是野兽派的一只羊，该杀。

肖刚有些吃惊地说："是王寿山的笔迹，杀了人还留字，太狂妄了。程小羊是野兽派的人？羊，对了，兽类中的一种。那么，在刈陵地面，还当真有这么个盗墓组织。"

"这么说来，王寿山就是紫微帮的人了？"

肖刚颔首说道："应该没错。"

很快，整个医院被惊动了。许多人拥挤在警戒线外窃窃私语，踮脚翘首向程小羊出事的病房探望。程小羊病房里的现场勘察仍在继续。肖刚低声向马如斌分配了任务："马队，你马上回局里，除正常值班的外，组织全部警力全城戒严，全力查找王寿山。葛队。"

"在。"

"我们到王寿山家里一趟。"

"他应该早就逃走了。"

"我不是找人，是查线索，看从他家里能否发现一些相关线索。"

在前往王寿山家的途中，肖刚分析了程小羊被杀的过程：王寿山趁吕文不注意，从后面将吕文击倒，他先把吕文拖到长椅上，然后到病房将程小羊杀死。

第五十章　东躲西逃

肖刚正在推理，刑警单如燕打来电话，说隐伏在盗墓组织中我警方线人报告，孙子貌现在离开焦山已经坐上了南下的火车，目的地可能是晋南的凌云市。肖刚急忙将车喊停，对葛俊中说："葛队，你去王寿山家，我先回局里安排一下，孙子貌已从焦山逃出，他这次南下，我们必须盯紧了，如果再出现意外，我们就更加被动了。"

肖刚感觉案情头绪繁多，越来越乱，乱得头都有点疼。

在刘陵地面，确有野兽派这么个组织，其总部隐匿在牛刨泉风景区。

就在肖刚安排盯梢孙了貌的同时，牛刨泉三圣殿下秘密地宫里的野兽派也在紧急安排对孙子貌的追杀行动计划。

上午，八点半左右。

牛刨泉三圣殿前，还是那个奇丑无比的驼背伤疤老道，手里拿着把秃毛扫帚，佝偻着腰，半天有气无力地扫那么一扫帚，这老道扫一下，便扭头看一眼从身边走过的香客、游人。

一个多小时后，老道自言自语地说："咳，咳咳，差不多了。"

说完，将扫帚往肩上一扛，拧了一把鼻涕，在肮脏的道袍上擦了擦手，趔趄着向三圣殿后面走去。

牛刨泉三圣殿地下宫殿。

地宫美丽壮观，装饰豪华，虽然大厅上站立着八个木头一样连动都不动、眼皮眨都不眨一下的大汉，高矮胖瘦不等，但静得好似空无一人，静得有点可怕。四周墙壁上布满了狰狞可怖的猛禽凶兽头像，那应该是野兽派所有人众的身份标志，只是在彪、狮、虎、豹、狼、豺、羊七个兽头上方，每位挂上了一朵雪白的大花，表示这些个成员已经尽忠。

几只暗红的灯光一闪一灭，很有点阴曹地府的味道。

"各位辛苦了。"

从一排巨型屏风后面，倏忽传出一声问候，在寂静空旷的地宫大厅里如同响雷，震得在场诸位的耳膜嗡嗡作响。

这十多个大汉神经一紧，腰身一挺，齐声答道："宫主好。"

屏风后面的声音悠悠再起，只是比刚才略低了些："今天叫各位来，是要给各位交代一项任务。听说孙子貌这个混蛋在焦山隐伏了一段时间，现在又有动作，据说要南下凌云。我清楚他，他到凌云只能去找一个人，这个人叫黎义芳，猫、鼠两兄弟。"

俩人齐齐躬身答道："在。"

"你二人一贯做事小心谨慎，有智有谋，这次由你俩去执行任务，另外我会派人暗中配合你俩行动，至于怎么找到黎义芳的详细住址，你们自己想办法，我想这个无须交代。你俩一定要小心谨慎，想办法把他弄到手，看他携带有多少文物。孙子貌这个龟孙王八，杀了我们的弟兄，夺走我们的珍宝，我要严厉惩罚这个恶贼，你们找到他后，将其就地正法！"

"属下明白，宫主。"

"具体行动方案，我会派人单线与你们联系，这次追杀孙子貌非常重要，不得有半点马虎，如果失职，严惩不贷。其他人待命。"

一猫一鼠齐声答道："效忠宫主，万死不辞。"

"好，会议到此结束，下去吧。"

最后一个"吧"字出口，声音已经远去。这些大汉方敢长出了口气："哇呀，真可怕。"

"你等说什么？"

从悬挂着几十个兽头像的石墙后面，突然传来一声喝叱。

八条大汉身形再次一挺，惊恐地回答道："弟子该死，问副宫主好。"

"记住，你们永远都在我的监控之中，请好自为之。"

"是。"众大汉声音都颤抖了："弟子谨记在心。"

"好，猫、鼠留下，你们都去吧。"

"遵命。"

八条大汉大气也不敢再出一声了，轻手轻脚地退出地宫。

这个被称作副宫主的不是别人，正是将玉面狐狸王碧蕴指引到地宫的牛刨泉三圣宫那个圆脸中年道士一尘。而宫主，就是那个一直在三圣殿外院子里打扫卫生的奇丑无比的刀疤脸老道。这里，就是盗墓集团之一的野兽派秘密驻地，也是野兽派的总坛。

　　四个多小时后，乔装打扮换了另一幅面孔的猫、鼠二兄弟在火车站准时踏上了孙子貌所在的列车，并按副宫主提供的情报，准确地找到了孙子貌，把他秘密监视起来。

　　在猫、鼠二兄弟踏上列车的同时，从另外两个不同车门，又上了两拨人马。从中间一道门上去的一拨有三个人，两男一女，领头的身高一米八三以上，英俊潇洒，另外那个人男的身高约一米七，四十多岁，带一副近视眼镜，一派学者模样。女的二十四五岁，面容端庄秀丽，肤色白皙，非常漂亮。这三位，正是刈陵县公安局刑侦大队副大队长马如斌和刑警赵文杰、单如燕。

　　在客车倒数第二个车门上车的一拨有两个人，都是三十多岁，一个是紫微帮使者瘦猴，另一个则是拐走杜泰老婆的张浩石。

　　这两拨人马的目标，同样是跟踪孙子貌的。孙子貌好人缘啊，照顾他的人还真不少。说实话，要不是他身上藏有古墓文物未见踪影，他早死一百回了。三拨人马上得火车后，都在离孙子貌最近的三个车厢里坐下。除马如斌率领的公安干警比较安静外，其他两路人马隔一会儿，就有人起身到孙子貌的座位前后溜达一下。

　　孙子貌何许人也，他在部队当过侦察兵，又是玉面狐狸的儿子，加上天生阴险狡诈，尽管紫微帮和野兽派的人都易过容，但岂能逃过他的眼睛？尤其是尖嘴猴腮的瘦高个和大方脸，狮子鼻，浓眉毛，老鹰眼，阔口厚唇，牙齿疏黄的那两位，呸，易容了我老孙就不认识你们了？就是烧成灰我照样能认出你俩傻球来，在老子面前还敢装大爷，我呸，可还嫩哩，要没两下，还怎么做你们的副帮主？虽然孙子貌有十足的准备，但三拨人马七个人，那拨也不敢轻易去招惹。这小子的脑瓜在滴溜溜地转动：看来我是没计算好，马失前蹄了，被他们缠上麻烦大了。不行，我得想个妥善之策将他们都甩了才对。思忖了一阵，眉头一皱，计上心来：我何不如此如此，让你们狗儿们跟个空？哼，咱就比试比试，谁是英雄，谁是狗熊？想到这里，他左右一打量，见没人在盯梢，快速起身走进厕所，关死了厕所门。

当瘦猴再次遛达到孙子貌的座位前面时，突然发现跟踪的对象不见了，大吃一惊，马上喊来张浩石，一人一个厕所去找。

瘦猴找到车厢前面的那个厕所时，见厕所门从里面紧锁着，他用拳头擂了几下，吼叫道："里面有人吗？"

里面没人回答。

他又敲了两下，大声叫道："里面有人吗？"

仍不见回音。

瘦猴急得脸色灰白，大声喊道："乘务员，乘务员，快，快打开厕所，出事了，里面死人了。"

乘务员听见尖嘴猴腮瘦高个的厮声喊叫，吓了一大跳，急忙来到厕所门前问道："你吼什么，你怎知道里边死人了？"

"我能不知道？他是我弟弟，高考落榜，得了抑郁症，天天寻死折活的，这不？咱一下没看好，就出事了，弟弟，弟弟啊。乘务员，快打开门救我弟啊。"

瘦猴干号着，就是不见有泪下来。乘务员立刻把厕所门打开。瘦猴一看，里面连个屁影儿也没有，厕所窗户大开着。

孙子貌，跳车跑了。

瘦猴把目标跟丢了，吓得汗毛根根直立，说话声都变了味儿："这可怎，怎么办？怎么办？"

大方脸狮子鼻的张浩石眼一瞪吼道："就你妈那点出息，吼啥吼？怎么办，跳车追啊！"

在孙子貌前面车厢乘坐的马如斌，当时正伸出头来观察外面的地形地貌，忽见邻近的那个厕所窗户一开，孙子貌从里面爬出来跳下火车滚了两三滚，钻进一片高粱地里不见了。马如斌忙招呼赵文杰和单如燕说："孙子貌逃跑了，快，跳车追。"

马如斌够快了，但有个人比他们跳车还快。

谁？明月庵主持圆觉师太。

第五十一章　意外遭遇

杨锦慧听说杜泰有难，心里十分着急，也没来得及和圆觉师太打个招呼，就头也不回地奔出了明月庵。

圆觉师太见杨锦慧急奔而去，知道她肯定是去救杜泰无疑，这小丫头也不想想，救人那么容易？那些人个个武艺高强，狡诈异常，心狠手辣，你小丫头孤身一人，就你那点三脚猫功夫，不要说救人，恐怕连你自己也逃脱不过这帮人的辣手。圆觉师太急忙追了出去，跑了几步，转念一想，不行，让这小妮子先走几步也无妨，我得准备一下。于是，圆觉师太返回寺里和小徒打了个招呼，抓过她的化缘包，简单打点了点应急用品，就紧紧尾随着杨锦慧奔出明月庵。

一个在前边飞奔，一个在后边紧追，一绿一灰两条人影飞也似的向皇侯岭火车站疾行。

到底是圆觉的轻功高于杨锦慧许多，只十多分钟就追上了她。

"小施主，你太任性了。就是救人心切，也要跟老尼合计合计如何行动才对啊。你如此莽撞，怎么去救人？弄不好还得别人去救你。"

旁观者清，当局者迷。圆觉的一席话，拨亮了杨姑娘那盏心灯。杨锦慧见连尼姑老友都惊动了，觉得很是不好意思："对不起啊师太，我一脑热，就什么都顾不了啦，连累了师太你。"

"你也不回家简单收拾一下？"

"没好收拾的，咱是去救人，又不是去旅游观光。"

"说得也对，我是担心你。我倒没啥，老尼经常行走江湖生活习惯了，一衣一钵一木鱼，这便是我全部的行李了。"

"师太，咱赶紧走吧，迟了怕误点。"

下午五点半是石家庄开往长治方向的最后一班客车，到刈陵站停五分钟，幸亏她俩赶得快，临火车进站还有十多分钟。

圆觉掏出一张百元票子递给杨锦慧说："小施主，你去买两张到长治的票，我先上厕所一趟。"

到得厕所后，圆觉并没有净身，而是掏出手机拨通了县公安局长肖刚的电话："肖局长，我是明月庵的圆觉，有急事。"

"你好圆觉师太，请讲。"

"听说杜泰在凌云遇到了麻烦，生死不明，杨锦慧现在要去救人，贫尼怕她有闪失，暂时跟着这小丫头。"

"谢师太关心支持我们工作。这样吧，劳驾师太一路保护好锦慧，她还年轻，又没多出过门，特别是到凌云后，可能会遇到许多凶险，你一定要保护好她，保证她的安全。我与凌云公安部门联系一下，你们到了凌云后先找个旅店住下，我让凌云方面的同志给你们去送点经费解决一下临时急用。一路要格外小心，有情况请及时和我联系，你只管跟着锦慧就行了，其他的我来安排。"

"好的。对了肖局长，还有一件事，麻烦你派个人去棉织厂给杨锦慧请个假吧，这小丫头为了救人，什么都顾不上了。"

"好，没问题。"

从厕所回来后，火车正好进了站。上得车后，她俩找了个临窗的座位坐下。因刚才跑得太急，杨锦慧香汗淋漓，前边擦了后边流，而圆觉师太则不同，脸上唯见少量汗珠，神定气闲，两人的功力若何，一看便知。这趟火车是区间慢车，见站就停，慢腾腾的像蜗牛在趴。一路上，可把杨锦慧急疯了，她心急如焚，恨不得一下子飞到凌云，可这破火车却慢慢腾腾，见个小站就停，真心烦死了，走了两个小时才到达长治站。到长治下车后，又等了半个多小时，方才上了开往凌云方向的客车。车上的人真多，大多是南下打工的农民，整个车厢都塞满了人，人挤人连气都喘不上来。杨锦慧一般不出远门，第一次坐火车到凌云就尝到了这种挤车的滋味，她没想到坐火车的旅客这么多，感到极不习惯，但是为了救人，也只能硬撑了。就这么硬撑了一个多小时，等车到晋城，俩人才算找到了座位坐下。

"来，小施主，吃点东西吧。"

"师太，我吃不下，你吃吧。"

"那能行？"圆觉从化缘袋里取出两个烧饼递给锦慧："没水，先干啃两口压压饥，等人松点了，咱去打点开水来。从吃过中午饭到现在快十一个小时了，不吃点东西可不行。"

还是圆觉有出门经验，出行前，她先到灶房顺手拿了十几个烧饼，预备着在路上充饥。

这一美女一尼姑惊世骇俗，她俩的说话随即引起众旅客特别关注。

"哇，好俊美的姑娘啊！真是世上少见。"

不少人发出艳羡之声，他们被杨锦慧的美貌惊呆了，就连女人们也瞪大了眼睛，目不转睛地注视着这个天生尤物。

"啊，这位师太也好俊啊。"

这是旅客夸赞圆觉师太的。能在火车上碰到一个尼姑就已经很少见，偏巧圆觉师太长得也俊，虽然年纪大了，但仍不失花容月貌，更是吸引了不少人的眼球。论年龄，圆觉应该在八十岁左右，因长期念吃斋养生，皮肤保养得很好，脸上很少皱纹，五官俊俏，弯眉毛，大眼睛，一脸正气，一副仙风道骨的模样，看上去只有六十几岁不到七十。

说来也巧，她俩乘坐的这趟列车，正好是孙子貌坐的这趟车，而且就与孙子貌乘坐的车厢挨着，只是她俩不知道罢了。又过了两个县级小站后，车上才算松宽了些，圆觉将化缘包塞在锦慧手里说："小施主，你坐着，我去打点开水来。"

直到这时，杨锦慧才觉得做事有点莽撞了，什么也没准备，要不是师太带了干粮和铜钵，在车上口渴了想喝口水都难了。杨锦慧感激地说："师太，还是我去吧。"

圆觉呵呵一笑说："傻丫头，哪有一个年轻姑娘拿一个出家人的铜钵去打水的？"

"这，"杨锦慧不好意思地笑了笑说，"那就麻烦师太了。"

圆觉本想和杨锦慧贫几句嘴，但觉得车上人多，人们又都在齐刷刷地看着她俩，就把一截子话咽回肚子里了。她拿起铜钵来，款款顺着人缝往前挤，口里不住声念叨着："施主借个光，谢谢，谢谢。"

就在圆觉打好水返身的一刹那，她看到在前节车厢里坐在一个人。这个人她认识，就是明月庵所在地黎家庄村的孙子貌。孙子貌是个名人，在刘陵县很少人不认识他，加上这个人曾经到庵里布施过三两次，捐了大约五千人民币。圆觉以前对这个布施者还是有一定好感的，但孙子貌东窗事发之后，圆觉看清了孙的真面目，也就把这个人当作与佛之行为相左的大恶人了。起初，圆觉还以为看花了眼，但仔细一看，分毫不差，就是他。她赶忙低下头，匆匆回到座位上。

"来，小施主，先喝点水。"

圆觉先让锦慧喝了几口，接过来自己也喝了点，一边将铜钵递给杨锦慧，一边在她耳边悄声说道："小施主，你猜我见到谁了？"

"谁？"

"孙子貌。"

杨锦慧吃了一惊，感到非常意外，不觉声音大了些："什么？你说，见到了孙子貌？"

圆觉用手指在她的大腿上轻轻拧了一下："小施主，你疯了，不能小声点？"

杨锦慧抬起头来看了看前后左右，见现在已经没有多少人在关注她俩说话，这才嘻嘻笑着说："还有师太你害怕的时候？再说，车上的人又认不得谁是孙子貌，更不知道咱们说得什么，不怕。"

"你呀，一个贪玩儿永远长不大的孩子。"

杨锦慧把嘴贴近圆觉师太的耳朵轻轻地说："师太，我去看看。"

圆觉也把嘴贴在锦慧的耳朵上悄悄说道："你不能去。如果我没猜错的话，孙子貌是要到凌云去。现在不要惊动他，下车前咱把他盯紧了，救杜泰，全靠这位了。"

"师太，什么意思？"

"嘘——小施主，不说了，小心隔墙有耳。"

第五十二章　紧急跳车

不错，前面车厢里坐着的，正是四处逃亡的孙子貌。

圆觉师太只是不知道，在前后车厢中，还有另外的三拨人马也在紧紧地盯着孙子貌的一举一动。这位昔日江洋大盗玉面狐狸的公子，就像困在铁笼里的一只野兽，饶是他这头野豹子凶狠残忍，但在这三拨人马面前，也只能耷拉下脑袋装狗熊，不敢轻举妄动。他明白，不要说刑警外出执行特殊任务时都要佩戴枪械，仅就一派一帮这几个人而言，个个武艺高强，身手不凡，敌众我寡，贸然反抗，只能是自寻死路，不死也得脱层皮。孙子貌生性狡诈，他知道该怎么做才比较安全，才对自己有利，现在最重要的，是想办法摆脱他们，尽最大努力保全自己。

一个多小时后。

吃了点干粮，圆觉师太靠在座背上捻着胸前的佛珠，眼睛微闭，嘴里念念有词，虽不出声，但见她的嘴唇不停地在动，杨锦慧知道师太这是在做晚课。杨锦慧越想越不大对劲，这个孙子貌既然向南走，那么会不会与杜泰有关？杜泰已经在那边遇到了麻烦，如果再加上这个孙子貌，那杜大哥他……她不敢再往下多想了，决定偷偷去看看这个孙子貌。姑娘冰雪聪明，她转念又一想，孙子貌如果真的是去找杜泰的麻烦，从现在来说未必不是一件好事，她们正发愁找不到杜大哥呢，有他当向导，岂不更好？她明白自己虽然懂点武功，对付三两个常人足足有余，但要与这个当过侦察兵受过特殊训练，又得到大盗玉面狐狸真传的孙子貌一较长短，恐怕远不够资格。

她想把自己的想法告诉给圆觉师太，征求一下她的意见。于是，她轻轻拉了拉圆觉师太的衣角说："师太。"

圆觉师太专心念她的经，没有回答。

杨锦慧一看圆觉师太这副道貌岸然的模样，小脾气不觉就上来了，突然大声喊道："圆觉师太！"

圆觉被她这一声吼吓了一跳，眼一睁，两道精芒直射而出，嗔道："疯丫头，你瞎吼啥？"

圆觉师太高度警觉，她前后左右扫视了一圈，见大部分旅客都在睡觉，只有几个人被杨锦慧这一声娇吼吓得睁了一下眼，看了看没事，是小姑娘闹着玩的，就又闭上眼睡去了。

圆觉眼里的精芒这才慢慢敛去。

杨锦慧吐了一下舌头，在心里暗道："我的妈呀，圆觉老尼姑这内功够深厚的呀。"

"我是说，我到前面车厢看看孙子貌有什么动静没有。"

"嗯？你小丫头可别去招惹那妖孽，你那点武功，在他面前无异于以卵击石。"

"师太，"杨锦慧说，"我知道，我没有招惹他的意思。我是说，我就是想看看他，偷偷看看还不行吗？"

"你鬼精，我还不了解你？"圆觉笑了笑说："你虽然平时心思缜密，可现在心乱了。"

"我？我心乱？我心乱啥，为啥要乱？师太你别瞎说。"杨锦慧俏脸一红。

"天知地知，你知我知。小施主，不和你贫嘴了，我问你，想干啥？告诉我。算啦，你不用说了，我什么都知道。虽然我不在红尘，但不代表我傻，我当年亦曾经为人之妇，也有儿子。"

圆觉师太脸色一变，感觉有点说漏了嘴，赶紧转变话头："你不能去，容易打草惊蛇。"

杨锦慧鬼精，一听师太说她有过儿子，马上问道："你出家前有个儿子？多大了？叫什么？在哪里？"

师太眼一瞪说："丫头，不觉你的问话有些多了吗？"

杨锦慧看师太有些生气了，一吐舌头说："哼，不理你了，什么都不让我去，还不让问话，你独断专行。"

"哈哈，小施主。"圆觉师太被杨锦慧的顽皮逗笑了："小丫头，攒攒劲，到了那边，有你忙的，还是我去吧。"

圆觉从化缘袋里拿出一副薄如蝉翼的特制面罩往脸上一戴一抹，雪白的面孔立即变成蜡黄，粗看上去一副病态模样。然后，用手指在心眉、眼角和颧骨三处轻轻一拥，拥起满脸皱纹，随又变成一个风烛残年的老妮，只可惜差一根拐杖了。

杨锦慧一看圆觉易容成这等模样，不觉笑了起来："师太，没想到你还有这一手。好，你去，你去吧。"

圆觉师太站起来腰一躬，轻咳了两声，用右拳捶了捶后背，沙哑着嗓子对杨锦慧说："小施主，老尼去了。"

"去吧，去吧，师太。"

杨锦慧止不住抿着小嘴儿笑起来。

圆觉掏出她的化缘铜钵来，一路直呼："各位施主借个光，借借光，菩萨会保佑你的。谢谢，阿弥陀佛！"

她佝偻着腰走到孙子貌面前，上下打量了他一番，低下头咳嗽了两声后，古怪地一笑说："这位施主，看你印堂发紫，必有凶兆，可否让老尼给你指条明路？"

孙子貌抬起头来，瘦长的驴脸活像一张死人脸，他用刀子一般的目光审视了老尼一眼，沉声说道："休得胡言。"

"这位施主。"圆觉师太将铜钵往他眼前一递，嘻嘻一笑说："出家人不打狂语，你近日确怕有凶险之事发生，如果你肯仗义施舍的话，老尼保你逢凶化吉。"

孙子貌心里正烦着，见一个老尼又来打岔，气不打一处来，大声喝道："你这个死老尼，我有无凶事关你屁事？滚！"

圆觉师太挨了骂但毫不在意，仍嬉笑着说："施主，你不在乎也罢，可也不必对老尼出言不逊。唉，世界上竟还有拿死亡当儿戏的人，阿弥陀佛，善哉，善哉。"

圆觉转过身，背过手敲打了两下后背，轻咳了两声，佝偻着腰，一摇三晃地走了。当走到车门口的一刹那，圆觉师太回头望了一眼，就见孙子貌站起身来，向厕所方向走去。就在孙子貌走进厕所锁上门之后，一个脸色青灰的瘦高个中年人径直向孙子貌的座位方向走去，一看孙已不见，赶忙吆喝来另外一个大方脸狮子鼻的人。圆觉师太心里咯噔一跳：这个人烧成灰我也认识，挑碎杜泰家庭，拐走人家老婆的大恶人张浩石。他为何在这里？难道他也是道上的？也是为了孙子貌而来？他在这里那武艳芳呢？他俩不是私奔了吗？武艳芳此刻是死是活？在她心里，很快产生了许多许多的问号。对了，我要问问这个张浩石，搞清楚武艳芳的情况，好歹向杜泰和杨锦慧有个交代。但转念一想，不对，看他们的着急模样，难道孙子貌要逃？

想到这里，圆觉师太赶快回到座位，拉开车窗一看，孙子貌已经从厕所的窗户上伸出两条腿来。圆觉急忙把假面具卸下来收好，抓起她的化缘袋，一拉杨锦慧说："快，跳车。"

杨锦慧被搞得一头雾水："师太，你这是？"

说话间，圆觉已经爬出半个身子。

对于习武者来说，上下爬这样的慢火车简直就是小菜一碟。跟着，杨锦慧也跳了下去，两人一前一后，向孙子貌逃跑的方向追去。而这时的孙子貌已经跳下火车，钻进一块玉米大田里。

这时，天已蒙蒙发亮。

圆觉师太边追边喊："孙施主，你别跑，你跑不了的，你站住，老尼有话对你说。"

哪里有孙子貌的回音？

只听见玉米田里传来一阵哧哧啦啦的响声，人来高的青纱纷纷向后倒去，竟然被孙子貌硬生生踏开一条路。孙子貌再狡猾，也没想到他比目前大田里的玉米还高半头，即使猫着腰，他那颗尖头也像大海中的一块礁石，时隐时现，根本无法像野鸡野兔一样随意藏匿。

说来也怪，就这么个活目标，按圆觉的轻身功夫，该早就追上他才对，但她始终和孙子貌保持着数丈远的距离。看样子，她不是要抓他，而是跟踪他，无疑，圆觉师太是要掌握孙子貌的去向。

追赶间，圆觉忽然想到了杨锦慧，扭头一看，见她没有跟上来，不觉心里一惊：坏了，不能再追这个亡命之徒了，保护锦慧要紧。圆觉刹住脚步，转身就往回返。

待出了玉米大田，圆觉愣住了。

此刻，正有两个男人一人一只大手，将杨锦慧的两条玉臂抓了个结结实实。

原来杨锦慧的身手较弱，等她跳下火车时，圆觉已经甩开她远在十丈开外，独自一人追赶孙子貌去了。

夏天凌晨四点多，十几丈以内人物的眉眼可以看得清清楚楚。天边一片鹅黄，那是太阳将出的前兆，有几片黑云镶嵌其中，有如画家在作画时不小心滴染了几片化开来的墨汁。

"师太，师太，等等我呀。"

杨锦慧高声呼喊，然这呼喊没喊住圆觉，却招来两头恶狼，谁？瘦猴和大淫贼张浩石。

"杨锦慧？"

张浩石一看是杨锦慧，愣了：哟？这丫头片子不在家给武艳芳看门，跑到这儿干吗？他有心上前和她打个招呼，又怕暴露了身份，可不上前打招呼，已经相遇了，走，更会引起杨锦慧的怀疑。

怎么办？张浩石愣在那里，一时竟不知如何是好。

第五十三章　羊入虎口

"什么？老五你说，这个漂亮小妞就是杨锦慧？"

瘦猴同样也愣在那里，但"愣"的原因不同，准确地说瘦猴是呆了。这小子一见眼前站着这么一位漂亮姑娘，眼都直了。他只听说过杨锦慧，一大美人，名号响亮，但没有和杨锦慧谋过面。从张浩石嘴里得知，杨锦慧这小妞长得特别好看，曾迷倒刈陵县无数小男孩。早就有一睹芳容之心，今天老天有眼，天上竟然掉下个林妹妹，让他无意中见到了这个闻名遐迩的小美人，难道这是老天的安排？难道该我瘦猴交桃花运？哟，哟哟，真是名不虚传，贼溜溜地漂亮。这个时候的杨锦慧，一夜几乎未曾合眼，粉黛不施，面容憔悴，秀发散乱，加上刚才从火车窗户往外跳时，不小心上衣被撕开一个洞，露出了微黛色的嫩肉儿，这么一副没有精心打扮的随意模样，反而成为一种天然的美，一种男人无法抗拒的美。

"我的妈呀，亲妈，亲娘，亲奶奶，亲姥姥，这是人，还是仙女？"

瘦猴一见到这个小美人，脚后跟早就发了软，竟忘记已经跑远了的孙子貌，忘了他还有"正事"要办，两只眼睛直勾勾地望着杨锦慧，眼珠子一动也不动了，嘴里直往下流口水，两只手上下左右直抓狂，活脱脱像只野猴子。落在手里的天鹅岂能让她飞了？瘦猴想：你妈个球，孙子貌你孙子往哪跑？老子一清二楚，老子会找到你的，顾不上管你孙子了，老子先和这个小美人快乐一番再说。再说了，这是在上千里之外的地方，又是荒郊野外，怕什么？眼前是一片绿油油的玉菱地，天然的青纱帐，天当被子地当床，嘿嘿。

邪念起处，脚已飞动。这小子天生的竹竿身材，其他功夫一般，轻功在帮里那可是不敢数一也敢称二，就见他蜻蜓点水般地几个起跳，就窜到了杨锦慧的面前，堵住了她的去路。

"哎哟，小妹，大清早的，你这是急着干吗呢？"

"妈呀，你，你是谁？是人，还是鬼？"

杨锦慧正一心追赶圆觉师太，只觉一缕轻风拂面，面前冷不丁多出一个瘦高个。但见这人生得白面无须，尖嘴猴腮，脸色青灰，三角眼，映眉毛，活像一个孤魂野鬼。杨锦慧吓了一大跳，急忙后撤一步，悄然运起功来，以防不测。

"小妹啊，"瘦猴嘻嘻一笑说，"我是谁不重要，重要的是你能和我玩一下吗？"

杨锦慧一听这人的口气，再看看瘦猴那双色眯眯的眼睛，明白了，大清早的碰到了色狼。她也有点害怕，圆觉师太追赶孙子貌去了，这个地方，这个时辰，碰到这么一个白无常一样的魔鬼，估计凶多吉少了。但杨锦慧是个什么人？外秀内刚，是个天不怕地不怕的主儿，要不，她也不会铤而走险去救杜泰了。她原准备和这厮拼斗一下，可转念一想，我还有正事要办，岂能和你这个流氓无赖在这里纠缠？得了，我报警吧，让公安来收拾你。脑子里想着，手已去拉坤包的拉链，准备掏手机。

瘦猴这小子鬼精得狠，一看杨锦慧的动作，就知道她想干什么，小妮子，跟爷玩这个还差得远呢。瘦猴心在想，身已动，也未见他怎么作势，五根鬼爪一样的手指向前迅疾一探，一把抓向杨锦慧的右手脉门。杨锦慧大吃一惊，正要躲闪时，已经迟了一步，只觉这鬼一样的人左手抓处一麻，全身立即瘫弱。杨锦慧这回可真害怕了：妈呀，完了，落到这等人的手里，怎么会有好下场？杨锦慧的一颗心直往下坠，后背丝丝冒凉气。

"嘿嘿，小妞儿，还有什么奇招妙术，拿出来给爷看看，你打电话呀，报警啊，让警察叔叔来抓我呀，哈哈哈，打呀，怎么不打了？小美人，落到爷手里，算你三生有幸，爷有的是钱，跟上爷不愁吃不愁喝，山珍海味任你选，绫罗绸缎任你穿。走吧，让爷先宠幸了你，然后咱就是夫妻了。哈，哈哈哈。"

瘦猴将杨锦慧的右胳膊往肩上一放，弯下腰去，扛起杨锦慧就要往玉米地里钻。危急时刻，只听张浩石一声大喝："猴子，放下她，你疯了？"

瘦猴扭头一看，见是张浩石，一笑说："怎么，老兄也想来分一杯羹？"

"分你妈个球！"张浩石脸色铁青满脸怒气，暴喝一声，"龟孙，忘记正事了？你不放下她，我一掌劈死你！"

瘦猴看张浩石这架势，来真的了，根本就没有共享的意思，倒像有独吞的意图，于是嘿嘿一笑说："老兄，总得有个先来后到吧？你已经有了艳芳，这小妞，就让给小弟如何？"

"放你妈狗臭屁，你敢动她一指头试试？"说着，那铁锤一般的大拳头在瘦猴面前一晃："你奶奶个熊，她是我妹。"

"你妹？哈哈哈，算了吧，我还不知道你小子，是个小妞就是你妹，你哪来这么多的妹子？你可要搞清楚，我是你现在的领导，你得听我的。闪开，不要挡老子的路，等老子好事完了，再去办正事。"

张浩石当时正在踌躇，见，还是不见杨锦慧？没料到，就那么一踌躇，瘦猴便窜了出去，当他反应过来时，杨锦慧已被瘦猴扣住了脉门。尽管张浩石道德败坏，心狠手辣，对杨锦慧也有反感，但毕竟杨锦慧是杜泰和武艳芳的朋友，如果有什么不测，将来还有什么脸面见杜泰和武艳芳？所以他快速地作出一个决定：救。

不过，这里有一个问题，杨锦慧的右手脉门扣在瘦猴手里，他只能嘴上诈唬，却不敢冒险，他知道，如果强来，这小子急了手劲一大，小妞儿这条胳膊就废了，他必须想一个周全的解救方法。

总算张浩石这小子还有点脑子，他稍作盘算后，突然来了个一百八十度大转弯，哈哈一笑说："猴子，老子的心事算被你小子看穿了，这样吧，你去办你的好事，老哥我在外边给你放哨。"

"呵呵，老兄，这还差不多，够朋友，你成全我这宗好事，我会记在心里，有机会，我在大哥面前替你多美言几句。"

说罢，瘦猴扛着杨锦慧就要走。杨锦慧刚才见张浩石突然也冒了出来，更是大惊失色，搞不清他来到这里究竟想干什么。她来不及深想，因为右手脉门还被瘦猴这个畜生扣着，眼前最紧要的，是如何想办法自救。她又试着运了运气，不行，无法提起真气，无奈之下，只好放弃自救，听天由命了，两行清泪潸然而下。令杨锦慧没想到的是，在她面临危险感到无助时，张浩石还残存一点良知，竟然出手相救，这使得杨锦慧心里稍安，她知道以张浩石的能力，在瘦猴手里救下她应该不是难事。可她还是想错了，张浩石这畜生就是畜生，要让畜生有人性，那是不可能的。

眼见张浩石说出那一番话，气得杨锦慧银牙咬得咯嘣嘣脆响，大骂道："张浩石你猪狗不如，本姑娘算看透你了，你的事情，我会原原本本、完完整整抖搂给杜泰，抖搂给公安人员。"

"住口，"张浩石大怒，"小妞，你真的是不想活了？"

说着，迅速上前一步，照杨锦慧的粉脸上扇了一巴掌。同时，身一转，一把抓住锦慧的另一条胳膊说："猴子，你放手，先让我教训一下这个不知天高地厚的小妞。"

瘦猴一惊，将杨锦慧往怀里一拉道："张兄，你想干吗？"

"猴子，你放手，我要不将这小妞剥层皮，我就不是娘养的。"

杨锦慧怒骂道："畜生，你本来就不是娘养的。"

这时的张浩石，也顾不上和杨锦慧对骂了，身子向前一探，伸手就去抓瘦猴的右手。瘦猴明白了，姓张的这小子他妈的表面上说是教训她，实质上是乘我不备，想从我手里把这小美人救走，遂哈哈大笑道："好哥们，够义气，你省省吧，你敢乱来，我就震断她的手脉，捏碎她的腕骨。"

张浩石知道这一计被瘦猴识破，如强行出手，吃亏的一定是杨锦慧，没办法，赶紧把手缩了回来，但仍紧紧抓着锦慧的左胳膊不放，也哈哈大笑说："瘦猴，你也知道我的为人，我救不了她，宁愿把她毁了，也不能让你小子糟蹋，不信试试，你敢捏碎她的手腕骨，我就扯掉她这条胳膊，先把这小美人给废了，然后再一掌劈死你，让你竹篮打水一场空，什么也得不到，还得搭上一条狗命。"

他俩在两边互扯，却苦了中间的杨锦慧。张浩石，哪有你这样救人的？你这不是救人而是在要本姑娘的命！

第五十四章　荒庙拜师

就在他俩一扯一拉的当儿，圆觉师太正好从玉米地里钻了出来，一看杨锦慧被这两人抓着，大喝一声道："畜生，你们找死，放开她！"

身形一晃，瞬间便到了两人跟前。

张浩石一看来者，知道远非敌手，有这老尼姑在，杨锦慧有救了，遂借机惊呼一声，丢开杨锦慧的胳膊大声招呼瘦猴说："兄弟，索命阎王来了，茬子硬，扯乎。"

哧溜钻进玉米大田里，张浩石先自一溜烟逃走了。

瘦猴闻声惊抬头，就见一老尼姑已迫近身前五尺。

这老尼姑他认识，是黎家庄神斗洼明月庵的圆觉师太。他知道这圆觉尼姑不得了，武功高不可测，和她斗，无疑以卵击石，但已经到手的好事，又不情愿就这么丢了，好歹也得和这尼姑放手一搏，不是鱼死，就是网破，宁在花下死，做鬼也风流。瞧这位，还真是色胆包天不知死活了。瘦猴毕竟不是一个鲁莽之人，在紫微帮里也算是个善于计谋的人，然而此时的他，已经被美色冲昏了头脑，在不得已的情况下，他是不会就此罢手的。他盘算着，先给这尼姑来点软的，用她最不愿听的话语刺激她，扰乱老尼姑的心，瓦解她的意志，尽最大努力削弱她的战斗力，也许还能有点胜算。

"嘿嘿，尼姑老姐，你怎么也来了？不在庵里打坐吃斋念经，跑到这千里之外干啥了？噢，我知道了，是尼姑姐姐深居庵内，有点寂寞难耐了？要不要小弟我给你消消魂、解解渴？"

"诘顽不训，老尼就教教你怎么做人，阿弥陀佛。"

眼前这个人圆觉师太虽然叫不上名字来，但他数次与孙子貌一起到庵里烧香拜佛，捐赠香火钱。她一直以为这是个善人，从没考虑过他的身份，尽管圆觉不清楚瘦猴此时此刻出现在这里的原因，但从他紧扣杨锦慧的右手脉门来看，这人起码对锦慧的安全构成威胁。圆觉是一位涵养极高的人，她不会因瘦猴的出言不逊而自乱方寸，在呼得一声佛号的同时，脚步微移，身形一晃，还没等瘦猴反应未来，已将他的左手脉门扣在五指中。

“施主，得饶人处且饶人，老尼不会和你一般见识，请松手，不然，我不用捏碎你的手腕骨，就能将你的全身功力震散，让你变成废人一个。”

一看圆觉鬼魅般一个闪身就将自己制住，老尼姑的功力之高，令他心胆俱裂，急忙松开扣着杨锦慧右手的手。圆觉素手轻轻将一抖，瘦猴借着圆觉的力道，身形一个向后翻腾，风叶般飘出五米多远，然后一个转身，飞快地钻进玉米大田，晃得几晃，没了踪影。

一看圆觉师太救了自己，杨锦慧苍白的脸上立现几片红云。圆觉师太拉住杨锦慧的手，望着她的脸，就像一个母亲在欣赏自己的女儿，眼中流露出世界上最伟大的母爱深情。她抚摸着锦慧的粉脸，嗔道：“你这个粗心的丫头，自己为什么不小心？”

杨锦慧听圆觉这么说，粉脸更红，羞得低下了头。想想刚才的情景，确实非常危险，如果不是圆觉师太及时赶到，后果真是不堪设想，即使不被糟蹋，也会在瘦猴和张浩石的撕扯下受伤。

想起这个该死的瘦猴，杨锦慧的心中那把火再次燃起：“这个畜生，下次让姑娘碰到，我——”

圆觉打断杨锦慧的话，脸色一正说道：“算了吧我的姑奶奶，就你那点本事，还会有下次？照样会被人家扣住脉门，拖进玉米地里。以后啊，就多跟师太学点本事吧。”

杨锦慧小嘴一噘，生气了：“你是个坏师太，为什么放了那个混蛋？为什么不一掌拍死他？这样的人还留他在世上干什么？”

圆觉笑了笑说道：“小施主，蝼蚁尚且惜命，何况人乎？我佛慈悲为怀，只要他能放下屠刀，立地成佛的话，未尝不是一件好事。”

“愚佛，真是好笑，一只恶狼，一条毒虫，你会相信他能放下屠刀？师太，你们出家人有时候的行为，真让人无法理解。”

“理解不了慢慢理解吧。”

圆觉师太顿了一下，抬头看了看天色，见东方将要日出，一颗巨大的血圆盘慢慢地冲出血红的云层，笑嘻嘻地露出半个脸，像个羞答答的小姑娘。

杨锦慧怒气未消，望着瘦猴逃跑的方向狠狠啐了一口："王八蛋，什么东西？下次，千万别让本姑娘碰上你。哼！"

圆觉师太忍不住笑出声来："小施主，如果想有下次，你须拜我为师。"

如果想有下次，你须拜我为师。对啊，我怎么没有想到这一层呢？杨锦慧突然醒悟了：是的，平时我只知道与圆觉师太探讨佛家理论，却从来没有想到和师太学习武功。据说圆觉师太在五台山修行时，就已经练得一身好功夫，这她是知道的。在明月庵，她也经常见师太练功，只是没料到圆觉的武功这么好，如果不是师太及时赶来，我今天岂不……想起刚才的险遇，浑身鸡皮疙瘩骤起。是啊，如不是这次出门救人，我还真不知道江湖如此险恶，江湖真的是深不见底，不会几下，还真不能在江湖上走动。怪不得那些黑道上的人，个个武功高强，各有一手绝招，原来都是行走江湖用来防身的，我这三脚猫功夫，不要说救人，恐怕时时得靠别人来救，不行，我是得拜圆觉师太为师，不但学她的人生道理，学如何做人，更要学她的武术和气功。

杨锦慧冰雪聪明，一点就破，她决定拜圆觉师太为师，而且是眼下、马上。

圆觉瞥了锦慧一眼，见她虽然在深思，但心平气和，知道她刚才的一句话打动了这姑娘的心。圆觉很喜欢锦慧，这姑娘特聪明，品质又好，善于动脑子，能吃苦，是个上好的练武材料，她有心教锦慧学武功，但姑娘从来没有透漏过想要拜她学武功的意思，几次欲点拨她几招，每每话到嘴边又咽了回去。在黎家庄及黎家庄周围的十几个村庄，由于历史的原因，武术源远流长，经过二千几百年的传承和发扬，已成为当地一种特有的文化现象，练武功的人极多，其中不乏当世顶尖高手。比如，现任副县长的段克非，从城建局任上退下来的老局长李亦昌，正在凌云缉凶的杜泰，在逃的通缉犯孙子貌等，就连黎家庄村十大赖汉中的老大、第一条赖汉曾建考，也能来那么两下子。当然，大家练武的初衷一是为了有能力保护古墓，二是强身健体，但后来却被一些人用在歪道上祸害社会，祸害人类，唯这点可谓武术界的悲哀。

俩人相视一笑，彼此会心，多说一句则显多余。

圆觉拉起杨锦慧的手说："咱快走，先离开这个地方再说，让人碰见在漫垅野地里，站着一个女出家人，特别是你这个美若天仙的年轻女孩，有些惊世骇俗，还以为碰到狐仙了呢。"

俩人快速向前奔去。

走了二十多分钟，就见不远处有一座土地庙，看样子新建起不久，红墙碧瓦琉璃脊，山花歇顶高飞檐，檐头一排风铃叮当作响。圆觉一见说好，咱就奔那里休息一会。

庙里坐定后，杨锦慧二话没说，将圆觉推坐在一条板凳上，退后三步，跪下就叩拜。尽管圆觉有收杨锦慧为徒弟的念头，但尚未与她正式提起，一见杨锦慧不管三七二十一就拜伏于地，一连磕了三个头，口中言道："师傅在上，请受徒儿一拜。"

"哎哟，你这小丫头，你知道我会答应收你为徒？随便就磕头。"

"哎？师父，这可是你刚才说得，不能反悔啊，大丈夫一言既出，驷马难追。"

"我可不是什么大丈夫，是个女出家人，尼姑啊。"

"你！"杨锦慧眼睛一红，泪花随即涌出，"你说话不算数，哼！"

"好了，好了，"圆觉一把将杨锦慧拉起来笑着说，"既然头都要磕了，我不认也不行，从今往后，咱就以师徒相称了。"

见师太答应了，杨锦慧这才破涕为笑："师傅，不是相称，而就是真真切切的师徒关系了，你不许骗我，你骗我这后半生我和你没完，天天去明月庵缠搅你，使你不得安生。"

圆觉帮她摘去沾在衣服上的几片草叶儿，哈哈一笑说："你个小丫头，天生就长着一张厉害嘴巴。我答应了还不行？"

"那好，师傅，你在这里等着，我替你化缘去。"

"哎，那能行？"圆觉师太拍拍锦慧的肩头说，"傻徒儿，你一个美若天仙的大姑娘，手里拿着一个出家人的铜钵去化缘，成何体统？况且，你这模样太招人眼了，说不定还会惹出个色鬼来。"

杨锦慧抓住圆觉师太的两肩使劲摇，用头抵住她的头撒娇地说："师傅你笑话我，我和你没完。"

"好了好了，别闹了丫头，你在这里等着我，我去前边村里化点斋饭吃，答应我，安安生生地在这里等我，我去去就来。吃过斋饭后，咱们再去追赶孙子貌。"

"好，我听师傅的。"

为了少惹人眼，圆觉师太仍旧拿出假面具戴上，化装成一个老态龙钟的年老尼姑，找了根树枝举着，弯着腰，轻咳了两声，出门去了。

杨锦慧这回不笑了，她知道，这是师太行走江湖的一个绝招。

第五十五章　虎口脱险

"快，跳车，追赶孙子貌。"

马如斌话音刚落，人已跨出车窗。赵文杰、单如燕紧跟其后，钻出车窗，跳下车去。

当他们正要追赶孙子貌时，却见明月庵的圆觉已经追了上去。马如斌一摆手说："停。快，隐蔽。"

三人在玉米地里一蹲，将身形隐了。

"怎么不追了？"单如燕不解地问。

马如斌没有正面回答，只是问他俩："你们认识黎家庄神斗洼明月庵的住持圆觉师太吗？"

"认识。"俩人异口同声地回答道。

"她已经追上去了。"

赵文杰也觉得纳闷："马队，她一个出家人，怎么会出现在火车上，又怎会跳车去追孙子貌？这到底怎么回事？"

"我也觉得有点奇怪，不过肯定事出有因。"

"那，我们怎么办，还追不？马队。"单如燕问。

"按圆觉师太的轻功，追上孙子貌当非难事，制服他更不在话下。我们静观其变，然后再作决定吧，我先和肖局请示一下。"

马如斌掏出手机拨通了肖刚的电话，但马上又挂断了。他清楚，在这种处境下，是不能开口说话的，迟滞了一下，他选择了使用信息交流的方式与肖刚说话。

马如斌：肖局，我是马如斌，这里不方便，只能发信息了。

肖刚：明白，请讲。

马如斌：情况出现突变，孙子貌跳车在逃，我们正欲追赶，不料明月庵的圆觉师太突然冒了出来，并急追上去了。我们怎么办？

肖刚：无妨。马队，让她去追，别理她。也暂时不用追赶孙子貌了，他的去向在咱们的掌控之中，你看到杨锦慧了吗？

马如斌：什么？她也来了？

肖刚：是的，她是要去凌云市真吾县救杜泰的，杜泰在那边遇到了点麻烦，圆觉是去保护杨锦慧的，这个杨锦慧掌握有张浩石、武艳芳不少机密，目前还没有向警方吐露一字半句。这个姑娘是个好姑娘，将来对我们会有帮助。如果圆觉去追赶孙子貌，你们就先以保护杨锦慧姑娘为主，千万不能让她有任何闪失。

马如斌：好，明白。

肖刚：马队，找到杨锦慧后，带上她一起去凌云。孙子貌追丢了也没关系，我们可以先期到达真吾县佛崖底村隐伏，守株待兔。明白吗？"

马如斌：明白。

马如斌刚和肖刚联系完后合上手机，就听到单如燕又低声尖叫起来："马队，快看，从车上跳下一个女孩，向我们这边跑来了。"

马如斌定睛一看，不是杨锦慧是谁？这个莽撞的丫头。于是低声说道："你俩在这待着别动，我去接应她过来。"

马如斌猫起腰正要起步，突然又缩了回来。

"怎么了？"

"你们看，在杨锦慧左前方十多米的地方，站着的那两个人是谁？"

赵文杰、单如燕顺着马如斌的手指望去，果然见有两个男人在那里直挺挺地站着。赵文杰惊呼一声说："马队，这俩人，看相貌，不就是程小羊老婆口中所描述的那俩假警察？"

"对，一点不错。"马如斌指指左边那个五大三粗的人说："那个人就是皇侯岭镇的党委秘书张浩石。"

"真想不到啊，一个镇党委的秘书，竟是一个黑社会分子。"

马如斌笑了笑说："这也不奇怪，有个别像张浩石这样的投机分子，他们披着共产党员、国家公务员的外衣，背后却干着不可告人的勾当，真是罪不可恕。"

马如斌嘴上说着话，大脑里同时在高速运转：这两人这个时候出现在这儿，必定与孙子貌有关。他们的出现不外乎两种可能，一是保护孙子貌，二是追杀他。第一点不可能。孙子貌目前已是公安、紫微帮、野兽派志在必得的江湖亡命之徒，这两人不杀掉他就算便宜，要说保护，也是为了孙子貌手里那数十件古墓失窃文物。况且，孙子貌狡猾异常，惯于独行，尤其亡命江湖以来，更似惊弓之鸟，每次都是秘密行动，绝不会将自己的行踪告知紫微帮和其他任何人，当然他的母亲玉面狐狸除外。排除了第一种可能，那么就是追杀了，追杀孙子貌的可能性最大。

　　一想到追杀二字，马如斌便想到了紫微帮发出的追杀令，不由倒抽一口凉气，如果说是第二种可能，那么，孙子貌由北南下的消息，紫微帮又是如何得到的？

　　他不敢往下想了，如果他猜测的不错，那麻烦就大了，

　　马如斌明白，孙子貌一定有人暗中秘密帮助，而这个能够帮助他的人绝不一般，弄不好，保护伞就在公安内部。如果这个推断不错的话，有人给他暗地透风指向，那么这个孙子貌一时半会很难抓到。幸亏，肖局自有安排，公安局古墓血案专案组在侦破这起特大凶杀案和古墓文物失窃案中，走的是另一种途经，肖局安排给他们的任务，只是跟踪孙子貌并非抓捕，放他一天半日，也没什么妨碍，倒是给孙子貌和黑道人物暗传情报这件事，却非同小可，这个情况一定要及时向肖局汇报，好让肖局有个心理和思想上的准备。

　　"马队、老赵，你们看。"单如燕又发出一声低声尖叫："要出事了，那瘦长个儿的抓住了杨锦慧，他们要干什么？杨锦会不会有危险？我去救她。"

　　说着，单如燕身子向前一耸，就要扑出。

　　"别动，如燕同志，注意纪律。"马如斌赶忙制止："不要因你一时的鲁莽影响了大局，蹲下。"

　　"那，她要是有危险，怎么办？"

　　"不急，先观察一下再说。"

　　像葛俊中、马如斌、张华、徐玉龙、赵文杰、单如燕、王晨等这样的优秀警官，综合素质是相当高的，不然还怎么和个性相当凶顽而作案手段又相当残忍的犯罪分子做斗争？

　　马如斌是个天才，他的大脑是可以一心多用的，在和肖局通话的过程中，

也没忘记观察周围的情况变化，瘦猴出手扣住杨锦慧右手脉门的动作，马如斌都一一看在眼里，瘦猴的出手之快，抓扣脉门之准，让马如斌吃惊不小：如果两个盗墓集团成员都这么强悍，那我们公安人员必须百倍警惕，绝不能有一丝一毫的大意。马如斌隐约感到，古墓血案专案组肩上的压力更大，担子更沉重。杨锦慧这个重要的人证，肯定要出手相救，这是肖局的命令，只是时机未到而已。马如斌所考虑的，明里看到的就这俩人，暗中呢？还有多少黑道人士？紫微帮的人来了，那个野兽派岂能置之不理？既然紫微帮能获得孙子貌由北南下的消息，那么野兽派也一定会有所闻，绝不会善罢干休的。

当瘦猴将杨锦慧扛起欲钻进玉米大田时，马如斌感觉该是出手的时候了，没想到张浩石突然与瘦猴反目，竟冲出来去救锦慧，马如斌手一摆，示意大家保持安静，继续关注事态发展，看情况再决定是否出手。

由于张浩石没有正面和瘦猴发生冲突，马如斌看不出他的功力到底怎样，但从张浩石那份气势上来看，功夫应该不在瘦猴之下。他也发现，张浩石貌似粗鲁，实则特有心计，他没有强行出手的原因，无非是怕伤到杨锦慧。他在心里暗自说道：这小子，总算还残留一点人性。在杨锦慧对张浩石的举动产生误会时，马如斌差点笑出声来。一直到圆觉师太从玉米地里钻出来，惊走张浩石，马如斌心里的一块石头才算落了地，

马如斌扭头对赵文杰、单如燕说："好了，有圆觉师太在，杨锦慧有惊无险。现在不需要我们出手了，只需作壁上观就行了。"

于是，三人密切注视着场中的景况，将圆觉出手解救杨锦慧的整个过程看了个认认真真，仔仔细细。这三位警务人员在武功方面都有一定造诣，尤其是未见圆觉怎么作势，便一把扣住瘦猴的左手脉门，功夫之高深，三人皆有一种震撼之感。而圆觉对瘦猴的宽容，也使马如斌他们感触到了出家人的慈悲与宽厚。瘦猴飘身逃走的一刹那，马如斌果断下令："走，跟上这个瘦高个。"

当场中一场惊心动魄的打斗结束复归平静后，才有两个人嘿嘿冷笑着从一丛深草中显出身形来，瞧了瞧葛俊中他们的去向，互一点头，身子一躬一射，十分轻捷地窜进玉米大田里，几乎没有发出声响。

不愧猫鼠之称。野兽派的一猫一鼠静悄悄地隐伏在一片深深的草丛之中，竟然瞒过了在场所有高手们的眼睛。

野兽派这一猫一鼠，是跟踪孙子貌呢，还是为了杜泰？

第五十六章　杜泰遭劫

不怪杨锦慧着急，杜泰在凌云这边确是遇到了麻烦。

杜泰见开门的竟是那个在凌云街头的算命先生，且眼神怪怪，言语冷冷，表情奇特有点阴险，皮笑肉不笑，眼神凌厉似刀，心里有些吃惊，不免引起一丝警惕。

"小老乡，这里方便吗？"杜泰问吕一蓝。

发现杜泰眼里放射出狐疑的目光，吕一蓝心里亦是一跳：哟，这杜泰的警惕性蛮高的，可不能把他当傻老猫对待，特别是他有一身过硬的功夫，必须小心应付才对，一个不小心，一切行动将化为泡影。随之哈哈一笑说："杜哥多虑了，他就是我给你说得工友何山，他和你说得黎义芳是老相识，要想找到黎义芳，只能拜托这位老兄了。"

杜泰听他这样说，觉得有点道理。想想自己孤身一人远在千里之外，人生地不熟的，在茫茫人海中，要找一个人形同大海捞针谈何容易？必须先找到黎义芳，才有可能查到孙子貌的踪迹，有这个人作引见或者说当向导，就减少了自己许多麻烦。

见杜泰站在当院犹豫不决，吕一蓝伸手接过他的行李，笑眯眯地说："老哥你可以不相信他，但你不会不相信我这个地地道道的刈陵老乡吧？走，先进去歇歇脚，完了咱到外面吃点饭，边吃边商议寻找黎义芳的事。"

杜泰虽然出门少，没有多少社会经验，但在黎家庄村同龄人中，还算一个能文能武，有勇有谋的人，一般不会鲁莽行事，不然黎之元老人也不会把这么重要的任务交给他这个外姓人。加之他武功了得，艺高人胆大，杜泰心想：你们真心也好，假意也罢，在这种举目无亲的情况下，也只能这样了。不过，这个算命的怎么看也不像个善人，就连吕一蓝这个小老乡，这一路走来，言行举止也有点不大对头，不管怎么说，咱还是提防一点的好。

杜泰在这很短的时间里，大脑里飞快地盘算了好多种可能性和发生不测后的应急方案。

转眼间，这个名叫何山的突然像换了一个人似的，满脸笑容可掬，热情地对杜泰说："听小吕说，你和义芳是好兄弟？巧了，俺和义芳也是铁哥们，你们找到俺，也就和找到他差不了多少。杜兄，你不用着急，先进屋坐下喝口茶，俺这就给你联系他。如无特殊情况，开车一个多小时他就能赶到这里，你就放心好了。"

"听你口音，不是本地人吧？"

何山笑了笑说："是啊杜兄，俺老家晋北焦山，从俺爷爷那辈起，俺家就在这里落户了，只是俺乡音没有改变。"

对何山的这番话，杜泰半信半疑，但较刚才进门的时候，心放下不少，特别是这位何山说他和义芳是铁哥们，而且还要联系让他马上过来，杜泰顿在心里升起一丝感激之情，对他的看法和态度也稍有改变。他想，也许是我多虑了，有时候太过小心也会坏事。

吕一蓝似乎和这位何山关系不一般，把杜泰连推带搡请进屋里，将行李交给杜泰后，马上去烧开水，烹茶、拿杯、倒水，边动作，边对杜泰说："不瞒你说，我这个工友啊，人倒是个爽快人，就是有点儿阴阳怪气的。不过杜兄，要说办事，何兄绝对可信。"

说话间，何山走了进来，手机还在耳朵上贴着，对着杜泰笑着说道："杜兄，好啦，联系上了，来，你和义芳哥说几句话。"

说着把手机递给杜泰。

杜泰刚把手机摁在耳朵上，里边便传来一个低沉而略带兴奋的声音："喂，杜泰老弟，是你吗？想死老哥了，一别十多年，真没想到兄弟跑这么老远看我来了，我很高兴。兄弟，你等着我啊，我这就开车去何兄那里，也快，不用一个小时我就到了。何兄是我的一个把兄弟，你尽管放心。不说了，咱们一会儿见。"

"噢，是义芳哥？多年不见，还真想你了，怎么，你不舒服？你的嗓音总是洪亮的，怎么听起来有点嘶哑？"

"不瞒你说兄弟，三年前我得了一次病，声带做了个小手术，做过手术后，说话的声音就变了。不过没事，咱哥俩还没见上面，我还不能死。哈哈，给你开个玩笑，兄弟别介意，等着我啊，一会儿就到。"

还没等杜泰再说话，对方已经挂断了电话，可想这黎义芳要见杜泰的心情也是十分迫切。

何山接过手机揣在衣袋里，对吕一蓝说："吕小弟，你和杜兄先坐一会来，我先去店里准备。"

吕一蓝说："好，行，你去吧。何兄，我们都是山西的，其他酒喝不惯，只喝老白汾。"

"好的。"何山笑了笑说："兄弟，小瞧你哥了，俺连这个也不懂，还怎么在江湖上混？"

"行，那你先走何兄，我们坐会儿，喝口茶再去。"

半小时后，吕一蓝拍拍杜泰的行李说："杜兄，何山那边应该准备差不多了，咱们走吧。"

"在哪？"

"不远，出门往东走二百米就是何哥的喜迎春饭店。把行李放在这里，吃罢饭回来歇一歇。"

杜泰说："不用了吕小弟，一会儿义芳要来，吃过饭，我搭他的车跟他走，就不歇了。"

吕一蓝听杜泰这么讲，表情有些尴尬："我知道你找人心急，没事，义芳哥也会来这里休息的。"

杜泰想了想，说："那，我就只拿上小包吧。"

吕一蓝看了一眼杜泰肩上的小包，没再说话。从何山家出来，吕一蓝领着杜泰往东走了二百多米，中间拐了三条街五道巷子，把杜泰转得有些发蒙。到了村外，又走数十米，来到一个叫喜迎春的小饭店前。

小饭店虽不大，外部环境到也优雅。小店周围绿树成阴，门前有一方小水池碧水盈盈，微波荡漾，几只鸭子在水里戏闹，有的在梳理羽毛，有的一头扎进水里去抓小鱼，还有的见到人呱呱地叫着游过来乞食。小水池与店门之间有一个小型花池，草翠花红，修竹摇曳，刹有几份江南韵味。特别醒目的是，小饭店门前有棵大垂柳，树上有一个精巧的喜鹊窝，几只尚未脱掉乳毛的小喜鹊将头伸出窝外，张着大嘴，喳喳喳地叫。总而言之，未进饭店，便先觉环境清幽，舒适宜人。

进得饭店，绕过一道精制的屏风，进了一个小雅间。何山已经等待在那里，见杜泰和吕一蓝进来，马上起身相迎："杜兄请，你是客人，请到上座。"

尽管称兄道弟，但毕竟和他们认识时间不长，让他到上座就坐，杜泰觉得老大不自在，便极力推辞说："岂敢岂敢，何兄是地主，应该就上座。"

"嗨，杜兄，客随主便，你就甭客气了，来，坐坐坐。"何山与吕一蓝一边一个，死拉硬扯，把杜泰摁在对门的主座位上。何山冲吧台一声叱喝："胡师傅，上菜。"

饭店不大，人较少，上菜倒还利索，不大一会儿，贝壳、螃蟹两道南菜先上，杜泰看了微一皱眉，心想这种菜咱吃不惯，今晌午要都是这种菜，老杜就只能光喝酒了。何山仿佛看出了杜泰的心意，笑道："杜兄，知道你和小吕是晋东人，特地让店老板安排了两个晋东菜，酸菜鱼，还有一个水煮肉片另外加了一个海参、鱿鱼汤。"

听何山如此说，杜泰才放下心来，也赔笑说："那里，何兄，客随主便，什么都行，螃蟹咱没吃过，今晌午咱就吃个鲜气，哈哈。"

何山、吕一蓝先后敬了杜泰一杯，杜泰又每人回敬了一杯，这接风宴席，就算正式开场了。也许是杜泰累了不胜酒力，三巡刚过，就有点上脑的感觉，大脑开始混沌起来。何山见状，与吕一蓝对视了一眼说："咱们三人这样喝闷酒不行，容易醉，小吕，这样吧，你来，和杜兄走上几拳，活跃一下场上气氛。"

"对，杜哥，何哥好拳，在厂子里时候难逢敌手。"吕一蓝附和着说。

杜泰赶忙摇手："不行，不行，何兄。咱脑笨嘴慢，划不了拳，出拳总是慢一撇，猜十拳至少输九拳。倒是你们俩，对几拳乐呵乐呵，让咱也开开眼，见识见识何兄的神拳。轮到我时，我就喝一杯。"

何山略微一滞，说："也行，也行，我是地主，我先来第一圈。杜兄，来，咱们把这眼前杯酒干了，我开始过圈。"

吕一蓝站起身说："对对，杜哥，咱干了这杯。"

三人站起来碰了杯，完了，重新落座。

他们的划拳方式是拳打上家，输了的喝酒，赢了的继续和下家过拳。第一轮，何山先与吕一蓝对决。何山不愧拳坛高手，划拳前先戴了个帽子，那喝拳声怪有意思："一个螃蟹八只脚，四个叉叉那么大个壳。魁五手啊该你喝，三三三该你喝。"

不过三五个照面，吕一蓝就败下阵来。何山呵呵大笑着说："小吕，你输了，喝，来，哥给你满上。杜兄，轮到你了。"

杜泰双手齐摇："哈哈，不行，真的不行，这个我来不了。你们继续，我自动自觉喝一杯。"

这一杯下去，糟了，头晕越来越重，眼皮有些发困，醉意大浓。眼前的两个人影，也开始花了起来。杜泰感觉不对劲，立刻催动内功意图化解酒力，然而一运气更是大惊，真气根本无法凝聚，心想坏了，我控制的晚了，要是在一开始就运气抵抗，也不会醉到这个程度。正在将要支持不住趴到桌子上时，杜泰脑中突然灵光一闪，想起黎义芳来："何，何兄，黎，黎义芳，芳呢？"

头一歪，醉倒在酒桌上，昏睡过去了。

何山、吕一蓝站起身来，相视一笑说："成了，成了。"

他们三人只顾在店里喝酒，根本没理会在离饭店不远的一簇柏树林中，盘膝趺坐着一位红光满面白须飘拂的老和尚。

老和尚叹了一口气说："唉，该有此劫，在所难免，阿弥陀佛。"

第五十七章　绝处逢生

醒了，杜泰终于醒了。

好厉害的酒，我怎醉得这么厉害？

他睁开眼看了一下，发现自己躺在床上，身上还盖着一条毛巾被。这是一间简易宿舍，白的墙已经变成黄色。尽管窗上有窗帘罩着，但强烈的阳光还是透过窗帘的缝隙钻进来，把他映照在对面的墙上。室外传来钟表报点的声音，杜泰听的清楚，是敲了十二响，自然，现在的时间应该是午间十二点。可，不对啊。我怎睡了一觉，这时间就倒回去了呢？虽然大醉前所有的经过大都记不清了，但时间他还记得清。在酒醉的前十分钟，他曾经掏出手机看过，下午十三点十五分，没错。刚才听报时间，是午间十二点，睡了一觉，时间怎么就倒回到十二点了？邪门。

杜泰越想越乱，越想头越疼，口渴难耐，头疼欲裂，十分难受。幸好，床头柜上放着一杯已经凉透了的浓茶，杜泰伸手抓了过来，欠起身，一口气喝了个精光。好舒服，一杯凉茶入肚，杜泰的大脑清醒了不少。

他坐起身来，试着运了运气，还好，真气能够凝聚。

他清楚，能聚气，就能行动。于是，杜泰摆好姿势，盘膝端坐，将双手掌心向上环抱于丹田之处，双目微闭，开始行功。行气三个小周天，运功完毕，眼睛明亮了许多，大脑也清醒不少，特别是头疼的感觉大为减轻，只是有些许微微疼痛感。收功后，杜泰睁开眼睛，房间里的一切看得更为清楚：这是一间卧室兼储藏室，有各种蔬菜，有粮油，还有肉类，这里像一处饭店。难道，我还睡在饭店里？那怎么才十二点？时间不对呀。何山、吕一蓝呢？黎义芳来过没有？

他确定这是饭店，应该是昨天吃饭的这家小饭店。

"店家，店家。"杜泰一跳蹦下床来。

"来了，来了。"

门帘一掀，进来一个人。杜泰看进来的这位，不认识，面生得很，既不是昨天的那位店老板何山，也不是大师傅老胡。昨天的那位店老板何山样子很滑稽的，水泡眼，八字眉，满脸横肉，脸皮上净是凹痕，特别是那个红鼻头，像个大红辣椒，让人一看，一辈子忘不了。而眼前这位：身材虽不太高，也就一米七左右，但很精神，五官端正，面皮微黑但不难看，腰上裹着条白围裙，说明是个做饭的，可这个人一点也不胖，反而偏瘦一点。

无论如何，也不能把眼前的这个人与红鼻头水泡眼的何山和肥头大耳的伙夫老胡联系在一起。

"你们店老板呢？"

"我就是。兄弟，你可算醒了，吓死我了。"

听这个人话里有话，什么"可算醒了"，什么"吓死我了"，难道，我这次大醉，很危险？

杜泰心下仍是狐疑："你，真是这里的店老板？"

"我叫李玉昌，我不是老板，是这里的厨师兼门店经理。"

"你们老板是不是矮矮的，胖胖的，水泡眼，八字眉，红鼻头，脸皮上净是凹痕？"

"不，"自称叫李玉昌的人说，"正好相反，我们老板可是身材高大，一表人才啊。我家老板出远门了，半个月以后才回来。对了，你等等，我给你做一碗醒酒汤去。"

"谢谢你，不用麻烦你了。"

杜泰感觉十分迷茫，不过对眼前这位关心自己的李大哥却有些好感，一个人的好坏，从他的形态、言语上就能看出十之八九。他觉得，这位李大哥一定是个好人。他现在急需要的，是尽快解开心中的种种疑团："李师傅，不，我叫你大哥吧。李大哥，现在几点了？"

"中午十二点多。"

"不可能啊，我记得，我大醉前已经是下午十三点十五分了，这会怎么才十二点？"

"哈哈，兄弟，我看你还没有完全清醒过来吧？那是昨天。"

"什么？你说什么？你意思是说，我从昨天一直睡到现在？"

"不错，睡了差不多一天，吓死我了。"

"我那俩伴儿呢？一个四十岁左右，矮胖，水泡眼，八字眉，红鼻头。一个二十四五，白净面皮，五官俊俏。"

"怎，你还有伙伴？有伙伴还能把你扔在路边的水沟里？"这回，该李玉昌纳闷了，他俩是什么鸟伙伴儿？

"路边，水沟？"杜泰有些发蒙了："你是说，我睡在路边的水沟里？"

"不错。"李玉昌给杜泰又重新沏了一杯浓茶，递给他，反问道："你怎么就喝成那个样子？"

"怎么，"杜泰看了看四壁，然后问李玉昌，"昨天，我不是在你的店里吃的饭？你再看看我，再好好想想。"

李玉昌摇摇头："兄弟，我这路边饭店离村子较远，顾客不多，主要是招待些过路的大车司机。我记得清楚，除了分三批次来过五个重卡司机外，就只接待了一个过路的客人，是我们村的，在附近的一个砖瓦厂里干活，嫌灶上的饭吃多了枯燥，隔几天就来咱这小饭店换换口味。"

"那我，我怎会在你这里？"杜泰歪着头想了一会，突然翻身下床，跑到门外看了看饭店周围，抬头看了看招牌，又飞快地冲进屋里，一把掀开毛巾被，抓起枕头，到处查看。

"找什么呢？兄弟。"

"我的包，李大哥，见我的小包了吗？"杜泰觉得脑袋轰鸣了一下，冷汗淋淋而下。

李玉昌说："没有啊，我从水沟里把你拉上来时，你身上没有包啊，怎么，包丢了？"

杜泰一屁股蹲在床上，用手甩了一把汗水说："坏了，坏了。"

"兄弟，你的包里可有重要东西？"

"是啊，是有几样重要东西，现在不见了。这两龟孙，敢暗算老子，我找他们去！"

"兄弟，你傻啊，你上哪找去？"

"我——"杜泰话到嘴边，又咽下去了，心想：何山啊何山，我一看你就不是什么好东西，可吕一蓝，确确实实是我的老乡，怎能这样对待我？跑得了和尚跑不了庙，幸亏我多操了点心，记下了你何山家的门牌号。

"太乱了，太乱了。李大哥，让我理一理头绪。我昨天吃饭的，不是你这里，而是另一家饭店。我醉了，不省人事，被人抛弃在路边水沟里。这个何山，还有吕一蓝，为啥要这样做？你说，你回家路过，见我在路边水沟里，是这样的吧？"

"对。"李玉昌接过话头说："我以为是个死人，当时心里着毛，很害怕，正准备打110报警，见你动了一下，知道你还活着，赶快跳下水沟查看，就见你躺在你自己呕吐的秽物里，浑身滚得不成样子，脏死了。你狂喷着酒气，蜷缩在水沟里呼呼睡大觉，我知道你这是醉了，就把你背进车子，拉回店里来，给你洗净了，安置到我的床上。你的衣服我也帮你洗净了，就挂在外面的铁丝上。噢，对了，你为什么没问我，我是怎么发现你的？"

"你不是路过吗？"

"没那么巧，我本来是想抄小路来店里，但突然有人给我打了个电话，那人说，你一直向前走，去前面路边的水沟里救一个人。我问他，你是谁？那人说，你不用问我是谁，那个人喝醉了掉进水沟里，你赶快去救他，佛曰，救人一命，胜造七级浮屠，只要你能救那人一命，你便功德无量。老弟，在凌云，你是否有熟人？"

"熟人？"杜泰眨了眨眼说，"没有啊，除了黎义芳，没有其他的熟人了。"

"那是不是黎义芳打的电话？可他怎会知道我的电话号码？我不认识黎义芳啊。"

杜泰想了想说："不会，要是黎义芳，他会亲自来救我，还打什么电话？"

"嗯，"李玉昌点点头说，"有道理，可，给我打电话的这个人，会是谁呢？"

杜泰敲敲自己的脑壳，突然想起来了，昨天酒醉前的大部分情景，就像刚发生过一样。

"这就有点怪了，我也纳闷呢，这个人会是谁呢？对了李大哥，你知道佛崖底这个村吗？"

"佛崖底？"

"对，怎么，不知道？"

"知道。"李玉昌显得有些吃惊："你是说，你昨天是在佛崖底村喝的酒？"

"是的。有这个村吧？喜迎春，知道不？"

"有。"李玉昌一脸的迷茫："可这个村在五十里开外啊。"

"什么？五十里开外？"

"喜迎春饭店我知道，同行，哪会不知道？老板姓何，叫何山。"

杜泰吃惊地说："啥？何山？"随即点点头说，"是了。我知道了，我终于明白了。"

李玉昌又给杜泰换了杯浓茶，说："你的那俩伙伴把你灌醉后，又把你抛在荒郊野外，任你自生自灭。兄弟，你和他们有仇？"

"没有啊，只是萍水相逢。"

"那就怪了。"李玉昌说："那你的包，有可能被他们拿去了。"

突然，杜泰像发了疯似的，人影一闪，二话没说便冲出饭店。

"兄弟，你去那里？"

等李玉昌追出饭店，杜泰早不见了踪影，只听见顺风悠悠飘来杜泰的一句简短话音："李大哥，你先忙你的，我去去就来。"

"别忘了我这里叫悦来饭店，我叫李玉昌。"

杜泰原本轻功极佳，这一发急，脚步更快，人就像飞起来差不多，不足五分钟时间，便冲出七八里之遥。

飞奔间，杜泰忽然就地旋了两旋，来了个急刹车，停了下来。是啊，你去哪里？你知道佛崖底在哪个方向？不知道，不知道你瞎跑什么？杜泰啊杜泰，你什么时候这样大意过？不行，我还得返回去，向李大哥问清楚了再去不迟。

想到这里，杜泰折回身，又向悦来饭店跑了回来。

第五十八章　疯疯癫癫

一小时后，一辆面包车嘎的一声，停在佛崖底村外喜迎春饭店门前。

喜迎春饭店的金字招牌在太阳光照射下熠熠生辉。

对小店周围的环境杜泰十分熟悉，因为小饭店外部环境布局太合理，太有个性了。密密的松树、杉树、柳树以及桃树、山楂树等环绕在饭店四周。店门前那方小水池碧水盈盈，微波荡漾。还是那几只鸭子，悠闲地在水里戏闹，有的在梳理羽毛，有的一头扎进水里去抓小鱼。特别是那只大母鸭，见到杜泰似曾相识，呱呱地叫着游过来乞食。小水池与店门之间那刹有几份江南韵味的小型花坛，草仍然是那么绿，花还是一样的红，怪石峋嶙，修竹摇曳。更为醒目的是，小饭店门前那棵大垂柳上，还是那个精巧的喜鹊窝，那几只尚未脱掉乳毛的小喜鹊，仍是将头伸出窝外，张着大嘴喳喳地叫。

"何山，你这个王八蛋，给老子滚出来！"

杜泰拉开车门，人还没下车，便大声喝叫起来。

饭店门吱地一响，门帘一掀，走出一个女人来："谁在吼？吼个啥？"

女人睡眼蒙眬，头发膨松，衣冠有些不整，显然是在梦中被杜泰一嗓子吼醒。女人三十上下，颇有点姿色，身材较高，至少也有一米七，脸型椭圆，大眼睛，弯眉毛，鼻子不大不小正合适，小嘴不抹口红一样鲜艳。特别是胸部高耸，臀部浑圆，肤色白皙，一看就是个大美女。

"我找何山！"

杜泰颇为激动。

他不能不激动，丢了包，如同要了他半条命。五千多元路费啊，那可是黎家庄村乡亲们的血汗钱。没了盘缠，杜泰还怎么行动？每走一步，都要花钱的呀。没了手机，杜泰就成了聋子和哑巴，无法对外联系了。还有身份证，丢了，没法住宿了，夜间怎么办？特别是黎义芳写给杜泰的那封信，多年了，假如相互不认识了，那可是重要的身份凭证啊。所以，杜泰急，很急。尽管他乃练武之人极有涵养，但在这种情况下，人一着急，也就顾不上什么涵养不涵养了。

女人上下打量了一番杜泰，从她那忽闪忽闪的大眼睛里，杜泰读出的是不解两个字。女人歪着头问："你再说一遍，找谁？"

"何山。如何的何，大山的山。"

女人想笑，觉得这位仁兄幽默，但她没笑，搅和了她的午休，能笑出来吗？所以，女人脸一镇，很是生气的样子："找他干吗？"

"找他算账。"

女人愣了，看杜泰那一本正经的样子，不像在开玩笑。再说，眼前这位找何山算账的先生虽然怒气满面，话语偏激，但一脸正气，绝非无赖或者江湖小混混，怎么看也不像个坏人。她年纪不大，可也算老江湖了，看人，她从来没走过眼。那头死猪，又干了啥坏事？哼，一天正事不干，总是给老娘找麻烦。这倒好，算账的来了，死猪，我看你还怎么说？

没想到这女人极爽快，用手指指杜泰说："好，好，咱做生意的讲的就是个诚信，账差管来回。你等着，我把那死猪给你揪来，如果他真有对不起你的地方，我张小凤绝饶不了他。你等着。"

噢，张小凤，她叫张小凤。杜泰心里想，看来，这张小凤是个直率人。

"你轻点行不？疼死我了。"

哀求声中，一个中等个，身材较胖，面皮有点发黄，大眼睛，高鼻梁的男子被张小凤揪着耳朵拉了出来。女人把男人揪到杜泰面前说："这位兄弟，何山来了，你说我听，这死猪，他怎么欠你账了？"

杜泰一瞧眼前这个人，傻眼了。这哪是何山？这个人他压根儿就没见过。他问道："你，你是谁？为啥要冒充何山。"

男人一听，咧着嘴笑了："你说什么？我冒充？我冒充何山？哈哈哈哈。你不是找我算什么账？"

张小凤也笑着说："兄弟，这就是何山，姓何的何，何山的山。"

"这，这是怎回事？"

杜泰感觉有点发蒙，此何山确非彼何山，他绝对不是会算命、面目丑陋的那个店老板何山，个头、模样均不符，这到底是怎回事？

杜泰一时愣在当场，不知所措。

在面包车里坐着的李玉昌看情景有些不大对头，立即从车上下来，走到杜泰面前问道："兄弟，这位就是何山，我认识的，喜迎春饭店的何老板啊。怎么，有什么不对吗？"

杜泰喃喃自语道："不对，你不是何山，你不是。"

何山摊摊手，向李玉昌说："李老板？你朋友，这，怎么回事？"

李玉昌看看杜泰，又望望何山，一拉何山的手说："何老板，这位兄弟，你当真没见过？"

"李老板，你是了解我何山的，我从不说谎话。"

"这个我相信。"李玉昌又走到杜泰跟前，摇摇他的肩膀："兄弟，这个人，不是你说的那个何山？"

杜泰摇摇头，一脸的茫然。

"兄弟，我不认识你，你确实没在我这饭店吃饭，你好好想想，是否记错了？"

杜泰摇摇头，直盯着何山的脸，看着何山老大不自在。杜泰看了他足有一分多钟，突然发问道："你在这里开饭店多长时间了？"

"十几年了。"

"昨天，也是你在？"

"没错，我在炒菜，从没离开过锅灶一步，老婆一直守在柜台上。"

稍停，杜泰又问他说："你是佛崖底本村人？"

"对，地地道道的佛崖底人。"

"你村有几个何山？"

"姓何的山就我一个，另外还有一个曹山，一个张山。"

"你家的门牌号多少？"

"前街何家巷六十九号。"

杜泰倒吸了一口凉气，大脑像塞进一团麻，剪不断，理还乱。

杜泰愣怔了半晌，无语，不知道该说些什么，该问的都问了。如果说眼前的这位就是喜迎春饭店的老板，家庭住址又是前街何家巷六十九号，那昨天的那个何山又是谁？他为什么在何山家，又为什么要冒名何山，用意何在？两个何山之间，会不会有某种联系？不对呀。就算那是个假何山，可吃饭的这家饭店，我绝不会记错，饭店还是这家饭店，但老板却不是那个老板。还有他家的门牌号，都不差。我这是怎么了？我还在梦中？抑或是醉酒醉死了，已成阴间冤魂，眼前所看到的，都是幻觉？

他痴了、呆了、傻了。

他一下窜到水池边，低下头去，狂掬池水哗哗地往头上浇，试图让自己清醒过来，哪怕清醒一点也好。

张小凤心里有些许释然了，死猪头何山没欠她的账。

但当她看到杜泰这等迷迷茫茫的样子，心里感觉很不好受。她是个刀子嘴豆腐心的女子，心地还是很善良的。她默默地走到杜泰跟前，递给他一条干毛巾。杜泰接过毛巾，但没有马上去擦，任凭头上的水哗哗地往下流。他绕着饭店转了一圈，没错，周围的树是对的，小水池是对的，水池里的鸭子是对的，小花坛是对的，绿草红花没错，一蓬修竹也没什么不合适。

既然一切都是对的，难道是我错了？我错在哪里？

杜泰感觉昨日残留在腹中的烈酒又开始发作，大脑晕乎乎的，脸开始发红，红得像块火炉里的炭。

"哟，兄弟，你，不是病了吧？"

"我？"杜泰指着自己的鼻子说："你说，我病了？"

突然，杜泰眼一瞪，大喝一声说："不错，我有病，病得不轻，我是大白天撞鬼了，有鬼，有鬼啊。"

扔掉手里的毛巾，杜泰狂奔数步，腿向下微微一弓，猛地拔地而起，飞身跃上饭店的屋顶，面向屋下的众人哈哈大笑道："你们都是鬼，我是惹鬼上身了，中邪了。鬼，哈哈，我撞鬼了，我撞上鬼了。"

杜泰又纵身跃下房来，一脚踢开挡在面前的小板凳，蜻蜓点水般地几个起落，奔上公路，呼号而去。

张小凤惊叫了一声："李老板，你的这位朋友，真的病了，而且还病得不轻。"

李玉昌见杜泰行为异常，也给吓蒙了。迟滞了也就几分钟，突然有所醒悟，大呼道："兄弟，你去哪？"

几步窜到车前，拉开车门，快速发动着车，一脚踩下油门，面包车猛地起步，嘶吼着冲向公路，尾随杜泰而去。

张小凤舌头吐在外面半天没缩回来，哆哆嗦嗦地拉紧何山的胳膊说："猪头，这个李老板，他也疯了。"

杜泰一发狂，脚下生风，瞬间便狂奔出数里之外。

正飞奔间，听到后边隐隐传来汽车的轰鸣声，喇叭按得甚急，知道是李玉昌追上来了，随即一个转弯，奔上一条乡间小路，向一片浓密的树林间窜去。

他走上的这条小路是条死路，到达树林边缘，往里一看，深不见头。杜泰这时也管不了许多，一头扎了进去。在树林间穿行了有十几分钟，面前出现一座十分高大的山脉，山势巍峨，十分壮观。

杜泰惊叹道："还是人家晋南的山，雨水多，水源丰富，植被就是好。"

杜泰目测了一下，面前的这道斜坡大约有几千米，山坡上树木葱郁，藤萝缠绕，绿草茸茸，山花烂漫。斜坡尽头，是一座直立的高峰，山峰高高突起，壁立千仞，直插蓝天。杜泰知道，不能再走了，前面没路，只有一条牧羊行走的羊肠小道，在密林灌木中弯弯曲曲，时隐时现。在一株高大的松树下，他找了一块平坦的草地，面向蓝天躺了下来。

他需要静一静，好好理一理纷乱的思路。

太乱了，乱得他心里难受。

蓦然，不远处的草木丛中人影一闪，现出一个老和尚的身影来。老和尚摇了摇头，手捻佛珠，单手合十，望着杜泰喃喃说道："年轻人，太冒失了，江湖岂是好闯的？让你吃点苦头也好。阿弥陀佛。"

第五十九章　夜访小凤

他疯了吗？没有。

杜泰要疯了，那世界上的人十之八九都得疯。

杜泰是一时气急，并且猛然想到一个问题，而且是个十分严重的问题。他觉得，在他的面前充满危机，那可是步步玄机啊，一不小心，就会殃及生命。在接受这项任务之前，他真的没有想到会这么艰巨，情况如此复杂。李玉昌、张小凤以及张小凤的丈夫何山，都是初次认识，人好人坏，一点都不了解。凭他的眼光，相信李玉昌和张小凤他们都是好人，他不想连累他们，不愿将他们卷入是非旋涡。

他身负重任，且还是特殊任务，不能不小心一点，眼前这重重迷雾，压得他透不过气来。面对错综复杂的局面，杜泰脑袋都快想崩了，也理不出个清晰的头绪来：

昨天确实是在喜迎春饭店吃的饭，绝对没错，但物是人非，老板不对，这到底是怎么一回事啊。天哪，恍惚，像是梦境，不，比梦境里的情节还要荒唐，难道真的还在梦中？如果不在梦中，又何来这玩笑般的梦境？然而，杜泰知道，这不是梦，更不是幻觉，实实在在是在现实中，这里边一定有很深的玄机，这个玄机一定与古墓血案事件有关。难道是孙子貌搞的鬼？如果是他，要知道我来凌云的用意，岂能轻易放过我？他们偷去我的包包干嘛？是要将我置于死地让我知难而退，还是另有图谋？小饭店外景特征没错，可这个何山绝不是昨天的那个何山，这是怎回事？谁才是真何山？

这个玄机，就是诸葛亮再世，恐怕也不会设计的如此诡异如此周密。

解铃还得系铃人，要解开这个玄机，还是得想方设法找到吕一蓝，这个小龟孙王八蛋，骗得老子好苦，要让我抓到你，不剥了你小子的皮才算。对，目前要做得，是要首先弄清楚谁是真何山，谁是假何山。找到那个红鼻头何山，谜底就能揭开一半。

"对，找那个红鼻头假何山去。"杜泰想到这个，算是将迷局理出一点头绪，他一个鲤鱼打挺站起身来。

"可我包包没了，什么都没了，以后怎么办？幸亏，口袋里还有点零钱，能支撑一会说一会吧。"

他下意识地将手伸到衣袋里，一摸，大惊，口袋里空空如也，连个毛毛都没有了。

这时的杜泰眼睛突然变得血红，脸色铁青，嘴唇青紫，火冒三丈，往日的文雅儒态不见了，破口大骂道："你个吕一蓝，你个死球何山，你俩龟孙害得老子好苦，就差没有扒掉老子的皮了。你们这是要逼死老子？把老子当猴子耍啊，老子就不信这个邪，你们以为把老子弄成这样，老子就害怕而退缩了？错，老子就是饿死，也得在死前把你们先抓住，拧下你们的脑袋给老子陪葬！"

气得发蒙，杜泰又坐在草地上。

身上连一分钱都没有，寸步难行了，真是一分钱逼倒英雄汉。突然，杜泰大脑里灵光一闪：对呀，我何不再回到喜迎春饭店，与这个何山说明事情原委，也许能从他那里得到一些假何山的信息。

他现在基本可以确定，今下午这个何山是真的，昨日那个何山一定是假冒的。可那个假何山怎会在何山的家？他们之间是什么关系？吕一蓝在这其中扮演的又是什么角色？对了，这个吕一蓝怕也是刘陵县两个盗墓集团中的一员。这么说，吕一蓝如果是盗墓犯罪分子，那有可能是孙子貌的手下，他们捷足先登，先我来到凌云，肯定是阻挠我找黎义芳的。那么，如此说，黎义芳岂不也是……

他不敢再往下想了，越想越怕，假如预料的果真如此，那现在即使找到黎义芳又能怎样，那不等于飞蛾扑火，羊入虎口？

不行，那个假何山没有一点线索，怎么找？既然他假冒何山，又有何山家里的钥匙，能自由进出何山家的门，必然和这个真何山有一定的关系，最起码也是要好的朋友。这样分析开来，只要再接触一下何山，岂不就能查寻到假何山的踪迹？是了，我得返回去，走一趟喜迎春饭店。

杜泰盘算着，那个何山虽然未必可靠，但他的女人张小凤看来是一个极爽快的热心肠，我何不先秘密地返回，观察一下这个喜迎春饭店有机会，把张小凤约出来和她谈谈，也许真的能从她那里得到一点答案。退一步想，如果真假何山、张小凤、李玉昌他们是一伙的，想联合起来暗算我，那好，凭我的能力，放倒你们几个不费吹灰之力。先放倒你何山，逼问出假何山的下落，然后再挑了你们这家黑店。

杜泰其实不是一介莽夫，他只不过是一时被气昏了头脑，这样慢慢理出点头绪后，情绪也慢慢地平静下来。

他抬头看了看天色，还早，日头距西山还有一竹竿高。三顿没吃饭了，中午只在李玉昌那里喝了两杯茶水，这一路狂奔下来又消耗了不少体力，肚子几乎被饿成扁的了，呱呱地叫。

"得先吃点东西，胃里空空的，怎么有力气干活儿？"

杜泰抬头看了看山坡上，精神为之一振，真是天无绝人之路，山坡上有许多叫不上名来的野果，有十数道泉水从山壁间渗出，汇集成一条小溪，从杜泰的面前潺潺流过。一见有山野果，杜泰来了精神，从地上爬起来，快步走到野果树下，这野果大约有小苹果那么大，形状是椭圆的，苹果不像苹果，桃不像桃，摘了一枚放在嘴里尝了尝，尽管有些苦涩，但也还能吃。杜泰摘下二十几个，拿衣襟抱了，来到小溪边坐下，嘴啃一个野果，用手掬上一捧山泉水喝了，再啃一枚野果，狼吞虎咽的，不一会，二十几枚野果便下了肚，这就是杜泰最好的晚餐了。杜泰虽然生长在大山里，但从没有尝过这样的野外生活，野果很有风味，越吃越好吃，泉水好清凉甘甜，入口爽极了。

"嗯，好，饱了。"杜泰摇摇头，苦笑了一声。

吃饱喝足了，杜泰又躺下去休息。

他要把精神养好了，夜里好去打探喜迎春。如果这个喜迎春不是黑店还好，如果是家黑店，少不了有一番打斗。虽然杜泰有一身相当不错的武功，在刘陵一带名列十大高手之列，但毕竟是在人家的地盘上，再说了，一拳难得四手，好手赶不上人马多啊。所以他要养足精神，做好充分的准备，以应付一切未知和突发情况。杜泰闭上眼睛，他需要睡一会，哪怕是片刻也好。他硬生生将思绪切断，强迫自己入梦，好在杜泰有这身过硬功夫，有能力很好地调整自己，让自己进入安静状态。

不一会，便响起鼾声。

等杜泰睡熟后，老和尚轻轻地站起身来，如一缕青烟般人影一晃便到了杜泰刚才摘野果的那棵树下，只见他手心向上，望了一眼树上的野果，奇迹发生了，就见一枚野果仿佛受到一股强大而无形的向下引力，徐徐落了下来，落到老和尚的手掌里。老和尚将野果放在嘴里咬了一口，苦涩得很，白眉一轩哑然笑道："臭小子，这个也能吃？"

老和尚扔掉手中的野果，身形一纵，瞬间而没。

睡过一阵后，杜泰眼一睁，天上已是繁星点点，一弯玄月像一把明晃晃的小弯刀，羞涩地挂在天边，泛出微弱的亮光。杜泰估摸这个时间应该是晚上九点多。

他站起身来，伸了个懒腰，打了个长长的呵欠，辨别了一下方向，口里说一声："走！"人便迅疾消失在漆黑的夜幕中。

喜迎春饭店吃饭的高峰期似乎已过，只有两个散客在就餐。杜泰轻轻地走到一蓬修竹后面，隐住了身子。突然，一条大黄狗拖着铁链呼地扑了过来，张嘴就咬，杜泰本能地一闪，一掌向狗头轻轻按去，大黄狗嘤咛了一声，昏过去了。杜泰出手是有分寸的，这一掌不轻不重，正好让狗昏睡一阵，一个小时后，它就会自动醒过来。大黄狗叫了一声便没第二声了，这极为平常的一声狗叫，并没有惊动店里的所有人，就像什么也没发生过一样，顷刻又恢复了平静。

等到那两个客人吃完饭走了以后。杜泰一闪身，进了饭店。

正在拾掇饭桌的张小凤一见杜泰进来，吃了一惊，正想喊叫，杜泰冲了过去，右手一捏张小凤的肩胛骨，张小凤便浑身酸软，没了一点力气。杜泰的另一只手捂在张小凤的嘴上，对着张小凤的耳朵轻声地说："大嫂，别喊，别惊动了何山，我没有恶意，就想问你几句话，问完我就走。"

张小凤点点头，闷嗯了一声。

"走，外面说话，你给何老板打个招呼。"

张小凤身没动，只把脸别过去，向操作间喊道："猪头，你先忙着，我解个手去啊。"

"去吧。"何山在操作间里大声说，"快点啊，我这边还忙着。"

"好的。"

杜泰为了避免张小凤出声惊叫，手一直抓着她的肩胛骨。张小凤虽然害怕，可也没办法，只好乖乖地随杜泰走出店外。

　　转到店后面的一片庄稼地边坐下，杜泰松开了抓着张小凤的手说："嫂子，你别怕，我再声明一次，我对你绝没一点恶意。但我得问你几句话，你必须老老实实地告诉我，你要敢对我撒谎，我可就不客气了。听懂了吗？嫂子。"

　　"听懂了。"张小凤以颤抖的声音回答。

　　张小凤再泼辣，毕竟是个女人。白天，杜泰的怪异举动已经把张小凤吓得不轻，夜晚又突然杀了回来，将她挟持到庄稼地边，谁知他要干什么？

　　要说张小凤心里不害怕，那才是假话。

第六十章　谜底初解

饭店前面灯火通明，但后面却黑暗一片。

幸亏有一丝从饭店后窗透出的灯光，才将黑暗冲淡了少许。

张小凤的手仍被杜泰紧紧扣着，只是杜泰手上传到张小凤肩胛上的力道，明显小了许多。

张小凤十分害怕，害怕杜泰对她做出伤害的举动，心跳加速，腿发软，说话磕磕巴巴："兄弟，有，有话慢，慢慢说，你可不，不要冲动啊。"

"哈哈，嫂子，你到底还是害怕我。我知道你是个好心肠的人，是个爽快人，请谅解我用这种不礼貌的方式把你请出来，我是出于无奈。好，我离你稍远点，但你要老实，不要和我耍心眼，我的手段你见过的。"

张小凤的心脏跳得很厉害，自己都能听得见自己的心跳声，砰砰地响。她心里想道，是呀，你能像个神仙一样飞上房去，谁不怕？

为了放松张小凤对自己的戒备，杜泰走到离张小凤一米多远的地方坐下，小声问道："我说话，你能听得到吗？"

"听得到。"这句话张小凤是用当地土话讲得，杜泰一时没听懂，声音稍提高了一点说："请使用普通话。"

"听，听得见。"尽管如此，张小凤心里仍然忐忑不安。

"我简要问你几个问题，你也简要回答我，我们不能拖的时间太长，否则何山会起疑心。"

"好的。"

"我昨天真的不是在你这里吃得饭？"

张小凤肯定地说："是的。"

"好，"杜泰稍停了十多秒，才又开口问道，"你的丈夫真的是这家饭店的老板，在这里干了十几年了？"

"对呀。"

"你们另外还雇佣有门店经理没有？"

"没有。"张小凤回答可真算简要，每句话就两个字。

沉默了一小会，杜泰又问她："有一个水泡眼，八字眉，矮而胖，脸皮上净是疙洼，红鼻头，四十来岁的人，你认识吗？"

张小凤摇摇头："不认识，从来没见到过这个人。"

"你说的可是实话？"

张小凤显然是自尊心受到了污辱，胸脯不住起伏，以低沉而威严的口气说："兄弟，如果你怀疑我的真诚，又何必要问我话？"

"对不起，我没有那个意思，请不要误解。"

杜泰是个品德高尚的正人君子，他在微弱光线中看到了张小凤高耸而颤动的酥胸，但他并没有理会，他是个极其正派的人，具有坐怀不乱的柳下惠之风，在红颜面前心里微波不惊，从来没有过丝毫非分之想。

"大嫂，我给你说实话。我昨天吃饭的地方就是喜迎春，门前的环境和你这里一模一样，四周布满了密密的松树、杉树、柳树以及桃树、山楂树，店门前有一方和你这里一样的小水池，碧水盈盈，微波荡漾。水里一样的有几只鸭子，悠闲地在水里戏闹，小水池与店门之间那小型花坛与你们这里一般无疑，绿草红花，怪石嶙峋，修竹摇曳。特别是门前那棵大垂柳上，同样有个精巧的喜鹊窝，几只尚未脱掉乳毛的小喜鹊头伸在窝外，同样张着大嘴喳喳地叫。这到底怎回事？"

张小凤一听，似乎想到了什么，马上打断了杜泰的话："等等，等等，兄弟，你是说，你吃饭的地方也叫喜迎春，店门前的环境布置和我们这里一模一样？"

"是的。这就是我纳闷的地方。"

张小凤两只大眼盯着杜泰，睫毛忽闪忽闪地眨了几下，突然说："兄弟，我知道了。你说得没错，是有一个和我们这里一模一样的饭店，在村的西头，我们这个喜迎春在村子的东面。那个老板姓胡，叫胡非，是我丈夫的一个表兄弟。他……"

张小凤简要地把这个饭店的情况向杜泰做了个介绍，完了，长出了一口气："我算明白了兄弟为啥来找我家猪头算账，原来是那小子惹的祸。"

263

"原来如此，怪不得。"经张小凤这么一说，杜泰心里的迷茫十之明了三分。

"大嫂，我问完了，你回你的店里，我走了。"

随着"了"字出口，张小凤只觉得面前有一道轻风掠过，人影一花，杜泰便不见了踪影。

张小凤咋舌道："妈呀，这是人，还是神？"

夜色虽暗，但在一个内功较为深厚的人眼里，这黑暗根本不算什么，杜泰的夜视能力，至少比普通人要强。他施展轻功，一路飞奔，双足点地即起，从常人看来，这样的奔跑速度，也就和飞起来差不多。

杜泰在前边一路狂奔，而在他身后约五丈开外有一人紧紧尾随，双足起落间更是尘灰不惊，几乎没有声音。这人边追赶杜泰边自言自语地说道："是了，你小子今天的表现老衲我还满意，只是坏了我清修，苦了我老人家，还得一路护送着你。阿弥陀佛。"

十几分钟后，杜泰即赶到张小凤所说的那个"喜迎春"饭店。

不错，就是这里。

在明亮的灯光照耀下，一个令他永远无法忘怀的景象再次出现在眼前：那密密的松树、杉树、柳树以及桃树、山楂树依旧，那一方小水池照常碧水盈盈微波荡漾，花红草绿的小型花坛里怪石峋嶙，修竹摇曳。所不同的是，水池里那几只鸭子，想是被主人赶回窝里去，大垂柳上那个精巧的喜鹊窝还在，那几只尚未脱掉乳毛的小喜鹊，安静地待在窝里，不再喳喳喳地叫。

世界之大，无奇不有，一个村子的东西两边，竟然会有店名和外部环境一样的两个饭店，怪不得会让杜泰迷茫得要发疯，怪不得杜泰误会了张小凤的丈夫何山。

此时此刻，杜泰心里的谜团算是解开了一小半。

饭店已经没人就餐了，一个店小二手里提着一大桶泔水，从饭店里走了出来。猛见店外站着一个人，店小二随即放下泔水桶，在白色的围裙上擦了擦手，笑呵呵地迎上来："大哥，你要吃饭？里边请。"

杜泰经过这次磨难，变得聪明了许多，他没有激动，他知道不能情绪激动，一激动大脑就迷糊，一迷糊事情就砸锅。所以他以最大的毅力，强忍住胸中的怒火，不愠不火地说："不错。"

"里面请。"店小二躬了躬腰，右手作了一个请的姿势。

杜泰说好，整了整衣襟，昂首阔步，向饭店里走去。

"你请坐，吃点什么？"

"随便。"

"大哥说笑了。"店小二拿了托布将桌子上的油迹抹干净了，送上一壶茶水来："大哥，你想吃点什么，给我讲明白了，我好给你去安排。"

杜泰四下里一望，说："不急，早呢，有的是时间。"

"不早了，大哥。"店小二笑了笑说："店里的大师傅已经脱下工装，准备走人了，你要吃饭，我就喊住他。"

店小二没能理解杜泰话里有话，他俩人说的，根本就不是一个意思。杜泰说的，自然是算老账的话。

"小师傅，你们店老板呢？喊他出来一下，我有话对他说。"

杜泰正襟危坐，脸上一点表情都没有。

"大哥，你吃饭找我就行。"

"嗯？叫你喊你就喊，哪来这么多废话？"

一看来客不高兴了，店小二怔了一下，搞不清他生的是哪门子的气："好，好，我喊。老板，出来一下，有位客人找你。"

"是哪位找我？"

随着话音，里屋门帘一掀，走出一个人来。就见这人相貌堂堂，五官端正，小平头，大眼睛，浓眉毛，高鼻梁，身高在一米七三左右，年龄在三十八九的样子，面生得很，根本就不是昨天中午杜泰吃饭时的店老板。于是，杜泰再次傻眼儿了。这会儿，他可是彻底懵了。

"这位兄弟，是你找我？有什么事？莫非我这小伙计得罪了兄弟？"

这人看上去文质彬彬，挺有礼貌的，先给杜泰倒了一杯茶水，然后坐在杜泰的对面，掏出一支中华牌香烟递过说："兄弟，先喝口水，抽支烟，有话慢慢说。"

"谢谢，不好意思，我不抽烟。"杜泰谢绝了老板的烟。

"有什么事？兄弟，你说。"

杜泰愣了半晌，才问道："请问，你是这里的老板？"

"是的，我叫马炎。"

杜泰沉默了，这怎么回事？这一天内接连发生的事情，无一不是扑朔迷离，他又一次坠入五里雾中。大脑疾速运转的数秒钟里，杜泰一连设想了三个为什么：为什么两个饭店会设计得一模一样？为什么饭店没错而老板却非原来的老板？为什么我会一次又一次地被戏弄？他告诫自己：这里一定有很大问题，越是在这种复杂情况下，我越得冷静观察，沉着应付，不能自乱阵脚，绝不能再次误判形势，使自己一再陷入困境中而不能自拔。

大脑冷静了，心也就平静，心平静了，思路也就清晰起来。杜泰真的感到口渴了，端起茶水一饮而尽。用纸巾擦了擦嘴，才又问道："你在这里干了多长时间了？"

"满打满算，还不到一天。"

杜泰一听，惊问道："什么？"

老板马炎感觉一个食客，问他这个大没必要，微感诧异道："兄弟，你觉得有什么不妥吗？"

杜泰心里一亮，这就对了，如果马老板是新接的这个饭店，那老板不一样的"为什么"就有了答案。杜泰点了点头说："没有。我是想问，转让你饭店的老板是不是这副模样？"

杜泰将昨天接待他们的那个红鼻头老板的样子叙述了一番。马炎一拍桌子说："没错，就是他。"

杜泰大为高兴，猛地站立起来，急问道："他人呢？"

"不知道。"

"什么？"杜泰又一屁股坐下："马老板，你怎么会不知道他去了哪儿？你们是前后店老板啊。"

"兄弟。"马炎给杜泰沏上茶水，自己抽出一支香烟点着，吐出一丝烟雾，"我是外地人，听朋友说这个饭店转让，就来接手了。我真的与他素不相识，他的情况我一概不知，只是他转我接，就这么简单，完了他走他的人，我经营我的饭店。噢对，你稍等。"

马炎走进里屋，拿了一张合同出来，指着上面的名字说："瞧，前老板就是这个人。"

杜泰接过合同一看，上面写着：甲方，刘水才。怎么会是刘水才？那个胡非呢？难道胡非就是刘水才，刘水才就是胡非？这到底怎么回事？

"有劳大哥了，谢谢！"杜泰噌地起身一步跨出饭店，行动之迅快，将马炎吓了一大跳，急忙追出来喊道："怎么，兄弟不吃饭了？"

"谢谢你，不吃了，打扰你了，对不起。"

话落，人已消失在茫茫夜幕之中。

"什么人这是，闲得无聊是吧？"马炎望着杜泰消失的方向，嘴角浮起一丝冷笑。

杜泰前脚刚走，一个红光满面白须飘拂的老和尚后脚就跨进了店门，双手合十，呼了一声佛号，问道："施主，你这里可以留宿吗？"

老板马炎也有点发懵了，忖道：又来一位怪客，今天是什么日子？

第六十一章　池岸谈柳

黎家庄村，村口。

一个大水池大约百余平方米，碧水盈盈，清波荡漾。

堤岸上，长着两排粗大的柳树，棵棵足有一米多粗，三个后生都抱它不住，树龄均在百年以上。百余年来，这些大柳树健康成长安然无恙，加上根系非常发达，毛根深深扎在地下且伸入水中，吸收充足水分，株株树高叶茂，雄奇伟岸。前几天，靠公路边的一棵大柳树莫名其妙地突然横倒在水面上，无意中形成一道奇特的风景。大柳树倒下后没有死掉，还顽强地活着，绿色的柳叶漂浮在水面上。柳叶下，一大群鱼儿来回游弋，尽情地追逐戏耍。

堤岸深处的一株大柳树下，跌坐着两个身穿淡蓝色短袖衫的人，一个年约四旬，身材适中，不胖不瘦。另一个三十五六岁，也是中等身材，面阔眉浓，五官端正，鼻直口方。

三十五六岁的这人从身边捡起一颗小石子看了看，手一甩轻轻地投入水中，水中的清波立即泛起一重重的涟漪。望着一圈圈向外扩展的微波，问四旬人道："肖局，你叫我到来这里来，不单单是研究这棵巨柳因何倒下去的吧？"

"呵呵，葛队，我叫你来，正是要对这株倒在水面上的大柳树进行一次深入研究，其他次要。"

坐在大柳树下草丛中的这两个人，正是刈陵县公安局局长肖刚和刑侦大队大队长葛俊中。这两位在刈陵县叱咤风云，皆是令犯罪分子闻风丧胆的刑侦高手。

"葛队，你先分析一下，这棵树它为啥倒了下去？"肖刚掏出一支烟在手里把玩着，一会看烟丝，一会又看看烟屁股。

葛俊中笑了笑，从口袋里掏出那个铜打火机，嚓的一声打着了，给肖刚点上。葛俊中边玩着打火机，边盯着那棵横卧在水面上的老柳树出神，少顷，起身走到老柳树的根部仔细察看，就像平时勘察现场一样地审视，检查完了，沉默了一阵才回答说："这棵老柳树长在水池的最边缘，经池水的不断冲刷，根部的泥土逐渐被掏空，当根部无法承受大树的重量时，就向水面方向倒了下去。肖局，我说得可有道理？"

"对，说得没错。它之所以倒下，还有一个外在的力量。"

"风，在风的作用下。"葛俊中抢先回答。

"回答完全正确。"肖刚深深地吸了一口烟，将烟雾缓缓吐出，伸手向身边指了指，示意他坐下。

在距他俩不远处，一对母子牛在悠然地啃着青草，小牛一蹦一跳地撒着欢，远离了母牛，母牛扬起头，哞哞地叫着，似乎在告诉它的孩子说：喂，别走远啊。

"葛队，"肖刚收起笑容，表情严肃，"这棵大树至于怎么倒下去的咱暂且不论，我一直在想，我们的每次行动几乎都是失败的，总是比盗墓集团迟那么一步，为什么？我总觉得，在咱们身边，晃动着一个看不见摸不着的魅影，有一双罪恶的眼睛在死死盯着我们的一举一动。"

葛俊中心里一动：我说是吧？肖局终于点到正题上来了，我就知道肖局你谈柳只是小插曲，你来黎家庄村一定有特别任务。

他若有所思地说："是啊，每次的行动，盗墓集团都能得到准确消息，似乎我们的行踪全在他们的掌握之中。难道是我们内部有问题？"

肖刚轻轻叹了口气说道："人有好坏之分，不管在哪个部门，不管是平民还是高官，这是自然定律，不足为怪，就是天上的神仙，也不一定全是好神仙，何况警察也是具有七情六欲的血肉之躯。我们公安内部有个别人，就是经受不住金钱和美女的诱惑，不知不觉忘记了他是个干什么的，逐渐被拉下水成为犯罪分子的保护伞甚至直接参与犯罪，他们明里穿着警服在执法，暗地里却与犯罪分子沆瀣一气，真是令人发指。今天小马就告诉我，他怀疑一个人，每次的泄密，很可能与他有关。而我再三思忖，小马的怀疑不无道理。"

葛俊中一惊："你是说咱们公安内部出了问题？"

"对，堡垒最容易从内部攻破。"

"肖局，谁？"

肖刚鹰一样的眼睛一动不动地望着葛俊中的脸，没有直接回答，而是做了一个动作，准确地说，是作了一个手势。葛俊中特别聪明，马上明白了肖刚所指，点点头说："是了，我也觉得这个人别扭，行事怪异。肖局，我们是不是马上对他采取措施？"

"不，"肖刚摇摇头，"先观察几天再说，如果真的是他，总会露出马脚。我想，今晚你、我、贾副局长咱们三个人开个碰头会。"

"贾局长？他也参加？"

"对，他也参加。"

葛俊中若有所悟："肖局，我明白了。"

"葛队，你还记得第二次我们和梁剑雄书记、段克非副县长两位领导到医院看望黎苏元时，黎秀芳的异常表现吗？"

"记得，记得很清楚。"葛俊中毫不犹豫地回答道："当时黎秀芳看到两位领导时，眼里流露出惊骇的目光，我看到了，她的手和腿在微微发抖，她怕什么呢？难道，她是在害怕两位领导中的其中一位？"

"有可能，她怕谁？怕什么？这正是咱们迫切需要搞清楚的关键一点。这也是我一直想要了解的，从慧能师太提供的情况看，在黎秀芳心里一定隐藏着不为人知的秘密。"

"她不会与黎侯古墓被盗有什么关联吧？"

"那倒不一定。"肖刚站起身来，拍了拍屁股上的灰土说："走，我们再到黎侯古墓地看一看，随便和黎苏元聊上几句，也许会发现一点蛛丝马迹。"

黎侯古墓地，一大片的坟墓掩映在苍松翠柏香花异草之中，有大有小，高低起伏。

古老的黎侯王陵，似乎在无声地讲述着三千年的古老传说，两排三十多尊形态逼真的石羊石马，表面十分光滑，在太阳的照耀下闪闪发光。黎苏元正在为几株碗口粗的柏树剪枝，写满沧桑的脸上，仍显示出深深的忧伤，从他严肃的表情上可以看得出，直到现在，他仍然为没有尽职导致老祖宗坟墓被盗掘而深深自责。他虽然受伤不轻，但因他有内功根基，每天至少打坐一个小时，配合服用药物运功自疗，手术后恢复得很快，出院时比医生预料的时间，至少提前了十天。

黎秀芳在一旁帮着干活，将黎苏元剪下来的树枝一根一根地放到一起，这些树枝，是他们做饭烧火最好的柴火。黎秀芳直起腰正要擦一把汗，老远就看到肖刚和葛俊中走近古墓地，急忙招呼黎苏元说："老黎，瞧，肖局长他们来了。"

说话间，肖刚、葛俊中已经踏上了青砖铺砌的石甬通道。

黎苏元赶忙放下手中的活儿，健步迎了上来，那双粗糙的大手分别伸向肖刚和葛俊中："哟，肖局长，葛队长，来了也不先通知我一声，好给你们准备几个菜。"

黎秀芳也放下手中的活计，走过来和肖刚他们打招呼："肖局长、葛队长，到屋里坐吧，我给你们做饭去。"

肖刚呵呵笑着说："不必了，嫂子，饭菜倒是要吃的，但不是现在，等黎侯古墓案件破获了，我一定来和苏元老哥痛饮一场，不醉不归。到那时，我要好好品尝一下嫂子的厨艺。"

肖刚逐一抚摸着那些比实物大一倍多，被岁月打磨的精光明亮的石俑。这些石俑时间不是太长，乃明末清初重修陵墓时所立，但做工精巧，形象逼真，活灵活现，惟妙惟肖，无一不是国家级的宝物。在观察这些石羊石马的同时，肖刚不时地找机会和黎秀芳攀谈："嫂子啊，感谢你和老黎，你们为守护国宝做出了无私的奉献。"

"肖局长，看你说得，这是我们老祖宗的坟墓，为先祖守茔，是天下黎氏宗亲的一项神圣职责，我们也就是尽了一点做子孙的义务。"黎秀芳笑着说。

黎秀芳比黎苏元小好几岁，但也是快奔六十的人了。毕竟有了把年纪，身材有点发福，脸上被岁月刻下了道道印痕，头发也有些花白，但由于天生丽质，仍然极具妩媚，柳叶眉，大眼睛，双眼皮，琼鼻瑶唇，牙白如贝，人一笑，娇容花面，十分俏妙，无愧当年黎家庄村十大美女之首称号。

他们一边欣赏通道两侧的石俑，一边说着话，不知不觉的，时间过去了一个多小时。肖刚抬头望了望天上的日头，又低头看了一下手表，扭头对葛俊中说："葛队，咱们还有事，走吧。"

司机就在离墓地不远处候着。等肖刚、葛俊中上了车，刑警王晨熟练地打了一把方向盘，脚下轻轻一点，小车吼了一声，飞快地驶离黎侯古墓地。

"肖局，我就不理解了，你不是要和黎苏元打探一些情况吗？可我看你，也就东家长李家短地唠叨了一些闲话。"

"不懂了吧？"肖刚哈哈笑了一声说："闲聊，就是我要办的事情，至于怎么闲聊，我可是费了一夜的脑筋啊。年轻人，好好跟师傅学学吧，破案这门学问，其中的奥妙深着哩。葛队，在我们谈话时，你注意黎秀芳的表情了吗？"

"注意了。"葛俊中回答说，"很正常，没有丝毫异样。"

"这就对了嘛。"肖刚眼睛目视前方，似在思索着什么。葛俊中突然兴奋地大叫一声："肖局，我明白了。"

深思中的肖刚被吓了一跳："你是欠揍还是怎的，鬼叫个啥？"

"肖局。如果我猜得不错的话......."

"停，停停停！"肖刚将手在空中一摆。

王晨嘎的一声来了个急刹车，肖刚的身子猛地向前一倾，脑袋差点磕在挡风玻璃上。

"小鬼，你干啥？"肖刚别过头不解地望着王晨，"有什么情况？"

"你不是让我停车的吗？"王晨一脸的茫然。

"我啥时让你停车了？"

王晨笑着说："我车开得好好的，你突然就说，停，停停停。"

"哈哈哈哈。"肖刚爽朗地大笑起来，"我是让葛队住嘴，谁让你停车了？"

第六十二章　潭水幽灵

太阳跌入西山，夜幕渐渐将太阳的最后一抹余晖隐去。浩瀚的星河里，数不清的星星在不停地眨巴着眼睛，忽闪忽闪的像一群顽皮的小孩子。

一条五米宽的人工水渠从五龙山腰蜿蜒而过，像一条弯曲悠长的玉带，更像一条不停地向前涌动的巨蟒。水流从渠道的几个破洞处喷涌而出，哗哗地向山下流去，形成几道小小瀑布，无形中为神圣的五龙山平添了几许灵气。瀑布流经一片浓郁的松林，漫过茂密的灌木、葛藤和草丛，悬挂在一道如刀劈斧削般的百米绝壁上，然后飞流直下，汇聚在崖下的一处浅潭之中。

在浅潭边缘一块巨石上端坐着一个人，身穿黑衣，黑巾蒙面，只留两只鬼一样的眼睛在外面，人影倒映在碧绿的潭水中，悠悠晃动的黑影活像一个飘飞的幽灵。

一阵窸窣的响动过后，又一个黑影钻出松林，也是身穿黑衣，黑巾蒙面。黑影立于端坐在潭边幽灵般的黑衣人身侧，小声道："大哥，一号向你报到。"

"好，请坐。"

端坐着的黑衣幽灵木头一样直挺，连动都没动一下，话音低沉却充满威严："你不该亲自来的，这容易暴露你的行踪。"

"我知道。"自称一号的人低声答道："事关重大，让别人转达我不放心，因此才冒着风险亲自前来禀报。"

黑影仍然一动不动，像一具僵立着的死尸，自有一种凛然不可侵犯的气势："好，你讲。"

一阵清风吹过，树影摇曳，好似群魔乱舞。树叶沙沙作响，犹如无数的鬼在拍手。一只松鼠从树上窜下来没入深深草丛中，远处传来猫头鹰凄厉的叫声，一号浑身一哆嗦，后背凉气丝丝冒出。

"我跟你说，千万别和我要什么心眼儿，否则我会让你死得很难看。"

一号黑影又一哆嗦，惶恐地答道："不，属下不敢。"

"你害怕了？"

一号黑影赶紧躬身回答道："属下，不害怕。"

"那就讲！"

僵尸般的黑色幽灵无声地笑了一下，那笑阴森森的极具寒意。

"今天晚上肖刚布置了一个新的行动，代号流星。据说，马如斌跟丢了目标，正在凌云市真吾县佛崖底一带徘徊，肖刚从民间聘请了两位武林高手，不日将起身南下凌云协助马如斌。这俩高手一个是性空山老祖庙尘空道长，另一位不详。"

"嗯。这个尘空武功高不可测，我和他曾经切磋过，我的功力和他差之甚远，老道士的太极功夫十分了得，就是我亲自出马亦无全胜把握，你们一定要加倍小心。你通知老六、老九和十一，让他们小心应付，必须赶在尘空到达之前找到孙子貌，抢回他藏匿的那批货，记住，绝不能留下一点让孙子貌再次逃脱的机会。"

"好。不过……"

"不过什么？"

"六号因刺杀程小羊而暴露，公安方面已经发布网上通缉令，他一旦被捕，我也面临暴露的危险。"

"没事，"僵尸般的黑影又无声一笑，"事情办妥后，就地处决。"

一号激灵灵打了个寒战。半晌才应答道："遵命。"

"好，你去吧。经费，我已经打在你的卡上，凌云这件事办好后，我另行重赏。"

"谢谢大哥。"一号说完，起身离去，消失在苍茫的夜色中。

幽灵般的黑衣人望着星光下微波荡漾的潭水，阴恻恻地一笑说："芳儿，显身吧。"

一个女人的身影倏忽飘出松林，轻轻地走到的幽灵黑衣人后边，伸开水蛇般的两条玉臂圈向他的脖颈，娇滴滴地说道："哥，妹好想你啊。"

"正经点，"幽灵黑衣人沉声喝道，"胡闹。"

被唤作芳儿的女人娇躯一颤，赶忙收回玉臂，退后一步："大哥。"

僵尸般的黑影仍然正襟危坐，头也不回，冷冷地说道："芳儿，你想办法接近老三，观察他的行动，有什么情况，及时向我报告，我怀疑，这个老三有点问题。"

"不会吧大哥，老三可是对你忠心耿耿呀。"芳儿小声地说。

"你懂个屁！"幽灵黑衣人蓦然回首，星光之下，一对黑幽幽的鬼眼里，闪射着碧绿的光芒，"你什么时候学会了嚼舌头？"

"大哥，"芳儿扑通跪在幽灵黑衣人背后，颤声答道，"小妹知错了，请大哥恕罪。"

僵尸般的黑影突然轻笑一声说："谁说你有罪？来，咱兄妹俩在这潭水里洗个鸳鸯澡。"说罢，自先将衣服脱去。

芳儿嘤嘤一声娇哼，立即脱掉衣衫，一丝不挂地搂住幽灵黑衣人，俩人一起滚落到清澈的潭水里。

这个芳儿不是别人，正是杜泰的老婆武艳芳。那天晚上经过一个多小时的较量，她的武功略输一筹，被张浩石一把扣住左手脉门，浑身力气全消。张浩石连吓带诱，软硬兼施，最终她还是屈服在张浩石的情感之下，背叛了野兽派并狠心抛弃了杜泰，投入了紫微帮老大的怀抱。

女人啊，还真是一汪流动的水，谁用手去掬，就属于谁。

广北路七十八号。黎侯庄园 W 区第四栋。

这是一个建筑面积二百六十八平方米的欧式别墅，门前有条红绿瓷砖相兼铺就的小径。小径的左侧是一方草坪，草坪中央竖立着一块奇异的风景石。右面一蓬修竹，竹丛中有一棵三米高的风景槐，龙爪一样的树枝向内弯曲，形成一个圆形的树冠。十点多钟了，女主人还在忙碌着清理客厅卫生。

突然，楼上主卧室里的座机铃声响了起来。

女主人扔下抹布，拾起围裙一角擦了擦手，急步上楼向卧室走去。她刚拿电话听筒，里面传来一个她极为熟悉的声音："喂，是贾局吗？我是肖刚。"

"噢，肖局啊，你好，我是你嫂子，老贾他不在家。怎么，没在单位？"女主人是县公安局副局长贾文喜的妻子。

"在，今晚我们有个会议，但散会已经一个多小时了。怎么，贾局他没回家？嫂子啊，你可得看管好你家老贾，这家伙最近有点花心，把不定又上小情

275

人那儿去了。"

肖刚平时一本正经的，但有时也和政委及几个副局长的妻子开开玩笑，逗逗乐。贾文喜的爱人性格外相，口齿也极伶俐，她很是欣赏肖刚幽默风趣的特性，略略娇笑了一声说："就他那模样？哼，除了我这个瞎眼的，没人能看得起他，一米六九的武大郎身材，二等残废，丑眉怪眼的，一个癞蛤蟆，还能吃上天鹅肉？"

正说话间，贾文喜推门走进来："哟？我说孩他娘，你也太小看你家文喜了吧，要不，那天我给你带回一个小妞让你开开眼？"

"去去去，老不正经的，你要有那本事，我骄傲，说明咱家文喜有魅力。你就吹吧，给，肖局长电话。"

在电话里，肖刚告诉他，计划有变，让他迅速赶回局里，重新商议行动方案。

贾文喜放下电话快步走到客厅，向仍在抹拭家什的老婆打了个招呼，匆匆出门而去。发动着车子后，他没有马上起步，而是给一个人先挂了个电话："喂，老王吗？"

电话那头弱弱地传来一个沙哑的声音："你好啊贾局长，我是老王，有什么吩咐？请讲。"

"请你告诉我表哥一声，说给他联系的那个外科手术医师，原来说后天一早就动身去县中医院的，但现在情况有变，需要临时调整手术方案，时间上不能确定，要看实际情况决定。所以麻烦你转告我哥，让我哥先不要动身，等候我的消息。"

"好的，明白。"对方挂断了电话。

"这个老肖，葫芦里到底卖的什么药？"

贾文喜背靠在驾驶坐椅上，掏出一支烟点上，猛抽了一口，噗地吐出一大口浓烟，自言自语地说道："我就不明白了，当初咱在交警大队做副大队长好好的，虽然没白没黑地忙碌，"他望了一眼三年前入住的这座欧式别墅，宽敞明亮，富丽堂皇，一股幸福的暖流涌上心头，"但忙得开心，忙得有价值，不像现在，整天起来瞎忙乎，几乎天天有报案的，不是打架斗殴、小偷小摸，就是跳楼轻生、惊悚凶杀，分管了个刑侦和治安，可算一天也不得安宁，真他妈心烦。这不，刚开罢古墓血案行动方案讨论会，还没实施，又要更改计划，这个老肖，吃饱了没事干，撑的。唉，走吧，咱既在其位，不能不谋其政啊。"

贾文喜推开车门，将烟头向地下一摔，啪地关上车门，狠狠踩了一脚油门，奥迪 V6 怒吼一声，箭一般冲入夜幕之中。

第六十三章　午夜论棋

午夜。

县委大院三楼的一间办公室里的灯光还亮着。从紫色的窗帘上，隐隐约约映出两个人的身影。

室内烟雾弥漫。肖刚破天荒连续抽了五根烟，而且是一根接一根地抽。还有一个人陪着他猛抽。谁？县委副书记兼县政法委书记梁剑雄。这是俩烟鬼吗？不是。这俩人都是半拉烟民，每天的抽烟量超不过八支。今晚，这俩人是怎么了？一张巨大的写字台横亘在中间，里边是梁剑雄，外边是肖刚，两尊身影在烟雾中时隐时现，像天宫中祥云笼罩下的老神仙。

"还抽不？"梁剑雄哈哈大笑着说。

"咳，咳咳。"肖刚被呛得大咳不止，简直连话都说不出口了，左手捶胸，右手乱摇："我，不，不抽了，咳，我输了。"

梁剑雄又是一声大笑，说："这次抽烟比赛的结果，是你输了。呵呵，好，愿赌服输，是条汉子。咳，咳咳。老，老肖啊，其实，我也顶不住了。哈哈，咱们，撤。咳咳。"

说完，梁剑雄率先离座奔出办公室，快步走向小会议室。值班员小刘猛然见梁书记奔了进来，吓了一跳，急忙站起身说："梁书记，有事？"

梁书记摆摆手说："没事小刘，咱们换换，你到我的办公室，我和肖局长今晚替你值班。不要不好意思，你到我的床上，钻进我的被窝里去，美美地睡上一觉。对了，你把我办公室外间的灯全打开，拉开窗帘，好好透透气。"

"好的。梁书记。"小刘边往外走，心里边嘀咕："这个梁书记，今晚，他这是怎么了？"

距县委大院百余米外的一座三层小楼上。

这是一个规模不大的小型旅店，由于简陋，条件比较差，床位也比较便宜，每个床位二十元。小旅馆距县中医院不到两百米，所以平时主要接待一些乡下来中医院伺候病人的家属。也有的病人不住院，就住在小旅店里，白天到中医院就医打吊针，完了再回到小旅店休息。另外，有几个在刘陵推销药品和茶叶的安徽人，也长期租住在旅店里。一般情况下，小旅店客人不多，显得有些冷清。

在小旅店三楼一个房间，此刻有两个幽灵般的人在做着令人费解的事情。房间没开灯，漆黑一片。一个人坐在窗户前，手里拿着一架望远镜。望远镜镜头所对的方向，正是梁剑雄的办公室。他在看什么，窥视，还是监视？另一个年纪四十岁上下的人在沙发上躺着抽烟，隔一会起来到窗户前看一看。这个人每抽完一根烟，就要到窗户前询问一次："有情况吗？"

"看得不太清楚。梁剑雄的办公室里，好像有一团烟雾笼罩着，看得不是十分清楚。"

"嗯。这个肖刚太机灵了，梁剑雄更是老奸巨猾。"

"没事老贾。只要他们开口说话，我就能看出他们在说什么。"拿望远镜的人一边瞭望，一边答话说。

"嗯，好，注意观察，有什么动静，及时向我报告。"

肖刚与贾文喜、葛俊中研究完行动方案，贾文喜和葛俊中回家了，肖刚却没有休息，径直来到梁书记的办公室。他是有件要事需要征求一下梁书记的意见。墙上的钟表已经指示到夜里一点半，但俩人毫无睡意。转移到小会议室后，梁剑雄背着手来回踱步，似乎心事重重，肖刚几次欲言，只是张了张口，却没有出声。就这样踱来踱去，十多分钟后，梁剑雄突然眉毛一挑说道："是时候了。"

肖刚点点头说："我看，也差不多了。"

"老肖，开灯。"肖刚从沙发上弹身而起，啪啪啪，将小会议室的灯全部打开，室内顿时灯火辉煌，照如白昼。

他们走进内室。内室是一间值班室，每天机要室都会安排二十四小时全天候不间断值班，专门接听上级的内部电话，也就是接听紧急通知或是机密要事传真。梁剑雄将值班室的窗帘拉开，打开窗纱，探出头深深地呼吸了几口新鲜空气，大呼过瘾。肖刚则倒了两杯浓茶，将其中一杯置于梁剑雄的前面："梁书记，请用茶。"

"好家伙，你个老肖，今晚你是成心不让我老梁睡觉了不是？"

"哈哈，想睡觉还不容易？一会我给你服下三片安眠药，管你一口气睡十个钟头不醒。"

梁剑雄双臂平伸，连续做了十几个扩胸运动，笑着说："那不行，明天我还要下乡呢，我包的那个村新建一个精密铸件厂，从山东泰安请来个退休高工，无论如何我也得见见人家。"

肖刚拉开文件柜，拿出一副特大号的象棋铺开。梁剑雄一看象棋，眼睛顿时一亮："好，我俩就大战三五局，分个输赢。只是，你这个臭棋篓子，不是我的对手啊。"

"梁书记，我承认我的棋艺不如你，下三盘赢你一盘都困难，但我有一个请求。"

"说。"

"你压起一杆车，我用俩车对你一车，如何？"

"行。就一杆车，你也不见得能赢了我。嘿嘿。老肖，咱不但要下棋，还要谈棋论道，交流棋艺。"

"对。梁书记。"肖刚笑了笑说："咱这出戏，要演得像点。"

对面小旅店三楼窗户前那个人，仍然在聚精会神地观察着梁剑雄的办公室。窗外正好有根电杆，电杆上有个不死不活的电灯泡，放射着微弱的黄光。拿着望远镜监视梁剑雄和肖刚的这个人年纪不大，三十来岁，瘦脸，小脑袋，削肩膀。尤其是这人的脸部特征非常明显：五官挤在一起，小眼，小鼻，小嘴。嘴唇上方稀稀拉拉留着几根黄胡子。从其瘦削的脸形和弯曲的身形来看，这人的个子比较矮小。

"老八，你肯定能看清楚他们在说什么话？"老贾显得有些猜疑。

被称作老贾的人自然就是贾文喜了。贾文喜疑心特重，他估计，这个老肖和梁书记深夜碰面，一定有什么重要事情相商，或许，还与我老贾有关系呢。贾文喜眉头紧皱，在房间里来回踱步，显得有些许烦躁，手里夹着一支烟，烟头一丝细细的蓝色烟雾袅袅而升。

老八放下望远镜，回过头来，小眼睛眨巴了几下说："老贾，不是我夸口，咱是看口形辨话音的高手。人不说话我没办法，只要他开口，我不敢说十句全都能判断准确，但也能猜出个八九不离十的。"

话毕，又拿起望远镜对在眼上。

突然，老八惊呼了一声："有情况。"

贾文喜赶忙扔掉手中的烟蒂，急步走到窗户前，接过老八手里的望远镜，向梁剑雄的窗户上望去。就见一个年轻人拉开紫色的窗帘，推开窗户，又把窗纱合上。

"怪了，那不是梁剑雄，这俩人呢？"

贾文喜将望远镜从左到右扫视了一遍，目光停留在小会议室的窗户上，哈哈一笑说："这俩家伙躲到这里来了。"

他把望远镜向老八手里一塞说："快，看着小会议室。"

老八将望远镜对准小会议室看了一会儿，不解地问道："老贾，你来看，他俩在值班室干啥？"

贾文喜接过望远镜看了一下，笑着说："这俩人有意思，都两点多了，又摆开了棋局？"

"他们下棋，这有啥看头？"

"不。"贾文喜笑容一敛说，"没那么简单，这个时候了还下棋，你不觉得反常吗？瞧瞧，瞧瞧他俩都说些什么？"

贾文喜说完，取了一把椅子紧靠着老八坐下。

老八不知是不是真有看口形辨话音的绝技，但他还是像个体育竞赛解说员那样，源源不断地将梁剑雄和肖刚的口形转换成语言说给贾文喜：

"老贾，梁剑雄说，先你走。肖刚说，红先黑后，输了不羞。梁剑雄说，我先拱卒。肖刚说，我先平车。梁剑雄说，我上别腿马。肖刚说，我打你一炮。梁剑雄哈哈大笑说，你个老肖要赖，不隔山，就能打炮？肖刚也大笑说，谁规定非得隔山才能打炮？老贾，肖刚先输一局，梁剑雄笑着说，嘿，压你一个车照样赢。第二局，肖刚胜。掏烟，点上。梁剑雄喝了一口茶。肖刚说，梁书记，这局赢得你痛快吧？梁剑雄说，嗨，你真不识好歹，让你一局，是怕你面子上过不去。老贾，第三局，梁剑雄胜。推棋了，看来不干了，收摊了。肖刚打了个哈欠，倒在了床上。梁剑雄也躺在长沙发上，好像要睡觉。"

"够了。"

贾文喜怒吼一声说："这俩王八，耍我啊。害得老子忙活了一夜，连个狗屁也没听到。老八，不看了，睡觉。凌云方面，孙子貌也不知道啥情况？"

第六十四章　狭路相逢

圆觉师太和杨锦慧一路追踪，始终没看见孙子貌等人的影子。

圆觉师太毕竟内功深厚，一口气跑了二十多里路，窜沟跳崖，翻山越岭，但却气定神闲，连大气也没喘一下。可杨锦慧就不行了，气喘吁吁，香汗满面，也不管师太同意不同意，自个儿一屁股蹲在路边的一片草地上，拿手绢当扇子直扇风："师傅，跑不动了，歇歇，喘口气。累死我了。"

圆觉师太也坐了下来，从化缘袋里取出一张化来的大饼递给锦慧："徒儿，来，吃点东西充充饥。"又拿出一瓶矿泉水喝了一口。

杨锦慧从圆觉手里抢过矿泉水，嘻嘻一笑说："师傅你好自私，不给口水喝，你想噎死我呀。"

圆觉师太在锦慧的头上轻轻拍了一下说："你个小丫头，你的水呢？"

"喝完了，没了。"

"你呀，天生一个长不大的淘气鬼。好了，再走两三里，就到了真吾县城。咱们先找个地方吃点饭，然后去偏僻一点的小旅馆休息一晚，明天再乘车赶路去佛崖底不迟。反正人也追丢了，不争这一时半会儿的。不过没事，他的去向一目了然，还怕找不着？咱只需要找到杜泰就行了，你说呢？哈哈。"

"哼，谁找他？才不呢。"杨锦慧把个小嘴噘得老高。

"行，听徒儿的，咱不找他，让他自生自灭，谁让他那么莽撞？"圆觉狡黠地笑着说。

杨锦慧噌地从草地上跳起来，一跺脚说："不行，你必须跟我先找到杜泰，我还要骂他一顿解解气。哼！找不到他，我怎么出气？"

圆觉师太用手指点了点杨锦慧的额头说："小丫头，我说得是杜泰，和你有什么关系？看把你急得。嘻嘻。"

杨锦慧小嘴又一噘："坏师傅，你又戏弄徒儿。好，我不跟你玩儿了。"脚一跺，气哼哼地走了。

"哈哈哈。"圆满师太笑得弯下了腰："徒儿，回来，我肚子疼，哎哟，嘻嘻。"

夕阳西斜，残阳如血。

晋南的太阳似乎和晋东的不一样，升的早，落的晚。杨锦慧虽然很成熟，但毕竟是个女孩，有时候的表现，十足一个天真。她边紧随师傅急速奔行，一边审视着天边的景色，那太阳周边的云彩几乎被烤焦了，红云的中间，隐隐泛着青黑。

这是一个规模不是太大的县城。正值下班高峰，每条大街上都是人来人往，车水马龙。圆觉一拽杨锦慧的手说："徒儿，今天不化缘了，走，找个饭店，给我的徒儿改善一下伙食。"

"师傅，徒儿要吃肉，要喝酒。"

"你说什么？"圆觉好像没听清，偏过脸来问。

"我要吃肉喝酒。喝，喝酒的喝，酒，喝酒的酒，jiu。听清楚了吧？"杨锦慧放低声音说："我要师傅也喝点酒吃点肉。嘻嘻。"

圆觉师太脸色一变，呵斥道："再贫嘴，小心师傅搂你。"

"我要师傅你吃点肉喝点酒，"锦慧调皮地笑着说，"又不是害作你，师傅为啥要打徒儿屁股？"

"你还说没害师傅，你不知道师傅是个出家人？"

"少林和尚不也是出家人吗？人家肉也吃得，酒也喝得。"

"你个小妮子。"圆觉师太假装生气了，脸一板说："人家少林武僧，他们是和尚，而师傅我是个尼姑啊。再不说，少林武僧十三棍僧救唐王有功，允许他们吃肉喝酒，那是唐王特封的。"

"谁把和尚尼姑分家了？谁说非得唐王特许才能喝酒吃肉？那是以前，现在都二十一世纪了，规矩得改一改。都是供奉如来佛祖，都是念阿弥陀佛，他们能吃肉喝酒，师傅你怎么就不能了？佛家的清规戒律，也太不公平了吧？"杨锦慧气呼呼地说。

圆觉知道这个小徒她天生顽皮，所以脸上看似一片风霜，实则心里可喜欢锦慧了，瞥了她一眼说："我知道你小妮子这些天心情不好，心里为人着急，电话打不通，人联系不上，思君思得人憔悴，是生是死两茫茫，你少喝点倒也无妨，但师傅是个出家人，从来是滴酒不沾的。你再胡说，师傅可真的要生气了。"

"哎？师傅，你给我讲清楚了。"杨锦慧用两根白葱也似的纤纤玉指，轻轻地捏住圆觉白面皮，调皮地说，"我着什么急，又为谁憔悴？才没有呢，师傅你给我说清楚，你再故意羞我，我就把师傅的脸皮撕下一块来，贴在你的嘴上。哼！"

圆觉笑得弯下了腰："乖徒儿，快松手，你个死丫头片子，这是在大街上，众目睽睽之下，羞死了，羞死了。哎哟。"

杨锦慧经圆觉师太这么一提醒，抬头一看，可不是吗？众多路人的目光，一起向她俩射来，还有几个奇装异服的小青年几乎贴在圆觉和锦慧的身边看满眼儿。其中一个小青年嬉皮笑脸地说："妹妹，真漂亮啊。这位师傅也俊俏得很，我喜欢。妹妹不是要喝酒吗？我请客，走，到我家里，如何？我家那床可大着哩。嘻嘻。"

"你找死！"杨锦慧最恨轻薄男人，一瞧这个小混混，气就不打一处来，小拳头一挥，就要上前教训他。

圆觉师太赶紧一拉她说："休要惹事，咱们走。"

"呸！"杨锦慧一边走，一边回头怒视着那个小青年，牙咬得咯吱吱响："再瞎说一句，姑娘就扯烂你的嘴。哼！"

"嘻嘻。好一个俊妞儿，馋死阿鼠了，美貌如花，绝对处女一个，尼姑也好看，啧啧。"人群中，又有一人发出笑声。但此时圆觉师太和杨锦慧已经走出数十米远了，没听见。

笑声来自一个鼠头獐脑的人。这人面目特殊，八字胡，扇风耳，小眼睛，豁门牙黑得像涂了一层乌金，下巴骨尖如枣核，后背微驼。

"老鼠，你找死。"

说话的这个人五十岁上下，中等个，瘦骨伶仃一副可怜巴巴的样子，几乎是皮包骨头，浑身上下加起来也难有八十斤肉，就好像他爹他娘从来没让他吃过一顿饱饭。那张脸更具特色，使人望一眼就永远忘不了：满是皱纹的脸上，长着双猫头鹰一样的眼睛，鹰钩鼻子，下嘴唇长，上嘴唇短，典型的一张地包天，也不知他爹他娘是怎么把他造出来的。

这俩人正是野兽派的骨干分子一猫一鼠。两位一路跟踪张浩石等人，半途一疏忽跟丢了，来到这个小县城，也是打算乘车的，无巧不巧地碰上了圆觉师太和杨锦慧。老猫和老鼠是认识圆觉的，他俩也亲眼目睹了圆觉师太救人时展示出来的惊人绝技，所以没敢吭声，一直躲在人群中观察。

等圆觉师太和杨锦慧走远了，老猫才哈哈一笑说："老兄，你也太冒失了，刚才你那一笑，要是让尼姑听见了，不把你小子一巴掌拍成块肉饼不算一回事。"

"怕啥？圆觉老尼再厉害，那是咱俩老爷们对手？好拳难敌四手嘛。"

老鼠有点不大服气，他早就听说这圆觉功夫十分了得，一手北极绵掌可飞花摘叶已臻绝顶，虚空就能击碎一个人的脑袋，轻功更是登峰造极。但是，好色是他的致命弱点，在美人面前，神智早日迷乱。而且，他自认为自己的功力也不差，内功有相当火候，不用怎么用力，就能轻易捏碎一颗核桃。加上老猫的那身过硬的猴拳，不敢说水平一流，但二流总是有的，联手对付一个风烛残年的老尼姑，应该不在话下。何况，她身边还有一个武功平平的小丫头片子，投鼠忌器，老尼姑不会轻易出手的，这才敢出言不逊。

老猫心里有数，他比老鼠有心机，遇事知道动脑筋。他清楚自己有几斤几两，咱这几手猴拳，对付一般人还凑合，要和圆觉这样的绝顶高手交锋，娘呀，那是自找苦吃。老鼠虽还有两下子，曾在云台山拜师学艺，有相当不错的内功根基，一根精铁棍舞起来那是水泼不进，虎虎生威，有如雷鸣电闪，普通人碰一下皮开肉绽，挨一棍一命呜乎。但这次是外出办事，岂能拿根铁棒出门？身边没有了那根铁棒，小子，你也就只剩下半成的功夫了。就是手里有那根烧火棍，想在圆觉面前逞能，还差老大一截呢，所以他才出手阻拦，不让老鼠生事。这老猫也非善类，在黎家庄一带是个出名的老淫棍，年轻时，他也是常在晚上出去采花，在他手里受害的大闺女小媳妇，累计不下二十人。他作案时一般要使用迷魂香，兽行完毕提起裤子走人，受害人醒来后，只知道自己被糟蹋了，至于是被谁糟蹋的，不得而知，为了自身名声，没有一个人敢对外声张，受害人只有打碎牙齿往肚里吞。二十多年来，白马寺的玄清方丈和明月庵的圆觉师傅，都在秘密查找这个采花贼，吓得这老小子夹起那祸根，再不敢胡作非为继续做那伤天害理的事了。

"老猫，你说这个尼姑和这花骨朵小妞，和黎家庄一不沾亲二不带故的，她俩来凑啥热闹？"

"天才知道。不过，听说这甜妹和杜泰交情不错，难道她们是为杜泰而来？这样的话，我们只要暗中跟着这俩女人，就不愁找到杜泰，找到杜泰，就不愁找到黎义芳，找到黎义芳，还愁找不到孙子貌这小子？"说老猫有心机，还真没错，老小子想问题就是比这个脑袋小脑杂髓不多的老鼠周到。

"这话有理，老猫，你带迷魂香了吗？"老鼠淫笑着说。

老猫眼一瞪，怒声说道："少给老子惹事行不？那老尼姑是能轻易迷倒的吗？那小妮子也鬼精得很。再说，影响了任务，老宫主剥不了你那张老鼠皮才怪。"

老鼠斗鸡眼也一瞪说："你个死老猫，瞪啥眼？咱不过嘴上欢欢而已，还敢来真的？"

"不行，嘴欢也不行，你小子不能动一点歪脑筋，懂吗？走，跟上。"

一鼠一猫在人流中一扭一闪，没几步，便迫近圆觉和杨锦慧只有十几米远了。

第六十五章　擦肩而过

杨锦慧机灵得很，发现后面那俩人的眼睛死死盯着她俩，贼头贼脑的，她俩快，后面那俩人也快，她们慢下脚步，一猫一鼠也跟着放慢脚步。杨锦慧冰雪聪明，一看，就知道这俩人没怀好意。她悄悄对圆觉说："师傅，好像有人跟踪咱们。"

"徒儿，你瞧瞧他俩，长得什么模样？"

"师傅，一张脸像猫头鹰，一张脸像老鼠。"

"徒儿，不要回头，这俩人我认识，是野兽派的一鼠一猫。"

"师傅，"杨锦慧一惊问道，"你怎么认识他俩？"

"这个，"圆觉欲言又止，"以后你会知道的，你只随我往前走，千万别回头。"

抬眼一看，前面有个不大的小饭店，圆觉说："徒儿，走，进饭店。"

半小时后，在一望无际的大平原最西端，太阳最终一头钻在地下，没了。

这是一个叫和尚坟的地方。

一个早日荒无人烟的小村落，大概有百多户人家。除了三五十座房屋尚未倒塌外，其余全成为一片废墟。

这个小村原来名叫五镇坪，意思是有红门寺的五代和尚在此坐镇，村民安享太平，因红门寺第五代主持碧空和尚圆寂后埋葬在这里，所以就把五镇坪改为和尚坟，以示对碧空和尚的纪念。在距荒村二十几米的地方有一个近三米高的灵塔，虽经过了近千年的风雨剥蚀，但上面的字迹依稀可辨：临济二十三代碧空禅师觉灵。从墓志铭上可以看出，这里埋藏的是临济第二十三代红门寺主持碧空禅师。

星光下，没人高的荒草时有野兔、田鼠一类的小动物窜过，惊起一群栖息中的飞鸟。在一座破屋内，有两个人席地而坐，其中一个五大三粗，年近三十，中等个，大方脸，狮子鼻，浓眉毛，老鹰眼，大嘴黄齿，一看就是个凶恶之徒。另一个，个子瘦高，面色青灰，长着一双三角眼，下巴尖尖的，再紧的裤子，再窄的衣服，穿到他的身上都显得宽衫大袖的。

不用细交代，这是盗墓集团紫微帮的两员大将，排行老五的张浩石和排行老四的瘦猴。

屋子里，生着一堆篝火。

瘦猴手里挑着一只野兔在火上烘烤着，那兔油被烧得吱吱作响，一点一点地往火里滴拉，每滴一滴，火苗就往上蹿一蹿，火苗一蹿，满屋飘香。

"我说老瘦，这个孙二爷他会来佛崖底寻找黎义芳吗？"张浩石捡起小儿胳膊粗的一根木柴，两只大手抓住两头，在膝盖上猛力一磕，折成两截，投进火里。

"按说应该。据大哥讲，黎义芳虽然比孙二爷小十几岁，但说话投机，关系很是不错，把珍宝藏在哪里孙二爷都不放心，唯独放在黎义芳这里最安全。"瘦猴一边应答，一边留意着手上的烤野兔，"兄弟你还真行，一石头就打死一只蹦跳飞跑中的野兔，不简单。"

张浩石冷冷一笑说："小菜一碟。"

继之又嘿嘿一笑："老瘦，假如这石头不是砸在兔子身上，而是砸在你的头上，你会做何感想？"

"哈，哈哈。"瘦猴干笑一声说："兄弟说笑了，兄弟幽默。这石头，石头，怎么会，怎么会砸到自己人的头上？哈哈。"

"那也说不定。"

瘦猴一惊："兄弟，你这是，啥意思？"

张浩石又捡起一根儿臂粗的树枝在腿上一磕，断了，投进火中："你记着老瘦，只要你不对我张浩石动歪脑筋，我手里的石头就不会落到你头上，懂吗？"

瘦猴拿着兔子的手一抖，差点把兔子掉进火堆里："兄弟，你真风趣。嘿嘿，嘿嘿，风趣。"

张浩石突然屏住呼吸，侧耳倾听。蚊蝇般的一阵极其轻微的脚步声传进他的耳鼓里，脸色随之一变。

"好了，来，开饭。"瘦猴将滚烫的烤野兔凑近鼻子一阵狂嗅，嘴里啧啧有声。

"嘘——"张浩石将右手食指放在嘴唇上一比划，表示让瘦猴噤声。

"怎么啦？"瘦猴一惊，低声问道。

"有人来了。"张浩石纵身跳起说道："不管来者何人，为安全起见，我们都要回避。老瘦，快，拿上兔肉，咱们走。"

"走？这黑天抹地的，咱往哪走？"

"让你走你就走，怎么那么多废话？"张浩石低声吼道。

尽管在帮中瘦猴的地位要高于张浩石，但张浩石武功高，人又暴躁，话一不投机便动拳头，那铁锤般的大拳头在瘦猴面前一晃荡瘦猴心里就慌恐。瘦猴拿塑料袋急急忙忙将烤好的兔肉装了，两人跨出破屋，展开轻功，鬼魅般悄无声息地隐入黑暗中，急速飞掠而去。

不错，是来人了，而且还是两男一女。深更半夜的，这三人来此何干？目标很明确，就是追踪张浩石、瘦猴而来。

只听那女的惊叫一声说："马队，刚才窜出破屋的两个人，该是张浩石他俩吧？"听声音，女的最多也就二十四五岁的样子。

"不错。"女的是单如燕，被喊作马队的人就是马如斌了，马如斌朝张浩石、瘦猴逃跑的方向望了一眼回答道："张浩石这个人不可小觑，貌似粗笨，其实鬼精，一定是发现了我们才溜走的。"

"那咱该如何行动？"一个带着近视眼镜，文质彬彬，年约四旬上下的人问道。

马队轻轻一笑说："没关系老赵，反正咱们和他们的去向以及所寻找的目标一致。按现在咱们所在的位置，已经到了黎义芳所在的佛崖底村边上，离村子最远不过二里。我们暂且在这里将就一晚。黎义芳的村子是个镇政府所在地，警方在镇里设有派出所，肖局已与当地警方取得联系，请求他们支援，配合咱们行动，明天和当地派出所的同志接一下头再说。"

马如斌他们一路追踪，并没有发现张浩石和瘦猴的影子，不过张浩石俩人的意图很明确，就是奔黎义芳而来，志在截获孙子貌，抢回黎侯古墓宝物。因此，虽看不到他俩人的踪影，但马如斌确信这俩人会直奔目的地。按照地图上标示的路线，他们昼夜兼程，一路追踪到此。正行间，朦朦胧胧中，前边现出了一片房屋的轮廓，有高有矮，参差不齐。走近了，才发现是一个废弃了的村落。整个村落死气沉沉，没有一丝光亮，没有一点声息，百十座破旧的房屋在夜色里影影绰绰，给人以神秘而又恐怖的感觉。突然，从一座破屋内传出一丝的火光，忽明忽暗，忽闪忽闪的，好像鬼火一般。

"停。"马如斌将手一摆。三人立即蹲在原地，屏住呼吸，驻足而望，确信那座破屋里有火光闪现。会是什么人栖身在这荒无人烟的废弃村落里，是流浪汉？是讨吃要饭的？是迷路人？抑或是强盗？在马如斌的大脑里，浮现出许多个问号。

还是女人心细，单如燕扑闪着长长的睫毛，略一思考，突然对马如斌说："马队，会不会是张浩石他们？"

马如斌略微一怔，随即点了点头："不错，很有可能。"

赵文杰竖起大拇指在单如燕的眼前晃了两晃，给予大赞。

"走，靠近点。"

三人猫着腰，轻步轻脚地趋近透出火光的破屋。

张浩石本就鬼精，加上练武之人耳聪目明，视力和听力远高于常人，而废弃村落人无声狗不叫，非常的寂静，尽管他们够小心翼翼了，仍没躲过张浩石的耳朵。

就见火光一暗，两条黑影飞快地冲出破屋。赵文杰腾地立起身来就要追去，马如斌一拉他的衣角说："不急老赵，让他们去吧，免得打草惊蛇。现在咱们追踪张浩石、瘦猴已没有多大意义，我们的任务是关注孙子貌的行踪。我们必须尽快秘密找到黎义芳，坐等孙子貌的到来，绝不能让犯罪集团捷足先登，要是那样，我们的侦破工作就又被动了。"

"那，我们现在就去。"单如燕一双水灵灵的大眼睛，一眨不眨地望着马如斌。姑娘突然感觉马如斌的胸膛好宽大，像一座山，更像一个避风的港湾。要不是在执行任务，要不是身边还有老赵赵文杰这个灯泡，单如燕好想扑进马如斌的怀里，靠在他如山的胸膛上。

马如斌回望着单如燕，目光柔和如水。尽管有夜幕掩饰，但他仍可读懂小单的眼神。是啊，他们相恋足有两年多了，然而由于整天忙于侦破各类案件，很少顾及儿女私情。然而警察也是有血有肉的一介凡人，他们也应该有情，只是出于职业的特殊性，在他们的生活中，少了脉脉温情，多了惊心动魄和刀光剑影。

"咳，咳咳。"

赵文杰看出端倪，心想这俩可人儿，好像有些情迷意乱了，这可是在执行任务，是在进行着一场没有硝烟的战斗，强敌就在眼前，绝对大意不得，一丝一毫的疏忽，轻者造成执行任务失败，重者则有可能被敌所伤。因此，赵文杰才故意轻咳两声以示警戒。

单如燕听到赵文杰这一声咳，脸唰地一下就红了，赶紧把脸扭向别处。

马如斌听到这声咳嗽，像什么事也没发生一样，轻轻一笑说："好你个老赵，怎了，喉咙里钻进蚂蚱了？"

"嘿嘿，嘿嘿，"老赵自打圆场，"马队，今晚，咱们就在这座破屋里休息吧。"

"不，"马如斌看着还在残燃的火堆，眉头皱了下说，"这里不安全，我们到前边去。按地图所示，距此不远处，应该有一座红门寺。咱到那座寺庙里去。老赵，直到现在也没能和杜泰联系上，也不知道杜泰他现在怎么样了？"

第六十六章　古庙相逢

昨晚，杜泰走出喜迎春饭店后，心中那口冤气无法释放憋得难受，仰天长啸一声，展开轻功一路狂奔。

对一个内功深厚的人来说，借眼前的丁点星光足可看清脚下的路，但这个时候他的大脑正在无限迷茫，在使劲膨胀，所以他并不管前面有路没路，是路不是路，径直前行不拐弯，见堰跳堰，逢沟越沟，一口气跑出十多里远。他的心里乱极了，像塞进一团麻，太多的不明白，使他这个明白人变成糊涂蛋。何山、吕一蓝、刘水才，还有那个神秘的黎义芳，这些人怎么就都凭空消失不见？他们为何要一而再，再而三地谋害我？他们偷走我的信笺意欲何为？黎义芳为什么不见我？我该去那里找黎义芳？他想了许多，想得头昏脑胀也没想出个所以然来。

"算了，算了，不想了，先找个地方休息一晚，明天再作打算。这俩混蛋，偷走我的信笺，就把我难倒了？我知道黎义芳所在的村子叫佛崖底，我鼻子底下还有张嘴，没有这封信，老杜我照样能找到黎义芳。"

这样一想开来，心里安慰了许多，抬头望了望天上的北斗七星，辨别了一下方向，见前面有座孤零零的房子，杜泰知道那是座土地庙或山神庙一类的小庙。杜泰定了定神，向小庙走去。这是座新建起不久的土地庙，三间大小。庙门虚掩着，庙前的小生铁香炉里还有未烧完的香在袅袅冒着青烟，看来不久前有善男信女来过。杜泰推开庙门，掏出打火机找到供桌上的蜡烛点上，庙内的情景立刻迎入眼帘。一看供桌，杜泰甚是高兴，心下一喜，原来还有几包糖果、点心摆在那里。

杜泰两天来几乎没吃东西，早就饥肠辘辘了。

"土地爷爷，对不起了，咱实在饿得不行，借你供品一用，等我有了钱，再来加倍奉还。"

杜泰祷告完后，又磕了三个头，作了一个揖，拿起供桌上点心，狼吞虎咽地吃了起来。不想吃得急了，一口没咽下，卡在喉咙眼，卡得他脸红脖子粗，好一顿猛咳。抬头四下里一瞅，见墙角处有一大缸，走近一看，大喜，原来是一口水缸，满满的一缸清水，所幸缸边还挂着一把塑料水瓢。杜泰急急拿瓢把水盛了，一口气喝下一大瓢。水足饭饱之后，睡意袭来，眼皮发困，大脑开始混沌，拖了几个坐垫权作床铺，往下一躺，昏昏睡去。

经过这两天的折腾，他实在太累了。

无巧不成书。话说圆觉师太和杨锦慧一路向黎义芳所在村庄佛崖底走来，所幸肖刚局长在电话里给她详细提供了佛崖底村的线路、乘车方向等情况，没费多少周折，早行晚宿，总算没耽误时间。

"师傅，咱赶快进村吧，先找到杜泰再说。"

这是杨锦慧的意思，她救人心切。

但圆觉一想不妥，遂言道："徒儿啊，江湖险恶，你没有经历过。目前咱无法和杜泰取得联系，他到底情况怎样？尚不明了。既然杜泰联系不上，说明他有可能遭遇不测，一定是发生了什么变故。这样说来，这个黎义芳处必有凶险，黎义芳他人是好是坏，是恶是善，实在也难以分辨得清，贸然进村，恐怕是要吃亏的。这样吧，咱先在村外找地方睡一晚，等天明了再作打算，你说呢？"

虽说极不情愿，但师傅久走江湖，经验丰富，阅历颇多，她说的一定没错，杨锦慧也就默认了。圆觉师太内功精湛，夜间视物不逊白昼，四下里一瞭望，见前面不远处有一小庙。

"阿弥陀佛，善哉，善哉。"

圆觉心下十分高兴，一把抓住锦慧的手说："走。"

师徒俩直奔小庙而去。

"嘘，别出声。"距小庙尚有一百多米，圆觉猛然驻足，侧耳倾听，庙内有鼾声隐隐约约地传来。

"里面有人，"圆觉悄声对杨锦慧说，"咱们走，另找个地方。"

圆觉师徒俩立即转身离去，脚步轻轻好似一阵清风。她俩哪会知道，庙内鼾睡的正是杜泰？本来她俩来得正好，如能进庙，即可相逢，然而命运偏偏捉弄人，就这样他们擦肩而过，非常遗憾。

她俩一口气奔出千米之遥，方才慢下脚步。

"师傅，你刚才说，庙里有人？"

"是的，而且是个男人。"圆觉回答。

"男人？"

杨锦慧心里一动，似乎感觉有异：男人，什么男人会在野地小庙里睡觉？肯定不是本地人。抑或是，过路人？乞丐？也许是心灵的感应，杨锦慧突然有所醒悟：这个村子就是黎义芳所在的村子，杜泰是来找黎义芳的，庙里睡着的，会不会是杜泰？

想到这里，杨锦慧的心里一阵紧缩，急忙问道："师傅，你确信只有一人，还是个男的？"

"怎么，你怀疑师傅的听力？"对杨锦慧的突然问话，圆觉微感诧异，"我敢肯定，里边是个男人，我的听觉不会错，鼾声如雷。起先，我以为是个乞丐之类的人，但我暗自运动第六感觉神经末梢神功，将我的内功传递到小庙内进行隔空探测时，结果我明显有递进受阻的感觉，说明其人虽在睡觉，但警觉性极高，内功可自由心发，十分了得，幸亏我收功及时，如果继续增加功力，必然会将梦中人心惊醒。"

"不是师傅，我是说，会不会是杜泰呢？"

"什么？"经杨锦慧这么一提，圆觉师太当真还觉得她说得有点道理，但转念一想，也不尽然，会这么巧合？不过，也有这个可能。阿弥陀佛，圆觉暗道一声佛号：我佛慈悲，有情人就是有情人，难道真有心意相通这一说不成？思虑片刻，圆觉师太急忙一拉杨锦慧说："徒儿，你说的有道理，很有这个可能性。嗨，我怎么糊涂到如此程度？走，返回去看看。"

爱情是个魔，自有他看不见的魔力。杨锦慧一听说往回返，霍地一转身，一个箭步向前穿行了数米，似乎这女孩的轻功在瞬间突然大增，连圆觉都看得摇了摇头，叹了一口气：阿弥陀佛，善哉，善哉。这是前世罪过，今生该受此折磨。小丫头，你是懂得的，杜泰乃有妇之夫，你的暗恋会有结果吗？唉，可叹红尘中人，总是被三千根烦恼丝缠绕。

千米，对圆觉师太这样的武林绝顶高手来说，几乎等于不存在距离，即使像杨锦慧这样的四流高手，行走千米，亦在片刻之间。

然而当她们返回小庙时，圆觉发现庙里那人已经离去。可杨锦慧不知，她焦急地走近庙门，正想推门而入，但转念一想：不行，江湖水深，吉凶难料，谁知道在庙内睡觉的人是不是杜泰？要是，那再好不过，但要不是，贸然推门，惊醒睡者，怎么收场，那不是弄出了大笑话？圆觉在后面看了，故意默不作声。她知道，不让她进去查看个仔细，这小妮子肯定不会甘心。所以圆觉只是笑了笑，甩了甩道袍下摆，退后一步，将脸扭向别处。她要利用这个间隙，确定一下附近地带有无其他人存在。

　　"杜哥，是你吗？"杨锦慧轻轻敲了敲门，低声呼叫。

　　小庙里死一般寂静，没有回声。杨锦慧稍一停顿，又轻轻敲了敲，声音稍微抬高一点："里面是杜哥吗？"

　　仍然寂静无声，小庙里透出一股神秘的气氛。短暂瞬间，杨锦慧做出一个大胆决定：推门进去。她坚信，杜泰一定在里面，她的感觉错不了。

　　圆觉摇了摇头说："徒儿，人走了。"

　　"走了？"杨锦慧一脸惊讶："这不是刚才还在吗？"

　　"不错。"圆觉师太轻柔地摇了摇杨锦慧的肩膀："孩子，该来的终究会来，该走的终究会走，你就顺其自然吧。"

　　吱呀一声，杨锦慧推开小庙的门，一步踏了进去，将手中的小型手电扭亮了四下里一看，哪有人？连个鬼影都没有。

　　杨锦慧银牙一咬，眼泪扑簌簌落了下来，脚一跺，嗔道："这个臭杜泰，死杜泰，你戏耍我啊！"

296

第六十七章　急转回头

清晨六点左右，长邯高速刈陵出口处。

一辆本田高级轿车驶出收费站后，缓缓停靠在路边。县文化局局长魏松林从副驾座上下得车来，忙给坐在后排的客人拉开车门："各位宗亲，我们县委、县政府的领导接你们来了。"

一个体态微胖，身材适中，年纪七十有余的老人走下车来，后边紧随着一位中年人和一位年轻姑娘。

县委书记田丰，县委常委、县委副书记兼政法委书记梁剑雄，县委常委、宣传部部长汪欣以及副县长段克非等县领导急忙迎上去，分别和来宾握手问好："欢迎远道而来的广西朋友，欢迎黎氏宗亲回到老家！"

魏松林局长分别介绍了对方的姓名和身份。

七旬老人热泪盈眶，嘴唇颤抖着，激动的心情溢于言表："谢谢田书记，谢谢县委、县政府领导的关心和支持。几十年了，我们苦苦寻找黎氏祖根，找了许多地方然而都没有太大的信服力。今天，谢天谢地，我们可算找到了，黎氏的老祖宗原来在刈陵。"

"不错，黎会长。"田丰书记紧握着黎老的手说："这里是第四代炎帝姜黎创建的古黎（耆）国，历史上著名的'西伯戡黎'事件就发生在这里。刈陵是全球黎氏的发源地。周武王建立周朝之后，遂把商王族子姓后裔分封到黎侯国，也即我们刈陵。现在正在申请发掘性保护的黎侯王陵墓下面，埋葬的就是商汤时期最后一个黎侯国国君黎恭和他的三个儿子及夫人。"

简单寒暄了几句后，田书记说："黎会长，走吧，咱先去吃点早饭，完了让梁书记、汪部长和段县长陪你们好好看看黎侯古墓遗址。既然来了，就多住几天，观赏一下家乡的山水风光。"

"好，好，谢谢田书记和各位领导。"

一行小车沿着宽阔的古城大街，直奔刈陵宾馆而去。

与此同时，在紫微帮卧底的黎涛报告称，孙子貌根本没去凌云真吾县，在凌云市区遛了一圈又潜回刈陵来了。肖刚觉得马如斌他们在凌云已经没什么意义，加上黎氏宗亲来刈陵考察黎侯古墓，因此肖刚通知马如斌他们迅速撤回刈陵。

而这时的马如斌他们，正在跟踪瘦猴、张浩石。

马如斌他们一行三人在荒村将就一晚，凌晨四点半，天已大亮，马如斌立起身来伸了个懒腰，用手干洗了两把脸，招呼赵、单二位："起床了，准备出发。"

单如燕揉一揉惺忪的眼睛，一张秀面好似淡扫梨花，头发略显零乱，更增添了几许妩媚，轻启樱桃小嘴打了个呵欠，一双会讲话的秋水情意绵绵："马队，直接进村？"

"对。"

他们的早餐很简单，每人一瓶矿泉水、一个面包、一根火腿肠。早餐后，他们决定先沿着村边随便走走，确定一下这个村是否就是黎义芳所在的佛崖底村。询问了十几个早起下地干活儿村民，除了村名对头外，都说这个村根本没有姓黎的人，更没有叫黎义芳的。

不觉两个多小时的时间过了，马如斌他们还是一无所获。

"怪了，怎会没有黎义芳这个人呢，"赵文杰有些迷惑不解，"难道黎义芳根本就不在这个村子里？杜泰呢？他去了哪里？孙子貌来了没有？紫微帮的张浩石和瘦猴又到哪里去了？还有，圆觉师太和杨锦慧怎么也没踪影？"

"是啊老赵，你提出的这些问题，我们都需要一一搞清楚。"

"马队，那我们该怎么行动？请你指示。"单如燕一双秀目盯着马如斌，含情脉脉，浅浅一笑，露出一对小酒窝。

"我们——"正要回答小单的话，铃声响了，是肖刚局长打来的。

"喂，肖局，我是马如斌。"

"马队，情况有变，你们即刻返回，要快。"

"好的，明白。"马如斌霍地一个转身，急促地对赵文杰、单如燕说："快，我们到当地派出所去，让他们的车送我们一程，我们坐飞机立即赶回局里。"

"发生什么事了？"

马如斌斜睨了单如燕一眼，严肃地说："小单，注意纪律，不该我们问的坚决不问，咱们的任务是只管执行命令！"

单如燕吐了一下舌头，笑了笑，没再吭声。赵文杰用手指隔空点了点单如燕，意思是说，生活上你说了算，工作上你还得听马队的。

回到局里后，肖刚正在组织专案组的同志们开会。

与会人员各自汇报了这两天的工作进展情况，会议结束后，肖刚总结说："同志们，我会将近期工作进展情况和同志们的设想汇报给县古墓血案侦破工作领导组的领导们，供他们决策参考。贾局长，你看。"

贾文喜微微一笑说："我非常赞同大家的意见，其他吧，我就不多讲了。只是，我们对凌云方面的情况还不是十分了解，是不是让马队。"

"贾局。"肖刚没等贾文喜说完便接过话头："这个一会儿留下马队单独汇报。各位辛苦了，如果大家没什么的话，贾局、葛队和马队留下，其他人散会，按照分工下去准备吧。"

会议室只剩下肖刚、贾文喜、葛俊中和马如斌四人。马如斌知道留下他，是要听取他南下这些天的侦察情况，于是轻咳了一声，清了清嗓子，准备汇报。

肖刚一摆手说："不忙。说实话，我这个局长当得太官僚了，很少关心同志们的生活问题。小马，你老实交代，和小单的关系进展得怎么样了？我还等着主婚，吃喜糖，喝喜酒呢。"

马如斌根本就没防备肖局的话锋突转，一时间竟愣了一下没能及时回答，脸微微发红，低下头，来回搓着他那两只大手。

愣了一会，马如斌才摸了摸后脑勺，打了个哈哈，支支吾吾地说："这个，这个嘛，怎么说呢？"

"哎呀？老贾，你看咱们的马队，抓罪犯时勇猛无比像一只下山猛虎，威风凛凛，可一说谈恋爱的事，就变成大闺女一样了，还羞答答的。呵呵，呵呵呵。"

肖局这番话，要是让单如燕听了，非羞红脸跑掉不可。

"是啊。"葛俊中拍拍马如斌的肩膀说："小马，你和小单马拉松恋爱有两年多了吧？就是再笨的果实，也该成熟了吧，怎老不见瓜熟蒂落呢？你小子在搞什么鬼？"

"葛队，肖局、贾局和咱不是同龄，也许不大了解，你还不了解？行不行，那也得闺女说了算不是？再说了，咱们每天忙得不可开交，哪顾得上谈婚论嫁？"

说者无心，但听者有意。肖局听了马如斌这句话，心灵深处被深深地刺痛了：是啊，我这个局长当得有些失职。局里像小马、小单这样谈恋爱且已成熟的年轻人有好几对，只因为我分配给他们的工作多任务重，每天忙得焦头烂额的，根本顾不上讨论婚嫁，即使讨论了，也没那闲工夫去准备结婚的事儿。咱是过来人，年轻人的婚姻大事，老肖是想得太少了，这可不行。虽然我老肖影响了年轻警官们的婚事，却也没有听到他们谁发过牢骚，哪怕是一句也好。没有，这说明，我们的年轻干警具有较高的政治素质和思想觉悟，他们在不断地进步，不断地成熟。他们顾全大局，不讲究自我，坚守岗位，不怕困难，甚至冒着生命危险，默默地战斗在维护社会安定大局，保护地域经济发展和人民生命财产安全的第一线，多么优秀，多么可爱啊。

正在想心事的肖刚，冷不丁又听葛俊中说道："小马，来给大家说说，你是如何搞上人家小单的？"

"哟，葛队。"马如斌笑着对肖刚说："肖局你给咱评评这个理，你看葛队这话说得，什么叫'搞'上的？那是两情相悦，自动走到一起的。葛队，两情相悦，懂不懂？"

葛俊中笑得都弯下了腰，眼泪都笑出来了："肖局，贾局，你们看，小马急了不是？哈哈哈哈。"

贾文喜瞅了葛俊中一眼，心里暗道：这个老肖，留下咱们，以为要听取马如斌回报凌云追凶情况，或有什么重要事情要说，闹了半天，原来是瞎扯淡。于是，干笑了两声权作附和，然其笑容很快消失，扭头问肖刚："肖局，要没什么事，我先回去了，家里还有客人。"

肖刚笑了笑说："没事，没事了，老贾你去吧。哎，老贾，要不，我做东，咱去撮一顿怎么样？"

"免了吧。"贾文喜说着站起身来，将帽子往头上一扣，向大家拱了拱手说："肖局，二位队长，你们先谈，我先走了，家里有客人，嘿嘿，有客人。"

走在半路上，贾文喜还在发牢骚："啧啧，没事，没事闲扯什么淡？这个老肖，真是难以琢磨。"

目送贾文喜走出办公室，肖刚向葛俊中一使眼色。

葛俊中也随即起身，到得门外，拨了一个电话："喂？王晨，咱家老二可能要去走亲戚，你注意观察，不要近前盯，咱家老二是很聪明的，去我给你说的那个地点等候，如果咱家老二从那条岔路进去，就对了。你不要跟踪，只管返回即是。其他的，我自有安排。听懂了吗？"

电话那头遥遥传来一个听上去很年轻的嗓音："明白，葛队。"

葛俊中接着又拨通另一个电话："喂？小申，我是葛俊中，你立即动身，到皇侯岭通往龙王庙方向的岔路口，见咱家老二进去，立即向我报告。"

"明白。"这个电话里传来的，同样是一个比较年轻的声音。

第六十八章　秘密相会

等了半个多小时，肖刚猛地从椅子上弹起来，有点疑惑地问葛俊中："葛队，不大对头，按这个时间，咱家老二应该出去了，两个方向怎么还没有一点消息？"

"我问问。"

"不用，先等等。"说着，肖刚掏出手机，故意捏着鼻子，改变了自己的原音，拨通了贾文喜家的电话。接电话的是他老婆："喂？老肖，肖局吧？"

"厉害，"肖刚哈哈笑了一声说道，"不愧是老警官的家属，你怎么知道是我？"

"啧啧啧，老肖你真逗，除了你，还有谁和我开这样的玩笑，捏着鼻子讲话？"

肖刚的脸唰地变了颜色，暗道：厉害，老贾的老婆都这么厉害，何况老贾？怪不得在十年前，老贾被市局授予侦破能手光荣称号。

"呵呵，开个玩笑，老贾在家吗？"

"哎哟，"电话那头立即响起娇滴滴的声音，"肖兄弟，老贾不在，他陪客人到外面吃饭去了，那死鬼，就好那口，怎么，想老嫂子了？想我你就来呀，我也好想兄弟呀。"

一串甜甜的有点淫荡味道的笑声传进肖刚的耳朵里。

肖刚皱了皱眉头，一股恶心的感觉随之而来。就几秒钟时间，肖刚很快恢复正常神态："真是不巧，我还说请他吃饭呢，我们老弟兄俩，好久都没有在一起吃过饭了。行，那就改天吧，再见。"

"什么情况？肖局。"

肖刚没有说话，只是摇了摇头。

葛俊中立即拨通了小王、小申两个人的电话，两人均回答说："没见咱家老二过去。"

"怪了。"

肖刚摸了摸后脑勺，自言自语地说："难道我的分析有误？"

略一停顿，吩咐马如斌说："马队，你亲自带队，无论大小，把全城的饭店细细察看一下，有没有贾局在陪客人吃饭。"

贾文喜真的是跟朋友吃饭去了。

只不过，他这个朋友不是一般的朋友。

城外约一公里的地方，有家不是很起眼的名叫"好再来"的小饭店。从外表看，这饭店是专门接待过路大车司机的。但是，饭店门前并没有停放车辆，也没有人就餐。

因为饭店的门上醒目地挂着一块"内部维修暂停营业"的牌子。

县公安局的人因上级有"六条禁令"，是不能随便到饭店吃饭的，特别是不允许接受涉案人员及其家属的宴请。但贾副局长来了，他不可能是来吃饭的，因为这家小饭店根本就没有营业。何况，即使吃饭，一个县公安局的副局长，也不会来这种与自己身份极不相符的地方。

贾文喜来这里，确实不是吃饭的，而是要见一个人。

当他轻轻一敲门，立即有人把门拉开和他打招呼："贾局长，里边请。"

"段县长来了吗？"

"来了，在里边等你。"

贾文喜一闪身进入小饭店。饭店老板四下望了一眼，将门关上，向里屋轻声地喊了一声："叔，贾局长到。"

小饭店里面有两个雅间，其中一个雅间里端坐着一个喝茶的人，这人身材较瘦，身高一米七左右，五十六七岁的样子，大背头，白面无须，观其气质，应当是位当领导的。这人喝茶特有风度，人家不是喝，而是品，小口细呷，然后回味。这位不是别人，正是刈陵县联系政法工作的副县长段克非。

段克非之所以屈尊这种小民饭店，是因为饭店老板是他的一个本家侄子。也正因为有这层关系，小饭店的生意特别好。火爆时，一天竟然能收入数千元，当然，食客大多是冲着段副县长去的。

"段县长好。"

"嗯，"品茶人指了指对面的座位说，"老贾，坐。"

"谢段县长，叫我文喜就行。"

"咱弟兄要实在点，这不是在场合上，就不要受任何拘束了。来，喝茶，这是新鲜的碧螺春，挺不错的。"

"好，谢段县长。"贾文喜后背挺的笔直，他十分敬畏这位段县长，在县长面前，他绝对得有分寸，不能引起段县长一丝的不快。毕竟，他还想做几天正局长，届时，还得仰仗段县长帮忙，虽然关键还在田书记和梁书记那边，但要是段县长能在梁、田两位书记面前多美言几句的话，也还蛮有作用的。

"看，又来了不是？我说过，不用客气嘛。"段克非皱了皱眉说。

"段县长，有件事需要向你报告。"

段县长手一摆，示意贾文喜不要往下说，向外间了喊一声说："侄儿，去城里买一瓶好酒来，我和贾局长喝两口。"

"好的。"侄儿应答了一声，去了。

"贾局长，长话短说。"

"好的。段县长，这个孙子貌的藏身之所我查到了，在广志山。"

段县长眉毛一扬，略显惊喜："广志山？如果这小子果真躲在广志山上，那你派人把他给我盯死了，一定要想办法查清楚他手里那批古墓文物的准确藏匿地点。这家伙是铁了心啦，他那流氓性格你又不是不知道，逼得紧了，他会跟你鱼死网破。说实话，抓一个孙子貌那是小菜一碟，关键问题在于，我们必须找到他手里的文物。我担心野兽派也在暗中监视着他，绝不能让文物落入野兽派之手，那样麻烦就大了。"

"那咱把他抓起来一审不就行了？再不行，给他来个硬点的刑罚，不怕他不交代。"

"愚蠢，你能抓到他吗？就是能抓到，按他的性格，宁死都不会讲出文物的下落，你就是再上什么大刑，管用吗？肖刚之所以对他一直只追不抓，原因就在这里。你呀，脑瓜就是不如肖刚聪明！"

贾文喜一看马屁没拍对地方，惹得县长有点不快，顿感有些惊恐，赶紧回答说："是，是的。段县长，是我考虑不周，请县长批评。"

"我批评你干吗？你办事说话多长点脑子就好了。老贾，你说，这个孙子貌到广志山干什么？"

"说不清楚，或许是烧香拜佛，也或许有别的缘故，他不会把文物藏在广志山上了吧？"

"这个，我想不会，不过这个人古怪得很，捉摸不定。老贾，你是咱们古墓血案专案组的核心人员，一定要尽心尽责做好自己的工作。"

"明白，段县长。不过，最近肖刚好像对我不太信任了。我感觉，好多事他有意瞒着我，真正有价值的情况，我掌握的并不多。"

"嗯，这个老肖，确实有点目中无人，我正在和上级领导协调，想办法把他调走。"

"好！"贾文喜正想鼓掌，才做了个势，感觉不妥，马上又把手放了下来。

段克非看了他一眼说："老贾，你就这点不好，老是沉不住气。都四十六七岁的人了，还这么不成熟。你得这样说，老肖是个好局长，他不能走，必须留下。这，才叫风度。"

"是，我错了。"

贾文喜老脸一红，身上一热，感觉微微在冒汗。

轻轻一笑，段克非递过一杯茶，自己也小嘬了一口："凌云方面情况怎样？"

"杜泰他们还在寻找黎义芳，但没听说有什么结果。"

"没关系，那就让他们找吧。如果我没猜错的话，这个黎义芳恐怕早就不在凌云了。"

"那他会去那里？"

"目前暂时还不大清楚，但应该很快就有答案了，孙子貌既然潜回刈陵，八成与黎义芳有关。"

"段县长的意思是，黎义芳有可能来到刈陵？"

"嗯，有这个可能。老贾，你操点心，打听清楚这个黎义芳的动向，这对我们很重要。"

"好的。我立即去办，请段县长放心。"

"还有一个情况，广西黎氏宗亲会的黎文荣会长先期来黎考察，与县里商洽举行首届全球黎氏黎侯王陵祭祖仪式和建设黎侯古墓遗址公园等事宜，我们必须赶在黎氏祭祖仪式前把古墓的失窃文物找回来。懂吗？"

"明白，段县长。"

"好，今天的谈话到此为止。以后我们就不要随便见面了，这个肖刚他狡猾得很，不要让他误解了，对你以后的工作会更加不利。"

"好的，明白。"

"时间不早了，咱们走，你先出去，咱俩分开走。"

十多分钟后，段克非的侄子回来了，但人已离去。他摸摸脑袋，自说自语地说："我这个叔啊，怎就走了，这酒，不喝了？"

贾文喜回到家里，忽见沙发上站起一个人来："贾局长回来了？"

"哟，是小君啊，什么风把土地局的李局长给吹来了？"

"没事，多日不见，想来看看老哥。"

贾文喜老婆给他沏好茶送过来，又给李小君加满。贾文喜说："你睡去吧，我俩说一会话。"

等他老婆上楼后，贾文喜才压低声音说："兄弟，近来工作还顺利吧？"

"托你的福，还行。"李小君品了一口茶说："哥，我听说孙子貌又潜回刈陵来了？"

贾文喜站起身来，到楼梯口处凝神听了一会，见楼上没什么动静，这才回来坐在沙发上说："回来了，据我的人查证，这小子在广志山上。对了，听说你那里又新开发了一处楼盘？"

"没错哥，我兄弟公司那里，你是说。"

"我外甥想买一套，年底要结婚。"

"没事，我给你留一套设计好一点的。"

"首付多少？"

李小君笑了笑说："其他你不用操心，到时候我给你钥匙就行了。"

第六十九章　魔窟密语

夕阳西斜，微风轻拂，在晚霞的掩映下，高耸入云的牛刨泉婉约披上一身橘黄色的盔甲。

一条蜿蜒的山路盘旋而上，两侧林木葱翠，绿草摇曳。蝈蝈和蚂蚱在草丛里跳来跳去。几只小鸟伸长了脖子，睁圆了眼睛，直勾勾地凝视着蹦跳的昆虫，作势欲扑，那样子十分可爱。似乎，为了捕捉几条小虫子，它们竟忘记了回归巢穴。

还是那个看上去弱不禁风的老道，满头白发，身穿青色道袍，脚踏云耳麻鞋。老道的面部仍然是那么恐怖，成了个黑窟窿的那只眼睛深深凹陷在头骨里，满脸紫黑色的刀疤放射着清冷的光，又浓又密又长的雪白络腮胡，迎风飘拂。蓦然，老道一扫过去那种老态龙钟的样子，腰板直挺，两眼炯炯有神。这或许才是老道的真实年龄，看样子绝不会超过六十岁。

老道悠闲地在三圣大殿前踱着方步。踱几步，抬起头来望望天，完了两眼再向山门处瞟上一眼，好像是在等什么人。

"还不迟，这个一尘，不知又去哪泡妞了。老误事。得了，你不来，事情也不急，老道先去乐一会再说。"

老道忽然淫荡地狞笑了一声，袍袖往起一挽，精神抖擞地走向三圣大殿后，倏忽隐身不见。

老道哪去了？入地了。确切地说，是进入了秘密的地宫。这地宫设计的十分巧妙，里面除了宽敞的大厅外，还有若干密室，每个密室都通过一道暗门与大厅相通。其中一个密室里，很快传出一声浪笑："道哥，你好坏，都几天了，也不来看看咱哈，不是又有了新欢，忘记旧人了吧？"

"小妹，老哥我这不是来了吗？不是不想小妹，而是想得要命。只是每日公务缠身，没有时间啊。一天从早忙到黑，睡觉还不安生，手下这帮蠢货，连个事情都办不好，总是让老道操心。来，美人，让老哥亲一口。"

"只亲一口？不行，我还要实打实的。嘻。"女人娇滴滴地说。

听声音，这女子不是太大，最大年龄估计不超过三十岁。不错，这女子芳龄二十七，长得十分美貌，尤其一副媚态，曾迷倒无数男人，包括县府的要员以及紫微帮帮主，一只脚，不知踏了多少只船。她，就是大名鼎鼎的歌厅美眉，被老道从紫微帮老七手下救出来的那个姬妃妃。

"好，小妹，咱就来个实打实的。"

老道说着，一个老鹰扑食之势向姬妃妃的身上压了下来，两条人影紧紧地扭在一起，缠缠绕绕。

"无量天尊。"

随着一声轻轻的道号响起，微胖的中年道士，野兽派的副宫主一尘人影一闪，出现在大殿东南角上，将耳朵紧贴在紫色的砖墙上，屏住鼻息，悉心倾听。当他听到地宫中老道和姬妃妃打情骂俏声后，哑然一笑："啧啧，什么时候让小道也能尝尝这个野味？"

墙角有一个比纽扣还小的窃听装置，是一尘道士偷偷安装的，这个秘密也只有他知道。自打安装了这个装置后，地宫里姬妃妃的住所秘密已经不再是秘密，一尘道士的意图，是要从姬妃妃向外通话或自言自语中，探听到一些关于紫微帮和县政府的一些秘密，因为一尘估计，姬妃妃还与那些人保持着一种藕断丝连的关系，可见此道心机之深，绝非一般人可比。

一尘道士抬头观察了一下天色，还早。

"嘻嘻，你老道能乐，贫道也不能闲着，师傅，对不住了，咱家先去快活一阵再来，谁让你挑逗起咱这馋虫来？哈哈。"一尘无声地一笑，忽地像鬼魅一般，一晃不见踪影。

半个多小时后，一尘道士人影一闪，又来到大殿前面，进入大殿，转入三圣神像后面，在一个按钮上用拂尘把儿轻轻一碰，一道小门无声地开启，道士身一躬进去了。进得暗门之后，顺着一道石阶而下，又有一道石门，圆脸中年道士对着石门毕恭毕敬地喊道："师傅，一尘到。"

"请进。"

这一声"请进"，活像一只阴沉又十分刺耳的巨蜂，在空旷的大厅里上下翻飞，绕梁飞腾，嗡嗡之声，悠悠回荡，在四壁碰了一头后，又悠悠集聚在一尘的耳朵里。

一尘心神一紧，暗道：好你个老道，十几年功夫没有白费，狮子吼功有了相当火候。看来，要想当上宫主，还颇得费一番手脚呢。

思忖之间，地宫厚重的大门徐徐开启，一尘道士迈着碎步，低着头，缓缓步入大厅，毕恭毕敬地面向西面墙壁轻声说道："宫主。"

"呵呵，好，一尘。好消息，凌云方面来电。说一猫一鼠已经到达指定地点，正在默默监视紫微帮张浩石、瘦猴的行踪。你告诉猫鼠，据可靠消息，紫微帮在凌云的不止他俩人，可能还有好几个人，都是帮里的精英，不太好对付，让他们不要轻举妄动，静观事变。"

"宫主，孙子貌不是已经回来刈陵了？那他们。"

"不错，"老道截断一尘的话，沉声说道，"这边咱们另行安排人手，让他俩在凌云陪紫微帮的人玩一玩，牵制住紫微帮那几个人物，你再派出几个人协助，如果能瞅到合适机会，就将紫微帮的那几个人干掉。他们杀了我五个弟兄，我要让他们血债血偿。一尘啊，只是我想，既然孙子貌潜回刈陵，肯定事出有因。我怀疑，那个叫黎义芳的，弄不好也在刈陵，只是还没有得到他的确切消息。一尘，你可知道孙子貌的藏身地点否？"

声音悠扬，在大厅内绕梁三匝后，然后又钻进一尘的耳朵里。

一尘知道，声音发自某一个密室。但这里有好几个密室只有一间是属于他的。在属于他那间密室里，他也像老道一样，经常神秘地给派里的弟兄训话，传达宫主的命令。闻听宫主问话，一尘赶紧答道："启禀宫主，据线人报告，说孙子貌好像藏匿在距县城七十多公里的广志山上。具体情况，还在收集中。"

"好，与我昨晚验证的消息相符。"悠扬之声再起："要快，不能让紫微帮赶在咱们前面，更要和警方赛跑，懂吗？"

"懂，属下懂得。特别是警方，我们必须时刻提警惕，他们远比紫微帮难对付得多。"

沉默。一阵沉默。

空旷的大厅四周墙壁上悬挂着二十多个各类野兽的头像，个个呲牙咧嘴，面目狰狞，尤其是在忽明忽暗五颜六色的灰暗灯光映衬下，像一群勾魂的恶鬼。

"一尘。"猛然，老道喝了一声，一尘吓了一跳，急忙一弯腰答道："属下在。"

"你可知罪？"

声音不高，但一尘听来，却不谛晴天霹雳。他微颤，忙答道："不，不知宫主何出此言？"以一尘判断，老道是否察觉出他有谋算野兽派，篡夺宫主的图谋？顿时冷汗直下，一颗心提到嗓眼上。

"说，你背着我，都干了哪些好事？"

还没等老道说完，一尘扑通一声跪倒在地，向发音方向磕头如捣蒜："宫主明鉴，属下，属下可没有做出对不起你的事啊。"

"嗯？"老道的话音冷如冰霜："既然做了，还不敢承认，你是男子汉吗？"

一尘大惊，他觉得他估计对了，这个狡猾的老道，他是从哪里得的口风？我做得够隐秘了，还是被他看出端倪，好厉害的老道啊。虽然如此，一尘既然能做到副宫主的分上，自有他的过人之处。定了定神，忽又想，不对，按说，老道不该察觉出我的意图，因为我只是有这个想法，但却没胆量真的去做，所以，也没有向谁透露过丁点口风，这一定是老道在试探我，绝不能上了老家伙的圈套。这样一想开来，心里也就胆大了几分，抬起头来，以中度的声音对老道说："宫主，我可是百分之百忠于宫主的，这你知道。"

"嘿嘿，"老道冷笑一声说道，"忠于我，还背后干那见不得人的事？"

这话把一尘问得有点发蒙了："宫主，属下愚钝，不知你。"

"哈哈哈哈。"老道突然大笑一声说道："看看，让我说中了吧？好你个一尘，竟然背着我金屋藏娇。说，你的密室到底藏了多少美人？"

听老道这么一说，一尘这才放下心来：你个臭老道，吓死一尘了，原来你说的是这个呀。于是轻轻笑了一笑说："启禀宫主，您老真是火眼金睛，什么都瞒不了你。这俩妞是下午几个兄弟刚送来，我挑了个长得比较丑的尝了尝鲜，还给您老留下一个漂亮的，正想给您老送来呢。"

老道又哈哈大笑了一阵说："好你个鬼头，只此一项，我就能判你死罪。"

一尘又扑通一声跪下了，颤声说道："属下知罪，还望宫主开恩。"

"你怕什么？"老道笑声一收，低沉地说道，"一尘，我有东北妞足矣，那个好的你留着，把那个丑一点的，赏给弟兄们吧。"

一尘再一次放下心来，长出了一口气说道："谢宫主。"

这句话说完后，密室里传出微弱的声音："好了，没事了，你可以走了，记住我交代你的事情，一定要办好。"

"是，宫主。"

一尘确信，老道，已经走了。

第七十章　黎侯风情

刘陵县宾馆。在餐厅大门口，梁剑雄握了握黎文荣的手，做出了一个请的姿势："请，黎会长请。"

"你请，各位领导请。"

"不好意思黎会长，今天田书记要到市里开会，就不能陪你们了，委托我和汪部长、段副县长陪你们一同考察。"

"客气，太客气了。你们三位领导在百忙之中，还要抽出时间来陪同我们，已经够打扰了，怎还敢劳驾田书记？谢谢，谢谢各位领导。"

黎文荣会长和三位县领导握了握手，拱手行了见面礼。

县委副书记兼政法委书记梁剑雄，县委常委、宣传部部长汪欣以及副县长段克非等县领导，陪同从广西远道而来的黎氏宗亲会黎文荣会长一行四人，在县宾馆吃过早饭后，梁剑雄说："黎会长，我知道，你们此行之目的，主要是通过考证黎侯古墓以及出土文物，来确定刘陵县是不是全球黎氏的发源地，以便安排下次规模较大的首届广西黎氏宗亲寻根祭祖活动，所以去拜谒黎侯古墓的心情，一定也很迫切，黎会长你写出个清单来，看都买些什么祭品，我安排人去办理。不过，既然来了，也不急于一时，我想咱们的行程这样安排比较合理，今天先去县城及周边转一转，看一看，了解一下家乡的风土人情，尤其是看看咱们县几处体现黎侯文化的景点。明天上午，我们一同去黎侯古墓遗址祭祖，好不好？"

"行，客随主便，我们听领导的安排。"

商定好参观线路后，吃过早饭，他们立即驱车前往此行的第一站黎侯庄园。车子缓缓穿过东河大桥，转上黎侯大道，行约一公里，即到达一处规模宏大的别墅区，看样子，足有二百套以上。

在雄伟高大的黎侯庄园大门前方，耸立着一块巨大的横卧石，上书"黎侯庄园"四个大字。他们在黎侯庄园的标志性建筑公园大门前合了影后，弃车步行而入。

进得庄园，一大片各式各样户型的欧式别墅立即呈现在众人眼前。

"哇，黎侯庄园。梁书记，在广西，我已经听魏局长和咱们县文化研究会的高秘书长讲过一些以黎侯命名的公共场所、街道和仿古建筑，今日亲眼目睹，真的令人吃惊，我们老祖先的家乡真美真漂亮啊。"

"黎会长，"梁书记说，"我刚来不久，对刈陵的情况还不是十分了解，让汪部长具体介绍一下黎侯庄园吧。"

"好，欢迎汪部长。"黎文荣等四位黎氏宗亲成员一致说好，眼光齐刷刷射向汪欣部长，脸上写满期待。

"黎会长，黎侯庄园结合刈陵地域特点，本着延续当地文脉，围绕生态环境，集家居、购物、休闲、娱乐、健身、餐饮、教育于一体，追求建筑与环境、人与自然和谐共存，用以石为古，以水为远造园手法和虚拟空间的造型艺术，再点缀乔灌花木绿草碧水润色，把人与自然古今文化巧妙相融，给建筑赋予灵气，产生愉悦，情感互动，力达天人合一，时空一体，虚实相生，情景相融之优美意境。"

客人们伫立在别墅中央大草坪前，四下瞭望着占地千余亩的黎侯庄园，黎氏宗亲会随行工作人员、宗亲会办公室主任黎秀娟惊奇地说道："汪部长，这片别墅区好大呀。"

"是啊。咱这个黎侯庄园清一色的欧式别墅区共分三区。中区为沟谷风景区。利用一条天然沟谷，随形就貌辟为公园，珍稀乔灌争奇，奇花异草斗艳，假山喷泉呈娇，亭台楼阁生辉，流泉飞瀑溅玉，湖映碧水蓝天，信步幽深曲径，又见小桥回转，实是人们休闲娱乐陶冶情操的好去处。南区是别墅区。棕榈林，绿草地，遍吐芬芳，鸟语花香，构成一个风景迷人的大花园。园中各种风格的现代欧式别墅镶嵌其间，错落有致，美观大方，气合天地，和谐自然。区内路网交错宛转，像个巨大的生物细胞链，寓生态环保理念于庄园建设之中。西南角建有城市文化广场，其建筑景观把悠久厚重的古黎文化充分体现的淋漓尽致。北区为商贸服务区。西南建有大型停车场、商店、酒店、宾馆、学校、医院和智能化管理中心等，为庄园居士、外来宾客和过往车辆提供最佳服务。"

黎文荣会长等宾客翘起大拇指赞道:"真厉害,一个山区小县能修建起这么一个功能完备的欧式别墅区,真是出人意料。"

参观过黎侯庄园,他们顺路进入黎侯公园。

"梁书记,这个公园好漂亮。名字既响亮,又亲切,黎侯公园,黎侯,我们就好像回到家一样。"黎文荣会长赞叹道。

参观过黎侯公园,梁书记对黎文荣说:"黎会长,这里既是一处休闲公园,也是一个拥有上百种异树奇灌奇花异草的植物园。下一站,是一处你们更喜欢的新建景区,叫黎侯古城。"

"呀,那好,咱们走,去看看。"

"就是,去看看。"黎氏宗亲一齐叫好,看来他们对梁剑雄说得这个地方十分感兴趣。

出黎侯公园,沿黎侯大道前行三公里后左拐,越过城东北路,踏上一条十车道的宽阔大街——古城大道。一路上,彩旗飘扬,"黎民故里""太行第一城""最佳修闲旅游观光区""黎侯古城欢迎你"等公益宣传广告一条接着一条。一路瞧来一路叹息,黎氏宾客对刘陵浓重的黎侯文化氛围惊奇不已。

车行两公里后,一座古色古香的古城迎入眼帘。

在一座高大而豪华的牌楼前,宾客在县领导的陪同下,开始了黎侯古城之旅。黎文荣等四位黎氏宗亲成员,伫立在高大的牌楼前,凝视着牌楼上方"黎侯古城"四个大字,心儿早已陶醉,眼里吟着泪花,右手置于胸前,久久无语。

"黎侯古城,黎侯古城。老祖宗,你的后代你的儿女回来了。"

四位黎氏宗亲个个热泪盈眶。

梁剑雄等县领导和文化局魏松林等人员,仿佛被客人的情感所感染,心里也是一阵酸酸的感觉,泪水在眼眶里打转。

这样静立了一阵,梁剑雄说:"走吧,黎会长,这个黎侯古城的面积很大,咱们从牌楼开始,一条街一条街,一座院落一座院落,一个建筑一个建筑地仔细参观。"

"好,好。"黎文荣会长等宾客擦了擦眼泪,笑容满面。

黎侯古城真的好大,全都是金碧辉煌的古建筑,有高层,有独院,样式各异，令人眼花缭乱。梁剑雄手指黎侯古城，微微有些激动："黎会长，我们这个黎侯古城，是一处展示古老黎国风貌，再现黎国风情的古建筑群。黎侯古城建在靳家街历史文化遗址之上，占地一千五百亩，总投资三十五亿人民币，按照国家 5A 级旅游文化景区打造，分三期开发，计划在五年内完成，全力打造三晋文化荟萃之地、山西文化旅游第一城。"

"哇，真不简单啊。"

黎氏宾客异口同声地发出又一声惊叹。

梁书记接着介绍说："刈陵县历史悠久，文化古迹遍布刈陵大地。刈陵被国家民政部命名为千年古县，刈陵县的两张文化王牌黎侯虎和上党落子，被列入国家非物质文化遗产名录。"

"黎侯虎？又是一个与黎侯王有关的特色民间手工艺品。"

"对的，黎会长。"梁剑雄笑了笑说："下一站，就是黎侯虎博物馆。"

"好，我们一定好好欣赏一下这个以老祖宗命名的宝贝。"

在前往黎侯虎博物馆的路上，梁剑雄继续他的讲解："黎会长，刈陵山川壮美，县城北部山河地形奇特，是八百里太行雄奇风光最为独特的一段，素有太行画廊之美称。"

"真是太美了，怪不得，怪不得炎帝在刈陵尝百谷获嘉禾，怪不得第四代炎帝姜黎四千多年前在刈陵创建了古黎（耆）国，怪不得商、周两代在刈陵建立古黎侯国。我这才明白，原来咱老家不但美丽，而且还是一块风水宝地呢。"

"说得对黎会长，我们的祖先确实具有审美意识和战略眼光啊。黎侯古城充分挖掘刈陵远古黎侯历史文化，吸纳全国各地先进古建筑元素，以文化为灵魂，以建筑为平台，建成以三晋古民居建筑风格为主，充分展示山西几千年的历史文化、建筑文化、人文文化，同时又适合当代人居住、工作、经商和旅游，具有山西传统建筑风格的仿古建筑群。"

"真好，我们真的想不到啊。"

黎氏宗亲们频频颔首。

第七十一章　寻根祭祖

足足畅游了两个多小时才把黎侯古城游了个遍，梁书记的介绍也告了一个段落。

之后，一行人又继续前往黎侯虎博物馆参观后，赠送给客人每人大、中、小一套栩栩如生、虎虎有生气的黎侯虎工艺品。

客人们手捧黎侯虎，流着眼泪亲吻着……

翌日。

早上七点，县宾馆，魏松林局长早已在餐厅门口等候。

"黎会长，你应该知道我们这个古黎国有多古老吧？"

他们在餐厅就座后，利用上饭的间隙，便聊起古黎国话题。虽说随便聊，但实则上魏局长是有意扯起这个话题的，因为古黎国与全球黎氏宗亲有直接渊缘。确切地说，全球的黎姓后裔，其祖根就在古老黎国。

黎会长点点头说："是的，差不多有五千年了。"

"对。"魏局长掏出一盒香烟递过去，黎文荣会长摆摆手说："谢谢，我们都不会抽烟。"

魏松林笑了笑说："那我也不抽了，免得你们抽二手烟。"

"你别客气，抽吧，没关系的。"

魏松林经过一番谦让客套后，这才拿出一支烟点上。其实他平时是很少吸烟的，除非在特殊情况下，比如说激动，或者在酒过三巡后才抽一半支。这回抽烟，当然属于激动。

轻轻吐一口烟雾后，魏松林局长才缓缓地给客人们讲述起古老黎国始末：

"约公元前三〇四一年，第四代炎帝姜黎（三代炎帝姜承之弟）在刈陵创建古（耆）国。成汤伐夏时，黎国曾派出精锐之师助之，并立下汗马功劳。公元前一一四五年，周文王为扫除灭商兴周道路上的绊脚石，联合各诸侯国，集中优势兵力，将效忠商汤且富有强悍的黎国一举歼灭，史称西伯戡黎。从商开始，封尧之后裔于古黎国，黎国从此变更为黎侯国。从商汤一直到西周，黎侯国相安无事。到了春秋时期，赤狄部落逐渐强大崛起后，遂将古黎侯国吞灭。后，晋国大将荀林父受晋王之命强渡漳水灭掉赤狄，迎回黎侯王，重新建立黎国，国都依旧设在距今县城十八里处的原黎国国都吾尔峪，即现在的刈陵县黎家庄村西南一里处。"

"噢。我明白了。"

黎文荣会长点点头说："我说怎么刈陵作为古黎国所在地，全球黎氏的发源地，竟然没有一个姓黎的，有许多宗亲曾多次问到我这个问题，我也很纳闷，不明白，因此无法回答。原来，经过'西伯戡黎'和'赤狄灭黎'这两次大事件后，刈陵县几乎没有了黎姓后裔，除了逃亡到南方去的以外，留下的因惧怕株连九族，只好隐姓埋名，以躲避杀身之祸，这个结论科学而合理。"

"你说得很对，黎会长。"

魏松林从服务员手里接过饭菜置于餐桌上："各位宗亲，趁热快吃，咱们边吃边聊。何止几乎，直到现在，刈陵全县没有一户姓黎的，为什么呢？其因就出自'西伯戡黎'，当时杀戮之程度是多么的惨烈。所以说，如果刈陵有黎姓存在的话，那才真叫反常啊。"

"魏局长，先生可否把'西伯戡黎'详细介绍一下呢？"

"可以的黎会长，"当讲到西伯戡黎时，魏松林局长的心情比较沉重，"我们既然说起了这个话题，我就给你们讲一讲黎侯王黎恭和他的三个儿子，誓死保卫黎国的悲壮故事。"

魏松林又深吸了一口烟后，方娓娓道来：

西伯戡黎是发生在刈陵古代史上一起毁国灭族的大事件。自封为周文王的西伯姬昌见商王朝气数已尽，时机成熟，便联合许多个诸侯国，以优势兵力开始讨伐商纣，对商王朝大举进攻。为了扫清兴周灭商道路上的绊脚石，文王亲自率领各诸侯国精锐攻打黎国，派高手偷偷潜入黎国都城侯府，将殷朝天下兵马大元帅黎国靖远侯黎恭的兵符玉石虎符盗走，致使黎侯王在周文王大兵压境的危难时刻，既通知不了商王朝，无法和殷纣王取得联系，又无法正常调动其他诸侯国的援军和粮草。但黎国国君靖远侯黎恭毫无畏惧，率领本国十万精壮，和周文王的数十万联军拼死对抗，然而寡不敌众，最终全军覆没，黎恭及三个儿子战死。周文王攻陷黎国后，文王大呼曰：尔等降乎？黎民百姓齐呼：宁死不降。周王大怒，下令：杀！鸡犬不留。顿时，利刃挥处，黎民百姓人头纷纷落地，血流成河，屠杀之程度，可谓惨绝人寰。至此，黎国上下死的死，亡的亡，逃的逃，一个强盛的黎国就此土崩瓦解，荡然无存。西伯戡黎实际上是周文王对商纣王朝宣战拉开的一道序幕。周文王与黎国的这场战争，是极其残酷的，灭绝人性的。

故事讲到这里，黎文荣和另外三位黎氏后裔，几乎已是泪流满面了："我们的老祖宗啊，曾经是这样的不幸。我们的黎氏一族啊，曾遭受过如此惨绝人寰的大屠杀。作为黎氏后裔，我们真的好痛心啊！"

黎文荣会长受黎国悲壮故事情绪感染，竟没了食欲，干脆放下筷子，拿起茶杯轻嘬了一口后问道："魏局长，这么说来，黎侯古墓埋葬的，就是商汤时期最后一任黎侯王黎恭和他的三个儿子等亲眷了？"

魏松林答道："不错，黎会长。黎氏，一个多难的、远走他乡的氏族。按古代国姓原则追寻，全球黎氏经全方位考察论证，最后科学认定根在刈陵，黎侯王就是全球黎氏的祖先。黎氏南迁，实是迫于无奈，他们必须保存一点根脉，保存一点血统，这是不得已而为之啊。据史料记载，黎氏迁徙主要出于两个足以让黎氏毁灭的大事件，一个是'西伯戡黎'、在商末周初；另一个是'赤狄灭黎'，在春秋时期古黎侯国曾被逐渐强大起来的潞国（赤狄）灭掉。"

黎文荣会长眼里噙着泪花，声音有些哽咽："魏局长，我们对西伯戡黎虽有所了解，但不深刻，经你们这一说，我们彻底明白了，我们的老祖先是如何从黎国这块古老的土地上走向全国各地乃至流落到海外的。"

早餐在魏松森局长的故事中结束。

早饭后，八点多钟，黎氏宗亲带上三牲祭品、纸马香馃以及鞭炮等，在梁剑雄、宣传部汪部长以及段克非副县长等县领导的陪同下，准时到达他们朝思暮想的黎侯古墓遗址。

黎侯古墓坐落在刈陵县黎家庄村西南，占地面积四十余亩。

当黎氏宗亲进入黎侯古墓墓地时，个个激动不已，热泪盈眶。当他们看到整个墓地被盗墓贼挖得满目疮痍，特别是最近发生古墓血案时盗墓集团留下的那个大黑洞时，再也无法控制内心的激情，一齐跪伏于地，失声痛哭："老祖宗，我们回来了，先祖陵墓被盗墓贼们如此践踏，我们的心像刀割一般地疼痛，我们黎氏后裔对不起先祖啊！"

哭声感染了在场所有人，大家不禁也为之垂泪。

接下来，是举行祭祖仪式。

祭祀场所是临时搭建的。在黎侯古墓的中心地带，一面巨大的橙黄色的背景图案上，"黎氏后裔祭祀仪式"一行大字十分醒目，背景墙的左边写着"缅怀先灵"，右边则是"光大黎氏"，正中黄色祭台上，端放着一个书有"黎氏先祖"字样的巨大灵位，灵前供桌上摆满了三牲祭品。黎氏宗亲们面对先祖的灵位宣读了祭文，行过三叩九拜之礼，烧了纸课冥币，然后鸣炮，抛撒了鬼钱和黄表纸。最后，黎氏宗亲和当地艺人互动表演了文艺节目。

整个仪式下来，大约三个半小时。

祭祀完毕，临走时，黎氏宗亲们拿出事先准备好的，上面写有"全球黎氏之根"的黄色袋子，每人装了满满一袋古墓遗址上的墓土。他们将手中的土黄小布袋高高举起，亲吻着古墓泥土袋子，激动地说："我们要将祖先古墓上的黄土带回去，俸供在祖先的灵位前，以示黎氏不忘故土之意。这一小袋陵墓上的黄土，就是老祖宗们的英魂啊，可以说是无价之宝。"

就在黎氏宗亲祭祖仪式将要结束的时候，在古墓周围担任警械任务的肖刚接到刑侦大队侦察员张华打来的电话，说有一神秘人物要见他。

这是一个十分重要的情况。

肖刚马上给张华回电："小张，把客人带到我的家里，让我老婆好好招待，千万不能怠慢了，中午吃饭你陪客人喝上两口。黎氏祭祖仪式已经结束，吃过午饭，黎氏宗亲下午要到黄崖洞、洗耳河、板山、性空山等景区观光。你的任务，是要保护好我们的这位贵客，绝不能出现一丝纰漏。"

"肖局，张华明白。"

午饭后，肖刚对司机小王说："你和梁书记的司机就在宾馆休息，我和梁书记出去走走。"

出了宾馆，肖刚和梁剑雄边走边聊，缓缓向广北大道走去。

第七十二章　周密计划

时值中午，宽阔的大道上除了一些呼啸而过的车辆外行人很少。

阳光十分强烈，大地被炎炎烈日烤得仿佛要冒起青烟，沥青马路表面被晒得起了一层沥青油，在太阳光线的反射下黑亮闪光，车轮碾在上面，发出嗞嗞嗞嗞的响声。路边高大的国槐树上，数十只知了铆足了力气叫唤，好似在进行着一场激烈的歌咏比赛。偶尔有一两只流浪狗跑过，也是耷拉着尾巴，咧着嘴，吐着长长的舌头直喘气。

梁剑雄和肖刚折向一条小路，在一株大槐树下停下脚步。这是一株受到特别保护的千年古槐，绕古槐砌有一圈高约两尺，直径大概三米的围墙。

"老肖，坐下凉快凉快。"

"好，"肖刚微微笑了笑说，"梁书记，有好消息。"

"我知道，"梁剑雄也笑了笑说，"从你的表情上可以看得出来。"

肖刚将张华报告的情况给梁剑雄复述了一遍，梁剑雄一听甚为喜悦："好，太好了，这样吧老肖，下午黎氏宗亲到景区观光，警卫工作就由贾文喜副局长、葛俊中大队长和交警大队方面负责，你和马如斌全力做好客人的招待和保卫，公安局不方便，最好把他安置到一个秘密的地方，绝不能让野兽派和紫微帮发现蛛丝马迹，我们要接受上次程小羊被刺身亡的教训。"

"对，这件事非同小可，我亲自去办比较妥当。梁书记，这两个盗墓团伙是横梗在我们喉头的两根硬刺啊。"

"老肖，距召开首届全球黎氏寻根祭祖大会只有十多天了，你们要加快侦破速度。老肖，你身上的担子不轻啊。"

梁剑雄掏出香烟，给了肖刚一支："来，饭后一袋烟，赛过活神仙。"

肖刚先给梁剑雄把香烟点了，才点自己的，吐出一个大大的烟圈后，肖刚说："野兽派的情况现在查得差不多了，只要搞清楚他们的地下老巢就可以收网。只是紫微帮这个帮主大哥，总是神龙见首不见尾。据咱们安排在紫微帮卧底的黎涛说，这位大哥很少出面的，偶尔出面，脸上还是用黑巾蒙面，只露出两只眼睛，且一般情况下都在距离帮众较远的地方，所以黎涛无法看出他是谁。他说话的声音，也是故意改变了的，听起来低沉而沙哑。不过，据黎涛讲，从这人的外形和气质上判断，有点像。"

肖刚没有说出声，只是用食指在梁剑雄左掌心写了一个字。

梁剑雄吃了一惊："会是他？"

"现在只能估计，但很快就能证实他的真实身份。不出一个星期，咱们就可以收网了。"

"好，很好，狐狸再狡猾，也逃不过你这个好猎手。"

"梁书记过奖了，这要归功于县委特别是田丰书记和您的大力支持和精心指导，更得益于专案组全体干警的齐心协力，奋力攻关。一个多月来，为了古墓血案，专案组的同志们真可以说到了废寝忘食的地步，大家舍弃了一切，全身心投入到侦破工作中，有的家里人病了，连看望一下都赶不上，更不用说照顾病人了。有的重感冒高烧三十八摄氏度，仍咬牙坚持工作。特别是刑警赵文杰同志，年纪稍大了点，胃口又不好，一吃生冷食物，一受凉胃就疼，但他从来没有因病而休息过一天，始终奔波在古墓血案侦破工作第一线。还有马如斌、单如燕等年轻干警的婚事，因为古墓血案而一拖再拖，我们这些干警都是好样的。"

"是啊，正是有了你们这些舍小家为大家的人民警察，社会才得以安宁，他们，当然包括你老肖在内，都是人民的功臣啊。"

"梁书记太客气了，我做得还很不够。在古墓血案侦破工作中，感觉老是让人牵着鼻子走，好多次行动，我认为已经足够隐秘，最后还是失算了，显得我肖刚越来越没本事。"

"不，老肖，"梁剑雄微微一笑说，"不是你没本事，而是咱们遇到的对手太狡猾了。不过，邪不压正，不管犯罪分子的气焰多么嚣张，最终都会服法的。对了老肖，你比我早来刘陵两年，情况比较熟悉，把客人安置在性空山怎么样？"

"我看行。梁书记，性空山尘空老道长与我的个人关系还不错，我们经常在一块交流武术，这个人一身正气，疾恶如仇，爱打抱不平，经常帮助弱者，扶持老人，人很诚实，靠得住。性空山舍身崖下有一个秘密的暗洞，尘空老道长经常在里面打坐练功，我想暂时可把客人安顿在那里。另外，我想让尘空老道长主要负责这次保卫工作，老道长深谙武功，走的是道家鼻祖张三丰太极的路子，其功力修为已到了深不可测的地步。他的三个徒弟，几乎得了老道长的真传，都是江湖上一等一的高手，其中俗家弟子李亦昌就是其中之一。我再挑上几个功夫好一点的刑警，化装成香客协助警卫，应该万无一失了。"

"舍身崖？我去过性空山，但却不知道还有这么个隐秘的地方。老肖，提起这个舍身崖，听说还有一个动人故事呢。"

"是啊梁书记，我长话短说，粗略讲讲。李老祖是性空山开山鼻祖，生卒名讳不详，太原府人。明末，忽一夜，李老祖梦中畅游了一处圣山，此山集美、险、灵、奇于一体，山中峰奇路曲，古木参天，云雾缭绕，溪长水净，东卧猛虎山，西腾凤凰岩，南耸仙人峰，北立金鸡寨，山山形象，奇绝天成。朦胧中，有仙人曰，此处性空，当是你的静修之地。李老祖呼：仙人，此山何方？仙人笑而未答，只是抬手向东南一指，随即徐徐隐没。得知性空仙界后，李老祖按照仙人所指，越过中条山，进入太行山南下，逐一而寻，寻找梦中圣山，历尽千辛万苦，终于在刈陵北部山区找到了他梦中的理想修炼场所性空山。随后，李老祖便幽隐山中潜心修行。"

"故事的确动人。"

"动人的还在后边呢。一日，正当李老祖练功进入忘我之境时，金鸡寨土匪数十高手突然杀来，李老祖这个时候的状态是最弱的，即使有人来袭，也不能轻易出手，否则极易走火入魔，轻者全身瘫痪，重者全身血管爆裂，粉身碎骨。眼见数土匪高手纷纷急射而出，扑向练功正酣的李老祖。负责守护李老祖的四十多名弟子纷纷挥舞兵器，迎向众贼，一场惨烈的殊死搏斗随即展开。尽管李老祖的徒弟们个个身手不凡，但贼人全是高手，尤其是邀请来的那十数个贼人，都是当今江湖上一等一的高手，不一会，就有十几个道士惨死在贼人的刀下。尽管面对强大的敌人，但众道士毫不退缩，一个个奋力拼搏，将贼人挡在堊口处。"

"那李老祖可就险了。"梁剑雄听得饶有兴趣。

"是啊梁书记。又过半炷香的时间，数十个道士大半被杀，仅留下李老祖身边的六七名道士仍在孤军奋战。然而最终也没能挡住贼人的惨杀，数十道士全部遇难无一生还。众贼人将李老祖团团围住，发一声喊，一齐杀向练功正在紧要处的李老祖，眼看李老祖就要惨死在众贼人的刀下，就在这千钧一发之际，就见在李老祖的身边形成的那团雾气一波接一波地向外扩张，越来越浓，波及的范围也越来越大，顷刻间，浓雾遮天蔽日，天地相接，将众贼人裹在浓雾之中。接着，只听一声撕金裂帛般的爆响，那团浓雾轰的一声爆炸开来，数十贼人全被爆裂成碎片，破衣、碎尸、残兵器漫天乱舞。而后，就听到李老祖洪亮的笑声响彻云霄，在空旷的山谷中久久回荡。"

"真个是惊心动魄啊，老肖。"

"的确如此，梁书记。原来，就在徒弟们死伤殆尽的危急关头，正好李老祖调息完毕，气归丹田，情急之下，聚全身之力，将毕生功力运至极限，向外一吐，就好似数车炸药一齐爆炸一般，发出了一股势不可挡的强大威力。一场惨烈的战斗，随着数十贼人的全部消亡而告结束。战斗结束后，李老祖命弟子们清理了战场，把战死的弟子一一厚葬，将壑口处的这处千仞绝壁命名为舍身崖。舍身崖一役，金鸡寨土匪闻风丧胆，更骇于李老祖的玄功神力，连夜收拾细软逃之夭夭，从此再没有人敢随便踏进性空山一步，这就为李老祖清修创造了安静的环境。五年后，李老祖幽隐山中，潜心修行。清嘉庆乙卯正月十三，李老祖功德圆满，坐化在一古藤椅上，寿考数百。圆寂时李老祖容颜未改，遗体完整无损地安放在老祖殿后的古崖中，这种稀有的人身标本，除此之外只有安徽九华山才有，可谓性空一绝。"

梁剑雄听得几乎入了迷，又掏出香烟递给肖刚一支："性空山不仅景色绝美，还有李老祖的动人故事，特别是你说得那个秘洞，应该是安顿客人的绝佳之处，那就决定在性空山吧。"

"谢谢梁书记支持，我马上就去安顿。梁书记，咱们去宾馆稍休息会儿，你下午还要陪客人的。"

梁剑雄拍拍肖刚的肩头说："好，老肖，拜托你了。"

第七十三章　神秘来客

梁剑雄回到县宾馆，而肖刚则回到局里。

马如斌、赵文杰和单如燕已经在局里等候，全部便装。

"马队，你来开。"肖刚破天荒没有使用警车执行公务，而是开着自己的车，直奔距县城六十里的刈陵著名景区性空山。

"张华，你把客人送到性空山，我们先走一步，在性空山老祖殿等候。记住，不要开警车，穿上便服，不要增加人手，就你一个人即可，人多了反而容易暴露目标。另外，你给我老婆说一声，让她给我简单收拾一些必要的洗漱用具，今晚咱们就住性空山了。"

"好的，明白。"

性空山，刈陵县一大旅游风景区。

八十八岁高龄的老道长尘空早早就等候在山口处的卧虎洞前，见肖刚他们上得山来，行了一礼说："无量天尊，欢迎贵客们到来，贫道已等候多时矣。"

"谢谢道长，又要叨扰你老了。"

"哎，肖局长，你这话就见外了，什么叫叨扰？盼你们还盼不来呢。呵呵。肖局长，请。马队长、小单，你们请。"

肖刚似乎想到了什么，看了一眼尘空，又望了一下卧虎洞。尘空年岁虽高，但养生得道，自八岁起就开始在性空山练童子功，吸收了近八十多年的山林富氧，一生修为极高，耳聪目明，精神镬铄。只是此老从不和人争强斗胜，很少在人前显露，很多人并不知道在性空山还隐藏着这么一位世外高人。他一看肖刚的眼神，即有所悟："肖局长，你是想借用一下贫道的这个小洞？"

"小洞不小，只是太简陋了。道长，给我说说这卧虎洞的来历，好不好？"

尘空瞥了一眼肖刚说："又见外了不是？还好不好，小老弟和贫道以后讲话，不许那么客气，咱们什么交情？有话直说，我喜欢。我记得你和我之间没有这样客气过啊。"

用手指点了点肖刚的前额说："我懂了，小老弟今天这么客气，必定是有事相求。"

"嗯，是的。"肖刚笑了笑说："不愧是老神仙，厉害。不过，我还是想先听听卧虎洞的美丽传说。"

尘空会意地点了点头，捋了一把长长的白胡子笑了笑说："其实啊，这个卧虎洞也没有什么美丽的传说。这个小山洞之所以叫卧虎洞，是因为要进性空山，必先过卧虎洞。相传性空山开山李老祖在此修行时，为防山贼侵犯和外人骚扰，就驯化了一只猛虎养于山洞中，以作看山之用。如今虎去洞空，只留下一个美丽的传说。"

"唉，老神仙啊，"肖刚轻叹了一声说道，"要不是我身负重任，真想和您老在这风景如画空气新鲜的地方出家修行。这性空山，当真是我一生中见过的最幽静最美丽的地方。"

"不错。"尘空一抖他那白胡子："不是贫道夸口，咱这性空山不仅景色绝美，而且极具养生功能。"

"噢？老神仙，且说来听听。"

"肖局长，你来刘陵时间也快三年了吧？但你总是忙于公务，很少来我这性空山。"

说话的当儿，众人已经走近老祖殿。当肖刚他们与尘空刚到山门，尘空的弟子便赶忙撞起钟来。不紧不慢的，整整敲了二十一响。肖刚笑了，说："老道友，你这敲钟的规定改革了？"

哈哈一声大笑，声震山谷，尘空将笑声一敛，说道："肖局长，社会都在变革，咱道家的规矩怎能不改变？总不能数千年一成不变吧？我给你说，敲钟二十一响，这是性空山最高的知客迎宾礼仪。"

肖刚也笑笑说："老道友，我们也算贵客？"

"当然了，你们是咱刘陵十六万老百姓的保护神，你们不是贵客，谁是贵客？"

站在老祖殿前，尘空遥指对面一排山峰说："肖局长，从这里向上仰望，你可以看到福、禄、寿三座山峰，称为三星吉地。老祖殿后为九龙山的龙头，故有九龙围绕三星吉地之说。老祖殿所处的位置特殊，地理五行俱全，气场独特，是一块天然的生物磁场，对人体养生极为有益，是一处避暑疗养、一揽八百里太行奇景的绝佳去处。直到现在，一些身患绝症的、求医无望的病人，来我这性空山住上半月二十天便可康复下山。请，肖局长，各位警官，进殿喝口茶。"

"我看，咱先别进去了。"

"为啥？"

"这个，呵呵，先四处走走，走走。"

尘空何等聪明？看肖刚的意思，这回他来性空山，绝不是为了赏景，一定另有要事。于是，行了一礼说："肖局长，要不，咱们到舍身崖上走一趟？"

"好的，正合我意。"肖刚笑了笑说。

在前往舍身崖途中，肖刚将来意说给了尘空。

尘空沉思良久，突然抬起头来说："我那练功打坐之处并不算隐秘，有许多人是知道那地方的。肖局长，如果是这样，我觉得，你们可以到卧虎洞。"

"卧虎洞？"肖刚不明白地问尘空："那里可是除了石子就是砂土的空洞啊。"

"不。我看挺好，附耳过来。"

尘空以极低的声音在肖刚的耳边嘀咕了一阵，肖刚脸上露出了笑容说："行，行，如此甚好。"

话刚落音，马如斌的对讲机响了，是张华的声音："喂，马队。"

"请讲。"

"发现我车子后面有人跟踪。我走他走，我停，他也停。"

"你稍等，让肖局跟你说。"

肖刚接过对讲机："张华，我是肖刚。你不要管他，只管走你的路，其他的我来安排。对了，你带化装用品了吗？"

"带了，肖局。"

"好，你把车子先拐到一条小路上，给客人简单易一下容，将他的面容改变到六十岁上下，颜色深一些，懂了吗？"

"明白，肖局。"

"完了，你不要直接开往性空山，绕上一个大弯，先到洗耳河景区，让客人下车后在景区游览一个小时，然后直上板山风景区接待中心后，把客人安顿在接待中心住宿。"

"肖局，让客人住在那里？"

"不。"肖刚稍停了一下才又说："晚饭后，你们在房间待着，我会另行通知你如何行动。"

"好的，张华明白。"

"好，你告诉我跟踪车辆的车牌号。"

肖刚挂好对讲机，又掏出手机拨通了县交警大队茶壶山中队中队长范戈令的电话："喂？小范，我是肖刚，你在哪里？"

"报告肖局，我在洗耳河景区执勤，等候广西黎氏客人。"

"小范你听着，安排好景区的值勤后，你到 207 国道源庄口，等张华的车过去后，你将张华后边的车辆一律叫停，将那个车牌号为晋 D412 黑色奥迪轿车扣留审查。其余车辆让他们从源泉那边绕道至茶壶山镇出东井，然后再上国道。两小时后恢复正常通行。"

"好，戈令明白。"

这样安排车辆一绕行，便可绕过性空山进山路口，甚至连洗耳河景区也绕过去了。肖刚想得真周到，不愧为警界高手。

"怪了马队，咱这次安排的足够机密的了，怎么还是透出了口风？难道……"

"对，"马如斌说："除了二掌柜，我们的民警中，还有盗墓集团的内线，甚至，这人就在我们的专案组里。"

"要不是古墓血案发生，真不知道我们公安局内部还有这么大的问题。"

一小时后，张华的车辆进入洗耳河景区。

原本游客进景区是要统一乘坐电动旅游观光车进去的，但有一辆小车却从另一条乡村公路上，悄无声息地接近景区。

到达景区大门口，车子停靠在左手边一处空地上。

而后，从车上下来两个人。一人年纪轻轻，大约二十五岁，他便是县公安局刑侦大队侦察员张华。另一个人年约六旬，面目较黑，无光，看似病态，这位就是肖刚安排重点保护的贵宾了。守门的检票员似乎已经得到指令，见张华一到，即将右手向前一伸，做出了一个请的姿势。

进得景区后，张华吃了一惊，也就短短五年时间，景区便旧貌换新颜，变得越发美丽了。

"哇，真美啊。想不到，真想不到，咱家乡还有这么好的景致。"

"是啊。老黎，咱县新近开发了三百五十平方公里的太行红山景区，由五大旅游风景区组成，洗耳河是其中之一。"

第七十四章　景区畅游

洗耳河风景区乃刈陵县九大著名风景区之一。

上次张华来景区是去年的三月份，不到一年半的时间，景区大变样旧貌换新颜，所有的通道全铺上了红色的鹅卵石，几个泉水池都安装了艺术造型的护栏，还增设了许多水上娱乐项目。整个景区内树木葱郁，芳草依依，鲜花烂漫，香气扑鼻。最为惊奇的是受到特殊保护的那一众泉眼，只见在一约五平方米，用圆形红石砌垒成的深池里，几十个泉眼在突突地向外冒着甘甜而洁净的泉水，红色的流沙在泉水的推动下不停地向外翻滚。从几十个泉眼里流出来的泉水，在出口处汇成一条小河，淙淙地流向十米远的大水池里，又连经三个稍小点的水池后，从导流口泄向洗耳河。清澈的泉水中，许多漂亮的小鱼在欢乐地游动，尽情地嬉闹。

"老黎，这个景区不错吧？"

"不错，非常美，美不胜收。"

被张华称作老黎的贵客，一边应答着张华，一边贪婪地目视着眼前的清冽泉水，缓缓扫视了一圈后，将目光停留在危崖耸立的晒布崖上。

看老黎痴迷，张华指着对面的晒布崖说："老黎，最好看的景观就数晒布崖了，当你站在洗耳河村仰视晒布崖时，无不为大自然的鬼斧神工所折服，为造物主的宏伟巨著而惊叹。晒布崖绵延六里，其山势巍峨，雄伟壮观，万仞绝壁，拔地而起；崖下飞瀑流泉，小桥流水，亭台楼阁，镶嵌其中。老黎。你走的时候，这个景区刚开发，由于地处偏僻，又在大山深处，所以人迹罕至。"

"小张，这里离县城不太远吧？"

"不远，六十多里。景区位于咱刈陵县茶壶山镇的谷堆坪村，群峰环抱，丹崖壁立，山中植被丰富，古木参天，溪水长流。有茶壶山、晒布崖、洗耳河、五指沟、望夫山、九龙山、和尚坟、千佛洞等诸多风景独特的景点，该景区是旅游、休闲、度假、写生、攀岩的理想之地。"

他俩倒背了双手在景区缓缓踱步，边走边聊。

"老黎啊。你可知道？洗耳河原来叫颍水，因许由在此洗耳而更名为洗耳河。"

"许由？这可是个上古时代的大名人啊，还在咱这里隐居并洗过耳朵？小张，给咱讲讲，我对这个故事很有兴趣哩。"

轻笑了一声，张华集中了一下思路。也许是职业的需要，张华对全县的旅游景区十分熟悉，讲起来滔滔不绝，如数家珍：

"传说尧帝时期，许由厌倦了官场生活，更不愿意为尧的哥哥挚服务，于是辞去官职与钱铿（彭祖）和巢父等一起悄悄隐居到刘陵北部的箕山颍水河畔。尧帝即位后，闻许由大名，随即找到许由恳请他出山协同治理国家，提出给予若干牛羊、布匹、土地等优厚待遇，请其为九州官，许由面呈愠色不答，尧以为许由嫌官职太小，便进一步表明心迹，说如果许由能出山，愿让位以江山许之，许由更是不允，脸色由愠变怒。尧无奈，摇头叹息而去。许由性情耿直，从不为五斗米折腰，觉得尧帝的话玷污了自己的耳朵，待尧走后，便快步走到颍水，掬水使劲洗自己的耳朵。从那以后，颍水就改称为洗耳河了。"

"除了许由，洗耳河一带还隐居了两位高人，一名叫巢父，一名叫彭祖。"

"噢？张警官，一并说来听听。"

"反正时间还早，我就给你说一说这俩高人吧。"

考虑到反正是消磨时间，有必要寻找些唠叨的话题，于是张华又给客人讲了另外两个隐居高人的情况：

许由洗耳此举正巧被巢父碰见。巢父与许由同一时期隐居在距洗耳河约五公里处的卜牛，这时正赶着牛群在颍水下游处饮水。许由嫌尧帝的话污损了他的耳朵，便在颍水里狂洗不止，尧劝许由出山的话他听到了，尧走后许由狂洗耳朵的举动引发了巢父的豪情，哈哈大笑着责问许由说："许兄，你为何故作清高？你既然隐居了，因何还要向外宣扬？你不向外宣扬，尧帝怎么会知道你隐居在此？既然尧帝来请你出山，你为何又假言相拒？看到你这个娇柔造作的样子，我还嫌心烦。你嫌尧帝的话污了你的耳朵就狂洗不止，哼，我还嫌你洗耳朵污损了干净的颍水。得了，下游的水被许老儿污损了，我的牛不能再喝，咱还是离你远一点吧。"说罢，巢父赶上他的一群黄牛，到颍水的上游饮水去了。

巢父隐居的村子叫卜牛。卜牛以前不叫卜牛，叫范家庄。相传，很久很久以前，有个黑大汉用一根粗大的扁担挑着两头大牛，来到范家庄村找了一处又高又平的地方，放下担，解开牛，随手把扁担向地下一插，扁担上端的绑牛绳垂了下来，就成了卜字。巢父力大无穷，是尧帝时期著名猛将。原来，巢父隐居前已经做好打算，事先优选了一公一母两头大黄牛，用扁担千里迢迢挑到了黎城北部的箕山脚下范家庄村。在隐居后的几年时间，便繁殖为一大群黄牛。他则用八头牛代表八个方位演义驳卦，进一步丰富了太极、两仪、六十四卜的内容。"

"巢父也是一大奇人。"

"对，另一位比前两位更奇。"

"是位更奇的高人？"老黎颇感惊讶。

"对，这就是大名鼎鼎的彭祖。彭祖姓钱名铿，是颛顼帝玄孙陆终氏的第三子，因不满暴君挚的黑暗统治而与许由、巢父一起隐居在箕山一带的颍水。钱铿知识渊博，德厚品优，对古代哲学颇感兴趣，隐居后潜心研究医学和养生学，被人们尊为彭祖。由于彭祖养生得道，他从颛顼帝时期一直活到商周，活了八百八十岁才去世，被誉为中华长寿第一人。在他漫长的一生中，彭祖先后做过商向的守藏史，西周的柱下史等，死后化为一缕清气，得道成仙。据说，这还是他的小老婆向拘魂鬼透露了他的长寿秘密，要不他还能继续活下去。在地狱两使者黑白无常拘了他的魂之后，他仰天长叹道：彭祖活了八百八，有话不能对妻说。"

讲完三位隐居高人的故事，张华又将话题转移到洗耳河最具代表性的景点洗耳河源头上来。而客人，似乎被眼前的美景吸引，似乎又另有所思，显得有些心不在焉。

张华将话音提高了一些，指着一众泉眼说：

"老黎，这是洗耳河的源头。你看，这里有好几个泉眼，清澈甘甜的泉水从泉眼里突突直往外冒，舀一口新鲜的山泉水一尝，顿感清凉可口，神清气爽。据说，这几股泉水都沾了仙气，小孩喝了益智，男人喝了壮阳，女人喝了驻颜，老人喝了更不得了，能够返老还童。哈哈，跟你开玩笑了，不过洗耳河的泉水富含多种矿物质，是天然优质矿泉水，具有很高的营养价值，游客在这里不仅喝个够，走时还要带上一大塑料壶与家人共享。所以老黎，凡到洗耳河游玩者，必办两件事。第一是效仿许由洗一洗耳朵，洗一洗面，用洗耳河水洗过后，人就会变得更漂亮、更聪慧。再者就是捧一手新鲜的泉水尝一尝，尝过后人人都会下意识地惊呼：好水啊，清凉可口，神清气爽。"

两人来到河边，用手捧起清洁的泉水，洗了洗面，洗了洗耳朵。

张华侧转身来问："老黎，你还记得刚才咱们经过的那个漂亮的村子吗？"

"记得，村边还有座铁矿厂。"

"对的。"张华掏出手绢擦了擦手说："那个村子可不简单哩，就是彭老祖隐居的地方。"

说着话，他们来到一个凉粉摊前，张华一拽老黎说："来，坐下吃碗凉粉再说。"

一看到家乡知名小吃，老黎止不住流下口水来："好，行，可有多年没吃过家乡的凉粉了。"

他俩不慌不忙地在洗耳河游玩、吃凉粉。可在距洗耳河十多里的乡村公路旁边，有俩人正焦急发愁得不知如何是好。

在源庄通往茶壶山镇东井村的蜿蜒山路上，行驶着大小不等十几辆汽车。

"我呸！"

一辆黑色奥迪轿车里，坐着不胖不瘦的两个人，只是一个看上去稍高，一个较矮小。

驾车的是那个高一点的人，他摇起车窗玻璃，向车外狠狠唾了一口，气呼呼地说："我就不明白了，好端端的，前方也没出什么事故，怎么不让通行了？几个破交警把咱这车扣下了，看看这，摸摸那，折腾了半个小时，最后莫名其妙地给了个灯光不合格的结论，真晦气。这倒好，还不让走国道，让咱分流到这种小路上，这路他妈狭窄不用说，路况还差，一颠一簸地像只蜗牛在爬，都快一个钟头了，还没到东井，真是见鬼了。"

"老十，你就专心开你的车吧，关键问题，是咱把目标跟丢了。不行，咱得向大哥报告一声。"

在副驾驶座位上坐着的另一个人说。

"老八，千万不能向大哥报告，你这不是没事找事，明摆着找气受？"

"可老十，眼看咱是找不到目标了，如若完不成任务，还不知道大哥怎么处罚咱呢。"

"是啊，咱何尝不知道？这个大哥杀个人如同切割一根稻草般随意，国家的法律似乎在他的手里就是张废纸。在帮里，他就是王，就是法律。不过，话又说回来，好像不告诉老总一声，也不大合适啊。"

一想到大哥那个神秘模样，那种心狠手辣的手段，老十那颗心便啪啪狂跳，脸色也变成白的了。

第七十五章　智甩尾巴

老十干脆把车停在路边，掏出香烟点上，狠狠地抽了一口，算是压惊："老八，打，打电话告诉大哥吧。"

没想到，真的没想到，大哥非但没生气，反而表扬了他俩，说他俩干得好。这可把哥儿俩弄得一头雾水。大哥告诉他俩说："你们听着，到了东井后，立即掉头到洗耳河去，公安局的张华，领着一个客人，张华你们认识吧？"

"认识。"老八回答说。

"好，认识就好。你们从张家庄村西出村走小道抄近路，去洗耳河景区只有二十分钟的路程，这条小路上没有卡口。到达景区后注意隐蔽，你们只管跟踪，其他的你们不用管，他们出了景区后立即向我报告。"

"好的大哥，明白。"

当这两人到达洗耳河景区后，张华正在陪客人吃凉粉。两人长长出了口气："娘啊，算没误了事。"

老六和老八有些纳闷了，张华招待的这位客人是何许人？为什么大哥会如此重视？于是，老十就问老八："兄弟，看这人面生得很，就是普普通通的一个人，黑呼呼的，一副死人相，实在也看不出有什么特别之处啊。"

"话可不能这样讲，人不可貌相，海水不可斗量，既然大哥让咱盯着，自有他的原因，咱就不要管那么多了。"

老十正想答话，就见张华交付了凉粉钱后，拉着客人起身直奔景区大门。老八赶紧给大哥挂电话："大哥，目标出景区了，目标出景区了。怎么行动？请指示。"

"好了，你们回来吧，各回各家，没事了。"

老八摸了摸后脑勺："大哥，这葫芦里，到底卖的什么药？"

在洗耳河景区与彭庄村交叉路口东五百米处，停着一辆白色的丰田小轿车。见张华的车驶出景区后转向板山方向，白色丰田轿车亦步亦趋，悄悄尾随其后。

"肖局，我觉得，仍有人在跟踪。"

"我知道，跟踪你的是紫微帮的人，没事，只管照我说得做。住在接待中心后，正常行动，大摇大摆正大光明地去餐厅就餐，完了回客房待着，随时听候我的指令，明白吗？"

"明白。"张华扣掉电话，像是对老黎说，又像在自言自语："好厉害的紫微帮主，什么事儿都瞒不过他。"

"紫微帮？什么紫微帮？"客人不解地问。

"没事，就是盗窃黎侯古墓的两个团伙中的一个。"

"两个？你是说，在咱们刈陵。竟然有两个盗墓集团？"老黎惊异地瞪大了眼睛："怎么还有这样的地下黑组织？不可思议，真是不可思议。"

张华微微一笑说："这不奇怪老黎，人中有龙凤也有臭虫，有善人也有恶徒，正常不过。何况黎侯古墓里的文物宝藏也确实诱人，一些利欲熏心的人拉帮结派，形成严密的黑社会组织，壮大实力，就是为了方便实施犯罪。不过，他们低估了人民的力量，低估了法律的威力，最终他们将会鸡飞蛋打，什么也捞不到，只能毁灭掉自己。"

老黎被张华说得热血沸腾，激动不已："张警官，我恨这些家伙，但凡我们黎氏宗亲，谁都不会对老祖宗陵墓被盗而坐视不理。你告诉肖局长，我会尽最大努力配合你们，把我们老祖宗陵墓里丢失的文物追回交给国家，协助你们尽快破获这俩盗墓团伙，揪出幕后真凶，还天下所有黎氏宗亲一个公道。"

"说得对老黎。"

张华轻轻往右打了一把方向，让过一辆顶头车后，继续说道："你是个诚实善良富有正义感的人，我代表全局民警谢谢你了。"

前往板山景区接待中心有十几公里的路程，由于这十几公里路程全是陡峭的盘山公路，行车速度较慢。二十多分钟后，他们到达目的地。

将车子停了，到大厅办好登记。

"走，老黎，先到客房洗把脸，稍事休息，一会咱们先吃饭，饭后，我给你详细讲一讲咱们黎侯古墓的情况。"

晚饭后一个多小时，突然有人敲门。

"谁？"张华一惊，下意识地去腰间摸枪。

"张警官，我是接待中心的服务员，找你们有事。"门外应答的是一位年轻姑娘的声音。

"好，你稍等。"

张华松开抓枪的手，不好意思地笑了笑："老黎，让你见笑了，我这个警察还很不成熟。"

边说，边将拉链摘了，把门打开。

敲门的是个女服务员，后边跟着一个年轻的男服务生，岁数不大，看上去超不过二十三岁。

女服务员走进房间，看了客人一眼，故意抬高声音喊道："请问客人有什么需要服务的吗？"

"没有，谢谢啊。"张华回答着，但那双鹰一样的眼睛却在上下打量着来人，暗自运起功力防备，以免遭到突然袭击。

在床边坐着的老黎，只是眯缝着眼睛微笑，好像没事的样子。

女服务员看了看老黎，笑了笑说："那好，那就不打扰了。"

女服务员突然压低声音对张华说："张警官，你们肖局长让我通知你，需要给你换个房间。走吧。"

"肖局通知的你？为啥不直接通知我们？"

"这我就不知道了。走吧，为了你俩的安全，请相信我。"说完，向身后的那位男生低声说道："小常，我们走后，你故意在房间里弄出些响声来，越大越好。"

张华有些纳闷，肖局为啥不直接通知我？也只是一瞬间，张华突然明白了。既然肖局这么做，一定有他的道理，因为就目前来说，古墓血案专案组的一切行动，似乎都无法保密，再机密的安排，犯罪团伙也会很快知道，像阴魂一样亦步亦趋，始终不离我们的左右。所以在非常情况下，肖局已经不能正常出牌，只能采取非常措施了。姑娘没再细说，张华也没再多问，跟着服务员下了二楼，在最靠边的一个房间门前停下。

"就这里了。"

进得房间，服务员赶紧把门关上，急促地说道："张警官，我们不是服务员，是茶壶山派出所新来的实习民警，我叫小白，他叫小常。我在局里见过你一面，你不认识我，但我认识你。刚才你们住的那个房间隔壁有俩紫微帮的人，据肖局说是什么十二号和十五号，他们是监视你们的。快，床上有两套女人服装，你俩化装成女人从侧门出去，沿着广志山方向走，马如斌副大队长在拐弯五百米处等候接应，我先去想办法稳住那俩人。"

换好服装，又快速易了一下容，俩人分别用一条宽大的红纱巾将面目遮挡了，张华拉起老黎出了房间。

"张警官，你的车。"

"没事，我已将钥匙给了小白，她们会替我把车开回家的。"

出门向右有条岔路，是通往刘陵县另一个著名景区广志山方向的，途中有条拐往性空山景区的旅游路。

当他俩前行五百余米后，路旁果然停着一辆车，马如斌从车窗上探出头来，急促地叫道："小张，上车。"

车子黑着灯，借着微弱的月光，缓缓向前开去。走出一公里后，马如斌才将车灯打亮，向坐在后座上的贵客打了声招呼："老黎，让你受惊了。"

性空山，金鸡寨与九龙山景区合称为"九龙山风景区"。

一勾下弦月挂在天边，发出微弱而清冷的光芒。微风吹拂，荒草飘摇，惊起几只正在唱歌的蝈蝈。

在卧虎洞乌黑的洞口，此刻正站立着一个腰板直挺的人，手中的烟火在微风中忽明忽暗。吸烟的这位显得十分镇定，扭头向后望了望幽深而黑暗的洞穴，又向金鸡寨方向瞭望一眼，口里喃喃自语道："时间到，如果不出什么意外的话，他们该来了。"

话音刚落，从金鸡寨方向射来两束灯光。几分钟时间，灯光便接近洞口。车门一开，从车上鱼贯走下四个人来，一个身材高大的人率先来到吸烟人面前轻声说道："肖局，客人到。"

"你好老黎，辛苦了，快进洞来。"肖刚向客人拱了拱手。

"你好，肖局长。"客人也回了一礼。

肖刚紧紧拉着客人的手，扭亮手电筒，向卧虎洞里走去。将到洞底，肖刚用手电在石壁上一晃，在一处摩崖石刻上轻轻一点，石壁咯吱吱启开一道石门，里面三五根巨型蜡烛将暗洞照得明亮。他们走进暗洞后，咯吱吱，暗门又自动复位，从外边根本看不出这洞里还套有一个暗洞。

走进暗洞，张华和老黎皆惊讶不已。

"好家伙，性空山真是个神秘的地方啊。"张华咋咋舌头说。

"想不到吧？嘿嘿，我也没想到性空山还有这么好的一个地方。你们看这暗洞，要啥有啥，家具、沙发、茶几，脸盆、暖壶、茶杯，基本的生活用品差不多都有了，一应俱全啊。"

"噢，我明白了。"张华眨眨眼说："这是道长的会客室吧。"

"错，只能给你零分。"

"啊？肖局，那这里，是干啥用的？"

第七十六章　引客入洞

肖刚呵呵一笑说："严格说，这里是尘空道长的密室，除了他，连徒弟们都不知道，几百年来，从来只有掌门人才能拥有这个秘密，因为这个洞里，隐藏着一件足以惊动天地的大秘密。这回老道长破了先例，首次向我们公开这个密洞并让我们使用。同志们，能打破性空山三百多年的禁制，足见老道长对我们公安工作是多么的支持。"

马如斌打亮手电，环绕一圈，审视了一下这个暗洞。

暗洞不是太大，有四五十平方米左右，高约三米，就是普通的石洞而非溶洞。石洞看来是后期有人在原天然的基础上又开凿过，有明显的人工开凿痕迹，几处裂缝用灰土堵死，只留一条细小的缝隙通往山峰外面流通空气，出口隐秘在一棵老松下面，周围灌木丛生。地面被凿得平平展展，石壁刻有精美壁画，都是李老祖生平的打坐练功造型，应该是他的徒弟在李老祖圆寂后，为纪念他老人家而编刻的。石洞分里外，一个大洞套着三个小洞，小洞较小，十几平方米的样子，大洞较宽敞，在三十平方米左右。

原先石洞内只有一张床，一套被褥枕头，下午肖刚让马如斌到镇上又买来四张折叠床，四套被褥枕头，以及足够两天食用的饮料食品等。小单、肖刚、老黎各睡一个小洞，马如斌、张华睡外面的大洞。

热水自有老道长尘空派贴心弟子烧好送来。

等张华和老黎把衣服换好了，老黎将脸上的油彩洗净后，肖刚把客人让在沙发上，单如燕倒好茶水送过来。

"黎义芳同志，辛苦了，欢迎你回来老家。"

"谢谢肖局长，刘陵本来就是我的故乡啊。"

原来，老黎就是黎义芳。恢复了本来面目后，肖刚看清了，黎义芳三十三四岁，身高一米七四左右，浓眉圆眼，方面大耳，相貌忠厚老实。

"老黎，你请用茶，咱们边喝边聊。"肖刚拿出香烟说，"抽烟吗？"

黎义芳客气地摆摆手说："我不会抽，肖局长。"

"好，你保持了这么一种优良习惯，不像我，一个烟鬼，呵呵。"肖刚把烟放了说："我也不抽了，这洞里空间狭小，冒烟不利索。"

"肖局长，咱们还是先谈正事要紧，我这次回来，就是要为你们提供一个重要情况。孙子貌当年和我确是烟酒不分家的好朋友，无话不说，无事不谈，要不，他也不会把那么重要的事委托给我。肖局长，事情是这样的。"

……

那是一个月前的一天午夜，黎义芳的电话突然响了。

"都这个时候了，谁还给我来电话？"

接起一听，一阵惊喜："哟，是子貌？稀罕啊，有二十多年不见了吧？"

"是，是啊，是啊。"孙子貌听上去气息不均，像是很激动，又像很恐惧，声音略微有些颤抖，"兄弟，长话短说，见面后细述。我遇到了难处，想求你帮个忙。"

"不要急，哥，你慢慢说。"黎义芳隐隐感觉到，一定是在子貌身上发生了什么大的事情。

果然，孙子貌沉默了一分多钟，像是犹豫不决的样子。

"没事哥，你如果还相信兄弟，你就痛快说吧，只要我能帮得上忙，我一定全力以赴。"

"是这样兄弟，"孙子貌吞吞吐吐地说，"我，我淘来三十多件珍贵古董，但被一帮歹徒盯上了，我很害怕，所以就将古董藏在咱村老西沟那个地洞里。兄弟，你还记得吗？就是咱小时候经常玩捉迷藏的那个地方。"

"我知道啊。"

"兄弟，你听着，我现在很危险，我总感觉有不少人在监视着我，我必须出去躲几天，要不有危险。记住，假如我不幸被坏人害死了，你就回来，去把那些古董拿了，找个地方出手变成钱，我妈，就麻烦兄弟你照顾了。"

黎义芳一听，很是吃惊："哥，会有那么严重？"

"是的，兄弟，恐怕比你想象的要严重。兄弟，最后送你四句话，请记好：洞内非吉地，有鸟择地栖；若问藏宝处，对洞走一里。"

……

"肖局长，我还想和他拉几句家常，毕竟二十多年没见了，有很多话要说得，可是还没等我说完，他就挂掉了。"

"那你后来，怎么会想到那些古董不是普通的古董，而是黎侯古墓里的文物？"

"肖局长，其实我当时根本就没有多想，因为现在社会上收藏倒卖古董的人很多，古董流通市场也比较完善，孙子貌玩上了古董收藏，也并不奇怪。只是在隔了几天后，我忽然在报纸上看到一则消息，说山西刈陵黎侯古墓被掘，有五人死于墓地和黎家庄周围，古墓大量文物被盗。我大吃了一惊，因为我就是黎家庄人，又是黎氏后裔，所以对这条消息我特别在意。联想古墓被盗，我忽然对子貌委托我那件事产生了疑问，他说得那三十几件古董，会不会就是古墓失窃的文物？"

肖刚点点头说："嗯，老黎你分析的很有道理。"

"于是我和妻子反复商讨，最后认定，子貌说得那些古董，十有八九是咱老祖宗古墓里的文物。我愤怒了，大骂孙子貌不是人，是畜生，发誓见到他，一定要生擒了这小子，交给警方。本来我是想等一段时间，看看子貌会有什么反应，但一想不对，要是那家伙万一突然回去把文物转移了，那可怎么办？所以，我就决定回来，把这个消息通知给你们。"

从黎义芳口中得知文物藏匿地点后，马如斌和张华对望了一眼，感觉事情来得有点突然，他俩用目光告诉肖刚：他的话可信吗？肖刚只是笑了笑，转过身握住黎义芳的手说："谢谢你了，谢谢你向我们透露了这么一个极其重要的消息，你做得对，我代表全局民警感谢你。"

"没什么，肖局长，真的，我只是做了一个黎氏子孙应做得事情，这不仅是国家的文物被盗，更是我们黎氏家族的奇耻大辱。肖局长，你赶快安排人手，我带你们去把那些文物取出来。"

"不急老黎，按我分析，目前孙子貌如同惊弓之鸟，不，是一只丧家之犬，更像一个人人喊打的过街老鼠，他是不会随身携带那些宝物的，他是个聪明人，不暴露那些文物他还能多活几天，一旦文物暴露了，他那条命恐怕就没了，根本不用执法部门去抓捕，紫微帮和野兽派，盯得他比咱们还紧呢。把那些文物带到身上，无异于自掘坟墓，他不会傻到那种程度。我估计，如果孙子貌没说谎的话，那些文物应该还藏在的那个地方。"

"那就好，那我就放心了。"

"不过夜长梦多，明天一早，我就回局里安排取回文物。今晚不早了，都累一天了，早点休息吧。"

"肖局长，不累，真的我不累，我还有许多话要说。"

肖刚点点头。突然，肖刚好像想到点什么，眼睛望着黎义芳但却没开口。黎义芳被肖刚望得有点不好意思，上下左右看了看自己，茫然地问："肖局长，有什么疑问吗？你们不会是对我有所怀疑吧？"

"老黎，没有，别多想。"黎义芳一开口，肖刚才察觉由于职业的敏感性，在看人的时候，那鹰一样的眼睛，具有 X 光线般的穿透力。发觉自己有点失态，轻轻笑了一下说："我是想问你，你可认识杜泰？"

"杜泰？"黎义芳的眼睛一亮："何止认识，如果说我和子貌是好朋友的话，我和杜泰则是兄弟关系，虽然他比我小两三岁，但我总感觉和杜泰之间十分亲近，特别有亲切感。在村里的时候，我俩几乎形影不离，和亲兄弟没有两样。"

肖刚若有所悟，点点头，说："你可知道，他到凌云市真吾县找你去了？"

"什么？"黎义芳从沙发上弹起来，表现出相当吃惊的神态，急切地问道："真的？"

肖刚又点了点头说："真的。"

"坏了，坏了，"黎义芳一屁股又坐回沙发上，目视着肖刚说："肖局长，他是找不到我的，我早就不在真吾县佛崖底村了。"

听说杜泰去凌云找他了，黎义芳感到非常吃惊，赶忙问肖刚："他什么时候去的？肖局长。"

"已经有七八天了。"葛俊中插话说。

"七八天了？"黎义芳越发震惊："可我没见过他呀，他怎么会找到我呢？我以前在路边开有一家小饭店，后来在一家私营企业做行政管理，饭店交由我的义兄李玉昌打点。我妻子在一个民办小学任教，为了生活方便，我在凌云市郊买了一套房子，前年我就搬迁到凌云市了。我给他的信还是十多年前的，他怎么能找到我？我要知道他去，就先给他挂个电话告诉他新住址了。肖局长，我这就给他打个电话。"

"不用了。"肖刚笑了笑。

"怎么，已经回来了？"

"没有，老黎，不但杜泰去了凌云，孙子貌也找你去了。"

"他也去了？"黎义芳更为吃惊："不过，他也不会找到我，因为我搬迁新居后，一样也没来得及告诉他。我的业务很忙，十几年了没有和家乡的人通信联络过，所以黎家庄没有一个人知道我搬迁新居的消息。"

"嗯。"肖局说："各位，老黎，我能抽支烟吗？"

第七十七章　地洞寻宝

马如斌知道肖刚有这个习惯，在思考重大问题时他习惯吸一支烟，于是向黎义芳点了一下头。

黎义芳立刻会意，笑笑说："可以，你抽吧肖局长。"

深深吸了一口，慢慢将烟雾吐出，肖刚说："老黎，不但孙子貌去了凌云，两个盗墓团伙紫微帮和野兽派，都派出了一流高手一路追杀孙子貌，目的很明显，就是要抓住他，夺回那批黎侯古墓失窃的珍贵文物。同时，他们还有一个任务，就是堵截杜泰。"

"哟，那杜泰兄弟不就有危险了？"

"应该是有的，但暂时有惊无险，盗墓团伙主要是拦截杜泰，不让他先找到你，以免破坏了他们的行动计划。他们也不傻，他们去找你，根本就没有目标，除非利用杜泰。"

"肖局长，我懂了，可利用完了呢？那些人心狠手辣，还不卸磨杀驴，杀人灭口？"

肖刚面色一肃，说道："有这个可能。然而，你想想，你都在这里，杜泰就是找到你家，也见不到你本人，见不到你本人，估计他们在见不到孙子貌之前，同样不会对杜泰动手。"

"为啥？"

"因为他们是追踪孙子貌去的，而孙子貌又是奔着你去的，他们和杜泰一个目标，就是到你家抓孙子貌，或者在你家守株待兔。这样说来，杜泰即使有些麻烦，也达不到被杀那种最坏的程度。"

"嗯，肖局长分析的很有道理。我帮你们找到文物后，就回去找杜泰，他人生地不熟的，即使没有危险，也有很大的困难。"

肖刚等人均点头表示赞同。肖刚心里暗想：看来，黎义芳和杜泰的关系非同一般。但杜泰等人怎么会想到，这个狡猾的孙子貌根本就没在凌云落脚，直接返回刈陵城了呢？一想到孙子貌潜回刈陵城，肖刚心里猛地一跳：坏了，孙子貌倒是不可虑，因为他在没有解除危险之前，不会轻易去掀动那些隐藏的文物，可那个深藏不露的紫微帮帮主大哥，如果猜想不错的话，他才是最可怕的一个人，他会不会捷足先登抓到孙子貌呢？

想到这里，肖刚一下子从沙发上弹了起来："不对。"

众人吓了一跳，马如斌急忙问道："肖局，怎么了？"

肖刚没有正面回答葛俊中，而是大手一挥说："老黎，马队，快，现在就去取回文物。"

还是女孩心细，一下就猜中了肖刚的心意："肖局，你是说……"

肖刚一摆手，止住了她的话，沉声说道："走。"

说走就走，雷厉风行，这就是一个职业刑警特有的作风。黎义芳所说的那孔土洞所在的西沟，距黎家庄村还有一里多地，车子可以直接开到沟口而无惊动村民之忧。车到沟口时，肖刚喊道："马队，停。"

马如斌将车子停下，熄了火。

"小单，你留在车里监视黎家庄方向的情况，我们几个去洞里看看，有情况及时通知我们。"

肖刚、马如斌、张华在黎义芳的带领下，打着手电，悄然进入一条深邃的土沟。这条土沟平均有三十多米宽，最窄处仅十几米，最宽处在五六十米以上。他们沿着一条弯弯曲曲的羊肠小道，踏着路上的草甸子，几乎没有一点声响。

走了两千多米的样子，到了土沟最宽的地带，这里的土崖明显高起来，最高处估计有两层楼高，在距地面约两米高的地方，有一个黑洞洞的洞口。黎义芳说："肖局长，就是这了。并排有两孔土地洞，中间有横洞连通，右边那个洞口被人为封死，只留下透视孔，我们进去吧。"

"慢，"肖刚用手电晃了晃洞口，又察看了攀爬的土崖，见黄土上没有新的脚印，这才放心地说，"走，上去。"

众人正要往上攀爬，肖刚又急呼了一声："慢。"

众人又被吓了一条，马如斌一步跃到肖刚身边说："肖局，什么情况？"

"没什么情况，你们每人找根棍子拿上，以防不测。"

"你是怕洞穴有什么动物或者蛇蝎一类的毒虫吧？"

"对。有备无患嘛。"

这两条并排的土洞宽两米多，长至少在两百米以上，高约两米，走在里面可以直着腰，只是这土洞时间长了，不时有从洞壁上坍塌下来的土块挡住去路，但还是有穿过去的缝隙，有时也需要从土块上踩过去。

"老黎，这土洞是什么时候挖的？"望着深不见底的幽洞，肖刚问。

"听老人们说，是抗战时村民挖的防空洞，用来藏人和粮食的。"黎义芳回答说："后来听说还藏过李嘉钰守卫东阳关的川军。"

他们查看得十分仔细，然而一直找了两个多钟头，俩孔土洞几乎找遍了，就是没有发现藏匿古墓文物的痕迹。

他们又从后边往前查找了一次，仍然一无所获。

"奇怪了，难道子貌在骗我？"黎义芳有些疑惑。

肖刚深思了一会，突然说："不会，他没必要骗你，我觉得，他对你说得应该是实话，因为他知道自己的处境，随时都有危险，绝对没有机会再取出文物了，托付给你，应属正常。"

"那怎么会没有呢？"黎义芳摸着脑袋想了一阵说，"会不会子貌在托付我的同时，另外又托付了其他人，是另外那个受托人取走了？"

"不会。"马如斌接过话头说："这种隐秘的事知道的人越少越好，以孙子貌狡猾程度，他绝不会透露给第二个人。"

"对，我赞成马队的看法，我也留意了，这土洞最近没有人来过，有些凌乱的脚印还是旧的，与黎侯古墓被盗特别是孙子貌出逃的时间不符。从脚印的大小来判断，都是十四五岁大小的孩子们留下的，这些脚印中没有成年人的。"

马如斌和张华点点头，表示认可肖刚的判断。

"也就是说，这里不可能是孙子貌藏宝的真实地点？"黎义芳惊讶地说，"难道孙子貌骗了我，他为什么要骗我呢，用意何在？"

摇了摇头，苦笑了一下。黎义芳怎么都想不明白，这个孙子貌他到底想干什么。

"同志们，这样吧，咱们既然来了，现在还不到十点，也不急于一时，我

346

们四人分成两个小组，我和老黎到东边那个洞看看，你和张华搜查这个洞，咱们再仔细过一次，也许是夜间洞内太黑，咱有疏忽搜不到的地方。记住，重点看那些新近坍塌土块的地方。"

"好。小张，咱们从洞口往里搜，我看左侧，你观察右边。"

这次，他们仍然没有找到古墓文物。

不过也没白来，马如斌在一块土疙瘩里找到了一件红蓝的方格衬衫。

肖刚仔细查看了一下这件衣服，从衬衫的材料和款式上看，应当是现在的面料。肖刚想：这件衣物会不会是孙子貌留下的呢？如果是的话，那么说明孙子貌一定来过这里。既来过这个土洞而又没把文物藏在这里，那么只有一个解释，就是孙子貌出门时根本没有把文物带出来，最多是带了几件普通的不值多少钱的古董而已，真正的古墓文物，如果我没猜错的话，一定还在孙子貌的家里。孙子貌来这土洞可能是临时隐藏，并在这里换过衣服目的是改变自己的形象。

肖刚的眼睛一亮，突然说："同志们，任务结束，撤。"

"啊！"张华惊恐了呼叫了一声。

肖刚急忙问："怎么了？"

"蛇，蛇！"张华吓得脸色苍白，手在哆嗦。

肖刚、马如斌和黎义芳急忙包围在张华左右："什么情况？小张。"

肖刚一看，差点笑出声来。就见张华正在和一条小孩儿胳膊粗的五花蛇进行搏斗。虽然那蛇已被张华制服，但张华依然不敢松手，还在用木棍使劲戳，尖声叫道："蛇，有毒蛇！"

肖刚笑道："小张啊，看你把它戳成什么样子了？"

马如斌和黎义芳也笑了。马如斌说："小张，真有你的，这条蛇早被你戳成两截了。"

张华听肖刚和马如斌这么一说，这才定下神来，仔细一瞧，自己都笑了，擦一把汗说："妈呀，吓死我了！"

肖刚向黝黑的洞底望了一眼说："我们走吧。"

在返回的路上，黎义芳再三向肖刚致歉："肖局长啊，看我办的这叫什么事情？让你们空跑了一趟，实在对不住你们啊。"

"不。"肖刚微微一笑说："你做得很好，已经是立了大功，我会把你的功劳记下来，等古墓血案侦破工作结束后，我向县委、县政府给你请功。"

　　黎义芳一头雾水："肖，肖局长，这，这话怎讲？"

　　肖刚舒畅地笑了一声说："老黎啊，虽然咱没有找到文物，但这次土洞之行，却对侦破古墓血案有相当大的帮助。因为，这件衬衫的发现，及时纠正了我思路上的偏差，避免了继续在错误的方向上空耗时间。老黎，其实你已经告诉我孙子貌将文物藏在哪里。"

　　"这，肖局长，你越说我越糊涂了。"黎义芳不觉已是汗流浃背，他琢磨不透肖刚这话是啥意思。

　　看着黎义芳不解的模样，肖刚忍不住哈哈大笑起来。

第七十八章　杜泰讨吃

"肖局长。"

隔了一会儿，黎义芳突然想起杜泰来，心脏莫名其妙地剧烈跳动起来："肖局长，如果这里暂时用不着我的话，我想赶快返回凌云，我实在是担心杜泰的安危。"

"嗯。可以，不过。"

"肖局长，怎么了？"黎义芳心里一颤，难道肖局长对我产生了怀疑？

看看黎义芳茫然的神态，肖刚知道黎义芳对他刚才的话有些误会，于是干脆把话挑明了："老黎，杜泰失踪了。"

"什么？"黎义芳惊得差点从座位上跳起来："杜泰，他失踪了？"

肖刚拍了拍黎义芳的肩头说："老黎，听我把话说完。"

"肖局长，杜泰兄弟不会有事吧？"

"我想不会的。我所说得失踪，不是真的找不到了，而是暂时失去了联系，对不起，是我语言表达上的失误。我想，可能是杜泰在那边出了点麻烦。"

黎义芳一听，心里更焦急："肖局长，杜泰的失踪是因我而起，他如果不是去找我，那会有这样的事情发生？不行，肖局长，你现在就把我送到火车站。"

"不急。"肖刚又哈哈一笑说："不用着急，那边我安排有人，相信一定能找到他。你是应该回去，但不是现在，而是明天早上，现在已经快凌晨一点了，一会让马队把小单送回单位去休息，你和张华住我家里，明天一早，让张华陪你到凌云走一趟，怎么样？"

"这样更好。我们互相有个照应。"

肖刚心思缜密，其实他派张华去凌云，一方面是为了全力保护黎义芳的安全；另一方面，接应圆觉师太和杨锦慧，配合杜泰查清盗窃集团在凌云方面的活动情况。黎义芳是个关键人物，在古墓血案侦破工作中许多地方还要用到他，特别是黎义芳的身世隐藏着一些鲜为人知的秘密，在古墓血案的背后，定有一连串复杂的连环案。

"可肖局，我的车。"张华忽然想起自己的车还在茶壶山派出所实习民警小白手里。

"没关系，咱俩换一下车，你开上我的车，你的车，我先给你保管几天。关键是，你到凌云后要尽快找到杜泰。"

"好的，请肖局放心。"

第二天早晨四点多，张华和黎义芳便起床简单吃了点饭，然后向凌云方向急驰，九点多他们准时进入真吾县城。

"老黎，咱先去哪？"张华问。

"直接去蔡家集镇我的饭店吧，蔡家集在真吾县和东阳市的交界处，属东阳市管辖。唉，也不知道杜泰兄弟怎么样了？"

杜泰不怎么样，还在像一只没头苍蝇一样无目标地瞎撞。

杜泰在小庙被圆觉师太惊走后，一口气奔出二十多里地，才停住脚步。

"奇耻大辱，真是奇耻大辱。"

路边正好有个石洞，不太深，有一间房子那么大，里面放有石凳、木墩，洞底处铺有柴草，看样子是人们临时休息或避雨的地方。进得洞来，杜泰气哼哼地坐在一块石头上，腮帮子一鼓一鼓的直喘粗气。

在土地庙杜泰睡得正香，忽觉气压骤紧，呼吸顿觉不畅，如果放在一般人身上根本不去理会，最多以为是自己感冒了鼻塞而已。但杜泰则不同，他是个内功深厚的人，虽然沉睡，但周身大小神经却异常敏感，一有风吹草动，他立即就会警觉，不要说还是一股无形的力道碰触到他的身上，接触到他的肌肤。

"不对，有情况，快走。"杜泰一个鹞子翻身，拉开庙门，疾速地向正北方掠去。

惊醒后，他知道这种骤紧的气压绝不寻常，一定是个内家高手在向小庙试探。他的内功修为也不错，倒不是惧怕来人，只是来人既然能够使用内功向小庙试探，这份功力自然超绝，绝非一般泛泛之辈。再者，他身上还肩负着黎家庄村二千九百父老乡亲的重托，他是来找黎义芳追寻孙子貌的，不是出来走场卖艺要把式的，没必要和来人纠缠，多一事不如少一事。何况，他虽有不错的武功，但从来没产生过和人较量一比高低的念头，他的人品和武德在黎家庄以至刈陵县，非第一，也第二。

在石洞里杜泰怎么也睡不着了，干脆闭上眼睛打坐练功。运功完毕，睁开眼一看，见东方泛起鱼肚白，繁星逐渐隐去。于是，起身继续赶路，略微辨别了一下方向，身子一躬，飞掠而去。飞掠中，突然发现方向不对，这是西，还是南？由于山势走向和地形的原因，杜泰感觉是在向西行走，其实错了，他选择的方向在这里是南而不是西。他决定，先找个村子歇一下脚，找点食物充充饥。

夏天里这样的天色，杜泰知道差不多该是凌晨四点半左右，于是将脚步缓了下来，他不能再飞奔了，不然会引起人们的注意，不把他当成疯子，也会把他当成怪物。他在一条乡间小道上慢慢地行走，行约两个小时后，遥遥望见前面出现一座村庄，粗略估计，住宅黑压压的一大片，其中还夹杂着不少三到五层高的楼房，看样子，应该是个规模不小的集镇。

天光已大亮，家家户户的烟囱上冒起袅袅炊烟。

本来年轻人的消化能力就强，又经过四个多钟头的折腾，杜泰体力消耗甚巨，在土地庙里吃得那点东西早消耗完了，看到农家炊烟四起，或许是条件反射的作用，肚子里竟然咕噜咕噜地叫唤起来。他摸了摸了衣袋，长长叹了口气，口袋里一分钱也没有，拿啥买吃的？

这个时候，他才后悔不该逞那种无谓的英雄，拒绝悦来饭店老板李玉昌大哥的帮助。

"唉，一分钱难倒英雄汉，这话一点不差。怪不得当年秦琼要把他心爱的黄膘马卖了，咱还不如秦琼，秦琼好歹还有匹黄膘马可卖，而我杜泰能卖什么，总不能将本人卖了吧？"

他索性坐了下来想办法，可想来想去无计可施。这肚子又偏偏不争气，吱吱呱呱地叫得越发起劲。

"实在饿得不行了，怎么办？"他问自己。

"还能怎么办？要，要饭吧。"自己回答自己说。

一提起去讨饭，杜泰的脸唰地就红了。唉，长这么大，虽不能说荣华富贵，可也衣食无忧，他做梦都不会想到，自己还能沦落到讨吃要饭的地步。

"讨就讨饭吧，"他对自己说，"不讨饭又能怎样？去抢？那不是咱能做出来的。去偷？更为咱所不齿。既不能抢也不能偷，那唯一一条可走的路就是，讨吃要饭。"

杜泰苦笑："唉，现在，咱竟然连个乞丐都不如。乞丐还有只讨饭碗，而咱连只讨饭碗也没有。"

他慢慢地接近村庄，越近，空气中弥漫的香味越重，肚子就越发饿得厉害。几番犹豫后，他终于咬咬牙敲开一户人家的大门。

吱嘎一声，大门开启一条缝，一位珠光宝气的女人出现在杜泰面前："干什么？"

"我，我想讨点饭吃。"

"什么？讨饭？"高贵女人上下打量了杜泰几眼，忽然哈哈大笑说："我看你年纪轻轻的，大不过三十岁，衣着光鲜，不缺胳膊不少腿，不好好干活挣钱养活自己，过这样的生活你觉得不脸红吗？"

"这个，这个，"杜泰的脸一下就红了，"我，我。"

杜泰支吾了半天，也没有说出一句囫囵话来。他说什么呢？说钱被人偷去了，人家能信吗，换作是你，你信吗？不信。这位大嫂的话，不是没有道理。可，说谎，咱天生说不来。真说，一个素不相识的人，仍然不会相信咱的话。

"不好意思，大嫂，打扰你了，对不起。"说完，杜泰转身便走。

杜泰的英雄豪气又被激活了。可再英雄，也得吃饭呀？英雄气概既不能充饥，也不能解渴。不行啊，我还得讨饭，不过，该怎么个讨法？他往大街里缓缓行去。讨饭，对他来说毕竟是一件有失颜面的事，他在好几家门前犹豫了一下，但最终还是走开了。

要饭，拉不下这张脸；不要饭，就只能饿肚。怎么办？正在进退两难之际，忽见一个三十来岁的年轻女子慌慌张张地从他的面前走过，边走边嘀咕："气死我了，药铺门没开，刘医生外出行医了，小女烧成那样子，可怎么办？才五岁啊，宝贝，你是妈我全部生命寄托，你要有个三长两短，让妈怎么活啊！"

一看女子焦急的神态，杜泰明白了，这件事，他能帮得上忙，他不但有深厚的内功，精湛的武功，还有娴熟的医术，这医术是从他义父那里学来的，平时经常给人开个小方子，他的药方子一般很简单，没几味药，但却很管用，寥

352

寥几味药，病人花少量的钱就能把病治好，所以，"杜神医"的名号便在刈陵传了开来。要说杜泰大名恐怕知道的人不多，但要一提"杜神医"三字，那可是无人不知，无家不晓。

所以，他知道做妈的心情，女儿病了，她绝对心痛得不得了。于是，他便向女子喊了一声："大妹子请留步。"

正在发愁的女子吃了一惊，见一个三十来岁的陌生大汉喊她，愣了一下，不知大汉有何意图，心想我急着有事，哪里有闲空和你搭讪？扭头望了杜泰一眼，低下头只管走她的路去了。

"我说大妹子，我可以帮你的忙。"

女子闻言扭转身来问道："你是叫我？"

"是啊。"杜泰点点头说："我能帮你的忙，我会治病。"

女子露出狐疑的神情，目光告诉杜泰：我不认识你，怎么敢相信你说的话？杜泰看出女子的心思，轻轻地笑了一下说："大妹子，请不要怀疑我的用心，我没有恶意的。我会点相面术，从你的面相上，我知道你有急事，而你这件急事，就是你小女儿病了，我正好能帮得上忙。"

"真，真的？你真的能从我的面相上看出来？"女子惊诧地问道。

"不错。"杜泰答道："如果你不相信，请你稍等片刻，让我给你说上三五句看准还是不准？"

第七十九章　义救幼女

　　女子有些心动了，心想反正药铺也没开门，医生还没回来，心急也没用，就先听你说上两句也无妨。如果说对了，就让你帮，如果你胡诌八扯，小子，我家隔壁就是派出所，我老公是当地有名拳师，谅你也不敢对我怎么样。

　　想到这里，女子便说："好，你说说看。"

　　"妹子，你今年不到三十，最多二十七八岁。"

　　"这个你能看见，猜也能猜得着，不算。"

　　杜泰微微一笑："你有一个五岁的女儿，而且是根独苗子。"

　　女子一愣，这倒是说对了，他难道真的会相面？心里这样想，但嘴里却说："说，你继续说。"

　　"你的丈夫不在家，在外头工作。你一个人在家既看孩子又种地。"

　　哎呀？神了。女子想，有点意思，这个他也能看出来？杜泰继续说道："你的女儿有病，正在发高烧。而药铺没开门，医生也不在家。所以你非常着急。"

　　女子眼睛不觉瞪得老大："你，你怎么知道的？"

　　"我不但知道你家女儿发高烧，还知道你女儿患的什么病。"

　　"什么病？"

　　"妹子，这个恕我不能乱说了，只有亲眼看过验证了，我才敢下结论，人命关天，可不敢瞎说啊。"

　　"这——"女子终于放松了对杜泰的警惕性，有些信任他了，"你真的会看病？"

　　"真的会看，我没必要骗你。"

　　女子看了一眼紧锁着的药铺门，眼见得医生一时半会儿也回不来，而女儿烧得那么厉害，何不让这个人去看一看？万一他真的会看病呢？想到这里，主意拿定，招呼杜泰说："那好吧，先生，你随我来。"

转过一条街又一条巷子，女子打开一家的门锁说："这是我家，先生你请。"

进了正房里屋，杜泰先给小女孩儿把了把脉，又察看了她的舌苔，知道小女孩是因感冒引起了肺炎。

"来，妹子，你坐在前边把孩子扶好了，我给她用内功推拿一下，先把高烧降下来，就没什么大碍了。"

女子把孩子扶着坐稳了，杜泰端坐于后，双目微闭，略一运功，将双掌抵在小女孩的后背，徐徐将内功吐出。他知道，一个五岁的女孩，自身没有接受、化解和吸收内功的能力，他必须掌握好力道，不疾不徐，不轻不重，正好在小女孩的承受范围之内。须臾，只见小女孩的头顶开始有白色的蒸气缓缓冒出，而后逐渐增浓，然后一颗颗的汗珠渗出来，逐渐形成一丝丝的汗水，蒸气越来越浓，汗水越来越多，在前面扶着小女孩的女子，嗅到女儿冒出的汗气中，带有淡淡的臭味，有些像氨一样腥臭。

推拿了十多分钟后，小芳女孩头上的蒸气开始稀疏，汗水亦在慢慢减少。又过三分来钟，小女孩脸上的红晕基本消退，额头开始发凉，微微睁开眼，低低喊了一声："妈妈。"

"好啦，没事了。"

杜泰收回内功，起身下床。

"妹子，不用吃药，没问题了。你用热毛巾给孩子洗洗脸，再喂孩子点白糖水，让她躺下睡上三五个小时就好了。"

"神医，大哥真是神医啊，太感谢你了。"女子感激地说："快坐下，你看我只顾操心女儿了，怠慢了客人，实在对不起。"

女子将杜泰让到客厅沙发上坐下，给杜泰沏上一壶茶水放在面前："大哥你慢用，我给孩子她爸打个电话，吃过早饭你先休息会儿，晌午让我家那口陪你喝几盅。你先喝着，我去做早饭，请大哥不要客气。"

杜泰有心离去，人家孤儿寡母的，咱一个大男人，多有不便。可是，这肚子饿得难受，它需要补充食物啊。本来他是要客气客气的，一来杜泰是个实心眼的人，二来这饥饿的滋味，也太不好受了。想了想，还是不用客气了，就在他家吃点早饭吧，总比到外边讨饭吃好吧？

于是就答应女子说："那，好吧，只是麻烦你了。"

"哎，什么话？"女子用满是感激的眼神望了他一眼，柔声说道："大哥你千万别这么说，你救了我女儿，感谢还来不及呢，怎么能说是麻烦我？要说麻烦，也是我麻烦大哥你了，咱们非亲非故，你就是不来救我女儿，也是你过路人的本分，可你主动来救我女儿了，可见大哥是个好心肠的人，相当大的好人。"

好人？杜泰苦笑了一声，摇了头。我是好人吗？他想：人人都说好人一生平安，我呢？一生尽是坎坷，厄运总是缠着我。唉，都是人们的美好愿望罢了。不过话说回来，帮助人的事，是必须要做得，上天给不给好运，不是咱说了算。或许，咱前生是个什么大奸大恶的人也未可知，不然为啥到现世来受罪？

看出女子是个勤劳持家做事利落的人，不一会儿饭就做好了，一大碗热腾腾香喷喷的大米饭，一盘醋熘土豆丝，一小盘香辣小菜。杜泰恨不得立刻狼吞虎咽吃个痛快，然而杜泰毕竟是个爱讲面子的人，一个比较高雅的人，他不能在一个陌生女人面前失态。所以，他努力克制住强烈的食欲，站起身来说："妹子，先给孩子盛点吃吧，你先吃，我昨晚吃得太饱了，现在还不太饥。"

他破天荒撒了一次谎。小人撒谎不脸红，可杜泰是君子，所以此谎一出，杜泰脸上立即飞过一片红云。女子聪明，她焉能看不出来？于是说："大哥你也不用客气，你就多吃点吧。"

尽管杜泰不太喜欢早上吃大米饭，但此刻饥肠辘辘，也顾不了那些所谓的习惯，端起碗来大口大口地吃，雅相也没了。

女子看了他一眼，眼圈一红，到厨房去了。

正吃饭间，有摩托车的声响传来，由远及近，竟一口气驶进女子的院子里。就听女子说道："阿秋，回来了？吓死我了，要不是这位大哥，咱那女儿指不定烧成啥样子呢，已经昏迷不醒了。"

"真是好人那，大哥。"门帘一掀，走进一个略比杜泰岁数小点的人来，看衣着打扮，像是在外边工作的人。

杜泰马上放下碗，站起身来，年轻人说："大哥你坐，趁热快吃，我先去洗把脸。我接到美珊电话就赶紧回来了，谢谢你啊大哥，谢谢你！"

拱了拱手出去了

吃过早饭，杜泰一再道谢，说萍水相逢，素不相识，冒昧打扰了。阿秋摆摆手说："大哥你千万别这样说。听大哥口音，不是本地人吧？"

"不错兄弟，咱是晋东人，来凌云找人的。"

见杜泰穿的衣服虽然不破，但很脏。尽管昨晚睡前用凉水冲刷了一下身子，但那衣服上还是散发出一股酸臭味。美珊扭头对丈夫说道："阿秋，把你的衣服拿一套让大哥换上，我给大哥把衣服洗上一把。"

"不用了妹子，已经够打扰了。我一会就走，不给你们添麻烦了。"

"说得什么话？你救了我家女儿，我给你洗一把衣服，还能说是麻烦？大哥你见外了。"

杜泰一想也对，自己一身脏不拉几的，不要说还得一路讨饭吃，就是不讨饭，人们看到他这副模样，嗅到他这股酸臭味，也会把他当作乞丐的。谦虚了一阵，还是阿秋动手，帮他把衣服换了。

阿秋总感觉杜泰有点不大对头，审视了一会，终于找到了问题所在：杜泰没有携带任何行李。这有点反常啊，谁能出门不带任何行李？所以，阿秋狐疑地问道："敢问大哥，因何不见你所带的行李？"

杜泰一听阿秋的问话，知道他对自己产生了怀疑。见阿秋两口也不像坏人，于是就将自己怎么被骗，怎么一路乞讨来到这里，粗略讲述了一遍。听完杜泰的话，阿秋的眼圈发红了，心里有点酸酸的感觉："大哥，苦了你啦，不过没关系，我是当地人，可以帮上忙。只是你说得那个什么佛崖底村，我好像没听说过。"

"那你们这里是，是什么地方？"

"东阳市蔡家集镇，我们村是镇政府所在地。我在距此十多里的一处铝矿工作，我叫蔡荣秋，小名阿秋，你就叫我阿秋吧。"

"噢，怪不得，我朋友所在的村子叫佛崖底村，属于凌云市真吾县管辖。"杜泰说。

"我说怎么不知道这个村。不过大哥，我们和真吾县交界，离真吾也就三四十公里。凌云我有亲戚朋友，特别是有几个铁哥们，没事，如果不急，你先在我们家住上几天，我带你游览一下我们这里的几个景区，还是蛮不错的，你看怎样？"

杜泰说："兄弟的盛情哥领了，只是我急于要找到我的大哥，不能再耽搁了，我已经从家里出来多日了，一点收获也没有。"

"那也行，我请上几天假陪你去，你人生地疏的，不好找。"

"谢谢你了，怎敢麻烦兄弟？你给我说说去的路线就可以了。"

"没事，"阿秋说，"我们矿上这段时间不是很忙，能抽出身来。何况，你身无分文，怎么去找啊。"

真是无巧不成书。

他俩正说着话间，忽听大街上传来一阵高亢嘹亮的喝叫声："磨剪子来，抢菜刀。"

阿秋竖耳一听，扔给杜泰一句说："大哥稍等，我去去就来。"

原来，阿秋听到这个声音十分耳熟，极像他的一位好友，便马上跑出门去。一看，还真是，没错。

"李哥，想死小弟了，你怎干起这个营生了？"

第八十章　偶遇恩人

话说阿秋听到大街上传来一个熟悉的声音，马上出来察看，果然是他在凌云市做服装买卖时一个生意上的好朋友，他俩的摊位紧挨着，做了五六年的生意，结下了深厚友情，总是相互帮忙。虽然目前他俩都不做服装生意了，但也时常来往，每隔一段时间，不是他来，就是我往，一直保持着一种相好关系。

阿秋一看朋友这身打扮，甚觉有趣，哈哈一笑说："李哥，你什么时候学了这么一个好手艺？"

李哥不好意思地一笑说："早年，早年，还是在做服装生意之前，和我村一个老大爷学的，因为这种职业太辛苦，每天风餐露宿，风里来雨里去，苦受一年，到头也挣不了几个钱，就撂下不干了。"

"那怎的又重操旧业了？"

"唉，一言难尽啊。"李哥叹了一口气说："要不是被迫无奈，我有我的职业，何苦再来受这个罪？"

阿秋一听李哥这话，知道他可能发生了什么不测之事，何不拉李哥到家里一叙？今天有客，李哥正好给咱帮忙陪客，边喝，边叙叙旧多好？于是一拉那人的袖子说："走李哥，到家里，今天正好我请假在家，今中午咱哥俩好好喝一杯。"

李哥一想也好，反正也有好长一段时间没和阿秋在一块聚聚了，就到阿秋家坐坐也好。况且，咱又不是真的以这个营生养家糊口，到他家坐坐也无妨。再说了，咱出来是为了找人的，这个镇子人多，也许能从阿秋那里能打听到有价值的信息也未可知。

于是就对阿秋说："行，就到你家里坐坐。"

一进门，阿秋便大呼小叫："美美，快看谁来了？"

美珊正在厨房收拾锅碗，一听阿秋呼叫说来人了，急忙拾起围裙一角擦了擦手便跑了出来。一看来人，高兴地打招呼："李哥好，你怎么干起磨剪子抢菜刀这活了？怪稀罕的。"

李哥哈哈一笑说："弟妹，来，把你家那些用钝了的剪子和刀都拿出来，咱只当挣顿酒钱了。"

美珊被李哥的风趣逗乐了："李哥真幽默，但很不幸，我家剪子和刀都是新买的。"

李哥一撇嘴，扮出一脸的哭相说："弟妹啊，我若都遇上你这样的家庭，我不就饿断脊梁骨了吗？"

"没事，饿断了我负责伺候你。李哥，正好今中午家里有客人，与咱家阿秋好好喝几盅啊。"

"有客人？那我就不打扰了，改天再来吧。"说着转身就要向外走。阿秋一把拖住他的担子说："想得美，进了这个门，就由不得你了。"

在屋子里喝着茶水的杜泰，听到阿秋领回一个朋友来，而且这个人说话声音，他感觉是那么的熟悉，仔细一想，突然起身扑向院了，大声呼叫道："李哥！"

李哥吃了一惊，怎么他家的这个客人也喊咱李哥，是谁？赶紧扭转身来。不看则罢，一看，顿时愣在那里。这时的杜泰，眼里闪现着明溜溜的泪花。李哥将担子一撂，猛地张开双臂扑过来，口中大呼道："兄弟，你让哥哥我找得好苦啊。"

俩人紧紧相拥在一起，眼里都闪耀着晶莹的泪花。这突如其来的变故，把阿秋夫妇惊呆了："你们，你们俩，认识？"

"认识认识。老弟，你知道我为什么重操旧业，磨起剪刀了？就是为了寻他。"

这李哥是谁？正是悦来饭店的老板李玉昌。

"呀，那可真够巧了，两位哥哥，快，屋里请，今天好运当头，吉星高照，大喜啊。"阿秋哈哈大笑着，将两位拉进客厅。

美珊更是十分高兴，喊道："阿秋，你照看一下女儿，然后陪客人说说话，我去买些酒菜来。"

"好的，快去吧。"阿秋乐得几乎要手舞足蹈了。

三人进屋后，阿秋招呼李玉昌、杜泰坐在沙发上，说："你们先聊，我去看一下孩子。"小女儿的高烧退去后，难受的感觉基本消失，歪着小脑袋睡得正香。

　　"兄弟，你怎么跑到这里来了？"李玉昌还是紧抓着杜泰的手不放，生怕他再跑掉似的。

　　"是这样的。"

　　杜泰一五一十地将如何夜探喜迎春饭店，如何找到假喜迎春等情况说给李玉昌后，也问道："李哥，你不在饭店打理生意，就为了跑出来找我？"

　　"可不是吗。"

　　李玉昌长出了口气，似乎这时候他才把紧张的心情平复下来："你从喜迎春饭店跑出后，我赶紧发动着车就追，谁知你跑得那么快，等我冲上公路时，飞驶了二十多公里，也没见到你的踪影，实在没办法了，我只得暂时返回饭店。我想，你也许还会返回饭店的，可左等右等，等了你一整天，也不见你的影子。昨天晚上，我老板突然打来电话，说如果碰到一个什么样什么样的人，一定要留住他。我听他描述的模样，而且说是从晋东来的，估计是你兄弟。"

　　"你老板？那你不是饭店老板？"

　　"兄弟，我好像当时给你说过，是你忘了，我说我是这饭店的经理，我们老板另有事业，一般不回来，这个饭店就是我帮他打理。兄弟，我找你，一方面是要送给你些盘缠，另一方面，想跟你一块去找你的朋友。而且为了你通信方便，我给你买了一部手机，你把身份证丢了，没法上户，我只能暂以我的名义给你上了个户，等你以后重补办好身份证后，再换过来。我给你交了三百元的话费，你先用着，完了，我再给你充费吧。"

　　"李哥，谢谢你！"杜泰哽咽着，激动得说不下去了，只有嘴唇在不停地翕动。

　　听李玉昌说他老板认识他，杜泰顿觉眼睛一亮，若有所思，难道，世间真有如此巧合之事？他老板是黎义芳？

　　于是赶紧问道："李哥，你们老板叫什么？"

　　"申有成。"

　　杜泰很是失望，叹了一口气，摇了摇头说："你们老板，我不认识啊？"

"那就怪了，他为什么能叫上你名字来，而且听上去对你特别关心。"

"不会吧，你老板这个名字，我不熟悉啊。"

"那他怎么会认识你？"

是啊，这个人怎么会认识我呢？杜泰怎么苦思冥想也想不出个所以然来。忽然大脑中灵光一闪，杜泰赶紧问李玉昌："李哥，你对你家老板过去的情况熟悉吗？"

"我们是五年前在凌云皮革厂打工时认识的，当时我只知道他是凌云市的，其他的我就不知道了。他也没有给我细说过，我也没有过问，在厂里混得不错，现在他受聘担任了公司的销售副经理。担任领导职务后，工作忙了，没空打理饭店，便让我留下了。"

"对了李哥，你们饭店所在的那个村叫什么？离此远吗？"

"不远，三十多里。也是蔡家集镇的，叫大峪沟。"

"不大对头啊，黎义芳的父母是佛崖底村的，在凌云市，而这里是东阳市蔡家集，距你那里有数十公里，他为什么不把饭店开在佛崖底村，却开在蔡家集？"杜泰有些茫然了。

李玉昌更是有点发蒙："是啊，这，我也不是十分清楚。可他分明打电话通知我，见到你后，务必要把你留住，等他回来再作打算，说明他认识你啊。"

"是啊，因此才感觉有点不理解。不过，在你们这里，除了黎义芳，我并没有其他朋友啊。"

还是旁观者清，他俩晕乎，但在一旁的听者阿秋是清醒的，嘻嘻一笑说："两位老哥，给申哥打个电话问一下不就清楚了？"

"嗨，"李义昌猛拍了自己脑袋一下说，"你们看，我是不是老年痴呆了？"急忙掏出手机："喂？申哥？"

"是我，兄弟，我说的那位朋友，你见着了吗？"

"申哥，你以前还叫过其他名字吗？"

"有过。怎么了？"

"叫什么？"

"黎义芳。"

李玉昌面对着杜泰惊呼了一声："兄弟，我哥他以前叫黎义芳。"

"什么？"杜泰惊问道。

"我申哥说，他以前叫黎义芳。"

"我的妈呀，可算找到他了。"杜泰那个激动劲儿，真是溢于言表。激动之下，说话的声音都变了味儿："李，李哥，你，你快告诉他，说，说我是杜，杜泰。我就是他要，要你找的人。"

这回该李玉昌激动了："什，什么？你就是申哥要找的人？你来我们这，要找的就是申，申哥？"

杜泰喜极而泣："李，李哥，对，对的。"

电话那头的黎义芳光听到手机里声音嘈杂，就是不回答他的话，便大声问道："玉昌兄弟，你怎么了？"

听到黎义芳的问话，李玉昌赶忙笑着回答道："申哥，找到了，我找到你要找的人了，是不是姓杜，单名一个泰字？"

"对的对的，杜泰兄弟在你那里？快，让他接电话。"

第八十一章　众侠相聚

五个小时后，黎义芳回到了他的悦来饭店，一进门便大声喊道："兄弟，杜泰，你在哪里？想死哥了，也吓死哥了。"

"哥！"

"兄弟！"

听到喊声，杜泰马上从饭店扑出来，在外面站着的，不是黎义芳是谁？虽然时隔二十多年，面貌有很大变化，但杜泰还是能认出他来，没错，是义芳哥。他张开双臂，与黎义芳紧紧相拥在一起，抱头而泣，看得在一旁的李玉昌和阿秋，也落了泪。

抹了一把眼泪，黎义芳才拍了拍杜泰的肩膀说："兄弟，和我同来的，还有咱县公安局的张警官。玉昌、阿秋，来，认识一下张华张警官。"

"张警官好。"李玉昌、阿秋分别和张华握了手。

经黎义芳这么一说，杜泰才抬起头来："啊呀张警官，不好意思，把你冷这儿了，真的不好意思。你怎么也来了？"

"老杜，没什么，祝贺你们哥俩十多年后喜相逢。"张华只是笑眯眯地望着黎义芳和杜泰，没有回答杜泰的问话。

杜泰是认识张华的，因为张华常住黎家庄村进行一线调查工作，杜泰几乎每天要见到张华。张华虽然没有正面和杜泰打过交道，但毕竟在黎家庄村待的时间长了，加上杜泰在村里比较活跃，张华对他还是比较熟悉的。

"兄弟啊，一个多星期了你杳无音讯，村里以为你失踪了，黎之元老人害了怕，这才找到公安局，请求肖局长帮忙寻找你，张警官是受肖局长的命令同我一块来凌云的，没想到你就在我这里。太好了，真是太好了。"

黎义芳非常高兴，赶快招呼大家坐下。抬头看了看墙上的挂钟，已是下午四点多了，随嘱咐李玉昌说："玉昌老弟，喊厨师高师傅一声，让他挑最好的整上八个菜，四荤四素，喝老白汾酒，给张警官和杜泰兄弟接接风，咱们弟兄们好好聚一聚。"

在大厨做菜的间隙，他们边喝茶边聊天，畅抒离别之情。因黎义芳和杜泰的特殊关系，聊的话题最多。

"兄弟啊，吓死我了，我一听你和家里人失去联系，我以为你被人给害了。你也是的，为什么不想法和我提前联系一下再出门？太冒失了。"

"哥啊，我怎么给你联系呢？打你的电话，一直是空号。"

"哎呀对了，你看我这人多糊涂。兄弟啊，这是哥的错，十多年来和你们联系的很少，特别是近几年，由于职业的关系，我先后换了几次手机号，也没能及时通知给你们，这是我的错。"黎义芳愧疚地说。

"不能这样说义芳哥，我们也一样，以前咱们常联系，后来也就和你联系的少了，幸亏我保存有你十年前写给我的信。"

"你傻啊兄弟，十年前的信还能作今天的参考？十年前和十年后发生了巨大变化，特别是从前年开始我就搬迁到凌云市里去了，而且我根本就没在佛崖底村居住过，你就是到了佛崖底村也找不到我。"

"是啊，这就是我缺少外出经验的表现。我大脑比较简单，想得太幼稚了，幸亏老天有眼，让李哥救了我。"

"杜泰兄弟，你怎么就和家里人失去联系了呢？"

"唉！"杜泰叹息了一声说："算我倒霉，也是我眼瞎，遇到了吕一蓝那个王八蛋，可把老子给害苦了。"

于是，杜泰将怎么认识吕一蓝，又怎么交上何山，怎么被他们骗到喜迎春饭店后，将他灌醉并将他的包包拿跑了，又怎样被李玉昌所救，又怎样到喜迎春饭店探听情况等，详尽地给在座的人回忆了一遍。

黎义芳听后十分迷茫，急忙打断他的话："兄弟，你刚才说我还和你通过话？不会吧，没人告诉我你来了凌云，我更没有和你通过话呀。"

"通过啊，你说你是黎义芳，看样子你和他们很熟悉。"

黎义芳摇摇头，不自然地笑了笑说："哪能啊，没有，真的没有，我想你是被骗了。"

"又是那个吕一蓝和假何山搞的鬼。"杜泰气得脸都有点变了形。

黎义芳一定和杜泰通过话，杜泰是个老实人，他不会撒谎。那么，既然黎义芳与杜泰通话了，为啥不承认？他在回避什么？张华不禁对眼前的这个黎义芳有了点怀疑。张华看了一眼黎义芳，突然心动了一下：黎义芳的脸上颜色有点不大对头啊，且看上去有点僵硬，难道，是易过容的？

"兄弟，你怎么会到了蔡家集？"黎义芳瞅着杜泰，有点不解地问。

"我是在一座小庙里被一位武功高手惊走的，误打误撞的，就跑到荣秋兄弟那里了。"

"武功高手？"黎义芳问道："难道比你的内功修为还高？"

"是的，绝对比我高，而且我能感觉出来，我和那位武功高手根本就不在一个水平线上，应该是位前辈级人物。"

黎义芳瞅了李玉昌和阿秋一眼说："你们是土生土长的本地人，知道在咱这方圆百里以内，可有前辈级的武术高手？"

俩人想了想，均摇了摇头。李玉昌说："不会的义芳哥，我们这里练武的极少，即使有些武术爱好者，也是学了几个简单武术招式用来强身健体，说句自大的话，不要说在方圆百里以内，就是凌云地区，也难找到几个高于我们三人的武功高手。"

"是啊，"阿秋也说道，"就是我们三兄弟，武功也不是来自本地。义芳哥从山西学的武功，李哥来自北少林寺。而我，拜在四川青城山一虚道长门下。"

"这就怪了，这个武功高手，会是谁呢？"黎义芳摸着脑袋使劲想，怎么也想不起杜泰所说的那个武功高手是何方神圣。

张华在一旁听了，微微一笑说："杜哥，你都不知道，还有谁能知道？"

三人一听，立即将目光投向张华。张华小呷了一口茶后说："如果我没猜错的话，那个武功高手应该是位前辈级人物，你们这里可有武林高手隐居？"

"武林前辈，高手？"杜泰有些惊诧："有机会，我倒是很想见见这位武林前辈。"

"那，你能揣测到那位高人的路数吗？比如说，少林，还是武当。"

杜泰摇摇头说："我根本就没来得及多作考虑，那伸进小庙探测的气功，我虽然叫不上名堂，但相当浑厚，而且发功的地点应该在百米之外。"

"这个我相信。杜泰兄弟的功夫在刈陵县名列一流，我的功夫与杜泰兄弟比起来就差远了。"

"不是的义芳哥，你并不比我差多少，十年前我们经常在一块比武切磋，你差就差在寻亲心切练功难以集中精力上，在进程上稍微落后于我一些。但你的铁砂掌也有相当功夫了，不知来凌云后疏懒了练功没有？"

张华又皱皱眉说："难道，凌云这地方，竟然卧虎藏龙？"

"不会吧。"黎义芳接过话头说："我来凌云这么长时间了，根本没有听说过在这个地面上还有武林高人。"

很意外，真的很意外，待了有几分钟，杜泰才说道："张警官，我说得是真的，那位武林高手的功力绝非我等所能相比。"

望了望杜泰，张华突然笑着说："也许，人家正是为了你。"

杜泰一愣，诧异地问道："为，为了我？"

"不错。"张华说，"因为你来凌云的意图很明确，盯上你的人，恐怕不在少数。"

张华的话有点一语双关的意味。

听张华这么一说，杜泰才有些明白过来。不过，他也感到很疑惑，暗想道：我来凌云的目的，除了黎之元老人和几位长老级上辈人物外，就只有白马寺的玄清方丈知道，难道，是玄清方丈暗暗跟来了？也不对，如果玄清方丈暗暗跟着我，他能见死不救，眼睁睁看着我受伤害？不会的。

他是这样猜想的，但却没说出口。

张华也在想：老杜啊，你们只知道瞎干，缉凶这样的大事，岂是你们能做得了的？我到车站找你，可惜错过了车，没能把你拦下。这倒好，幸亏你身怀绝技，不然的话，再有十个杜泰也完了。你以为黎之元老人把你悄悄派出来，就算保密了？就天衣无缝了？真是愚昧的可爱。两大盗墓团伙野兽派特别是紫微帮，嗅觉比狗还灵，公安方面一有行动他们都能晓得，何况你们？江湖凶险，你又不是不知道。

张华在肚里暗笑，那位高人必是圆觉师太无疑，但在对眼前这些人丝毫不了解的情况下，绝不能将透露一点圆觉来凌云的消息。

所以也只能替杜泰惋惜了，错过了与杨锦慧相逢的机会。

杜泰做梦也不会想到，那位高人竟然是圆觉师太。确也是一种遗憾，如果那晚他仍在小庙里待着不走的话，就会是另一番情景了。

"老黎，下一步你有什么打算？"

张华左右看了李玉昌和阿秋一眼。黎义芳立解其意，说道："张警官，你大可放心，这是我两个生死弟兄，且都有一身好功夫，李老弟出师北少林，学得大力金刚指，在晋南一带鲜有敌手。阿秋虽然年轻，但师出青城山，一身软硬功夫兼备，已经有了相当火候。刚才这俩兄弟说了，要帮杜泰兄弟找到谋害他的凶手，为杜泰兄弟出一口气。"

"好，"张华站起身来，向李玉昌和阿秋拱了拱手说："谢谢各位英雄帮忙，查找谋害杜泰凶手的事，有大家帮忙就容易得多了。各位，我代表刈陵县公安局和肖刚局长谢谢你们，你们都是富有正义感的铁血义士。"

"岂敢，岂敢。张警官客气了。"俩人也站立起来，给张华行了抱拳礼："我们只是一介莽夫，只知道蛮干，还请张警官多多指导，有你领导大家，事情就好办多了。"

"太好了，各位义士。其实，我这次来凌云，不仅仅是为了寻找杜泰，还有一个重要任务，就是保护为侦破古墓血案立了大功的黎义芳大哥，因为紫微帮的二号人物孙子貌，目前已经来了凌云，两大盗墓集团野兽派和紫微帮也派出高手尾随而来，这无疑对黎义芳同志形成极大威胁。我们必须尽快找到孙子貌以及盗墓集团在凌云的落脚点，将其绳之以法，彻底解除黎义芳同志的潜在威胁。各位义士，有些工作，你们去做比公安干警更方便，这也是你们的独特优势，那就辛苦各位了。"

杜泰忽然感觉到，黎义芳他人有些变了，虽然刚见面倒也热情，但他总有一种说不出的异样。

如果眼前这个黎义芳是真的，那么在何山家打电话自称是黎义芳的人，又会是谁？

第八十二章　心酸寻亲

杜泰不觉地陷入深思：世上可能有许多同名同姓的人，但与我有兄弟情缘的黎义芳只有一个。那个自称黎义芳的人，会是眼前的这个黎义芳吗？

为了解开这个迷，杜泰试探着问道："哥，在那个假何山家你给我打过电话，你真的忘记了？"

黎义芳听了，有点丈二金刚摸不着头脑："你说什么？兄弟，我不认识你说的什么何山。再说，按你说得那个时间，我正好在开往咱老家的列车上，也没有接到什么电话啊，如果接到了，我早就返回来了。"

杜泰点点头说："嗯，这我就明白了。不过，那人也是咱刘陵口音。而且，那人对义芳哥的情况比较熟悉，说出的话滴水不漏，所以才使我受骗上当，如果不是他的出现，仅凭那个吕一蓝和何山，我早感觉到这俩人不善，已经对他俩产生了防范之心，就是你，不，那个假黎义芳的电话，才打消了我的疑虑，结果放开心喝了几杯，一大意着了他们的道。"

张华听杜泰说起那个假的黎义芳，忽然就想起一个人来："杜哥，如果这个人我猜得不错的话，这个人我认识。"

"你认识？"杜泰又是一惊。

"对，有可能。"说到这里，张华忽然感觉说出来不妥，他猜测，这个人很可能就是当前在逃的前公安局刑警大队刑警王寿山。但他怎么说出口？说公安局出了败类？说公安人员充当地下盗墓集团黑组织保护伞？

想到这里，张华急忙改口说话："我只是猜，没有真实依据，不过，不用几天，就会真相大白的。"

"不管他是谁，我杜泰发誓，一定要亲手把他抓住剥了他的皮。这小子，竟然算计到我杜泰头上来了。哼！"杜泰愤然地说。

黎义芳的眼睛里忽有一丝不安的神色闪过。

尽管只是一个不易察觉的神色，但照样没能逃过张华的眼睛。张华突然发现，眼前的黎义芳和在逃的王寿山个头、胖瘦、面容有些相仿，所不同的，就是黎义芳面庞发白带黄，而王寿山面黑带灰。

晚餐够丰富的，张华没想到，在一个路边小饭店，还能做出这么好的菜肴来，其色，其味，其香，绝不亚于街面上正规酒店。

"义芳哥，你的亲生爹娘找到了吗？"席间，杜泰再次问起黎义芳寻亲情况，很显然，他很是关心义芳的寻亲之事。

"唉！"叹了一口气，摇了摇头，黎义芳苦笑了一下说："没有。"

"会不会你记错了地址？"

"不会。"黎义芳说："这个地址是我义父专门告诉的。"

"那怎么就找不到呢？除非，是你义父他记错了。"

黎义芳再次摇摇头说："不会，他亲自抱养的我，还能记错？"

"除非有一种解释。"不愧是警校毕业的专业侦探，见解就是不一样，张华听了黎义芳的话，感觉事有蹊跷，于是插口道："除非不是你义父他直接抱养的你。但也说不过，因为按常理，抱养孩子这样的大事，你义父本人应该在场的。或许，你义父对你说的是假话。"

张华隐约感觉到，黎义芳的身世是个谜，而杜泰的身世呢？他又从哪里抱养？同样也是个谜，尽管杜泰没有追究过自己的身世。

"那，既然没有找到你的亲生父母，怎么也不返回黎家庄村？"杜泰继续他的问话。

"兄弟啊。你知道我在黎家庄的情况，义父不在了，我孤苦伶仃的一个人生活得也没多大意思。何况我那些本家们并不喜欢我，我能感觉出来，他们总是对我冷眼相看，说实话，我也不想再见那些本家们。"

黎义芳说着，眼角泪光闪闪，心里似乎十分难受："兄弟，更重要的，是我没钱回去了。我临走带的那点盘缠有限，二十多天后，便支持不下去了。唉！"

真是往事不堪回首啊。

原来，黎义芳当年寻亲之举，实际上就是一条不归路，只是他年纪小，没有社会经验，无法预测到而已。他清楚地记得，当年他按照养父提供的地址去查找，找来找去，不要说找不到人，就连义父所说的那个住址也不对，也就是说，义父说的那个住址，根本就不存在。

他村挨村、户挨户地找，直到把身上的钱花光。他绝望了，决定到其他地方走一走，找一找。凌云这地方虽然海拔低较暖和，但在深秋时节，接近白露，最冷时低温也在零摄氏度以下。为了节约盘缠，黎义芳舍不得买厚点的衣服，白天还好，晚上没有住处，只能找一处废弃破旧的房子栖息，在瑟瑟发抖中，度过了二十多个不眠之夜。虽然黎义芳具有较为深厚的内功，但总不能整夜一直运功御寒吧？何况，他的内功只能说还不错，但远未达到炉火纯青寒暑不侵的程度，运功御寒不能解决根本问题，在大自然面前，一个人的力量是十分渺小的。毕竟是肉身凡胎，本来找不到亲人心里就着急，一急就上火，一上火就感冒，连饿带冻，终于把这个一米七三高的大汉击倒了。

第二天，在距佛崖底村二十几公里的地方，他终于体力不支晕了过去，倒在路边。

醒来后，黎义芳发现自己躺在一个温暖舒适的房间里。待神志完全清醒后他才看清楚，这是一个简易的低矮草房子，面积不大，里面只有一张床，一张半新不旧的桌子，两条长凳子。屋角生着一个生铁铸造的煤球火，一个三成新的橱柜里，摆放着看上去比较简易的做饭用具。火炉上，一个小砂锅里熬着什么东西，当一股苦涩的味道飘过来时，他才知道煎熬得是草药。

不一会，门一响，一个年近七旬的老人走了进来，看见黎义芳睁开眼睛，走过来关切地问道："孩子，你醒了？感觉好点了吗？"

老人摸了摸他的前额，点点头说："好了，可算把高烧降下去了。孩子，吓死我了，你昏迷了一天一夜。这不？刚把大夫送走还不到半个小时。"

"大爷，是你救了我？"

黎义芳喉头一紧，鼻子一酸，不觉流下眼泪来。他做梦也没有想到，在近千里远的地方，当他遇到危难时，竟有人救了他，他首次感觉到，人间不都是寒冬，也有温暖的春天。

他挣扎着下了床，跪在老人的面前。

"孩子，你干什么？快上床去，你还病着啊。"

老人把黎义芳搀扶到床上后，揭开药锅看了看说："孩子，药差不多了。大夫说，你就是普通的感冒，主要是饥寒交迫引起邪气入侵患上了风寒，喝过三服草药就没事了。"

"孩子，来。"老人揭开铁锅，从里面盛了一小碗大米饭递过来："你一定饿坏了，先吃上一点压压饥，等喝过草药后，我再给你做点好的。"

黎义芳眼泪止不住又流了下来。这正是男儿有泪不轻流，只是未到伤心时，是老人的义举感动了这位铁汉子。

"谢谢你，大爷，我会永远记着你的救命之恩，一定会报答你的。"

三天后，黎义芳很快康复。只要及时补充到食物，作为一个有一定内功基础的人，一点小病绝对不是个问题。

三天来，黎义芳发现一件怪事，就是从来没有见过老人的家人。

"大爷，这里叫什么村？离佛崖底村远吗？你的家人呢？"

"家人？"老人爽朗地大笑一声说："我是一人吃饱，全家不饿。孩子，这里叫大峪沟，属于东阳市蔡家集镇，离蔡家集只有一里多。你说得佛崖底，应该是凌云市的吧？距离应该在五十里开外。"

看着黎义芳仍未消除疑虑，老人继续说道："我老婆伴死得早，没有留下根苗，孤身一人。孩子，你是哪里人？到这里干啥来了？"

望着面目慈善的老人，黎义芳将从刈陵来凌云寻找亲生父母，但一直没找到的实情告诉给了老人，老人听后，不觉泪下，抚摸着黎义芳的头发说："孩子，你真傻，养父母只怕养子长大后走掉，怎么会告诉你实情？你义父给你的这个地址，一定是胡诌的。"

黎义芳点点头，觉得老人说得很有道理，这次凌云寻亲，算是白跑了。白跑了倒是其次，最大问题是盘缠用尽，无法回到刈陵了。

从老人口里，黎义芳得知老人孤苦伶仃，一个人生活，所幸老人身体健康，承包了村里一块鱼塘，靠养鱼为生，一年可以收入三五万，倒也衣食无忧。这间草房是老人看鱼塘用的，在村里老人还有一处宅子，独院，五间二层楼房，挺宽敞的。

"老人家，你这么大年纪了，还能受得动？"

"唉！"老人叹了口气说："受不动也得受啊，不受，咱还能靠谁养活？"

说者无心，听者有意。黎义芳想，就是回到黎家庄，也是孤苦伶仃一个，与老人家一样，同是天下孤单人，老人家无儿无女，孤身一人，现在虽然还能动弹，但毕竟上了年纪，七十多岁的老人，说不行就不行了，若有个三灾八难的，让老人怎么办？既然老人救了我，这也是天意，更是一种缘分，我何不认老人为义父，帮他打理鱼塘，老人家老了不能动时，咱为他老人家端茶倒水，熬药奉汤，老人家归天后，咱为他老人家披麻戴孝，把他老人家发送了，也算报答了老人家的救命之恩。

想到这里，黎义芳试探着问老人说："假如我认你为义父，行也不行？"

老人先是一愣，然后哈哈大笑说："行，怎不行？我是求之不得，就怕孩子你跟上我老汉吃苦受累，于心不忍。"

黎义芳一听老人说愿意，扑通跪在老人跟前，高声叫道："义父在上，受儿子义芳一拜。"

黎义芳给老人磕了三个响头，算是认了义父。老人大喜，喜极而泣："老天有眼，让我老来得了一子，感谢苍天，给我送来一个儿子。"

老人随即将黎义芳带回村里，到村委会开上证明，去县民政局办理了收养手续，然后置办了两桌酒席，宴请了本家和乡邻，并请村长当众作了公正。

拜老人为义父后，因为老人姓申，黎义芳自然也改了姓名，义父给他起了个名字，叫申有成，寓意他将来必有大成。

此后，黎义芳便以申有成的名义在这里住了下来，娶妻生子，直到给老人养老送终。

第八十三章　秘密接头

听了黎义芳这段不平凡的寻亲经历，杜泰感动地潸然泪下，哽咽着说："义芳哥，真是苦了你了。"

黎义芳哈哈大笑说："兄弟，现在不是没事了？我在这边生活得很好很舒心，也适应了东阳市的生活环境和风俗习惯。不过，说句老实话，我还是非常思念家乡的，我决定做做妻子工作，迁回咱老家去，也算落叶归根了。"

张华心里又是一跳：这个黎义芳在大笑的时候，面容怎么这么僵硬？似乎皮笑肉不笑的样子，不由得疑心大增。

"老黎，那也未必。"尽管有所怀疑，但张华还是不动声色地说道："人在哪里工作生活并不重要，只要在心里有家乡就足够了。"

"这倒也是，"黎义芳点点头说，"我现在有两个儿子，老大姓申，给凌云这边的义父顶了门。老二姓黎，算是给我黎家庄的义父留了条根，延续了一点香火。"

"义芳哥，你做得很对，我支持你。张警官说得对，你在凌云做得挺好，大有前途，也无须再回黎家庄了。如果你还有孝心的话，隔一段时间回来黎家庄一趟，到你义父坟头烧张纸磕个头就行了。对了，你义父那个村叫什么来着？"

未等黎义芳回话，李玉昌立即接话说："兄弟，北寺村。"

"北寺村，北——"张华正想说点什么，电话响了，一看是肖局的，站起身来对大家笑了笑说："不好意思，你们先吃着，我接个电话。"

说完，起身走出饭店。

"肖局，我是张华。"

"你做得不错，有这几位热心义士帮忙，你的工作就好做多了。需要注意的是，在执行任务过程中，一方面，尽量发挥他们的作用，同时还要注意观察与杜泰有接触的每一个人，毕竟咱们对他们不太了解，特别是在他们面前要注意保密。"

"好的，明白。肖局，师太那边需要联络一下吗？"

"可以，不过要秘密地接触，不能让犯罪团伙成员发现你们的动向。师太目前正在紧咬着张浩石和瘦猴。杜泰可以参与侦破工作，他不但武功精湛，人也比较睿智，但必须听你指挥，照你的安排去做，别让他再单打独斗瞎撞乱闯。暂时不要让杜泰和杨锦慧见面，只需给杨锦慧报个平安让她放心就行了，以免影响你们的行动。你现在的主要任务，是要尽快查清楚紫微帮在凌云有没有倒卖文物的网点，以及目前该团伙在凌云的活动情况。适当时候让黎义芳公开现一次身，以加强对犯罪分子的吸引力，诱使他们动起来，只有他们动起来，我们才能发现他们的老巢在哪里。小张，记住，你不管走到哪里，一定要把黎义芳带上，你不能离开他，懂吗？"

"好的肖局。还有什么吩咐吗？对了肖局，你怀疑得有道理，我越来越发现这个黎义芳有问题，会不会他也是盗墓组织的一个成员？"

"所以我才让你与他一起去凌云，目的就是让你严密监视他，这个黎义芳有没有问题，不用多久就能见到分晓，暂时不要惊动他，你要见机行事。如果遇到困难，需要当地警方配合，及时告诉我。"

"好的，张华明白，肖局再见。"

这顿晚餐大家吃得非常愉快，心情十分愉悦。

饭后，张华对大家说："各位义士，我们肖局长让我代表他，向支持我们工作的各位义士表示衷心感谢。"

抬腕看了一下表说："现在是八点二十，我要出去办点事，杜泰和李、蔡两位先在店里歇着，老黎随我出去一趟。"

"好的。"黎义芳握着杜泰的手说："杜泰兄弟，你们早点休息。"

凌云市真吾县佛崖底村何山的喜迎春饭店。

八点半，打发完最后一拨客人，何山夫妇赶紧帮厨师和服务员将锅碗餐桌拾掇了，提前打发他们回了家，并在饭店门上挂起"今日暂停营业"的牌子。厨师和服务员走后，何山将门关了，系上围裙，亲自掌勺，十分麻利地炒了四个菜，两素两荤。

他们夫妻俩能吃四个菜？吃不了，这是给客人准备的。不大一会儿，门外响起轻轻的敲门声，一短一长。

张小凤赶忙上前把门拉开说："师太，快进来。"

"小凤施主，有杜泰的消息了吗？"圆觉师太前脚刚跨进门，张小凤便被杨锦慧抓住双肩使劲摇晃。

"丫头，休得无理。"圆觉师太嗔道。

"啊？师傅，我和张大姐亲热亲热，怎么不行吗？幸亏你没胡子，要不，非给你揪下几根不可。哼！"

姑娘赌气往餐桌旁一坐，掏出手绢扇汗。小凤被杨锦慧的天真逗乐了，见姑娘有点不高兴，呵呵一笑说："小妹，姐答应你的就一定会办到，你放心，就是把我卖了，也得给小妹把杜泰找回来。"

"嗯？张大姐，说话注意点，你要搞清楚了，不是给我找，是给师傅找。"杨锦慧用纤纤手指将张小凤的嫩脸皮拽得老高，疼得张小凤直叫唤。圆觉师太摇了摇头，表现出无可奈何的神态。

正在这时，两个人跨进饭店。

"师太好，锦慧好！"

杨锦慧一看来人，眼睛里立刻光芒四射："小张同志，你也来执行任务了？见没见到我杜大哥？"

张华笑笑说："你个小顽皮，叫谁小张？你掐着指头算算数，你比我大多少？"

"嘿？你个小张同志，张大警官，没办法，不要说姐比你大一年零三个月，就隔一天甚至一个时辰，你就得叫我姐，你不用不服气。"

张小凤哈哈一笑说："我的老天爷，可算有人替我和这丫头拌嘴了。"

何山听到外边嬉笑吵闹，知道客人都来齐了，立即将酒菜端上来说："师太，张警官，来，大家座，边吃边聊。"

张华招呼黎义芳："老黎，来，请坐，再吃点吧。"

"不了张警官，刚吃过，现在肚子还撑得慌，你们吃，我喝点茶水就可以了。"

张华拿眼神询问圆觉师太："他们可靠吗？"

圆觉师太点点头，意思是说放心吧，没问题。

"师太，我这次随黎义芳一同前来，一来是为了保护他的安全，二来也是为了借助黎义芳同志的力量，查清楚紫微帮在凌云的活动情况，肖局要咱们形成合力，尽快查清紫微帮在凌云的聚集地，一举将其摧毁，抓捕所有犯罪分子归案，追回古墓被盗文物。"

圆觉师太看了黎义芳一眼，有点面生，便问张华："张警官，这位施主怎么称呼？"

"他就是黎义芳，黎家庄的，十年前迁移到凌云这边居住了。"

"噢，我说怎么感觉有点面生。"

"师太，是这样，他曾在黎家庄生活了二十几年，十年前回来凌云寻亲便没再回去。锦慧，肚子饿了吧。"

"经小张警官一提，我还真觉得肚子饿了。"杨锦慧望着桌子上的饭菜，揉了揉肚子。

"快吃快吃，饭菜都凉了。"何山将围裙摘了，也坐下来，招呼大家说："来，先吃饭，饭后到我家去再说事，今晚就住在我家。"

"那就谢谢何老板了。"张华向何山拱拱手，又和他握握手说。

何山呵呵一笑说："都是自家人，不用客气。"

张华说："何老板，你们吃，我和黎芳哥吃过了。"

"你们年轻人饿得快，都这个时候了，早消化完了，来，别客气。咱小店条件差，只能将就点了。"

看到何老板如此盛情，张华和黎义芳也就不便再推辞，拿起筷子，尝了一小口，品了品说："嗯，好吃，何老板，你的手艺真不赖。"

张华忽然扭转脸对黎义芳说："老黎，你在当地生活了这么久，你了解的情况要比我们多得多，以你的观察，紫微帮在凌云有没有销售网络？就是专门负责出手古董文物的组织，公安部门怀疑，很可能有一批古墓文物已经转移到凌云。"

黎义芳一愣，似乎没有做任何思想准备，一时不知该怎么回答："这个，我不太清楚。"

杨锦慧只吃了一口便放下了筷子，捏个空酒杯在手里，左转一下，右转一下，一副伤感模样。张华看在眼里，默默地点了点头，在心里说道：锦慧，杜泰有你这个朋友真好，你们才是天设一对、地造一双的好鸳鸯啊。这时的杨锦慧，不再说笑打闹了，呆呆地坐着。

何山微感诧异，问道："杨姑娘因何闷闷不乐，是我做的饭菜不太好吃，还是不习惯我们晋南的口味？你说，吃什么，我再去做。"

师太笑了笑说："何师傅，她想的，你这里没有。"

"你，哼，师傅又戏耍徒儿了。"

张华笑着说："锦慧，吃饭吧，要是把你饿瘦了，我可没法向杜泰交代。"

"好你个小张，别以为你是警官，我就不敢揍你，把我惹急了，看我不撕烂你那张嘴才怪。"

"哈哈，"张华浅浅一笑，立即严肃起来，"锦慧，别那样忧愁了好不好？三天后，我还你一个好端端的人出来。"

杨锦慧眼睛一亮，急忙问张华："小张警官，你，见到他了？"

张华点点头："嗯。"

"他，没事儿吧？"

"完好无损。"

"哼，这个死杜泰，臭杜泰，故意不见我是吧？好。"杨锦慧气呼呼地说，小嘴噘得老高。

黎义芳看杨锦慧对杜泰挺关心，一拉张华的衣角，把嘴贴在张华耳朵上小声问道："张警官，这姑娘是谁？我听你们说过，杜泰是有妻子的，这位不会是他的妻子吧？"

张华也把嘴贴在黎义芳的耳朵上低声说："不是，是杜泰妻子的一个朋友。"

黎义芳点点头，意思是说：我明白了。

杨锦慧听说杜泰安然无恙，心里一高兴，顽皮劲又上来了："小张警官，你年龄虽小，可也是大男子汉吧？有什么不能公开说得，耳根咬耳根算个啥？"

张华一笑说："锦慧，我没说你坏话，你可别冤枉好人。"

"徒儿，别闹了，我们说正话。"师太严肃地说。

"师太、何老板，你们是怎么认识的？"

"张警官，说来真有意思，还真是不打不相识啊。"

张华望望师太，师太望望锦慧，意思是说，都是这小妮子惹的祸。杨锦慧瞅了师太一眼，脸一红，低下了头。

"是这样的。"张小凤说："那天……"

第八十四章　误打成交

那天夜里杜泰和张小凤见过面后，便到村西找另一家喜迎春饭店去了，张小凤回来与何山讲："老何，你那个表弟真不是个东西。"

"怎么了？"何山不解地问。

"今下午气得飞上房变成神经病的那个人，刚才来找我了。"

"什么？他，来找你了？没把你怎么样吧？"

何山听说杜泰来找小凤了，吓了一跳，以为杜泰对妻子无礼了。

张小凤说："人家可没对我怎样，那个人看上去不像坏人，他只是对我说明了他的疑惑，因为他明明白白记得，就是在咱这饭店吃得饭。后来，我才忽然想起，你表弟在村西那个喜迎春饭店，修建和装潢时，用的就是咱这图纸，所以外部环境和内部装饰是一模一样的，难怪人家一口咬定是在咱这里吃的饭，也不知道你那表弟做出了什么对不起人家的坏事。"

经小凤一说，何山也才恍然大悟："对啊，我也是忙死了，一时没想起来。小凤，说句不好听的话，我那个表弟我知道，毛病确实不少，要不是亲戚，我才不帮他呢。"

"老何，你那表弟不三不四的，都交了一些什么人？唉，不是我诅咒他，如不收敛一点，迟早会吃大亏。"

"唉，说什么好呢？小凤，那位兄弟，也没说我那表弟对他怎么了？"

"没有，他听我说村西有个和这里一模一样的饭店后，马上就走了，想必去找你表弟了。"

何山一愣，突然神色大变，说："小凤，你收拾饭店，我去看看。"话音刚落，人已跨出店门。

当何山赶到村西他表弟那个饭店时，哪里还有人？早就黑灯瞎火的，店门上了锁，人也不知去向。打表弟胡非的电话，呈关机状态。何山只好悻悻而归，走到离饭店不足两百米时，忽听店里有吵闹之声传出。何山以为是杜泰乘他不在时又潜了回来和小凤过不去，大怒，边大步扑进饭店边狠狠地骂道："杜泰你龟孙，原来也不是什么好鸟。"

待扑进饭店他才发现，和小凤撕扯的不是杜泰，而是一个年轻姑娘，一个老年尼姑正在中间调解："嗨，丫头，别胡闹，有话慢慢说。"

原来，圆觉师太和杨锦慧返回找杜泰但没见着，心里窝了一肚子火。圆觉安慰她说："徒儿，如果庙里那人是杜泰的话，起码证明杜泰相安无事，你应该高兴才对，世间的事都有定数，该见的时候一定会见着，不该见时你生气也没用。你想想，既然咱们目标一致，见到杜施主还不是迟早的事？"

"嗯，师傅，咱们找地方吃点饭吧。"

"也好，徒儿，吃点饭，咱还回来小庙将就一晚，明天到村里看看情况再作打算。"

圆觉师太看了看前后左右，觉得还是佛崖底方向比较近些，于是就顺路来到何山饭店。进得饭店，这里已经没了客人，只有老板娘一人在坐在餐桌旁愣愣出神。

"阿弥陀佛。"

圆觉师太念了声佛号，意在告诉张小凤，有客人了。岂料张小凤正在为何山不成器的表弟得罪了杜泰，惹了一身麻烦事而苦恼，见进来一个尼姑，立即心烦地摆摆手说："没饭没饭，打烊了。"

在师太后面跟着的杨锦慧原本心里就不高兴，窝着一肚子的火，一看张小凤这种蛮不讲理的态度，顿时无名火窜起，眼一瞪说道："你这女人怎么能这样，我们是来吃饭的，你不是卖饭的吗？怎么能对客人这样无理？"

张小凤一看杨锦慧瞪着杏眼儿发怒，猛然从椅子上跳起来，指着杨锦慧喝道："我就无理了，你能怎样？"

"呸！你个臭女人，我要不教训教训你，你还不知道天有多高地有多厚呢。"

火对火无处躲，杨锦慧顺着话音，一步便冲到张小凤跟前，一把拽住张小凤头发，伸出巴掌，就要扇张小凤耳光。

"对不起，施主，对不起。"圆觉师太急忙向张小凤赔礼道歉。

圆觉见事不妙，立即飘身过去，一把拉开锦慧。岂料杨锦慧又从师太的肋间突然穿出来，拽住张小凤的衣领大喝道："你这个泼妇，今天不把你打趴下了，我不姓杨。"

"杨锦慧！"

听到一声低沉却极具威严的怒喝，杨锦慧心头一震，像被点了穴道般定立在那里，一动不动，痴痴地望着师太发呆。

这一声怒喝出自圆觉师太之口。

杨锦慧之所以被这一声喝惊呆，除了师太那不可抵抗的威严之外，还有一个原因，就是师太从来没有直呼过她的姓名，这些天不叫杨锦慧施主，而是喊徒儿，这样直呼杨锦慧，令她很感意外。这一声断喝，出自一位修养极高平时极少动怒的出家人口中，而且还带有明显的愤懑情绪，只有一种解释，圆觉师太无法容忍杨锦慧的无理处闹。

丫头如此不镇定这么暴躁，是武者之大忌。

所以，杨锦慧惊呆了，急忙松开抓着张小凤的手，后退了两步，怔在那里，瞪眼望着圆觉。

一脸的严肃，仍然是那种凛然不可侵犯的威严，师太沉声说道："闹够了没有？"

在师傅威严面前，饶是锦慧顽皮，这回也只得像一只乖乖的小花猫，脖子一缩，钻在张小凤身后，轻轻地摇摇张小凤的胳膊说："大姐，对不起啊。"

"施主，请你原谅小徒的莽撞，实是因为这孩子几天来心里不愉快，心情不好甚至有些心智不清了，万望施主见谅。"

不愧是老江湖，一句话，直击两人心灵。说震撼或许有些夸大，最起码犹如一记响亮的警钟，同时敲在两人的内心深处，唤醒了两人原始的善良本性。

"师傅，我错了。"杨锦慧低着头，抓着前襟搓来揉去。

这一声断喝，使杨锦慧大彻大悟：我已经不是以前的身份了。以前和师太是老少朋友，嬉笑一两句很正常，现在是师徒关系，师徒如母女，成了上下两个不同辈分的人，撒娇可以，但胡闹绝对不行。再说了，出门在外，在人家的地盘上，说话必须慎之又慎，待人必须宽容忍让，如此随意招惹是非，吃亏的只能是自己。这，就是江湖之道。

要说杨锦慧是个富有正义感、心地善良的女孩的话，那么张小凤则除了善良的本质外，性格外向、心直口快更是其特有的个性。和杨锦慧一样，只是被气恼蒙蔽了心智，经师太这么一喝，张小凤同样如醍醐灌顶，茅塞顿开：是啊，咱这里是饭店，饭店是卖饭的，怎么能用这样的态度对客人？错，错，错！

想到此处，张小凤脸刷地就红了，十分不好意思地对圆觉师太说："对不住了师太，刚才，我失礼了，我这个人啊，嗨，真是。"

又偏回脸来，抓住杨锦慧的小手说："妹妹，原谅姐姐鲁莽，刚才是姐姐不对，姐姐给你赔不是了。"

"姐姐，不怪你，是我没有控制好自己的情绪，才对姐姐无礼了，还请姐姐宽宏大量为盼。"

师太一旁看了，感觉眼前这个女施主一脸善相，不像坏人，见俩人互相道了歉，赔了不是，一场骤起风云顷刻消散，心里甚是欣慰，面带笑容，手捻佛珠说道："阿弥陀佛，能有自知之明，化干戈为玉帛，莫大善然。"

张小凤抬头一看何山傻傻地站在门口看热闹，气呼呼地冲过去，一把揪住何山的耳朵，狠狠地说道："何山，都怨你，都是你那混蛋表弟惹的祸。你看不见师太和姑娘还没吃饭饿着肚子？还不赶快去做饭在这里发什么呆？欠揍是不是？"

何山摸了摸被揪疼的耳朵，咕咕喃喃说道："有话不能好好说？动不动就揪人家耳朵，不在你头上长着，你不疼是吧？"

"你还说，还嫌揪得不够是吧？"张小凤说着，伸手去揪何山另一只耳朵，吓得何山脖子一缩，急忙钻进厨房做饭去了。

俩人有趣的嬉闹，逗笑了圆觉师太和杨锦慧。

就如同何山说的，不打不成交，这么一闹，竟成了朋友。这两天，圆觉师太和锦慧将饭店暂作为据点，白天出去办事，晚上回来店里休息。

"这就是缘分，先是杜泰大闹喜迎春，而后又有杨锦慧这出戏，好玩，哈哈。"一向不爱开玩笑的张华，这回也觉得有趣。不过，开过玩笑后，张华马上严肃起来，一本正经地说："师太，这些天辛苦你了。何老板夫妇也不是外人，我看咱们以后的碰面，就在这里了。"

"何老板，以后少不了麻烦你们，谢过大哥大嫂了。"

"还说什么谢？应该的，对了，前些天来我们店里的那个后生，听口音和你们一样，是老乡吧？"

"是的。"张华说，"一再给你们添麻烦，实在不好意思。"

何山哈哈一笑说："没有没有，那后生是个好人，我看人不会走眼。只是不知这位兄弟哪去了，有个重要情况想告诉他，帮他解开一个谜。唉，当初，要是能把他留下就好了。"

笑了一笑，张华说道："何老板，你说得那个后生之所以情绪反常，皆起因于他的不幸遭遇，只要你们能谅解就好，也不必内疚，你们素不相识，帮他是人情，不帮是本分，你们并没有欠他什么。"

"张警官，当初那位杜兄来我这里，说是在我这里吃过饭，表现得非常焦急，我们估摸，可能是他有什么难言之隐吧？他说得并没错，因为在西边，同样有个和我这里外形一模一样的饭店，是我的一个表弟开的，当初和我这里设计成一模一样，他说是为了增加食客们的兴趣，都怨我太大意了。想不到，这孩子他竟然，唉！"

第八十五章　初探虎穴

听何老板话里有话，张华眼睛一亮，似乎从何老板的言语中，隐隐约约感觉到村西那个喜迎春不是个简单的饭店，联系到杜泰被陷害，张华觉得那个饭店一定大有文章，会不会那里就是紫微帮的一个联络点？张华决定连夜去暗察一下，看能不能发现一点蛛丝马迹。

"张警官，你知道我为什么在何山饭店一言不发？"

走出饭店后，黎义芳低声对张华说："他那个表弟是个混混，据说，村西那家饭店名义上是他表弟胡非开的，实际上投资者另有其人，这个人叫马炎。胡非并没有给何山讲实话，只给何山说马炎是他的一个合伙人，联想到你们所说的紫微帮在凌云有活动，难道就在那个饭店？"

"是啊老黎，"张华说，"你分析的有一定道理，不过，村西喜迎春是不是紫微帮的活动地点，现在下结论为时尚早，我们先去做一个简单了解，如感觉那地方真有问题的话，我们再另做打算。"

"好，"黎义芳点点头说，"还是你们专业警官想得周到，我听你的。"

说话之间，他们来到村西喜迎春饭店的门前。张华抬头观察了一下饭店的外部环境，虽在夜间，但一眼就能看出与何山饭店几乎一模一样，难辨真假。张华倒吸了一口气，暗自叹息道：不要说杜泰被迷惑了，就是我第一次来，也非被其相同的外景迷惑不可。

这家饭店看来生意不错。都晚上九点多了，饭店内仍然灯火辉煌，人声嘈杂，猜拳喝令之声不绝于耳。

"哟，二位里边请。"

见到有客人进来，一个妖冶的女子立刻从吧台后款款走出来，满脸堆笑："二位请坐，想吃点什么？"

黎义芳瞅了瞅张华，张华嘴上说着"随便，先上壶茶水，茉莉花的就行"，眼睛却在不住地扫视着这个摆放有六套餐桌的餐厅。

六套餐桌中，三套空着，两套有客。一桌上坐有六七个年轻人，看样子，最大的不过二十四五岁，最小的只有十七八岁模样，他们大都赤裸着上身，喝得脸红脖子粗，汗流浃背。桌子底下，堆放着一大堆的空啤酒瓶。另一张桌子上，则挤着十一二个人，有男有女，有老有少，像是为老人做寿的，因为张华看到，在墙角处有一张桌工作台，工作台上端放着一个精制的蛋糕。再一桌，就是他和黎义芳了。就目前在座的人而言，好像没有什么可疑之处。

一男服务员将沏好的茶水端上来，放到张华面前说："请慢用，两位先生用点什么？"服务员将手里的木质平板纸夹端平了，准备记录。

"哟，哟哟，"黎义芳突然手捂着肚子说"张警官，我得上厕所跑一趟，好像泻肚了。"

边说，边向店外奔去。因为厕所在店外。

张华摸摸肚子，刚吃过饭，吃啥？不吃，来饭店干什么？势必会引起老板娘的怀疑。假如这里真有问题的话，那这个男生和老板娘也不是普通人，没有两下子，不会在黑道上混。想到这里，张华问服务员说："你们这里都有些什么特色菜？"

"清蒸王八、干烧竹鳊鱼、小鸡炖蘑菇，还有。"

"行了，就来个干烧竹鳊鱼和小鸡炖蘑菇吧。"

"好哩。"服务员向吧台高喊一声："干烧竹鳊鱼、小鸡炖蘑菇，快做快上喽。先生，喝点什么酒水？"

"先来两瓶啤酒吧。"

"好哩先生，你先喝茶，很快上来。"

"等一下。"

服务员刚走出一步，听到张华叫，马上回过身来问："先生，还有何吩咐？"

"你们老板在吗？"

"老板？我们老板……"

服务员还没把话说完，吧台后边的妖冶女子立即答话说："在，请问先生找我家老板有啥事？"

"有桩生意想和你们老板面谈。"张华神秘兮兮地说。

"嗯，好吧，我喊他去。"说着，屁股一扭，进里屋去了。

刚进门时，张华还在考虑，见到此处老板，该说些什么？一听服务员说他们这里有道名菜"清蒸王八"，忽然灵机一动，计上心来，我何不就以王八为话题，和他瞎唠胡扯上一阵？反正咱有话说就行。

少顷，门帘一掀，走出一个人来，向张华拱拱手说："先生，听内人说，你找我？"

来人说着，坐到张华对面。张华打量了一下来人，四十来岁，不胖不瘦，个子在一米七四左右，剑眉，大眼，五官端正，白面无须，一表人才。这是店老板？我怎么看像个当领导的，既然人家自己承认是老板，那大概不会错了。连看带想，写来较繁，但实际上时间很短。

张华也拱了拱手说："老板贵姓？"

"不敢，免贵，鄙人姓马，单名一个炎字。"

"噢，马老板，久仰大名，如雷贯耳。"

这当然是逢场作戏而已，连姓名都不知道，还谈得上什么"久仰大名如雷贯耳"？马老板也是久走江湖的，自然不会认真理会这样的话有无破绽，微微一笑说："兄弟谦恭了，敬谢！听说，先生有事和我谈？"

"是的老板。我有个朋友经营有数十亩水塘，主要养殖老鳖，虽然不是野生，但基本上是按野生条件喂养的，不仅味道鲜美，且营养价值极高。我听说贵店王八消费量还可以，特意来向你推荐，不知老板所用的王八，供货渠道是哪里？"

"嗨，还谈上有什么进货渠道？"马老板眼睛瞅了瞅养在鱼缸里的两只懒洋洋的王八，摇了摇头说："这道菜推出时间不长，食客不是很多，用量不是很大，一天也就卖出那么三五只。所以现在就是到市场上临时挑选几只养起来供食客选用。"

"噢，是这样啊。不过马老板，市场上的老鳖来路较繁杂，有野生的，也有人工饲养的，品种繁杂，个头大小不一，关键是市场价格太高。我朋友的老鳖是山西省水产养殖研究所的最新研究成果，品质优良，绝对上乘，特别是对稳定的客户，优惠高达百分之二十以上。这样计算下来，每消费一只鳖，成本至少也可降低五十元左右，每天按六只计算，那也是三百元呢，要是能卖出十只，就是五百。这一年下来，效益还是可观的，你说是吧老板？"

马炎微笑着点点头说："先生看来是个做生意的，我们正在宣传运作这道特色菜，如果消费量上去的话，先生的建议还是值得考虑。不过就目前的情况看，前景并不乐观。来，先生，抽支烟吧。"

"谢谢老板，不客气，我不会抽烟。"马老板掏出一盒精制的香烟，抽出一支递给张华。张华摇手谢绝了。张华真的不会吸烟，这倒不是他过谦。他不吸烟，所以对香烟的了解也很有限，他虽不知道马老板抽的是什么牌子的，但从外包装精致程度来看，这种香烟一定上了档次。

"噢，好，那我就不客气了。"马老板自个点了。

"这倒是，"张华说，"不过也没多大关系，我那朋友养殖的老鳖销路也还不错。他主要是想对市场消费情况做个粗略调查，如果有前景的话，计划扩大养殖规模。"

说话间，服务员将酒菜端了上来说："先生，你们的菜齐了，请慢用。"

"哎？就你一位？还该有一位吧？我里面还有朋友，那你趁热快吃罢，休给凉了。"

看马炎有走开离去的意思，张华赶忙说："马老板，没关系。"向门外看了看，张华接着说："我这朋友什么都好，就是肚子不好，老是泻肚。这不？又上厕所了。马老板，我这朋友是个古董收藏爱好者，最近手头有点货，总想找个识货的倒手卖了，马老板对古董感兴趣不？"

马炎一听古董二字，眼睛里异光一闪，但很快隐去，笑了笑，摇摇头说："先生，我对古董外行，没摆弄过那些东西。再说了，我财力有限，即使有心去做，也力不从心啊，呵呵。"

说着，马炎站起身来，向张华拱拱手说："先生慢用，我先去了。"

看着消失在门帘里边的马炎，张华微笑了一下。

警察的眼力是最锐利的，任何一个小的动作，甚至一个眼神，都能从中看出端倪来。刚才马炎虽说他不谙古董，且对古董外行，没兴趣，但他眼睛里闪过的那道异光告诉张华，这个人，对古董文物不是没有兴趣，只是深藏不露罢了。

又过十几分钟后，黎义芳才捂着肚子进来，边走边说："哎哟，真难受死了，走出厕所还没三步，就又下紧，如此鼓捣折腾了我三次，我的妈呀，太厉害了。"

坐下一看这两个菜他都喜欢，伸出舌头舔了一下嘴唇说："啧啧，真香，可惜吃不进去了。"

"老黎，既然酒菜上来了，就随便吃点吧，要不，就浪费了不是？"说着，夹了一块小鸡肉放进嘴里尝了尝，点点头说："嗯，还行。老黎，吃，你也吃。"

黎义芳也夹了一小块放进嘴里，品了品说："嗯，味道不错。"

张华发现，这个马炎的身材、面容、神态和黎义芳有些相仿，他不由得多看了黎义芳几眼："老黎，你应该对这个地方比较熟悉吧？"

黎义芳怔了一下，他一时没听懂张华因何会问他这样的话？他明知道我曾经在佛崖底寻亲，怎还要问？但张警官既然问了，咱总得回答呀。于是便说："是啊，好歹也在佛崖底待了二十多天，为了寻找亲生父母，我在这个村挨门上户去问，几乎把所有的人家都走遍了，经常在这个小饭店吃饭，店老板叫马炎。"

"这家饭店的老板你熟悉吧？"

黎义芳摇摇头说："不熟悉，就是吃了几次饭，见过面，知道他叫马炎。"

张华呵呵笑了一声说："天下竟有相貌如此相近的人。"

黎义芳一怔，问道："张警官，你说什么？"

张华看着黎义芳的眼睛，微笑着说："这个马老板的个头、神态、面容，都有点像你。"

"不会吧？"黎义芳心里一憷，随即笑了笑说："张警官说笑了。"

第八十六章　显露马脚

喜迎春饭店老板何山家。

圆觉师太等人都还没睡，边喝茶、边聊天，在等着张华。

"师太，你们怎么还没休息？"

见张华他们回来了，何山夫妇随即起身说道："张警官，我这个小楼挺宽敞，楼上全是客房，师太师徒一室，你和老黎每人一个单间，你们洗洗早点休息，我们先睡了，早饭还在饭店。"

"好的，你们劳累了一天，早点休息吧。老黎、锦慧，你们也睡去吧，我和师太再唠叨几句。"

"好吧。师傅，你也早点睡啊，你年纪大了，熬不住年轻人的。"杨锦慧说着，朝张华扮了个鬼脸。

"哈哈，小丫头，天生长不大。"圆觉师笑了。

客厅里只剩下他们俩人，张华将通往楼上的门关了，低声说道："师太，张浩石和瘦猴，我们可以暂时放弃，最危险的人物，很可能就在我们身边。"

圆觉师太略显诧异之色："不错，刚才我和肖局联系过了。"

"好，"张华看了楼上一眼，声音低得只能他俩人听到，"肖局真是神机妙算，果真验证了他的猜测。"

"张警官，我看这位义芳施主是个不简单的人物。是友，当是得力助手；如敌，则此人十分可怕。我所担心的，还是杜泰。"

"没事师太，"张华稍停了一下又说，"杜泰虽然过于忠厚老实，但警觉性还是有的，能够随机应变。上次栽在假何山和吕一蓝手里，主要是他有些大意了，我想他绝不会二次上当。虽然我们都面临危险，但不入虎穴，焉得虎子？只要保持高度的警惕，应该没事。杜泰的手机是李玉昌给他买的，这个人与黎义芳关系非同一般，我们对他一点都不了解，为安全起见，我明天再去买一部手机给杜泰。"

"杜泰的情况，不能让锦慧知道，要不，这丫头指不定又生出什么麻烦来。"

"也好，反正不用几天，她就能见到杜泰了。还有，杜泰老婆出走的事，同样需要保密。所幸，还有锦慧，也算不幸中之大幸了。这个杜泰，还真交上了桃花运。"

"小张，那我们下一步怎行动？"

"师太，据我分析，村西那个喜迎春饭店可能就是紫微帮的活动场所，张浩石、瘦猴、吕一蓝、假何山、假黎义芳，派出这么多人，紫微帮这回是下大血本了。"

"如果这个人是假的黎义芳，那么真的黎义芳会在哪里？"

"是啊师太，还真是个谜，情况很复杂。"张华忽然提高了音度："好了师太，有话我们明天再说，我有点累了，你这几天来回奔波，今晚要好好睡一觉。"

"好，张警官，晚安。我还得做一会儿功课，你先睡吧。"

张华望了一眼盘膝端坐嘴里念念有词的圆觉，叹息了一声说："红尘有烦恼，出了家也不见得就清静多少。"

东阳市蔡家集镇大峪沟村路边，悦来饭店。

蔡荣秋离家较近，又为女儿的病揪心，就回家睡觉去了。饭店里，只剩下李玉昌和杜泰两人。李玉昌的寝室比较宽敞，一张二米见方的大床，放两个大汉都显得宽宽松松。

耳听墙上的挂钟敲了十一下，李玉昌说："兄弟不早了，睡吧。"

然而躺在床上，杜泰翻来倒去难以入眠，六七天以来所经历的许多事情，像走马灯一样在脑海中浮现。这六七天，杜泰就好像过去了一年，特别是遭受到他从未遭受过的一系列变故，似乎一下使杜泰成熟了许多。直到现在，他才感到世事难料，江湖险恶。他觉得自己的思绪杂乱无章，黎义芳找到了，孙子貌呢？怎么还不见一点动静？见不到孙子貌，自己来凌云走这趟还有什么意义？

想到黎义芳，杜泰立即又产生出那种莫名其妙的感觉。总感觉现在的黎义芳和二十年前的黎义芳差别太大了。难道，这是岁月洗尽韶华后的苍白，抑或是异地而居后心灵上的变迁？

"不对，这里面有问题，尽管一时说不清，道不明。"

杜泰又想到那个水泡眼红头鼻的假何山和吕一蓝：差点死在那个假何山和吕一蓝手里。咱再傻，也不能再吃二次亏了。不行，黎义芳的情况还是有点模糊，既然孙子貌要来找他，那他岂不是？黎义芳为什么突然就回了刈陵？他回刈陵，会与古墓文物有关吗？他怎么又和公安部门扯上了关系？他到底是正，还是邪？是真，还是假？

乱，太乱了，乱得像一团麻。

"李哥，睡着了吗？"

"没有。"李玉昌翻了个身，将脸扭到杜泰这边："兄弟，想什么呢？还不睡。"

杜泰仰躺着，侧过头望着透着明月光的窗户，微风轻拂，柳枝摇曳，映在玻璃上的影像，在魔幻般地不断变化着。杜泰正想问话，李玉昌却抢在了他的前面："兄弟，我知道你在想什么，我也在想。"

李玉昌闭上眼，似乎是在回忆过去："兄弟，我知道你在想义芳的事。我和义芳也算是深交，从来没有异样的感觉，可不知怎了，近半个多月来总感觉他有点怪怪的，与以前的黎义芳判若两人。人明显消瘦，眼窝有些塌陷，皮肤也不大正常了，有时发黄，有时候又显得灰白。特别是，以前的黎义芳是个特别活泼开朗的一个人，讲话风趣幽默，走到那里都能听到他的笑声，可现在，也不再那么幽默了，话也少了，笑容更是不多见了。更让我感到惊奇的是，他说外出办事，怎就去了刈陵？而且还带个警察一同返回，这个义芳现在，好像总那么神神秘秘。"

"李哥，难道，一个人的畸形欲望，能彻底改变一个人的性格和本质？这与我印象中的义芳哥，确实有点出入。我总觉得，现在的黎义芳，不是二十年前那个黎义芳了。也对，我差点忘了，他确实也不是黎义芳了，已经变成申有成。"

"兄弟，你怎么会有这种看法？"

没有正面回答。停了几分钟，杜泰突然问李玉昌："你知道刈陵县商周黎侯古墓被盗的事吗？"

李玉昌摇摇头说："不知道，什么是黎侯古墓？"

"就是商汤时期古黎国最后一任国君黎恭的坟墓，很有名的。"

"那一定是个旅游景区了？有机会我去看看。"

"好，等这边的事情完了，我带李哥回我们刈陵看看。"

又隔了十多分钟，李玉昌突然坐了起来，怔怔地望着杜泰。杜泰被吓了一跳："李哥，怎么了？"

"没什么。睡吧。"啪一声，李玉昌直挺挺地倒在床上。还没等杜泰闭上眼睛，李玉昌突然又一个鲤鱼打挺跳起来，脸上略显惶恐，急促地说道："兄弟，不对。"

杜泰又吃了一惊，望着像着了魔一般的李玉昌说："李哥，这回轮到你疯了？什么不对？"

"咱这个黎义芳大哥不对。快，兄弟，起床，咱不睡了，趁黎义芳不在，咱到他家一趟，和嫂子证实一下。"

看了看表，时间十点半多，夏天天热，人们睡得较迟，这个时候黎嫂应该还没有睡，到达市里也就十一点半左右。杜泰一想，对，这样也好，这个黎义芳是真是假，嫂子总比咱清楚。

从蔡家集到凌云市大约四十公里。由于心里焦急，李玉昌车开得飞快，四十多分钟便赶到市里，为了不惊扰邻居，李玉昌将车停在离黎义芳住处两百米以外，下车步行。

李玉昌边走，边拨打了黎嫂家的座机。

黎嫂将俩人让进客厅，从冰箱里拿了两瓶冰镇饮料说："玉昌，你们喝点吧，这位是……"

黎嫂看上去要比黎义芳年轻许多，粗略估计，年龄也就三十多岁。杜泰赶忙站起自我介绍说："我叫杜泰，晋东市刈陵县黎家庄村的，和义芳是好朋友。"

"快坐，快坐下，"黎嫂水灵灵的大眼睛审视着他说，"你就是杜泰兄弟？义芳经常提起老家，提到你的时候特别多，说你怎么好、怎么好。俩兄弟深夜来家里，想必有啥重要事情吧？"

"嫂子。"李玉昌话到嘴边，又觉得难以启齿，但为了澄清事实，总得说啊，迟疑了一分多钟的时间，李玉昌终于向黎嫂说出了他心中的疑问。最后说："嫂子，我们，我们感觉黎哥和以前不大一样了，嫂子你别多心，我们只是怀疑，不知你有这种感觉没有？"

杜泰点了点头，表示赞同玉昌说的话。

黎嫂先是愣了一下，她真没想到玉昌会提出的问题来。深思了一会，突然扬起脸来分别望了玉昌和杜泰一眼说："你们要不提，我还只是感觉别扭，但没有多想，经你们一说，还真觉得义芳这半个多月以来，说话、吃饱、睡觉，都与先前不大一样，特别是……"

说到此处，黎嫂脸唰地红了，不好意思再说下去。

玉昌理解，但他想听的正是这个，因为这个情况最有说服力。于是，便对黎嫂说："嫂子，我知道你羞于启齿，但为了义芳哥，你必须和我们讲实话，我们才能做出正确的判断。"

黎嫂一听，心想，玉昌兄弟说得对。少顷，等心情放松之后，才低着头说："兄弟，咱们都是过来人，那我就说了。半个多月来，义芳只回来一次家。那晚，那晚，咳，那晚办事，从开始到结束，他与从前大不一样。尤其是叫床声，以前是啊哟啊哟地喊叫，那次却是小声哼哼，就好像怕别人听见似的。"

李玉昌和杜泰对视一眼，像是有所明白。

略一思忖，李玉昌突然猛地站起身来，脸色大变，急促地说道："嫂子，快，叫醒孩子，我送你们母女到一个安全的地方，这里危险。"

黎嫂吃惊地问道："兄弟，怎么了？"

"这个黎义芳，是假冒的。"

第八十七章 二上岐山

杜泰马上把验证假黎义芳的消息电告张华。

张华心里有数，用信息告诉杜泰：老杜，你告诉李、蔡二位，一定不要惊慌，要像平常那样和黎义芳交往，不能让他看出破绽。黎义芳现在还有用，暂时还不能捅破这层窗户纸。

然后，张华又以信息形式，将这个消息报告给肖刚：肖局，经过验证，正如你猜测的那样，这个黎义芳，是假的。

肖刚：好，这样我们就好办了。小张，你一方面和假黎义芳周旋，另一方面，要想办法找到真的黎义芳，他身上有我们需要了解的秘密。

张华：好，张华明白。

本来就没有睡意的肖刚，接到张华的报告后大脑更清醒，一丝睡意都没了，干脆穿衣下床，抽一支烟点了，走到客厅。肖刚望着窗外漆黑的夜空和明亮的灯光，大脑开始高速运转，他需要对这几天比较杂乱的情况梳理一番，理出个头绪来。

"太不可思议了，"肖刚自说自话地说，"我没有料到，这个古墓血案竟如此复杂，复杂到几乎超出了我的承受能力。"黎义芳，他是本案中一个关键人物，只要把他的事解决了，案件也就明了一大半，可现在的黎义芳是个假的，那真的黎义芳哪里去了？这只能有两种情况，其一，囚禁在某个地方；其二，已经被害。当然，他不希望是第二种情况，他需要尽快找到真的黎义芳。他隐约感觉到，在黎义芳身上隐藏的那些秘密，似乎距我们很近，又好像离我们很远。还有就是杜泰的身世，同样也是个谜。杜泰应该就是黎娇娇被人奸污后生下的那个孩子。不行，明天无论如何得再上杨岐山一趟，从师太口中了解清楚当年黎娇娇被奸污并被师太救上山以及后来到底发生了些什么，他需要搞清事情真相。

正在深思之中，手机响了，是信息提示音，张华发来的。

张华：肖局，我睡不着，说话不便，只能发信息了。肖局，有些情况还需要和你商讨。这边的情况比咱们预计的要复杂，那个喜迎春饭店有可能是紫微帮的活动地点，到目前我还没有发现紫微帮在凌云这边的活动迹象。至于杜泰身边的这些人，谁是好人谁是坏人，我还在筛选排查，一两天后应该能见到结果。

肖刚：黎义芳的情况怎样？

张华：目前尚属正常。不过我觉得，喜迎春饭店老板何山的表弟胡非有重大嫌疑，现在我们就住在何山家里，他表弟自陷害杜泰后，与假何山和那个叫吕一蓝的一同失踪不知去向，我怀疑是躲起来了。

肖刚：小张，寻找真黎义芳下落的任务交给杜泰，你和圆觉师太集中精力侦察紫微帮成员在凌云的活动情况，我们时间有限，最好在五天之内解决问题，我明天再上一次杨岐山。

张华：对了，肖局，你一提杨岐山我到想起一件事，我留心观察了，慧能师太不是说过，黎娇娇生下的那个孩子送给一家姓杜的吗？杜泰的面相倒是酷似一个人。

肖刚：谁？

张华：我们那位老乡领导。

肖刚：嗯，这个情况很重要，杜泰和咱们那位上司有无关联，有必要仔细调查一下，那边事情完结后，我们找个合适时间，创造个条件让他们见一下面，来个当面对比，最好做个DNA鉴定，如果真的如此，强奸黎娇娇的凶手就浮出水面了。还有什么情况吗？

张华：肖局，没有了，再有新发现我会及时向你报告。

肖刚：好。还是那句话，如果需要当地警方介入，我给你协调。

张华：暂时还不用，等把情况吃透了再说。

肖刚：注意安全，保重好自己，我们明天就上杨岐山一趟。早点休息吧，再见。

次日，天气晴朗，阳光明媚。

一大早，肖刚、葛俊中、马如斌和单如燕便驱车直奔杨岐山，到达菩萨庵时还不到七点。看天色尚早，他们没有急于进庵，即使进了也没用，因为尼姑们正忙着做早课念经呢。

肖刚移步崖边，目视前方在晨雾中若隐若现层层叠叠的山峦，赞叹道："好山好景，风光无限杨岐山。"

"这么绝美的风光，我们却没时间消受。"

"是啊，我们不是为观景而来，景色虽好，却与我等无缘。等古墓血案侦破工作结束了，咱们专门组织干警们来杨岐山好好欣赏一下这大自然的杰作，这也是很好的爱国主义教育啊。说起黎娇娇，唉，谁都有坎坷，唯她独特殊，可怜一朵被过早摧折的女人花，但愿今次黎娇娇能开口说话。"

肖刚希望能尽快见到这个苦命的女人，三十多年前的那个月黑风高的晚上，那个冷冰石碾盘上上演的那幕惨剧，始终在肖刚的大脑中萦绕而挥之不去。当初，她是怀着孩子走的，时隔三十年了，从来没有人知道这孩子的去向，而最明白此事的，一个是黎娇娇，另一个就是慧能师太了。

庵内木鱼声声，诵经之声朗朗，伴随着悠扬的佛音，时而高亢，时而低沉，众人不觉被这音乐般诵经之声所陶醉，油然产生出一种被梵音所洗涤所升华的感觉。

肖刚觉得，黎娇娇上次表现出绝口不谈当年事的姿态，从她嘴里没有得到一句话，那天晚上那个惊魂一刻，黎娇娇绝对不会淡忘，抑或，她的心早日被那场暴行击得粉碎，留在她心灵深处的创伤就是穷一生之力也无法抚平，她的心，应该死了。现在，看上去她表面没有一点痛苦，是几十年的打坐念经心灵得已净化，达到心无杂念的境界？还是深深地将不堪回首的当年掩埋在心田深处，将痛苦捂盖得严严实实？

即使再次来到菩萨庵，也未必能从她口里套出一句话来。要是这样的话，直接找慧能师太去了解岂不方便？

正在思忖间，忽见一小尼从大殿里出来，肖刚认出就是上次为他们奉上茶水的小尼清风，立即将她喊住："小师傅，借一步说话。"

小尼清风抬头一看，大眼睛机灵地眨了几下，说："肖局长，找我们主持的吧？师太正在做课，请随小尼先到主持禅房用茶。"

肖刚笑了笑说："好的，走吧。"

大约半个时辰后，慧能师太做完早课。

"阿弥陀佛，不知施主大驾光临，有失远迎。"进得禅房，慧能师太向肖刚他们行了佛礼。

"师太谦虚了，肖刚又来给你添麻烦了。"

"肖施主，你来找贫尼一定有要事。而且，我也知道你们想了解什么。不过，我曾经在佛祖面前发过誓，一定要为玄静保守这个秘密。肖施主，你们就不用再问了，她够可怜了，她伤不起啊。"

"师太，我们也不想硬去揭娇娇心上那块伤疤，可你知道的，古墓血案不仅仅是国家文物失盗的问题，还连带了一系列的命案，我们需要挖出幕后真凶。有些事只有找娇娇了解清楚了，我们才能制定正确的行动方案，这对侦破古墓血案具有重大影响啊。"

"这个我知道，可我们出家人已脱离红尘，心如止水，不再过问浮尘世事，唯有黄绢青灯，清茶素食，从此再没纷争。我身为主持，怎么能自己打破自己许下的诺言？肖施主，还请理解为盼。"

肖刚微微笑了笑说："师太差矣。出家人脱离红尘不问世事，然而为何还要倡导积德行善，珍惜生命？绝不能等人死了，你们才去超度亡魂，应该提前让恶人放下屠刀，立地成佛，通过感化他们，少增伤悲，少造亡灵。佛曰：我不下地狱谁下地狱？为了天下苍生免遭恶人涂炭，作为主持的师太，应该为大局着想，为天下苍生着想，荡涤污泥浊水，净化人间，出家人更是义不容辞。"

"阿弥陀佛，善哉，善哉，肖施主的话不错，但寺院乃清静之地，怎能无端惹来烦恼？冤冤相报何时了，得饶人处且饶人。"

见师太的说话语气稍有改变，肖刚趁势而上："师太，照你所说，对一般的人还说得过去，但你想想，对那些残害人类的恶徒们，管用吗？这不是冤冤相报的问题，是要挖出真凶，除恶务尽，唯如此才能确保天下太平，黎民百姓才能安居乐业。像强暴黎娇娇，手里有数条命案的大恶人来说，怎么能轻易饶恕？"

师太点点头说："肖施主说得有道理，只是……"

"师太，我知道你疼爱你的徒儿，她太可怜了，我们和你一样，十分同情这个苦命女子。但是爱抚，不只是在精神上给她抹去伤痛，更重要的是将残害她的大恶人抓捕到案，依法严惩，替她彻底除去胸中这口恶气，她的心里才能真正平坦舒展开来。师太，黎侯古墓被盗，已经有八人死亡，五人是犯罪团伙的罪有应得，但另外三人却是无辜的。可怕的是，这个作恶多端的大恶人仍在逍遥法外，不知还会有多少人受其荼毒。目前真凶隐于暗处，我们必须寻求到更多的有力证据，才能将其揪出并依法惩治。师太，我给你明说了吧，我们怀疑，这次杀死人命、盗走国宝的幕后真凶，极有可能就是当年强暴黎娇娇致使她怀孕的那个人。目前，我们只有找到黎娇娇当年所生的孩子，通过科学测定，来验证那个人是谁。这个人十分凶险，只要他在社会上多待一天，刘陵人民就不会平安。师太，你忍心更多的人惨死在那个恶魔手里？你不觉得，不向我们提供真实情况，就等于在庇护这个杀人恶魔吗？这样说来，师太是在行善，还是在助纣为虐？"

一席话，有如醍醐灌顶，令慧能师太茅塞顿开。

第八十八章　意外惊喜

肖刚一席话，深深打动了慧能师太。

慧能师太站起身来，向肖刚躬身施了一礼说："肖施主所言极是，如此说来，我可以打破这个禁忌了。不过，这件事一旦公开之后，玄清会怎样？后果真的无法预料。"

肖刚说："师太，为了国家和人民利益，为了刈陵的社会安定，我们只能忍痛割爱了。对娇娇的抚慰，就拜托师太了。"

慧能师太沉吟半晌，忽然眉毛一扬说道："肖施主，玄静当年生下的那个孩子，是我亲手处理的，送给黎家庄村一户姓杜的人家。"

"姓杜的人家？难道是，杜泰？"葛俊中、马如斌和单如燕同声惊呼道。

"不错，正是这个名叫杜泰的孩子。至于他的父亲是谁，肖施主，想必你已经知道了。阿弥陀佛，老尼只能言尽于此，还请肖施主原谅。"

肖刚点点头说："这就对了，我估计的也差不离。师太，十分感谢你对公安部门的帮助，谢谢。打扰师太清修了，我们还有要事，就此别过，再见。"

当肖刚他们走出菩萨庵门口时，师太突然趋步上前，在肖刚的耳边悄悄说："肖局长，注意你们那个段副县长。"听了师太的话，肖刚精神为之一振，眼睛顿时一亮道："谢谢师太。"

"唉，父子相残，人间之一大悲哀啊。"

望着肖刚的背影，慧能师太长叹了一声。

下得杨岐山，一路风光无限自不必说，但肖刚心事重重，根本无心浏览。回到县城后，肖刚没进局里，而是直奔县委常委、县委副书记兼政法委书记梁剑雄的办公室。

"太好了，真是山重水尽疑无路，柳暗花明又一村啊，我们基本上可以确定谁是紫微帮的当家大哥了。"

听了肖刚的汇报，梁剑雄心下大悦，掏出香烟递给肖刚一支，自己掏出一支噙到嘴里，笑着对肖刚说："老肖啊，需要县里配合你们做些什么？眼看，咱们快要收网了。"

肖刚接过香烟，掏出打火机先给梁剑雄点上。

深深地吸了一口，长长地吐出一团烟雾。肖刚被自己吐出的烟雾辣了眼，把眼睛迷缝了，用手驱赶了几下烟雾才说："梁书记，除了经费保障外，需要当地政府大力配合。据调查，紫微帮和野兽派分别在两个乡镇，咱们局里人手有限，必要时，还得请当地政府配合。"

"没问题。"梁剑雄拍拍胸脯说："这个我能保证。不要说两个乡镇，需要的话，全县所有的社会力量都可以利用，这样的话，就真正变成人民战争的汪洋大海了。"

"好，那我们破获这俩犯罪团伙的把握性就更高了。"

梁剑雄忽然又想到了凌云那边，于是问肖刚："老肖啊，凌云那边怎么样了？眼看距离全球黎氏寻根祭祖盛大活动日期越来越近了，我们得抓紧破案，必须保证让全球黎氏宗亲在寻根祭祖盛典上，能一睹老祖宗随葬文物的风采，更让他们看到那些铁一般的身份证明。"

"说得好梁书记，就目前的进展情况看，如期破案问题不大。我想，先把外围清理干净了，再清理身边的。只是我们在别人地域上办案，总是有一些不便，凌云那边需要县里出面和当地协调一下，请求当地警方支持与配合。"

"行，这个好说。什么时间需要出面，提前通知我。"

"好。梁书记，段县长那边，我还用汇报吗？"

"不用，在适当时候，我给他转达一下即可。"

俩人正谈话间，葛俊中打来电话："肖局，负责监听孙子貌家的刑警报告，监听突然中断了。"

"好，知道了，我马上回局里。"

"什么情况？"梁剑雄问道。

"监听王碧蕴那边的信号，中断了，没多大关系。我回去看一下，你忙吧梁书记，有新情况后，我会在第一时间向你汇报。"

回到局里，肖刚马上叫葛俊中到他办公室来。

"肖局，王碧蕴那边的信号断了。"

"没关系，对王碧蕴的监听已经没有实质性的意义了，监听中断，无形中告诉我们一个重大消息，孙子貌回家了。"

"你怎么判断出来的？肖局。"

"你想，咱们的监听，能瞒得过一个侦察兵吗？弄不好，他连电话机都摔了。"

"那我们该怎么行动？抓？还是。"

"你以为孙子貌在家里等着你去抓？"肖刚微笑着说。

"肖局的意思，是说他已经离开了？"

"对，他不会那么傻。对了，李亦昌父亲被杀那个案子，查得怎么样了？"

"我到档案馆查阅了"文革"时期黎家庄村的那起枪杀案，里面有一条信息非常重要。"

"噢？说来听听。"

"你知道黎家庄村那个老赖曾建考吧？"

"就是那个曾经想欺辱黎秀芳而未得逞的那个曾建考？他不是在"文革"后期失踪了吗？"

"不错。"葛俊中又掏出他那个铜打火机，一边把玩，一边说："所以三十六年来，李亦昌没有一天不在寻找曾建考以报杀父之仇，但始终未能找到他。因为李亦昌怀疑，他爹的死，一定与曾建考有关，明确说，他怀疑曾建考杀了他爹，而曾建考的所谓失踪可能是假的，一定是为了躲避李亦昌的报复仇杀才玩失踪的。"

"葛队，这个人是怎么失踪的，档案里能显示出来吗？"

葛俊中摇摇头说："没有任何记录。不过……"

"不过什么？"

"对于曾建考的失踪，人们有各种各样的猜测，有的说他畏罪自杀了，有的说是被另一个造反派暗杀了。传闻归传闻，但自始至终都没人发现曾建考的尸体，活要见人，死要见尸，所以李亦昌一直不相信曾建考会死，认为他一定是躲起来了，或者远走他乡。"

肖刚点点头说："嗯，有道理。"

"肖局，我还打听到一个重要情况，李亦昌他爹当年来刘陵不是逃难的，是因为追杀一个人。"

"一个人？谁？"

"玉面狐狸王碧蕴。"

"那么李亦昌他爹，应该就是传说中的华北苍狼了。"

"没错，李亦昌他爹，就是传说中的华北苍狼。"

肖刚听得饶有兴趣，掏出一支烟来，葛俊中就势用手里的打火机给肖刚点上了，深深地吸了一口后，才又问："这就验证了我心中的狐疑。葛队，我早就觉得李亦昌他爹有点神秘。"

"是啊，肖局。"葛俊中站起身来，围着肖刚的办公桌踱起步来，边走边说："但他爹当年来到刈陵后，并没有找到王碧蕴。"

"难道他们之间有什么江湖恩怨？"

"应该是的。说起来也有点奇怪，玉面狐狸近在眼前，可李亦昌的爹却在死前连玉面狐狸的影子都没见到过，一直到他被黑枪打死。"

听葛俊中这么一说，肖刚的大脑中突然灵光一闪，随说道："按理说，王碧蕴不会不知道李亦昌他爹追到刈陵县，这只有一个解释，就是王碧蕴很可能通过化装易容改变了本来面目，这是逃避仇家追杀的最好方法。"

"肖局分析得很对。向李亦昌爹打黑枪的，会不会另有其人？比如说，玉面狐狸趁机向他寻仇。"

"仇人寻仇，玉面狐狸？"肖刚一愣，他没有想到葛俊中会这么去判断，摇摇头说："葛队，我觉得不会，玉面狐狸躲都躲不及，哪里敢去招惹华北苍狼这个老对头？要说得罪，李亦昌他爹也应该是得罪了联字号或者红字号的人，其实，李亦昌根本就没有搞清楚到底是谁杀了他爹。"

"有这个可能，"葛俊中说，"或许是得罪了红字号内部的人，受到自己人的暗杀，把祸嫁给了联字号。我只是想，这个曾建考虽赖虽痞，但脑子却机灵得很，他那么一躲，不是等于告诉李亦昌：你爹是我杀的？他不会那么傻，所以说暗杀李亦昌他爹的，不一定就是曾建考。"

肖刚说："他们为什么要杀害李亦昌他爹，是仇杀？情杀？为了争权夺利？"

葛俊中接着说："我想是争权夺利。不过，曾建考不会是杀人凶手，但却为真凶背了黑锅。如果我的猜测没错的话，曾建考的失踪有两种情况，第一，被真正的凶手杀害，这个人早就死了不在人世；第二，他知道谁打死了李亦昌的爹，为了自保而故意躲了起来，也就是说，他隐姓埋名，是为了躲避杀死李亦昌他爹的那个人而非李亦昌，而这个人，应该身处要职，随时都会对他构成威胁。"

"如果说曾建考遇害倒也罢了，如果他现在还活着的话，那么他会躲在哪里？"

"嘿嘿。"葛俊中傻傻地笑了一笑说："真正的凶手不会轻易杀掉曾建考，他才不会那么傻。"

"不错。"肖刚笑了笑："真正的杀手没有杀人灭口，自有他的道理，我想，或许这正是真正凶手的狡诈之处。所以我说，这个曾建考，他没死，他一定还活着。"

葛俊中有些吃惊："肖局，你是说，曾建考的突然失踪，会不会是真凶设的一个骗局？以此制造一个曾建考杀死李亦昌爹的假象，将李亦昌寻找杀父凶手的视线，转移到曾建考身上？"

摇摇头，肖刚沉默了一会才又说道："或许，这是一个阴谋。"

"阴谋？"

"对。"肖刚在稿纸上写下一串字，杀人凶手：李亦昌？曾建考？孙子貌？

"难道这三个人都与古墓血案有牵连？"

肖刚往椅背上一靠，望着葛俊中："不一定都有，但也不能完全排除参与的可能性。"

葛俊中好像突然明白了："难道，从'文革'那个时候起，他们就已经打上了黎侯古墓的主意？他们在'文革'中的表现，也是为了古墓中的文物？这些人太有心机了。"

"应该是这样的，或比这时间更远，从李亦昌的爹开始，华北苍狼李全有、李亦昌和李小君一家三代人，都有盗窃古墓嫌疑。"

"这么说，如果曾建考没死的话，应该是野兽派的首脑了，那么紫微帮的帮主是咱们那位上司？"

"很有可能，当然这只是猜测，不过我们侦破案件可以假设，然后用反证法一一来证实。现在，我们必须尽快找到野兽派的老巢，野兽派的老巢应该在牛刨泉，那个王碧蕴突然在牛刨泉大殿消失，说明这个大殿里有问题，一个人不会凭空消失，除非他是空气，或者是个鬼魂。所以这只能有一种解释。"

"大殿下面有暗室。"葛俊中接口道。

"对。"肖刚点点头，往起一站说道："你带两个侦察员再到牛刨泉一趟，尽快搞清楚地下室的入口并暗中严密监视那个老道的动向。"

"是。"

葛俊中正欲起身离去，对讲机响了："葛队，我是徐玉龙，李亦昌在牛刨泉现身。"

"他一个人吗？"

"和他老娘，还有他的小孙子。"

"好，知道了，继续监视。"

第八十九章　现身南山

李亦昌现身南山牛刨泉，他去干什么？葛俊中带了马如斌、单如燕火速赶了过去。

葛俊中他们走后，肖刚立即拨通了梁剑雄办公室的电话，将这一情况报告给了他。梁剑雄深思了一小会后才说："李亦昌的出现在我们的预料之中，看来，我们离结案的日子不远了。老肖，你派人把他给盯紧了，看他有什么动作？"

"好的梁书记。我想，李到牛刨泉，绝不只是为了求神拜佛，更不是旅游观光，应该另有其深意。难道，他要亲自出马，探视野兽派总坛？"

梁剑雄一般是不抽烟的，但这时肖刚分明从电话这头听到打火机点烟的声响。过了一会，梁剑雄突然说道："不，我认为，他可能是为了寻找当年枪杀他爹的凶手。因为，如果他是紫微帮帮主的话，他亲自出马不成逻辑、没道理。他携老娘和孙子同去，表面上是烧香拜佛，但真正的目的，是想证实曾建考是否真的隐藏在牛刨泉。"

"梁书记分析得有道理。噢，对不起梁书记，我先接个电话。"

打来电话的是葛俊中："肖局，现场布置完毕，已经各就各位。"

"好，你们密切注意，李正在路上，很快就到。"

"好的。"

在通往牛刨泉的山路上，有辆黑色的北京现代越野车正在飞驰。车里坐着李亦昌、李母和他的小孙子天赐。李亦昌亲自驾车，从行车的平稳状况来看，他的驾驶技术相当精湛。李亦昌虽然年已七旬有余，但身体强健，身板直挺，红光满面，脸上一点皱纹都有没有，这或许与他经常练功习武有关。

"爷爷，我要老奶奶讲故事。"

"乖孙孙，听话，老奶奶老了，故事都忘了，还是爷爷给你讲个故事吧，想当年——"

李亦昌刚开口，马上就被小孙子打断了："不听，不听，爷爷又是讲你当年学武的事了，我才不听呢。天赐不学武，只读书，学武有甚好？快累死了。"

"是啊亦昌，天赐他不宜习武，而且我也不同意他练武。"

"娘，不是从小你就教我说，练武能强身健体吗？你看我现在的身体多好，都是练武练出来的。"

"亦昌啊，此一时彼一时，你当时有你的特殊情况。现在不一样了，孩子强体的方法很多，并非只有练武一条途经。况且，我不主张孩子练功习武，是因为，你爷爷和你爹，都吃亏在练武上，所以……"

发现说漏了嘴，老太太突然闭上嘴，将脸扭向车窗，假装观看车外的景色："我说亦昌，快到了吧？"

"快了。"

李亦昌心里咯噔跳了一下。老太太说漏嘴的这个话题，正是他小时候一直想问清楚的疑虑，怎奈问了多次，谁都不说实话，他只能将这个疑虑藏在心里，一直藏了六七十年。

车子转了几个弯，趴上一道陡坡后向西一拐，即看到了牛刨泉三圣殿的山门。三圣殿的殿里殿外人头攒动，来来往往，但大家都很少说话，神情肃穆，表示出信徒们对至上先师、太上老君和如来佛祖三位宗师的无比敬畏。李亦昌买了纸烛香课，左手拉起小孙孙，右手搀扶着老太太说："娘，走，咱们进去吧。"

大殿内烛光闪闪，烟雾缭绕，善男信女你方起来我跪下，可谓前赴后继。等到一个空位后，李亦昌将老太太搀扶到蒲团上。他没有跪，只是替老太太把香课烧了，作了个揖。

走出三圣殿，李亦昌说："娘，你体力行不？天赐没来过，咱转一转，让孩子开开眼界。"

"行，没事，慢点就行了。"

在游览过程中，李亦昌试探着问老太太："娘，儿子曾经请求你解答我一个疑问，至今你老人家都没给儿子说清楚。"

老太太侧过脸来，望了李亦昌一眼说："亦昌啊，我知道你想问啥。"

老太太眼睛一红，也许是触到了老太太的伤心之处。沉默了一阵，老太太掏出手绢擦了一下眼眶里闪出的一丝泪花，低声说道："儿啊，过去我不能给你说家事，是因为那时的形势不允许，现在不一样了，而且你爹也死去多年，娘可以给你们说一说咱的家事了。不为别的，只是我想说，以后咱家的人，是绝对不能再练武了。我告诉你孩子，你爹当年，曾经是威震一方的著名土匪首领，当年来到黎家庄，咱家也不是逃荒，而是你爹他在追杀一个仇家，而这个仇家，据说隐居在黎家庄村一带。"

"啥，土匪？"李亦昌吃惊地瞪大了眼睛，"难道我爹是——"

"对的孩子，你爹就是当年威震冀南的侠盗华北苍狼。"

……

听了娘说的家事，李亦昌顿时张口结舌。

"娘，我终于明白了，为什么我小时候脾气那么倔强？原来是骨子里带的啊。不过，儿子一生并没有做过错事，这点你老大可放心。只是小君这孩子毛病太多，唉，太任性了，好像永远长不大。"

正说话间，在不远处的一座假山旁边，有一个腰身佝偻的老道士，弱不禁风的样子，似乎身上没多少力气，扫一下，咳一声，咳嗽一声，喘息一阵。李亦昌将眼瞪得溜圆，死死盯着老道看，总感觉这个老道有点熟悉，但又很陌生。

"娘，您老经的事多，看这个老道，你认识不？"

老太太眯缝起眼睛看了一阵，摇摇头说："没见过，不认识。"

"是啊娘，不认识很正常，原来这里的宫主是一清道长，这个老道是五年前才来的，我怀疑这个老道有问题。不过……"

"怎么了？"

"您老看这个老道的身材和背影，我总觉得像在哪里见过？"

"我怎看不出来？看样子也有七八十岁了，好像没见过。"

"嗯，也许是儿子看眼花了。"

走了几步，李亦昌猛然回头，瞧见老道偏过身来也正在看他。李亦昌心里又咯噔跳了一下：难道，他认识我？

"咳，咳咳。"

老道边咳嗽着，边用力挥舞着扫帚，一下一下，慢慢腾腾地扫着地上的浮尘和落叶。从老道的脸上来看，不像一个练家子。不过，眼前的这个老道，要么是一个不会武功的平常人，要么是已将内功修炼到光华内敛的境地。难道，他不是我要找的人？老赖曾建考虽然跟一个不知姓名的师傅练过功夫，但按其资质，以及他开始练功的年龄，即使进步再快，也不会练到光华内敛的境界。况且，这个年龄也不相符，老赖大不过六十二三岁，而眼前这老道，看年龄不超过七十五岁。如果老道功夫高深到光华内敛的境界，他的实际年龄，至少也该在九十岁以上了。这个老道，到底是个什么人呢？

老太太见儿子边走边深思，感觉有点奇怪，于是问道："亦昌，怎了？"

"哦，"经老娘一问话，李亦昌才从深思中回过神来，赶紧回答道，"娘，没事。我就是看着这个老道有点意思。"

"你是说。"

"对。我怀疑他是儿子想找的一个人，但是看来这个人不像。"

"儿啊，你还在为你爹的事操心？不用了儿子，冤冤相报何时了，过去的已经过去，但愿我们现在能够平平安安地生活。儿子，家宅安宁才是最大的福啊。"

"娘，好的，我懂。"

李亦昌观察老道的一切举止，都落到警方眼里。

接到葛俊中的情况报告，肖刚抽出一支烟点了，深吸了两口，在办公室里踱起步来：

这个李亦昌，身上到底隐藏着多少秘密？在二十世纪六十年代中末期，他算是个有头有脸叱咤风云的知名人物，名号十分响亮，刘陵县六十岁以上的人很少有不知道李亦昌的。但这个人在"文革"后又很低调，和普通人一样，直到退休，也不过还是个局级干部。而一些在当时远不及他的，好几个都混到了处级，比如副县长段克非。难道一个总想出人头地的人，突然会变得与世无争吗？听说，他与段副县长在那个时期结下死仇，直到现在，两人还是见面不说话，大有老死不相往来之势。但是从侧面了解的情况证明，虽然两人从不往来，但也没有相互攻击，谁也没有说过谁的不是，很少从他俩人口里听到过任何的闲言碎语。李亦昌牛刨泉之行，会与寻找曾建考有关吗？如果他是紫微帮的帮主，而曾建考是野兽派的首领，那么这两个对头迟早有一番大决斗。

想到这里，肖刚马上拨通葛俊中的电话："葛队，现在情况怎样？"

"报告肖局，我正在稍远的地方，徐玉龙化装贴近李亦昌近距离观察，虽然目前未发现特殊情况，但那个老道，却引起他的注意：这老道看上去有点门道噢。但据我所知，这个老道是从外地来的，就是一普通人，没有特别之处，据香客反映，老道对人很热情，态度和气，人缘还不错。而且从年龄上来看，与李亦昌所找的人也相距甚远。也就是说，老道似乎不是李亦昌所要找的人。至于那个中年道士，也不像，一口纯正的河北口音，像是河北邯郸一带的，比李亦昌找的人年龄又年轻，也对不上号。"

"好，继续监视，有情况立即报告。"

再说李亦昌，仍在深思这个老道。蓦然，他想到一点，就是老道的眼睛，按七老八十且又没功夫之人论，眼里应该比较混浊，而这个老道，双眼却炯炯有神。

他无意地扭头一看，心里又是一跳：这老道突然不见了。

第九十章　午夜再探

也就是几分钟的时间，老道就突然失去踪影，这不免引起李亦昌怀疑：为什么他不扫地了？为什么突然不见？这老道真的有点邪门。

他看了一下周围的环境，见老道刚才所在的地方，正好是三圣殿的后面。殿后是一片空地，狭长而宽阔，间或有几个形状各异的花坛，花坛里种植着奇花异草，散发出淡淡的芳香。还有五六棵粗壮的柏树，高大而伟岸，视其状，应在一千五百年以上。由于大殿后面已经没有其他建筑，再往后，就是百丈悬崖峭壁，所以这里几乎没有游客。

李亦昌想：难道，这大殿后面还有什么机关暗道一类的玩意不成？他决定，等到深夜，再来暗探一下，看能否找到点蛛丝马迹。

月黑星高，窗外微风轻起，树叶吵吵作响。

晚上十时许，李亦昌换上一身夜行衣，脚蹬黑色运动鞋，将一个微型手电筒塞进衣袋后正欲起身。蓦然，一阵轻轻的敲门声响起，李亦昌警觉顿生：都这时候了，还有谁来造访？

他屏住呼吸侧耳细听，不错，确实有人在敲他家的门。

李亦昌的住宅是一个五间北楼的小独院。小院不大，却很精致，院中立一红黄相兼的奇石，高约一米五，直径一米左右，奇石前面有一株风景槐，后面有一蓬葱绿修竹。李亦昌将灯熄灭，轻轻拉开屋门，蹑手蹑脚地一闪而出。李亦昌轻功十分精湛，行走如风几乎没有一点声响。伫立院中，他凝神静听，似乎门外根本没有声音，只有风吹柳枝发出的碰撞声。

"怪了，刚才分明有人敲门。"

李亦昌正想拉开门察看一番，或感脚下有一物，捡起一看是个小小纸团，再侧耳倾听，知道来人已经走远。他急忙回到屋里，打开微型手电，展开纸团一看，上面写道：切莫去牛刨泉，危险！

危险？有什么危险？难道，这个老赖曾建考真的没死，真的隐身在牛刨泉？并且已经知道我要夜探？这张字条是谁塞进来的？他为什么要塞进来？是真的担心我的安危，还是想通过恐吓阻止我的行动？

他反复地前思后想，不得其解。

不管他，上床养神，凌晨一点再出发。牛刨泉就是龙潭虎穴，老子也要闯它一闯，老杂毛，别吓唬我，老子不是吓大的，一生经历了无数风风雨雨，大江大海都过去了，小小水池还能翻船不成？

对面一座二层楼的楼顶。楼顶上隐伏着一个身穿黑衣黑裤黑巾蒙面的人，这人一动不动，十分专注地凝视着李家院子，眼光聚焦的地方，正是李亦昌家没有灯光的北屋。李亦昌飞出院子后，对面楼顶上的蒙面人迅速站起，将脸上的黑巾缓缓拉下，微弱的星光下，显示出一张年轻的脸，少顷，身子一动，飘落到相邻的一座平房，再一个起落跳下房来，很快隐入黑暗之中。

黑巾蒙面人望着远去的李亦昌轻叹了一声，摇了摇头。略停，掏出手机，向一个署名老二的人发了一条短信：有人进入禁区，没法阻止。注意，拿下即可，绝不可伤人。

尽管天上星辰灿烂，但没有月光的夜色还是很黑的，普通人如不拿手电照明几乎无法行走，不过对于李亦昌来讲，这样的夜色根本就不算回事，照样行走如风，十分迅捷。只见李亦昌几乎足不沾地，身影恍然如一道流星划过，不到三十分钟，便来到牛刨泉的山下。

一片没人高的草丛中，忽然传出一声极轻的惊呼："葛队，来了。"

"肖局估计的没错，李亦昌终究还是来了。"继而又说道："老徐，马队，你们继续隐伏，我跟上去看看。如果李亦昌是紫微帮主的话，今夜有好戏看了。"

草丛中隐伏的，正是刈陵县公安局刑侦大队大队长葛俊中，副大队长马如斌和牛刨泉景区警务所所长徐玉龙。

葛俊中知道李亦昌乃刈陵武林顶尖高手之一，特别是其轻功在刈陵及周边地区更是屈指可数，鲜有人能比，要想跟踪而又不被其发现是相当难的，自己散打和轻身功夫在刈陵警界堪称一流，但与李亦昌比较，恐怕还是弱了不少，即使占据了年轻力壮的优势，如果正面较量，也没有取胜的把握。所以，他暗暗告诉自己：一定要相距李亦昌稍微远一点，而且采取一进一伏的战术，尽量不被李亦昌发现。

李亦昌不是没有能力发现后边有跟踪，只是他一心操在怪异老道身上，只想尽快找到老道的藏身之所，根本没有想到后边会有人跟踪。李亦昌扭亮微型手电，在三圣殿后面走了两个来回，并没发现有何异常，心想：不会，不会的，这老道绝不会凭空消失，这里一定有密室。大凡黑道，都会有秘密的藏身之所，当年我爹，嗨，怎么又想到我爹了？难道，这大殿下面还有暗室？暗室的入口会在哪里？他清楚黑道的行为，暗室的入口处一定十分隐秘，不会轻易被找到。他又绕大殿走了一圈，还是一无所获。

怪了，这入口会在哪里？

李亦昌在肚子里骂了一句后，立即席地而坐，双腿盘膝，双手置于膝盖之上，双眼微闭，缓缓行功一周天，然后吐一口气，猛地睁开眼睛，眼前的景物要比行功前真切许多。他在大殿后墙上及近处又仔细查看了一遍，还是什么也没发现，大殿的根基全是精美雕刻的巨型长条石块砌成，墙上平滑如镜，假如有暗道开关的话，在墙壁上或距墙壁不远处一定会有按钮。但是，他可以肯定，绝对没有，如果有，绝对逃脱不过他的眼睛。

"邪门了，白天我明明见那老道转到大殿后倏忽不见，难道我真的遇见鬼魂不成？呸，该掌嘴，世界上根本就没有鬼魂之说，那老道在殿后一隐不见，一定会有遁形的暗道，而且，暗道一定连着地下密室。那么，进入密室的暗道在哪个地方？开启暗道的机关又在哪里？"

李亦昌喃喃自语着说。

在距李亦昌不远处的一蓬草丛中，葛俊中等全神贯注，监视着李亦昌的一举一动。

先前看李亦昌的神态，似乎有些微微着急，说明他因为急切找不到暗道而心生烦恼。后又听他喃喃自语，李亦昌寻找的，也正是葛俊中想知道的：是啊，应该有暗道的，不只是在殿后边有入口，三圣殿里边也该有暗道入口才对，只是，这暗道的入口处究竟在哪里？

李亦昌抬头望了一下空旷的夜空，深邃的苍穹星光满天，大的小的，明的暗的，近的远的，数不清的星辰在忽闪。思绪飘向那浩渺的银河系，那勺子形状的北斗七星，那以水星、金星为代表的行星，那悬挂在天边的、像一小片刚剪下的指甲的月牙……

这时的李亦昌还有欣赏天景的兴趣？非也。他翘首望天，观星如痴，其实他并没有真的在观天象，而是在深深地思考，苦苦地思索着这个表面上根本无法破解的难题：暗室、暗道、暗门、按钮，找到按钮是解开难题的关键，只要找到按钮，一切问题迎刃而解。

可，这按钮的位置又在何处？想了一阵，李亦昌突然转身向山脚下的茅草屋走去。他想，白天看到的那间茅草屋透着怪异，莫非里面藏着什么猫腻？

"无量天尊。施主深夜光临敝庙有何贵干？"

蓦然，从茅草屋的墙角处闪出一个黑影来。李亦昌吃了一惊，在武人的自然反应下，李亦昌快速后退一步，双掌一挫，暗自行功，将力量凝聚于双臂。在微弱的星光下，黑影缓缓向李亦昌走来。是他吗？李亦昌瞪大了眼睛细察，看外表，没问题，确实是那奇异的老道，不过面前的这个老道，似乎比白天见到的那个老道身体要臃肿富态一点。或许，是因夜间实物放大之故，物体的形状有些变形吧？

这个念头只在李亦昌的大脑中一闪而过，一见老道站在面前，突然哈哈大笑说："老道长，你总算现身了，省了老李我许多麻烦。"

"不错，"老道作了一揖，阴阴一笑说，"我知道你会来找我，所以贫道已在清室备好茶水，只是迎客来迟，还请施主海涵。"

"茶水免了，不必麻烦，老朽在刘陵生活了七十年，也就是三五年没来牛刨泉，三圣观不知何时更换了道长？听道长口音，不是本地人吧？什么时候来的牛刨泉？"

老道面无表情，声音中忽然掺杂了几分杀气："施主深夜造访，绝不会是为了给三圣老爷上一炷香吧？"

"不错。"李亦昌轻声一笑说："我只想知道，道长俗家姓名是否姓曾名建考？"

老道神情一滞，然后开口说道："呵呵，施主说笑了，我不是什么曾建考，也没听说过这个人。"

"你不是曾建考，你会是谁？"

"你听说过二十世纪三十年代，冀南地面有个著名侠盗华北苍狼吧？"

一听华北苍狼四字，李亦昌神情大变，双目一赤，运气行至双拳，拳头一用力，咯叭叭一阵作响："此话怎讲？"

"贫道就是华北苍狼徒弟的徒弟。"

此言一出，李亦昌心头巨震：什么？他是华北苍狼徒弟的，徒弟？突然，李亦昌仰天大笑了一阵，然后神情一肃，沉声说道："你说什么？你是华北苍狼的徒孙？"

"正是。"

"胡说，你找死！"

李亦昌暴喝一声，身形一晃，右拳带风，直向老道的瞎眼处捣去。

老道吃了一惊，他万万没想到，这老儿说打就打，情急之下，腰身一拧，一个左旋，堪堪躲过李亦昌这致命一击。

第九十一章　老道现形

老道这一旋身，虽然侥幸躲过了李亦昌当面一击，但心里大为惊骇，他知道，自己这点功夫和李亦昌差之甚远，根本不是他的对手，绝不能硬拼，只能采取措施智取。

想到这里，老道又退一步，双手一摆说："停停，停。老施主，贫道有话说。"

其实李亦昌也没有想对老道真的下狠手，他出的这一招明实暗虚，目的是想试探一下老道的功力，然后再谋划制服老道的策略。所以，就是老道不躲闪，他也不会将招式用老。这一招看似平庸，不过就是极普通的一个直拳，但他的拳势暗含精妙变化，如果老道硬接，李亦昌会化虚为实，给对方一个重创；如果老道躲闪，他这拳在触及老道的面部时，会突然化拳为抓，一把扣住老道的肩胛骨。他更不会要老道的命，因为他还要从老道身上，解开一个在他心中隐藏了几十年的谜团，他急切需要有一个准确的答案。

李亦昌听老道这么一吆喝，趁势收拳，后退一步说道："别跟我要花招，有话快讲。"

"老施主，我知道你的来意，这里没有你要找的人，空劳施主一趟了，还请老施主回去吧。"

听老道这么一说，李亦昌不觉心里一动：不对吧？这老道怎么会知道我的来意？难道，他就是我要找的人不成？即使他不是我要找的人，最起码也是知情人，我何不将他拿下，仔细盘问一番？想到这里，李亦昌再度轻轻一笑，用低沉的声音说道："这么说来，我还是该听你的话，就此别过？"

嘴上这么说着，脚上却暗一运劲，欺身上前，五指并拢，弯曲如钩，猛然向老道的头部抓去。这一抓速度奇快，老道根本没来得及躲闪便被抓个正着，当李亦昌这一抓下去的时候，怪事发生了，只见老道身子向后一仰，人连连后退了三大步，头皮一凉，光头立现，而李亦昌手里此时抓到的，却是一顶假发。

李亦昌吃了一惊："你，你不是真道长，你是谁？为什么要扮成老道的样子？"

假老道一看被李亦昌抓掉假发，大骇，惊恐地连连后退数步，趁李亦昌不备，忽然一个转身就要遁去。

"想走？没门！"

李亦昌怒喝一声，身形一晃之间，已迫近假老道身后二米处。假老道这一吓非同小可，他知道李亦昌厉害，但绝没想到李亦昌的轻功如此了得。惊恐之下，也顾不了许多，但见假老道一挫身，右手一扬，撒出一蓬白色的粉末，李亦昌暗道一声不好，正欲闭住呼吸，然而迟了，只觉头一晕，差点栽倒。

"你，真卑鄙，竟使出这样下三烂的手法，小人！"

"哈哈哈哈，老匹夫，请别动怒，嗔怒对身体不好，是啊，我卑鄙，我小人，我不卑鄙，我不小人行径，怎能逃出你的魔爪？呵呵，要不是那顶假发，我的脑壳岂不早被你抓烂了？"

"哼，雕虫小技，看老子……"李亦昌刚向前跨出一步，立感头重脚轻，摇摇欲坠。

假老道哈哈大笑一声说："老匹夫，省点力气吧，你可知道刚才我撒出的是什么东西？'七步倒'，你不信也罢，不过你已经走了三步，如果你再走出四步，全身血管立刻爆裂而亡。"

假老道又连续后退五步，嬉笑着说："李亦昌，李老师，你是明白人，现在我已经跳出你的死亡四步范围，不会再怕你了，我知道你不信这'七步倒'的厉害，但你可以试试，我想你还没有糊涂到连自己的性命都不要的地步。不过你放心，只要你站立不动，不要动怒，也不要运气行功，方可保你两个小时寿命，一小时过后，解药自会有人送来。我不想和你为敌，也希望你以后不要再踏进牛刨泉一步。我还是那句话，这里，没有你要找的人，如果你真想找到你要找的人，我可以给你指条明路：城东十五里，深山有龙洞。"

言毕，人往草屋西山墙处一拐，不见踪影。

或许假老道的话有诈，未必像他说的那样可怕。不过，李亦昌也清楚，他吸进去的，一定是一种很厉害的毒药，因为他一行功，便感觉大脑晕眩，心脏隐隐作疼。

"城东十五里，深山有龙洞。啥意思？"恍惚间，李亦昌想起假老道说得这句类似偈语的话："城东十五里，那不是黎家庄一带？深山有龙洞，深山自然是指五龙山了，这么说，五龙山的龙洞，还隐藏着什么玄机？"

李亦昌暂时忘记了眼下的险境，深深陷入了深思。

"葛队，我们该怎么办？"隐伏在草丛中的马如斌紧贴着葛俊中的耳朵耳语道。

"经假老道这么一搅和，我们的蹲守也就失去意义。"

"那，我们撤？"

"不行。李亦昌什么人？听力相当厉害，只要咱们有一丝动静，他就会有所察觉，一旦被他察觉有人跟踪监视，他一动，万一引发毒药的毒性怎么办？这里面比我们想象的要复杂得多，我一时还理不出个头绪来，但我隐隐感觉到，三圣观的老道必定与李亦昌有着某种内在联系，不然的话，他也无须让人冒名顶替而直面李亦昌了，说明那个真的老道在有意回避李亦昌，而且我断定，真假老道对李亦昌的情况了如指掌，那么这个真老道会是谁呢？还有，这个假老道怎会是个光头的，难道是个和尚？和尚又怎会在道观里？费解。你们注意了没？刚才李亦昌一把抓掉假老道的假发后，那个假老道表情十分恐惧。"

"他是在害怕李亦昌吧？"徐玉龙接话道。

"不，他是在害怕真老道，因为他暴露了真相，李亦昌必定会继续追查真老道的下落，真老道会因此不得安宁。"

"那，李亦昌会不会有危险？"

"我估计，三圣观方面不会对李亦昌下毒手，如果他们想杀掉李亦昌，刚才在他中毒后，那假老道早就出手了。至于李亦昌中的那毒，应该不会令他致命，我们还是静观一会儿再说。"

"如果假老道撒出的毒药是真的，有可能不到一小时毒性便会发作，那假老道的话不可信，李亦昌怕有生命危险。"

"这个，"葛俊中说，"也有这种可能，既然他中了毒，不管是真是假，总是存在死亡这种潜在危机，我们最好不要惊动他。不过，从假老道刚才没有趁机对李亦昌下毒手看来，等一会儿应该有人把解药送来。"

"不过葛队，"马如斌突然又想到一个疑点，"如果假老道撒出的毒药是真的，他明知李亦昌必死，所以也就没必要对他下手了。"

"你这种推理也有可能。这样吧，咱继续观察一小时，看会发生什么后果？如果他真的毒发有生命危险，咱立即现身抢救。"

马如斌点点头说："只有这样了。"

葛俊中、马如斌和徐玉龙只好一动不动，隐伏在草丛中继续监视。

之后的一段时间，牛刨泉三圣观非常寂静，只有轻风吹过树梢，树叶轻摇而发出轻轻的咿咿声。几只蝈蝈在深草丛中鸣叫，在寂静的夜空中显得特别的嘹亮。远处绝壁间，细细的牛刨泉流水潺潺，泉水叮叮咚咚落入百米之下的深潭，飞溅起无数小水花，一圈圈的涟漪，在深潭中一波接一波地向四周缓缓扩散。

葛俊中连眼都不眨一下，紧盯着不远处的李亦昌。从表面上看，李亦昌不慌不忙，实际上，他的内心充满矛盾甚至有些许恐慌：信这假老道的话吧？这假老道眼瞅不是什么好鸟，他的话焉能轻信？如果其中有诈呢？不信假老道的话吧，自己一动就有体能上的反应，说明这白色的粉末即使不是剧毒也是一般的毒药。退一步说，万一像他说得，走出七步就会死掉，我李亦昌岂非死得冤枉？假老道说有人会把解药送来，这话未必是真的，咱也不能就这样在这里等死，总得自救吧？可又怎么自救？对这种独家秘制的毒药名称和配方一无所知，要化解谈何容易？

"唉——"

李亦昌发出一声轻叹："我老李也算久走江湖之人了，不想真的在这小水池翻了船。罢，罢，罢，咱权且信那个龟孙假老道一次，等上一个小时再说，如果一个小时后解药没送来不幸毒发身亡，算咱老李命乖，该有此一劫。假如有幸不死，假老道，孙子，你就是上了天入了地，老李我也要把你翻腾出来，剥了你的皮，抽了你的筋。"

无奈，李亦昌只得盘膝坐下，闭目等待了。

葛俊中望着李亦昌若有所思："小马，有点蹊跷啊，这三圣观为啥这么安静？就像刚才什么事也没发生一样，那个真老道到底在耍什么鬼花样？"

"他们就像一窝老鼠，这回说不定正猫在地下密室，透过瞭望孔观察李亦昌呢。"

"不止观察李亦昌，包括你我在内。"

马如斌点头说道："不错，咱们的行踪，也许同样在人家的监视之下。不过，或许他们根本就没发现咱们隐伏在这里，不然，假老道怎会轻易现身？"

"有道理，但愿如此吧。"

毒药消失的时间到了，李亦昌还端坐在那里一动不动。忽然，只听"噗"的一声轻响，从阴暗的墙角飞出一个纸包，正好落到李亦昌的身边，李亦昌一怔：这家伙真的把解药送来了？正待去取，一想不对，假如不是解药还是毒药怎么办？转念又一想，好像不会吧，如果刚才假老道有意害死我，又何必费此周章？看来解药应该是真的了。生死有命，管他真假，吃与不吃总归一死，吃了又怕啥呢？李亦昌一探手将那纸包拿过来，打开一看，里面包裹着的是一粒黑色的药丸，像普通的药丸一样大小。李亦昌迟疑了一下，但最终还是把那颗药丸吞下去了。又半个小时过去了，李亦昌坐着不动。又一个小时过去，他还是保持着那个静坐的姿态。

徐玉龙悄悄问葛俊中："葛队，不对呀，李亦昌不会有事吧？"

葛俊中微微笑了一下说："没事了，李亦昌没起来，是因为他正在运气行功呢。"

第九十二章　拨雾见天

"对昨夜的事，你们怎么看？"

肖刚背着手在办公室慢慢地踱着步，葛俊中和马如斌则坐在沙发上，听到肖局问话，葛俊中向马如斌咧嘴笑了一下说："小马你先说，我补充。"

马如斌说："可以。肖局，我觉得吧，牛刨泉充满神秘，我断定，三圣殿就是野兽派的总坛，关键问题是我们要尽快想办法找到进入密道的机关按钮，把以前王碧蕴在三圣殿的突然隐身，到伤疤老道在大殿后面突然不见联系到一块思考，进入密室的通道至少应该有里外两条。按李亦昌的机灵和经验都没办法找到开启密道的按钮，可想其隐藏的多么隐秘。肖局，我们要不要直接出面，以查检安全为由，对三圣殿里里外外认真检查一遍？不能找到密室，就无法端掉野兽派的老窝。"

肖刚听完马如斌这番分析，似乎想到了什么，但他没明说，只是在眼角显露了一下："小马分析得准确，不错，还有什么？"

"还有李亦昌这个人，我总觉得他有些别扭，到底别扭在哪里？目前我还没有成熟的结论。葛队，你对李亦昌熟悉，还是听一下你的看法吧。"

"葛队，你说一下。"肖刚赞许地点点头，将目光移向葛俊中。

"要说这个李亦昌，我感觉也有点别扭，其实，这种别扭的感觉正是李亦昌的狡猾之处。不过我觉得，他去牛刨泉的真正目的，很可能与当年他爹被暗杀的事有关，他去牛刨泉应该是为了验证一个人的真伪。"

"曾建考？"肖刚停下踱步，偏着脑袋问。

"对了肖局，我想到一点。葛队，你也听到了吧？那个假老道临走时对李亦昌说得那两句话，'城西十五里，深山有龙洞'，分明是假老道在向李亦昌指点迷津嘛。城西十五里，深山有龙洞，那不指的是五龙山吗？"

"不错小马，"葛俊中接着说，"五龙山的龙洞是紫微帮的总部。难道，紫微帮的帮主，不是李亦昌而另有其人？而这个人，又必然和李亦昌父亲的死有某种内在的联系。"

肖刚眼睛一亮，示意葛俊中中断发言，他迅速坐到办公桌前，拉开抽屉，从里面拿出一个信封来："我这里刚刚收到一个信息，是杨岐山菩萨庵慧能师太托人捎来的，里面有我们急需的情报，你们看一下。"

葛俊中接过信封，抽出里面的信纸，看完之后脸色大变，转手交给马如斌。看到葛俊中的神态，马如斌一脸狐疑，接过信纸默读了一遍，同样一副吃惊的表情。

肖刚微微一笑说："感到吃惊是吧？这事从师太嘴里说出，绝不会有假，杜泰，是黎娇娇的儿子。你们也看到了，信上说得很明确，这孩子是慧能师太亲自处理的，不会有假。可惜，杜泰的义父已经过世，不然我们走访他一下不就明白了？至于黎义芳是黎秀芳的孩子，我也和你们一样感觉有点意外，真的黎义芳我们没见过，那个假的黎义芳，脸形倒是有点像黎秀芳。不过我是这样想，你们看，黎义芳、义，就是义子，这个毋庸质疑；芳，应该是他义父在给他起名字的时候，有意在黎义芳身上留下一点纪念黎秀芳的意思。黎义芳、黎秀芳，这两个名字是自然巧合吗？我认为不是。其实，我对这件事早有怀疑，只是缺少验证的依据。慧能师太提供的这个重要情况，将大大推进我们的侦破进程。"

葛俊中点点头说："是的，肖局说得对。不过黎义芳的义父，为什么要谎称黎义芳是从凌云市收养的呢？"

"我想应该是这么回事，当年，人们不是不理解黎秀芳会嫁给一个右派分子黎苏元吗？不是因为黎苏元曾经救过黎秀芳，而是另有隐情，老赖当年欲对黎秀芳图谋不轨，但他未能得逞，极有可能在老赖的后面，黎秀芳又遭受到一个更加可怕的恶魔的欺凌，这个黎义芳，就是黎秀芳被强奸后的产物。黎秀芳忍气吞声数十年而从没透露过这个恶魔一丝一毫，说明这个恶魔就在黎秀芳的周围不远处，并在不断地在恐吓和威胁着黎秀芳，甚至操纵着黎秀芳的命运。黎秀芳之所以悄悄把义芳送给人家，也是出于对孩子的一种保护。杜泰也一样，当年黎娇娇被慧能师太秘密救走，强奸黎娇娇的元凶无法得知她肚里的孩子到底生下了没有，而师太也一定考虑到，一旦让凶手知道黎娇娇生下了这个孩子，那杜泰一样非死不可。"

马如斌接着说："强奸黎娇娇的凶手是不会让这个孩子活在世上，因为这孩子对他是一种致命的威胁。"

"对。"肖刚不知不觉地抽出一支烟来，葛俊中一看，马上从口袋掏出他那个铜打火机。肖刚其实并不怎么吸烟，一般情况下，他只是在思考问题时的一种下意识动作，大部分时间，那根烟是自己燃烧完的，吸到肖刚嘴里的烟雾，连十分之一都不到。磕了一下烟灰，肖刚继续说："关键问题，我们是要通过黎义芳，尽快找到当年强奸黎秀芳的恶魔。"

"肖局的推理非常有道理，有了黎义芳，应该不难找到那个恶魔，目前的问题，是不知道真的黎义芳在什么地方，是死是活。"

马如斌若有所思，沉默了一阵，眉毛一扬说："肖局、葛队，我倒有个看法，如果我们能够找到黎义芳，就可以通过黎义芳顺藤摸瓜找出当年强奸黎秀芳的犯罪嫌疑人。"

"不，"肖刚眉头一展，笑着说，"还有强奸黎娇娇的恶魔。"

"什么？"这回，该葛俊中惊讶了："肖局，强奸黎娇娇的，不是那个孙子貌吗？"

"孙子貌？"肖刚摇摇头说"不，我们以前都想错了，表象差点把我们引入歧途，这正是嫌疑人的高明之处，事情并没有那么简单。"话锋一转，闭了一下嘴，才又说道："孙子貌是坏，但在当时，他还是个小毛孩，即使有那个贼心，也不会有那个贼胆。你们想想，当时黎娇娇被孙子貌下迷药迷昏，根本不能确认就是孙子貌强奸了她。孙子貌只是个帮凶，强奸黎娇娇的必定另有其人。而且我还怀疑，强奸黎秀芳和黎娇娇的应该是同一个人。"

葛俊中、马如斌二人具皆流露出诧异的神态。

肖刚继续推理说："你们回想一下，杜泰的模样像谁？"

二人闻听此言，惊愕得瞪大了眼睛："哇，真的啊，像，太像了！"

"肖局，当年强奸黎娇娇的是不是孙子貌，我们先将他拿下审问一下不就知道了？"马如斌往直坐了坐身说。

"不行，"肖刚斩钉截铁地说，"孙子貌如果能抓，我们已经抓他一百回了，包括那些先后自动跳出来的小喽啰，都不能抓，时机还不到，牛刨泉的地宫还没有找到，这倒是其次，将那个假老道抓了，不愁解决问题，但能否一举抓获野兽派头子，捣毁整个野兽派，目前我们还没有十分的把握。特别是紫微帮，抓人容易，我们有黎涛，早就可以一窝端了，但是那个帮主大哥隐藏得太深了，就连黎涛，直到现在还没有见到过他的真面目，我们只要抓其中的一个人，不管是哪个，都会打草惊蛇，这个大哥趁机一藏，长时间内蛰伏不出，怎么办？而我们侦破古墓血案的时间紧迫，必须赶在黎氏祭祖仪式开始之前结案，这是我为什么一直不下达抓捕命令，任孙子貌逍遥法外的缘由，包括我安排小张、圆觉师太、杜泰等和那帮小喽啰在凌云纠缠的原因，就是要让那位帮主大哥因孙子貌的存在而不得安生，逼迫他自动现身。当然，我们已经知道谁可能是紫微帮的帮主了，只是还没有充足的证据。"

"有了。"葛俊中一拍大腿，兴奋地说。

肖刚笑眯眯地望着他说："这才像咱们的刑侦大队长，说来听听。"

"我们何不将计就计？"

马如斌似乎明白葛俊中的意图："引蛇出洞？"

"不，这叫'引大哥现身'。"肖刚笑着说。

"用什么作诱饵？"马如斌问道。

"用假黎义芳，用他做诱饵咱们可以来他个一箭双雕。"肖刚往起一站，斩钉截铁地说。

"但我们还不知道黎义芳身在何处啊。"

肖刚看了葛俊中一眼说："我有办法，葛队，那个小麻雀现在情况怎么样？"

葛俊中会心一笑说："黎涛将她的柳仙儿安置在大板山下的卜牛村，那里既安静且安全。"

"好，"肖刚说，"到用她的时候了，葛队，你安排一下，让小麻雀明天来见我。"

"好的肖局，我这就去安排。"

刘陵县北部大板山。

一个三五十户的小山村，依山成房，成院，成街，大街不宽，小巷幽静，清一色的红石头房子，红石块垒墙，红石片做瓦，红石铺就的石径，高低错落，曲径通幽。小村庄的四周，生长着百余棵粗大而茂密的柳树，将小村庄隐没在一片葱绿之中。这个具有独特风貌的小山村，就是尧帝时期高人巢父隐居研修卜卦的地方。

第九十三章　出入警局

天刚蒙蒙亮，一个矫健的身影在村口一晃，迅速来到一个小院落门前，稍停滞了一下，放下待敲门的右手，轻轻地退出门洞，然后沿着红石小径缓缓地游走，眼睛四处观察，边走边自语道："这就是古人巢父的隐居之地？好山好景好风光啊，还真是个修心养性的好地方。"

来人口中所言的巢父，就是同时隐居在箕山洗耳河畔的三大高人之一，另两位是大名鼎鼎的许由和彭祖，许由隐居在洗耳河畔的谷堆坪，而彭祖则隐居在茶壶山下的彭庄。

不知是谁家的雄鸡嘹亮地啼叫了一声，随即便有许多鸡啼声此起彼伏地响起，三五家小院的烟囱里，悠悠冒起袅袅炊烟。

一个模样十分标致的女人将一碗小米倒在锅里，正要搅和，忽听到有人轻轻地敲门。

隐藏在大板山脚下卜牛村的小麻雀宋倩兰，天天提心吊胆，坐立不安，她们虽然不知道发生了什么，但从黎涛的神态上判断，一定有非常危险的事情要发生。打从望儿峧转移到卜牛后，夜里总是睡不安稳，甚至一点风吹草动的声音都能让她从睡梦中惊醒。所以这敲门声虽轻，也把宋倩兰吓得不轻："妈呀，该来的终于来了，完了，完了。"

宋倩兰颤抖着问道："谁，是谁？"

"宋姐，是我，黎涛。"

"哟，是兄弟你呀，等一下，我这就给你开门。"

门一开，宋倩兰一见来人，惊恐地僵在原地，两条腿如灌铅重，上下牙齿直打架："你，你不是涛，涛弟，你，你是谁？"

"怎么，连我也认不出了？"

听声音，没错啊，是黎涛，可眼前这位，脸色蜡黄，满脸胡须，面生得很呀。见宋倩兰的神情，知道她被吓着了，黎涛赶紧解释说："宋姐，我是易了容的。"

说完，顺手把大门关了："走，进屋说话。"

宋倩兰擦了一把涌出的冷汗，摸着剧烈起伏的胸脯说道："妈呀涛弟，吓死姐姐了。"

宋倩兰把黎涛让进小院，在小石桌旁坐下，然后扭着水蛇腰，给黎涛沏茶水去了。黎涛一摆手说："不用了宋姐，我去和表姐打个招呼，咱们马上走。"

宋倩兰的粉脸马上又变成青色："涛弟，又，又怎么啦？"

"没事宋姐，你安全了。"

"真的？"

"当然是真的，但是你必须和警方合作，把你了解孙子貌的全部情况告诉警方，同时接受警方的安排，配合警方完成一件大事。"

"我，我会坐牢吗？"

黎涛呵呵一笑说："你又没犯罪，坐啥牢？没事，别瞎想，走吧。"

一小时后，车子停在离公安局不远的地方，黎涛说："宋姐，去吧，我有事先走了，一会儿我还在这里接你。"

"行，涛弟再见。"

门卫见宋倩兰到来，马上走出门外招呼说："请宋女士上二楼，肖局在办公室等着你呢。"

在办公大楼前，早有一男一女两位年轻警官在等候她。这两位宋倩兰认识，警局的一对金童玉女，男的一米八三的个子，光彩照人，一表人才；女的十分漂亮，瓜子脸，大眼睛，肌肤欺霜赛雪，宛若仙女下凡。

"是小，小马，小，小单啊，不知你们叫我，来有啥事？"

宋倩兰舌头僵硬，声音有些颤抖。

马如斌笑着说："别紧张，没事，只是需要你帮个忙。"

单如燕也面带笑容说："肖局在办公室等你，请吧。"

肖刚的办公室门虚掩着，马如斌轻轻敲了敲门："报告，宋女士来了。"

"请进。"

门被拉开，葛俊中微笑着说："宋女士，请进来吧。"

说实话，宋倩兰还真怕进公安局这种地方，最怕见到警察，她知道自己身上有污点。

她战战兢兢地小步走了进去，低着头，不敢正视肖刚一眼，红着脸说："肖，肖局长，我，我有罪。"

"呵呵，你有什么罪了？来，宋女士，坐下说话。"为了让宋倩兰放松点，肖刚起身亲自为她沏了一杯茶："先喝口水。"

宋倩兰受宠若惊，慌忙接过茶杯，打着颤音说道："谢谢局长，谢谢局长。"

"你有啥罪？你有罪的话，我们就不会用这种方式请你来，对吧？"

"这倒是，这倒是。我知道我这个人不好。"宋倩兰说着往起一站。

"坐下吧，坐下说话。宋女士，我们对你还是了解的。"肖刚又不自觉地抽出一支烟，葛俊中下意识地去口袋掏那个铜打火机。

肖刚摆摆手说："不抽烟了葛队，记住，我们要形成一条规矩，只要有女士儿童在场，不管是啥地方，我们都不许吸烟。"

肖刚将香烟横在鼻孔上，深深地闻了闻，然后又塞进烟盒里："宋女士，你的为人我们清楚，只要你能改掉身上的毛病，堂堂正正地做人，大家还是会尊重你、喜欢你的。"

"肖局长，我和子貌虽然那个，藕断丝连，不清不楚，可肖局长，我保证，我没有参与他们盗窃古墓的不法行为。他是坏人，这我也是最近才知道的，请你们相信我。"

宋倩兰又开始激动，两腿明显在打战。

肖刚打断她的话："宋女士，这个我们也清楚，你和好几个男人有来往，但你只是贪图他们手中的钱，把他们作为自己维持生活的一种收入来源，你并非是个男人就接待，和做小姐的有本质上的区别。你和孙子貌有点关系是真的，但据黎涛同志讲，你是屈服在他的淫威之下，虽然我们对你那种生活方式有看法，但也仅是生活作风问题，尚未触碰到法律的底线，不过也很危险了，因为你和孙子貌走得那么近，很容易被卷进古墓被盗的是非旋涡。"

宋倩兰心里一咯噔：什么？黎涛，肖局长称他同志？难道，涛弟是公安的人？心里这么想，嘴上却赶紧回答肖刚的话："我，我，我糊涂，请肖局长开恩。"

"呵呵，"肖刚笑了笑说，"我已经说过，你的行为还没有触碰到法律底线，但也存在极大风险。我们叫你来的目的，一个是需要你提供一些关于孙子貌的情况；二是帮我们一个忙，这个忙与侦破古墓血案关系很大，你明白吗？"

"明白，明白。我知道的，一定全告诉你们，需要我做甚，尽管说。"

"好，宋女士，你先讲一下孙子貌的过去和现在，尽可能详细点，特别是当年他与黎娇娇的事。"

"好的肖局长，我比孙子貌小五岁，当时才十二岁多点。对啦局长，上个月的一天半夜，孙子貌突然跳墙进入我家。"

宋倩兰脸一红，低下头去，少顷，才又抬起头来说道："他拿着个鼓囊囊沉甸甸的大旅行包，我瞅他不备摸了一下，好像是金属物体。"

肖刚眼睛一亮，急忙问道："你说的可是真的？"

"局长，在你面前，我不敢说假话。"

"好，"肖刚略一沉吟，"嗯，你继续说。"

宋倩兰口才还是蛮不错的，刚才只是心里害怕，现在精神一松，讲话也就流利了许多，提供了一些很有参考价值的情况，这正是肖刚他们急需了解的。肖刚对此十分满意："你提供的这些情况对我们很有帮助，谢谢你了宋女士。"

略微深思了一下，肖刚继续说："孙子貌现在自顾不暇，他暂时对你还构不成多大威胁，但因为你和孙子貌的关系不一般，我们担心野兽派和紫微帮这俩盗墓团伙，为了找到孙子貌下落会找你麻烦，甚至做出对你不利的举动。为了你的安全，你以后就住在看守所里，我们给你安排一份打杂的工作，一来你可以通过劳动自食其力，二来也保证了你的安全，等古墓血案侦破工作结束了，解除了危险，你就能自由了。现在，你只需要帮我们一个忙就行了。"

"局长，啥忙？"可以看出，宋倩兰脸上写满了感激之情。

肖刚微微一笑说："只需这样……"

宋倩兰一听，笑了："就这？行，没问题。"

肖刚严肃地说道："别大意，这次行动很关键，我们必须慎之又慎，绝不能出现一点纰漏。"

宋倩兰脸又一红，低下了头，不好意思地说："局长，是我不对。"

"你没有什么不对，我主要是想提醒一下，包括我们所有参与这次行动的专案组成员。好，就这样吧。"

"肖局,我送她回去吧。"马如斌站起身来说。

"不用。"肖刚笑了一下说:"让她自己走出去,不但自己走出去,而且还要张扬一些,越张扬越好。"

马如斌也笑着说:"是,肖局,我明白了。"

小麻雀,宋倩兰这个外号还真没叫错,满面风光地走出公安局大楼,一到大院,见熟人就打招呼,叽叽喳喳说个不停:"哎呀你好大兄弟,好久不见。哎呀大妹子,想死你了。哎呀老陈,最近还好吧?"

走到大门前,宋倩兰热情地和门卫握了握手:"老哥你不认识我,可我认识你,三十年前,你是咱县篮球队的主力前锋,球打得好啊,特别是上篮那姿势,啧,一个字,美。两个字,优美。三个字,太美了。"

就在宋倩兰和门卫打招呼的时候,在办公楼二楼左边靠大院一侧倒数第三个房间的玻璃窗上,映出一张男人的脸,好像有些阴沉,嘴角上还挂着一丝冷笑,注目凝视着宋倩兰……

少顷,人影一闪,没了。不过,这一切都被猫在门房里的徐玉龙看在眼里,那间房子,正是贾文喜贾副局长的办公室。

"老狐狸,尾巴露出来了吧?"徐玉龙冷笑了一声说。

在老地方,宋倩兰上了黎涛的车。黎涛竖起大拇指夸赞她说:"宋姐,做得好,你立功了。"

第九十四章　深山访僧

　　早上刚起床，正在洗漱，黎涛的电话便狂叫起来。

　　黎涛赶紧用毛巾擦了一把脸，接通了电话。电话里传出一个女子娇滴滴的声音："涛哥，起床了吗？"

　　"武艳芳，是你？没呢！干吗？"黎涛语气冰冷地回答。

　　"干什么呀涛弟，听口气不友好嘛，是我又做错啥啦？怎么老是讨厌我，小妹这不是想你嘛。"

　　"骚货。"黎涛暗自骂了一句，咳了一声，狠狠啐了一口唾沫，将刚才的情绪掩饰过去，"有事？"

　　"大哥有令，要你去做掉一个人。"

　　"谁？"黎涛心里一惊。

　　"黎秀芳。"

　　"什么？"黎涛大为惊骇："为什么？"

　　"大哥行事，从不讲为什么，这你又不是不知道。"

　　话虽如此，大哥就是再恶毒，也不会无缘无故除掉一个人，这里面一定有除掉她的原因，只是目前黎涛不清楚而已。一阵沉默，黎涛几次欲言又止。武艳芳好像看出了黎涛的心思，阴沉地说道："怎么，有问题吗？"

　　又一阵恶心的感觉袭上心头，稍微平复了一下激动的情绪后，黎涛才答道："好吧，一定不辜负大哥的期望。"

　　"咯咯咯，这就对了嘛，涛弟。"

　　又是一阵恶心。黎涛挂断电话，把手机向床上一扔，骂道："贱货！"

　　好好的心情，被武艳芳一搅和，心里像吞下一只死苍蝇。他也无心吃饭了，随便啃了个冷馍馍，喝了点凉开水，便匆匆出了门。边走，黎涛边把情况报告给肖刚："肖局长，大哥那边要我去做掉黎秀芳。"

"黎秀芳？"

肖刚感觉有些意外，紫微帮为啥不杀宋倩兰，而是把矛头指向黎秀芳？这个帮主大哥总是奇招迭出，防不胜防啊。经过短暂思考，肖刚回话说："黎涛，这不正好？我知道他为什么这样做，现在还不是揭开谜底的时候。这样吧，黎秀芳那边我安排，至于要黎秀芳怎么'死'，这个任务交给你了。"

"明白，肖局。"

"你一定要小心谨慎，不要让人看出破绽。"

离上班时间还差近一个小时，晨练的人们仍在乐此不疲，有暴走减肥的，有跳舞唱歌的，有打羽毛球踢毽子的，还有弯腰劈腿的……黎涛斜瞟了一眼后继续匆匆走路。

他要去找一个神秘的世外高人。

他要找的这位奇人不仅精通岐黄之术，还熟知天文地理阴阳卜卦。特别是有一绝技极富盛名，然从不外露，除了有限的几个深交外，没有人见识过他这项绝技的厉害，即使见识过他施展绝技的朋友，也都守口如瓶，从未向外泄露过丁点消息。

而黎涛，正是这位世外奇人的深交好友之一。

深交不分老少，尽管两人年龄悬殊，这位世外奇人可以做黎涛的爷爷。黎涛需要这位世外高人的支持与帮助，需要用他这项绝技，去完成一件别人难以想象几乎不可能的大事情。黎涛快步走到汽车站，上了一辆开往茶壶山方面的班车。在茶壶山站下车后，黎涛闪身钻进车站厕所，简单易了一下容，瞬间，一个英俊小伙子马上变成满头白发满脸皱纹的七旬老翁，手里魔术般地多了一根拐杖。他相信，除了精通易容术的人，不会有人认出他了。而精通易容术的，在刘陵也就只有他、李亦昌和师傅。随之，黎涛弓着腰，拍着胸脯，慢腾腾地上了一辆三轮车，转头返回原路。

回走十里后，黎涛来到茶棚摊。

"谢谢了。"黎涛给了车费下车，左右瞭望了一下，走进一家小饭店。说来奇怪，他原本是可以从茶棚摊下车的，但为了掩人耳目，故意多走了十里，走到茶壶山，再从茶壶山返回。他知道，阴险狡诈的帮主大哥，可能对自己产生了怀疑，一定会派人跟踪盯梢，所以他从小饭店出来，又换了一个面孔，一个脸色蜡黄的中年汉子。

沿着一条羊肠小道拾阶而上，行千余米，再下折百多米后，向右斜上三百来米，即望见一个深隐于山坳里的一座小庙，小庙构筑精巧，地处更是隐蔽，从外部任何一个角落，你都不会看到这座深藏在山坳里的小庙。小庙叫九龙庙，有一老一少俩道士，道长已有九十高龄，法名尘空。小道士很小，法名怡能，今年刚满十六岁。见黎涛进来，小道士怡能单手合十说道："施主，家师早就算出你会来，他老人家正在清室等候，施主请。"

怡能领着黎涛走进尘空道长的居所。

"道长好。"黎涛向端坐在蒲团上的尘空单手作了个揖。

"黎施主请坐。"遂叫小道怡能上茶。

"道长，我就长话短说了，我此番前来有一事相求，万望道长一定帮朋友这个忙。"

"我知道施主无事不登三宝殿，贫道受黎施主恩惠多多，理应回报，只要贫道能帮得上这个忙，一定不遗余力。"

"事情是这样的，需要你如此这般……"

听完黎涛的话，尘空道长沉吟说道："事情倒不难，只是贫道不便出面，我施法后，必须在五个小时内及时服下我的特制解药，然后还要一个懂医术并有深厚内功的人辅以推拿方保无事。"

"这个不难，道长知道黎家庄村有个叫杜泰的人吧？这个人很聪明，不但内功深厚，还略通医术与卜卦相术，有他在没问题的。"

"嗯，这个人我知道，很对贫道的脾气，贫道早就想结识这个朋友，有机会的话还请黎施主帮贫道引见一下。"

黎涛笑着说："这个包在我身上了。"

"那好，我这就给施主拿药去。"

从九龙庙出来，黎涛马上拨通了肖刚的电话："肖局长，这边事情已妥，我将开始实施我的计划，下午四点，你派人去现场勘察。"

接到黎涛电话，肖刚马上通知葛俊中、马如斌、赵文杰、单如燕、徐玉龙、王晨等专案组成员召开紧急会议，安排部署行动方案。会议结束后，肖刚嘱咐葛俊中说："葛队，通知张华带上杜泰、杨锦慧和假黎义芳马上回刈陵来。"

一小时后，远在千里之外的张华接到电话后，随赶紧通知杜泰、圆觉师太、杨锦慧集中到何山饭店议事。张华告诉他们：“凌云这边由师太继续与野兽派和紫微帮的几个喽啰周旋，由李玉昌、蔡荣秋两位义士协助，应该没多大问题。我和杜泰、杨锦慧带上黎义芳赶回刘陵参加一个秘密行动。”

黎义芳一懔，脸色大变，幸亏他是易过容的，别人没看出来。

张华忽然将嘴贴近圆觉的耳朵耳语道：“玄清方丈早日来到凌云暗中保护杜泰，只是他不便和你见面，为了不引起紫微帮和野兽派的人注意，大师只能在暗中协助你。”

圆觉心里一动，喜道：“真的吗，那太好了。”

“他已经查清楚了，当年你们追杀的采花贼，就是一猫一鼠中的老猫，大师这次来凌云，对老猫是志在必得。”

“好。”

直到现在，杨锦慧才和杜泰正式见了面，那份欢喜自不必说，心里十分愉悦。杨锦慧斜瞟了杜泰一眼，嗔怪道：“你这人也真是，出门也不打个招呼，害得人家为你担惊受怕，你是好汉，你是英雄啊。”

她想到武艳芳，想到张浩石，杨锦慧禁不住悲从中来，掩面痛哭，眼泪哗哗地流个不停。杜泰一脸的茫然，他不知道杨锦慧为啥这样关心他，更不明白她为什么哭得这样伤心。圆觉师太又不便将事情挑明了说，只得安慰杨锦慧：“看你这姑娘，天生一个长不大的小孩子，哭啥呢哭？你看杜施主这不是好好的吗？”

张华也一语双关地说：“以后有锦慧小姑娘照顾，杜先生享福了。”

杨锦慧脸一红，止住哭声，嘴一噘，生气地说：“小张警官，你才多大，也敢喊我小姑娘？师傅，你也是，就知道戏弄徒儿，我不理你了。”

张华和师太哈哈大笑，杜泰跟着傻笑：“嘿嘿，嘿嘿嘿。”

杨锦慧脚一跺说：“杜泰，你真是个一百板斧劈不开的榆木疙瘩。”

“好了好了，先吃饭，完了，我让当地警方派一辆车来，把咱们送到机场。”

就餐期间，就一些需要注意的问题，张华再次作了周密安排。饭后，圆觉师太说：“张警官，为了安全起见，还是给他们简单化装一下的好。”

不大一会儿工夫，杜泰、黎义芳和杨锦慧三个人便改变了年龄和容貌。张华不禁咋舌："没想到师太还有这么一手绝活，厉害。黎涛那一手易容术，是跟师太你学的吧？"

师太没有回答，只是微微笑了笑。张华、杜泰、杨锦慧冰雪聪明，相视而笑。蓦然，师太脸色一变，张华三人只觉眼前一花，人便失去踪影。

张华急呼一声："你俩别动。杜大哥，保护锦慧。"

话落，人一纵，已消失在饭店门外。圆觉师太以极快的速度向数米远的一个人影扑去。近前一看，见是瘦猴，厉声喝道："站住。"

瘦猴知道自己的功夫与师太相差甚远，跑也没用，只好乖乖地立在原地不再动弹。

师太喝道："畜生，竟敢偷听我们讲话？你都听到了什么？"

"没有。"瘦猴嘻嘻一笑说："我，我正好路过而已。"

"胡说，你以为能骗得了贫尼？"

瘦猴一双贼眼滴溜溜一转，忽然向后一指，说："师傅，你来了？"

师太下意识地向后一扭头。就在师太一扭头之间，瘦猴飞快地向前一个腾挪，意欲逃遁。师太大怒："鼠辈，敢戏弄贫尼，活得不耐烦了！"

一个疾步上前，虚空一点，瘦猴便软瘫在地上。师太正想一掌毙了他，张华适时赶到，大喊道："师太，且慢。"

师太不解地问："张警官，怎么啦？"

"为了侦破大局，这只猴子暂时还得留着，放了他吧。"

"听你的话，放了他，不过……"圆觉师太一指点了瘦猴身上的一处死穴，说，"死罪可免，活罪难逃，小示惩戒，让他今后变成哑巴。"

瘦猴死里逃生，吓得面如死灰。

第九十五章　秀芳暴死

"黎秀芳死了。"

"黎苏元失踪。"

黎家庄村的村民们惊呆了，古墓地突然又发生命案，黎家庄村昔日第一号大美女被杀，更为离奇的是黎秀芳的丈夫黎苏元同时失踪，这则消息好似一颗重磅炸弹，在黎家庄村乃至整个刘陵县引起极大震动。黎秀芳确实死亡，黎苏元确实踪影不见，因为相当多的人看到下午四点，肖刚亲自赶到古墓地，与葛俊中、马如斌等一同勘察现场，同来的还有副局长贾文喜，整个墓地已经全面戒严，特别是护陵小院，更是戒备森严。

黎秀芳被杀死在护陵小院子里，尸体浑身是血，面目被毁严重，难以辨认。

"肖局，死者真的是黎秀芳？在这个关键时刻，黎苏元怎么会不见了？"贾文喜狐疑地问。

没等肖刚回答，葛俊中便抢先回答道："经仔细勘察核对，死者确实是黎秀芳。我们赶到护陵小院的时候，家里只有死者一人，黎苏元不见踪影，打他的电话，显示关机。"

"死者死亡在什么时间？"贾副局长对这起凶杀案极为关心。

葛俊中回答道："下午一点四十分左右。"

"谁报的案？"

"一个年龄六十多岁的妇女，叫刘香香。"葛俊中边用放大镜认真察看着饭桌上几个模糊不清的手印，边回答说："刘香香和黎秀芳是好朋友，她是来护陵小院找黎秀芳借东西的。据刘香香说，当时门虚掩着，她先在门外喊了几声没人应答。刘香香想，莫非老两口睡着了？睡觉怎么也不把门关上？刘香香轻轻推开门走进北屋一看，躺在床上的黎秀芳浑身是血，一动不动，吓得她毛骨悚然，惊恐地大叫着冲出护陵小院，一口气跑到村里。刘香香没有手机，是别人帮她报的案。"

"这就怪了。"贾文喜望着倒在血泊中的黎秀芳说:"黎苏元怎么会不在现场,黎苏元是同时被凶手杀死后转移了尸体?还是黎苏元本身就是凶手,杀害了妻子后畏罪潜逃?葛队,现场有没有凶手留下的脚印?"

"没有,现场没有留下凶手一点痕迹。现场确实有不少脚印,但这些凌乱的脚印基本上都是黎苏元和黎秀芳留下的,除此之外没有发现有第三者的脚印。"

贾文喜皱了皱眉说:"那么手印呢?这么大的案件,凶手在现场总不会没有留下一点线索吧?"

"手印也只有他俩的,没有第三者。对啦,小马在床头上提取了一个血手印,是不是凶手留下的,有待鉴定。勘察了近两个小时,小马他们只提取到少量有价值的证据,看来是个高手作的案。"

贾文喜突然变得有些激动:"残忍,太残忍了,黎秀芳是个好人那。凶手难道就是她的丈夫黎苏元?如果情况属实的话,那太不可思议了,他为什么要杀害自己的妻子?难道,黎苏元也是盗墓集团的成员?是内应是内奸,里外勾结共同作案盗窃古墓?"

肖刚摇摇头说:"不像,黎苏元不是那种人,我做了二十多年的公安,我相信我的这双眼睛,我不会看走眼的。如果不是黎苏元下的手,那么谁才是真正的凶手?到底是怎么一回事?"

肖刚有点百思不解的样子。看来,一个身经百战经验丰富的老警官,第一次遇上了新问题。

"谁,是谁这么狠毒,连一个女人也不放过?"贾文喜望着黎秀英鲜血淋淋的尸体面色铁青,显然愤怒到了极点。

"走吧贾局、葛队,咱们马上回去开个紧急会议,研究一下案情,商讨侦破方案,马队,你们一定要保护好现场。葛队,你通知一下梁书记和段县长,请他们参加会议。"

勘察结束后,马如斌看了一下表,五点十九分了,按理说,张华他们这个时候应该下了飞机,正在乘车往回赶。

"收殓尸体吧。"马如斌对王晨和另外一个刑警说。

"还用解剖吗?"王晨问。

"没必要了，伤口都已验明白，一共六处刀伤，均在要害之处，小王你就这样记录。现在气温太高，为避免尸体腐烂必须赶快对尸体做冷处理，年轻人，这个任务交给你了。"

"叫我年轻人？马队，你今年高龄几何？"王晨指指马如斌的脸说，"你自己数数，你脸上有几根汗毛？"

"我总比你大吧？这是铁的事实，呵呵。"

半个小时后，马如斌接到葛俊中电话，说张华他们回来了，现在就到现场。

"黎义芳和杨锦慧呢？"

"张华把他安排在宾馆住下，杨锦慧去杜泰家给他收拾家去了，她与本案无关，就不参加这次行动了。"

"好，派人在宾馆警戒，盯死他。"马如斌扭头对王晨等两位刑警说道："这里有我就行了，你们到外围警戒，绝对不能让任何人接近古墓，更不能擅闯护陵小院。"

不大一会儿，一辆警车停在护陵小院门外，张华领着一个面色蜡黄年约五旬的陌生男子走进小院。马如斌心里一惊，眉头一皱，心想这样秘密的工作，怎么能让一个陌生人参与进来？于是警惕地问道："这位是？"

"你认识的。"张华笑着说。

"有点面生。"

"认不出就对了，说明你的易容术还没学到家。"此言一出，马如斌立刻笑了："好你个小张，差点把我给蒙了，我说小张如此机灵的一个人，绝不会领一个不相干的人来。好了，既然有杜泰老兄在，事情就好办了，咱开始干活儿吧。"

张华看看表说："还有四十多分钟，不急，稍等片刻葛队马上就到。"

话音刚落，就听门外有车由远而近，向小院驶来。马如斌三人立即出门迎接。来的是辆工具车，车厢里放着一口上了红漆的棺材，葛俊中和黎涛从驾驶里跳下来，边往车厢上爬，边对马如斌和王晨说："快，搭把手。"

四个人将棺材抬进停灵的北屋，放在两条凳子上，黎涛将棺材盖揭开，里面赫然又是一具女尸，而且和床上这具女尸装束打扮一模一样，鲜血淋淋，惨不忍睹。马如斌吓了一跳："这，这怎回事？怎么又来一个？"

黎涛笑着说："还有马队害怕的时候？没这个人不行，我找了个替死鬼。

好，上棺盖，钉死了。"

"慢。"葛俊中一摆手说："如果我猜得不错，段副县长一定会来开棺验尸的。"

"非亲非故的，他为啥要这样做？"黎涛不解地问。

"因为，因为他是黎苏元的好朋友，也是黎秀芳的生前好友，贾副局长说，段县长要来瞻仰朋友最后一眼，想想也在情理之中。"

黎涛一听吃惊不小："葛队，如此岂不就穿帮了？"

葛俊中点点头说："有穿帮的可能，到时见机行事吧。黎涛，棺材里的这个人是谁？"

黎涛回答说："小麻雀宋倩兰。"

"小麻雀宋倩兰？老弟你这手绝活儿真绝，连我都认不出来了。"

"葛队，人家是副县长，他要看尸体谁也挡不住。但愿能蒙过去。"说罢径直走向一口大缸，把薄石板缸盖揭开说："出来吧老黎，辛苦你了。"

黎苏元从大缸里爬出来，喘了两口气说："辛苦倒不辛苦，就是咱个子大，蜷缩在米缸里憋得好难受，腿都麻木了。"

活动了一下筋骨，黎苏元眼瞅着躺在床上一动不动的黎秀芳，对黎涛说："老侄儿，你大娘她不会有事吧？"

"没事。"

黎涛端来一盆清水，在清水里不知撒了些什么药粉一搅拌竟成蓝色，用干净毛巾蘸上药水，轻轻地将黎秀芳脸上身上的血迹擦掉，将她移至一处干净的地方，对杜泰说："好了老杜，该你露一手了。"

杜泰先是号了号黎秀芳的脉搏，然后从黎涛手中接过一颗药丸塞进黎秀芳的嘴里："马队，来，把大娘扶起来，我要施展内功助她尽快恢复。"

过了十分多钟，杜泰因损耗功力甚巨，脸上汗水直流，头上热气腾腾。然而，黎秀芳一点动静也没有。

马如斌有点疑惑："黎涛，真的没问题？"

"应该没问题，尘空大师的绝技我相信，再等等看。"

又过了十多分钟，只听嘤咛一声轻唤，黎秀芳长长吐出一口气，睁开了眼睛。

杜泰缓缓将内功收回说："好了。"

黎苏元把妻子紧紧搂在怀里，关切地问："秀芳，苦了你啦，没事吧？"

"没事，就是觉得口渴。"黎秀芳像害过一场大病，虚弱地说。

"我给你倒水去。"

"不行。"黎涛马上阻止说："大娘，半个小时内你还不能饮水，待解药药效过去了再喝，你还得忍耐一下。"

"行，小涛，大娘听你的。"

葛俊中看了一下表说："时候不早了，得赶快转移，来，咱们把大娘抬到车上去。"

黎苏元说："不用了，我背上她，你们在后边扶着一点就行。那，倩兰怎么办？"

"这事有黎涛和杜泰呢，你就放心吧。"

葛俊中扭头对马如斌说："我们先去了，宋倩兰就拜托黎涛和杜泰两位了，一定要保证她的安全。马队，现在，可以通知黎秀芳的一儿一女回家了，记住，只通知他的儿女，别让其他人掺和进来。"

"好的，葛队。"

躺在棺材里的宋倩兰从棺材里坐起来，简单吃了点东西，吃饱肚子后，又躺在棺材里装死人。

第九十六章　揭露真相

这是一口特制棺材，构造甚是精妙。

这口特制棺材底有两层，开凿有透气孔，即使上面盖上棺盖，人在里面也不会觉得缺氧难受，双层底的上一层像抽屉一样可以拉开，挡头是活的，下部与底板相连，就是将棺盖从上面钉死了，也可以从下面把棺材里的人拉出棺外。

宋倩兰暂时还不能从棺材里出来，因为肖刚局长说了，晚上段克非要来看黎秀芳最后一眼，到时候如果棺材成了空棺，非露馅不可，所以她还得忍耐一阵子。现在是演戏，并没有真的死人，且还有葛俊中、马如斌、黎涛、杜泰在场，她不觉得害怕，竟然还在棺材里面低声哼小曲吃零食呢。其实宋倩兰对待生死很是坦然的，她上无老下无小，没儿没女，孑然一身，何况她这一生活得也不怎么光彩，所以生死对她来说已经毫无意义。生，厚着脸皮多活几天也无所谓；死，不失为一种解脱，一个很好的归宿。宋倩兰想：咱这破身不值几个钱，能为古墓血案侦破工作做点贡献，老娘就是真的死掉了也没关系。

晚上七点半，女儿黎晓雯回到护陵小院。这几天晓雯正在外地出差，下午五点左右获知母亲遇害父亲失踪的消息后，心里十分焦急，一路倒了三次车，终于在天黑以前赶了回来。

"妈呀，我苦命的妈，您怎么不见你女儿一面就走了？"

黎晓雯一头扑进屋里，趴在棺头就哭，一把鼻涕一把泪哭得甚是伤心："告诉女儿，是谁把您害的？还有我爸。我要找他算账，为我爸为您老人家申冤报仇。"

棺材里面的宋倩兰，听见黎晓雯将自己当成亲妈痛哭流涕，开始感觉有点好玩，但后来竟然被黎晓雯哭得勾起伤心之事：我如果能有这样一个女儿多好？最起码，死后还有人哭两声。咱这倒好，光身子一个，唉，这辈子是没指望了，多积点德，等下辈子吧。

想到这里，宋倩兰忍不住暗暗落下泪来。

段克非副县长终于还是来了，有肖刚、葛俊中等人陪同。引人注目的是，黎义芳也在随行之列。

段克非等一行人神情肃穆地走进停灵的北屋。段克非先是向黎秀芳的灵位上了香，敬了一盅酒，烧了纸，然后向死者三鞠躬，默哀三分钟。完了，眼里噙着泪花，呆呆地望着黎秀芳的遗像，嘴唇翕动，似有话要说但欲言又止。

这一切，都被细心的肖刚看在眼里。

"马队长，请把棺盖揭开，我想瞻仰一下秀芳的遗容。"嘴里喊着马队长，却没等马如斌开口，便主动上前欲揭棺盖。

"且慢，"肖刚一把抓住段克非的手腕说，"段县长，人有卑尊，死者为大，既然已经盖棺论定，就不必再骚扰死者了，让她安静些吧。"

在段克非眼睛里闪现了一下一丝怒气很快恢复正常："老肖说得对，是我有些情不自禁，我失态了。"

肖刚想：不错，你是失态了。不过，你不是真心瞻仰黎秀芳的遗容，而是想核实一下黎秀芳是不是真的死了。

"黎义芳。"肖刚喊了一声。

"肖局长，我在。"黎义芳灰黄而僵硬的脸上丝毫看不出任何表情。

"你认识死者吗？"肖刚微笑了一下说。

"认识啊，从小就认识，按辈分我该叫婶子了，秀芳婶。"

肖刚嘴角挂着一丝笑容："秀芳不错但却不是你婶子。"黎义芳一副茫然不解的样子："肖局长，此话怎讲？"

肖刚将嘴角笑容一收，正容说道："黎秀芳，她不是你的婶子，是你的母亲，亲生母亲。你也不是她的侄子，是她的亲生儿子。"

肖刚此言一出，满屋皆惊。

"怎么会呢？我的亲生父母在凌云市。"黎义芳有点发蒙。

"错，大错特错。那是你义父为了掩盖事实真相，也是为了你的安全才那样讲的。你是黎秀芳的亲生儿子，这一点不会错，我肖刚乃公安一局之长，不会随便乱说。"

段克非副县长更是大吃一惊："什么？黎义芳是黎秀芳的亲生儿子？不像，

一点都不像。"

肖刚又微笑了一下说："段县长，你是说，黎义芳不像黎苏元的模样？"

段县长的眼神显得有些许慌乱："哦，对对，我就是觉得，他与老黎的模样有很大差别，或许是你老肖弄错了。"

"不会的，"肖刚仍然微笑着说，"我的情报不会错。段县长，谁说非得模样相似才算父子？也有模样根本不一样的父子，如果黎秀芳在嫁给黎苏元之前，肚子里就已经有了别人的孩子呢？"

满屋子的人又是一惊。

段克非先是一惊，而后很快恢复正常神态："呵呵，老肖你说笑了。哪会那么巧合？"

"段县长，我是说如果，未必真有其事。不过，黎义芳就不一样了。"

"老肖，有啥不一样？"

肖刚表情严肃，一指黎义芳说："黎义芳确实是黎秀芳的亲生儿子，但你不是。"

肖刚的这句话把黎义芳吓得不轻，噔噔噔向后退了三步。葛俊中和马如斌迅速上前将黎义芳夹在中间。奇怪的是，尽管黎义芳表现出十分恐惧的样子，而面部表情却始终没什么变化，还是一样的灰黄色。

"肖局长，你的话我越听越糊涂了。"

"你一点也不糊涂，清楚得很。因为，你根本就不是黎义芳。"

仿佛一颗炸弹在在场的所有人中爆炸开来，人们震惊得张大了嘴、瞪大了眼睛。特别是黎晓雯，既惊骇，又一脸茫然之色。

"肖，肖局长，何出此言？"黎义芳圆瞪着惊恐的眼睛问。

"你不是黎义芳，你是我的手下，在县人民医院杀死程小羊后畏罪潜逃的刑警王寿山。"

"肖刚，你胡说，我不是王寿山，我是黎义芳。"黎义芳显得异常激动。

"拿下！"肖刚厉声喝道。

葛俊中和马如斌一左一右，将王寿山抓了个结实，将一副锃亮的手铐戴在王寿山双手上。肖刚走到王寿山面前，在他的面部上抚摸了几下，一把将他脸上的人皮面具揭了下来。黎涛和杜泰大惊，尤其是杜泰，吃惊地说道："你，你，你不是黎义芳？你骗得我好苦啊。肖局长，这，这是怎么回事？"

"杜泰同志，说来话长，以后我会给你解释清楚。踏破铁鞋无觅处，得来全不费功夫，王寿山，你以为化装了，老肖就认不出你来了？愚蠢。葛队，将王寿山带回警局连夜审讯。"

黎晓雯不但震惊，更有丈二金刚摸不着头脑的感觉，圆睁着一双水灵灵的大眼睛问道："肖局长，黎义芳真的是我哥？我还有个哥哥？我怎么像在做梦啊。"

"晓雯，你不是在做梦，是真的。"

肖刚望了段克非一眼，只见段副县长脸色铁青，眼睛直勾勾地凝视着被葛俊中带走的王寿山背影，狠狠地说道："妈的，该死。"

"段县长，你说什么？"

段克非察觉自己失态了，不好意思地笑了笑说："我被这厮气昏了，在我们公安内部，竟然出了这么一个败类，该死。"

肖刚也是怒容满面："段县长，这是我的失职，我应该负完全责任。"

"这不是追究谁责任问题的时候。你失什么职？王寿山在县公安局都十几年了，你才来几年？这跟你没半毛钱关系，老肖。"

"对这样的败类一定要严惩，你说是吧？段县长。"

"对对，"段克非的怒容稍微缓和了一点，"严惩，一定要严惩。"

待段克非、肖刚等离开后，杜泰对马如斌说："马队长，下一步我们怎行动？"

马如斌说："先把宋倩兰放出来再说。"

杜泰看了看坐在棺材前头烧纸的黎晓雯："马队长，不是还有戏要继续演吗？"

"要演，但宋倩兰同志没必要窝在棺材里了。按当地风俗，即使是大热天，也要停灵五天后才能发丧，总不能让宋倩兰在棺材里闷上五天吧？闷不死，也要把人憋疯了。还有，一个大活人，而且还是个女人，要吃要喝要拉的，在里面不方便。"

"就是呀马队长，就让我出去透透气吧。"宋倩兰在棺材里听马如斌这么说，一高兴，立刻大喊大叫起来。

"我的妈呀，棺材里怎么有人说话？哎呦，闹，闹鬼了？"黎晓雯一听棺材里发出人声，吓得花容失色，娇躯乱颤，结结巴巴地说："我妈她，诈尸了？变成厉鬼了？"

马如斌笑了笑说："晓雯别怕，你听我说。"

于是，马如斌一五一十地把事情的来龙去脉说给了黎晓雯。黎晓雯一听摸着胸脯说："我的妈呀，吓死我了。原来里面是宋阿姨呀，那我爸妈呢？"

"已经把两老安置在一个隐秘而安全的地方，你和你的兄弟，要配合我们把这场戏继续演下去。"

"那就好，那我就放心了。谢天谢地，阿弥陀佛。怎么，马队长，这戏，还要演？"

"对。"马如斌笑了笑说："还得演，咱这戏是连续剧上下两集。"

杜泰一拉晓雯说："晓雯姐，戏还得演下去，这关系到古墓血案侦破工作的成败。你要演得像一点，千万别在关键时刻砸了锅。"

马如斌也略带歉意地说："不好意思，为了挖出盗墓集团幕后黑手，我们奉肖刚局长命令布置了这台戏。为了把这台戏演得逼真，还需要你和你的弟弟黎勇大力支持和帮助。"

黎晓雯这才破涕为笑："马队长，我们姐弟俩这边没问题。你可别忘了，我曾经是黎明剧团的知名演员呢，演《灵堂记》最拿手。"

"好，"马如斌满意地说，"感谢各位了，这台戏咱还得继续演下去。杜泰，等天亮了，你去村里喊个人来当主丧，咱必须把丧事办得像那回事。"

"不用找别人，咱村支部书记黎小原，就是全村著名的主丧。"

"小原支书能来再好不过了，就这样定了。"

翌日早上六点，黎勇也回来了。黎勇走了一路哭了一路，眼睛都红肿了。一放下行李，赶不上清除满身风尘，也不顾上舟车劳顿，匍伏在妈妈的灵前放声大哭。

"小勇，弟弟，起来说话。"

"姐，爸妈他们到底怎么啦？"黎勇擦了擦眼泪，怒眼圆睁，紧握着拳头问道，"是谁害死了咱妈？咱爸呢？告诉我。"

"勇儿，你随我来，姐有话对你说，关于爸妈的事。"

黎勇抽泣着，跟着黎晓雯走出家门，缓缓向古墓地走去……

第九十七章　灵棚设伏

王寿山自知罪孽深重，横竖是一死，只承认杀害程小羊一事，其他的拒不交代，说他什么都不知道。

"怎么办？"葛俊中说："王寿山死不交代把黎义芳藏在何处。"

"没关系，"肖刚微微一笑说，"他不交代没关系，咱们仍然有找到黎义芳的办法。走，去古墓地护陵小院一趟。"

第三天下午，按照当地风俗，在室外搭建好灵棚后，将死者的棺木从室内移到灵棚里面。

从今日开始，从早上一直到午夜，儿女们要轮流在灵堂守孝，香不可断火，皮油灯要每隔一段时间添加一些油，剪剪灯花，保证油灯明亮。这是在没电的年代形成的老规矩，现在农村通电已经三十多年了，灵堂悬挂着两盏五百瓦的大灯泡，晚间灯光明亮，照耀如白昼，但老规矩不能废，有了电灯照样还得点上皮油灯。

晚上九点，忙碌了一天的人们陆续回家休息去了，灵堂里只剩下黎晓雯、黎勇姐弟俩。杜泰和黎涛守在室内，张华则带领古墓警务室的刑警，轮流在小院周边巡察。

夜深人静，转眼到了午夜一点多。

黎勇有些困了，直打哈欠，眼皮老是打架。晓雯见状心疼地说："小勇，回家睡一会儿吧，我先守着，你四点来接我的班。"

"我不困，还是你先去睡。"

"还说不困？眼都睁不开了，听姐话，去吧。"

"姐，那就辛苦你了，我四点准时来。"

虽说是自己的亲妈，但照片被镶在上带黑边的相框里，看上去总觉得有点怕怕的感觉。明知道是在演戏，但毕竟是在灵棚里，又是下半夜，幽幽静夜，环境特别，夜深人静时，一片树叶掉在地上都能听得见，加之不远处就是一大片的黎侯古墓群，四周弥漫着浓重的恐怖气氛。小时候晓雯就常听人们讲故事说，晚上古墓地阴气重，深更半夜是鬼魂的活动时间，傍明大公鸡一叫唤就没事了，鬼魂都回了地府，日出，阳气重生，人们又开始活动。小时候在夜晚古墓地，她也曾见过人们传言的那种飘忽的鬼火，长大后读书多了，明白了事理，才知道那是磷火。虽然从小在古墓长大，习惯了古墓地的阴幽环境，且有民警们在周围巡逻，但黎晓雯毕竟是个女孩子，风偶尔一刮，树叶簌簌一响，晓雯就忍不住打个寒战。

晓雯坐了一会儿，站起来在皮油灯里添加了点油，剪了灯花，拨了拨灯捻，打了个哈欠。她走到供桌前，望着黎秀芳的遗像，轻轻地说道："妈，我口渴了，回去喝点水，一会就来。"

说完，黎晓雯向漆黑的夜空看了一眼，又打了个哈欠，捂住嘴，转过身，向护陵小院走去。

就在灵堂里没人守灵空档里，一个身穿夜行衣黑巾蒙面的人鬼鬼祟祟地潜入灵堂后，直奔黎秀芳的灵柩。站在棺木前，黑衣人侧耳聆听了一阵，然后用微微颤抖的双手抓住棺盖，试着推了一下，发现棺盖未钉死，大喜，再一用力，将棺盖推开，然后慢慢地揭开盖在死者头上的白绫。陡然，黎秀芳的尸体一下子睁开眼睛，呼地坐了起来，黑衣人吓得大叫一声，亡魂皆冒，妈呀狂呼一声就要飞遁。

"你既然来了，还能走得了？"

棺中人飞快地探出一只粗壮的大手，像一把铁钳死死抓住黑衣人的一只胳膊，咔嚓一声，将手铐锁在黑衣人的右手腕上，手铐的另一端则铐在自己的手腕上，人跟着从棺材里一跃而起，落在地上，一把撕掉黑衣人脸上的黑巾，一张丑陋的面孔立刻暴露无遗：狮子鼻，浓泡眼，脸部上小下大，模样活像个大黄梨，两撇小胡子呈八字形，嘴阔唇厚，牙齿暴豁。

"是你？焦山县彩虹小家电门市的焦爱得焦老板，不，还有凌云市壁崖底村外喜迎春饭店的假何山。你行啊，消息够灵通的，什么时候从凌云赶回来的？不管你是焦爱得还是何山，今天你是有来无回，认栽吧。"

黑衣人惊恐地瞪大眼睛："你，怎会是你？马，马大队长，那，黎秀芳的尸体呢？”

"行啦，这就用不着你闲操心了，跟我走吧。"

焦爱得垂头丧气地说："唉，这回玩完了。"

马如斌将黑衣人带回护陵小院，进门就向北屋喊道："老杜，杜泰，快来看，你的老朋友到了，还不出来迎接？"

仇人见面分外眼红，杜泰在假何山的脸上狠狠扇了一巴掌，骂道："好你个假何山，我操你祖宗！"

"他不是何山，他是焦山县彩虹小家电门市的焦爱得焦老板。"

马如斌让另外两位刑警连夜将黑衣人押回警局。为安全起见，肖刚决定由自己亲自审讯，葛俊中负责记录。

"姓名。"

嫌疑人挤了挤那双浓泡眼："何山。"

"真实姓名。"肖刚厉喝道。

"焦，焦爱得。"嫌疑人打了个寒战，吃惊地抬起头，脸上流露出惊恐的神色。

"籍贯，职业。"

"晋北焦山县，彩虹小家电门市个体。"

"焦爱得，在这里请不要耍小聪明，焦山警方有你的犯罪记录，有处理结果备案，你要明白，我们去焦山找过你之后，焦山警方就已经把你列为嫌犯盯上了你，没有抓你，是怕打草惊蛇影响到我们这里的古墓血案侦破工作。说吧，你为什么要改名换姓从焦山跑到凌云？到凌云是要截杀孙子貌，还是要阻止杜泰寻找黎义芳？你和喜迎春饭店老板胡非是什么关系？你没有和我们讨价还价资格，唯一的出路是老实交代问题。"

"我明白，明白。"焦爱得面色苍白，大汗淋漓。

"明白就好，现在立功为时未晚，我们会按照实际情况，以你的立功表现折扣减轻你的罪行。何去何从，你可要考虑清楚了？"

焦爱得低着头，满头大汗，豆大的汗珠滴落在地上，两腿微微发抖。

肖刚审案，对疑犯历来讲究攻心为上。焦爱得本来就是个十分圆滑的人物，惯于见风使舵，他知道自己落在警方手里，按自己的所作所为，量刑一定不会轻了，现在听肖刚这样讲，眼珠滴溜溜一转，思谋良久，突然大叫道："警官，我坦白，我愿交代我知道的所有情况。以前，我不清楚你们刈陵县文物活动情况，也不认识其他人，只和孙子貌单线联系，从刈陵方向流出来的各种文物，基本上都是通过孙子貌卖给我，我再转手卖出，从中谋取高额利润，完了俺俩平分。后来，在紫微帮帮主大哥的威逼下，无奈之下我这才加入了紫微帮，在帮里排行十一，专管倒卖文物……"

焦爱得最后说："这次来灵堂，是因为孙子貌打电话对我说，那批文物根本不在他手里，而是藏匿在黎侯古墓群其中一个空墓穴里，那批文物很可能已被黎苏元夫妇所获。孙子貌在电话里说他行动不便，要我从凌云赶回来，找机会揭开黎秀芳的棺木，查清楚是不是黎秀芳真的死了，要是黎秀芳真的死了，则证明他的判断是正确的。"

"你确定这些天孙子貌就隐藏在他家里？"

"确定，今晚我就是在他家吃的饭，和我们一起吃饭的还有一个二十六七岁的漂亮女人叫武艳芳，这些天老太太病了，就是那个武艳芳做饭。"

"你说得可是古楼街弯脖巷十九号？你确定他妈病了？"

"古楼街弯脖巷十九号，没错。老太太在床上躺着，像是得了重感冒，又像气管炎一类，反正老是咳嗽。"

肖刚突然问道："认识黎义芳吗？"

"谁，谁是黎义芳？"焦爱得抬起头来，显得有点茫然。

"焦爱得，只必须老老实实配合我们行动，否则后果你自己清楚。在凌云，你曾经给杜泰说过，你和黎义芳是铁哥们，你不是还给黎义芳打过电话吗？怎么，现在又不认识了？"

焦爱得那酒糟红鼻头耸了耸说："你是说他啊，他不是已经被你们抓起来了吗？"

"我是说真的黎义芳。"

"警官啊，我真的不知道谁是真的黎义芳，我只认识你们抓起来的那个黎义芳。"焦爱得哭丧着脸说："不过，我好像见武艳芳下地窖送过饭，也许下面关着什么人。"

肖刚望了葛俊中一眼，葛俊中会意地点点头。

"知道他家地窖的准确位置吗？"肖刚又问道。

"知道，我进去验收过古董，那里面好大的，用青砖砌的墙，很精致，还通有电灯，通风口在他家柴房里。"

肖刚点点头说好。又偏转脸对葛俊中说："把手机给他，让他给孙子貌报个平安。"

葛俊中将手机递给他说："来，给孙子貌挂个电话，就说任务顺利完成，死者绝对是黎秀芳，准确无误。"

"好，我打，我打。"焦爱得用颤抖的手接过手机。

完了，肖刚对押解嫌疑人的两位民警说："押下去吧。"

第九十八章　抓捕嫌犯

　　审讯进行了两个多钟头，审讯结束已近凌晨四点。

　　肖刚伸了个懒腰，打了个哈欠说："焦爱得交代的情况应该没错，说明黎义芳有可能被紫微帮藏匿在孙子貌家的地窖里，今晚咱不能休息，葛队，你打电话给马如斌，告诉他一定要加强警戒。好，集合人马，马上行动，立即抓捕孙子貌。我们一定要解救出黎义芳，有了黎义芳，后天的戏就能成功百分之九十。"

　　肖刚又补充说："还要告诉马如斌，紫微帮的瘦猴和张浩石已经赶回刈陵，很有可能会与紫微帮的人一道潜入古墓群寻找孙子貌隐藏的文物，让他注意点，如有可疑人员擅自进入古墓地，不管其用意何在，一律拿下。从明天开始，从各大队中再抽调出一些精兵强将充实专案组力量，给马队他们加派人手。"

　　"好的。"

　　"葛队，参加抓捕行动的干警必须可靠，你要精心挑选，十五分钟后咱们开始行动。"

　　适逢阴历初三，天上没有月亮，只有数不清的星辰在一闪一晃地眨眼睛。云落，风起，公安局大院里的国旗被风吹得猎猎作响。十几个民警、武警荷枪实弹，静静地坐在会议室等待肖刚的命令。肖刚和葛俊中一身便装，腰板直挺，精神抖擞，显得十分精神。

　　见局长进来，同志们哗地一下站立起来。

　　目视着十多个即将出征的公安战士，肖刚表情严肃但面露慈爱，声音低沉但铿锵有力地做了简短的战前动员：

　　"同志们，为了国家利益和人民群众的生命财产安全，我们要去执行一项重大任务。这项任务不但有较大困难，而且有一定危险性，估计犯罪嫌疑人藏有利刃甚至枪支，特别是他曾当过侦察兵，武功和枪法都相当不错，具有很强

450

的反侦察能力和反抗能力，他母亲也是一个江湖高手，铁拐一抡就能砸碎一个人的脑袋，另外还有武艳芳等也有一身武功，制服这样一群犯罪嫌疑人十分不易，所以大家要特别小心。这个人手里有数十件古墓文物，掌握着古墓盗窃案和盗墓集团活动的大量机密，抓获嫌疑人对侦破古墓血案具有重大意义，所以要求同志们一定要机智勇敢，在保护好自己的情况下，尽量活捉嫌疑人，为了防止嫌疑人逃脱，我们行进时不开远光灯只用近光，更不鸣警笛，听明白了吗？"

大家异口同声地高声回答："明白。"

"好，出发！"

葛俊中的警车带头走在前面，后座上两名荷枪实弹的武警押解着犯罪嫌疑人焦爱得。

在行进的路上，肖刚用对讲机呼叫葛俊中："葛队，我们分一下工，你捉拿孙子貌，我控制王碧蕴，咱们同时行动，必须做到一击而中，这次绝不能再让孙子貌逃脱。将人捕获后，我们再去寻找地窖救出黎义芳。"

"好的，明白。"

警车迫近古楼街弯脖巷，葛俊中停下车，用对讲机联系上在弯脖巷十九号孙子貌住宅附近负责监控的三名刑警，刑警告诉葛俊中没什么异常，孙子貌还在家里。

来到距目标两百米处，肖刚和十多名刑警全部下车，葛俊中向肖刚汇报了目标情况，肖刚说："很好，行动。"

葛俊中在前面带路，十多名刑警、武警走在中间，肖刚则和另外两名武警押解着焦爱得断后。一行人借着夜色，悄无声息地朝弯脖巷十九号快速接近，到达目的地后，在侧面监视孙宅情况的刑警向肖刚和葛俊中打了个手势，意思是一切正常。葛俊中低声对身边一个刑警说："你们三个先上。"

三位刑警快速走到孙宅院墙跟前，两个人双手搭桥，将另一位刑警送上墙头。

孙宅的大门被打开，葛俊中手一挥，十多名刑警、武警迅速冲进院内。

孙子貌的卧室里开着灯，灯光从玻璃窗上折射到院子里。葛俊中贴近窗户，从玻璃上向里一望，见孙子貌正在床上搂着一个年轻女子亲吻，狂吻了一阵，激情过后，孙子貌忽然开口说道："都快天亮了，这个老焦怎么还不回来？

急死人了。"

女子用洁白如玉的双手抚摸着孙子貌的脸颊，风骚地说："你急什么急？管他呢，老孙，咱们先办正经事。"

说着，就去撕扯孙子貌的衣服。

"慢，芳儿，我想问你一句话，你不是和杜泰过得好好的吗？怎么会背着他做这事？"

"哼，他？除了事业还是事业，除了练功还是练功，天生木头一个，木头还高抬他了，说准确一点还不如块石头，一点风情都不解。"说着眼泪扑簌簌流了下来，"哥，我早就不想和他过了，等他回来后就去离婚。倒是你，大嫂都死去三年多了，你也不再找一个，五十来岁个人，能耐得住寂寞？尤其在夜里，真是难以想象，这三年你是怎么熬过来的？"

说着，又去扯孙子貌的衣服。

孙子貌将女子的素手一推道："不急芳儿，我先联系一下老焦，等他回来后哥一定让你欲仙欲死。"

葛俊中一听孙子貌叫那女子芳儿，又提到杜泰二字，心想这女子莫非是武艳芳？她不是在五龙山那边做紫微帮主的情人？难道，孙子貌又和紫微帮主接上了头？帮主大哥不是一直在追杀他吗？难道追杀孙子貌是紫微帮主故意安排的一出戏给我们看，故意引开公安部门的视线？让我们偏离侦破轨道？难道我们判断的原本就错了，这四十多天来，我们一直陷在紫微帮布下的迷魂阵中？不，不会错，肖局的思路是清晰的，他把孙子貌像耍猴子一样地玩弄于股掌之中，肖局的用意我清楚，就是想通过孙子貌引出隐藏在背后的神秘帮主大哥，在这场博弈中，紫微帮主和我们肖局都摆下了迷魂阵，都使用了障眼法，紫微帮主阴险毒辣，可咱肖局智慧过人更胜一筹。

"二哥，我给你说实话吧，我已经投靠了帮主大哥，大哥对我特好，他对你的表现也十分满意，派我来的目的，就是要犒劳你，你立功啦，只希望你以后能在大哥面前多替小妹美言几句，小妹就心满意足了。"

"呸，不要脸的东西，我真替杜泰脸红。"葛俊中暗骂一声。

看来肖局的判断没错，其实，孙子貌在黑白两道的博弈中仅是一颗被利用的棋子而已，紫微帮主下达的"追杀令"，只不过是障人耳目罢了，孙子貌忽而南忽而北地乱窜，可能也是紫微帮主的安排，只是没想到现在孙子貌竟然隐藏在家里。孙子貌，你这个王八龟孙打错算盘了，你这回不安全了，嘿嘿。

葛俊中将脸再次贴到玻璃上一看，女子的脸正好对着窗户方向，两只美丽的大眼睛水汪汪的，泛着淫荡的秋波，脸色潮红，知道这武艳芳春意正浓，不错，不是她武艳芳是谁？

葛俊中暗骂道：呸，贱货，杜泰娶了你算是倒了血霉。

嘤咛一声，武艳芳扑在孙子貌的怀里，将红唇印了上去。正在和武艳芳调情的孙子貌，压根都不会想到警方的人已经包围了他的住所。

"上。"

葛俊中在发出行动口令的同时，一脚将屋门踹开，五六个刑警、武警一拥而入，黑洞洞的枪口指向孙子貌和武艳芳。

葛俊中将右手一举说："战士们听令，胆敢反抗者击毙。"

"妈呀！"武艳芳蹲在床上，双手抱头，吓得瑟瑟发抖。

孙子貌哀叹了一声："唉，完了！"

肖刚这边行动较为麻烦一点。

当肖刚带人闯进王碧蕴的卧室时，这老婆子一顿她那一双小脚，猛地从床上弹起落在地板上，一阵密不透风的无影脚连番踢向肖刚的腰间、胸膛和脑袋。肖刚头一偏，王碧蕴一脚踢空，这老婆子确实有两下子，那小脚并未踢到，在半空中一变招，接着又是一阵连环脚。肖刚笑道："老东西，不愧是当年的女土匪玉面狐狸，年纪这么大了身手还这么好。"

"嘿嘿，小子，你没听说过，武功是越老越精纯？"

"哈哈，老婆子，你难道不清楚英雄出少年的道理？人老一岁，气血就亏一分，气血亏一分，功夫就打一次折扣。我老肖和你相比，就占了个年轻的优势，这是没办法的事。"

"你这是谬论。"

"那就试试看。"

突然，肖刚以迅雷不及掩耳之势，右手一把抓住王碧蕴的小脚，往后一拉又往前一送，左手斜斜伸向王碧蕴右手腕横纹上二寸两筋间，一把扣住了她的麻穴，王碧蕴浑身一颤，真气一泄，浑身瘫软，一点力都使不上了，任由肖刚摆布而无可奈何。

与葛俊中会合后，肖刚喝问焦爱得道："走，引我们下地窖。"

这一战非常完美，不仅从地窖里解救了黎义芳，还查获了近百件大大小小的古董，到底哪些属于古墓文物，要等专家鉴定了。

"好。"肖刚拍拍葛俊中的肩膀说："小伙子，干得好。收队。"

"肖局，"葛俊中猜疑地说："我感到有点不解，孙子貌一贯以狡诈奸猾凶残狠毒著称，怎么会一点反抗都没有，如此轻而易举地就被抓获，这还是紫微帮的副帮主吗？"

肖刚问道："你是觉得，他不像孙子貌？"

"我总觉得哪里有点不大对头。"

"可这个人，"肖刚看了孙子貌一眼说，"这个人分明就是孙子貌嘛，先回去再说。"

警笛声响起，四辆警车呼啸着返回局里。

经专家辨认，其中包括青铜鼎在内的三十二件古董，属于古墓失窃的国家一级、二级文物。

第九十九章　灵堂认亲

黎秀芳死后的第四天。

刈陵塔坡西关水库，人称"西湖公园"。这里绿树成阴，碧波荡漾，亭台楼阁，小桥流水，风景十分幽雅。早上六点多，西湖公园聚集了众多的晨练者，有划皮艇的，有打太极拳的，有跳舞的，有唱歌练嗓子的，有的则坐在草丛中闭目养生，还有的人在静心屏气专心致志地钓鱼。

钓鱼者中，有一个人特别引人注目，虽然身穿便服，但还是有人认出了他，人们热情地和他打招呼。

"肖局长早。"

"肖局长好。"

"好，你早，你好，出来锻炼身体啊。好，这样的习惯好。"

七点半左右，人们结束了晨练，陆陆续续回家了，水库边除了肖刚外，就只有在距他百米开外的地方，有两个人还在痴痴地等待鱼儿上钩。少顷，刑侦大队大队长葛俊中身穿青灰色运动衣，从假山后面小跑着奔到肖刚身边，作了几次深呼吸，又弯了弯腰，踢了踢腿，才开口说话："肖局，钓几条了，可否够咱中午打一顿牙祭？"

肖刚嘴唇一撮道："嘘，小声点，休要惊跑鱼儿。"

葛俊中随着肖刚努嘴示意的方向，见有两人在不远处钓鱼，心知肚明，微微一笑，低声说："知道了。"

"好。"肖刚冷不防大叫了一声，不远处钓鱼的那俩人吃了一惊，齐齐扭转脸来，望着肖刚，脸上流露出些许恐慌。

葛俊中趁势一看那两人，心里咯噔一跳：原来是你俩妖孽啊，看来焦爱得没说假话，在凌云市和张华他们明缠暗斗的紫微帮两大骨干瘦猴和张浩石，真的潜回刈陵县城了。而且，他们也够大胆的，竟然监视起公安局长来了。虽然俩人简单易过容，但水平太差，只跟黎涛学了点皮毛，故肖刚和葛俊中一眼就看穿了他俩的身份。

葛俊中哈哈大笑说："眼看鱼儿要上钩了，被你这一声好，吓没了吧？"

"没事，咱有的是耐心，我就不相信没有一条上钩的。"肖刚也哈哈大笑说。

"局长，你说，会不会真的是黎苏元杀了黎秀芳？都四天了，黎苏元仍然杳无音讯，到底跑哪去了？"

"哼，哪里跑？他能往哪里跑？迟早会把他给逮回来的。"

"肖局，以你的判断，明天黎秀芳就要出殡了，黎苏元会不会偷偷回来送妻子一程？"

"不管他回来还是不回来，明天的丧葬仪式照常举行。告诉同志们，只要黎苏元一出现，立即抓捕归案。"

"好的。"

在不远处监听的瘦猴和张浩石，收拾了渔具就要离去。肖刚又突然大喝一声道："好，鱼儿上钩了。"

瘦猴、张浩石一惊，回过头来，就见肖刚将渔竿往上一挑，一条草鱼被钓离水面，鱼好大个头，足有二斤多。

葛俊中高兴地说："肖局，看来，今中午有下酒菜了，赶快送回去交给嫂子让她给做一下，嫂子好厨艺。你说，咱清炖，还是红烧？"

"呵呵，别嘚瑟了，人早没影了。"

葛俊中四下里一瞧，这两人还真走掉了。

火红的太阳跃出东方，一片血色的云彩像是谁在天边放了一把火。五天后，黎秀芳的丧葬仪式如期举行。

该死的人不死，活得逍遥自在，不该死的人却死了，死得莫名其妙，阎王爷从来就没有和人世间的生灵讲过什么法理和原则。黎家庄人都在为一代美人的不幸离世而痛惜，也在为黎苏元的无端失踪而迷惑不解。

黎秀芳的灵棚高大而宽敞。

紧靠灵柩放着一张雕花大方桌，大方桌背后耸立着一座巨大的油炸牌楼，色泽金黄，红纸作底，感觉十分华丽。牌楼前面摆放着黎秀芳生前照片镜框，大眼睛，双眼皮，笑容可掬，是那样的迷人。供桌上摆满了三牲祭品，猪头鱼尾，豆腐白菜，荤素搭配，颜色各异，四个大盘里放了四个一斤多重的刘陵名吃开花馍，散发着畸形的香味。一把粗香插在一个古色古香的大香炉里，缕缕香烟袅袅升起，整个灵棚弥漫着浓重的檀香味。供桌前方，摆放着精制的白鹤菩萨一组，童男童女一双，灵棚的顶部，悬挂着成双成对的香幡、课幡、纸幡，等等。一切的铺排，都是当前农村最高规格。

灵棚前面的两根大柱上，用标准的行草体书写着一幅丧联：

上联：半世人生勤俭持家励后辈

下联：一朝归天香消玉碎悼亡灵

横批：懿德长存

整个灵棚及周围，透出一股阴森恐怖的气氛。

黎晓雯、黎勇姐弟俩披麻戴孝居于灵枢左右。孝男在棺头，手拿哭丧棒一根，泪流满面；孝女在棺尾，脸蒙白市布一方，期期艾艾。

按当地风俗，孝子们要先转供，所有的孝子绕灵枢供桌围成一个半圆形，司仪将亲戚朋友奉上的供品挨个儿放在盘子里，从孝女开始，轮着传递，每人作一个上举动作，高度高过头顶，完了传给下一位，直到把所有的供品转完为止。转供期间，音乐团伴奏曲子《备马牌》，这是当地戏曲上党落子中宴会喝酒时演奏的一段"劝酒令"，唢呐独奏，其他乐琴伴奏，间或敲打锣鼓，声音嘹亮，优美动听。

接下来，就是迎祭、烧纸、上香等相关仪式了。整套仪式按程序进行完毕后，司仪高声喊道："起棺。"

正在这时，忽听主丧喊了一声："段县长到。"

众人皆惊，一个普通老百姓的丧事，县长也会光临？

看热门的人们纷纷向两侧退后，给段县长闪开一条通道。不错，来者确是分管政法工作的副县长段克非。县级领导亲自出席一个守墓人妻子的丧葬仪式，非亲非故，惹人注目，因而众人一片哗然。

"县长给平民百姓上香，稀罕。"

"人家和黎苏元是好朋友嘛。"

"哼，好朋友？怕是跟秀芳是好朋友吧？超越界线的好朋友。"

"别瞎说，尊重死者吧。"

"不对，你们说得都不对，县长参加仪式，表示县委、县政府对黎侯古墓的重视，对守墓人的关心与尊重。"

"嗯，有道理，这才像人话。"

肖刚在灵棚门外站立着，精神高度集中，聆听着村民们的议论，注视着棚内的一切活动，眼都不眨一下。见段副县长行完祭祀大礼后就要起身离去，马上走进灵棚喊了一声："段县长且慢，还有我呢，陪我烧张纸吧。"

蓦然，灵棚外又是一片哗然。

一众四人昂首挺胸进入灵棚。走在前面的两位黎家庄村人都认识，县公安局大名鼎鼎的葛俊中大队长和马如斌副大队长。夹在两位大队长中间的一位男子，高大英俊。村民们纷纷惊呼道："这不是从黎家庄出走的黎义芳吗？哇，长成大后生了，仪表堂堂，一表人才。十多年不见了，义芳杳无音讯，他怎么突然回来了，还出现在黎秀芳的丧葬仪式上？怪了啊。"

段克非闻言转过身来，哇，众人又是一片惊呼，大家惊异地发现，黎义芳除身材比段克非高许多外，无论相貌、肤色、气质，和段克非副县长简直一模一样，像从一个模子里倒出来的。肖刚和葛俊中、马如斌相视一笑，相互点了点头。

段克非一怔，问肖刚说："老肖，这位是谁？"

"黎秀芳的亲生儿子。"

"什么？"

段克非惊奇不已："怎么没听说过黎苏元还有这么一位公子？"

"对，"肖刚微微笑着说，"黎苏元是没有这么一位公子，可黎秀芳却有这么一个可爱而帅气的儿子。"

此言一出，震惊了满场人众，大家开始议论纷纷：

什么？黎秀芳会有一个婚外儿子？不对呀，这不是西头黎培文的义子吗，怎变成了黎秀芳的儿子？难道黎秀芳在嫁给黎苏元之前，竟然和黎培文有一腿？义芳是黎秀芳和黎培元的私生子？也不对啊。这哪像黎秀芳和黎培文的私生子？黎培文黑瘦矮小，面目丑陋，而人家黎义芳面白耳大，鼻直口方，五官端正。再说了，黎秀芳是黎家庄村的第一大美人，怎么会看上黎培文？绝对不可能。

那位人称九爷的七旬老人开口说道："大家别瞎猜了，我知道是怎么回事，等发罢丧了，我告诉你们。"

黎义芳更是一头雾水，怔在那里茫然不知所措。他倒不是因为自己突然变成黎秀芳的儿子，在此之前肖刚局长已经明明白白地告诉了黎义芳一切。他惊奇的是，自己怎么和段副县长长得一个模样？再者，虽然乡亲们话说得难听，但也不是没有道理。难道我是……

他不敢往下深想了，只觉得心跳加速，头上冒出汗珠。

"老肖，确实有些意外啊，黎秀芳竟然还有个儿子？不信，我不信。虽然我不是黎家庄人，但从小在黎家庄村长大，每家每户的情况虽非了如指掌却也很是熟悉，义芳分明是黎培文的义子嘛，从凌云市佛崖底村收养的，怎么会变成黎秀芳的儿子？老肖，你肯定弄错了，弄错了。"

他嘴上这么说，心里比谁都震惊，眼前的黎义芳，除了身材比自己高一些外，其他部位和自己非常像，难道当年……

想起当年，段副县长突然间如遭雷击一般，身子一晃，眼前一黑，差点晕倒在地。

"怎么了段县长，是不是身体不舒服？"

"是，对对，老肖，老毛病了，高血压、低血糖，经常晕眩。"

肖刚一手扶住段克非，喊葛俊中说："葛队长，送段县长去医院看看，给段县长安排最好的医生，注意检查一下血液情况。"

葛俊中领会肖局的意思，遂回答道："好的，段县长，请。"

段克非走后，肖刚拍了拍黎义芳的肩膀说："义芳同志，黎秀芳确实是你的亲生母亲，她虽然没有养育你，但十月怀胎不易，生下你也是历尽艰辛，没有她哪有你？去吧，尽点孝心。"

"她，真的是，我亲妈？"

"对，是你亲妈。我的话你还有怀疑吗？"

"我亲妈，我的亲妈。肖局长，三十四年了，亲妈就活在我的眼皮底下而我一点都不知情，我，我还是个人吗？"

黎义芳泪水长流，哽咽着说不下话去。

"肖局长说得不错，我们是亲兄妹啊。哥，你就别自责了，你生下来就生活在别人家，你只有可怜，没有责任。"

"晓雯，我虽然被长时间蒙在鼓里一无所知，可咱妈已经不在世了，我都没有孝敬过她老人家，我没有责任，可我有愧疚啊！"

"哥，你就别在外面流浪了，回来吧，以后和我们生活在一起，好吗？"

"弟弟！"

"好，晓雯、小勇，过一段时间我回凌云把你嫂子他们母子接回来，黎家庄是我的根，我不走了。"

黎义芳激动地将黎勇揽在怀里，晓雯也扑了过去，三个人紧紧相拥，抱头痛哭。

情绪感染了在场所有的人，不少人跟着流下了眼泪。

司仪走到黎义芳身边说："义芳，别哭了，来，换上孝服，跪在孝子的位置上，然后给你妈上香，磕头。"

至此，丧葬仪式程序全部进行完毕，司仪一声喊："起丧。"

肖刚、马如斌目视着这一场不同寻常的丧事，相互一笑说："好极了，成功。"

众人面面相觑，对肖刚和葛俊中的诡异行为迷惑不解。

丧葬仪式结束后，晓雯和黎勇陪同黎义芳在护陵小院住了七天，破头七后上班去了，黎义芳暂时留在护陵小院，代替父母行使看护古墓义务。

第一○○章　秘密收网

听完肖刚的汇报，梁剑雄忍不住笑出声来："老肖，真有你的，把我的肚子都笑破了。"

"狐狸尾巴终于露出来了。"

"吸支烟吧，老肖，过过瘾。"

肖刚接过香烟，在鼻子上嗅了嗅："好，补充点尼古丁。"

梁剑雄其实也是个二等吸烟，肖刚也一样，吸烟，对他俩来说，纯粹就是一种消遣。

"老肖，奋战了一个多月，同志们几乎没有休息过，辛苦了。"

"可不是嘛。咱局里那对小宝贝马如斌、单如燕，本来是要在上个月举行结婚典礼的，可因为古墓血案，到现在都还没赶得去登记。"

"结婚乃人生大事。老肖，如果时间可以的话，先让小马和小单把婚事办了吧。"

"我也这样劝说过他俩，年轻人表示古墓血案侦破工作结束不了，他们就不结婚。"

"多好的同志啊。"

梁剑雄感慨地说："正因为有你们这样一批不怕困难，无惧艰险，无私奉献的公安战士，国家利益和人民群众的生命财产才有了安全保障，同志们都是好样的。"

"职责所在，义不容辞啊。"肖刚颇内疚地说："还有咱们的老刑警、文物侦破专家赵文杰，上月体检医生说，他的高血压病更厉害了，高压二百多，低压一百四十五，血糖、血脂也高于正常值，如果控制得不好，随时都会突发脑梗、心梗、中风等心脑血管疾病，轻者全身瘫痪，重者有性命危险。我也曾让老赵退出专案组，少做点工作多休息，好好调理一下。可是直到现在，他一天也没休息过。唉，是我这个局长对同志们关心不够啊。"

"也不能怨你嘛，要怨，也是怨那些丧心病狂的盗墓贼，他们就是恶魔、社会毒瘤，太可恶了，必须连根除之而后快。有他们在，咱们谁也安生不了。老肖，虽然同志们吃了不少苦头，但也取得了明显成效，从目前进展情况看，古墓血案侦破由被动转为主动，已到攻坚阶段。以后的工作看似好做了，其实暗流涌动，凶险反而大大增加，犯罪分子特别是紫微帮那位帮主大哥，穷途末路势必狗急跳墙，困兽犹斗，也许会与我们作拼死一搏，他们持有武器，个个会武功，狡诈凶狠，加上他们在暗处，咱们在明处，你们必须慎之又慎，加倍小心。为了彻底摧毁这两个盗墓团伙，将犯罪分子一网打尽，绳之以法，你们还要继续努力，一定要赶在黎氏寻根祭祖仪式举行之前，圆满完成古墓血案全部侦破工作任务。"

"梁书记，保证完成任务，绝不辜负领导和全县人民的期望。野兽、紫微两个盗墓团伙的幕后元凶已经浮出水面，脉络更加清晰。野兽派的头子，是不是曾建考还有待查证，我有个预感，曾建考失踪已有多年，可能早已不在人世。野兽派的头子，恐怕另有其人。而紫微帮的帮主，一定是咱们身边那个老宝贝无疑。当然，仅凭目前掌握的情况，还不能完全断定，情况往往会出人意料，也许我们的预测与实际情况存在一定差距，还需要继续验证，这个人太敏感、影响力太大了，如果弄错了不好收场，在没有十分把握情况下，不能轻易动他，我建议对他实施二十小时不间断监控，严密注意他的动向，他不动，我们也暂时不动，他一动，就拘捕。收网先从凌云方向入手，扫清外围，再将牛刨泉的野兽派一网打尽，最后集中兵力收拾紫微帮。"

"好的。地宫密道找到了吗？"

"目前还没有，但也为时不远了。王碧蕴已经落在我们手上，二十世纪四十年代，她是晋冀两省交界地带有名的女土匪，对密室暗道一类比较了解，据她交代，她曾受约进去过密室，开启密室通道按钮的是一个中年道士，是从一个神像后面进入密室的，按钮应该就在那座神像后面，至于在啥地方，什么样子，她当时没看清楚。那个中年道士我们见过，那天午夜假扮伤疤老道的，就是那个中年道士，我们先把他抓获，也可从他那里找到密室入口。以前我迟迟不抓捕那个中年道士，是因为野兽派头子的身份尚未确认，担心他受到惊吓隐蔽得更深，增加我们的侦破难度，现在情况有了重大转机，铲除野兽派的时机已到。"

"好，你先草拟一个行动方案，咱们讨论一下。对了老肖，告诉你个好消息。"

梁剑雄拿过文件夹，抽出一份文件递给肖刚说："这份文件是县文化局魏松林局长写给县委和田书记的专项报告，鉴于古墓不断被盗掘的情况，提起对黎侯古墓进行保护性发掘。县委常委会已经专题研究，决定三天后正式召开黎侯古墓保护性发掘启动仪式，由省文物研究所具体承担考古工作任务，省文物研究所所长乔鑫教授带领五名考古专家，后天上午从省城出发前来刘陵。你们的任务，是抽调部分干警，协同武警中队做好发掘现场保卫，确保考古研究工作顺利进行。我知道你们的警力有限，但发掘古墓对保护国家珍贵文物，研究刘陵发展历史十分重要，希望你们克服困难，在加快古墓血案侦破的同时，做好古墓发掘现场安全保卫。老肖啊，你身上的担子更重了。"

"太好了，这是大事，我觉得这项工作早就该做，如果能挖掘出有一定价值的文物，刘陵古黎国、古黎侯国就有了合法身份。"

"老肖，距离举行黎氏寻根祭祖仪式不足半个月了，我们的工作必须加快，从目前情况看，收网时机已到。"

"好。我回去后就安排部署，先从凌云方向开始，逐步向两大盗墓集团核心目标靠拢，最后一举端掉他们的老窝。"

"对，凌云方向的抓捕要秘密进行，先把那一猫一鼠逮回来，然后一鼓作气，将牛刨泉的伤疤老道，还有那个中年道士以及野兽派的众兽一举擒获。"

"地下密宫一破，野兽派势必土崩瓦解。"

"好吧，老肖，抓紧行动。"

"我这就去。"

黎侯古城，巨大的牌楼下，伫立着一对青年男女。男的三十岁出头，凤目剑眉，五官端正，魁伟壮实，身高一米七六以上，上身穿黄底红花对襟中式练功服，腰缠红褐色牛皮练功腰带，下身穿一条宽腿青色大裆裤，一看就是个练武之人。女孩二十五六岁模样，身高一米六八左右，身材匀称，肤色微黛，眉清目秀，天生丽质，杏黄紧身短袖勾勒出曼妙雅姿，一袭白裙尽展美女风韵。

这俩人，一个是杜泰，一个便是杨锦慧了。杜泰风度翩翩，杨锦慧端庄秀丽，这么一对年轻人立于人群中，有如鹤立鸡群，分外引人注目。

适逢古城庙会，早上七点多，古城商业街便十分热闹了。两千多米长的宽阔大街上，商贾云集，摆摊设点，连营一般望不到边。赶早会的人越来越多，大街上车水马龙，人头攒动，人来人往，熙熙攘攘。

"杜泰，离婚手续办妥了吧？今后有啥打算？"

"唉，锦慧，我真没想到家里会出现这么大的变故。我不怨她，也不恨她，是我的责任，我没有照顾好艳芳。草窝贫寒，陋室少金，养不下她这只金凤凰。"

杜泰闭上了眼睛，嘴唇在微微颤动。

"哥，你也太抬举她了，还金凤凰，我看就是只不值钱的野鸡。凡事都要想开些，天塌不下来，少了她地球照转不误，天下的好女子多得是。哥，艳芳去了还有我呢，你家里以后女人做的活，我全包了。"

"谢谢你锦慧。我想得开，人生不过如此，古人云，夫妻本是同林鸟，大难来时各自飞，日子过不下去的，也不是只我杜泰一个人。不过张浩石这小子也太缺德了，真是人心隔肚皮，画虎画皮难画骨，我真是瞎了眼，怎么就交了这么个东西？"

"纵观人世，一生一世不离不弃者居多，像你这种不幸婚姻毕竟是少数。人在做，天在看，举头三尺有神灵，善有善报，恶有恶报，多行不义必自毙，张浩石作恶多端，迟早会遭报应。事情已经过去，就不用多去想它了。"

杜泰眼睛里流露出复杂感情，有遗憾、有失望、有愤慨，更多的是无法挽救的婚姻带给他的痛苦。

在这个时候，杨锦慧能做到的，只能是用女孩子的温柔，给他一点阳光，给他一点温暖，给他一点宽慰。

人毕竟是人，不是没有感情的石头。杨锦慧看得出来，杜泰表面上说话时心平气和不见波澜，但武艳芳的背叛，毕竟在他内心深处留下一道难以愈合的创伤，他心里那份痛苦和失落感，特别是被人给戴上绿帽子的那种奇耻大辱，不是短时间就能抚平的。

杨锦慧清楚，杜泰不是没有眼泪，而是眼泪早被怒火烧干了。

第一〇一章　再探地宫

沉默，沉默。

大约数分钟的时间，两人谁都没有开口。

还是杨锦慧首先打破窘境，用纸巾擦了擦眼角涌出的泪花，压低声音说道："杜泰，你这个人最大的缺点就是心眼太好，出了这么大的事情，要是换作别人，早就动刀子了。谁也没长后眼能把未来看透，世上的事情变化无常，有几人能未卜先知？既然发展到这一步，说什么都没用了，以后的路还很长，该干啥咱还要干。我也有责任，我没替你看好艳芳，让张浩石这个大流氓大坏蛋钻了空子。唉！"

说着话，杨棉慧的眼泪就下来了，女孩的眼泪就是多。

以泪洗面后的杨锦慧，堪比雨后带露梨花，更鲜艳，更娇美，更加楚楚动人。杜泰斜瞥了锦慧一眼，心里莫名其妙地跳动起来。

"锦慧，这和你没有关系。感谢你在我困难时帮助我、关心我。你对我的好，我一辈子忘不了。"

"杜泰，我没用，只能眼睁睁看着一个美好的家庭瞬间破裂。"

"锦慧，你是个好姑娘，你无须自责，你已经尽力了，人各有志，由她去吧，只是她走得是条不归路啊。至于张浩石，听说从凌云潜回刈陵，就是上天入地掘地三尺，我也要把这小子找出来碎尸万段。"

"对，找出来，碎尸万段。咱们走走吧。"

俩人臂膀挨着臂膀往前走了几步，在一个小笼包、油条糖糕、豆浆豆腐脑的早点摊位前停住脚步。

"哥，饿了吧？"

一句体贴的话，仿佛一股暖流，更像一股电流，杜泰好感动，有点口吃地说："锦慧，杜泰要，要是有这样一个亲妹妹，多好？"

"哼，谁要做你的妹妹？"

杜泰一怔："对不起锦慧，我又说错话了。"

"榆木、石头，真的拿你没办法。"杨锦慧含情脉脉地望着杜泰，脸上突然飞过一片红霞。

"谁是木头，谁又是石头？锦慧，咱肚子也饿了。"突然，俩人身后有人搭上了腔。不用看，杨锦慧就知道是谁了。杨锦慧扬起有点发烧的脸，嗔道："小马儿，大坏蛋，偷听人家说话，不害羞。"

"哈哈，我害什么羞？我又不急着找婆家。"马如斌笑着，大马金刀地坐到杜泰和杨锦慧的对面。

"还说，小心我告诉小单，说你调戏良家妇女。"

"我一个人民警察，会调戏良家妇女？冤枉啊。"马如斌忽然收住笑容："不说笑话了，我是奉肖局命令来找老杜，有大事相商。这里不是说话的地方，来，咱们先吃点饭，回家再说。"

"马队长，凌云那边怎么样了？"杜泰问。

"有圆觉师太，他们几个哪能逃脱？吕一兰，就是陷害你的那个人，暂时扣押在当地警方。紫微帮的张浩石和瘦猴这俩人已经逃回刈陵，正在抓捕，圆觉师太在凌云警方的配合下，押解着野兽派的一猫一鼠正在赶往刈陵的途中，如不出意外的话，今晚就能回到警局。老杜，佛崖底村西那个喜迎春饭店新老板马炎，其实就是假黎义芳客串的，这个假黎义芳就是杀死程小羊逃亡江湖的公安局刑警王寿山，呸，败类，人渣，也不知道他从哪里学来的易容术。"

杜泰摸了一下后脑勺："听起来怎么这样复杂？我都听晕了。"

马如斌、杨锦慧忍不住笑出声来。杨锦慧说："榆木脑袋，也就只有你糊涂，别人都心里清着呢。"

马如斌说："我想你在凌云那段时间，每天就是晕晕乎乎的吧？"

杜泰傻笑着说："嘿嘿，那倒是。"

看到杜泰这个憨态可掬的样子，杨锦慧笑得流出了眼泪。

吃过早点，杜泰、杨锦慧坐进马如斌的车里，马如斌驾车慢慢驶离古城，向黎家庄奔去。

"马队长，找我有啥事？"

"和我一块去牛刨泉一趟。"

"找那个中年道士？"

"对。"

"我也去。"杨锦慧笑容可掬："小马儿，不，马队长，还有我。"

"不行，"马如斌正容说，"锦慧，有我俩就够了，人多了反而不方便执行任务，你的任务，就是给杜大哥看好门，打扫一下卫生，中午烧几个菜，等着咱凯旋后庆功喝几杯。"

"哼，大男子主义，轻视妇女，侵犯妇女合法权益。"

杨锦慧小脚一跺，小嘴儿一噘，不吱声了。马如斌努努嘴说："嘻嘻，杜大哥，哄哄她。"

牛刨泉三圣殿和往常一样，香火旺盛，游人如织，善男信女接踵而来。

马如斌身穿便衣，鹰一样的眼睛扫视着三圣殿内流动的香客。另外三位刑警同样身穿便衣，跟在马如斌的身后，他们的任务，是寻找中年道士和神像后的地宫暗道入口。

杜泰在殿外，他的任务是寻找伤疤老道。在没有发生古墓血案之前，杜泰曾经来过几次，也见过伤疤老道。

与杜泰同行的，是一个年约四旬的中年人，看身材，在一米七五左右，不胖不瘦，肌肉发达，标准的美男子，但看面部，则令人大跌眼镜，脸色青灰，嘴歪眼斜，奇丑无比。奇怪的是，此人脸色呆滞，面无表情，显然是易了容的。

不用细述，这位正是肖刚安排在紫微帮内部卧底的黎涛，当然是易容了的。肖刚怀疑伤疤老道不是原貌，应该是乔装打扮了的，所以才让黎涛跟随马如斌执行这次任务，找机会揭穿伤疤老道的真面目。

也只有黎涛，才能胜任这项工作。

杜泰、黎涛则扮成游客模样，在三圣殿前后搜索。一方面，寻找大殿后面隐藏的地宫暗道入口，另一方面，等候伤疤老道出现。

"黎涛，我就不明白了，你怎么混入紫微帮了呢？

"唉，杜哥，一言难尽啊。"

用极低的声音，黎涛讲述了他误入紫微帮的前因后果……

五年前，黎涛经营一部中巴车跑长途，专跑刈陵到太原一线，生意也还凑合。一天下午在从太原返回刈陵途中，忽然遭遇五个劫匪抢劫，为了旅客安全，他将客车停在路边，与劫匪展开殊死搏斗，无奈寡不敌众，身中数刀，正好孙子貌开车路过，两人联手，威力大增，五个劫匪自然不是对手，被打得落荒而逃。

为了报恩，黎涛认孙子貌为大哥，在孙子貌的引荐下，参加了一个神秘组织，这个神秘组织就是紫微帮，在帮内排行第三，号称"老三"，身份仅在孙子貌之下，排在孙子貌前面的"一号"很少出面，准确地说从没在五龙山露过面，目前身份还不能完全证实，与大哥一样也是一个神秘人物。黎涛因有一手易容绝活，深得帮主大哥的器重。黎涛是个具有正义感的人，误入狼穴，也是情非得已，后来他才发现，这是个专门从事盗窃古墓的团伙。在秘密加入紫微帮期间，因为他有一手易容绝技，所以大哥安排他专职易容，没有参加过任何活动。

他本来是想退出该组织的，但迫于大哥淫威，不敢轻易退出，唯恐遭来杀身之祸，直到后来在黎氏祠堂他结识了刑警张华……

从此，他受肖刚局长委托，隐伏在紫微帮内，伺机查清楚"大哥"的真实身份。然而，这个大哥要么不出面，偶然出面还是黑巾蒙面，而且黎涛还发现，这个大哥在和属下讲话时，是专门变了声的，他肯定，绝不是原声。所以直到目前，他也没弄清这个神秘人物的真实身份。不过，他的易容术实在高明，大哥也从来没有见过黎涛的真面目。在经营客车跑长途那段，每次出门，他都会简单易一下容，他这样做并非有意做作，只不过是正常的练功课程，也就是锤炼技艺，所以孙子貌所见到的"黎涛"，也非其真实面孔，要不，他也不会在紫微帮安全地混下去。

他需要立功，以功折"罪"，否则这辈子他都无法见人，更无法面对他的恩师圆觉师太。

"黎涛注意，目标出现。"

黎涛定睛一看，就见那伤疤老道在不远的地方弯腰扫地，当黎涛望向他的时候，老道正好也抬起头来，看了黎涛一眼。黎涛心里一跳，这老道面目好可怕好凶恶，见到黎涛，本来混浊的眼神，一下子明亮了许多。

黎涛暗道：好你个老杂毛，你骗得了别人，还能躲过我黎涛这双火眼金睛？如果我判断无误的话，你的年龄绝对超不过四十岁。

第一〇二章　陷入困境

牛刨泉的山顶，有两株合抱粗的老松，古树参天，枝叶繁茂。

为了不引起伤疤老道的怀疑，黎涛举起相机，对着山头古树拍了两张照片。当相机从他的眼部移开的时候，老道突然不见了。

"怪事，也就短短十几秒钟的时间，这老道怎会消失？而且消失的速度这么快，身手如此敏捷，是一个垂暮之人所能表现出的行为吗？"

老道的瞬间消失，越发验证了黎涛的判断：这个老道不老，应该是个比较年轻的人，他那副老态龙钟面目丑恶的样子，应该是装出来的。抬头扫视了一圈，除了几个游人在古柏前观赏留影外，没有其他异常。黎涛敏锐地感觉到，暗室通道的机关应该就在老道刚才站立的地方。他看了看杜泰，见他痴痴呆呆的，望着三圣殿后面墙上一个石制的拴马桩出神。

"怎么啦杜哥，有发现？"黎涛低声问道。

杜泰看了黎涛一眼，没说话，只是用手指了指镶嵌在墙上那个拴马桩。黎涛点点头表示会意，背了手，装出若无其事的样子，缓缓地走近杜泰。不错，墙上的拴马桩是有点奇怪：过去行路主要靠骑马，墙上有个拴马桩本属正常，关键是，这个拴马桩细细看来有点特别，这样的拴马桩黎涛在别的地方经常见，包括许多寺庙和村庄里有钱家的老宅子，但真正用来拴马的，拴马桩的中下部都有明显的绳索磨痕，而这个拴马桩光秃秃的根本没有一点绳索打磨过的痕迹，这只能说明一点，这个拴马桩根本就不是用来拴马的。

那么，拴马桩不拴马，只为了装饰？也不合情理。

二十多米长褐红色的大殿后墙一片素净，什么也没有，搞这么个拴马桩，岂非画蛇添足？

那么，这个拴马桩镶嵌在这里只有一种解释：另有它用。黎涛用手抚摸着光溜溜的拴马桩，摸着摸着，心中一动，微一用力向里一按，奇迹出现了，拴马桩旁边快速开启一道小门，小门小到只能容纳一人侧身进入。杜泰大喜："黎涛，找到暗门了？"

说着，就往里钻。

"慢。"黎涛右手一举，将他拦住。

"怎么了？"杜泰大为不解。

黎涛没有放手，他知道，一放手小门就会关闭。黎涛用手摁着拴马桩，对杜泰说："杜哥，你对黑道的这些东西不熟悉，我好歹在紫微帮混了五年，对机关暗道略知一二，你在外边守着，我进去探一下。杜哥，如果我超过三十分钟没出来的话说明我遭遇了不测。记住，你千万别进来，去找马队长共商对策。"

"这个，"杜泰有点不太情愿，但黎涛说得确有道理，自己啥也不懂，进去没用，只好说，"那你小心一点，如果有危险，就赶紧往回撤。"

"好的，我进去了。"

话音刚落，黎涛快速向小门一闪，右手同时松开拴马桩，只见小门迅速关闭。关闭后，开启小门的地方又与墙壁融为一体，且根本看不出任何痕迹。杜泰惊叹道："好家伙，够精致了啊。"

且说黎涛闪进暗门之后，身后的暗门自动关闭。暗道不是太高，大约两米，两侧墙壁上，每隔一段装有一盏电灯，虽然光线较暗，但也能看得清四壁和地面，况且黎涛也是练过武功的人，目力自比一般人要好得多。略一停顿，黎涛正欲举步，忽一想不对，得先找到从里面开启小门的按钮，要不一会儿怎么出来？然而，刚才开启小门的地方，平展如初，已与墙壁合为一体，细细观察了一阵，黎涛大惊，根本找不到开启暗门的开关。人虽惊异，但黎涛天生胆大，略有慌张但并不害怕，心想：罢了，我先往里走一段看，至于怎么出去随后再说，进入地宫后，自然就能找到另外一个出口。

事已至此，只能走一步说一步了。

黎涛掏出手机试着拨了一下，此一惊非同小可，这暗道里，竟然没有信号。黎涛想，如果突遇危急情况，如何与外界联系？虽然有点惊恐有点急，但也没用，既来之则安之，随机应变吧。

黎涛深呼吸了几口，平复了一下心情，然后胸脯一挺，依然向暗道深处缓缓走去。

470

这一段暗道不算太长，估计有七八米，走到尽头，没路了，面前三面是墙。死路一条？黎涛想：不会吧，既然是通往地宫密室的通道，总该有门才对，那么暗门在哪里？这时，黎涛才感觉到，这个地宫设计得太巧妙了，简直就是鬼斧神工。黎涛闭上眼睛，略一运功后睁开眼，眼前的景物比刚才清晰多了。黎涛仔细观察内墙和山墙，看有无开启暗门的机关。突然，黎涛眼睛一亮，发现在通道内墙距地面约一米八高的地方，有个像纽扣大小的东西。在平滑无物的墙体上，没有别物，唯有这个东西，像纽扣又像一枚围棋的黑色棋子。黎涛想，难道这就是暗门的机关？心里想着，伸手轻轻按了一下这个像纽扣一样的东西，一触之下，奇景立现，只听一阵轻微的声响过后，墙上居然开启一道小门。

　　黎涛大喜，连想都没细想一下，便一脚踏了进去。

　　和大殿外面的那个暗门一样，人一进，暗门即很快自动关闭。当暗门一关闭，里面竟然没有一点光线，一片黑暗，伸手不见五指。

　　这回黎涛可真感觉到有点害怕了：妈呀，这是啥鬼地方？虽有些惊恐，但毕竟艺高人胆大，黎涛急忙打开手机，借着手机微弱的光亮，旋身一看，大吃一惊，这那里是砖墙？上下左右全是钢板，光滑而坚硬，整个空间非常狭小，估计仅有两三平方米。

　　"不对，"黎涛马上反应过来，"这是一个陷阱，我被困在里面了。"

　　黎涛也算是走南闯北的人了，什么样的凶险他没遇到过？但陷入这样的险境当属首次。他赶紧用手在四周摸索，试图能找到开启暗门的机关。他坚信，既然能进来，就一定能出去。然而，他绝望了，摸过之后，四面墙壁上光滑如镜，根本找不到任何按钮一类的东西。这还不算，更要命的是狭小的空间里密不透风，不一会儿，黎涛便感觉呼吸有些困难了。这回他是真害怕了，一阵恐惧袭上心头：我的妈呀，即便自己有一定功力，能够支撑一阵，但十五分钟内还找不到出口的话，则凶多吉少了。他马上开始运功，让心肺逐步适应当前的缺氧环境，行功之后，呼吸略有改善。他清楚，仅凭运功抵抗，也只是权益之计，解决不了根本问题，要想活命，必须尽快找到出入口机关。

　　十多分钟过去了，出口机关还是没找到，而这时，因严重缺氧，黎涛呼吸越来越困难，脸色涨得通红，浑身青筋暴露，局部毛细血管甚至开始出血。他感觉到情况糟糕到了极点，最让他害怕的是自己已经无力挽救自己了，因为直到现在，开启暗门的按钮还没找到。他的意识开始模糊，眼前突然出现一条无尽头且黑幽幽的通道，有一股神秘的力量推着他向前疾走，身体轻飘飘的灵魂似乎已经出窍，正沿着幽黑深邃的空间向上飞腾。

死神在一步一步地向他迫近。

黎涛拼着全身力气想竭力阻止飘升的身体，但没用，自己的身体像风中的一片落叶一片羽毛，不再受地心引力，忽忽悠悠向幽暗而深邃的空间飘去。终于，他再也无力抵抗了，一阵晕眩，手机脱手，整个人瘫坐在地上，昏了过去。

就在这时，靠里面的一道钢板墙一阵轻轻响动，缓缓开启，一个中年微胖道士跨进来，望着昏过去的黎涛嘿嘿冷笑一声说："天堂有路你不走，地狱无门你偏进来，老伙计，你自投罗网，怨不得贫道了。小子，算你命大，走吧，宫主有请。"

中年微胖道士说的这些话，黎涛没听见，因为他已经是多半个死人了。

道士扛起昏迷状态的黎涛跨进暗门，随手在暗门一侧一按，钢板墙立马恢复如初。

守在地宫外面的杜泰，一边目视左右察看附近有无异常情况，一边注意黎涛的信息。半个多小时过去了，黎涛音讯全无。

"喂，小涛，情况怎样？"

杜泰预感情况有异，急忙掏出手机拨打黎涛的电话，但显示其所处的位置无法接通。杜泰意识到地宫里面可能过于密封，没有信号，或者，黎涛遭遇了不测。他有心开启暗道进去一探，但又怕里面机关重重，自己没有这方面的经验，被困住。想了想，最终还是拨打了马如斌的电话："马队，这边有情况，速来三圣殿后面。"

马如斌闻讯赶来："老杜，有什么情况？"

杜泰有些焦急地说："黎涛进暗道有四十多分钟了还没动静，手机又联系不上，里面可能没信号，这可怎么办？"

"入口你们找到了？"

"是，在这里。"说着，杜泰一按那个拴马桩，暗门迅速开启。

"你们在外面守着，我进去看看。"马如斌对杜泰和另外三位刑警说。

"里面恐怕很复杂很凶险，你要小心啊。"

"没事，在警校时学过一些机关暗道方面的知识，应该能够应付。"

第一○三章　再遇凶险

马如斌进去后，身后的暗门快速合上，马如斌同样吃了一惊，回头查找开启暗门的按钮，和黎涛一样，一样地没找到。没找到不等于没有，只是现在黎涛陷于密室，生死未卜，他没有心思也没有时间琢磨这个。

"管他呢，先进去再说，万一能抓到个小野兽一问不就行了？"他说的小野兽，当然是野兽派的小喽啰了。

马如斌在上警校时学过一些机关暗道方面的知识，但也只是学了一些机关暗道设置特别是机械传动方面的原理，学员们对这些东西也不怎么重视，都什么年代了，哪还会碰到这些破玩意儿？在平时的案件侦破中，确实也没有出现过机关暗道一类的案例，反正近几十年来在中国公安侦破史上还没有见到过，机关暗道之类在二十世纪三四十年代是普遍存在的，大多是明清时期的帮派或者其他黑道组织留下的老古董。新中国成立后，所有的土匪黑帮被解放军一扫而光，机关暗道之类大多被拆除。没想到，这里竟然还有过去遗留下来的机关暗道等地下设施，且还被犯罪集团发现并利用了。

所幸马如斌还掌握了些许破解机关暗道的方法，虽然只学了点皮毛，但总比一点都不懂强得多。

进得暗门后马如斌发现，暗门在暗道的右侧，左边这段约有七八米的样子，右侧这段很短，也就三两米。马如斌想：进入密室的暗道会在左边还是右边？从眼前的情形看，右边这段通道较短，一眼就能看得清清楚楚，而左边这段通道有七八米，设置机关暗道空间较大，所以按常规暗道的暗门应该设计到路线较长的左侧，这段正是黎涛刚才走过的方向。马如斌正欲举步，忽又一想，不对，黑道人物就是黑道人物，他们的行事方式方法有悖常理，从来不会按常规出牌。或许，将暗门设计在右侧也未可知。

他决定，先试一下右边，不行的话再换方向。

他这一决定犯了个致命的错误，和黎涛背道而驰，马如斌怎么会找到黎涛并帮助他解脱困境？当然不会了。

从暗门到顶头也就三两步远，走到顶头山墙处后，马如斌发现三面用白石灰涂抹过的墙壁上非常光滑，而且干干净净，平平展展，一丝斑点都没有。这里空间狭小，除了外墙，只有山墙和内墙，哪有什么机关按钮？又仔细察看了一次，马如斌确定，这里绝对没有开启密室暗门的开关。

既然这边没有按钮，那就返回吧。他没有原路返回，他原本是想先从右侧顶端开始向左侧顶端的山墙逐步搜索，通道高不过两米，总长不过十余米，通道内的光线虽然较暗，但仍然能看得清楚，马如斌的内功在刘陵县公安局仅次于肖刚、葛俊中，散打功夫甚至比葛俊中还要略高一筹，加上他在警校好歹也学了点关于机关暗道方面的知识，他坚信，墙上只要有开关按钮，无论大小，都不会逃过他的眼睛。

就在马如斌返身刚走出一步时，忽然感觉在墙上摸到一物，这物件很小，像普通纽扣大小，表面像个半球形，马如斌大喜：莫非这就是开启暗门的开关？他没有移开手，而是就势轻轻往下一按，只听嚓嚓嚓嚓一阵轻微响动过后，面前竟现出一个半米宽一米多高的暗门，暗门下面有台阶，暗道里也有灯光，但比上面通道的灯光要暗许多。

马如斌弯下腰向里望了望，见台阶弯弯曲曲一直延伸到下面看不到的地方。

"好，总算找到了。"马如斌如释重负，长长出了口气。

里面不会有暗器吧？诸如暗箭、飞刀、枪弹之类的，甚至毒气。念头一闪，马如斌自己哑然失笑：不就是个普通的地下密室的通道吗？什么时候学得如此狐疑起来？走吧，没事，小心点就是了。通往地下的阶梯处虽然光线不太好，但以马如斌的视力绝对没有问题。关键问题是这些台阶的安全性能，如果不小心一脚踏在机关上，射出一蓬暗箭或冒出一团毒气烟雾怎么办？他小心谨慎地伸出右脚踏在第一块台阶上试了一下马上收回脚，见没什么动静，这才踏上第一个台阶。第二个台阶他如法炮制，试一下再迅速收回脚，见还没动静，这才大胆地继续往下走。如此这般，他边试边走，就这样走一个台阶试一下脚，走了十多阶未见异常。

马如斌笑着摇了摇头，自语道："看来，是我多虑了。"

谁知"虑"字刚离口，就觉脚下的台阶一松，陡然间，他站立的台阶连带上下两级台阶与整个地下台阶分离开来，急速下沉。

马如斌大吃一惊，慌忙气沉丹田，吸一口气，旋身后跳。他估摸，这一跳几乎用尽力气，应该脱离险境才对，但万万没想到台阶下沉的速度奇快，他这一跳足有两米多高，但仍未够到上面那一节台阶，人又垂直下降，还落回原来的地方。由于跳起来时用力过大，回落时方向出了一点偏差，身子竟然落在最下面那个台阶上，他的上身失重剧烈晃动了一下，差点扑出台阶外面。台阶外面空心，距四处墙壁足有两米远，眼看就要跌空，马如斌就是马如斌，不愧为刘陵县公安局刑侦大队的副大队长，遇险后的冷静程度实属罕见，危急关头，马如斌又猛吸一口气向后翻了一个跟斗，落下时正好落在第二个台阶上，总算化险为夷。真的好险，如不是马如斌采取紧急措施，这一脚踏空掉下去，即使不粉身碎骨，也会摔个半死不活。

三级台阶很快落了地，连一丝轻微的震动都没有，三级台阶平稳落地后，眼前的墙壁跟着裂开一道暗门，也许是台阶落地自然触动了开关。马如斌暗叹一声：想不到，我是这样走下台阶的。台阶距离暗门两米多，青石铺就的地板黑幽幽发出亮光，马如斌不敢大意，唯恐这两米方寸之间再有什么玄机，一时不敢迈步。

只听一阵磔磔冷笑从暗门里面传出："没有想到马大队长就这点胆量，大胆向前走吧，不会有机关的，本宫主只想和马大队长交个朋友，没有伤害马大队长的意思，我知道你不会相信，不过说老实话，如果本宫想要你的命，从你进入密室开始，有十条性命也没了。"

尽管有疑虑，但马如斌一想也是，暗门里面的人说得并不是没有道理，咱在明处，他们在暗处，如果想要咱的命真的是易如反掌，想必眼前这一小段地板上应该没有什么陷阱才对。于是，马如斌哈哈一笑说："野兽派的人难道尽是些老鼠不成，只敢躲在地洞里不敢见人？有种的，现身出来啊。"

"嘿嘿，"暗门里面的那人又一阵冷笑说，"省点儿吧，到了我这里，只能老老实实地听我的话，逞口舌之勇是没用的。你也甭使用激将法，不错，我们就是老鼠，可你进了我们的鼠洞，你就是一只厉害的猫又能怎样？别废话了，老子没空在这里和你瞎磨时间。"

"哈哈，如果我猜得没错的话，你就是在庙院里扫院的老道，有种你就待在那里别动，我倒要看看你是个什么样的妖魔鬼怪？"

两米，对于具有轻身功夫的马如斌来说根本就不用走，只见他腰身略微一躬，两腿一用力，凌空跃进暗门。

然，进去之后，自称本宫主的那人早没了踪影。里面竟然和地宫上面一样，只是一个通道，四周根本没有门。

马如斌嘿嘿冷笑了一声，大声说道："鼠辈，什么破宫主，你就是这样和马如斌交朋友的吗？这就是你的待客之道？"

没人应声。

马如斌正欲寻找一下，看有无开启密室的机关，忽见面前的墙壁咔嚓嚓一阵轻响，墙壁倏忽向两边开启，大理石地板，华丽的大吊灯，地宫的正中央还有一座制作精美的小型假山，假山上亭台楼阁，石桥古塔，飞瀑流泉，应有尽有，一座装饰豪华别致的地宫蓦然出现在他的眼前。

马如斌看呆了：哇，想不到，这三圣大殿的下面，还有这么处神奇的地宫，怪不得我们一直找不到野兽派的总坛。

马如斌先是将脑袋探进去看了一下，马上退出一步说："休要低估了马如斌，你们这大门之上不是门框，应该是一把横着的利刃吧？待马队长往里一走，你们发动机关，马队长的脑袋就被你们给切下来了，是吧？"

"呵呵呵呵。"

蓦然，一阵鬼魅般的身影一闪，眼前多了一个奇丑无比的伤疤老道。老道那只独眼放射出绿色的光芒。马如斌一看，不惊反笑："呵呵，我只听说过道士捉鬼，还没有听说有道士装鬼的。你这副熊模样，怕不是你的本来面目吧？"

"算你有能耐。"话音一落，人影一闪即杳。

"站住，哪里走？"

马如斌一急，也不管有没有危险了，一个箭步便跨进地宫。

进去一看，哪还有人？只有空荡荡的一座大厅。

第一〇四章　遭遇不测

说空也不空，大厅里摆满了蒲团，该是道士们念经做课用的吧？呸，什么念经做课？马如斌哑然失笑：一众强盗，一群假道士，杀人越货，偷鸡摸狗的，还念什么经做什么课？这必定是他们开会议事的地方。

马如斌细细打量了一下这个地宫，整个地宫呈正方形，四五十平方米，地宫虽然美丽壮观，装饰豪华，但空无一人，静得可怕。再看四面墙壁，北面是个巨大的屏风，南墙中间开一大门，东面有三个长长的木架，木架上插满了刀枪剑戟一类的冷兵器。目光移到西面墙上，马如斌心里一动：墙上悬挂着的，是二十几个不同野兽的雕塑图像，前面挂着白花的九个兽头十分引人注目：鹰、虎、豹、狼……这些狰狞可怖的凶兽猛禽头像，在一闪一灭的暗红灯光映衬下，颇有点阴曹地府的恐怖气氛。

"算你小子有眼，即使不是本宫本来面目那又怎样？你一个将死之人，给我说这些又有什么用处？马队长，我知道不只你们老公安处心积虑要想毁灭我的野兽派，紫微帮那个老小子，也早就想把我这野兽派一口吞了。我也知道自盗掘黎侯古墓以来，我的人马七死八伤，损失很大，运气急转直下，这是我野兽派建派以来最大的惨败。耻辱，奇耻大辱！"

马如斌能够听得出来，这人躲在屏风后面，且应该是在一个暗室里，屏风只是个遮掩。老道的声音忽忽悠悠，似远又近，飘忽不定，但马如斌确信，他就是伤疤老道，这回一定是他，不是前些天和李亦昌照面的假冒货。

似远又近飘忽不定的声音再度悠然响起，伤疤老道的话语里略显激动："我更知道你们迟早会发现我这地宫，找到我们的总坛，不过你不是找到了吗？找到了又能如何？马队长，告诉你吧，我们是盗掘过不少古墓，但黎侯古墓里的宝藏我们一个也没有拿到手，那些古董文物，全在紫微帮二掌柜孙子貌那厮手上。"

"孙子貌是紫微帮二掌柜？不是你们的人？"马如斌有点惊异。

"废话，是我们的人我为何要追杀他？"老道话题一转，说道："不对吧，你是否在玩弄本宫的智商？孙子貌是谁的人，你比我清楚的多。"

"你可否能告诉我谁是豹子？野兽派参与盗窃古墓的六人中，有五人死于非命，唯独豹子不见了，怎么解释？"

"聪明。"伤疤老道回答说："佩服你们公安人员的推理能力，孙子貌是紫微帮的二当家。紫微帮以为杀死我们的人，宝物就是他们的了，他们哪会想到，孙子貌生性贪婪，眼见一大堆的宝物在手里，他能不动心？至于豹子是谁，恕不便相告，我只能给你说，这个人该杀！"

"谁给你的滥杀权，你有杀人的权力吗？"

屏风后面沉默无声了。一分多钟后，屏风后面的伤疤老道突然语气一变道："小子，你的问话太多了，这是我的地宫，不是你们公安局。"

"老道，你不说不等于我们不知道。我再问你，道西村有个叫张烁奎的，是你杀的没错吧？你为什么要把他残忍地杀害？孙子貌已经落到了我们的手里，老道你神通广大不同凡人，应该早有耳闻吧？"

"嘿嘿，"伤疤老道又是一阵冷笑，"张烁奎该死，他执行任务不力，给我造成很大的麻烦，而且他知道我的情况太多，不死不行。至于说你们抓住了孙子貌？更是笑话，你以为孙子貌那么容易就会被你们抓到？幼稚。"

"什么？"马如斌有些吃惊："你这话什么意思？"

"愚蠢，笨蛋，我不但知道你们抓的不是真正的孙子貌，而且孙子貌他娘也是假的。"

老道此话一出，马如斌更为吃惊："你说的话可是真的？"

"嘿嘿，对一个将死之人，我用得着说假话吗？"

"此话怎讲？"

"你们抓到的那个孙子貌，是别人冒充的，就连他娘也是假的。子貌的娘是什么人？当年赫赫有名的女土匪头子玉面狐狸，你们太低估玉面狐狸的能耐了，你们难道不知道世界上所有的动物中，就数狐狸最狡猾吗？俗话说狡兔还三窟呢，何况是个有七十几年道行的女土匪头子玉面狐狸？"

"那你可知道，这假扮孙子貌和他娘的是何许人？"

略停一小会儿，伤疤老道忽然发出一阵哈哈大笑："小子你莫要和贫道耍滑头，人就关在你们警局，还用得着来问我？况且，小子，你以为我会对你说实话吗？"

马如斌也哈哈大笑着说："你会的。"

"为何？"

"因为我是个将死之人。"

沉默。隔了一会儿伤疤老道才又开口说道："马队长，你太聪明了，差点忽悠得本宫中了你的招。话我不能说透，有本事你们自个儿查去，我的话已经够多了，现在我什么也不关心，只关心我那被你们抓去的几个弟兄。"

马如斌又是一惊，他知道我是马如斌，而我却不知道他是谁，只此一点，我已经输了。

"你的意思是……"

"聪明。两条路：其一，用你换回我那几个弟兄。其二，杀掉你，为我那些屈死的弟兄报仇。"

"老杂毛，你的心胸也太狭窄了吧？你那些弟兄是紫微帮杀的，为什么要算到我们公安部门的头上？冤有头债有主，你该找谁找谁去，拿我马如斌开刀算什么英雄好汉？"

"哈哈，小子你错了，"伤疤老道突然语音一变，嘶哑地说道，"我原本就不是什么英雄，也不是什么好汉，充其量我就是一个视文物古董如生命的普通人，所以我也没有那么宽广的胸怀，想说什么说什么，想干什么干什么，这是我一贯的行事原则和作风。我把话说明白了，放了我那几个弟兄，我保证会给你留个全尸。否则，哼，就休怪贫道手下无情了，我会让你粉身碎骨死无葬身之地。"

"放不放你那几个野兽，不是我说了算，何况，我们的政策历来是坦白从宽，抗拒从严，只有他们自己才能救自己。老杂毛，你也别跟我吹大话，你身边可用之人没几个了。"

"你怎会知道我身边没几个人了？"

"呵呵，老杂毛，"马如斌笑着说，"瞧你挂在墙上的那些个大小野兽，半数以上已经挂上了白花，还有几个挂上了黄花，如果我猜测不错，挂上白花的已经死了，挂上黄花应该是失踪。挂着红花的，你自己数数，还有几个？你马上就要变成孤家寡人了，还有什么资本和资格与我谈条件？"

又是一阵沉默无语。

"我佩服你们公安人员的观察能力，不过，那上边悬挂的，仅是我的二十几个正副坛主而已，我每个分坛有多少人，你可知道？"

马如斌冷笑一声说："我没必要了解那么清，不过你们不管有多少野兽，最终都会被我们一网打尽。"

"这么说，"老道略一停顿才又说，"你是不打算和我合作了？"

"嘿嘿，你想我会吗？"

"那就别怪贫道我无情了，副宫主。"

"在。"

在众兽像的西墙后面，一人应答道："怎么处置？"

马如斌一怔：难道，这地宫的四周都有夹层？一定是的，老道和那个什么副宫主，就藏在夹层里，所以才只闻其声，不见其人。他不由得赞叹道：好一个精妙的地下密室。

"还用说？老办法，捆绑四蹄，塞住嘴巴，绑在水泥块上，沉到漳河里喂鱼去。"

"好的。"

好字刚落地，只见从东面墙上飞出一条绳索，像条毒蛇一样向马如斌射过来，速度奇快，根本容不得马如斌躲闪，便将马如斌捆了个结结实实。马如斌大吃一惊：这老杂毛，说动手就动手，还真是一窝不通人性的野兽。

"带下去。"后面的伤疤老道冷冰冰地说。

"慢。"马如斌喊了一声。

"反悔了？"

"反悔你个头，我有话说。"

伤疤老道冷笑着说："反正你就要沉到漳河喂鱼了，让你再多说两句也无妨。好，说吧，有什么遗言要我传达给你那位如花似玉的女警察单如燕？"

马如斌一惊：好厉害的老道，连我和她的关系也知道？想想如燕，马如斌的心猛地往下一沉，眼睛有些润湿：如燕，如燕，亲爱的，说好了古墓血案结束后就和你去办理结婚手续，看来我俩今生无缘了，如燕，你好自为之吧，祝福你。

马如斌牙一咬，强将差点就滴落下来的眼泪吞回肚子里，头一扬道："没有那个必要。我只是想，总得让我做个明白鬼吧？"

"什么意思？"

"我死之前，想知道你是谁。"

屏风后面没声音了，好大一会，伤疤老道才说道："好吧，贫道就满足你最后这个心愿。"

马如斌瞪大眼睛注视着屏风后面，只听一阵簌簌作响，屏风一分为二裂开一条半米宽的缝隙，老道一闪身从屏风后面现出身来，两片屏风自动合为一体。

"你不就是想看到我的真面目吗？"

待老道扯掉假发、胡须、撕下假面具后，出现在马如斌面前的，竟然是个三十五六岁的年轻人。

"李小君？"马如斌惊愕得张大了嘴，"怎么会是你？"

第一○五章　一尘道士

　　牛刨泉后山脚下，几十户人家散乱分布在山坡上，东一户西一户的，每家都有一段距离。村南头土崖下有座很小的院落，门前杂草丛生，房屋破旧不堪，看样子，这里已经很长时间没人居住了。

　　然而，此刻的破屋子里，却睡着个人。

　　不知睡了多长时间，黎涛悠悠醒了过来。

　　睁开眼睛，一阵白光刺得他眼睛生疼，急忙又把眼睛闭上。从远方传来隐隐的泉水声，不少鸟儿在窗外飞来飞去，叽叽喳喳叫个不停。黎涛吸了一口气，感觉气血顺畅，经脉毫无凝滞之感。

　　"小子，醒了？算你运气好，捡回一条命。"

　　耳边响起一个低沉的男人说话声，感觉声音很低，来自远方，出于求生本能，黎涛下意识地聚气运功，将真气惯于双掌，蓄势待发。

　　"没这个必要，兄弟，我要有害你之心，你早死一百回了。"男人似乎察觉到他的举动，笑了一声说道："这里是牛刨泉的后山，别担心，这里很安全的。"

　　这回他听出来了，是那个微胖中年道士，难道，是他救了我？

　　"别多想了，先养好身体再说。"语气中颇有关切之意。

　　黎涛暗自泄掉内力，不再做任何反抗的举动，但他没有立即睁开眼睛，他还在想没弄明白的几个问题。这里不但有光线，而且光线还这么刺眼，难道我已经被他救出了地宫？他为什么要救我？

　　他在拼命地想，试图回忆起此前到底发生了什么？

　　想起来了，黎涛终于想起来了……

　　在地宫，当他恢复了知觉苏醒过来后，发现自己已经置身于一间密室里，有一个怪异的声音在耳边说："别乱动，也别乱说，这对你有好处，否则的话你会死得很惨。"

这是间小小的密室，没有灯光，一片黑暗，墙壁上有四五个圆孔，外部灯光从圆孔里射进来，将密室的黑暗冲淡了许多。黎涛定了定神，凝目看了看说话的人，见这人四十几岁，一身道装，身体微胖，眼睛虽小但却颇为有神。

"是你救了我？"

看了黎涛一眼，微胖道士说："对，是我救了你，因为还不能让你死，你对我来说很重要，还有很大的用场哩。兄弟，我还是要防着你点，别坏了我的大事。"

说话间，连点黎涛三处大穴，黎涛只能张着嘴，瞪着眼，声音是一点都发不出来了，更无法动弹。

他狠狠瞪了蒙面人一眼。

"你瞪我干吗？看那边，有好戏看了。"

这是一间密室，虽然叫它密室，其实它只是一个夹层，有一米多宽，墙上开有四五个鸡蛋大的圆孔，每个圆孔下面放着一把小椅子。蒙面人推着黎涛坐在一把椅子上，向圆孔外面指了指，他自己也坐到另一把椅子上，目不转睛地望着圆孔外面。黎涛有些纳闷：看什么，有啥好看的？他也把眼睛移到圆孔上向大厅一看，心里一阵惊喜：看样子，像是地宫，难道这就是我想要找到的地宫？

从圆孔只能看到地宫的三面，对面一排插满刀枪剑戟的木架子，左面是一个很大的屏风，右面什么也没有，就是一堵光秃秃的墙。忽然，就见光墙上裂开一条纹，这条纹缓缓地向两边扩展。黎涛明白了，这就是密室的大门。以后的一切，黎涛在圆孔里看得清清楚楚，当马如斌被缆索捆绑后，伤疤老道下令要将他处死，黎涛大急，但急也没用，他被蒙面人点了哑穴，根本发不出音来，手上也软绵绵的没一点力气，根本就不能聚气运功。喊又喊不出，打又不能打，把个黎涛急得满脸通红，眼睛状似要冒出鲜血来。特别是伤疤老道现身，除掉假面具后，黎涛和马如斌一样地吃惊："原来是他？李小君！"

黎涛倒吸了一口冷气，他怎么会是野兽派的宫主？

……

"李小君，李亦昌的儿子，想不到啊，原来他才是野兽派的宫主，太意外了，简直不可置信。"

看出黎涛心中在疑问，中年微胖道士嘿嘿一笑说："兄弟，你不知道的事情还多着呢，比如你们帮的帮主大哥，比我们的宫主要神秘得多。不错，他，李小君，真的是我们的宫主。"

想到马如斌，黎涛又急了，身子一挺坐起身来。

"怎会是你，这是哪里？"黎涛问道。

"我给你拉上窗帘，你就可以睁开眼睛了，呵呵，小子，有两下啊，没想到你的内功颇有根底，在无氧状态下硬撑了二十多分钟没把你憋死，佩服。"

黎涛觉得眼前光线一暗，知道窗帘已经被拉上，慢慢把眼睁开。

一个微胖的中年道士立在床前，圆圆的脸，眼很小，面白无须，一身藏青色道袍，脚登麻耳云鞋，笑眯眯地望着他。

"你是野兽派的二当家，绰号老虎，道号一尘。我说得没错吧？你为啥要救我？马如斌怎么样了，你们把他怎么样了？"

"明知故问，没听宫主说扔进漳河喂鱼吗？据我所知，被宫主判了死刑的人，还没有活着逃脱的。"

黎涛大惊，破口大骂道："李小君，你太狠毒了，有机会让我逮着，一定活剥了你狗日的皮。"

"唉！"一尘叹了口气说，"不用你去逮他，自有公安会将他绳之以法，野兽派气数已尽，完了，抓到他那是迟早的事。"

听一尘这么说，黎涛有些惊讶："听你口气，似乎对你们宫主有看法？"

一尘没吭声，只是又叹了一口气。

"朋友，听你口音不是当地人吧？"

"没错，"一尘给黎涛倒了杯水放在床头柜上，"我不是本地人，老家河南，我的真名叫赵通。十年前，我到山西来淘宝偶遇宫主，做了几笔买卖，宫主见我精通古董文物，就劝我和他一起干，并委任我为副宫主。事后才知道他们的古董主要来自盗掘古墓，而我做得是正当的古董收购收藏。可我，唉。受人之托，忠人之事，这十多年来，宫主对我不薄，我怎能辜负于他？兄弟，我和你不一样，你是本地人，要在本地生存，而我，就是一只候鸟，此处不行，我另择高枝。我不想背叛宫主，但也不忍心看着他一而再，再而三地杀人。我知道你也是同行，在帮里也有不错的地位，我不如你，你能为公安暗里做事，可我不能，我有我的观点和立场，我宁愿为宫主去死，也不能做对不起他的事，背上一个忘恩负义的骂名。"

"愚忠，"黎涛摇了摇头说，"你这是愚忠，他给了你多大好处，你又受了他多大的恩惠，值得这样去为他尽忠？"

黎涛听一尘倾诉衷肠，知道他是一个良心尚未完全泯灭的人，现在挽救还来得及，特别是对付机关重重的地宫，没有他不行。但听他口气，起码目前还没有与野兽派划清界限并离开李小君的打算。黎涛也明白，这样的人太过讲义气了，一时半会也未必能让他回心转意，咱没那做人思想工作的经验和能力，我看这事还是交给肖局长他们去办吧。

想到这里，黎涛说："赵兄，感谢你救了我，我会报答赵兄的。我现在急需要了解的，是马如斌副大队长有无生命危险？"

"黎兄，马如斌有没有生命危险，就要看他的造化了，有时候，人算不如天算。"

黎涛听他话里有音，心里似乎有所明白。试着运了运气，感觉没有多大问题了，于是对赵通说道："赵兄，我还有急事，先去了，马队长这边，还得麻烦你多照应点。"

知道黎涛离去的决心已定，赵通也不便多说什么了，起身说道："好吧，我理解你的心情，兄弟，从这里沿着一条小径下山，往前走二里多路就到黎岩公路上了，这条线路，上、下午各有两趟班车，交通比较畅通。至于说马副队长，我只能给你说，想找到他，到漳河下游。"

人各有志，无法强求，黎涛毕竟是黎涛，而赵通毕竟是赵通。

见赵通心意已决，黎涛也不好再说什么了，尽管他真想让赵通告诉他马如斌到底在哪里，情况越详细越好。

"赵兄保重，"说着，掏出一个小小笔记本，从上面撕下一张纸来，写了个电话号码递给他，"这是我的电话，希望多联系，如有马队长的确切消息，麻烦你马上通知我，拜托了。"

"黎兄也多保重，我们弟兄非常投机，感谢老天让我遇到了你。这次别后，可能没机会见面了。"

黎涛一惊："赵兄何出此言？"

"我决定从此金盆洗手，隐姓埋名，不再过问江湖之事了。"

"赵兄，黎涛只有一事相求，你找到落脚点之后，一定要给我发个信息，好吗？"

"好的，谢谢黎兄了。"

别看黎涛人长得有些粗笨，但却挺机灵。他之所以要赵通找到落脚点后给他发个信息，自有他的妙用。虽然他知道，赵通最多给他报个平安，不会告诉他真实的藏身之所。

黎涛知道再说什么也没多大用了，起身向赵通告别，下山去了。

第一〇六章　发掘古墓

皇侯岭下，古墓地。

一大片沉寂了二千七百多年的古墓群，近日来突然热闹非凡，其中的十多座古墓已经被发掘，最先开挖的一号大型墓呈梯次形逐渐向地下延伸，深度已达五六米。

为有效阻止盗贼破坏古墓，杜绝古墓国宝文物持续流失，省文物局正在对黎侯古墓进行保护性发掘。

上午九时许，肖刚与梁剑雄一道，驱车前往西周黎侯古墓遗址现场办公，对古墓发掘情况进行调研。方圆一平方公里的范围内，警方拉起了警戒线，特别是开挖的一座大型墓，三座中型墓和六座小型墓周围，每隔十几米就有一哨，真可谓戒备森严。黎侯古墓的挖掘正在紧张进行，六位省文物局的考古专家，十多位县市考古工作者正在古墓切面上，用小铲小心翼翼地铲掉浮土，全神贯注，聚精会神，无论是什么东西，哪怕是破碗片、破缸片，专家们也要拿起来用小刷子刷干净浮土，研究上一番。

"魏局长辛苦了。"

见魏松林蹲在一号大型墓旁边，肖刚便走过去打招呼。不愧是个搞文化的，对发掘古墓特别重视，两眼紧盯着专家们的操作，全神贯注，眼珠子都不转一下，那股痴迷程度让人发笑。

肖刚望着梁剑雄笑了笑，拍了拍魏松林的肩膀说："好你个老魏，耳根聋了还是怎的。"

魏松林这才发现肖刚和梁书记来了，赶快站起来打招呼："哟，肖局长，你好你好！"魏松林伸出两只沾满泥土的手说："不好意思，瞧我这手，握手礼就免了吧。啊？呵呵。"

肖刚哈哈一笑说："没关系，这才像劳动人民的一双手。"

说着，抓起魏松林的手握在手里。

站在旁边的梁剑雄看着眼前这一文一武两员大将，开心地笑了："你们俩，真是一对活宝。"

"对啦梁书记，我正想找你汇报一下情况。"魏松林拍掉手里的泥土。

"发掘工作还顺利吧？"梁剑雄问。

"还算正常，不过，"魏松林皱眉说："快半个月了，除了挖出一些陶器碎片外，还没有挖到有特别价值的文物，我怀疑，古墓中的文物，恐怕丢失得差不多了。在发掘之前，专家和技术人员对发掘区域进行了初步评估，黎侯古墓群有大、中、小上百座墓，到底有多少座被盗，被盗后文物损坏和丢失的程度如何，还是个未知数。不过，仅从现场盗墓者留下的五六十个盗洞可以看出，千百年来，经过无数盗墓贼的疯狂盗掘，古墓已经遭到了毁灭性的人为破坏。"

"太可惜啊，太可惜，我们县委、县政府在保护古墓方面做得太不到位了，要不是古墓血案发生，恐怕再过一百年，古墓仍然得不到有效保护。"梁剑雄叹了一口气，稍停了一下接着说："不要急，同志们，急不得，考古这项工作十分清苦，更是件细心活，拼的就是个耐性。"

"是的，梁书记说得对。古墓虽然被盗严重，但我们坚信，应该还有盗贼们没有发现、没有盗掘的。说实话，日前急需挖出一件非常有价值的文物刺激一下大家的神经，振奋一下大家的精神。"

"耐心挖吧，一定会有所收获。安保方面没什么问题吧？"

"暂时还行，就是需要多搭建几个帐篷。一号大墓和另外三个中型墓，最好是在上面构筑保护设施，建议用钢架支撑，顶部晴天露天，下雨时蒙上塑料布，这样可以有效减少坑道积水。"

"行，这个我和县委田书记说一下，让城建局来做。肖局长，你那里还能挤出人手吗？"

"有点紧张，"肖刚望着正在开挖的十多座大、中、小古墓群，面呈难色，"经过一段时间的侦察与打击，我们已刑拘了二十多个盗墓者。目前我们正致力于侦破古墓血案，警力有限。这不？发掘现场的保卫工作，连黎家庄以及附近村的基干民兵都用上了。"

梁剑雄拍了拍魏松林的肩膀说："魏局长，这里主要靠你了，有事尽管说，不管有多大困难我们也要想办法解决，一定要确保古墓发掘顺利进行，不管结局如何，必须有始有终。"

"梁书记，据我所知，古墓发掘十多天来，为保证古墓发掘顺利进行，魏松林寸步不离蹲守在发掘现场，和专家们一道工作，魏局长真的很辛苦了。"

肖刚的一番话说得魏松林有些不好意思了："哪里肖局长，大家一样，你们其实比我们更辛苦，一方面要专心侦破古墓血案，另一方面，还要想方设法保护古墓发掘安全。特别是侦破古墓血案，面对穷凶极恶的犯罪团伙，警察同志们还要冒着生命危险。肖局长，我代表县文化局和考古专家感谢你们。"

"谢谢魏局长对公安工作的理解和支持。从发现古墓被盗，请求省文物局进行保护性发掘，到大面积开始挖掘，都是你一个人上上下下来回跑，如果这次考古工作能有大的收获，刈陵人民绝不会忘记你这个功臣。"

"没什么老肖，我只是尽到了一个文化人应尽的责任和义务。"

梁剑雄点点头，笑着说："在古墓保护和发掘方面，你们俩都是功臣。"

肖刚还想说点什么，嘴唇刚开启还未发出音，衣袋里的手机振动了，肖刚接起一听，脸色顿时大变。

"怎么了？老肖。"

梁剑雄感觉可能是牛刨泉方面出了点问题。

果然，肖刚一脸的凝重："梁书记，出事了，黎涛和马如斌出事了。"

"老肖，那你快去吧，我和魏局长再谈一些其他方面的事项。"

回到局里，葛俊中、徐玉龙、赵文杰、单如燕等已经在肖刚的办公室等候。单如燕看上去曾经痛哭过，眼帘红肿，眼睛里还噙着泪花。

"怎么回事？"

葛俊中的心情亦是格外沉重："肖局，杜泰报告称，他们找到了三圣殿后边的地宫入口，但黎涛和马如斌进去都快一个多小时了音讯全无，生死难卜。我想，他们一定是被机关暗道给困住了。"

"肖局，小马他不会有事吧？会不会已经遭遇不测？"

"小单，别瞎想，坚强点，看你眼泪汪汪的，这哪像个公安民警？我想情况还不至于那么严重吧？葛队，让大家下去准备，十分钟后集合去牛刨泉。注意，一律穿便衣，不开警车，以游客身份分批进入，牛刨泉这段时间是旅游旺季，游客比较多，不能惊动他们。"

肖刚看了一下表，上午十点二十分三十五秒。

尽管杜泰拥有一身相当出色的武功，人又聪明，然而毕竟只是一个普通的老百姓，没有受过专业训练，加上人太过老实，在黎涛、马如斌相继陷入地宫后，一时不知如何是好。还是三位刑警中的一位提醒他说："老杜，快把情况报告给葛大队长吧。"

"死老道，我真没用！"杜泰气得一拳捣在墙上，还不解气，又狠狠踢了一脚。

首批赶到牛刨泉的是肖刚和葛俊中。徐玉龙带两个民警在大门口警戒，监视出入游客中的可疑人物。单如燕则和另外几位民警在三圣殿前广场和大殿内巡察，看有无伤疤老道和中年道士的消息。

杜泰见肖局长和葛大队长来了，马上招招手说："肖局长，这里。"

肖刚打量着墙上这个石制的拴马桩，轻轻向里一推，一道暗门立现。杜泰马上说："肖局长，不能进，里面可能有陷阱。"

肖刚摇摇头说："我没打算进去，此刻进去也没用，进去多少个也会像黎涛、马如斌一样被机关困住，但愿他俩平安无事。"

"那，咱该怎么做？"葛俊中摸着后脑勺说："我也不懂这玩意儿。"

"解铃还得系铃人，要想破解地宫内的机关暗道，非伤疤老道和那个中年道士莫属。"

正在这时，黎涛给葛俊中打来电话，葛俊中精神为之一振，欣喜地说："肖局，黎涛有消息了。"

"快，问他在哪里？"肖刚略显焦急地说。

"黎涛，我们就在牛刨泉三圣殿后面，告诉我你现在的方位。"

"葛队长，我在牛刨泉山后的公路边，距离最近的洪河村约二里。"

"你不是在地宫里吗？怎么会在山后？"

"葛队长，电话里说不清楚，你赶紧来接我一下，有重要情况告诉你们，葛队长，一定要快，时间来不及了。"

肖刚知道情况紧急，立即对葛俊中说："葛队，你带俩民警去吧。我在这里守候。"

第一○七章　真凶逃脱

五分钟后，肖刚接到葛俊中的电话："肖局，我要和黎涛去救马队，黎涛报告说，那个伤疤老道是化了装易了容的，他的真实身份是李亦昌的儿子李小君，是否立即抓捕？"

"李小君？怎么会是他？真没想到。葛队，有小马的消息了？"

"马队目前有极大危险，我们得赶快去救他。"

"去哪里救人？"

"漳河下游南堡一带。"

肖刚有些不解："小马怎么会在哪里？需要支援吗？"

"不用肖局，有我们四个人足够，详细情况回去后报告。"

葛俊中挂断了电话。

正在景区大门口值勤的徐玉龙，忽见一辆黑色的奥迪轿车从景区里面冲出来，徐玉龙神经一紧：不对，这辆车有问题。

"停车！"

徐玉龙马上往大门中间一站，示意轿车停下。车子慢慢停下来，一个人从轿车里伸出脑袋说："是徐哥啊，辛苦了。"

"哟，是你呀李局长，怎么，有空了？来上香还是玩耍？"

车上正是李亦昌的公子，县土地局现在的副局长未来的正局长李小君。李小君一笑说："咱是共产党员，不信迷信，上什么香啊，这些天忙得焦头烂额累得不行，出来透透气消遣消遣。徐哥，这是怎么了，出什么事了？搞得如此紧张。"

徐玉龙向李小君一摆手说："没事，李局长，请吧。"

李小君头脚刚走，肖刚便以最快的速度赶到景区大门口，见徐玉龙正在大门口巡视，急忙问道："见过李小君吗？"

徐玉龙说:"见到了啊,刚走,还不到三分钟。"

肖刚急喊一声:"小徐,快上车,追!"

当肖刚的车子冲出景区大门不到五百米时,意想不到的事发生了,冷不丁从斜刺里窜出一辆东风雪铁龙来,肖刚急忙喊道快停车,然而迟了,东风雪铁龙速度奇快,最少也在一百码以上,直向肖刚的车撞来。危急头头,司机王晨临危不惧,熟练地猛转了一把方向盘,肖刚的车向后来了个九十度的大转弯,堪堪躲过东风雪铁龙的撞击。东风雪铁龙一头撞空,刹车已经来不及,司机惊恐地大叫了一声,眼睁睁地看着自己的车猛向公路内侧的崖壁上撞去,这段公路原本是斜坡的,为了降低陡坡的高度,劈开山体下削了一百多米,于是便形成了百米高崖。这道高崖全是青色的石灰岩构成,非常坚硬,东风雪铁龙一头撞上去后,一个侧翻摔在路面的中央,车头撞了个稀巴烂,司机被夹在方向盘和座位中间,整个人血肉模糊,当场气绝身亡。

就这么一耽搁,李小君早没了踪影。

"肖局,咱们继续追?"徐玉龙惊恐地望着被撞成稀巴烂的东风雪铁龙和不成人形的司机,龇了一下嘴问道。

"不用了,"肖刚铁青着脸,"哼,跑得了和尚还能跑得了庙?回警局,将情况上报市局,申请发布全国通缉令。"

远处传来尖厉的警笛声,交警很快赶来,对事故现场进行了勘察处理。

回到警局后,肖刚马上召开古墓血案专案组成员会议。

"同志们,"肖刚面孔有些阴沉,声音略显激动,"到目前,古墓血案的侦破工作取得了重大进展,纹路越来越清晰,但我们面临的压力也越来越大,野兽派和紫微帮两个盗墓团伙绝不甘心失败,必然做最后的垂死挣扎,我们的马如斌副大队长直到现在还没有消息,葛队他们沿漳河两岸搜索了十几里,没有发现一点蛛丝马迹。我们刚才在牛刨泉,受到一辆来历不明的车辆撞击,幸亏小王机警,才避免了一次重大伤亡事故。"

单如燕闻听马如斌还没有消息,不觉鼻子一酸,眼泪流了下来。她自觉失态,赶忙从包里拽出一叠纸巾来想把眼泪擦拭掉。但是,她发现,她根本控制不了自己的情绪,眼泪越擦越多。

肖刚望了单如燕一眼说:"小单,我知道你在担心小马,流点泪可以,但不要因为你的情绪而影响到你的工作。我们和你一样，谁的心里也不好受，多好的一个同志啊，年轻有为，前途无量。不过小单，在没有确定小马的最终消息前，我们仍存在希望不是吗？再说了，我们小马是个十分机灵的优秀警察，我想不管多危险，他会有应急措施的。"

"肖局说得对，"单如燕又擦了把眼泪说，"对不起肖局，我是不是太脆弱了？"

"话不能这么说，大家和你一样，都在为小马担心，但担心归担心，工作还是要做得，不仅要做而且还必须做好，打好最后的攻坚战役。"

桌上的固定电话响了，肖刚马上抓起话筒："我是肖刚。"

话筒里传出交警大队大队长李连杰的声音："肖局，我是李连杰。肇事车辆和司机的身份查清楚了，车子不是嫌疑人的，车主是一位企业副总，但他说，这车子是他的一个远房侄子借走的。经查对，肇事死亡者正是那位副总的远房侄子。车里面除司机外没有他人，我们已经清除了现场，景区道路也已开放，还有什么事情？请肖局指示。"

"好的李队，谢谢你，有事我再和你联系。"

"同志们，刚才李队和我的通话你们也听到了，说明犯罪分子绝没死心，还在采取更加卑劣更加凶残的手段阻拦我们办案。像这样的凶险，以后会越来越多，同志们要采取有效措施做好自我保护，在没有把握的情况下不要盲目行动，要慎之又慎，首先要保证自身的安全，否则的话，我们人都没了，还谈什么办案？目前已经明确，野兽派的宫主就是李小君，他扮成伤疤老道在我们的眼皮底下活动。据可靠消息，那个中年道士是野兽派的副帮主，叫赵通，已经潜逃，但不管他逃到哪里，我们都要将他绳之以法。好，现在我们重新分配一下工作。徐玉龙。"

"到。"

"你的任务是继续监视牛刨泉景区特别是三圣宫，再给你加派人手，二十四小时全天候不间断值勤，密切注意牛刨泉景区来往游客中的可疑分子，见一个抓一个。"

"好。"

"张华。"

"到。"张华从椅子上站起身来，把胸部挺得老高。

"坐下，坐下。"一个姿势差点把肖刚逗得笑出声来，肖刚示意让张华坐下："从现在起你暂时接替马如斌副大队长的工作，与葛俊中大队长做好配合。重点是监视紫微帮的行踪，五龙山那边就交给你了，咱们的人手有限，还得仰仗圆觉师太和杜泰他们。黎涛还不能公开露面，只有他，才有机会接近紫微帮的帮主大哥。告诉黎涛，这几天就让他跟着你在龙洞那边，一定要想方设法揭开那位大哥的神秘面纱。"

"是。"

"老赵。"

赵文杰应声抬起头来。肖刚说："最近他们可有什么动向？"

老赵知道肖局指的"他们"是谁，立即回答说："肖局，从目前看，他们很平静，一如既往，一切正常，看不出有什么异样。"

"好，继续监视，我就不相信他们能沉得住气。现在考古那边已经有了重大进展，你的任务一方面继续监视他们的行踪，另一方面，协助治安大队和当地派出所，做好发掘现场的保卫工作。好了，大家下去分头行动。小单，你和我一起去葛队他们那里，一定要把小马找到。"

单如燕马上站起来说："好的肖局。"

"不用了，我回来了。"

随着话声，葛俊中推门而入。肖刚立即起身问道："情况怎样？"

葛俊中摇了摇头说："我先回来了，黎涛还带着人在找"。

单如燕一看葛队的神态，就知道小马凶多吉少，两手捂着脸，低声抽泣起来。肖刚也斜靠在椅背上，闭上了眼睛。

"肖局，我们已经搜索到了平顺交界，是不是请求一下平顺县公安局，让他们派出一部分警力，协助我们继续向漳河下游搜索？"

"我看可以。另外，让牛刨泉乡沿河两岸的村子也帮一下忙，从平顺交界开始一直到牛刨泉山脚，挨着河道仔细查，一定要找到小马。葛队，寻找小马的事就交给黎涛吧，你主要负责追捕李小君，至于怎么追捕，我们要精心部署一下，来，先谈谈你的看法？"

葛俊中渴坏了，先倒了一杯水喝了几口才回答说："虽然野兽派的地宫还没能破掉，但一猫一鼠在我们手上，副宫主赵通也已逃离野兽派，我估计李小君轻易不敢回地宫了，怕是此刻已经出逃。"

肖刚突然问道："你觉得李亦昌会不会和他的儿子同犯作案？"

第一〇八章　查寻魔踪

"我觉得不会。"

葛俊中沉思了一下说："从上次李亦昌暗探牛刨泉来看，他与野兽派应该没有瓜葛，对伤疤老道的真实身份他并不了解，要不也没有夜探牛刨泉的必要了。也就是说，他儿子的事，李亦昌可能压根儿就不知道。肖局，这样说来，我终于明白为什么假老道只是给李亦昌下了毒药而没要他的命，因为他知道李亦昌是李小君的爹。"

"哼，儿子都这样了，老子也好不到哪里。"单如燕还在流眼泪，小嘴儿噘得老高。

"那倒未必，小单。"肖刚往直坐了坐身子，喝了口水说："老子和儿子是两码事，李小君的所作所为，李亦昌未必知道。如果野兽派的头子是你，你会告诉你的父母吗？"

"哼，反正，我看他们父子都不顺眼儿。"

肖刚习惯性地掏出一支烟拿在鼻孔上嗅了一下。葛俊中知道肖局在思考问题时有抽烟的习惯，便掏出他那个铜打火机，啪地把火打着了说："来，肖局，我给你点上。"

肖刚一摆手说："我不吸，只是嗅嗅烟味。葛队，你继续说。"

葛俊中熄灭了打火机，边在手里把玩边说："李亦昌怀疑曾建考在二十世纪六十年代中期杀死了他爹，而后又畏罪潜逃，至今没有踪影。他可能感觉牛刨泉的伤疤老道形迹可疑，怀疑是曾建考，所以才决定夜探牛刨泉。也许到现在，他也仍然认为伤疤老道就是曾建考。我觉得，李亦昌不像个坏人，经过一个多月来对他的观察，也没有发现他与盗墓组织有什么瓜葛。"

"杀父之仇不共戴天，我们理解李亦昌的心情。"对葛俊中的分析，肖刚点头表示认可："葛队，我想，那晚的假老道一定是赵通假扮的。他撒出的所谓

'七步倒'也未必是真的，只是赵通的疑兵之计。李小君之所以要赵通假扮他，就是不想与他爹直接照面，即使赵通当时撒出的'七步倒'剧毒是真的，那也不会要李亦昌的命，只是想让他知道伤疤老道不是他要找的曾建考，让他知难而退。张华，你怎么看？"

张华说："以我目前对李亦昌的观察，我觉得李亦昌不但和野兽派不沾边，与紫微帮应该也没什么关系，我们以前对他的猜测可能是一种误解，紫微帮主老谋深算，除非有重大部署他一般很少出面，如果李亦昌是紫微帮帮主的话，他绝不会单枪匹马去闯野兽派的总坛，轻易涉险，那不是他紫微帮主的性格。既然李亦昌与两个盗墓团伙都没有牵连，而他儿子又是野兽派的宫主，我意见，可以将实情透漏给李亦昌，说不定李亦昌还能帮上咱们什么忙也未可知。"

肖刚眯着眼盯着张华的脸说："行啊小张，进步不小嘛。"

张华不好意思地笑了笑说："肖局见笑了。"

"小单，也说说你的看法。"肖刚将目光转移到单如燕脸上。

单如燕用小手绢擦了擦眼角的泪花，用低沉的声音说道："我觉得吧，狡兔还有三窟，何况一派之主？李小君一定还有另外的秘密隐藏地点，不到万不得已，他不可能远走高飞，目前不一定逃出刘陵县。我的意见是，继续审讯一猫一鼠，查清李小君有可能藏匿的秘密场所。"

肖刚和葛俊中对望了一眼，相互点了点头。肖刚说："不错，会议就开在这里吧，散会。"

肖刚马上提审了一猫一鼠。

经对一猫一鼠审讯，仍未获得有价值的口供，俩人都说除了牛刨泉外，其他地方就不知道了。不过，这次审讯，确认了张烁奎是李小君派人杀害的，豹子是孙子貌而不是张烁奎，孙子貌明里是紫微帮的二当家，暗里和野兽派也有一腿，一只脚踏着两只船，利益共享，坐地分赃。李小君会隐藏下来，还是已经外逃出境？如果他还在刘陵境内的话，他会藏在哪里？

"葛队，"走出审讯室，肖刚摸了摸下巴说，"看来，知道李小君隐藏地点的，恐怕只有副宫主赵通了。"

"是的肖局，你看，咱们是否现在去走访一下李亦昌？把实情告诉他，看他有什么反应？"

肖刚微微一笑说："我看可以。"

葛俊中看了一下表说："已经十二点多了，下午三点去吧。"

"行，下午我有个政法会议，你和小单去。"

李亦昌住在城建局家属院。这是在国家住房改革后，刘陵县修建的第一批家属院，当时还没有修建多层高楼的概念，都是统一的二分基地小独院。李亦昌当时因儿子已经到了结婚的年龄，按政策可以申报两套，这样他的住宅就由二分基地变成了四分，两院合并为一个独院，主房设计为五间两套，总面积二百八十多平方米，其中一套三间两层带地下室，自己老两口和老母亲住一处，另一套两间两层，供儿子结婚用。二十世纪最后一年也即一九九九年春，李小君在土地局家属楼又购买了一套建筑面积一百四十五平方米的单元房后，城建局家属院这边就只剩下李亦昌老两口和他老母亲了。

葛俊中上前按响了门铃。

"谁？"

传出一个女人的声音，葛俊中想这一定是李小君的母亲了："阿姨，我是县公安局的小葛，李局长认识的。"

"噢，是葛队长啊，来了来了。"

李亦昌像是刚睡醒不久，身上还穿着睡衣。七十多岁的李亦昌有扎实的武功根底，每天至少要练一个小时的功夫，加上他深谙养生之道，痴迷彭祖养生法，所以身体保养得很好，看上去也就六十多岁。

"进来吧，两位警官，请，快请坐。"

单如燕表情严肃地说："客气了。"

李亦昌将葛俊中和单如燕让进小院。虽然事前葛俊中特别交代过要她镇定，不要让李亦昌在她的面部表情上产生怀疑，以免把事情弄僵，但单如燕毕竟是个女孩子，他的儿子把马如斌害得生死不明，我有什么理由给他赔笑脸？所以，在她脸上或多或少显露出些许情绪。在她的意识里，儿子是这么个野兽是个恶棍，他老子能好到哪里去？

李亦昌这个小院的布局和黎之元老人的小院差不多，小院中央有个方圆一米五大小的木架，一棵很大的葡萄树铺天盖地，将木架顶部覆盖得严严实实。这棵葡萄树李亦昌从来没修剪过，任它自由生长，他种这棵葡萄树不是为了吃果实，而是用来观赏和乘凉，葡萄架下摆放着一个黑色花岗岩石桌，四个相同颜色的鼓形石凳。

小君妈把沏好的茶水放在石桌上说："小葛，你们慢用。"

"尝尝吧，正宗的龙井。"

葛俊中也算品茶行家，小嚓一口，用心品尝，忍不住脱口称赞道："李局长，真龙井，好茶。"

李亦昌哈哈一笑说："就是有假龙井，我也不敢在葛队长面前往出拿呀，呵呵，说笑了，莫怪。"

葛俊中指了指李小君的住房，问李亦昌说："李局长，小君他常回来不？"

"这小子？哼！"李亦昌似乎对他的这个儿子有点意见，"灰喜鹊，尾巴长，娶过媳妇忘了娘。人家是个大忙人，天天忙得要命，一个月还见不上一面。"

葛俊中将杯中茶水一饮而尽，放下茶杯，看了李亦昌一眼问道："李局长，我们这次来，是想和你了解一些情况，你注意过没有，你儿子李小君他最近的举动是否有些反常？"

李亦昌手一摆，示意葛俊中小声点，意思是不要让老伴听见了。

"葛队长何出此言？"李亦昌压低嗓音说。

"李局长，我也就不绕弯子了，直说了吧。"

李亦昌又摆了一下手低声说："你不用说了，我知道你会来找我。"

葛俊中一怔："怎么，你已经知道了？"

李亦昌拿出手机打开信息递给葛俊中说："葛队长，你看这个，你就是不来找我，我也会去找你们的。"

葛俊中拿过来一看，信息是赵通发给他的，信息很长，基本上将李小君情况说了个明白。最后赵通在信息中说："请原谅李伯，这事我早就该告诉你的，可我不能啊，我们有我们的纪律，而且宫主对我不薄，我不能辜负于他。现在事情败露，野兽派完了，我也就没有什么可顾虑的了。李伯，我告诉你，你的杀父之仇小君已替你老人家报了，杀死你父亲小君爷爷的凶手就是外号叫老赖的那个曾建考，五年前我们将他从一座煤矿的井下抓到并处死，尸体扔在北极山后面的松树林中。不过，据曾建考说，授意杀死你父亲的人，现在是紫微帮的帮主，他们的老巢在五龙山五龙洞。我不能跟你老透露我们宫主的藏身之地，但你作为他的父亲，一定了解自己的儿子，这件事，你老人家就看着办吧。"

信息较长，是分段发来的。看完这些信息，葛俊中有点失望："这个赵通真是死心眼。"

李亦昌再次将手一摆低声说："葛队长、单警官，咱们换个地方说话，小君他妈身体不好，有严重的心脏病，着不得急。"

别转头，李亦昌向屋里喊道："小君他妈，我和葛队长他们到外边溜达溜达，一会儿回来。"

等葛俊中、李亦昌他们出门后，小君他妈伸出头望了一下说："呸，死老头子，你哄得了我？公安局的人来咱家能有好事？真是的，是你老头子惹事了，还是小君犯了啥法？你们父子，就不能让我安生一天。"

突然，小君妈感到心脏开始剧烈跳动，全身轻微颤抖，脸色发白，冷汗淋淋而下，知道情况不妙，她赶快抓起那瓶速效救心丸，倒出五粒塞在嘴里用唾沫吞下，一屁股坐在沙发上说："气死我了！"

第一〇九章　真假难辨

刚上班，局里便来了一位年轻人，三十来岁，没人能认得他。

"我姓刘，请多关照。"

年轻人向门卫打了个招呼，递给他一张条子。门卫一看脸上露出笑容："好，去吧，肖局在办公室等你。"

年轻人走上二楼，在局长办门口停下，门开着，年轻人轻轻喊了一声："肖局长，我来了。"

"快进来。"

一个面目清秀，五官端正，皮肤微黑，身高一米七八左右，雄壮结实，孔武有力的年轻人站在肖刚面前。

"肖局长早上好。"年轻人的身躯弯了一下，彬彬有礼。

"请坐吧，你是？"

听声音耳熟，看面孔，却生得很。肖刚有点疑惑地问道："好像不认识你，找我有什么事？"

年轻人微笑了一下，用手指虚空画了一个字说："肖局长，你应该知道我的，是你让我来的啊。"一看年轻人写出的这个字，肖刚笑了："呵呵，原来是你，我差点被你给整晕了。"

年轻人不好意思地笑了笑。

"坐，坐下说话，小伙子，好样的。真佩服你的那手绝活儿，这该是真的你吧？你记住，以后你就叫刘强，身份是市局派来协助侦破古墓血案工作的。一会儿，我让葛队给你安排一下。"

"这也不是我的真面容，因为，你们这里也不安全，我不得不这样，请局长谅解。肖局长，可我没有当过警察，怕露了馅。"

"没事，以你的聪明程度，跟上葛队长他们一天，你就入行了。"说完，肖刚抓起座机打了个电话："葛队，叫上徐玉龙和张华来我这里一趟。"

不大一会，葛俊中、徐玉龙和张华一前一后相继来到，张华随手把门关上。

葛俊中、徐玉龙和张华见肖刚办公室坐着个身材高大的年轻人，且面生得很，肖局又显示出神秘分分的样子，皆感到有点意外。肖刚哈哈一笑说："怎么，连老朋友都不认识了？他叫刘强。"

仨人不约而同地说："刘强？老朋友？"

年轻人也笑了笑说："我是刘强，葛队长好，张警官好。"

年轻人开口一说话，俩人听声辨音，方才知道他是谁，皆大喜："你好，你好，你要不说话，我们还真认不出你，厉害！你是，对，刘强。"

"小马怎么样了？"葛俊中迫不及待地问道。

年轻人，不，该称刘强了。

刘强低下了头。

什么都不用说了，刘强已经用表情和肢体语言告诉给了他们答案。

都不说话了，每一个人的心都仿佛被猫爪挠了一把，钻心地痛，办公室内呈现出少有的沉闷。沉默良久，还是肖刚首先打破了沉寂："你们这是干什么？只是没找到，又不是最后的结局。找不到，说明咱们的马队长还有生还的希望嘛。"

听肖刚这么说，葛俊中、徐玉龙和张华才算缓过口气来。

"葛队，我已经和梁书记沟通好了，先让刘强帮一段忙，等古墓血案结束了就给市局打报告，正式吸收他加入咱们公安队伍。"

"那太好了，咱局里又添一虎将。"葛俊中脸上露出笑容。

"不，是两员，还有杜泰。"

"那就更好了。"张华高兴得眼睛笑成一条缝。

张华紧紧握住刘强的手说："提前祝贺你，今天中午到我家，我请客。"

"哪里，哪里，要请也该我请，要不是你们，我，我还不知道自己会有什么样的下场。"

"刘强，要谢就谢谢咱肖局，是他慧眼识珠。"

"好了，"肖刚示意让大家坐下，"有刘强同志帮忙，加上圆觉师太、玄清方丈和杜泰，可以说我们如虎添翼。现在，我们重新分一下工，组成两个专案小组。牛刨泉这边，由徐玉龙和单如燕负责，为第一组，徐玉龙任组长，杜泰同志协助；五龙山那边，张华、王晨负责，张华任组长，刘强同志协助，为第二组。葛队总协调两边的工作，由圆觉师太和玄清方丈两位世外高人配合。怎么样，有意见吗？"

"没意见。"

"同意。"

"那好，就这样定了。葛队，下去后，安排办公室给刘强同志拿一套警服穿上。"

"好的肖局，明白。"

葛俊中问道："肖局，那咱们下一步怎么行动？"

"赵通透露的情况很重要，我们再提审一下那个假孙子貌和那个假他娘，这话怎么这么别扭？"肖刚被自己的话逗乐了。

"对，肖局，只要能抓到真的孙子貌，就不难查出紫微帮帮主是谁，他是紫微帮的副帮主，他应该见过紫微帮主的真面目。"刘强说。

葛俊中忽然想起贾局长来，于是对肖刚说："咱那贾局，或许也知道谁是紫微帮主。"

"不一定，"肖刚说，"贾文喜我了解，这个人油头滑脑，老奸巨猾，当面一套背后一套，翻手是云覆手就是雨，这种人连咱们都不信任，那个阴险狡诈的紫微帮主能信任他？在紫微帮主眼里，贾文喜最多也就是一枚随意摆布的棋子罢了。"

刘强忽然说："肖局，你们的贾副局长应该就是紫微帮的一号了，虽然我们没有谋过面，但我有这种感觉。孙子貌是二号，我，不好意思，是三号，瘦猴是四号，张浩石五号，王寿山六号，七号已被李小君打死，八号亦在你们公安局内部，九号是吕一蓝，十号叫连新堂，十一号是焦爱得，一直排到二十八号，但十号以后的，就都是些普通的成员了。"

"一号？"肖刚微感意外："我只知道他有问题，但没想到他竟然还是盗墓集团的骨干，这个公安败类。什么？八号也在我们局里？谁？"

"张振东。"

肖刚面色铁青，一拳砸在桌子上："混蛋！"

刘强不解地问："肖局，为啥不先把贾文喜抓起来？"

肖刚笑着说："不急，他还有用场哩。"

"你是说。"刘强似懂非懂。

"刘强同志，你读过三国没有？里面有个蒋干盗书的故事。"

刘强笑了笑说："肖局，我明白了。"

会后，干警们各就各位展开行动。

肖刚亲自带人沿漳河两岸二十公里范围内搜索了四五遍，没有一点马如斌的消息。难道赵通提供的情况有误？

"多好的一位同志啊！"饶肖刚坚强，虎目中也不禁涌出泪花："小马，小马，你到底怎么样了？"

单如燕双手捂住嘴和眼失声痛哭，饱满的胸部上下起伏："如斌，你在哪里？告诉我啊，我们找得你好苦。咱说好了的，等古墓血案结束后我们就去登记结婚，你不会失约吧？唔唔唔……"

单如燕才貌双全，在刘陵警界享有警花美称，她和马如斌是一对长达三年多的恋人，志同道合，感情深厚。

望着波浪翻滚的漳河，单如燕心潮起伏，浮想联翩：她忘不了，多少个日日夜夜，她们肩并肩手挽手，共同战斗在与犯罪分子殊死搏斗第一线；她忘不了，多少个花前月下，她们相偎相拥，用身体相互传递爱的暖流。在工作上，她俩是一对最佳搭档；在生活上，她俩是一双离不开的鸳鸯。前年春天她们原本计划结婚的，可正好赶上"扫黄打黑"专项行动，不得已只能推迟结婚。去年八月，双方父母已经选好了结婚日子，恰巧又碰上"禁赌禁毒扫黑除恶"全县攻坚战役，她俩只能顾全大局再次取消结婚。今年五月，马如斌的父母再次将她俩的婚事提上议程，偏偏又来了个"古墓血案"，不用两人开口，马如斌的父母知趣地自动打消了为他俩置办婚事的念头。一而再，再而三地推迟结婚，马如斌感觉对不住单如燕，特意买了颗钻石戒指送给单如燕，许诺古墓血案侦破工作结束了，立即与她登记结婚。

"马如斌，你不讲理，你自私，就是走，也不能你一个人说走就走，为什么不拉上我？有我在，黄泉路上你不寂寞呀！"

从牛刨泉后山到平顺交界这段，是漳河落差最大的一段，加上前天刚下过一场大雨，河水猛涨，混浊的河水挟裹着泥沙、杂草、树枝、树叶滚滚而下，在小漳南渠引水大坝处形成宽阔而湍急的瀑布，发出骇人的轰鸣声，形如万马奔腾，其状甚是雄伟壮观。

肖刚望着那道咆哮如雷飞流直下的瀑布，一阵寒意袭上心头：瀑布下分布着大小深浅不同的深潭，最深的地方足有十几米，幸亏马如斌失踪时河水较小，如果赶在大雨后河水暴涨，人被冲下深潭，那后果……

肖刚掏出手绢来，擦拭了一下鬓角涌出的汗珠。

肖刚不敢往下想了。

单如燕强忍着悲痛，嘴唇都咬出血来了。看到单如燕这个样子，肖刚心里一阵酸楚。他走到单如燕身边，像父亲一样抚摸着她的秀发轻轻地说："小单，别这样，在办公室我不让你落泪，但这是在旷野中，在漳河边，咱虽然是公安人员，但也是有情有爱的血肉之躯，我知道你心里难受，孩子，想哭，你就放声哭吧。"

"肖局，我——"单如燕扬起满是泪痕的脸望着肖刚说："肖局，我是你一手带出来的警察，我为什么要哭？如果说我不伤心那是假话，但放声大哭，不，不在这里，我要在马如斌的灵堂里，在马如斌的坟墓前。"

第一一〇章　重大发现

出人意料的是，单如燕非但没哭，反而用力把眼泪擦干，一并双脚向肖刚敬了个礼说："肖局，要我做什么？你下令吧。"

肖刚点了点头，赞道："小单，好样的，这才像肖刚的兵。"

肖刚理解单如燕此时此刻的心情。人心都是肉长的，他肖刚也一样肉体凡胎一样有七情六欲。他觉得愧对局里这些年轻人，警察所从事的职业特殊，可以说是没有硝烟的战争，与犯罪分子做斗争，甚至比在正面战场上作战更困难。正面作战，好歹你还知道敌人就在你面前，只要一露头，你只管打就行，可与犯罪分子打交道便是另一回事了，特别像这俩盗墓团伙，不但个个有功夫会拳脚，比野兽还要凶残，而且拥有武器弹药，冷热兵器，他们在暗处，警察在明处，俗话说明枪易躲，暗箭难防，一不小心，我们的警察就有生命危险。

"小单，目前我们的主要任务，是要尽快抓到李小君。"

"肖局，我懂了，只有找到李小君的下落将他绳之以法，才能对得起小马在天之灵。"

"什么在天之灵，小单，不要把问题想得那么严重，我们到现在还没有找到小马，而且一点消息都没有，说明了什么？"

"肖局，你是说。"单如燕眨巴着大眼睛，像是忽然明白了什么。

"对，我想你应该能想到这一点。"

单如燕幡然醒悟，脸上阴沉了好几天，总算见到了一丝笑容。

"走吧小单，随我到古墓发掘现场看看保卫值班情况。"

黎侯古墓的考古研究也进行到关键阶段。

县文化局局长魏松林正撅着屁股，帮助省文物研究所所长乔鑫教授，用毛刷小心翼翼地清理一件青铜器上的泥土。除了在单位处理一些重要业务外，魏松林几乎长在了工地。

"乔老师，辛苦你们了。"看到省文物研究所所长乔鑫教授工作十分专注，魏松林甚为感动。

"魏局长，省考古专家通过文物考古勘探队的勘探报告和采集到的遗物认定：这里是一处商周时期的大型墓地，并确认所盗古墓极具历史和科学价值。然而，黎侯古墓严重被盗掘，文物损失惨重。"

望着伤痕累累的黎侯古墓，考古专家们更是一片惋惜之声："太遗憾了，如果这个古墓群早些被发现，早些发掘保护就好了。"

"唉，可不是嘛，这是我们文化部门的失职。"

"话不能这样说，"乔鑫教授指了指一号墓说，"其实古墓在历史上已经无数次被盗，并非今天才发生这样的盗墓事件，你们能够及时发现并申请保护性发掘，对历史已经是一种很大的贡献了。"

魏松林一阵揪心的疼痛，是啊，眼前这片偌大的古墓群中，除发掘中的十座大、中、小墓已经看不到盗痕外，其余近百座墓都有大小不等的盗洞。在盗洞周围的浮土中，不断发现一些诸如蚌壳、装饰品以及陶片一类残物。他隐隐觉得，他这个文化局局长不称职。

从发掘开始到现在，不觉半个多月过去了，大型的一号墓还没到底，但中型呈田字形的二号、三号墓已清理完毕，除十几件玉器和陶器外，只有无法提取的六车轮，青铜器几乎没有，大家失望之余，又把希望寄托在一号墓里。一号墓位于路边，它是一个"甲字形"大型墓，大墓的规模与晋侯墓地的大型墓葬相同，墓道口还陪葬有两个童儿，在墓室的左边有一个被炸开的盗洞。

"这座大墓虽然被人盗掘过，但这么大的墓葬，总还是会给人惊喜的。"乔鑫教授的一句话，无疑给几乎处于低迷状态的考古人员打了一支强心针，大家的积极性一下子被调动起来了。

编号为四号、五号、六号的这三座未被盗过的墓穴只用了七天多的时间就清理完毕。四号、五号墓出土较重要的文物有一对青铜壶、一只青铜鼎和一个青铜戈，鼎残一耳一足，青铜壶和青铜戈比较完整，并很锋利。而六号墓，只有出土了一件陶器。考古人员的精力，主要还是集中到一号大墓上。随着时间的推移，一号墓神秘的面纱慢慢地被揭开，然而乔鑫老师的脸也一天比一天阴沉："魏局长，从清理一号大墓的结果说明，这里大量的很有价值的文物百分之九十九被盗，剩下的只有几片碎玉及车马上的几件铜饰件，真是令人痛心。"

"是啊。乔老师，按照你们的评估，这个古墓群是西周早期的，且大型墓主人还是诸侯级别，那么古墓到底是西周早期还是商朝晚期？"

"这个嘛，只要能挖掘出带有铭文的青铜器具，这个问题就会有答案的。只是从目前情况看，前景不是太乐观啊。"

魏松林只能默默地点头，急有什么用？继续挖就对了。

下午两点多钟，魏松林正在家午休，手机忽然响了，一看，是乔鑫教授。魏松林知道教授主动给他打电话，一定是考古有了重大发现。果然，电话里传来乔教授兴奋的声音："魏局长，不好意思，打扰你休息了，你现在马上来工地一趟吧，有事。"

魏松林精神一振，顿时睡意全无，有事，肯定是好事了。魏松林赶忙起床，用湿毛巾简单抹了一把脸，骑上骑摩托车就到了工地。

"是不是有了好消息？"魏松林捋了捋被风吹散的头发，焦急地问。

乔教授没有正面回答他的问话，而是指了指八号墓说："魏局长，你随我来。"

魏松林跟随乔教授下到十米深的八号墓坑。

当乔教授打开靠东面墓壁一块遮光布时才说："有收获了，发现了一对青铜壶和一个青铜鼎，上边有铭文。"

边说，乔教授边拿起壶盖反过来让魏松林看。魏松林迫不及待地问："不错，是铭文，这三行九个字是什么内容？"

乔教授笑着说："你不要激动嘛，是不是西周黎侯墓，我们还需做进一步的研究，因为上边的九个铭文中，有两个字还需考证，你看这九个字是：× 侯，宰 × 作宝壶永用。这个 × 是什么字？确定了这个字，我们就能下定论了。"

这个喜讯太大了，不管怎么说，有了铭文，就能够证实一段远古历史了，这是值得庆贺的大喜事。

走出八号墓，乔教授对魏松林说："魏局长，不是我故弄玄虚，确实应该保守好这个秘密防止外泄。你想，目前工地有这么多人，如果这一重大发现现在就传出去，盗墓贼很可能会铤而走险来偷挖或抢夺文物，我们不能不小心点啊。"

魏松林说："那怎么办？"

"别急，"乔教授毕竟是考古工作老手，经验非常丰富，"魏局长，你现在的任务，是与县委田书记联系一下，晚上必须有县公安干警带枪与武警一起共同保卫发掘现场。"

魏松林当即将这一情况报告给田书记，田书记果断地说："没有问题，我现在就安排"。

十五分钟以后，县公安局副局长姚森等一行四人便火速赶往工地，并确定了每晚公安干警带枪实弹与武警共同值班的方案。

翌日，省考古研究所柳所长闻讯后特地从省城赶来，进工地后，连水都没赶上喝一口就下了墓坑，当他看到那一对青铜壶时连连称赞："啧啧，好精美细致啊，这对青铜壶很有价值。特别是壶上的铭文非同小可，可以说是无价之宝，待将上面的文字弄清楚后，可能会填补一项历史空白。"

经过二十多天的挖掘，考古研究终于取得了重要成果。考古专家们先后开挖两座大墓、三座中墓、六座小墓、十座墓葬共出土青铜器、玉器、陶器等珍贵文物两百余件，特别是乔鑫教授等专家，在馆内清理文物时又意外地在另一个青铜鼎内又发现了三行十九个铭文，经县文博馆申有才馆长破译后确定，铭文是"黎宰中考父作季始宝鼎其万年子子孙孙用享"。

在编号为十号的大型甲字墓中，虽然大量的青铜器全被盗空，但也有一定的收获，出土了几件商代时期较珍贵玉器，以及二十三匹陪葬的马骸，证明了墓主人的身份属于"侯"级别。

再没有像这样的消息更能激动人心了。

魏松林欣喜若狂，大呼曰：

"黎宰中考父作季始宝鼎其万年子子孙孙用享，这是青铜鼎的铭文，太好了，终于找到了，终于找到古黎国的身份证了，这是铁的证据啊，上党地区由来已久的古黎国之争，总算画上了圆满的句号。"

第一一一章　玉面狐狸

魏松林难以掩饰激动的心情，急忙将这个特大喜讯告诉给肖刚。

肖刚也是惊喜不已，一拍桌子说："好，太好了，你的考古进展神速，而我的古墓血案侦破，也得加快步伐了。"

肖刚马上将葛俊中、张华、徐玉龙、单如燕、王晨、刘强叫到办公室来，具体研究了古墓血案侦破工作下步行动方案："葛队，我已经征求了梁书记的意见，他同意在抓捕李小君的同时，开始着手清除紫微帮爪牙，斩断其犯罪链条，逐步使五龙山变成孤岛，让那个所谓的帮主大哥变成孤家寡人。我的意见，是先将瘦猴和张浩石抓捕归案，再将孙子貌绳之以法，逼迫那位神秘的幕后人物现身，只要证实了他的真实身份，我们就予以拘捕。葛队，你和张华联系一下，要增派人手，加强对五龙山方面的监控。那个假孙子貌审讯得怎么了？"

葛俊中回答说："我们单独对他进行了审讯，掌握了孙子貌一些情况。但是支离破碎很不全面，他知道的很有限，至于孙子貌现在藏身何处，他是一无所知。假孙子貌姓李，名久章，说起来甚是可笑，这个李久章原本与盗墓集团毫无瓜葛，他只是某建筑公司一个垒砖头的民工，就因为身材脸型酷似孙子貌，被孙子貌看中做了他的替身，这个人没学过拳术，不会武功，后虽经孙子貌调教，由于脑子笨悟性差，只学了点皮毛，连防身都谈不上，甭论与人搏击了，所以我在擒拿他的时候，他一点都没敢反抗。古楼街弯脖巷十九号也不是孙子貌真正的家，而是紫微帮设在县城里的一个分坛，孙子貌兼坛主。李久章的任务是负责接收、保管、贮藏古董文物。"

"那个什么，孙子貌那个假他妈，呵呵。"肖刚笑了，老感觉这种叫法别扭。

"叫王巧妹，孙子貌的师傅，当年玉面狐狸的关门弟子，七十三岁。这老婆子嘴硬得很，据她交代，她对孙子貌的真正藏身之所也不清楚。"

"这个孙子貌够狡猾的。武艳芳呢？"

"武艳芳其实是野兽派的人，外号'狐狸'，被张浩石硬逼反水。这个女人一审讯就哭，一把鼻涕一把泪的，说她很后悔，不该误听张浩石的谗言背叛爱情，离开杜泰。她现在还蒙在鼓里，不知道孙子貌是假的。"

沉吟半晌，肖刚说："葛队，按孙子貌的行事方式，不可能将隐藏地点告诉给李久章、王巧妹和武艳芳，但孙子貌我们必须找到，他手里掌握着紫微帮大量的秘密，也只有他，才有可能见过帮主大哥的真实面目。尽管我们的怀疑对象身上疑点越来越多，但我们要的是真凭证据。"

"对的肖局，"葛俊中从公文包里拿出一份资料递给肖刚，"这是李久章和孙子貌的照片，俩人惊人的相似。不过，经刘强辨认，找出几处不同点作了标记，你看，第一，孙子貌的两条眉毛之间比较宽。第二，孙子貌的耳后有颗小黑痣而李久章没有。第三……"

"嗯，"肖刚点头说道，"如不仔细辨认，还真认不出来。对了，葛队，孙子貌会易容吗？"

"不会。刘强说，在刘陵境内，只有他和师傅会这项绝活，没听说还有谁会这项绝技。"

"不，除了刘强和他师傅，还有人会。比如，李小君、王寿山。"

"对。我不明白的是，他怎么也会易容术？对了，肖局，那晚在牛刨泉三圣大殿后面，假老道赵通曾经给李亦昌说过，他是当年在冀南平原上极负盛名的华北苍狼的徒弟的徒弟，传说这个华北苍狼在解放后突然失踪，至今没人知道他的下落，难道，这个华北苍狼和玉面狐狸一样，也隐居在咱们刘陵县？如果是的话，李小君和这个华北苍狼是否师徒不敢肯定，但最起码也是有一定关系的，这样的话李小君会易容术也就不难解释了。"

肖刚站起身来，开始来回踱步，一边走一边说："华北苍狼、玉面狐狸，江洋大盗，这情况越来越复杂了，如果这俩巨头还在世，无疑给咱们古墓血案侦破增加了一定难度。"

"不会吧，这俩巨匪如果在世，应该有八九十岁的年龄，都已风烛残年了。"

"不，"肖刚否定了葛俊中的看法，"那是对普通人而言，可华北苍狼和玉面狐狸不是普通人，是一代枭雄，武功高绝，经常坚持练功健体的人，要比实际年龄年轻二十岁以上。"

"肖局，假如有这俩魔头为两个盗墓团伙撑腰，侦破难度确实要比我们预想的复杂。"

"这倒不是关键，关键在于尽快找到孙子貌的藏身之地。"

"我倒有个想法。"葛俊中忽然想到圆觉师太。

"葛队的意思是想利用圆觉师太造个假象？"

"对，让圆觉师太出面帮一下忙，或许能套出孙子貌的下落。"

沉吟了一下，肖刚眉毛一拧说："好，马上行动。"

肖刚与圆觉师太先行一步到达目的地，将圆觉师太请到善陀山佛母洞等候，入洞后，肖刚递给她一根精铁拐杖说："师太，这根拐杖据说是王巧妹的师傅传给王巧妹的，有这个凭证，不难让她相信其实。能不能从王巧妹嘴里掏出实话，就看师太你了。"

圆觉师太点头道："肖局长放心，我知道该怎么做。"

一切准备妥当后，肖刚电告葛俊中："你们可以出发了。"

葛俊中他们从看守所提出王巧妹后，将她的双眼用红布蒙上，向北一路急驶而去。

他们要去的地方距县城百余里，是一个叫善陀的风景区。此乃著名革命胜地黄崖洞风景区所属的一个集自然景观和佛教文化于一身的著名风景区。善陀，就是阿弥陀佛的意思，登百米天梯可达素有世外桃源美称的天上人家，天上人家有善陀老祖和善陀庙，景区由此而得名。

葛俊中他们将车子停在山下，将王巧妹带到善陀山佛母洞。

月牙洞、通天洞和佛母洞互成犄角，三洞下方有一平台叫拜佛台，故此景点叫作"三洞一台"。

要到佛母洞，必先经过月牙洞和通天洞，三个洞由一条石径相连。

月牙洞因形似月牙而得名，传说话月神嫦娥在广寒宫里虽有玉兔相伴，但也时常感到寂寞难耐，忽一日，月神闻知金童玉女偷越下界到了善陀不思回归，被佛祖点化变为一块"同心石"，于是就想：金童玉女宁愿化为一块同心石都不想重返天宫，说明这个地方比天上还要好，我何不也下界走一趟，到那风光秀丽的善陀欣赏一番，享受享受？可没想到，月神到达善陀脚还没站稳，便被守山的四天将之一发现，暴喝一声道何方神圣？如此大胆，未经许可，怎能随便闯入佛祖圣地？嫦娥一惊，急忙横里一飘，不想用力大了，整个后背撞入崖壁，一直撞进去好几米方才收住身形，于是，在善陀景区的悬崖峭壁上，就形成这么个月牙形山洞。

通天洞几乎与月牙洞紧挨着，相距也就六七米。肖刚等人一到通天洞口，一股和煦的凉风便扑面而来，通体舒泰，分外惬意。通天洞亦称"风洞"，乃一天然大石洞，是十一亿五千万年前的造山运动形成的，洞高百米，深近二百米，洞顶平石覆盖，空气自然流动形成一股和煦的凉风，风的流速均匀而稳定，氧气充盈，炎夏到这里非常的凉爽，绝对比空调要舒服的多。站在洞口向外张望，只见一线青天有如百丈飞练，自天而下，直泻谷底，置身此间，你会感受到人与天的一统，雄与奇的集聚，力与美的交融，诗与画的绝配，陡然间心地宽广，胸襟大开。相传，这是善陀老祖打坐诵经的地方，据说善陀老祖在此修炼得道后破洞而出，因此洞顶有缝隙可见蓝天，通天洞由此而得名。

过通天洞后即到佛母洞，传说佛母洞是善陀老祖降生的地方，洞口呈椭圆形，深、高各三十米左右，洞中左侧上方还有一洞相环。站在洞口向外看，对面的山峰层峦叠嶂，似卵攒动，有如一卷卷翻动着的经书。

拜佛台是善陀景区一个著名景点，站在拜佛台向西望去，你会看到一尊上百米的铜壁观音在云雾中飘忽隐显，非常逼真。

善陀佛母今已去，空留此洞清悠悠。

佛母洞构筑甚是奇巧，此洞高居悬崖中部，一条窄窄的弯弯曲曲的石阶直通洞口。洞口很隐蔽，掩映在一片茂密的松林和藤萝之中。洞里有洞，一个大洞套着一个小洞，小洞较小，外洞较宽敞，足足有十六平方米。内洞洞口高有两米，但宽度还不到一米，洞口挂有珠帘，在外洞看不到内洞里面的情景，但从内洞向外看，却看得清清楚楚。

葛俊中摘下蒙在王巧妹双眼上的红布。

王巧妹感到十分迷惑不解：他们带我到这个神秘的山洞，意欲何为？

第一一二章　火速抓捕

王巧妹揉了揉眼睛，打量了一下这个奇特的石洞。

肖刚用那双鹰一样的眼睛盯着王巧妹："王巧妹，你可知道这个洞叫什么洞？"

王巧妹茫然答道："老身不，不知。"

"你可知道为什么我们要带你到这里来？"

王巧妹摇摇头。

肖刚又问道："你可知道住在对面小洞里的又是谁？"

王巧妹再次摇摇头。沉默了几分钟，肖刚突然又问道："真的玉面狐狸是谁？"

王巧妹浑身一震，猛地抬起头来："我啊？我就是玉面狐狸。"

"你不觉得你撒的这个谎很幼稚吗？"肖刚冷冷一笑说，"你不够格，很不够格，你只有给玉面狐狸洗脚的份儿。"

毕竟是玉面狐狸的徒弟，稍一恐慌之后，很快就恢复了正常神态："笑话，说我不是玉面狐狸，你有什么证据？"

王巧妹想，我师傅都失踪五十多年了，恐怕早日不在人世，我就一个主意，死咬住自己就是玉面狐狸，你们无凭无据的，能把我怎么样？我与子貌相依为命五十多年，我对他的爱，远远超过亲生儿子，想要我说出子貌下落？哼，没门！

"你听着，洞内有你想见的人，我们就不打扰了，你们好好聊聊。"肖刚给葛俊中他们打了个手势："葛队，咱们走。"

四个人退出佛母洞。

王巧妹将整个佛母洞扫视了一圈，眼光停留在内洞洞口的珠帘上。或是石洞与外界相通？王巧妹感觉有一股凉凉的风从内洞吹出，吹得珠帘轻微抖动，珠帘左右摇摆，发出悦耳的响声。这是啥地方？这个石洞又是什么洞？公安把我带到这里来有什么意图？

"徒儿，你来了？"

蓦然，洞内悠悠传出低沉而有力的话音，声音穿出小洞，又在外洞不规则的石壁上折射回来，形成一波又一波的颤音。

"你是谁？"王巧妹侧着耳朵听了一阵，有些怀疑地问道。

"怎么，连师傅的话都听不出来了？"

话音虽然忽忽悠悠，上下左右飘忽不定，但王巧妹还是有似曾相识的感觉。终于，她听出来了："……师傅？"

"不错。看来你还有点良心，还没有忘记师傅。"

"不会吧，你，你是人是鬼？师傅五十多年前就失踪了，怎会出现在这里？"听王巧妹的语气，还是有些怀疑。

洞内传出一声叹息："唉，都怪师傅，当年为了躲避仇家追杀而隐居，因为我不想连累你和貌儿。其实，这五十多年来，我一直就在你们身边，只是你们没有察觉而已。"

王巧妹似乎有些吃惊："你说什么？这么说，你老还活着？就在我们的身边？那你为什么不和我们见面？"

"尘世一捧土，见与不见又有什么区别？徒儿，我那貌儿，他还好吧？"

王巧妹没有马上回答，她在沉思：只听声音，根本不能断定洞里之人就是我的师傅，五十多年了师傅踪影全无，今天怎么会突然在这里现身？事有蹊跷，这个肖刚，他在给我摆什么迷魂阵？

正在深思的王巧妹，突然听到小洞内当啷一声响，王巧妹吃了一惊，她知道这是一种金属与石头地面撞击的声音，这种金属碰撞声她十分熟悉，是师傅的精铁拐，这是师傅的成名兵器，只有师傅的精铁拐与石头地面撞击后，才能发出这种独特的响声。王巧妹所持的，就是师傅特意为她仿制的一根精铁拐杖，从外形上看与师傅的一模一样，只在分量上有一定差别，师傅的那根拐杖要比她那根重十几斤。

王巧妹战战兢兢地呼了一声："师傅。"

"孽障，跪下！"

"五十多年了，原来你老人家在这里隐居。师傅在上，请受徒儿一拜。"听到精铁拐顿地的声响，王巧妹没有理由不面向小洞跪了下来。

小洞珠帘一掀，圆觉师太手拄精铁拐杖，走一步一顿地，从小洞里走了出来。王巧妹一看，马上将头伏在地上带着哭声说："师傅，真的是你啊。"

"你知道我为什么重新出山了吗？"圆觉师太寒着脸问道。

"徒儿愚钝，还望师傅明示。"

"哼，你一点也不愚钝，我将貌儿托付给你，就是让你这么带的吗？你把他给毁了，彻底毁了，畜生。"

王巧妹浑身颤抖，话不成音："徒儿知罪。"

"知罪？要是放到当年，我一拐击碎你的脑袋，现在是法制社会了，你也已经伏法，就不需要我出手惩戒了。你现在应该知道怎么做了吗？"

"师傅的意思。"

"让他到公安局自首。"

"师傅，他可是你的亲生儿子啊。"

圆觉师太转过背去，眼泪扑簌簌流了下来。突然，圆觉师太精铁拐杖一顿地说："就因为他是我的亲生儿子，我才让他去公安局自首。贫尼已跳出三界之外，本不该重涉红尘，就是因为这个孽障，我才走出神斗洼明月庵，待我了却这桩心事后，绝不再关心世俗之事了。罪过，我不下地狱谁下地狱？徒儿，去吧，照我说得去做，唯如此，才能减轻我们的罪过。"

"好，好的，谨遵师命，徒儿这就去。您，您老保重。"

王巧妹趴在地上，恭恭敬敬地给师傅磕了三个头。走出佛母洞，王巧妹主动伸出手，让刑警将手铐戴上。

"走吧，"王巧妹对肖刚说，"我带你们去。"

肖刚和葛俊中对视了一下，用眼神传递各自的看法：这个圆觉师太，她行啊。肖刚手一摆说："葛队，带她走。"

没有回警局，在王巧妹的引领下，肖刚他们直奔孙子貌潜藏的北顶二仙庙。从山脚蜿蜒直上，登七百级台阶，山崖有魏代摩崖石刻，人工雕凿石龛数十孔，内雕佛像十分精细，二仙庙位于山顶之上，红墙碧瓦琉璃脊，整个庙宇掩映在苍松翠柏之中，景色相当优美。

时间已经是下午三点多了。

"你觉得孙子貌还会在山上吗？"肖刚停下登山脚步问王巧妹。

"应该还在吧。"

"我相信你没有说假话。"肖刚瞟了王巧妹一眼说："不过，孙子貌可是个狡猾之徒，行动诡异，是否还在山上就不一定了。因为，他知道你已经被抓，还会呆在那里束手就擒吗？"

"这孩子是我养大的，他的脾性我知道，我也不敢保证他还在山上，不过肖局长放心，即使他又潜逃了，我也会帮你们找到他。"

肖刚点点头说："那好，只要抓到孙子貌，你就算立功了，我们会对你宽大处理。"

"谢谢肖局长，我一定竭尽全力。"

四十多分钟后，肖刚他们一行人到达山顶二仙庙。

王巧妹指指二仙庙大殿后边说："肖局长，他不在庙里，你们随我来。"

二仙庙肖刚去年来过一次，特别是二仙的故事，至今仍记忆犹新。

二仙庙坐北向南，刈陵地方特色的"三裹五"建筑格式，山门带戏楼，十五年前由民营企业家范绍廉先生重新维修，从山脚开始，沿途增设了许多精制而亮丽的景点。相传，宋朝开国皇帝赵匡胤在打天下时兵困刈陵凤凰山，前有堵截，后有追兵，饥寒交迫，危机重重。危难之际，忽有民女淑贞、淑惠姐妹二人及时出现，姐姐淑贞提一盛有小米的粥罐，妹妹淑惠挽一竹篮，内放有米饼等食物。令人惊奇的是，一罐一篮中的盛物虽不多，但却吃不尽、喝不完，全军将士竟然饱餐了一顿由此度过难关。因感恩姐妹俩，赵匡胤打下江山做了皇帝后，随派人专程到凤凰山下寻找但苦寻不见，当地老百姓说常见到姐俩在民间给人看病，但究竟她俩是哪里人氏又住在哪里，谁也说不清楚。赵匡胤闻听此事后大呼"真乃天人也"，于是就封其姐妹俩为"二仙"，并拨专款在凤凰山脚下修建二仙真人祠，一千多年来该庙香火不断。

肖刚纳闷了，孙子貌怎会藏身在宝山仙地亵渎神灵？正思忖间，忽听王巧妹轻轻说道："肖局，就这里了。"

肖刚随着王巧妹的手指望去，见二仙庙后面有一峰突兀，直插云天，朝二仙庙的一面，直立陡峭，绝壁千仞，崖底乃天然松林，郁郁葱葱，间或有许多黄栌、山核桃等各种杂树以及紫荆、藤萝、血腥圪针、马荆、黄花筒等灌木。王巧妹说："肖局长，请随我来。"

毕竟是有功夫的人，尽管王巧妹已是古稀之年了，但行走山路如履平地，在森林与灌木丛中，弯弯曲曲有一条羊肠小道直通崖底，可以看出，不管王巧妹指引的方向真假，但从这条小路来看，最近确实有人从这里走过，且还不止一次，路上的小草都踩断了。

走到小路尽头，肖刚眉头一皱说："没路了？"

不怪肖刚"疑无路"，小路的尽头，除了茂密的森林、灌木，就是青灰色的崖壁。王巧妹笑了笑说："有路，请来吧。"

崖壁的根部有一块直立的不规则形大青石，上小下大，高约三米，宽约丈许，不厚，最多一米，只见王巧妹走近大青石，将手臂伸向青石后面一按，奇景立显，大青石缓缓向一侧滑动，一阵咿咿声过后，露出一条小径，原来不是没路，而是被这块大青石给遮挡住了。小径两侧尽是黄花筒、紫荆一类的灌木，小径不长，估计也就五六米的样子。

走完这段小径，拨开一蓬没人深的白草，一个两米高只能容一人进去的洞口展现在大家面前。

第一一三章　身陷绝境

王巧妹竖起手指在嘴唇上一嘘小声地说："就这里了。"然后一招手："我前边带路。"

"肖局。"葛俊中轻轻牵了一下肖刚的衣角。

肖刚会意，摇摇头，将嘴贴在葛俊中的耳边用极低的声音说："不会有诈，放心吧。"

说话间，王巧妹已经钻进洞里。这个岩洞不大，大约一间房子大，不深，但却够高的，洞顶离地面少说也有五米，洞室呈长方形，洞内很整洁，生活用具几乎一应俱全，有石床、石凳、石桌等。在石洞的左侧，有一个凹进去的小洞，有一米五几深，有通风口直通洞外，看样子是厨房了，里面有灶台、锅碗瓢盆等灶具，灶台旁边有一个容量二十五公升的塑料水桶，水桶里面有多半桶的清水。灶台里，有燃烧过的柴草，想必是煮饭或者烧水喝的。石洞的后方，堆放着几个装食品的纸箱，一个方便面箱里还有五六袋方便面。另外，一个纸箱里面散乱放着几瓶罐装啤酒和矿泉水，还有鱼类、水果、花生米罐头以及果汁饮料等。凡此这些说明，确实有人在这里临时居住。然而，找遍了整个岩洞，根本没有孙子貌的人影。

肖刚看了一下王巧妹，王巧妹知道肖刚想问什么，立即回答说："按说他应该在，会不会正好出去了？"

"也许吧，不过。"肖刚抓起一个使用过的快餐杯看了一下说："这人已经不在洞里至少三天了。"

王巧妹感到意外："肖局长，你怎看出来的？"

肖刚指着快餐杯说："你看，这是他用来泡方便面的，里边的饭渣已经发黄变硬生出绿苔，说明至少三天没有用过这只快餐杯了。我想，孙子貌不是临时出去，而是逃走了。"

王巧妹有点发蒙："逃，逃了？他能逃到哪里？除了这个小洞，应该不会有第二个比这里更合适的地方了。这孩子，他会藏到啥地方？"

"还有没有别的藏身之处？"

"没有，"王巧妹摇摇头，"他被三路人马追杀，就是有，他也不敢去。"

"他会躲在哪里？"

肖刚又仔细察看了一下这个洞穴，见很多地方都有人工雕琢的痕迹，特别是洞外那块大青石，应该是特意安装的，目的就是遮挡这个洞口，心里一动，问王巧妹说："这个洞是你的杰作吧？"

王巧妹老脸一红，期期答道："不好意思肖局长，确实是老婆子修的。我们刚来的时候，赶山猪偶然发现了这个洞。当时这个洞是荒洞，半个洞口被土石掩埋，洞口长满杂草，里边住着一窝山猪，我们把山猪杀了，占了这个洞穴栖身。那个时候二仙庙在山下，不在这里，这里的二仙庙是五年前范先生新建的，很少有人上山来，十分清净，也很隐蔽。后来，我们就把这个洞改造了一下，日本鬼子来的时候，这里是我们的避难所。"

经王巧妹一提，肖刚若有所思："那么，弯脖巷十九号的地下室，也是你的杰作了？"

王巧妹不好意思地笑笑说："是。"

忽然，王巧妹头一抬，眼睛里放射出一束奇特的光芒。

肖刚是什么人物？这束目光马上被肖刚捕获，立即明白王巧妹一定是想到了什么，于是就问道："你的意思。"

"肖局，还是你厉害，我怎么没想到呢？"

"越是危险的地方，越安全。"

葛俊中也明白了肖刚的判断："肖局，你是说。"

肖刚一摆手打断他的话："我们走。"

一行人走出石洞，快步向山下走去。刚坐到车上，徐玉龙便打来电话，听上去颇为激动："肖局，有重要情况向你报告。"

肖刚脸色一变说："老徐、小单，你们稍等一下，我马上到。"

不等对方再说话，肖刚便挂断了电话。葛俊中看了肖刚一眼，没说话，他知道这个时候这个环境下，不该问的绝对不能问，这是保密要求。肖刚微笑了一下说："葛队，你和王巧妹去一下，记住，这次必须成功，没有时间和他玩了。我到局里一趟。"

回到局里，徐玉龙和单如燕已在他的办公室等候。见局长进来，俩人立即站起，肖刚说："坐下坐下，站起干吗？"

徐玉龙和单如燕相视一笑。

"什么情况？小徐。"肖刚眯着眼看了看单如燕，见她脸上笑容可掬，笑得十分灿烂，有点意外："怎么这么乐？一定是有小马的消息了。"

"是的肖局，马队有消息了。"

没等单如燕回话，徐玉龙赶紧抢着答道。肖刚眼睛一亮，问道："说说具体情况。"

"就在一个多小时前，我突然接到一个陌生电话，对方称是马队的朋友，姓赵，说小马现在不便和我们联系，让他转告我们，小马很好，不要牵挂，过几天小马会亲自回局里给肖局你汇报情况。"

"就这？"

"就这点消息。"

"打电话的一定是赵通了，赵通没有说他们在哪里？"

"没有。"

"这也算消息？"肖刚眉头微蹙："我相信小马已经脱离了危险，但这个电话我们还是不能深信，因为打电话的人毕竟是个疑犯。"

"难道这里有诈？"

"诈倒不一定，但赵通是野兽派的二当家，三圣宫的副宫主，这人提供的消息，我们得认真考虑一下。"

"肖局，应该是赵通。那，咱们该如何行动？"单如燕烧好一壶水，沏好一杯茶放在肖刚面前。

"谢谢。"肖刚拿起杯盖旋紧了，将水杯推在一边。

肖刚抽出一支香烟在鼻子上嗅了嗅。他在想这个赵通，这个赵通有些让人难以琢磨，说他是好人吧？他是野兽派的二当家，做了许多坏事；说他是坏人吧？他又私下放了黎涛。赵通如此而为，目的何在？不过，不管怎么说，无论他抱着什么样的目的，毕竟帮了我们一回，要不，黎涛必然死在地宫里。黎涛也曾问起过他小马情况，但他没有正面回答，什么意思，难道，他是想给自己留一点讨价还价的资本？

"我去找个火。"单如燕笑着说："咱肖局是二等吸烟。"

"不用，我就是玩儿。"略一停顿，用手指着单如燕说："小单，你就和老肖耍心眼吧。"

"哪里敢啊肖局，我这不是向你汇报工作来了？"

"敢藏着掖着一个字，小心我处理你。"

单如燕转向对徐玉龙说："徐哥，不好意思，我掌握小马的消息，确实比你要详细一些。"

徐玉龙嘿嘿一笑说："那是那是，因为你是单如燕，我是徐玉龙嘛。"

单如燕白瞪了徐玉龙一眼说："急死你，哼！"

肖刚被徐玉龙的幽默和单如燕的调皮逗乐了。

单如燕的讲述，让肖刚惊奇不已，但更多的，是为马如斌拣回一条命而庆幸。

"火，火，小单，快去隔壁借个火。"

徐玉龙和单如燕忍不住笑了，单如燕说："我给你去买一个打火机来不就行了？"

"那不成，我急着用，急用。"

"不用了，肖局，我这里有。"徐玉龙掏出打火机打着了递给肖刚点上。

"你也吸烟了？"肖刚偏着脑袋问。

"谁说非吸烟才能有打火机？昨天晚上老泰山过生日，小舅子在饭店包了一桌，男士一人发一个打火机，老婆说，给咱装上，做饭点火用。所以就有这个火机了不是？"

"拿来。"肖刚向徐玉龙伸出一只手。

"啥？"徐玉龙有点不解。

"打火机啊，没收，'充公'了。"肖刚从徐玉龙的手里抢过打火机，麻利地装进自己的腰包里。

徐玉龙被逗笑了，说："你是说这玩意儿啊，下次吃饭时，我给你多要上几个。"

肖刚深深吸了一口，起身在办公室里踱起了方步，任由香烟在手里燃：怪不得我们在他被抛落的地方找了很久，包括方圆数十里的范围，始终没有发现小马的踪迹，原来是被赵通救走了，关键问题是，小马可能受了重伤，按李小君的狡猾程度，一定会秘密监视他们的动向，如果小马受伤了，失去了战斗力，就十分危险了。

想到这里，肖刚猛一抬头说："小徐，快联系一下赵通，问他们目前在什么地方？要具体位置。"

联系过后，徐玉龙报告说："肖局，他们在平顺县石城镇韩村的一个私人诊所里。"

"私人诊所？那里安全吗？"

徐玉龙说："赵通没说这个。"

肖刚猛吸了几口烟，喷出一大蓬的烟雾，又连续踱了几步，将烟头一掐说："专案一组的同志们集合，马上出发。告诉葛队，抓捕孙子貌的事由他负责完成，务必将孙子貌抓捕到案。"

"去哪里？肖局。"徐玉龙马上站起身来。

肖刚左脚已经跨出办公室："去平顺韩村那家私人诊所，如果我的猜测不错的话，李小君已经先我们去了。"

肖刚边走边拨通了李亦昌的电话："李局长吗？我是肖刚，请你准备一下，十分钟后我到你家叫你。"

第一一四章　绝地求生

马如斌虽然侥幸没死，但也差点进了鬼门关。

在牛刨泉三圣大殿下的地宫，面对穷凶极恶的野兽派宫主李小君的软硬兼施，马如斌只要点一点头，表示一点愿与他们合作的"诚意"，虚与委蛇消极应付一下，他就能全身而退，安全地走出地下密室。然而，他没有，为了人民公安和人民警察的尊严，在生与死面前，他眉头都没有皱一下，便勇敢地选择了后者。

当初被捆绑时，马如斌也曾暗运一口气，看能否将身上的绳索挣断，但刚一运气，就立马将真气泄去，放弃了抵抗的意念。因为他清楚，即使将捆在身上的绳索挣断了又能如何？这是在野兽派的总坛，牛刨泉三圣殿的地下密室里，不要说李小君和赵通隐藏在暗处，手里可能还持有武器，就是没他俩，地宫里机关重重，要想活着走出去也非易事。李小君的一句话犹如五雷轰顶，绑上水泥块沉到漳河里老子怎能活？他娘的，连一点生存的机会都不给，李小君杀人的手段真绝啊。忽又一想，权衡利弊，死在漳河里比死在地宫要好，最起码，咱能活着走出地宫，只要出了地宫，或许还有一线生机。有了这个意念，马如斌不再和李小君斗嘴了，眼一闭说："李小君，你不得好死。"

"我不得好死，哈哈哈哈。"李小君仰天大笑说："我不得好死，可你马如斌比我可怜得多，你的诅咒不顶用，我暂时还活着，可你呢？马上就要喂王八了，逞口舌之利又有啥用？省省吧，小子。"

李小君转向一尘隐身的密室方向喝道："执法。"

说完，悠悠踱着方步，隐入屏风后面不见。

"遵命，恭送宫主。"一尘高声应答道。

确信宫主走后，一尘对黎涛说："黎施主，先委屈你一会儿，穴道还不能给你解开，我得先把马如斌的事处理了，才能再来救你出去。记住，你不要妄自运气解穴，没用的，如果硬解的话，会造成血逆上行，全身血管爆裂而亡，这不是危言耸听，你也是练武之人，想必比我更清楚。这样吧，为了安全起见，我还是让你睡一会的好。"

说完后，一尘一撩道袍，从内衣口袋里掏出一个白色小药片塞在黎涛嘴里。很快，黎涛两眼一闭，昏昏睡去。

漳河从牛刨泉山脚流过，这段河槽较窄，河水湍急，滚滚河水在这里的山崖下拐了个弯，先是在陡峭的名叫"擂鼓台"的崖壁上猛撞一头，掀起冲天波浪，然后猛一回头，呼啸着奔向东去。这是漳河在刈陵境内最为险要的一段河流，别号叫"毛不落"，意思是就连一根很轻的鸟毛，在这里也会迅速被卷入激流中沉到湍急的河水里。这段险境马如斌最清楚，他从小在漳河边长大，水性很好，但水性再好，他也没敢到"毛不落"这地方涉过险，不要说他还要被捆上水泥块，就是不绑水泥块，就这样将他扔进河里，也一样凶多吉少。

一尘如果在这里将他抛下漳河，那生还的希望就破灭了。

两个身穿黑衣头蒙黑巾的年轻人将马如斌抬上车，快速向"毛不落"行进。

焉能束手待毙？傻子才会这样做。

但马如斌不是傻子，他必须在被他们抛在河里之前，一举将绳索挣断才有生还的希望。他试着运动真气，当真气运足时，猛然一吐。按常理，一条麻绳在他的真气冲击下，必会折断无疑，但马如斌料错了，身上的绳索非但没被挣断，反而割破衣服，深深地镶嵌在肌肉里，疼得他一咬牙，赶快将真气散去。马如斌大惊失色：这是啥绳索？完了，看来我马如斌必死无疑了。已经听到河水拍岸的声响，马如斌感觉仿佛走近地狱的大门，甚至看到死神已经在向他招手。

到了，两个黑衣人将马如斌抬下车。一尘低声喝道："你俩，抬水泥块去，尽量找个大的。"

"好。"

就在两个小野兽走开后，一尘以快得不能再快的速度将马如斌身上的绳索松开一些，粗瞧看不出破绽，马如斌试着活动了一下，虽然绳索的死扣还没解开，但他的手臂处有了一个可以活动的小空间，如果时间来得及的话，他有可能在吞水之前挣脱绳索。

"兄弟，我背后有眼睛，只能做到这一步了，能不能逃生，就看你的造化了。"

"你为什么要救我？"

"来不及细讲，以后有机会我会给你说清楚。好了，我要执法了，请马队长原谅，我也是迫不得已啊。"

什么是造化？马如斌知道，造化就是一尘留给他的一点小方便，加上自己的机智勇敢。思念间，两个黑衣人抬来一大块水泥块，三下五除二将马如斌捆在水泥块下。

"混蛋，怎么能那样绑？连件小事都做不好，要你们有什么用？闪开，我来。"

两个黑衣人很是畏惧一尘，闻言双双直起身来，乖乖地退到一边。一尘将绳索松开重新捆绑了一遍，一头拴在马如斌身上，一头拴在水泥块上，给马如斌在水泥块之间正好留出一条胳膊长的距离。两个黑衣人你看看我，我瞅瞅你，不得其解，不明白一尘为啥要这样做。

其中一个黑衣人狐疑地问道："副宫主，这样绑怕不行吧？"

一尘两眼蓦然放射出一束寒光，阴冷地喝道："找死，这里有你说话的份吗？"

问话的黑衣人一哆嗦，闭口不敢吭气了。

终于被推下去了，一声巨响，一团浪花冲天而起。

幸亏岸崖不是太高，不过十多米。马如斌急忙憋住一口气，将身体重量减轻到最低，保证人在上，水泥块先落水。

他第一步做到了，落水之后，他的神志特别清醒，内心虽有点恐慌但还是比较镇定的，这就是一个警察的心理素质。况且，从小在漳河边长大的马如斌水性相当出色，在水底下不换气，最少也能坚持两三分钟的时间。能不能在两三分钟内解开身上的绳索，他虽不敢保证，但事已至此，只能硬着头皮一试了。马如斌轻轻抖了一下绳索，感觉手腕处松动不少，他没有练过缩骨功，但毕竟是练过功夫的人，他将真气凝聚在两个手腕上，在真气的作用下，手腕的骨骼和肌肉在逐渐变细。虽然变细，但还没细到能够脱出绳索死扣的地步。

马如斌继续努力，使出浑身全部的力量，时间在慢慢地流逝，他的胸部开始有了异样的感觉，他知道这口气憋不了多久，必须尽快将手脱出。马如斌突然一用力，双手使劲往出一抽，谢天谢地，两只手总算挣脱了绳索，但由于用力过猛，两腕处和手背被绳索蹭下一层皮，鲜血马上将周围的河水染红，伤口处经水一泡，钻心地疼。

他来不及顾及这些，以最快的速度扯掉身上的绳索，这时候，憋着的一口气也到了极限，几乎难以为继，眼看就要呛水，马如斌拼着最后一点气息，在河底的卵石上用力一蹬，整个人箭一般地快速上升冲出水面。

在冲出水面的刹那间，他赶快深呼吸了一大口气。

前天刚下过一场大雨，河水暴涨，水流更加湍急，以雷霆万钧之力冲撞到崖壁上，形成一道巨浪后又猛地回过头来，滔天巨浪劈头盖脸地向马如斌拍打下来，将刚刚浮出水面的马如斌再一次翻入水底。最可怕的是马如斌被拍下水底时，因头向下，脑袋猛地磕在一块大石头上，随着钻心一疼，脑袋上感觉有血液流出。

这一浪头，又将马如斌推向死亡的边缘。

马如斌用尽全身力气，再次在河底的卵石上一蹬浮出水面。

这次他无论如何不能不小心了，尽管他的水性很好，可这处是漳河刘陵段最为险要的一段，巨浪拍岸后产生的冲力非常大，处在巨浪之中的马如斌犹如一片鸿毛，迅速被激流卷走。

和巨浪的一阵搏斗，几乎耗尽了马如斌的力气。但是，在生存意念的支撑下，他随着激流上下起伏地向下游漂移，漂移……

也不知漂流了多久，终于，他被激流推送到岸边一处浅滩上，脱离了危险。

马如斌奋力爬上岸，躺在沙滩上直喘粗气。

脱离危险后，精神一松懈，他的神志居然有些不清了，眼前的景物逐渐模糊起来，他努力想睁开眼，但眼皮很重，现在的他变得十分脆弱，脆弱到连眼皮都无法支撑了，他已经无力主宰自己的命运，头一歪，昏了过去。等他醒来的时候，太阳已经偏西。他试着运了运气，还好，真气还能凝聚。他奋力坐起，盘膝坐好，将双手置于心田处，眼睛微闭，一股温暖的气流从丹田处缓缓升起。

连续三个小周天过后，马如斌的体力恢复了大半。这时的他首先感觉到的是肚子饿，但他清楚，眼下急需的，是尽快止一下头上的血流，那一撞撞得不轻，马如斌用手一摸，满手是血，感觉伤口至少有四五厘米，血液还在往外流，伤口火辣辣地疼。

马如斌出生在农村，认识很多中草药，小时候在野外玩耍时割伤了，总是自己找些疗伤止疼的草药救治。刘陵山区大半的植物都是中药材，用于止血止疼清淤消肿的草药眼前就有，如益母草、马齿苋、刺苋、菟丝子、蒺藜、苍耳、荠菜等，特别是荠菜，不仅是人们喜爱的餐桌野菜，还是一种良好的止血止疼药。

第一一五章　情况突变

马如斌一手捂着伤口，一手拔了一大把荠菜，在河水里洗干净了，放在嘴里咀嚼烂，再敷在伤口上，长按住让药物发挥作用。同时，将剩余的草药塞进口里，吃了充饥。

一个多小时后，马如斌基本恢复了体力，伤口不再流血，也不那么疼了，站起身来辨别了一下方向，正准备到前面找寻一处较为隐蔽的栖身之所休息一下，恰在这时，忽见一个人向他所在的方向急急奔来。

马如斌一惊，赶忙伏下身去躲到一块大石头后面。

"马队长，马队长，你在哪里？"

来人一边奔走，一边呼喊着他。马如斌一听是在叫自己，探出半个脑袋望了一下，来人不是别人，正是牛刨泉三圣观的副宫主一尘道士。既然一尘救了他，说明一尘对他没有威胁，他这条命，说白了还是人家一尘给的，尽管还弄不清一尘救他的用意何在，但毕竟救了他一命，对这样一位"救命恩人"，有必要隐藏吗？

于是从大石头后边站出来答道："道长，我在这里。"

"天那，你总算自救了，谢天谢地！为了去救一个人，来迟了。"

一尘跌跌撞撞地跑到马如斌跟前，看着衣衫破碎，满脸血污的马如斌，伸手摸了一下他头上的伤口说："啊？马队长，受伤了？走，快，我带你去一个地方包扎一下。"

"这是什么地方？"马如斌感觉这个地方并不太熟悉。

"你已经被河水冲到平顺县境内。这边我常来，前边不远处有一个村子，村里有个私人诊所，医生姓陈，医术医德还不错。"

马如斌头一晕，差点栽倒，一尘赶紧扶住他："别说话了，保存点体力，来，我扶着你。"

行走三里多地，来到一个规模不是太大的村子，看上去不过百十来户。出于警察特有的职业敏感，马如斌注目审视眼前的这个乡村医生，男性，五十多岁，大背头，身材较瘦。见马如斌有所怀疑，一尘摇摇头，意思是说这人和野兽派毫无瓜葛，尽管放心。陈医生浅浅一笑说："你手腕和头上的伤口得赶快用药，最麻烦的是被河水浸泡过，局部已经开始发炎。来，先输液。"

"谢谢，谢谢陈医生。"不说发炎还好，陈医生一说发炎，马如斌还真觉得有些发烧。

输完液，天已经黑了下来。

一尘说："走吧兄弟，离村子三里多远就是镇里，有小饭店、小旅馆，咱先到那里吃点东西，你需要好好休息一下。陈医生，你们这里谁家有车？送一送我这位朋友，路费尽管说。"

"也好。"马如斌皱了一下眉头说。

可以看得出，这个陈医生对马如斌没有什么感觉，但对宗教人士比较感兴趣，忙说："大师放心，我就有辆车，不过，我这里有几张床位，你们权且在我这里休息一晚，这位先生需要输液消炎，在我这里方便。"

马如斌察言观色，觉得这个陈医生慈眉善目，不像坏人，于是就说："道长，陈医生说得有道理，咱就在诊所住一晚也好。"

"那，也行。陈医生，多少钱？"一尘从道袍里掏出几张百元票子递过去。

"不急大师，钱无所谓，只要这位先生没事就好。"陈医生向西屋喊了一声："莲花，把病房整理一下，床单、头枕、被子、暖壶、脸盆全换成新的。大师，麻烦你扶着病人，咱走。"

一晚相安无事。

翌日，马如斌烧得更厉害了，往起一坐，立感头晕眼花，还伴有轻度心烦欲吐。坏了，如果病在这里一时走不了，我的任务还怎么去完成？不行，病也得走，他试着再一次坐起，但失败了，一坐起就头晕想吐，伤口处也剧烈疼痛。无奈，只得躺下喘气。

"道长，在吗？"马如斌用微弱的声音喊道。

门帘一掀，一尘和陈医生走了进来，一尘一看马如斌的脸色大惊："马队长，怎成这样子？陈医生，你快看看。"

陈医生听一尘称马如斌"马队长"，心想这位还是队长？什么队的队长？陈医生走到病床前，见马如斌脸色通红，两眼无光，用手一摸额头，哟，好烫。陈医生将温度计塞在马如斌的腋下说："先生，噢，马队长，你失血过多，加上伤口感染，体力透支，都会出现这种症状，没多大事，不过，看来你两三天以内是不能离开我的诊所了。"

马如斌没说话，他知道陈医生说得是真的，按自己的状况的确也不宜赶路，事到如今，急也没用，先把病治好再说吧。于是便对医生说："那就有劳陈医生了。"

"说哪里话？救死扶伤是医生的天职，应该的。来，我再给你配药，继续输液。你是队长？"

马如斌警觉立起，看了陈医生一眼说："包工队的。"

"噢，不管啥队，大小总是个官儿。"

马如斌一笑，没搭话。一尘也笑了笑说："对，包工队的马队长。"

陈医生给马如斌扎好针，挂好药瓶后出去了。在一旁站着的一尘忽然走到马如斌的耳边低声说："马队长，黎涛来电话了，问我你的下落，我没告诉他。"

"道长，你说你去救一个人，难道是黎涛？"

"对，是黎涛，他遇到我，也算走好运了。"

"他现在怎么样？没事吧？"

"没事马队长，你放心，他现在已经回公安局了。不过，我没向他透露救你的消息。"

"你做得对，黎涛并非公安人员，他的身份你是知道的，咱不能不防着点。道长，我想问你一句话，不是怀疑，而是作为一个公安战士，我应该明白你的用意，你救我，到底为了什么？是良心发现，还是为了其他？"

一尘点头说道："不错，我的身份特殊，你怀疑是对的，不怀疑那才叫不正常。我救你确实出于私心，并不像你想象得那么伟大，我就只想帮你们抓住李小君，将功补过，我知道我有罪，罪不可恕，但我不想就这么毫无意义地死去，我家里上有老下有小，我暂时还不能死。"

"谁说你一定要死？"

"这，"一尘有点迷茫，"我是野兽派的二当家，三圣宫的副宫主，我作恶多端，盗窃了国家无数文物，我虽然没有杀过人，但许多人却因为我们的行为而死，我自知罪孽深重啊。"

"道长，能有这样的认识说明你的良知未泯，立功赎罪尤未晚也，这就要看你的表现了。"

"马队长，我一定记住你的话。"

说话间，陈医生推门进来说："该换药了。"

"陈医生，他的伤怎么样了，明天能走吗？"

还没等陈医生回话，门外蓦然有人接话说："怎么，还想等到明天？咱们现在就走。"

一尘吃了一惊，惊呼道："姬妃妃？"

门窗一掀，娉娉婷婷走进一个年轻女人来，水蛇腰扭了两扭，散发出一股浓浓的香气，咯咯笑着说："哟，马兄弟，身体怎样？"扭着屁股走到马如斌的病床前，看了看输液瓶，一把拔掉针头，甜甜一笑说："输个屁液顶啥用？小兄弟，还不如在姐姐怀里躺一躺管事，如果能和姐姐做一晚神仙，保管你伤口愈合，疼痛全消。"

"你们想干什么？你就是那个姬妃妃了？"

"不错，小兄弟，谢谢你还记得姐姐，姐姐姓姬，叫妃妃，被弟兄们尊称为姬妃，本小姐现在是李宫主的人了。怎么，小兄弟，你没有死在漳河里？啧啧，命真大。哟哟，身材高大，体格健壮，尤其是这张小白脸，姐喜欢。来来来，让姐姐亲一口。"

马如斌看到这种女人就恶心。

站在一边的一尘冷眼观看着眼前这一突如其来的变故，当姬妃妃拔掉马如斌的输液管时，一尘本想上前阻止，但人还没动就马上退了回来，因为他知道，以姬妃妃一个弱女子，绝不会单独出现在这里，小魔头李小君此刻一定就在门外，小君的武功他倒不是十分在意，以他一尘的功夫，虽然打不败李小君，但李小君要想摆平他，恐怕也要费一番力气。他担心的，一个是马如斌目前正在病中，加之头上、双腕有伤，大大影响了马如斌功力的正常发挥，如果打起来，马如斌会不会遭遇不测？再者，李小君一定是有备而来，他不仅有一身不错的武功，而且这个时候，他身上一定藏着手枪。李小君曾经从黑市上购买过一批从国外走私进来的武器弹药，李小君所持有的，是一把美国造的柯尔特 M2000 型手枪，射击精度很高，这把枪不是购买的，是境外文物走私集团的一个美国"朋友"赠送给他的。一尘多次跟着李小君去打靶，一尘也打过几发子弹，亲眼见过这支手枪的威力。

在现代火器面前，无论你的功力有多高绝，脑袋也会被子弹击穿。

他现在唯一能做的，是见机而行，等李小君现身后，以迅雷不及掩耳的速度将他制服，方能保证有几分胜算。

第一一六章　命悬一线

"你们想干什么？他是我的病人，出去。"陈医生怒喝道。

"不想活了？你私藏三圣宫要犯，已经构成死罪，滚，要不老娘对你不客气了。"

姬妃妃秀眉直竖，杏眼圆睁，啪地一巴掌打在陈医生的脸上，陈医生就地转了一个圈，跌倒在地。姬妃妃虽然不谙武术，只会一些花拳绣腿，但对付一个手无缚鸡之力的医生，已经足足够用了。

马如斌面对形势突变十分冷静，他不怕死，已经是死过一回的人了，有什么可怕的？问题是，李小君怎么会跟踪到这里？是一尘设的圈套，还是这个陈医生在故意演戏？他瞅了一尘一眼，一尘摇了摇头。再看陈医生，陈医生手捂着那一半已经红肿起来的脸，躺在地上还没起来。

"哈哈哈哈。"

东北女子发出一阵银铃般的笑声："小兄弟，省省吧，一尘他叛离三圣宫，死有余辜。至于这个医生，连给姐姐提鞋的资格都不够。"

意外之意是，你马如斌不用瞎猜，我们跟踪你还不是小菜一碟？与一尘、陈医生没有关系。她转身对门外娇声喊道："你俩进来。"

一尘一愣，很快明白了，问题出在两个陪他一起执行任务的小喽啰身上。一尘非常后悔，要知道现在，当初在漳河岸边老子就一人一掌结果了扔到漳河喂王八去，老子稍一慈悲不想留下无穷后患。

门窗一掀，进来俩人，不是那两个小喽啰是谁？一尘怒火中烧，双目中杀气大炽，拳头紧握，随时准备一击。

这俩小喽啰一个叫刘大志，一个叫张年有。刘大志看了姬妃妃一眼说："副宫主，对不起了，你偷放马如斌的事，如果我们不告诉宫主，万一追查下来，我们也得负连带责任啊。"

534

一尘真想扇刘大志俩嘴巴，但出于大局考虑还是忍住了："贪生怕死猪狗不如的东西，你们怎么知道我要放掉马如斌？"

　　刘大志嘿嘿一笑说："副宫主真的忘了？你故意不让我把绳索和水泥块捆到一起，分明你就是想给马如斌留下一个自救的机会，我们再笨，还能看不出来？"

　　"那你们怎又知道我们来到这里？"

　　"不好意思副宫主，我们把情况报告给宫主后，宫主立即命令我俩回到漳河边察看一下马如斌死了没有，我们赶到的时候，见你也在河边探头向下张望，之后，你又下到河里潜到水下，浮上来的时候，你说了一句总算自救了。你脸上露出得胜的笑容，我们明白，一定是马如斌解开绳索逃走了。你发疯似的沿着河岸向下游狂奔，我们也一路悄悄地跟踪，直到你找到马如斌，来到这家诊所。"

　　一尘忍无可忍，怒发冲冠，道袍无风自鼓，姬妃妃看情形不对，忙喝一声："大志、年有退下。"

　　"赵副宫主，你也太不仗义了吧？平时我可对你不薄啊，就是走，也得跟我打个招呼不是？"

　　随着话音，李小君一步跨进病房。

　　一尘大骇，坏了，该来的终究还是来了，有这个魔头在，事情就难办多了。一尘迅速靠近马如斌，如果李小君敢对马如斌出手，就和他李小君拼了，不是鱼死，就是网破。

　　马如斌向一尘使了个眼色，意思是说别着急，尽量和他们周旋。

　　要按平时，一个李小君还放不到他马如斌眼里，要是李亦昌他不敢说大话，区区一个李小君，根本不是他马如斌的对手。然而，现在不行，伤口感染，浑身发烧，体弱无力，功力大打折扣。他在思谋对策，认为只能智取，不能硬拼，否则李小君抓不到，他和一尘反而还会伤在李小君的手枪下，特别是陈医生，也会受到无辜牵连。面对强敌，马如斌丝毫不敢大意，暗暗一运劲，感觉头部和两腕处气血凝止，行气不畅，他明白，如果强行运功发力，头上的伤口必然会被震破伤得更重。不过，假如情形危急的话，也就顾不了这些，只能做最后一拼了。

好像李小君看出了马如斌和一尘的打算，嘿嘿一笑说："我说你俩放明白点吧，别做无谓的挣扎，这恐怕对你们没有好处。"

"那就试试看。"

一尘突然向前一步，左手成抓，一把扣向李小君的左腕。

"噫，动手也不吭一声，偷袭啊，你个龟孙。"

李小君疾速暴退一步，躲开一尘奇快无比的一抓，左手在腰间一探，手里便多了一把手枪。

一尘此惊非同小可，他的目的，正是想偷出奇招，一下抓住李小君的左手，阻止他掏枪，只要他手里没枪，光凭肉搏，最后鹿死谁手也还说不定。他的打算，是想自己先缠住李小君，即使放不倒他，但最起码也能坚持几分钟乃至十几分钟，给马如斌创造一个擒拿姬妃妃的机会，尽管马如斌有伤且还在病中，但他毕竟是个受过正规训练的警察，并有比较精湛的武功，擒获一个姬妃妃还是没问题的。至于那两个喽啰，几乎没有武功，一拳就能放倒一个，甚至马如斌同时收拾姬妃妃和两个喽啰也能轻松取胜，解决了姬妃妃和俩喽啰，他俩联手李小君绝对跑不了。

然而人算不如天算，没想到李小君如此狡猾，早就看出了一尘的用意。李小君一枪在手，场中情景大变，野兽派这边随成一边倒的态势，一尘和马如斌再快，也快不过子弹。

"哈哈，赵通，我和你打交道也不是一天两天了，你那点小伎俩，能骗得过本宫主？小心，别动，谁都别动，嘿嘿，我这个人不善使枪，把控不了扳机，万一这枪一走火。"李小君狞笑着，脸色几乎变成绿色。

"姬妃，将赵通就地正法。"李小君用枪指着马如斌，向姬妃妃喝道。

李小君此计可谓恶毒之极，一方面决意要置赵通于死地，另一方面，也是想利用这个机会考验一下姬妃妃，看在关键时刻她是否真正忠心于他。

"好哩，奴家这就来了。"

水蛇腰一扭，姬妃妃手里便多了一把匕首："赵通，念在你曾是我们的副宫主，念在我们交情一场，小妹我下手一定狠点，不让你感到痛苦。哎，奴家一生心太软，见不得喉头冒血龇牙裂嘴的模样。"

一尘好歹也是牛刨泉三圣宫的副宫主，没有两下子怎能混到第二把交椅上？姬妃妃说白了也就是狐假虎威，论武功，和一尘相差甚远。陡然，一尘道袍一鼓，道袍一角快速飞出，正中姬妃妃手腕，姬妃妃娇呼一声，匕首脱离她的素手向地下落去，一尘人影一闪，左手一探，抓住将要落地的匕首，右臂一圈，紧紧箍住姬妃妃的脖颈，刀尖抵在姬妃妃的咽喉上，这一连串动作一气呵成，干净利落。

李小君暗暗一惊，他没料到赵通会来这么一手，见一尘的道袍一鼓，暗道一声不好，正欲施救但已经迟了，姬妃妃已经落到赵通手上。

"道哥，救我。"

姬妃妃的脸像一张麻纸，白里透着青，浑身不停地哆嗦。

"放下！李小君，放下你手中的枪，我保证姬妃妃毫发不损，否则，就别怪老赵辣手摧花了。"

"你敢！"

"我为什么不敢，你以为还在三圣殿的地宫里吗？当初，是你骗老子走上犯罪的道路，闹得老子有家不能归，变成历史的罪人。今天老子就和你拼了，有我没你，有你没我。"

现场顿时静了下来，暂时出现了一个僵持的局面。僵持了十几秒钟的时间，到底是野兽派的首脑，兽性自然不同凡响，李小君突然哈哈大笑一声说："赵通，你太幼稚了，你以为我会为了一个女人而束手就擒吗？你错了。"

话音刚落，李小君手中的枪便发出清脆的响声，由于距离太近，子弹从东北女子姬妃妃的前胸进去后背出来，余劲未减，又穿进赵通的腹部。

东北女子姬妃妃浑身一震，一股血箭从口中喷射而出，瞪着失神的眼睛，举起左手指了指李小君，无力地说了一句："你好狠心！"然后才怀着极度的怨愤缓缓倒了下去。

而赵通，也吐出一大口鲜血，指着李小君说道："你，你不得好死！"随即也慢慢倒下。

"这是你自找的。"李小君凶残地又朝赵通的胸部连开了两枪，赵通的身体剧烈地抖动，抽搐了几下，死了。

马如斌头上直冒凉气，他还真没想到这个李小君如此凶残，一点人性都没有，见状迅速从床上跳在地下，左臂一探，便要去硬夺李小君手中那尚在冒着轻烟的手枪。

"站住，你真的不想活了？"

李小君后退一步，手里的枪指向马如斌的胸膛："你不要逼我，我的枪可不认识你这个赫赫有名的刑侦副大队长。坐下，我有话说，等我把话说完了，你还是要选择死的话，我一定成全你。"

马如斌一击未成，他知道已经失去先机，如要硬拼，自己一定会倒在李小君的枪口下，而李小君照样逍遥法外，不行，我必须想一个既能保全自己，且还能生擒李小君的有效方法。再说了，还有陈医生在屋里，如将李小君逼急了，陈医生也难逃一死。

他这边在思考对策，那边李小君却一反常态，嘿嘿狞笑一声说："还是算了，你一个将死之人，多一个字都是废话，对不起了马如斌，今天你必须死，我知道我没处可躲了，躲了初一还有十五，在我死前，能多杀几个也是赚头。"

说罢，李小君的食指便要去扣动扳机。

第一一七章　匪首自绝

正在这千钧一发之际，忽听门外一声断喝："恶子，把枪放下。"

人影一花，李亦昌突然出现在李小君前面，用身体替马如斌挡住了枪口。

"李局长，你老人家怎么来了？"马如斌着急地对李亦昌说："老局长，没用，你儿子已经迷失心智，他疯了。"

李亦昌没有回答马如斌的话，而是拍着自己的胸膛缓缓地向李小君走去："恶子，你有本事，就向老子这里开枪。"

李小君惊恐地一步步后退："爹，你！你不要逼我，今天我可以不杀马如斌，但是，你得放我走。"

"哈哈哈哈，李小君，别做梦了。"

李小君心神一震，马如斌却眼睛一亮："肖局。"

就见肖刚快速走进屋里，身后紧跟着徐玉龙、单如燕和两个专案组成员，五把手枪同时指向李小君。肖刚两眼射出利刃般的光芒："李小君，放聪明点，放下武器，抵抗一点都没用。"

李小君阴险地笑了一声说："这我知道，我本来就没做活着的打算。"

"你开枪试试？不要低估了肖刚和公安战士们的枪法，如果你敢冒险，枪响之前，你一定会被我们的子弹打成筛子。"

李小君倒吸了一口凉气，他明白，不要说肖刚、徐玉龙、单如燕以及百里挑一筛选出来的两个专案组成员枪法百发百中，单凭爹和肖刚的顶级武功，根本就不需要用枪，特别是爹李亦昌，他的手掌离他只有一米多远，只需微微吐出一点内功真气，就能轻易震脱他手中的武器。

想到这里，李小君突然一下掉转枪口，将枪口指向自己的太阳穴："我胜不了你们，总能胜得了自己吧？"

"小君，不要！"

李亦昌惊呼一声，然而迟了，李小君已经扣动了扳机……

鼓楼街弯脖巷十九号。

门头紧锁，门锁上有一层薄薄的浮尘，说明自从假孙子貌和假"玉面狐狸"被捕后，没有人再进来过这座院子。

葛俊中瞅了王巧妹一眼，意思是说：里面没人吧？

"他有时候不走大门。"王巧妹压低嗓音回答。

"还有侧门？"葛俊中也低声问。

"没有，你们跟我来，这边走。"

王巧妹前边引路，不愧是玉面狐狸的关门弟子，这婆子走路轻飘飘的像个老猫子，几乎没有一点响声。他们转过西侧后墙外。西房和主屋北房之间有个不大的天井，宽度约一点五米左右，墙头不高，不到三米。王巧妹低头观察了一下墙根残留的脚印说："葛队长，你看，最表面的脚印，应该是三天前留下的，而且只有进的脚印没有出去的痕迹，说明他还在里面。这孩子每次出去干活总是早出晚归的，为不惊动四邻，一般不走大门，从这里翻墙进出。"

言毕，一纵身跳上墙头，向葛俊中他们一招手，轻轻跳进院子里。

葛俊中对跟随的两名刑警说："你们守在这里，我进去。"

葛俊中两腿稍微一屈，然后纵身一跳跃上墙头。王巧妹等葛俊中走近后，耳语说道："他应该藏在地下室，这个地下室出口在柴房，进口在他居住的西屋里。假的孙子貌只知道西屋有处入口，并不知道柴房还有一个出口，你把住柴房的门，我从西房的入口进去。"

王巧妹进到西屋。

西屋迎门放着一个宽大的写字台，写字台上靠墙竖着一个巨大的老式座钟。王巧妹将座钟一角轻轻一拖，一阵咂咂声响过后，写字台连同墙体一齐向左移动，现出一个洞口来。王巧妹正欲进去，忽然嗅到一股腐烂气味，再一味，脸色大变，暗道坏了，这小子莫非出了事？赶紧打开地下室电灯开关，随着一条窄窄的阶梯走下去，当看清楚地下室的情景后，王巧妹大叫一声，头一晕，差点倒下去。

地下室有一张木床，床上直挺挺地躺着一个人。

孙子貌死了。

孙子貌竟然自杀在地下室里。

"我的妈呀，儿啊，你为啥要这样？你去公安局自首，也许还有一条活路，你怎就想不开呀！"

王巧妹扑在孙子貌的尸体上放声痛哭。

在柴房门口守候的葛俊中待了一会儿不见有什么动静，心想莫非这个王巧妹使诈？应该不会吧。这地下室难道还有第三个出口？也不会的。看王巧妹的态度比较诚恳，应该不会耍什么花招才对。或者，地下室有什么变故？王巧妹中了孙子貌的埋伏？更不会，孙子貌不会料到王巧妹会带着公安局的人来抓捕他。正在心生种种疑虑，忽见在堆放着一排大缸的西山墙，其中一个大缸缓缓向前移动，慢慢现出一个洞口，一阵哭声从地洞传了出来。葛俊中感到甚为奇怪，快步走向洞口，刚到洞口，强烈的腐尸臭味便扑鼻而来。葛俊中大惊，知道情况不妙，果然，王巧妹带着哭腔高声喊道："葛队长，不好了，子貌他，他死了。"

经过现场勘察，发现床下扔着一个装有剧毒的小瓶子，上边全是英文，葛俊中英语水平较差，无法识别是一种什么样的剧毒。这说明孙子貌是服下某种剧毒致死的，因中毒，孙子貌全身的皮肤变成黑色，五官出血，脸上扭曲变形，想必孙子貌在死前经历了剧烈的痛苦。

在孙子貌的手里，紧紧抓着一张稿纸。葛俊中用手用力将孙子貌的手指扳开取出一看，是封遗书：

　　母亲大人：

　　儿子不孝，连累了娘亲，当你看到这封书信时，我已经离开人世。娘，你不要悲伤，你儿子不是人是畜生，一生干了许多的坏事，盗窃了许多古墓，罪不可恕。特别是在黎侯古墓地，我协助紫微帮杀死野兽派五人，因为我明里是紫微帮的副帮主，暗里还是野兽派的人，外号'豹子'。正因为我具有双重身份，所以我最有条件私藏古墓文物。儿子一念之贪，企图将文物据为己有，因此遭到紫微、野兽两大集团的拼死追杀，公安方面更是对儿子紧追不舍，儿子成了一个天地难容的人，一个多月来东躲西藏，四处逃亡，忧心忡忡，胆颤心惊，夜不能寐，食不甘味，提心吊胆，生不如死。娘，害你进了监狱，完全是儿子之过，如此不孝，儿子怎能苟活于世？我不能去公安局自首，更不能被公安抓到，因为联系协管政法工作的副县长段克非是紫微帮的帮主，副局长贾文喜是紫微帮的一号成员，专门负责帮内执法，我落到这些人手里一样会死，而且会死得更快更惨。神州之大，哪里有儿子的安身之所？思来想去，只有选择死亡一途才能解脱，既然左右都是个死，我何不自己了断？

母亲大人，儿子不能在你老膝前尽孝了，希望娘你把知道的一切都告诉给公安，以减轻法院对你的量刑，也希望我的检举揭发，能帮到你一点忙。

对了，还有就是，当年强奸黎娇娇的人，是段克非。

言尽于此，娘，永别了！

再顿首！

儿子貌绝笔

从遗书上的日期落款看，到现在孙子貌已经死去三天了。

看完孙子貌留给他的绝命书，王巧妹泪流满面，十分愧疚地说："是我的错，我没带好孩子，我对不起我的师傅啊！"

"对不起你的师傅？王巧妹，你终于承认你不是真的玉面狐狸了。那，真的玉面狐狸又在哪里？"

"这个，"王巧妹低下了头，眼泪夺眶而出，"她在五十年前，就死了。"

人之将死，其言亦善，葛俊中相信孙子貌绝命书上说得都是事实，随将绝命书收了，嘱咐王巧妹说："绝命书的事一定要保密。"

两辆警车火速赶来，对现场进行了认真细致的勘察。之后，将孙子貌的尸体暂时存放到县医院的太平间。

两路抓捕人马先后回到局里。

肖刚觉得很是沉闷，李小君和孙子貌相继自杀，没有抓到一个活口。他觉得，还是自己在行动方案的策划上不够严谨，抓捕不够迅速果断，才造成今天这样一个比较难堪而且被动的结局。

肖刚不自觉地掏出香烟来，葛俊中照例配合着掏出他的铜打火机："来，肖局，点上。我已经通知梁书记了，他马上就来。"

狠狠地一连吸了几大口，吐出一大团的烟雾，肖刚似乎想借烟雾将胸中的闷气一吐为快。

"怎么，几日不见，老肖的烟瘾变大了？"

梁剑雄笑着走了进来："哟，好大的烟雾，你老肖也不怕污染环境？"

见书记进来，肖刚赶紧把烟头一掐说："梁书记来了？快坐。"

葛俊中给梁剑雄端过一杯茶水。

梁剑雄又笑了笑说："老肖，别那么小气，给支烟，咱也过过瘾。"

肖刚被梁剑雄的风趣逗乐了："来，这盒烟全给你。"

"就两支了？我说咱肖局长今天怎么这样大方，这两支烟你还是好好珍藏吧，吸我的。"

梁剑雄掏出一盒芙蓉王放到茶几上。肖刚拿起烟盒在鼻子上嗅了嗅说："开天辟地第一回见书记抽这么好的烟。"

"旗开得胜，犒劳三军，档次还能低了？可惜人家小葛从来不吸烟。"

葛俊中一笑说："梁书记，说到这份上，我破例吸一支。"

还甭说，葛俊中真的不会吸烟，只吸了一小口，便呛得咳嗽了半天，满眼都是泪，笑得大家眼泪都出来了。

葛俊中傻傻一笑说："咱没这口福，嘿嘿。"

小嘬了一口茶，梁剑雄抬起头来问道："小马怎么样？"

"没多大问题。头上缝了六针，有点失血过多，手腕、手背上伤得比较重，但那都是皮肉之伤不碍事，小单在医院陪护。"

梁剑雄眼睛一扫在座各位，面容一正说道："老肖，该收网捕大鱼了。"

第一一八章　金蝉脱壳

"对，就剩下一条大鱼了。"肖刚马上精神一振："梁书记，为防止节外生枝，我建议立即采取行动。"

梁剑雄点点头说："好的，我同意。"

葛俊中也有这个想法，一听两位领导说要收网了，兴奋地一拍大腿说："好，我去通知专案组的同志们准备，咱们啥时候动手？"

"明天凌晨，早上五点集合，六点出发。"

第二天，肖刚四点半准时起床，刚洗漱完毕，梁剑雄便推门进来，笑呵呵地说："老肖，我来给你们助助威。"

"有领导坐镇指挥，我们信心倍增。"

正在说话的当儿，张华打来电话："肖局，四点二十分，段克非从其家里出来后，乘车直奔五龙山方向，我和圆觉师太、玄清大师尾随监视，怎么行动？请指示。"

肖刚告诉张华："继续监视，如果他有逃跑的迹象，马上拘捕。"

"好的，明白。"

梁剑雄磕了磕烟灰说："让他上一次五龙山吧，重温一下破碎的梦也好，要不就没机会了。"

"但愿他只是上五龙山重温旧梦。"肖刚噌地站起身来说："葛队，集合全局人马，出发。"

不错，段克非是上了五龙山，仍然是身着黑衣，黑巾蒙面。不过，他这次已经完全没了往日的风光，气势大打折扣。

在阴暗的山洞里，他心生感慨思绪万千。

他在想什么呢？也许他在想，他万万没想到，也就短短四十多天，他苦心经营的紫微帮很快就土崩瓦解了。

古墓血案发生后，为了不使自己暴露，他使出了浑身解数想方设法和肖刚周旋，结果只是稍微延缓了古墓血案的侦破进程，最终还是没能避免紫微帮的全军覆没，手下的十几个大小头目死的死，抓的抓，损失殆尽。他不糊涂，他早就察觉到自己十分危险了，可以说彻底暴露在警方面前，肖刚并不是不知道他是紫微帮的老大，而是在没有获得确切证据前，他们只是怀疑，不便对他贸然动手。他非常后悔，古墓血案发生后，不该盲动而应该选择全帮蛰伏。他之所以主动出击，一是主观上想扰乱警方视线，干扰警方计划。二是想借警方之手，铲除和他激烈竞争的野兽派。三是他实在舍不得那数十件古墓文物，让煮熟的鸭子飞了他不甘心。但适得其反，弄巧成拙，古墓文物一件未捞到不用说，反而让自己一步步地呈现在警方视线内，进而暴露在光天化日之下。

他承认，在和肖刚的这场博弈中，他失败了，败得一塌糊涂。

在这四十多天中，他段克非有的是出逃机会，也有"国际友人"提出帮忙，去美国避难的护照都办好了，但他坚持自己的主见，他不服输，决意要和警方周旋到底，不到万不得已他是不会出逃的。他眼下急需的，是找到孙子貌，杀了他，然后带上那数十件宝物一起走，要知道，那数十件宝物件件价值连城，就这样空手走了，他死都不会瞑目。

更重要的，他过于自信，因为他从没有以真面目出现过，他坚信没人知道他是紫微帮的老大，连自己的兄弟们都不知道，警方更不会知晓，这也是造成他对形势误判的关键所在。没想到，梁剑雄和肖刚太聪明太厉害了，他低估了他俩的能力。

那次去灵棚与黎秀芳告别，老朋友、老相好了，确实出于真心，直到黎义芳的出现，他才晓得当年强奸黎秀芳后留下血脉，留下一个严重的后患，这是他的一个巨大失误，如果他早知道黎秀芳怀了他的孩子，他绝不会让黎义芳活到今天。那天回家后，他越想越觉得事情怪异，黎义芳的突然出现，一定是警方的特意安排，说明警方已经对他产生了怀疑，那分明是对自己身份的一次验证，他们就是要通过与黎义芳的相貌对比，验证他就是当年强奸黎秀芳的人。他不能不服肖刚的老辣，那是个一箭双雕的计策，既验证了他和黎秀芳的关系，也抓获了伪装的王寿山，那一步棋他败得很惨，要是早知道黎义芳是自己的儿子，他绝不会安排王寿山去伪装黎义芳。

面对彻底失败的现状，尽管他心有不甘然而又能奈何？无话可说了，只能等待命运对他的安排。

死气沉沉的五龙山龙洞。

石洞还是那个石洞，但人已去，洞早空，段克非成了孤家寡人。段克非缓缓地从半壁小洞里走出，用失神的目光环视了龙洞一周，眼睛有些红晕有些潮湿。

他无力地举起左手，习惯性地说道："各位弟兄大家好。"

最后一个好字余音绵长，在空旷的洞壁里悠悠回荡。

肖刚带领数十位全副武装荷枪实弹的刑警、武警，将龙洞围困的水泄不通。

他再次高声吼道："怎么都不吭声了？你们都哑巴了？"

"他们都哑巴了，但我老肖没哑巴。"

突然，龙洞的大厅里响起肖刚的声音。他浑身哆嗦了一下，目光触处，二十多位警察蜂拥而入，黑洞洞的枪口一齐对准了他。

令他心胆俱裂的是，圆觉师太和玄清大师也在人群中。

那个讨厌的肖刚，对着他微笑，不，是冷笑。

他没有惊慌，他知道这一刻迟早会出现。他也没有作抵抗的打算，他明白那都是徒劳的。用双拳打出去？没门，不要说他面对的是圆觉师太和玄清大师两位武功通玄的世外高人，就是只有其中任意一个，也绝对走不过五个照面。从小洞后面下山？更没门，想必现在公安人员早日将五龙山严密围困，自己再厉害，能敌过圆觉师太和玄清大师两大绝顶高手？不，还有肖刚和葛俊中。再说，自己再快，能快得过他们手枪、冲锋枪子弹？

这就是大势，没戏了，投降吧。他不用肖刚说什么了，主动将双手举起环绕在脖颈后面就地蹲了下去。

"老大，脸上的黑巾没必要蒙了吧？"

"是的，没必要了。"

他缓缓地将脸上的黑巾取下，露出一个三十多岁的年轻面目。

肖刚大吃一惊："你不是段克非，你是谁？"

"你感到吃惊是吧？不错，我不是段克非，是他的侄子段保真。"

肖刚点点头说："段保真，段克非的亲侄子。是了，怪不得，身材高低胖瘦如此相像。葛队，把他带走。"

没想到，段保真这小子的嘴还特别硬，一口咬定他就是紫微帮的帮主，审了两个小时，段保真翻来覆去就那么一句话："你们别问了，问也白搭，我什么也不会说。"

肖刚冷笑一声说："你说也好，不说也罢，段克非绝对逃不出法网。"

哈哈大笑了一声，段保真说："肖刚，怕要让你失望了。"

从审讯室出来，葛俊中问肖刚："肖局，段克非既不在办公室，也不在家里，莫非已经逃走？"

思忖片刻，肖刚眉头一展，眼睛里闪现出一丝亮光："我知道他在哪里，走。"

肖刚与葛俊中、张华、王晨同乘一辆车在前，其他三十余位刑警、武警紧随其后，一路警笛长鸣，直奔城外好再来饭店。

但已经迟了，据店伙计讲，段克非是来过饭店，且还在这里住了一宿。

"什么时候走的？"

小伙计回忆说："当时我还在睡觉，忽听有开门声，尽管声音很小，但我一般起得早，四点以后睡得很轻，不要说开门，就是一点风声我都能听到，他出门的时间，应该是在四点以前。相信我，我说的都是真的。"

"怎么走的，开车了吗？"

"没有，我没听见有汽车的响动，当我穿衣起来查看时，人已经没影了。"

肖刚点了点头："我相信你的话，这个狡猾的段克非，他一定是把车子藏在离饭店较远的地方。不过没关系，全境所有的交通出口，包括出境的乡间小路都已经严密封锁。走，到东阳关卡口。"

张华望了望东阳关方向，似有疑虑："肖局，我觉得段克非不会走东阳关，那里不但是咱公安局的治安卡口，也是山西省交管局重点交通安全执法检查站，常年有十多名民警和交警驻站严守卡口，一天二十四小时值班巡查，连只鸟都不会飞过，段克非是个极为奸诈之徒，他会走这里吗？"

肖刚略一沉吟，说道："张华说的也有道理，不过小张，段克非不是普通的人，一般不按常规出牌，不错，按理讲，东阳关这样的卡口我们很放心，会把注意力放在乡村偏僻出口通道上，我们能想到这点，作为一个协管政法工作的副县长，紫微帮的帮主，他不会想到吗？他一定会认为我肖刚会在某个小卡口上守候，所以，他才会大胆选择东阳关。"

大家一致点头："说得对肖局，那咱们——"

"去东阳关。"

肖刚他们赶到东阳关卡口的时候，已经是早上七点多了。卡口上的值班民警说，没有可疑车辆通过，也没有看到段克非。

不对啊，按时间应该到达关卡，难道，他没走这个卡口？虽然刘陵县有十多个大小出境通道，但大都是通往本省邻近县市，即使他能逃出刘陵，也逃不出其他县的卡口，便于他潜逃的路径，只有茶壶山、东阳关、龙王庙和后荻峪四个卡口，而这四个卡口上都有重兵把守，难道，还有我们没有注意的出境通道？

想到这里，肖刚马上把东阳关派出所所长叫来问道："张所长，除了咱们这里，附近还有其他出口吗？"

张所长拍着脑袋想了一会，忽然说道："肖局，还有一个地方能出境，但那条小道只是农村耕种土地行走的山间小路，是不能走汽车的。"

"手扶拖拉机呢？"

"这个，这个可以。"

深思了一会，肖刚胸部一挺说："快，你带路，我们去那个出口。"

第一一九章　大哥落马

"不行，"张所长说，"按时间来说，即使段克非开的是手扶拖拉机，时速慢，现在也应该走出刈陵界进入河北涉县境内了。"

"是啊，有道理。"沉吟良久，肖刚又问："如果走那个出口，他会在哪里上 309 国道？"

"涉县响堂铺，那里是唯一的一个出口。"葛俊中接口道。

"快，走，去响堂铺。"

"现在去还能来得及吗？肖局。"张华疑虑重重。

"那条路路况如何？"

"坑坑洼洼，很难走的，再快也超不过每小时十公里。"张所长答道。

"那行，张所长，按你说的路况，我们现在去响堂铺也许还来得及。葛队，小张，走。"

然而，在响堂铺等候了半个多钟头，还是没见到段克非的踪影。

"肖局，难道段克非已经过去了？"葛俊中忧心忡忡地说。

肖刚看了看表："也说不定，不管他过去了没有，我们继续在这里守候半小时，涉县警方已经控制了全境出入口，如果有情况他们会通知我们的。"

说话间，张华突然说："肖局，你看。"

"什么？"

随着张华的手指，就见不远处有一辆驴车慢慢地向出口走来。

肖刚一拉张华的衣袖问道："小张，现在，还有人使用驴车吗？"

张华摇摇头说："很少，几乎没有了，现在的农村，手扶拖拉机已经是最差的交通工具了，不过在一些交通不便的山村，还有少数驴车。"

"这辆驴车有疑，先拦下检查。"

等驴车走近了，肖刚他们才看清楚，赶车的是个七十多岁的老者。

"怎么了？吁。"老者拉住牲口刹住车，瞪着一双失神的眼睛问道："请问，你们有啥事儿？"

"老人家，你这是去干啥？"

"噢，走，走亲戚，他舅家办喜事。"

"就你一个人？车上拉的什么？"肖刚又问道。

"家人昨天就去了，没啥好玩意儿，几十个大馍，俺这里兴送饭。"

张华感觉这老者有点不大对头，随在肖刚的耳边低声说："这人有问题，一半像涉县口音，但一半不像，说明他不是当地人。"

肖刚也感觉有异，这老者的脸上没有一点表情，面皮看上去很僵硬，尽管老者驼背，但从他刚才下车的动作来看，他的腰部较柔软一点都不僵硬。无疑，这老者是易了容的。

肖刚不动声色地说："跟我们走一趟吧。"

老者不解地问道"去哪？"

"公安局。"

老者吃惊地说："为什么？我犯啥法了？"

哈哈一笑，肖刚突然说："就别装了，我的县长大人。"

"你说啥？我老人家听不懂。"

"真的不懂吗？"

肖刚又是哈哈一笑，缓缓走到老者跟前，在他的面部审视良久，倏忽出手，以飞快的速度在老者的耳根部向下一拉，一个假面具应声而落。

"嘿嘿，段克非，县长大人，你怎么变成这副模样了？呵呵。"

飞快地，段克非将手伸向腰间。

他快但肖刚更快，一把扣住段克非的右手脉门，左手从段克非的腰间取下他的手枪。与此同时，葛俊中、张华飞身上前，两把手枪一指后脑，一指太阳穴："别动，把手举起来。"

段克非死鱼般的一双眼睛恶毒地仇视着肖刚："你敢抓我？我可是你的上司。"

肖刚冷笑一声说："不错，你以前是我的上司，可现在，你是我的阶下囚。县长大人，不，段帮主，请吧。"

张华十分麻利地给段克非戴上了手铐。

在审讯室，肖刚亲自对段克非进行了审讯，葛俊中陪审，张华记录。

肖刚以为段克非一定会铁口否认一切罪行，但出人意料的是，段克非对自己的罪行供认不讳。

"肖刚，算你有种，败在你手里我心服口服，只是我不明白，你为什么会怀疑上我？我感觉自己已经做得天衣无缝了啊。"

肖刚冷笑着说："段克非，那只是你的感觉，要想人不知，除非己莫为，这并不奇怪。我是不敢轻易也不会随便怀疑一个县处级领导的，是你自己暴露了自己。"

"此话怎讲？"

"如果你自己不好意思说的话，由我代劳也无妨。"

肖刚对他的雄起和坠落过程简要作了陈述，听了肖刚的话，段克非感觉后背直发凉：好厉害的公安局长。

"段克非，你天资聪颖有胆有识，你本该有一个好的前程，可惜你的聪明才智没有用到好的方面，而是走向邪恶一途。你是个十分要强的人，时时处处总想表现得高人一等。二十世纪六十年代中期，你拉老赖曾建考入伙成立起一支造反派队伍，用枪杆子打出了自己的一片天下，从此混入仕途。你生性好色，利用自己的特权，强奸了黎娇娇和黎秀芳，并霸占黎秀芳做你的情妇长达数十年。你从开始爱好古董文物收藏逐步转变为倒卖文物，巨大的利益诱惑使你产生了邪恶念头，于是你委托孙子貌物色了一帮所谓志同道合者开始盗掘古墓。五年前，你又联合了一些狐朋狗友，在原来松散组织的基础上，升级成专业盗墓组织并将团伙自名为'紫微帮'。为了不影响你的仕途，自成立紫微帮开始一般由孙子貌出面。你从不正面和帮众接触，偶尔出一次面还是故意改变声音并用黑巾将真面目掩盖。你善于伪装，在官场上极力表现，给人的印象是有才华、能力强、人缘好。你认为，本来自己是可以名利双收的，没想到结局会是这样。

"你一世聪明，但聪明反被聪明误。段克非，毫不夸张地说，你是混进革命队伍中的一个败类，在国家干部光环的掩盖下，你干着极其邪恶而不可告人的勾当。你道德败坏，奸污妇女，贪污腐化，无恶不作。你盗窃古墓，损害国家和集体利益，罪不可恕。你藐视法律，草菅人命，罪恶滔天，罄竹难书，今天你落到这个下场是罪有应得。"

稍一停顿，肖刚继续说道："其实，一个月前我就可以轻而易举地将孙子貌抓捕归案，你想知道我为什么不抓而任由其逍遥法外？是因为你。一者，是我们对紫微帮整体情况不甚明了，特别是紫微帮的头目更是一无所知，抓到一个孙子貌并没多少实质性意义，抓到紫微帮老大，彻底摧毁紫微帮才是我们的最终目的，所以我才欲擒故纵，驱赶他像野兔一样地东奔西跑，逼你自动现身。二者，你利用权利间接干扰警方办案，特别是对我们的行动方案了如指掌，我们的每一次行动，都因你提前作了安排而导致行动失败。你获得警方信息的另一个通道，就是我们的那位贾副局长贾文喜，因此造成我们的古墓血案侦破工作老是陷入被动。所以当我们对你和贾文喜的反常行为有所察觉后，尽量避免你俩正面接触我们的行动，这才逐步改善了被动局面。我之所以不抓你，是因为我们对你只是怀疑而没有取得确凿证据。"

段克非开始冒汗，脸色也变得一片苍白。

"肖刚，我还是不太明白，你是怎么那么快就发现孙子貌有问题？"

肖刚微微一笑说："这个问题问得好，这要得益于黎家庄村'文革'期间李亦昌的父亲被黑枪打死的那桩无头悬案。如果不是黎侯古墓在黎家庄村，如果不是因盗窃古墓而发生古墓血案，我们也不会去排查黎家庄村每一个可疑人物，在排查过程中，我们发现公安局有孙子貌的档案材料，而从档案资料中，我们又发现了曾建考有许多不法行为，而你在'文革'当初恰好是曾建考的上司。当初，我们和黎家庄村的人一样，感觉那晚在磨盘上强奸黎娇娇的是孙子貌，并没有怀疑到你的身上，但我们又走访了不少当地群众，揣测强奸黎娇娇的绝不是孙子貌，因为他没有那个条件也不够资格，我们断定强奸黎娇娇的一定另有其人，为了查找出这个幕后人物，我们多次上杨岐山进行调查。说到这些，三天三夜也说不完，我还是重点问你几个问题吧，其他的，我们慢慢谈，有的是时间。"

段克非狡黠地一笑说："你认为我会回答你的问话吗？"

"会的。"肖刚也笑了笑说。

"为什么？"

"以你的聪明程度，你知道该怎么做。况且你懂得的法律知识，并不比我肖刚少。"

"不愧是肖刚，厉害，你问吧，只要在我知晓的范围之内"。

"来日方长，不急于一时，我改变主意了，我只简单问你两个问题，其他的以后再说。第一个问题，你什么时候将黎义芳抓住藏到孙子貌家的？"

"半个月前，我让假孙子貌给黎义芳打了个电话，谎称让他回来刈陵帮孙子貌转移文物，在半路上，我们截获了黎义芳，然后让王寿山假扮黎义芳到凌云迷惑杜泰，然后又返回刈陵假意引领你们去找文物。"

"你怎会对黎义芳了解的那么清楚？"

"笑话，我是谁，会有我不知道的吗？"

"你真的对黎义芳的情况全部了解吗？"

"这个，"段克非低下了头，然后又猛地抬起，"我唯一没想到的，他是我的儿子。"

"不错，如果你早知道了他是你的儿子，他绝对不会活到今天。好，我再问你第二个问题。那夜，在磨盘上，是你唆使孙子貌把黎娇娇迷倒，然后你强奸了她的吧？"

"是。"

肖刚没想到，段克非回答得如此干脆。

"你可知道，黎娇娇当年为你产下一子？"

肖刚脸色铁青，面对穷凶极恶无恶不作的段克非，面对一个丧失人性丧尽天良的魔鬼，肖刚不由得火冒三丈，他恨不得一枪毙了他。

但他是公安局局长，他必须控制自己的情绪。

"什么？"段克非吃惊地抬起头来："她早就失踪了呀。"

"她没有失踪，而是出家做了尼姑。"

"什么？"段克非瞪大了眼睛："出家？在哪里？"

"杨岐山菩萨庵。而且你这个儿子也还健在，就活在你的眼皮底下，你认识的。"

"谁？"

"杜泰。"

震惊，太震惊了，段克非惊愕地张大了嘴巴。

段克非整个人僵硬了：做梦都没想到，黎娇娇不但没死，还生下了我的孩子，我派人在凌云市以及沿途截杀的，竟然是我的儿子？

其实他想不到的事情还很多，比如，要不是玄清大师在凌云暗中保护杜泰，杜泰早就被他的生身之父段克非折腾死了。

"今天到此为止，带下去！"

望着段克非远去的背景，肖刚忽感一缕愁丝袭上心头：盗墓集团灰飞烟灭，紫微帮主束手就擒，按说刘陵由此可以太平了。可我肖刚还是不放心啊，昔日两个江洋大盗玉面狐狸和华北苍狼应该还在世，如果不能尽快铲除这两大魔头，刘陵县还不能说实质上的太平。

那么这两大魔头目前隐藏在何处？怎么样才能彻底清除这个潜在的十分危险的安全隐患？

哎，任务还很艰巨啊。肖刚长叹了一声，闭上了眼睛。

第一二〇章　朗朗乾坤

经过四十多天的奋战，古墓血案成功告破。

野兽派头子李小君和紫微帮二当家孙子貌自绝于人民，紫微帮老大段克非被擒入狱，段克非安插在县公安局里以贾文喜为首的三个"内鬼"悉数被挖掉，两个盗墓团伙被彻底摧毁土崩瓦解，大大小小近百余件黎侯古墓失窃文物被追回，县委、县政府专门召开古墓血案侦破工作总结大会，对县公安局以及所有参与古墓血案侦破工作的专案组成员进行了表彰奖励。

受表彰的还有杜泰、黎涛、圆觉师太、玄清方丈、尘空道长、杨锦慧等社会热心人士……

二〇〇四年六月二十九日，黎侯古墓地人欢马叫，彩旗飘扬，热闹非凡，全球黎氏宗亲寻根祭祖仪式正在如期举行，祭祖仪式声势浩大，隆重而热烈，五百多位来自全国各地和海外的黎氏宗亲身穿特制礼服，身披黄色绶带，怀着无比崇敬和激动的心情，热泪盈眶，神色凝重地依次为先祖进贡、上香，整整齐齐地匍匐在黎侯王陵前，伏地行三叩九拜大礼。

黎氏宗亲会会长黎文荣代表黎氏宗亲宣读祭文，这篇祭文是在微泣哽咽中完成的。

面对跪拜在黎侯王陵前的黎氏宗亲，在外围负责安全执勤的肖刚和葛俊中相视一笑，肖刚感慨地说："保一方平安，乃我辈职责所在啊。"

葛俊中点点头说："但愿刈陵永远安定，黎民百姓永生永世生活在这朗朗乾坤之中。"

黎氏宗亲祭祖仪式结束后的第二天，肖刚在黎侯大酒店专门为马如斌、单如燕和杜泰、杨锦慧举行了一个小型的集体婚礼，两对新人喜登婚姻殿堂，有情人终成眷属。婚礼庄重而热烈，整个婚礼现场座无虚席，梁剑雄受邀前来参加集体婚礼，并担任两对新人的证婚人。

人们惊讶地发现，贵宾席上，竟然端坐着一个中年尼姑。

肖刚亲自主持礼仪，他西装革履，风度翩翩，普通话几近完美："各位来宾，各位朋友，大家上午好！"

台下欢欣鼓舞掌声雷动。

"今天阳光明媚，喜气洋洋，在这个美好的时刻，我们欢聚一堂，共同庆贺有情人马如斌先生和单如燕女士、杜泰先生和杨锦慧女士喜结连理。我是今天婚礼的主持人肖刚，非常荣幸受到两对新人的委托，为他们主持并见证这一神圣而又浪漫的婚礼时刻。在此，我代表两对新人以及他们的双方长辈，对各位来宾各位朋友的光临表示热烈的欢迎和衷心的感谢，谢谢你们！谢谢大家。"

台下再次掌声响起，经久不息。

"在典礼开始之前，请允许我隆重的介绍今天在主宾席就座的几位主宾。首先介绍的是德高望重的梁剑雄先生，他是我们今天两对新人的主婚人，掌声送给梁剑雄先生，感谢您，感谢。下面，有请双方父母上场就座，掌声送给他们，祝福他们身体健康，万事如意。有请。"

马如斌、单如燕、杨锦慧父母齐全，唯有杜泰没有亲人上台。杜泰眼瞅着台下的中年尼姑，泪水打湿了双眼。

肖刚一怔，但马上恢复正常神态，高声喊道："请杜泰的母亲上台，有请！"

满场哗然，大家一齐将目光转向嘉宾席上的所有人，纷纷猜测，疑心重重："谁？杜泰是被人抱养的，养父母早日离世，这，怎跑出个母亲来？"

肖刚看到大家迷惑不解，随又高声喊道："有请杜泰的母亲黎娇娇上台就座，有请。"

"阿弥陀佛。"

一声佛号响起，一个中年尼姑从嘉宾席上缓缓站起。

众人又是一片哗然："黎娇娇？当年黎家庄十大美女之一的黎娇娇？她不是失踪了吗？"

黎家庄村党支部书记黎小原霍地从座位上站起来，手指着中年尼姑说："哇，怎么不是她？娇娇，是咱们的娇娇，没错。"黎小原泪流满面，泣不成声，"娇娇，这些年，你到哪里去了？"

黎娇娇脸色平静，心如止水，她没有回答黎小原的话，缓缓地走上台，在杜泰的面前坐下。

待双方父母坐定后，肖刚眼含着泪花说道："十月怀胎不易，一朝分娩痛苦，是他们给了你们生命，把你们养大成人，父亲如山，母亲伟大，父母恩情比天高比海深，请新人为各自的父母敬茶一杯，以示谢恩。"

杜泰端着茶杯的手在剧烈抖动，眼泪像掉了线的珍珠滚落下来，扑通一声跪倒在黎娇娇的膝下，撕心裂肺地痛哭着喊道"妈！"

在场的所有人都被眼前的一幕所震惊所感动，不少人跟着流下泪来。

突然，杨锦慧四下里一望，尖声喊叫道："肖局长，我的师傅呢？我给她老人家发去请贴了啊，师傅，师傅，你在哪里？"

"阿弥陀佛，永远长不大的丫头，师傅这不来了吗？"

圆觉师太拄着她那精铁拐杖，一步一顿地走进场内。一声欢呼，杨锦慧小鸟一样飞下台去，抓住圆觉师太就往台上拖。

肖刚一怔：师太手里的这根精铁拐杖怎就和收缴王巧妹的一模一样？他确信这绝不是王巧妹的那根，那根精铁拐杖还在公安局。

"慢，慢着徒儿，师傅还有话说。"脸扭向肖刚，神色凝重地说："肖局长，今天不光我来了，还给你带来一位你想看到的重要客人。"

"师太，你说的重要客人，他在哪里？"

圆觉用手一指门外说："来了，就在门外，方丈，还不进来？"

又是一声阿弥陀佛，只见一位童颜鹤发的高僧缓缓走了进来："杜泰小友，你不够朋友，这么热闹的场面，也不请老衲来喝杯喜茶？"

肖刚大喜，道："玄清大师？"

不错，来的这位高僧，正是白马寺方丈玄清大师。

杜泰一见来人，飞快地从台上跑了下来："玄清大师，快上座，请。"

玄清大师拍了拍杜泰的肩膀说："这小子，总算长大了，肖局长有所不知，我受菩萨庵慧能和玄静两位师傅委托，从杜泰送人开始便担负起暗中保护孩子安全的职责，这孩子命苦啊，这也是杜泰这孩子为什么和老衲关系不一般的缘由。"

黎娇娇，不，应该说是玄静。玄静看了玄清大师一眼，眼里顿时涌出泪花，赶紧拾起袍袖擦拭了一下。

肖刚亲自下台，安排圆觉师太和玄清大师坐到嘉宾席上。

"阿弥陀佛，肖施主，打扰大家了，按说，这个时候老衲是不该来的。"

事出突然，婚礼只能暂时停了下来。肖刚紧握住玄清大师的手说："谢谢大师，古墓血案的侦破，也有大师的一份功劳。"

"岂敢岂敢，老衲乃方外之人，只行方外之事，除魔降妖本是我佛门职责所在，冒昧前来，打扰了婚礼，还望恕罪。"

"哪里话？两位世外高人前来，为婚礼增添了很大光彩，感谢你们还来不及呢。"

圆觉师太突然插话说："肖局长，如果我现在挑明我俩的真实身份，恐怕你就不会这样说了。"

肖刚又是一怔："师太此话怎讲？"

"你可知道我是谁？"

"圆觉师太啊，师太今天这是怎了，没事吧？"

"不，"圆觉摇摇头说，"我现在是圆觉不错，可在五十年前，我可是个人见人怕的女土匪。"

"什么？师太怎么这样说话？"

"肖局长，贫尼就是当年的玉面狐狸。"

这回该肖刚震惊了："什么？你，你是当年的玉面狐狸王碧蕴？"

"正是。五十年前我被仇家追杀，不得已隐居在北极山中，孙子貌就是我的亲生儿子。唉，这个不孝子，咱不说这个了。"

肖刚问道："那当年追杀你的仇家，如今可否在世？"

"在，远在千里，近在眼前。"圆觉师太用手指着玄清大师说："这位，就是当年追杀我的仇家。"

意外，简直意外，肖刚好像在做一场白日梦："你说玄清大师，他是你的仇家？"

"还不止这些，说出来你更觉奇离，甚至说是荒唐。他，就是当年的冀南一雄华北苍狼。"

这回肖刚不仅震惊，简直就是如雷轰顶："华北苍狼？太不可思议了。那你，你们，不是仇家吗？"

圆觉呵呵一笑说："那是五十年前的事了，如今是志同道合的好朋友。"

"不错肖局长，我不但是当年的华北苍狼，而且是李亦昌的父亲。"

肖刚简直无语了，眼前的一切如梦如幻："你，你是李亦昌的爹？你不是在二十世纪六十年代中期就被人放黑枪打死了？"

"不错，我是被打死了，但又活过来了，救我的不是别人，是她。"华北苍狼一指圆觉师太说。

肖刚拍了拍自己的后脑，沉思了十多秒钟，然后一笑说："让我捋捋，你们让我捋捋，应该是这样的，圆觉师太是玉面狐狸，玄清大师你老是华北苍狼，当年圆觉师太无意中伤了华北苍狼的得意徒弟，为了报仇，华北苍狼一路追杀圆觉师太到了我们这里。但是在危难之际，冤家玉面狐狸却救了老对头华北苍狼一命，于是一对仇家便解除前嫌，化解了仇恨成了好友。"

玄清大师哈哈大笑着说："是的肖局长。"接着，又表情严肃地说道："我孙子李小君的事我是真的不知情，否则，不用你们出面，我会亲手毙了他。"

"爹，真的是你吗？你没死？"

李亦昌从宾客座位上扑出来，双膝跪在玄清大师跟前放声大哭。

"儿子，起来，成何体统？今天是个大喜的日子。"

肖刚就是肖刚，马上从纷乱的局势中惊醒过来，赶紧说："对，对，今天是大喜日子，来，有请两位高人入座，请！婚礼继续进行。"

满大厅笑声叫声再度响起。

肖刚转身走上台继续主持，忽听一声："无量天尊，还有贫道呢，肖施主。"

肖刚一看，哈哈笑了："道兄你也来了？好，快快有请。"

来者正是性空山老祖庙尘空道长。

该来的都来了。

婚礼因一众世外高人的到来，气氛更加祥和而欢乐。